r griff nach ihrem
chal, zog rasch und
eftig zu.

Beinahe lautlos sackte sie zusammen.

Näher würden sie sich selbst bei einem Stelldichein nicht kommen, dachte er...

... und die Enden ihres Schals baumelten von seinen Händen herab.

Martha Grimes

Zwei Fälle für Inspektor Jury

Inspektor Jury gerät unter Verdacht

Inspektor Jury steht im Regen

Deutsch von
Susanne Baum
und
Maria Mill

Inspektor Jury gerät unter Verdacht
Die Originalausgabe erschien 1991 unter dem Titel
«The Old Contemptibles» bei Little, Brown and Company,
Boston/Toronto/London

Inspektor Jury steht im Regen
Die Originalausgabe erschien 1986 unter dem Titel
«I Am the Only Running Footman» bei Little, Brown and Company,
Boston/Toronto/London

Veröffentlicht im Rowohlt Taschenbuch Verlag GmbH,
Reinbek bei Hamburg, Januar 1998
Inspektor Jury gerät unter Verdacht
Copyright © 1995 by Rowohlt Verlag GmbH,
Reinbek bei Hamburg
«The Old Contemptibles»
Copyright © 1991 by Martha Grimes
Inspektor Jury steht im Regen
Copyright © 1996 by Rowohlt Verlag GmbH,
Reinbek bei Hamburg
«I Am the Only Running Footman»
Copyright © 1986 by Martha Grimes
Die deutsche Fassung von Robert Brownings Gedicht
«Porphyria's Lover» basiert auf der Übersetzung
«Liebeswahnsinn» von Edmund Ruete
Alle deutschen Rechte vorbehalten
Umschlaggestaltung Barbara Hanke
(Foto: ZEFA-SIS/Connie Hayes)
Copyright © der Fotos Seite 1–6
by Shadow/G+J Fotoservice/Photonica
Autorenfoto Copyright © by Isolde Ohlbaum
Gesamtherstellung Clausen & Bosse, Leck
Printed in Germany
1200-ISBN 3 499 26029 8

Martha Grimes

Inspektor Jury gerät unter Verdacht

Roman

Deutsch von
Susanne Baum

Für meinen Sohn Kent

Je serais bien l'enfant abandonné sur la jetée partie à la haute mer,
le petit valet suivant l'allée dont le front touche le ciel.

Arthur Rimbaud

Inhalt

Prolog

9

Erster Teil
Die Glut
unserer früheren Liebe

23

Zweiter Teil
Die Agonie
des fetten Mannes

131

Dritter Teil
Bringt alle Rechtsanwälte um

277

Vierter Teil
Der Tod – gelaufen

365

Danksagung

Fiona dankt Janine Adams dafür, daß sie mit heiler Haut davongekommen ist;
Alex dankt Chris Havrilesko für den Turf und den Tisch;
und ich danke nicht nur den Lake-Dichtern für ihre Werke, sondern darüber hinaus Arthur Wainwright für seine Führer über die Lakeland Fells; Don Gifford für *The Farther Shore* und Richard Holmes für *Coleridge: Early Visions*.

Prolog

Es war ein regnerischer Tag in der Camden Passage. Die kleinen Antiquitätenhändler hatten ihre Stände unter schützenden Schirmen auf dem Platz aufgestellt, Kisten und Kästen geöffnet und alten und neuen Krimskrams arrangiert.

Jury und seine wunderschöne Nachbarin, die in dem Reihenhaus in Islington zwei Etagen über ihm wohnte, suchten ein Geschenk für ihre gemeinsame Freundin aus der Souterrainwohnung.

«Was sollen die kosten?» fragte Carole-anne und hielt zwei geschwungene türkisblaue Straßkämme hoch.

Der Trödler in der Jacke aus künstlichem Eidechsenleder lächelte – passend zur Jacke. «Für Sie nur zwei Pfund, Süße.»

Zwei Pfund war es schon wert, Carole-anne Palutski einfach nur anzuschauen, dachte Jury, als er sie mit ihrem rotgoldenen Haar unter einem pinkfarbenen Schirm so dastehen sah.

«Über fünfzig Pence ließe sich schon eher reden», sagte sie und hielt die Münze hoch.

«Sind aber echte Saphire», sagte der Händler, band seinen purpurrot getupften Schlips neu und schob ihn bis zu seinem vorstehenden Adamsapfel hoch. Dann schaute er sie anzüglich an und fügte hinzu: «Die glänzen wie Ihre Augen – einfach wunderschön.»

«Meine Augen sind aber nicht aus Straß», sagte sie und beharrte auf ihrem letzten Angebot.

Jury griff nach Carole-annes Hand mit dem Geld und

nahm die glänzenden Kämme aus der anderen. Er inspizierte ein Paar Jettkämme, die in Mrs. Wassermans Haar hübsch aussehen würden – vorausgesetzt, es war wieder in seinen ursprünglichen Zustand zurückversetzt.

«Aber, Superintendent, ich will Mrs. W. doch nur ein bißchen aufmuntern. Sie ist am Boden zerstört wegen ihrer Haare. Dauernd steckt sie Haarnadeln rein.»

«Sie ist am Boden zerstört, meine Liebe, weil man ihr auf Ihren Rat hin bei Vidal Sassoon einen Wassermanschen Schnitt verpaßt hat.» Jury hielt die ebenholzschwarzen Kämme hoch. «Wieviel?»

«Die da? Drei Pfund. Echter Jett.»

«Seien Sie nicht albern. Fünfundsiebzig Pence.» Wieder hielt sie das Geld hoch.

Während die Eidechse feilschte, sah sich Jury auf dem Platz um und suchte fast schon automatisch einen Hehler namens Gladd, der in der Passage bestens bekannt war. Da er schon zweimal wegen Hehlerei verknackt worden war, war Jury sicher, daß Gladd nichts von dem, was er feilbot, käuflich erworben hatte. Er hielt auch Ausschau nach Jimmy Langfinger, einem seiner kleineren Lieblingsbösewichte. Sein Blick blieb auf einer Frau in weißem Regenmantel vor den Tischen auf der anderen Seite haften. Sie musterte entweder sich selbst oder den Spiegel eines kleinen Kommodenaufsatzes. Sehr attraktiv, sogar mit nassem Mantel und Schal. Einen Schirm hatte sie nicht.

«... und versuchen Sie bloß nicht, *ihn* zu bescheißen», sagte Carole-anne und deutete auf Jury. «Er ist Polizist.»

«Ein Pfund fünfzig, mein letztes Angebot.»

«Gut, ein Pfund», sagte Carole-anne, die davon ausging, daß sie hier das letzte Wort haben würde.

Der Trödler grummelte resigniert und warf dabei schlüpfrige Blicke auf Carole-annes jadegrünen Pullover. Auch Jury war nicht entgangen, daß das erste Paar Kämme ausgezeichnet dazu gepaßt hätte.

Ihm war aber auch nicht entgangen, daß die Lady in dem weißen Regenmantel inzwischen ein zartes Satinnegligé mit Spitze musterte. Als Jury nach ihr Ausschau hielt, sah sie sofort weg. Anscheinend wollte sie sogar ein Erröten verbergen, denn sie hielt sich das Negligé sehr nah ans Gesicht. Er lächelte. *Kauf es.* Es war satt goldfarben, goldener als ihr Haar, und der Stoff würde die Farbe ihres Haares und ihrer Augen noch betonen.

Während der Händler die schwarzen Kämme in Seidenpapier wickelte und versuchte, mit Carole-anne zu flirten, die ihren pinkfarbenen Schirm drehte, ohne darauf zu achten, daß das Gestänge Mäntel oder Augen treffen könnte, bemerkte Jury am Ende des Tischs etwas Diademähnliches. Allmächtiger, laß sie das nicht finden!

Der Allmächtige begegnete Jury auf die übliche Art, und als nächstes spürte dieser, wie ihn Carole-anne am Ärmel zog. «Gucken Sie doch mal, Superintendent. Ein Diadem.» Sie mußte sich einfach in die eigene Haarpracht fassen, die ja wohl die rechte Heimstatt für eine Krone wäre.

«Lassen Sie das doch, Carole-anne.»

Nichts ließ sie. Sie schob Jury das ominöse Päckchen mit den schwarzen Kämmen in die Hand und steuerte auf das Diadem zu.

Noch bevor sie fragen konnte, sagte der Kronen- und Gralshüter: «Für Sie zehn Pfund, meine Schöne. Sehen Sie sich mal die Steine an!»

«Hab ich schon, vier Pfund.» Immer wieder drehte sie das zarte Diadem in der Hand.

«Carole-anne, um Himmels willen, Sie *brauchen* kein Diadem. Sie sehen jetzt schon königlich aus.»

«Ganz Ihrer Meinung, Chef», sagte der Händler.

Carole-anne warf ihm einen verächtlichen Blick zu. «*Superintendent* für Leute wie Sie.»

Diese Anrede gilt ja wohl nicht nur für windige Antiquitätenhändler, hoffte Jury. Er hatte Jimmy erspäht, der wie nebenbei eine Frau mittleren Alters anrempelte, die gerade ein frisch erworbenes antikes Armband in ihre Tasche gestopft hatte. (*Warum* schoben sich Frauen ihre Handtaschen immer auf den Rücken, wenn sie sich etwas ansahen?)

Mit einem durchtriebenen Lächeln sagte der Händler: «Also, das Diadem hat einer österreichischen Prinzessin gehört. Einer Nachfahrin der Zaren –»

«Eines bestimmten?» fragte Jury und merkte, wie die Dame in dem weißen Regenmantel lächelte. Ganz offensichtlich genoß sie das Feilschen.

Der Trödler tat so, als sei Jury gar nicht da. «Sieben Pfund, und wir sind quitt», sagte er zu Carole-anne.

«Fünf Pfund, mein letztes Angebot», erwiderte sie und zog eine Fünfpfundnote aus ihrem Handtäschchen.

Miss Palutski war nicht zum Bitten auf der Welt, sondern zum Befehlen. Der Kopfputz war also keineswegs fehl am Platze.

Jury merkte, wie die attraktive Frau ihn anlächelte. Jetzt hielt sie eine Halskette aus gelben Steinen hoch, topasfarben wie der Stoff. Sie legte sie sich um und blickte in einen Spiegel. *Kauf das auch*. Selbst in der düsteren Camden Passage ließ die Kette ihre Augen funkeln.

Und als der umlagerte Trödler ein Einwickelpapier für die Krone suchte, sagte Carole-anne: «Die paßt genau zu meinem neuen Kostüm.»

«Was für ein Kostüm? Das der Königin von Soho?» Jury war zum nächsten Tisch weitergegangen und nahm die angeblich antiken, feinziselierten Elfenbeinzähne in Augenschein – eindeutig Schmuggelware. Er betrachtete abwechselnd die Wilddiebsbeute, Jimmy Langfinger, den Hehler Gladd und die Dame in dem weißen Regenmantel.

«So, ich hab diesen Basar hier satt. Ich muß sowieso zum Starrdust, Super.» Sie hievte sich ihre Tasche über die Schulter. «Die Lady da in dem weißen Regenmantel hat schon die ganze Zeit ein Auge auf Sie geworfen. Ist doch durchaus Ihr Typ – wie SB-Bindestrich-H. Ciao.»

Carole-anne war der Auffassung, daß keine Frau Jurys Typ war oder es jemals sein würde. Sie hatte «Typen» aller Art aus der Wohnung in Islington vertrieben. Es lag in ihren Händen, die Wohnung über Jury zu vermieten. Sie hatte den Hausbesitzer überzeugt, daß sie ihm einen großen Gefallen tat, wenn sie sie «zeigte», und er deswegen ihr sogar ein paar Pfund von ihrer Miete erlassen hatte. Wegen eines Londoner Hausbesitzers vergoß Jury zwar keine Mitleidstränen, aber dieser hier würde wohl bis zum Sankt Nimmerleins-Tag warten, bis jemand «Passendes» auftauchte.

Er schüttelte den Kopf und beobachtete, wie die Männer für Carole-anne auseinandertraten. Ihre tropfenden schwarzen Schirme schoben sich schwungvoll über Carole-annes pinkfarbenen. Das Ganze wirkte wie eine gut eingeübte Choreographie in einem alten Musical.

Jury hatte nicht die Absicht, Jimmy zu schnappen, der sich anscheinend bei der Frau im mittleren Alter entschuldigte, weil er sie angerempelt hatte. Das war nun wirklich nicht sein Job. Er und Jimmy waren fast schon Busenfreunde, denn Jimmy informierte ihn über Missetäter, die weitaus Schlimmeres taten, als in der Passage ihr Unwesen zu treiben.

Das jedenfalls redete Jury sich ein, während die Frau in Weiß von Tisch zu Tisch ging und immer näher auf ihn zukam. Er mußte unwillkürlich an die *Frau in Weiß* denken,

Wilkie Collins' Heldin, die plötzlich und geheimnisvoll mitten auf einer dunklen, verlassenen Landstraße vor einer Kutsche aufgetaucht und dann genauso geheimnisvoll wieder verschwindet. Aber die verregnete Camden Passage voller Regenschirme mit einer nebligen Landstraße und einer gespenstischen Gestalt zusammenzubringen, war vielleicht doch zu weit hergeholt.

Jetzt näherten sie sich beide demselben Tisch, um sich irgendwelche Gegenstände genauer anzusehen, sie in das schwache Licht zu halten und auf ihre Echtheit zu prüfen.

Die Bemerkung, über die sie dann ins Gespräch kamen, war mehr als banal; irgend etwas über das Wetter und darüber, daß sie beide keinen Schirm hatten. Sie lachte und fragte ihn, ob er je im Lake District gewesen sei. Da gebe es vielleicht Regen und Nebel! Wie in gegenseitigem Einvernehmen gingen sie zusammen weiter, bis sie vorschlug, etwas trinken zu gehen, «bevor die Kneipen zumachen».

Jury lächelte. «Dann sind Sie nicht aus London? Seit die Schankgesetze geändert worden sind, haben manche Kneipen den ganzen Tag auf.»

«Oh, das hatte ich ganz vergessen. Schade eigentlich; es macht Drinks irgendwie weniger verlockend, wenn man sie jederzeit kriegen kann.» Sie schwieg und sah zu ihm hoch. «Es ist das Ende von etwas.»

Jury lächelte. «Ich hoffe, nicht.»

Im King's Head war es nie besonders hell; aber heute nachmittag war es so feucht und fahl wie draußen auf dem Bürgersteig. Wie Straßenlampen im Nebel warf die Deckenbeleuchtung Strahlen gelblichen Lichts auf den polierten Tresen; der Regen floß in Strömen die bunten Scheiben der Bleiglasfenster neben ihrem Tisch herab.

Sogar das glatte Haar der unglücklich dreinschauenden Kellnerin sah verregnet aus. Sie wischte die Wasserringe vom Tisch, bevor sie die Drinks von dem feuchten Tablett nahm und vor sie hinstellte. «Sauwetter, was?»

Als die Kellnerin wegging, lächelte Jane Holdsworth. «Das bißchen Nieselregen! Da sollte sie mal das Wetter im Norden erleben!» Sie fuhr sich durchs Haar, das an den Spitzen, wo der Schal es nicht bedeckt hatte, feucht war und sich kringelte.

«Wo genau kommen Sie denn her?» fragte Jury und hob sein Bierglas, um auf ihre Begegnung anzustoßen.

«Ich? Von nirgendwo, jetzt jedenfalls. Aber ich habe Verwandte im Norden. Eine Schwester und ein paar Angeheiratete. Ich war verheiratet. Jetzt nicht mehr. Er ist tot.»

«Das tut mir leid.»

Sie nickte bloß. «Meine Verwandten sind eigentlich die Verwandten meines früheren Mannes. Bis auf meine eine Schwester. Sie wohnen in der Nähe von Wast Water – einem der Seen des Lake District – in einem der alten Landsitze, die die Reichen im letzten Jahrhundert dahin gesetzt haben, nachdem die Dichter und Maler zu dem Schluß gekommen waren, daß es sich lohnte, die Gebirgsszenerie zu malen und zu bedichten. Ich fahre immer noch zu Besuch hin. Ich habe einen Sohn, und es gehört sich ja wohl, daß die Großeltern ihn ab und zu sehen.» Sie lachte.

Aber der harte Ausdruck in den Augen, die ihn über den Brillenrand hinweg betrachteten, verriet, daß sie auf die Besuche keinen sonderlichen Wert legte. «Ich habe ein kleines Haus in der Lewisham Road. In der Nähe von Blackheath. Meine Verwandten sind der Meinung, daß die Seite der Themse nicht ‹in› ist.» Ihr Ausdruck wurde weicher. «Mehr gibt's über mich nicht zu erzählen, was ist mit Ihnen?»

«Ich kann kaum glauben, daß Sie nicht noch mehr zu erzählen hätten. Aber ich, ich wohne hier. In Islington, meine ich.»

«Aha, *sehr* nobel und vornehm.»

«Meine Bude nicht; es ist ein Reihenhaus. Eigentlich bloß eine Wohnung im Erdgeschoß.» Er winkte der Kellnerin, die ihm einen kurzen verzweifelten Blick zuwarf. Sah er nicht, wieviel sie zu tun hatte? Die ganzen Gäste? Das Sauwetter?

«Ich fand das Diadem toll. Die kleine Diva an Ihrer Seite hätte ihm den ganzen Tisch voll Klamotten abschwatzen können.» Sie stützte ihr Kinn auf die Hand. «Mit Schönheit ist nicht gut handeln.»

«Dann haben Sie für das Negligé bestimmt auch nicht viel bezahlt.» Er blickte auf die braune Papiertüte. Sie nahm es wahrscheinlich als Kompliment, aber er wußte nicht genau, ob es wirklich eins war. Er war überrascht, daß ihn ihre Bemerkung über Carole-anne ärgerte.

Jane nahm die Tüte vom Tisch, legte sie wieder hin und lachte. «Woher wußten Sie das mit dem Negligé?» Sie wühlte in der Riesentüte, glücklich wie ein Kind, das ein versprochenes Geschenk sucht. Der topasfarbene Satinträger hing über ihrem Finger.

«Ooh!» Die müde Kellnerin tauchte hinter Jane auf. «Ham Sie das vom Trödel? Da sehnse bestimmt klasse drin aus. Noch zwei also?» Sie nahm die Gläser. «Wenn bloß der verdammte Regen aufhören würde.»

Hastig nahm Jane die Papiertüte an sich und griff nach ihrem Mantel. «Nein, danke. Ich muß wirklich gehen.»

«Wie Sie wollen.» Die Kellnerin verschwand, fast so, als hätte die Bemerkung sie beleidigt.

«Bei dem Regen? Und nach Süden über die Themse?» Aber da hatte sie sich schon erhoben. Auch er stand auf, um ihr in den weißen Regenmantel zu helfen, denn sie hatte offensichtlich Schwierigkeiten, ihre Arme hineinzubekommen.

«Ich mach mir nicht viel aus Kneipen. Zu Hause ist es gemütlicher. Sogar in Lewisham.» Ohne ihn anzusehen, fing sie an, ihren Mantel zuzuknöpfen, und schob dabei den obersten Knopf in das falsche Knopfloch.

Jury seufzte und zog ihr die Hände weg. «Der hängt ja ganz windschief.» Er knöpfte die obersten Knöpfe neu zu.

Sie schlang sich den Schal um. «Was soll man bei dem Wetter anderes tun als nach Hause gehen und ein Buch lesen?»

«Weiß ich auch nicht.» Jury strich ihr den Kragen glatt, und sie gingen zur Tür.

Er schloß die Wohnungstür hinter sich und nahm sich mehr Zeit als eigentlich nötig, um ihr aus dem Mantel zu helfen. Sie sollte Gelegenheit haben, das Zimmer zu mustern und zu entscheiden, was sie sagen wollte.

Sie entschied sich für die Bemerkung, wie ordentlich es sei, worüber er lachen mußte. «Carole-anne nimmt es manchmal auf sich, hier die Putzfrau zu spielen.» Er deutete auf den gekachelten Kamin. «Ich habe nur ein elektrisches Feuer im Kamin, aber Ihr Mantel wird wahrscheinlich trocken, bis Sie gehen.»

«Er ist aber ziemlich naß.» Sie sah ihn ganz offen an.

Er wollte gerade etwas der Situation Angemessenes sagen – *Dann müssen Sie vielleicht länger bleiben... Was ist mit den restlichen Kleidern...? Nehmen Sie einen Morgenmantel von mir... Soll ich Teewasser aufsetzen...?* – um das Unvermeidliche, doch so Angenehme hinauszuschieben; die erotische Spannung zu erhöhen; etwas sagen, damit sie beide entspannter wurden. Die Variationen zum Thema waren endlos. Ein Lächeln huschte über sein Gesicht, als er seine alte Stereoanlage sah. Es gab ja immer noch Musik, aber Kiss of Death (Carole-annes Lieblingsgruppe) war jetzt vielleicht nicht ganz das Richtige. Sie fand immer neue Gruppen – What the Cat Dragged In zum Beispiel. Oder ihr Lieblingslied über Julio und Willie und die ganzen Mädchen, die sie je geliebt hatten. Er dachte über die Mädchen nach, über ihre Verletzlichkeit und darüber, was für ein chauvinistisches Lied es war. Eine Frau nach der anderen...

Er spürte Janes Hand auf seinem Arm. Sie räusperte sich und sagte: «Woran denken Sie?»

«An nichts.» Er lächelte.

«Dafür war das aber ein langes Schweigen.» Ihr Lächeln war nicht gerade überzeugend. Sie war nervös.

«Na gut, ich habe an die ganzen Mädchen gedacht, die ich je geliebt habe.»

Jane wußte offenbar nicht genau, wo sie hinsehen sollte; ihr Blick wanderte durch das (für ihn) langweilige Zimmer, und sie fragte: «Waren es denn so viele?»

Er legte ihr ganz sacht die Hände auf die Schultern. «Praktisch überhaupt keine. Ich mußte gerade an ein Lied von Kiss of Death denken – das Lieblingslied der Nachbarin über mir. Wobei ihr die Männer garantiert nicht abhauen. Sie läßt sie sitzen, wenn sie will.»

Erneutes Schweigen, während dessen sie seine Hemdbrust zu studieren schien. «Das klingt ja entsetzlich endgültig.»

Jury lächelte. «Ach, sie kann ja immer zu ihnen zurück, wenn sie Lust hat.»

«Die Glückliche.»

Er zog sie näher zu sich heran, aber nicht so nahe, daß ihre Körper sich berührten. «Ich kann Ihnen nicht viele solcher Nachmittage versprechen. Dies hier ist der erste seit Gott weiß wie langer Zeit, an dem ich nicht arbeite.» Er lächelte. «Aber einen freien Abend könnte ich ab und zu mal einrichten.»

Er war überrascht, wie plötzlich und schnell sie ihm die Arme um den Hals schlang und wie fest sie ihn hielt; ihre Körper berührten sich nicht einfach, sie verschmolzen. Seine Stimme war sehr tief, als er sagte: «Soll ich nicht doch noch Teewasser aufsetzen?»

Von seinem Bett aus konnte er durchs Fenster beobachten, wie über dem kleinen Park eine Schar Schwalben hochflog; sie trieben vor der Sonne wie brennende Blätter, die dunkler werden und sich kräuseln. Plötzlich stützte er sich auf beide Ellenbogen, so daß sie ihre Arme anders hinlegen mußte. Die Schwalben flogen höher, zogen Kreise, bildeten ein dunkles V und verschwanden. Aus irgendeinem Grund dachte er an einen Scheiterhaufen bei einer Leichenverbrennung; er dachte an Äneas.

«*Vestigia flammae*», sagte Jury laut und unvermittelt.

Sie verbiß sich ein Lachen. «Oje. Bitte kein Latein. Nach alldem nicht auch noch Latein.»

Ihr kurzes Lachen klang irgendwie falsch. Es war nicht ihre Schuld, sagte er sich, aber er fühlte sich unwohl.

Plötzlich angespannt, sah sie ihn an. «Hab ich was Falsches gesagt? Was ist los?»

Anstelle einer Antwort legte er sich wieder hin und zog sie erneut zu sich herunter. Aber der falsche Ton hing in der Luft und konnte zu einem falschen Akkord werden. Als sie ihm das Gesicht zuwandte und es an seinen Hals drückte, fand er sich unhöflich, weil er nichts sagte. «Das hat die Königin von Karthago gesagt, als sie Äneas zum erstenmal gesehen hat. ‹... nah spür ich die Glut meiner früheren Liebe.›»

Er versuchte, den falschen Ton abzuschütteln, die böse Vorahnung. Aber das Fenster war ein leeres weißes Quadrat, das Licht der Sonne verschwunden und der Park verlassen.

Erster Teil

Die Glut unserer früheren Liebe

1

MELROSE PLANT FÜHLTE SICH wie Lambert Strether und sah über den Rand der *Gesandten*, die er sich extra für diese Reise gekauft hatte, in Richtung Adria.

Neben ihm ließ Trueblood sein Buch zuklappen und seufzte. «Was für ein Reißer!»

Melrose kniff die Augen fast zu. «Das habe ich auch noch nie erlebt – daß jemand den *Tod in Venedig* als Reißer bezeichnet. Warten Sie, bis Sie zum Schluß kommen, wo Aschenbach in seinem Liegestuhl stirbt.» Er sah auf die buntgestreiften Strandkörbe. Kein Liegestuhl weit und breit.

«Da bin ich schon, alter Junge. Ich gebe ja zu, das mit der Pest ist nicht gerade lustig, aber dann kommt der wunderschöne Jüngling und steht am Meer. Diese ausdrucksvolle, sonnendurchflutete Schilderung.»

«Nehmen Sie den orangen Schal ab. Er ruiniert die ganze Wirkung», sagte Melrose. Sie trugen beide Weiß – Armani-Weiß. Glücklicherweise machte der Designer auch naturweiße Kleidung, denn Trueblood hatte gesagt, nur über Melroses Leiche würde er Weiß tragen.

Dieser lächerliche Streit hatte in der Calle dei Fabbri hinter San Marco stattgefunden. Trueblood war plötzlich stocksteif stehengeblieben und hatte einen Zusammenstoß von vier schwarzverschleierten alten Frauen verursacht, die sie darauf mit italienischen Beschimpfungen überschüttet hatten.

Die Giorgio-Armani-Boutique. Trueblood starrte mit solch inbrünstiger Ehrfurcht in die Schaufenster, daß Melrose fast einen Gebetsteppich ausgerollt hätte. Die Suche nach der heiligen Stätte hatte Trueblood eine gute Stunde durch die Gegend getrieben, aber Melrose erblickte den locker geschnittenen naturweißen Wolle-Seiden-Anzug erst, als Trueblood seine Reiseschecks zückte. Nur wenn es Armani war, trug Trueblood Weiß.

«Und rollen Sie die Ärmel herunter. Sie sehen aus, als wären Sie in Wimbledon.» Zuerst der orangefarbene Schal, und jetzt sah Melrose auch noch, daß ein jadegrünes Tuch in der Jackettasche steckte. «Und in Gottes Namen, nehmen Sie das Taschentuch heraus. Sie zerstören das ganze morbide Flair.»

«Ich sehe nicht ein», sagte Trueblood und stopfte die jadegrüne Seide tief in die Tasche, «wieso die Giappinos nie krank werden. Warum muß es immer *unser* Zweig der Familie sein?»

In Vivians jahrelanger Verlobungszeit hatten sie um diese Italiener, denen sie nie begegnet waren, so viele Geschichten gewoben, daß sie fast Long Piddletons zweite Familie geworden waren.

«Wir sind nicht krank; sind wir nie gewesen», ermahnte Melrose ihn.

Trueblood bestand darauf, im Vaporetto hinter Melrose zu sitzen.

Als sie sich Venedig näherten, dachte Melrose, daß die Stadt, wie sie dort in der Ferne im Wasser lag, vielleicht doch die schönste der Welt sei – wie es die Reiseführer eben behaupten. Als seien alle Engel im Himmel auf einmal eingeschlafen und als sei Venedig ihr gemeinsamer Traum.

«Und vergessen Sie nicht zu husten!» rief er Trueblood zu, während der Vaporetto schlingerte und sein Gesicht naßgespritzt wurde.

«Husten? Warum sollte ich *husten*?» schrie Trueblood

durch den Motorenlärm, das Klatschen des Wassers, durch fremde Sprachen und gebrabbelte Dialekte.

Auf dem Boot drängten sich Europäer (dem Aussehen nach hauptsächlich Osteuropäer), die aus Rom herangeströmt waren. Für März waren überraschend viele Touristen da.

«Wegen der Lungenentzündung, zum Teufel! Sie erholen sich doch gerade erst davon!» Konnte der Mann sich denn überhaupt nichts merken?

Marshall rief zurück: «Sie sind der mit der Lungenentzündung. Ich bin der, der von einem Lastwagen angefahren worden ist –»

Flüche verloren sich im Wind.

«Oh, Verzeihung.» Melrose schämte sich, vergab sich aber schnell, als er sah, wie ein Regenbogen seine Palette blasser Violett- und Rosatöne über einer Stadt verschwendete, die doch auch so schon schön genug war.

Seit Vivian Rivington an einem Januarmorgen von der Victoria Station abgefahren war, hatten Melrose Plant und Marshall Trueblood natürlich nur in Northamptonshire herumgesessen, entweder über einem Old Peculier in der Hammerschmiede oder bei Portwein in Ardry End, dem Familiensitz der Earls of Caverness, oder über Queen Annes und Laliques in Truebloods Antiquitätengeschäft.

Und hatten Pläne ausgeheckt. Pläne, wie sie die Hochzeit von Vivian Rivington mit Graf Dracula hinauszögern konnten. Da Vivian selbst ihre Verlobungszeit mit Franco Giappino ewig verlängerte – wie viele Jahre waren es schon? drei? vier? –, waren Plant und Trueblood überzeugt, daß ein bißchen moralische Unterstützung aus Northants nicht ungelegen kommen würde.

Vivian war sentimental. Nur im Kreise ihrer alten Freunde aus Long Piddleton würde sie ihre Hochzeit feiern.

Marshall Truebloods angeblicher Lastwagenunfall hatte das Ereignis um gut fünf Wochen hinausgeschoben. Vier davon hatte Marshall mit Gips verbracht. Jetzt humpelte er noch immer an einer Krücke durch die Gegend. (In Venedig aber stellte er sich stur und weigerte sich zu humpeln.)

Der vollständige medizinische Check-up, zu dem sich Melrose entschlossen hatte (nachdem er mehr als zehn Jahre einen Bogen um seinen Arzt gemacht hatte), erbrachte eine schattendurchflutete Lunge (so Melroses überaus poetische Beschreibung), über die sich der Arzt aus der Harley Street so lange keine *übermäßigen* Sorgen machte, wie Lord Ardry wochenlange Bettruhe hielt. Womit für den Monat Februar alles geritzt war.

Nein, nein, nein, nein, Vivian! Es ist nicht nötig, daß Sie nach England kommen. Ehrlich...

Es hätte die beiden in Teufels Küche gebracht, wenn sie angereist wäre.

Als drittes Debakel hatten Plant und Trueblood einen Unfall von Lady Agatha Ardry in Erwägung gezogen. Falls erforderlich, hätte sie sich bei einem ihrer häufigen Autounfälle den Kiefer brechen können. Und der könnte dann mit Draht verschlossen werden, hatte Melrose hinzugefügt.

Das hatten sie aber verworfen, weil es die Heirat vielleicht eher beschleunigt als verzögert hätte.

Vivian war nicht dumm; und Melrose fragte sich sogar, ob sie nicht schon ganz am Anfang, bei dem Lastwagenunfall, Verdacht geschöpft hatte. Leider schmückte Trueblood seine Geschichten nämlich so aus, wie er auch seine Garderobe ausschmückte, und spann immer ein paar sehr unwahrscheinliche Fäden hinein.

Deshalb wäre ihnen ein bißchen Unterstützung von Scotland Yard sehr gelegen gekommen.

Aber von Richard Jury bekamen sie die nicht.

Nein, er würde kein Ammenmärchen von einem Axtmörder erfinden, der einen Polizeikordon in Heathrow durchbrach und in ein Flugzeug nach Venedig schlüpfte...

«*Warum sollte ich? Sie beide haben es ja selbst gerade ausgedacht*», hatte Jury sie durchs Telefon angebrüllt.

Vor drei Wochen hatte sich folgendes ereignet:

Eine Konferenzschaltung aus Truebloods Antiquitätengeschäft in Long Piddleton. Marshall besaß jeden Schnickschnack von British Telecom, den man sich vorstellen konnte – Konferenzschaltung, Warteschaltung, Anrufweiterschaltung («Anrufvortäuschschaltung», hatte Jury hinzugefügt) –, und die beiden hatten im Laden gesessen und die Nummer von New Scotland Yard gewählt.

«Ist es Ihnen denn so egal?» hatte Trueblood Jury ins Ohr gejammert. «Ist es Ihnen denn ganz egal, wenn sie eine seiner Bräute wird und in einem weißen Nachthemd durch Venedig geistert und nach Opfern Ausschau hält?»

«Ach, halten Sie doch den Mund», sagte Jury. «Und merken Sie sich eins: Es ist *Vivians* Leben, nicht Ihres, aber wenn man Sie beide so hört, könnte man das glatt vergessen.»

«Wir versuchen, sie vor sich selbst zu schützen; oder vor der idiotischen Vorstellung, daß sie nur deshalb, weil sie, hm, schon so lange zwischen England und Italien hin- und herfährt, verpflichtet ist, den Mann zu heiraten.»

«Das ist doch ihre Sache, oder?»

Plant vernahm eine untypische Schärfe in Jurys Stimme.

Jury fuhr fort: «Und was ist mit Ellen Taylor? Ich dachte, Sie wollten in die Staaten. New York. Oder Baltimore.»

«Will ich ja. Sobald Vivian außer Gefahr ist.»

«‹Außer Gefahr›. Meine Güte, jetzt wachen Sie endlich mal auf!»

Trueblood zündete sich eine grüne Sobranie an und legte

die Füße auf einen seiner unbezahlbaren Fauteuils, während Melrose die Stirn runzelte. «Und wenn ich wach bin, was dann?»

Keine Antwort. «Richard? Sind Sie noch dran?»

«Bedauerlicherweise ja.»

«Gut, jetzt hören Sie mal zu. Sie sind der einzige, der sie davon abhalten kann. Ihretwegen würde sie zurückkommen.» Aus irgendeinem Grunde sagte er das gar nicht gern. «Erinnern Sie sich nicht an den Morgen an der Victoria Station?»

Schweigen. «Ja.»

«Erinnern Sie sich, wie hinreißend sie aussah? Das cremefarbene Kleid, das rotbraune Haar –»

«Ja. Und erinnern *Sie* sich daran, wie wir uns alle das erstemal begegnet sind? Vor zehn Jahren war das. In Long Piddleton. Damals war sie auch kurz davor zu heiraten.»

«Ja, großer Gott. Das kann man doch nicht verglei–»

«Glauben Sie etwa, *den* wollte sie damals heiraten?»

Melrose starrte an Truebloods Decke. Spinnwebgirlanden, von Gipsengeln gehalten. «Ich weiß nicht, wovon Sie reden.»

Ein langes Schweigen, ein langer Seufzer vom Londoner Ende. «Nein, Sie sind so blind, Sie wissen es vielleicht wirklich nicht. Haben Sie Polly Praed mal wiedergesehen?»

«Was, zum Teufel, hat sie denn damit zu tun?»

«Weiß ich nicht.»

«Wir reden über *Sie*.»

In London quietschte ein Stuhl. «Und?»

«Hm, Sie müssen doch *irgendwas* gedacht haben, als der Orientexpreß aus Victoria rausfuhr.»

Noch eine lange Pause.

«*Agnosco veteris vestigia flammae*», sagte Jury und legte auf.

Der Palazzo Gritti war gewiß ein hübsches Hotel, aber nicht so groß und prächtig, wie Melrose erwartet hatte. Bis auf eine ältere Dame, deren Puder zu weiß und deren Wangen zu rosa waren, war die Bar leer. Die Art, wie sie ihren Sambuca herunterkippte und mit dem Glas auf den Tresen klopfte, um die Aufmerksamkeit des Barmanns zu erregen, erinnerte Melrose an Mrs. Withersby. Nach jedem Schluck starrte die Dame hinaus auf den Canale Grande. Ihr grauer Pony lugte unter einem braunen Hut hervor, dessen Band ein sich mausernder Vogel zierte.

Wahrscheinlich eine Millionärin. Oder eine Gräfin. Oder beides. Melrose dachte, wenn er und Trueblood hier säßen, bis sie alt und grau wären und ihnen die Zähne ausfielen, wären irgendwann sämtliche Berühmtheiten dieser Welt an ihnen vorbeiflaniert.

Trueblood, normalerweise extrem mäkelig, stopfte sich mit Nüssen voll. Er wirkte eigentlich nicht, als sei er gerade bei einem Autounfall dem Sensenmann entkommen.

Immer wenn er heruntergeschluckt hatte, überlegte er. «Herr im Himmel, alter Junge, wir müssen uns für eine Geschichte entscheiden. Ich favorisiere immer noch die, in der bei ihr eingebrochen wird – Vivian muß für mindestens eine Million Pfund Antiquitäten in ihrem Cottage haben.»

Melrose schüttelte den Kopf. «Das ist eine Kragenweite zu groß für uns, und wir müßten es nachts machen. Die Leute würden reden. Und überhaupt, angenommen, wir kriegen Vivian nach Hause, wie schaffen wir dann den Krempel auch wieder zurück?»

«Stimmt. Also, was spricht dann dagegen, daß Ruthven verrückt wird und in die geschlossene Anstalt muß? Vivian mochte Ruthven immer.»

«Sie würde ihr tiefes Bedauern aussprechen, aber ich bezweifle, daß sie deswegen die Hochzeit aufschieben würde.

Es ist nicht dasselbe, als wenn Sie oder ich verrückt würden. Und wir können nicht noch mal so tun, als ob mit uns was wäre. Und Ruthven würde es sowieso nicht schaffen, selbst, wenn er wollte.»

«Wie wär's, wenn wir ihr einredeten, Venedig sei ein gefährliches Pflaster?» Trueblood kaute noch eine Handvoll Nüsse, seine Augen leuchteten. «Erinnern Sie sich an die Geschichte mit dem verrückten Zwerg? Vielleicht können wir sie davon überzeugen, daß diese Kreatur noch auf freiem Fuß ist und durch die Gegend läuft und Leute ersticht.»

Melrose schüttelte den Kopf. «Nein, nein, nein, nein! Wenn das wirklich so wäre, stünde es in allen Zeitungen: *Killerzwerg macht Stadt unsicher*. Das hätte sowieso von Jury kommen sollen –» Melrose hielt inne. «Ich hab's!»

«Da kommt sie!»

Die Venezianische Vivian stand vor ihnen und sah wie immer, wenn sie unter italienischem Einfluß stand, phantastisch aus: wunderschön und furchtbar modisch in einem enganliegenden, sehr eigenwilligen Kleid mit winzigen Falten. Melrose allerdings mochte die soliden Wollröcke und Strickjakken, die sie zu Hause immer trug, lieber.

Sie umarmte beide, gab ihnen einen Kuß und setzte sich.

Und Trueblood setzte an: «Sie haben meinen Rat befolgt und den Utrillo gekauft! Die Perspektivik ist wunderbar.»

«Nein, ich habe meinen eigenen Rat befolgt und ein Dickens and Jones-Kleid gekauft. Im Ausverkauf.»

Ein Ausdruck der Abscheu zog über Marshall Truebloods Gesicht.

«Sie sind beide blaß. Marshall hat fast überhaupt keine Farbe.» Sie runzelte die Stirn.

«Es geht uns aber viel besser, wirklich», sagte Melrose.

«Viel besser.»

«Sie sehen auch aus, als hätten Sie ein schlechtes Gewissen.» Vivian lehnte sich über den Tisch und nahm sie ins Visier.

«Wir wollen erst mal einen Drink für Sie bestellen, Vivviv.» Er erwischte den Kellner, bevor dieser die ältere Dame bedienen konnte.

«Wenn Sie den weiten Weg auf sich genommen haben, nur um mich zu sehen, schmeichelt mir das wirklich ungemein. Die Hochzeit wurde noch mal um zwei Wochen verschoben. Einen Gin mit Orangensaft, bitte», sagte sie zu dem wartenden Kellner.

«Hm, früher oder später *müssen* Sie es ja erfahren», sagte Melrose, «es betrifft Richard Jury.» Pause. «Er wird heiraten.»

Trueblood stopfte sich noch ein paar Nüsse in den Mund und nickte eifrig mit dem Kopf.

«*Richard?*» Vivian riß die Augen auf und sah so schockiert aus, als habe der Killerzwerg sie gerade hinterrücks erwischt. Sie machte mindestens dreimal den Mund auf und zu, bevor sie ein ersticktes «Wen?» über die Lippen brachte.

«Sie heißt... Ich weiß es nicht mehr. Sie?»

Trueblood tat so, als versuche er, sich zu erinnern, und zuckte mit den Schultern. «Sie kennen sie nicht.»

«Hm, haben Sie sie denn *kennengelernt?*»

«Oh, ja», sagte Melrose in Richtung Trueblood.

«Sieht gut aus, finden Sie nicht?» Trueblood nahm noch eine Handvoll Nüsse.

Vivian sah den Drink, den der Kellner ihr vorgesetzt hatte, an, als handelte es sich um einen Schierlingsbecher. «Er hätte es mir erzählen können», sagte sie weinerlich.

Melrose stellte ihre Trauer auf die Probe und sagte: «Er möchte, daß Sie kommen.»

Überrascht sah sie auf. «Und wann soll diese Hochzeit stattfinden?»

«In einer Woche», sagte Trueblood.
«In zwei Wochen», sagte gleichzeitig Melrose.
Trueblood korrigierte sich schnell: «Ach ja. In zwei Wochen.»
«Aber da wollten doch Franco und *ich* –»
«Na, Franco würde es doch nichts ausmachen, noch ein kleines bißchen länger zu warten. All die langen Jahre ist er so geduldig gewesen. Muß ja ein äußerst verständnisvoller Bursche sein.» Melrose grinste.
Vivian fragte verdrießlich: «Wie sieht denn die Superfrau aus?»
«Kastanienbraunes Haar, haselnußbraune Augen und ein ovales Gesicht.» Um Gottes willen, er hatte gerade Vivian beschrieben.
«Wie hat er sie kennengelernt?»
Melrose dachte nach. «Bei mir, auf einer Party.»
«Sie geben doch nie Parties.» Wenn Blicke töten könnten! *Verräter*, sagten ihre Augen. «Und was macht sie?»
Während Vivian tiefer in ihren Stuhl sank, sagte Marshall Trueblood: «Sie ist Schriftstellerin.»
«Schriftstellerin?»
«Na jaa... sie schreibt so was ähnliches wie biographische Romane, wenn ich mich recht erinnere.»
Melrose sah Marshall Trueblood argwöhnisch an. Vielleicht war seine Beschreibung doch etwas zu genau. Bei der Haarfarbe eines Menschen konnte man sich schon mal irren. Aber wohl kaum ein Buch fabrizieren.
Ob dieser Neuigkeiten fiel Vivian noch mehr in sich zusammen. Plötzlich nahm sie ihren Gin, trank das halbe Glas auf einmal und knallte es auf den Tisch; die Nüsse sprangen hoch. «Und berühmt ist sie vermutlich auch noch?»
Trueblood hatte gerade Luft geholt, um die Geschichte weiter auszuschmücken, aber Melrose sagte: «Nein, über-

haupt nicht. Sie haben bestimmt noch nie von ihr gehört. Eigentlich weiß ich gar nicht so genau, ob sie überhaupt noch schreibt, oder wie war das?» Unter dem Tisch stieß er Trueblood mit dem Fuß an.

«Sicher nicht mehr.» Trueblood kicherte. «Wahrscheinlich war sie als Autorin eh nur eine Eintagsfliege. Vielleicht lebt sie jetzt sogar von Sozialhilfe.»

«Da hat er ja das große Los gezogen», sagte Vivian. «Attraktiv, klug und belesen. Und sie braucht Hilfe. Die perfekte Frau für Richard Jury.» Ihr Ton schwankte zwischen Sarkasmus und Verzweiflung.

Trueblood konnte es nicht lassen: «Sie mag Rimbaud. Oder war es Verlaine?»

Melrose warf ihm einen bösen Blick zu, und Vivian setzte sich wieder kerzengerade hin. «Perfekt. Wenn sie nicht zu Hause sitzt und Socken stopft, kann sie Sie besuchen und mit Ihnen über französische Literatur sprechen. Holen Sie uns noch was zu trinken!»

Trueblood humpelte zum Tresen.

«Sehen Sie, er zieht immer noch das linke Bein nach.» Aber Vivian schien es einerlei zu sein, von ihr aus hätte er am Knie amputiert sein können.

Sie sagte nichts, bis Trueblood ihr den Drink brachte und (da er Zeit gehabt hatte, die Geschichte auszuspinnen) sagte: «Um Ihnen die Wahrheit zu sagen, Vivian, ob diese Frau wirklich ‹das große Los› ist, wie Sie vermuten, hm, das wissen wir nicht so recht.»

«Na und?» fauchte Vivian. «Sie heiraten sie ja auch nicht.»

«Wir haben ihm gegenüber sogar leise angedeutet, daß sie eigentlich nicht die Richtige für ihn ist.» Trueblood wich Melroses Blick aus.

«Sie haben aber gerade von vorne bis hinten die Richtige *beschrieben.*»

Marshall Trueblood entnahm seinem Zigarettenetui eine rosa Sobranie, zündete sie an und lehnte sich zurück. Melrose trat ihm auf den Fuß. «Es bleibt doch alles unter uns, oder, Viv? Wir beide würden sonst ziemlich im Schlamassel stekken.» Er legte Melrose die Hand auf den Arm.

Was zum Teufel hatte er denn jetzt vor? *Ganz so* naiv war Vivian auch wieder nicht. Andererseits, wenn es um Richard Jury ging, konnte man ihr das Blaue vom Himmel herunterlügen. Jedenfalls nötigte Trueblood ihnen das Versprechen ab, es nicht weiterzuerzählen... was weiterzuerzählen? Jetzt war Melrose genauso gespannt wie Vivian.

«Die lieben Kleinen...» Sowohl Vivian als auch Melrose hingen an Truebloods Lippen.

«Eine Frau mit drei – oder sind es vier? – Kindern zu heiraten, davon zwei noch im Kindergarten – scheint doch sehr unvernünftig zu sein. Und der halbwüchsige Sohn...» Trueblood musterte die Schale mit den Nüssen. «Hat einen Zeitungsladen überfallen, ist beinahe im Knast gelandet.»

Vivian wurde puterrot und dann kreidebleich. «Ist Jury verrückt? Verbringt sein Leben damit, Verbrechen zu bekämpfen, und jetzt will er die Mutter eines Kriminellen heiraten?»

«Wir haben versucht, ihn davon abzubringen, aber...» Ein kurzes niedergeschlagenes Schulterzucken verriet, daß Trueblood auch am Ende seines Lateins war.

Melrose trat ihm vors Schienbein. Großer Gott, nach den ganzen Geschichten, die sie über die Familie Giappino erfunden hatten, wie konnte sie da so blauäugig sein, *diesen* Quatsch zu glauben?

Tat sie aber. «Das ist sein Helfersyndrom. Für einen Kriminalbeamten läßt er sich wirklich tief in die Probleme anderer Menschen hineinziehen!»

«Eigentlich hatten wir ja gehofft, Sie würden ihn vielleicht davon abbringen. Sie wissen, wie sehr er Sie mag.»

«Nein, weiß ich nicht.» Sie machte mit ihrem Glas nasse Ringe auf dem Tisch.

Ein unbehagliches, ratloses Schweigen senkte sich über die Gruppe. Vivian tat, was sie konnte, um beschäftigt zu bleiben – öffnete ihre Handtasche, ließ sie wieder zuschnappen, trank etwas, fiel über die Nüsse her, die noch in der Schale waren. Dann sagte sie mit gepreßter Stimme: «Ich kann nur sagen, er muß völlig vernarrt in sie sein, wenn er drei oder vier Kinder in Kauf nimmt. Ein jugendlicher Crackdealer – das hat ihm gerade noch gefehlt.»

Melrose und Trueblood lachten. «Die ganze Situation übersteigt unser Vorstellungsvermögen. Ich kann mir nichts Schlimmeres vorstellen, als daß sich der Rücken unseres Superintendent beugt unter der Last –»

Melrose trat ihn noch einmal.

«Also hatte er nicht vor, zu meiner Hochzeit zu kommen?» Sie zog die Stirn kraus und zupfte an einem Faden ihres Dickens and Jones-Kleides. Melrose beobachtete, wie die Naht an ihrem Ärmel aufribbelte.

Trueblood sagte: «Doch. Natürlich mit der Familie.»

Melrose legte die Hand vor Augen. Ursprünglich sollte ihre Taktik nur dazu führen, sie zurück nach Northants zu kriegen. Jetzt zerstörte Trueblood auch noch die Verbindung zwischen Jury und seiner Zukünftigen – o Gott, allmählich glaubte er es selbst!

Vivian wußte nicht, wo sie hinsehen sollte – auf die beiden Männer? den Ärmel? die Decke? «Ich muß gehen. Franco wartet auf mich.»

«Es war wunderbar, Sie zu sehen. Sie sehen strahlend schön aus. Franco muß sehr gut zu Ihnen sein.» Trueblood lächelte.

Das würde sie nun völlig aus der Bahn werfen, dachte Melrose. Nicht ein einziges Mal war von Särgen, Transsylvanien, angespitzten Pflöcken oder Spiegeln die Rede gewesen.

«O ja, ja, das ist er.» Diese neue Sichtweise auf den Grafen verwirrte sie. Sie erhob sich.

«Wir sind in dem Hotel am Lido, falls Sie Ihre Meinung ändern sollten», sagte Melrose und gab sich niedergeschlagen.

«Ändern? Ich habe mir ja noch nicht einmal eine gebildet.»

«Um so besser.» Er hielt Vivians Hand in beiden Händen. Wahrscheinlich würde sie es nicht aushalten, daß er und Trueblood wieder abzogen.

Sie verließen den Palazzo Gritti alle zusammen. Sie war blaß und schrecklich verwirrt. «Wann fahren Sie zurück?»

«In ein paar Tagen. Steht noch nicht fest.»

«Es war nett von Ihnen zu kommen. Und mir zu erzählen, was los ist. Sie wissen schon.»

Während sie in unterschiedliche Richtungen davongingen, sagte Trueblood: «Das war glänzend.»

Woraufhin Melrose säuerlich sagte: «Das einzige Problem ist, daß er *nicht* heiratet.»

«Ach was. Wenn Vivian kommt, wird sich das mit Jury, der Frau, den Krabbelkindern und dem Junkie längst erledigt haben.»

2

DER JUNGE IM BAUM hatte sein Zeiss-Hochleistungsfernglas sorgfältig auf eine Szene gerichtet, die sich weniger als zweihundert Meter vom Gelände der Severn School entfernt abspielte.

Ein tragbares Telefon baumelte ihm von der Schulter.

Schon oft war der Junge auf diesen Baum geklettert und

hatte über der hohen Steinmauer gesessen. Er hätte in der Hochstimmung schwelgen können, die bei solchen Ausblicken entsteht. Vielleicht bewegte es ihn so sehr, das er am liebsten ein Gedicht über das geschrieben hätte, was er sah.

Dem war aber nicht so. Der Junge war nur an dem Ausblick interessiert, den ihm der Baum auf die Rennbahn unten gestattete, und auf die Pferde, die dort genau in diesem Augenblick ihre Runden drehten. In der Sekunde, als Rogue's Gallery bei einer Drei-zu-fünf-Gewinnchance die Ziellinie überquerte, sprach er ins Telefon.

«Nummer zehn, Dusty Answer, dreißig zu eins.»

«Alles klar, Junge», sagte sein um einiges älterer Kumpel, der vor den Toren der Severn School in einem zerbeulten Land Rover saß. Er drückte vier Ziffern auf seinem Autotelefon und wiederholte für die Person am anderen Ende den Namen des Pferdes, die Nummer des Rennens und die bescheidene Wette von zwanzig Pfund.

Der Buchmacher seufzte. «Ich muß Sie timen, Boss, damit das klar ist.»

«Natürlich», sagte der Mann im Auto und wählte dann den Jungen im Baum an. «Er timt es. Aber ich glaube, bald haben wir ihn soweit.»

Dessen war sich der Junge im Baum sicher. In den letzten beiden Monaten hatten sich ihre Außenseiterwetten zwischen zwei und zweihundert Pfund bewegt. Sie gewannen nie. Das war der Sinn der Sache.

Der Junge spürte mit der ganzen Naivität, ja, Zuversicht seiner Jugend, daß sie heute das große Geld machen würden.

«Beim nächsten Rennen auf den Favoriten?» fragte er den Mann im Auto.

Der saß mit dem Wettschein hinterm Steuer. Der Junge hatte auch eins, aber er war zu sehr mit dem Fernglas beschäftigt, als daß er es sorgfältig hätte studieren können.

«Splendid Spring, wie's aussieht. Die Wetten stehen drei zu vier... hm, hm, hm. Mehrere Außenseiterwetten, welche willst du? Sollen wir eine nehmen, bei der ich nicht wie ein kompletter Idiot aussehe?»

«Gut. Nicht wie ein kompletter.»

«Okay. Wie wär's mit einer Zehn-zu-Einser mit Namen Cannibal Isle?»

Der Junge hob das Fernglas wieder und beobachtete, wie die Pferde in die Startposition gingen. «Wo die bloß immer diese Namen herkriegen! Okay.»

«Meinst du, er wird endlich mal drauf anspringen, Junge? Jetzt treiben wir das Spielchen schon seit Wochen.»

«Die Habgier. Er glaubt, du bist ein Idiot, der nichts von Pferden versteht, und hat irgendwann die Schnauze voll, von dir zu hören – warte.»

Der Junge wünschte, er könnte nicht nur sehen, sondern auch hören. Er mußte seine Phantasie anstrengen, um das Trommeln der Hufe zu hören, das Schwirren, wenn sie über die Hecken setzten, das Raunen der Menge, das Aufheulen und Schreien – den Sieg. Da! Nicht Splendid Spring, sondern der dritte Favorit, Gal O'Mine, war der Gewinner. «Gal O'Mine», sagte er ins Telefon.

Wieder wählte sein Kumpel im Auto den Buchmacher an. «Cannibal Isle im fünften. Fünfzig Pfund.»

«Himmel... ist das dann nicht wie eine Zwanzig-zu-eins-Quote?...» Er seufzte tief. Aber ihn ging's ja einen feuchten Kehricht an. «Die Wette muß ich auch timen.»

«Hab nichts dagegen.»

Zu dem Jungen im Baum sagte er: «Laß das sechste Rennen aus. Gib ihm Zeit.»

«Ist gut.»

Sie warteten.

Der Buchmacher rief an und sagte zu dem Mann im Auto:

«Geht nicht. Beide Rennen haben schon angefangen.» Der Hörer knallte auf. *Verschwenden Sie nicht meine Zeit!*

Der Mann im Auto rief den Jungen im Baum an. «Was für eine Überraschung. Wir sind schon wieder zu spät dran. Hör zu: Im achten ist ein Pferd, das mir gefällt. Und zwar richtig. Versuchen wir's mit dem? Wir haben schließlich nichts zu verlieren.»

Der Junge dachte nach. «Ist es Favorit?»

«Bei mir ja.» Er sah auf dem Formular nach. «Zweiter Favorit, nein, dritter. Die Quote ist gut – drei zu eins. Das ist dein Pferd, Junge. Fortune's Son.» Er lachte.

«Gefällt mir.» Der Junge lächelte durch das enge Geflecht der Äste, an denen sich schon erste Blätter zeigten. Der März war warm gewesen. Er riß ein Blatt ab, betrachtete es und steckte es in die Tasche. «Gut. Setzen wir fünfhundert. Nein, ein bißchen mehr. Siebenhundert. Um wirklich was zu gewinnen. Das lohnt sich.»

«Wenn er die Wette annimmt.»

«Und wenn du recht hast.» Der Junge lachte. Er zündete sich eine Zigarette an, saß auf seiner kühlen Astbank da und ließ das nächste Rennen vorüberziehen. Dann schnappte er sich sein Fernglas und beobachtete, wie die Pferde für das achte Rennen in die Startboxen geführt wurden. Er suchte mit dem Fernglas die Startlinie ab, bis zu Nummer acht. Es war die Außenbahn. Trotzdem. Acht Pferde im achten Rennen. Außerdem gefiel ihm die blaugoldene Seidenjacke des Jockeys. Fortune's Son.

Sie starteten. Eineinviertel Minuten lang hielt der Junge den Atem an und sah zu, wie sie über die Hecken und Gräben sprangen, als ob er die siebenhundert schon gesetzt hätte.

Fortune's Son war erster. «Ruf an», schrie der Junge ins Telefon.

Sein Freund haute auf die Tasten.

Der Junge wartete, das Fernglas immer noch auf die Seidenjacke des Jockeys gerichtet. Der prachtvolle Braune sah aus, als wüßte er, daß er gewonnen hatte. Der Junge war sicher, daß Pferde ihren eigenen Sieg wirklich spürten. *Darauf* würde er wetten.

Das Telefon knackte. Er hielt es ans Ohr.

Ein Kichern. «Kleiner, dieser verdammte Idiot ist drauf reingefallen. Konnte den siebenhundert nicht widerstehen. Das sind zweitausendeinhundert Pfund!» Er stieß einen schadenfrohen Schrei aus.

«Kassier es ein. Und morgen treffen wir uns hier. Sagen wir, während der Sportstunde. Um drei. Und hau nicht damit ab.» Der Junge lachte.

«Keine Sorge, Kumpel, keine Sorge.»

Er stopfte sich das Telefon hinten in den Gürtel; seine Schuljacke würde kaum ausbeulen, und wegen des Fernglases brauchte er sich keine Sorgen zu machen. Offiziell untersuchte er das Migrationsverhalten von Zugvögeln.

Er kletterte vom Baum und ließ sich das letzte Stück herabplumpsen. Als er sich die Hosen abklopfte, sah er hoch und erblickte seinen Biologielehrer.

«Sir», sagte er ruhig und selbstbewußt.

«Guten Tag!»

Der Junge hielt das neue grüne Blatt hoch. «Wenn man genau hinsieht, stellt man fest, daß die Blattadern immer völlig anders aussehen.»

Der Lehrer besah es sich mißtrauisch. «Kann ich eigentlich nicht finden. Aber du offenbar. Interessante Theorie.»

«Danke, Sir. Ich bin fertig. Jetzt muß ich nur noch die Ergebnisse aufschreiben.»

«Ich werde es mit Interesse lesen.»

«Sir.» Er beobachtete, wie der Biologielehrer nachdenklich

davonging, die Hände hinter dem Rücken verschränkt. Ein netter Mann. Nicht sehr helle, aber nett.

Er betrachtete das Blatt und warf es weg.

Für ihn sahen alle Blätter gleich aus.

Der Junge saß an einem runden Tisch in einem der hinteren Räume im Rose and Crown. Sie spielten zu sechst Straight Poker. Ned Rice war auch dabei.

Die anderen vier betrachteten es als guten Witz, daß sich der Junge offensichtlich für einen erstklassigen Spieler hielt. Er war weder schlecht noch gut. Seit acht Monaten spielte er regelmäßig mit ihnen (außer in den Schulferien) und hatte vielleicht ein Dutzend den Pot gewonnen.

Er war draufgängerisch und prahlte gern mit seinen Reisen in die Staaten, immer nach Las Vegas (das er nur «Vegas» nannte) zu einem reichen Onkel, angeblich ein «heißer Typ» in einem Club namens Mirage.

Und immer spielte er mit US-Dollar, nie mit Pfund Sterling.

Das hatte sie nun wieder richtig ins Grübeln gebracht.

Allan Blythe, ein Arzt vom National Health Service, der schwarz Privatpatienten behandelte und das Geld in die eigene Tasche steckte, hatte ihn gefragt, warum zum Teufel er das Geld nicht zur Bank trug und in Pfund Sterling umtauschte.

«Weil die hiesigen Banken keine fremden Währungen annehmen. Soll ich etwa bis nach London fahren, nur um Geld zu wechseln? Das soll ja wohl ein Witz sein. Ich gebe euch sowieso einen besseren Kurs als die Bank.»

Als er das erstemal mit seinen Dollars und Ned Rice aufgetaucht war, hatten sich die anderen vier fast krankgelacht. Frankie Fletcher kannte einen Schmalspurgeldfälscher, und erst als dieser ein paar der Banknoten überprüft hatte, ließ er den Jungen spielen. Die Scheine aus seinen eigenen Gewinnen brachte Frankie ein- oder zweimal im Monat zu seinem Kumpel. Sie überprüften sie immer; sie waren echt.

Mittlerweile hatten sich die anderen an den Burschen gewöhnt. Für sie hatte es einen gewissen Reiz, einen Schuljungen am Tisch zu haben, der einmal die Woche mit den anderen in die Stadt kam, um ins Kino zu gehen. Der Knabe hier bekam allerdings keinen einzigen Film zu sehen. Weil er kein ernsthafter Konkurrent war und nicht schummelte (sie hatten ihn sehr genau beobachtet), behandelten sie dieses kleine Großmaul mit seinem reichen Onkel in Vegas und seinen prahlerischen Amerikanismen langsam wie eine Art Maskottchen.

Eines fiel ihnen auf: Immer wenn die Einsätze gering waren, paßte er und sagte, er spiele nicht um «'nen Appel und 'n Ei». Frankie Fletcher schnaubte verächtlich. «Sieht aus, als hättest du von deinem Onkel kein Stück gelernt.»

«Mit dir jedenfalls würde er kurzen Prozeß machen», sagte der Junge wütend.

«Immer mit der Ruhe, war nicht bös gemeint, Kleiner.» Frankie beugte sich vor, als der Junge das Geld wechselte, einen Zwanzigdollarschein einsteckte und zwei Fünfpfundnoten sowie ein paar amerikanische Dollar rauszog. Dann erhöhte er gegenüber Frankie um einen Fünfer.

Allan Blythe (der größte Geizkragen am Tisch) verfolgte das Dollar-zu-Pfund-Verhältnis genau und paßte auf, daß der Junge sich tatsächlich nach einem Kurs richtete, der «besser als der der Bank» war. Er überprüfte sogar die Kursschwankungen, um sicherzugehen, daß sie ihre fünf Prozent mehr bekamen.

Frankie gewann das Spiel mit nur zwei Zehnen. «Was hast du bloß vor, Kleiner?» lachte er.

Sie spielten noch eine Stunde – heiße Typen gibt's hier nicht, lachte Ned Rice –, der Junge wechselte wieder und sagte gleichzeitig die Farbe an. Er legte einen Zwanziger in den Pot, zog ein paar Pfund Sterling und ein paar Dollar heraus.

Er verlor wieder.

Um zehn Uhr war der Film immer zu Ende. Der Junge stand auf, stopfte gleichmütig sein Geld in die Tasche – egal, ob er einen mageren Gewinn oder mageren Verlust gemacht hatte –, lächelte Ned Rice zu und ging.

Heute war der Abend nach dem großen Gewinn auf Fortune's Son. Als er das Rose and Crown durch die Seitentür verließ, hatte er vierzig Pfund mehr in der Tasche als zu Anfang des Spiels. Er war nicht unzufrieden, auch wenn er den Pot nicht gewonnen hatte. Für den Onkel in Vegas wären sechzig, fünfundsechzig Dollar nicht mehr als ein Taschengeld gewesen. Aber er hatte keinen Onkel in Vegas. Der Junge grinste. Vierzig Pfund waren nicht zu verachten.

Er schlug den Jackenkragen hoch und ging pfeifend durch die Gasse zwischen Kneipe und Kino. Die Kneipe war überaus günstig gelegen.

Die Hände in den Taschen vergraben, trainierte er ein bißchen für das nächste Fußballspiel und kickte ein schweres Papierknäuel über die Pflastersteine und den Bürgersteig vor dem Kino.

Er kickte gegen einen Schuh.

Der Junge sah in die dicke Brille seines Mathematiklehrers, der ihn mit unerschütterlichem Blick anstarrte, die Arme verschränkt. «So ist das also.»

«Ach du Scheiße», murmelte der Junge.

3

Als Jury sein Büro betrat und guten Morgen sagte, war Wiggins intensiv mit den Medikamenten beschäftigt, die in Reih und Glied auf seinem Medizinschränkchen beziehungsweise Schreibtisch standen. Er antwortete mit einem abwesenden Nicken, ganz versunken in die Entscheidung, gegen welches Wehwehchen er etwas einnehmen sollte.

Zu Jury sagte er: «Sie sind ja geradezu *herzlich*, Sir. Und das schon seit zwei Wochen.» Sein Ton war vorwurfsvoll. «Herzlichkeit» stand eigentlich nicht auf Jurys Dienstplan. Dann sah Wiggins demonstrativ auf die Uhr. «Es ist erst halb acht. Sie sind doch gar kein Morgenmensch, Sir.»

«Nein?» Jury begann unverzüglich seinen Schreibtisch aufzuräumen, ein weiterer Beweis für eine Charakterbesserung. «Habe ich denn sonst immer schlechte Laune, Wiggins?»

Wiggins dachte nach. «Nicht direkt. Sie sind nur manchmal etwas melancholisch.» Der Sergeant öffnete die unterste Schublade, in der er seine Sammlung traditioneller Kräuterheilmittel aufbewahrte, ob gegen Schleimbeutelentzündung, Furunkel oder ein gebrochenes Herz. «Ich glaube, Sie schlafen nicht genug.»

«Das», sagte Jury und sah seinen Sergeant an, ohne die Miene zu verziehen, «ist die akkurateste Diagnose, die Sie je gestellt haben.»

Er hatte in der Tat seit Tagen so gut wie überhaupt nicht geschlafen, aber zugleich fühlte er sich so ausgeruht wie Rip Van Winkle.

Wenn er nach Lewisham kam, was seit zwei Wochen jeden Abend der Fall war, und Jane die Tür aufmachte, fielen sie einander immer so schnell in die Arme, daß er gerade noch mit dem Fuß die Tür zuschlagen konnte. Sie mußten lachen, wenn sie merkten, daß sie ihre Hände nicht voneinander lassen konnten. Sie waren wie Überlebende eines Schiffbruchs, die nun auf das kalte Meer ihres Lebens zurückblicken und sich fragen, wie sie es ans Ufer geschafft haben.

Und auch wenn er nicht mit ihr zusammen war, empfand er eine Zufriedenheit, die ihn unverletzlich machte. Es war, als habe sie ihm eine unsichtbare Rüstung angelegt.

Aus Erfahrung wußte er, daß er sich nicht kopfüber in eine Liebesaffäre stürzen sollte. Er sollte Distanz halten, langfristiger denken, überprüfen, ob das Terrain auch wirklich sicher war, und sich wenigstens eine Weile mit ihr auf einer anderen Ebene bewegen. Aber er konnte sich keine andere Ebene vorstellen; er konnte sich nicht vorstellen, daß sie einander vorsichtig umtänzelten und die Risiken abschätzten.

Das war ihm fast alles schon bei seinem zweiten Besuch in Lewisham durch den Kopf gegangen. Erst als sie sagte, das Abendessen brenne an, lösten sie ihre Umarmung. Zu spät: Das Hühnchen war schwarz, der Salat schlapp und der Weißwein warm.

Aber als sie einander schließlich losließen, hatten sie sowieso keine Lust zu essen.

«Weißt du», sagte Jury im Bett, «jetzt komme ich seit fast zwei Wochen jeden Abend hierher, aber ich könnte dir nicht sagen, wie dein Wohnzimmer aussieht. Ich habe eine ungefähre Vorstellung von der Küche, weil wir da gegessen haben, oder wenigstens *glaube* ich, daß wir in den letzten beiden Wochen was gegessen haben, aber selbst wenn du mir das Gewehr vor die Brust hieltest, könnte ich dir nur das Schlafzimmer exakt beschreiben. Was bin ich bloß für ein mieser Kriminalist!»

Sie lachte, beugte sich über ihn und griff nach drei Medizinfläschchen. Auf ihrem Nachttisch stand eine Karaffe mit Wasser. «Weißt du, diese Form der Kurzsichtigkeit können wir nur kurieren, wenn wir uns die Zeit für eine Wohnungsbesichtigung nehmen.»

«Was für eine Zeitverschwendung! Wofür sind die Pillen?»

Sie hielt sie der Reihe nach hoch und sagte: «Die sind gegen die Wassersucht, die gegen Hypochondrie und die gegen die Beulenpest.»

Jury nahm ihre Hand.

Vor zwei Nächten hatte er gesagt: «Laß uns mal praktisch denken: Ich könnte hier einziehen. Oder du könntest nach Islington ziehen.»

«Irgendwie kann ich mir nicht so recht vorstellen, daß ‹Miss Playgirl des Monats› davon angetan wäre.»

Die gehässige Bemerkung über Carole-anne ärgerte ihn. «Sie heißt Carole-anne, nicht ‹Miss Playgirl des Monats›!»

«Verzeihung.» Sie wandte sich ab.

Jury drehte sie wieder zu sich um. «Sie ist nämlich eine gute Freundin von mir und hat ein ziemlich mieses Leben hinter sich.» Jury wußte nicht genau, ob das stimmte; er konnte nur mutmaßen, welche Geschichten Carole-anne erfunden hatte und welche nicht. «Und wenn sie nicht gewesen wäre, hätten wir uns nie kennengelernt.»

Jane lächelte. «Wohl wahr. Apropos kennenlernen – ich muß dich unbedingt mal meinem Sohn vorstellen.»

«Du lieber Himmel!» Jury zog sich ein Kissen über den Kopf. «Jetzt muß ich mich von einem Teenager unter die Lupe nehmen lassen!»

«Er ist aber kein normaler Teenager.» Sie lachte.

Als Jury einen Haufen Papiere in den Korb warf, sagte Wiggins: «Passen Sie lieber auf; man kann nie wissen, ob was vom Chef höchstpersönlich dabei ist.»

Jury kniff die Augen zusammen. «Wiggins, wenn ich noch einmal höre, daß Sie Racer Chef nennen, nehme ich Ihnen Ihr Nasenspray weg. So! Alles klar Schiff.»

Wiggins bedachte Jurys Schreibtisch mit einem kläglichen Blick. «Jetzt werden Sie nichts mehr wiederfinden, Sir.» Mit spitzen Fingern holte er etwas aus einer kleinen Blechdose und stopfte es sich in die Nase.

«Das habe ich vorher auch nicht.» Jury sah Wiggins an, guckte ein zweites Mal hin. «Warum um Gottes willen stecken Sie sich Tabak in die Nase?»

«Das ist kein Tabak, es ist Gartenraute.»

«Gartenraute. Aha, das erklärt alles.»

«Ist gut gegen Bronchitis. Mrs. Wasserman hat gesagt, ich soll es mal probieren, und sie kennt sich mit Heilkräutern sehr gut aus –»

«Mrs. Wasserman? Wenn Sie meinen.» Das einzige, das Mrs. Wasserman Jury je verordnete, war heiße Fleischbrühe, die scheußlich schmeckte. Vielleicht waren Unmengen Gartenraute drin.

Als das Telefon klingelte, stand Wiggins stramm und ergriff den Hörer. «Wiggins hier.» Er entspannte sich. «Ach, Sie sind es... Was?... Aber irgendwo muß er doch sein.»

Selbst aus dieser Entfernung sah Jury die Leitung regelrecht vibrieren, so aufgeregt wurde am anderen Ende geredet. «Was ist los?» formten seine Lippen in Richtung Wiggins.

«Ja, ja, ja! Wir sind sofort da.» Er legte auf. «Fiona kann Cyril nicht finden.»

Jury stand sofort auf. «Also los. Aber ich gehe nicht mit jemandem über den Flur von Scotland Yard, der Gartenraute in der Nase hat.»

Fiona, das Haar unter einem Tuch festgesteckt, damit es ihr nicht ins Gesicht fiel, suchte überall, sie sah im Papierkorb nach und öffnete eine Schublade nach der anderen. «Er ist weg, ich hab's doch geahnt.»

Wiggins händigte ihr sein Heiligtum aus – sein Taschentuch –, und sie wischte sich die Tränen ab.

«Wahrscheinlich schläft er nur irgendwo.»

Fiona fuhr sich mit dem Handrücken über die Wange und schniefte. «Könnte sein. Wenn er seinen Thunfisch gefressen hat, wird er immer fürchterlich träge» Die Tränen tropften.

«Sie wissen doch, wie gern er sich immer unsichtbar macht. Erinnern Sie sich noch, wie er einmal auf das Gerüst vom Fensterputzer geklettert ist? Und wie er sich immer auf das Fenstersims quetschte und das Gesicht am Fenster rieb und die ganzen todesmutigen Kunststückchen vollführte? Und währenddessen suchte Racer jede noch so idiotische Stelle ab, wo Cyril sein konnte –»

Die Erinnerungen lösten einen neuerlichen Weinkrampf aus.

Als Jury spürte, wie sich sogar ihm die Kehle zuschnürte, drehte er sich um und ging in Racers Büro, um dort zu suchen. Er sah im Schirmständer nach. Cyril liebte dieses Gefäß – solange die Schirme nicht naß waren. Jury bückte sich und öffnete die Bürobar; dann zog er Racers Schreibtischstuhl hervor. Cyril war ein Meister der perfekten Tarnung.

Vom Vorzimmer her rief Fiona ungeduldig: «Glauben Sie etwa, da hätte ich noch nicht nachgesehen?» Sie schniefte erneut und erzählte Wiggins: «...als er diese Kiste mitgebracht hat, das kam mir schon komisch vor. Aber er schleppt immer Sachen durch die Gegend. Irgendwie muß er Cyril da reinbugsiert haben!»

«Gut. Angenommen, er hat Cyril mitgenommen, wo würde er ihn hinbringen?» Eigentlich sprach er mit sich selbst, aber Fiona antwortete ihm jammernd: «Er hat ihn bestimmt in Blackheath ausgesetzt, und der arme Kater weiß nicht, wo er ist!»

Wiggins versuchte Fiona zu beruhigen, indem er einen Film erwähnte, den er vor Jahren gesehen hatte: «*Die unglaubliche Reise*, über eine Katze und zwei Hunde, die beim Umzug der Familie aus irgendeinem Grunde verlorengingen und *einhundert Meilen* wanderten, Fiona, und ihre Familie dann wiedergefunden haben!»

«Aber die Familie wollte sie auch zurückhaben.» Sie schneuzte sich in das Taschentuch.

Jury sagte noch einmal: «Wo würde Racer den Kater hinbringen?» Er blätterte im Branchenbuch, fand, was er suchte, trennte die Seite heraus, riß sie in drei Teile und gab einen Wiggins und einen Fiona. «Jetzt fangen wir an rumzutelefonieren.»

«Den Tierschutzverein? Tierheime, Sir?» Wiggins runzelte die Stirn. «Superintendent Racer macht auf mich nicht gerade den Eindruck, als würde er sich darum kümmern, daß ein Tier gut versorgt ist. Eher der Typ ‹Husch-in-den-Sack, rein-in-die-Themse› –» Er brach mitten im Satz ab, als Fiona wieder aufschluchzte.

«Hören Sie auf zu reden und telefonieren Sie. Ich nehme Racers Apparat.»

Sie sprachen alle auf einmal und sagten fast dasselbe.

«...kupferfarbenes Fell und sehr lebhaft.»

«...orangefarben. Weiße Pfoten. Wahrscheinlich heute morgen abgegeben worden...»

«...bildschöner Kater, intelligent... eventuell gestern abend. Nein? Na gut, vielen Dank.» Wiggins legte auf.

«Stur? Hungerstreik? Hat die Tür seines Käfigs geöffnet?» Jury stand auf und sagte: «Das ist er. Mein Name ist Richard Jury. Ja, J-U-R-Y. Wir sind gleich da und holen ihn.»

Jury ging in Fionas Büro, ein strahlendes Lächeln auf den Lippen. «Ich hab ihn, Fiona.» Sie knallte den Hörer auf. Ein sonniges Lächeln. «Ich besorge uns ein Auto; allzulange dauert es ja nicht.» Als er zur Tür hinausging, fügte er hinzu: «Und schicken Sie den Thunfisch ins Labor.»

Eine der diensthabenden Rezeptionistinnen brachte Jury und Wiggins zu den Räumen, wo die Katzen in numerierten Käfigen saßen. Cyril war in Käfig Nummer elf.

«Ach, ich bin ja so froh, daß Sie gekommen sind und ihn abholen. So sitzt er die ganze Zeit da, rührt sein Futter nicht an, und ich glaube fast, daß er keine Minute geschlafen hat.» Sie ging auf einen Käfig zu, in dem eine getigerte Katze mit ihren Jungen saß. Kopfschüttelnd steckte sie die Finger durch den Draht. «Die werden morgen eingeschläfert. Wenn die Leute Katzen mit Kätzchen herbringen, kann ich immer nur meinen Mund halten. Wissen Sie, die haben so gut wie keine Chance, mitgenommen zu werden, weil die Leute nur Kätzchen haben wollen.» Sie versuchte, die Katze durch das Metallgeflecht zu streicheln. «Da kann einem schon übel werden, wirklich.» Dann wandte sie sich wieder Jury und Wiggins zu und machte ein gehöriges Tamtam um den Kater und seine Retter. Cyril beobachtete das Geschehen. «Man sieht, daß er schon jede Hoffnung aufgegeben hatte. Aber er bewahrt Haltung.»

Das war nicht einfach nur eine «Haltung». Cyrils Pose und die träge blinzelnden Augen legten vielmehr den Schicksalsgöttinnen nahe, besser noch einmal zu überdenken, was sie für ihn vorgesehen hatten. Und was die mitfühlende junge Frau für stoisches Erdulden gehalten hatte, war, wie Jury wußte, schlichte Arroganz. Cyril war ein anpassungsfähiges Tier, wenn er es mit Racer aushielt. Selbst hier schien er trotz der neuen Umgebung und seiner Gefangenschaft

nicht übermäßig erregt, weil er wußte, daß Rettung nahte. Er saß in jener für Katzen typischen statuenhaften Pose, die Pfoten hübsch ordentlich nebeneinander, den Schwanz um sich gewickelt wie eine Staatsrobe. Er gähnte. Damit hatte er ohnehin gerechnet:
Erlösung!

4

SIE WAREN VIVIANLOS zurückgekommen.

Hm, dachte Melrose, Lambert Strether war auch chadlos zurückgekommen. Nur daß Strether einen Morast gesellschaftlicher Heuchelei und moralischen Verfalls durchwatet hatte. Zu seinem eigenen Verdruß konnte Melrose keine Jamessche Sensibilität für sich beanspruchen. Er bat Ruthven, den weißen Armani-Anzug irgendwohin zu stopfen, wo er ihn nie wieder sehen würde.

Immerhin war es ermutigend, daß Vivian ihre Hochzeit (wieder einmal) auf einen späteren Zeitpunkt verschoben hatte, um nach London zu kommen und Jury seine Eheschließung auszureden. Trueblood hatte eine erstklassige Vorstellung hingelegt, einmal mußte er sich sogar echte Tränen verkneifen. Die Frau mit den hennaroten Haaren war schon angesichts ihrer grausigen Vergangenheit schlimm genug. Aber dann auch noch vier Kinder – untragbar!

Sie waren bereits zwei volle Tage wieder in England, als Agatha von ihrer Rückkehr erfuhr; da war sie auch schon und schmierte Marmelade auf ein Brötchen, während Melrose versuchte, sein Buch zu lesen und Musik zu hören.

Die neue Anlage war wirklich wunderbar, ein Meridian 208 CD-Player und Spica-Lautsprecher gehörten dazu. Gestern hatte er den ganzen Tag Lou Reed gehört, aus allen Zimmerecken zugleich hämmerte Lou auf New York City ein:

Get 'em out
on the Dirty Boulevard

Gelegentlich sang Melrose mit, schlug mit den Fäusten im Takt durch die Luft und weckte damit Mindy recht unsanft.

Heute waren es die Doors. Jim Morrison war Rimbaud-Fan gewesen. Also, *das* war merkwürdig. Morrisons Grab war in Paris, sein Tod blieb ein Mysterium.

«Hörst du schon wieder diesen Irrsinnigen?»

«Nein, das ist ein anderer Irrsinniger.» Oje, heute nachmittag würde es wohl wieder Streit mit Agatha geben.

«Für mich klingen sie alle gleich.» Sie setzte noch einen Klacks *double cream* auf die Marmelade.

Er antwortete nicht. *Die Gesandten* kamen ihm wieder in den Sinn; Lambert Strether hatte Chad Newsome nicht erzählt, daß er, Strether, von einem Lastwagen angefahren worden war und daß sein bester Freund lebensgefährlich an Lungenentzündung erkrankt war.

Und Melrose und Marshall hatten Richard Jury noch nicht angerufen, weil sie die Story noch nicht erfunden hatten, die sie ihm erzählen wollten. Melrose hoffte nur, daß Vivian kein überstürztes Ferngespräch tätigte, bevor es gelänge, Jury und die Frau mit den schwererziehbaren Kleinen zu entloben.

«Dieses Getöse ist ja nicht zum *Aushalten*!» Agatha gönnte dem silbernen Teeservice eine Ruhepause und hielt sich die Hände über die Ohren.

Melrose stellte die Anlage leiser. Die Lautsprecher waren

so angeordnet, daß die Musik gleichsam in Agathas Gesicht explodierte.

Er vertiefte sich wieder in sein Buch über Palladio. Seit seiner Reise nach Venedig interessierte er sich für Ruskin, Henry James und andere Schriftsteller, die sich über die Bauten in dieser herrlichen Stadt ausließen. «Das ist interessant.»

«Was?»

«Palladio war der Auffassung, daß auf jeden Landsitz eine alte Ruine gehört.» Über seine Brille hinweg starrte er Agatha an.

«Du siehst ziemlich blaß aus», erwiderte sie. «Ich habe dich davor gewarnt, so bald nach dieser fiesen Lungenentzündung eine Reise zu machen.»

...die Krankheit, die es nie gegeben hatte. Aber Ruthven hatte meisterhaft seines Amtes gewaltet und der Tante vierzehn Tage lang die Krankheit glaubhaft gemacht, derentwegen Melrose vor der Italienreise zwei Wochen lang «flachgelegen» hatte.

Wie er sich nach diesen agathalosen Zeiten sehnte! Zwei volle Wochen lang hatten er und Mindy vor dem Kamin gesessen, vor sich hingedöst, Portwein getrunken, etwas gegessen. Damit Mindy nicht den langen Weg zur Küche auf sich nehmen mußte, hatte Melrose sogar angeordnet, daß ihr Schüsselchen ins Kaminzimmer gebracht wurde. Beide waren wie verzaubert von der Stille, dem Feuer, den Drinks, dem Essen. Ruthven war entzückt, das Mädchen für alles zu spielen. Er machte Lady Ardry eindeutig klar, daß Seine Lordschaft keinen Besuch empfangen dürfe.

«Nicht mal von der Familie? Das ist absurd!»

«So lauten die Anweisungen des Arztes», hatte Ruthven mit dem Fuß in der Tür gesagt.

«Welcher Arzt? Der aus Sidbury?»

«Nein, Madam.» Pause. *«Der aus London. Ein Spezialist.»*

Melrose enthielt sich eines Kommentars und las weiter in seinem Buch.

«Und ausgerechnet mit Marshall Trueblood, dem dämlichsten Menschen im Dorf. Er hat einen schlechten Einfluß auf dich, mein lieber Plant.» Sie hörte auf zu reden, um ein Stück Kuchen zu essen. «Mit ihm zusammen wirst du genauso dämlich. Du als Aristokrat.»

Er seufzte. «Würdest du bitte aufhören, mich immer als den achten Earl of Caverness und fünften Viscount Ardry et cetera zu titulieren.»

Er hob das Buch, damit er sie nicht sah.

«Du machst gerade eine Identitätskrise durch.»

Das war ja was ganz Neues!

«– deshalb solltest du das Leben ernster nehmen.» Sie schlürfte ihre dritte Tasse Tee.

Zum Teufel! Er würde Maßnahmen ergreifen müssen, um sie zum Schweigen zu bringen. Er stand auf, ging zum Schreibtisch, nahm seine Schlüssel heraus und schloß die mittlere Schublade auf. Darin lag ein Dokument. Melrose nahm es heraus, setzte sich wieder hin und fing an, das Blatt sorgfältig durchzulesen. Ab und an hielt er inne und spitzte die Lippen. Melroses neunzigjähriger (und meilenweit entfernt lebender) Nachbar hatte diesen Haufen Schwachsinn aufgesetzt: eine lange Abhandlung über die Zweige Seiner Lordschaft, die über des Nachbarn Steinmauer wucherten.

«Was liest du?»

«Mein Testament.»

Da schaffte es ihre Hand nun nicht mehr bis zum Kuchenteller. «Wozu? Stimmt was nicht? War die Lungenentzündung ernster, als wir dachten?»

Klang sie nicht ein bißchen hoffnungsvoll? «Du hast mir doch geraten, das Leben ernster zu nehmen; und das schließt ja wohl auch den Tod ein.»

«Du bist vielleicht makaber.»

Melrose blickte finster zur Seite. «Uff!»

«*Was?*»

«Ich glaube nicht, daß Ledbetter hier recht hat...» Er schien mit sich selbst zu reden.

«Was meinst du? Simon Ledbetter? Die Ledbetters sind seit fünfzig Jahren die Anwälte unserer Familie.»

Melrose liebte das *unserer*. «Genau.»

«Wie ich dich kenne, Melrose, vererbst du Ada Crisps Rattenterrier etwas.»

«Nein. Aber Ada.»

«Also wirklich, Melrose.» Sie lachte künstlich auf. «Und dieser Withersby wahrscheinlich auch. Was schreibst du da?» Ein Hauch von Hysterie lag in ihrer Stimme.

«Ich korrigiere Simon Ledbetters Irrtum, was die Größe meines Grundbesitzes angeht.» Er malte eine Kuh aufs Papier.

Agatha sperrte den Mund auf, aber bevor sie sich wieder ins Zeug legen konnte, eilte Ruthven mit dem Whisky-und-Soda-Tablett ins Zimmer und stellte es in bequemer Reichweite des Ohrensessels ab.

«Danke schön. Bitte, könnten Sie eine telefonische Verbindung mit Simon Ledbetter herstellen? Rufen Sie ihn morgen an. Morgen früh.»

«Ja, Mylord.»

Melrose nahm einen Schluck von seinem Drink, sagte *hmmmmm* und machte sich wieder an die Beine der Kuh. Dann betrachtete er das Tier genauer und fing an, einen hübschen schattenspendenden Baum dazuzuzeichnen.

«Warum ergänzt du – oder Simon Ledbetter – dein Testament?» fragte sie atemlos, als ob sie an der Antwort ersticken könnte.

Melrose zeichnete einen Zweig, der über einer Steinmauer

hing. Bevor er antworten konnte, kam Ruthven zurück in den Salon und sagte, der Superintendent sei am Apparat.

«Jury?» Oh, mein Gott! Jetzt hatte er eine Kuh gezeichnet, wo er sich eine Geschichte hätte ausdenken sollen.

Melrose tat natürlich beleidigt. «Seit zwei Tagen versuche ich, Sie zu erreichen. Ich habe zwei oder drei interessante Gespräche mit Miss Palutski geführt, die wissen wollte, wann ich zu Besuch käme, mir etwas von ihrem Job erzählte und mich fragte, was für ein Sternzeichen ich sei. Hammers Schmiede, habe ich ihr gesagt. Ich dachte, Sie wollten so schnell wie möglich etwas von Vivian hören.» Er kaute an seinen Lippen und hoffte, daß Jury das nicht unbedingt wollte.

«Natürlich will ich das. Ich war nur schwer zu erreichen. Steht ihr Hochzeitstermin jetzt fest? Und haben Sie den Grafen gesehen?»

«Den mit den Vampirzähnen? Nein, aber wir haben uns wunderbar lange mit Vivian unterhalten –»

Jury unterbrach ihn: «Hören Sie, es geht das Gerücht, ich sei mehr oder weniger verlobt.»

Melrose schwieg.

Trueblood hatte gesungen!

Jury schien indes den kleinen Scherz erstaunlich gut aufzunehmen, denn er klang recht frohgemut. Melrose sagte: «Ich kann aber alles erklären. Zugegeben, das mit den Kindern war übertrieben –»

«Was für Kinder? Es gibt nur eins.»

Melrose wußte nicht, was er sagen sollte. Er kratzte sich am Ohr. Ach, natürlich, Jury konnte auch ironisch sein.

«Hm, das ist ja wunderbar! Und was meinen Sie mit ‹mehr oder weniger verlobt›?» Melrose grinste den Hörer an.

«Woher soll ich das wissen? Vielleicht können Sie und Trueblood das unter sich klären.»

Melrose kicherte. «Es wäre mir eine Freude, behilflich zu sein. Und wie ist Ihre Zukünftige?»

«Hübsch, klug, humorvoll, ungefähr alles, was sich ein Mann wünschen kann. Nur, daß sie manchmal unter ziemlich heftigen Stimmungsschwankungen leidet.»

Wo hatte er *die* Beschreibung nun schon wieder her? Trueblood mußte die ursprüngliche Geschichte vergessen haben.

«Das klingt ja, als sei sie, äh, absolut perfekt.»

«Ist sie auch. Aber trotzdem habe ich Angst – ja, fast Panik –, ihren Sohn zu treffen. Er ist sechzehn und seit ein paar Jahren der Mann im Haus. Er wird mich hassen.»

«Unmöglich.» Melrose runzelte die Stirn. Er wußte nicht, wie er damit umgehen sollte, daß Jury einfach so mitspielte. Er sagte: «Können Sie einen Moment warten?», legte den Hörer an die Brust und starrte die zu einem Sonnenrad angeordneten mittelalterlichen Schwerter an der Wand an, ohne sie wirklich zu sehen. Dann schüttelte er den Kopf wie ein Hühnerhund, der Wasser in den Ohren hat. Nein, nein, nein. «Äh, wo haben Sie sie denn kennengelernt?»

«In Islington, in der Camden Passage, um genau zu sein.»

Konnte Jury nicht aufhören, so verflucht *aufgekratzt* zu sein? Es paßte nicht zu ihm.

«Sie werden sie mögen. Und ihren Sohn auch. Er ist sechzehn. Oder hab ich das schon erwähnt?»

Herr im Himmel, wann hatte Melrose *je* einen Sechzehnjährigen gemocht? Aber darum ging es wohl kaum: Das hier war kein Scherz. Jury machte keine Witze. Melrose sah wieder die Schwerter an und überlegte, ob er eines ergreifen und sich auf die Klinge stürzen sollte. Durch irgendeinen verdammten Zufall hatte Jury wirklich eine Frau kennengelernt. Nun ja, es wimmelte ja nur so von ihnen. Und erfahrungsgemäß waren sie fast alle hinter Richard Jury her.

Was für Hochzeitsglocken würden wohl noch zur Zerstörung seines alten Freundeskreis beitragen? Wahrscheinlich würde Marshall Trueblood noch diese unsägliche Karla heiraten.

Und Jury würde seine Lady mit nach Long Pidd bringen, und dann hätten sie eine vollkommen Fremde in der Hammerschmiede rumsitzen... Das *konnte* doch nicht wahr sein! Das war ein *zu* großer Zufall. Melrose lachte. «Sie machen Witze.»

«Hören Sie, ich weiß, das kommt alles ein bißchen plötzlich –»

«Hm, mir brauchen Sie keinen Antrag zu machen. Vielleicht will Trueblood Sie. Aber ich bin – schon vergeben.» Das würde ihn zum Schweigen bringen.

«Was ist los mit Ihnen?» lachte Jury.

«Nichts. Trueblood hat sich offensichtlich darüber ausgelassen, was wir Vivian erzählt haben und so weiter, und jetzt verarschen Sie uns, wie es so schön heißt.»

Schweigen. «Ich habe keinen blassen Dunst, wovon Sie reden. Was haben Sie Vivian erzählt?»

Melrose ließ den Hörer auf die Gabel fallen, ohne Rücksicht darauf, daß es in Jurys Ohr krachen würde.

«Er meint es ernst», sagte er zu den Schwertern.

5

JURY STARRTE DEN HÖRER AN, vermutete, daß entweder die Leitung oder der Verstand seines Freundes zusammengebrochen war, und lächelte. Plants Reaktion war schon merkwürdig gewesen, aber die Neuigkeiten waren schließlich auch merkwürdig und überraschend...

Selbst für Jury war es seltsam, eine Verlobung anzukündigen, über die noch gar nicht gesprochen worden war. Er hatte ja noch nicht einmal den dazugehörigen Heiratsantrag gemacht. Er fragte sich, ob Jane ihn überhaupt heiraten *wollte*. Aber angesichts ihrer Beziehung würde sie das Ganze zumindest ernst nehmen, dachte er.

Doch die Zweifel plagten ihn und brachten ihn groteskerweise zu dem Entschluß, sofort loszugehen und einen Ring zu kaufen – nichts beängstigend Formales, einfach nur einen Ring. Daß sie vielleicht ablehnen würde, machte ihn nur entschlossener.

Sie brauchte ihn, Jury. Nach dem Selbstmord ihres Mannes hatte sie viel durchgemacht und machte mit seiner Familie in Cumbria immer noch einiges durch. Da brauchte sie – hm, wenn schon keinen Ehemann, so doch wenigstens einen Verbündeten, jemanden außer ihrem Sohn. Der schien ihr einziger seelischer Rückhalt zu sein.

Wenn sie über ihn sprach, war sie eigentlich heiter und glücklich, aber bei dem Gedanken, daß die Holdsworths ihn in ihre Gewalt bringen könnten, wurde sie immer ganz aufgeregt oder trübsinnig. Eine absurde Idee, wie Jury ihr immer wieder sagte, was zu so manchem Streit führte, wie zum Beispiel gestern abend.

Er wußte, er hätte nicht so ungeduldig werden sollen. Aber als Reaktion auf sein, wie er fand, vollkommen vernünftiges Argument, daß es keinerlei Rechtsgrundlage dafür gab, daß die Großeltern ihr den Jungen wegnehmen durften, hatte sie die Haarbürste auf die Frisierkommode gedonnert, was die Utensilien darauf – er kannte jedes einzelne auswendig – zum Tanzen brachte. Das kleine silbern gerahmte Bild ihres Sohnes hüpfte in die Höhe, als wäre auch er über ihre Wut überrascht.

«Kennst du sie vielleicht? Meinst du, nur weil du Polizist bist, könntest du das Verhalten *aller* Menschen voraussehen?»

Jury überhörte es.

Er stand vom Bett auf, wo er gesessen hatte, ging zu ihr hinüber, legte ihr die Hände auf die Schultern und sah sie im Spiegel an. Alles an ihr schien elektrisch aufgeladen – ihr Atem, ihre Augen –, es war eine Spannung, die einem zuweilen die Haare zu Berge stehen ließ. «Janey, du bist verwirrt.»

«Allerherzlichsten Dank!»

Jury angelte sich die Bürste mit dem silbernen Griff und fing an, ihr das Haar zu bürsten, weil er dachte, das würde sie beruhigen, aber sie schob seine Hand weg. Sie blickte auf die Kommodenplatte und sagte mit leiserer Stimme: «Daß ich nur von Almosen lebe, hat Genevieve gesagt, oh, natürlich mit einem Lächeln.»

«Was in aller Welt soll das bedeuten?»

Jetzt bürstete sie sich selbst das Haar, wutentbrannt. «Daß ich von dem lebe, was von meiner Familie kommt, und viel ist es nicht. Daß wir in Lewisham wohnen. Daß ich arbeitslos bin. Daß ich in *vier* Jahren *vier* Jobs verloren habe, obwohl es zweimal gar nicht meine Schuld war... Gut, es stimmt, ich habe weder eine geschäftliche noch eine finanzielle Ader. Daß wir als nächstes in eine Wohnung mit fließend kaltem Wasser umziehen –»

«Wie wär's mit meiner?» Jury beugte sich hinunter und küßte sie auf die Wange.

Da fing sie an, stumm zu weinen, die Tränen tropften eine nach der anderen auf die Glasplatte der Frisierkommode; sie hob die Hand und legte sie auf seine. «O Gott, es tut mir so leid. Warum muß ich es an dir auslassen?» Dann drehte sie sich rasch um, faßte ihn um die Hüften und zog ihn zu sich.

«Du kannst es ruhig an mir auslassen, Liebes. Jederzeit. Und was um alles in der Welt ist so schlimm an diesem Haus? Drei Zimmer mit Küche, ist doch völlig in Ordnung.»

Er spürte ihren warmen Atem durch sein Hemd, als sie sagte: «Woher zum Teufel willst du das denn wissen?» Sie lachte. «Du hast selber gesagt, du könntest nur das Schlafzimmer beschreiben.» Sie sah zu ihm hoch und lächelte, lehnte dann wieder den Kopf an ihn. «Es geht darum, daß das der vierte Umzug in fünf Jahren ist. Ich wirke labil – das, kein Job und wie ich Alex erziehe, monieren sie. Er ist schon dreimal von der Schule geflogen – und dabei leihe ich mir das Geld für die Schulgebühren von einer Freundin, aber erzähl es ihm nicht.»

«Ihr seid mir vielleicht ein Gespann. Was hat er denn angestellt? Bei einer Klassenarbeit abgeschrieben? Den Direktor angepöbelt?»

«Er? Er wird nie wütend. Jedenfalls zeigt er es nicht. Er wirkt sogar gefestigter als du.»

«Unmöglich.»

«Wahrscheinlich ist er auch klüger.»

«Noch unmöglicher.»

Sie nahm das Bild zur Hand. «Und er sieht besser aus.»

«Jetzt übertreibst du aber.» Jury hob sie vom Stuhl hoch. «Mir graut richtig davor, dieses Musterexemplar kennenzulernen.»

«Ach, das ist er nicht. Ich glaube nämlich, daß er mir nicht immer die Wahrheit sagt über das, was er so treibt. Einmal schrieb der Direktor mir einen Brief, daß sie ihn beim Kartenspiel erwischt haben.» Sie knöpfte Jurys Hemd auf.

«Mach ruhig weiter.»

Jury nahm ihr die Bürste ab. Er war erleichtert, daß sie sich auf lockeres, heiteres Terrain begab, als sie über ihren Sohn sprach.

«Er hat eine Menge Geld verdient, weißt du – mit Nachhilfestunden, irgendwelchen Jobs, sagt er. Das muß sich ausgezahlt haben.»

Jury lächelte. «Das hört sich aber nicht so an, als habe dieser Knabe einen Ortswechsel nötig.»

Jury wäre nie in den kleinen Laden gegangen, wenn ihm nicht ein Freund davon erzählt hätte. Er sah mehr nach einem Kostümverleih aus als nach einem Juweliergeschäft. Egal, er war ihm von einem Freund und Kollegen empfohlen worden, dessen Frau antiken Schmuck sammelte.

Die mit Kopfsteinen gepflasterte Straße war eng, und durch die verstaubten, verrußten Schaufenster drang kaum Sonnenlicht. Die verschiedensten Dinge lagen darin: paillettenbesetzte Porzellanmasken, Trödelkleider und Federboas.

Der Besitzer hieß Mr. Cuttle. (*«Geizt ein bißchen mit Worten, aber nicht mit seinen Waren; verlangt absurde Preise und weiß, daß man sie nicht bezahlt, deshalb feilschen Sie mit ihm!»*) Jury war nicht besonders gut im Feilschen, aber er war entschlossen, den Ring heute nach Dienstschluß zu kaufen, selbst wenn er Jane danach nicht mehr treffen würde, wie es eigentlich geplant war. Er machte sich immer noch Sorgen, daß ein Ring zu verbindlich wirken könnte. Wie wär's mit einem *alten* Ring? Den konnte sie als Geschenk oder aber als Versprechen auffassen und würde ihn vielleicht nicht als bedrohlich empfinden.

Manchmal schien sie sich tief in sich selbst zurückzuziehen, an einen Punkt, wo er sie nicht mehr erreichen konnte. Dann veränderte sich ihr Gesicht und wirkte verschwommen, wie unter Wasser. Sie stand zum Beispiel an dem großen vorderen Fenster, schob die Gardinen zur Seite, sah in den Regen hinaus, fast so, als hielte sie nach jemandem Ausschau. Solche Stimmungen machten ihm angst, er fühlte sich ausgeschlossen. Aber er verdrängte dieses Gefühl, denn die meiste Zeit waren sie wie Kinder, die ein Riesengeheimnis miteinander teilen.

Ein paar Tage, nachdem sie sich kennengelernt hatten, lagen sie im Bett. Er hatte den Arm um sie gelegt und fragte: «Bin ich in irgendein Fettnäpfchen getreten?» Er versuchte, amüsiert zu klingen. Die Antwort war Nein.

Kein Mr. Cuttle war im Laden, nur eine andere Kundin, eine Frau, die fast ganz hinter den alten Samtstoffen und perlengeschmückten Kleidern, den Boas und Pfauenfedern verschwand. Man fand diese Dinge nur, wenn man herumstöberte, was sie auch tat. Sie kam Jury bekannt vor. Er konnte einen Teil ihres Rückens und ihr Haar sehen, das sich unter einem Liberty-Schal lockte.

Jemand räusperte sich. Jury drehte sich blitzschnell um und sah, daß ein älterer Mann durch einen schweren Vorhang hereingekommen war. Er war von gedrungener Gestalt, hielt die Hände vor dem Bauch gefaltet und den Kopf gebeugt. Ein unter schweren, buschigen Brauen verstecktes Augenpaar warf Jury einen verstohlenen Blick zu.

«Mr. Cuttle?»

Mr. Cuttle nickte und verbeugte sich mehrmals.

«Ich möchte einen Ring für eine Dame kaufen.»

Mr. Cuttle nickte erneut.

Jury war heftig versucht, ebenfalls den Blick zu senken, um

Mr. Cuttles Augen auf gleicher Höhe zu begegnen. In einem mit Samt ausgeschlagenen Kasten hatte Jury einen Ring gesehen, den er besonders hübsch fand, einen Rubin in einer antiken Goldfassung, der nicht zu teuer aussah – auf jeden Fall würde es sich lohnen, um ihn zu feilschen. «Könnte ich den bitte sehen?»

Mr. Cuttle griff in den Kasten und nahm ihn heraus. Einige Augenblicke stand er da und schüttelte schließlich den Kopf. «Verkauft» war alles, was er sagte, bevor er den Ring in die Tasche steckte.

«Oh. Gut, was ist dann mit dem Granat – das ist doch ein Granat? – und den winzigen Diamanten?»

Der Granat wurde einer ebenso genauen Prüfung unterzogen; das gleiche Urteil gefällt.

«Aber, Mr. Cuttle, warum liegen denn die schon verkauften Ringe in der Auslage?» Die euphorische Stimmung, in der sich Jury zu dieser Mission aufgemacht hatte, verflog rapide. «Vielleicht können Sie mir verraten, welche zum Verkauf sind.»

Mr. Cuttle nahm den Kasten mit den Ringen heraus, sah ihn sorgfältig an und entnahm ihm einen silbernen Ring mit Onyx und Filigranarbeit, der schwer genug aussah, um Janes Arm zu Boden zu ziehen. Mr. Cuttle sah ihn mit einem Lächeln an, das er jedem Kunden schenkte, den er für so dumm hielt, den Ring zu kaufen.

«Nein», sagte Jury.

Während Mr. Cuttle die Suche fortsetzte, sagte eine Stimme hinter Jury: «Mr. Cuttle, Sie sollten Ihre Spielchen besser nicht mit einem Polizeibeamten spielen.»

Jury erkannte die Stimme, ehe er sich umdrehte. «Lady Kennington!»

Sie zog lächelnd ihren Handschuh aus und begrüßte ihn. «Superintendent.»

Jenny Kennington hatte sich nicht im geringsten verändert, immer noch dunkelbraunes schulterlanges Haar, immer noch dieselbe Garderobe; Jury glaubte sogar, den legeren schwarzen Pullover mit den dünnen Silberfäden wiederzuerkennen. Jury war auch der Schal aufgefallen. Den hatte die Lady getragen, als er sie zum erstenmal gesehen hatte, als sie, im Arm eine kranke, in eine Decke eingehüllte Katze, die breiten Steinstufen ihres riesigen Hauses hinuntergeeilt war.

«Also, Mr. Cuttle, wir wissen, daß Sie nur Spaß machen; holen Sie die Ringe aus der Tasche und zeigen Sie sie dem Herrn.»

Widerwillig gehorchte Mr. Cuttle. Jury nahm den Rubin und fragte: «Was meinen Sie?»

«Er ist wunderschön. Aber es kommt auf den Menschen an, nicht wahr? Und den Anlaß», fügte sie hinzu.

Jury sagte nichts, und dann fiel ihm ein, daß er nicht wußte, welche Ringgröße Jane hatte. «Wie dumm von mir.» Er sah auf Lady Kenningtons Hand, sie hielt immer noch den Riemen der Handtasche fest. «Leihen Sie mir mal Ihre Hand? Es sieht aus, als sei sie so groß wie die Hand... meiner Freundin.»

«Natürlich; Hände können aber trügerisch sein.» Sie streckte sie aus, und Jury ließ den Ring auf ihren Ringfinger gleiten.

«Paßt wie angegossen.»

Jenny sah auf ihre Hand und sagte: «Stimmt. Fühlt sich auch gut an. Aber wie dem auch sei, Sie können ihn bestimmt zurückbringen, wenn er nicht paßt. Vielleicht sollten Sie, anstatt zu raten, heimlich einen Ring von ihr mitnehmen; das heißt, wenn das Schmuckkästchen in Reichweite ist.» Sie lächelte freundlich.

«Danke.» Er wandte sich Mr. Cuttle zu, der die ganze Zeit nicht mit der Wimper gezuckt hatte. «Dann nehme ich den hier.»

Lady Kennington stellte eine winzige Alabasterfigur auf die Vitrine. «Ich nehme diese hier. Und vergessen Sie nicht, das Gewand der Dame ist angeknackst und ihr Arm auch.»

Mr. Cuttle machte eine abwehrende Handbewegung und bedeutete ihr, daß sie sie geschenkt haben könne.

«Das ist sehr nett von Ihnen.» Sie hielt sie Jury zur Begutachtung hin. «Sie erinnert mich an den Innenhof von Stonington.»

«Sie haben recht.» Jury gab ihr die Statue zurück und sagte zu dem alten Juwelier: «Der Ring. Ich habe vergessen, nach dem Preis zu fragen.»

Mr. Cuttle brütete finster über dem Ring; kratzte sich an dem grauen Haarkranz auf seinem Kopf und dann am Unterarm. «Den laß ich Ihnen für tausend.»

«Was? *Eintausend* Pfund?»

Mr. Cuttle nickte und steckte den Ring wieder in den Samtkasten. Mit einem kurzen Lächeln, so rasch verflogen wie das Aufblitzen des Rubins, stellte er dann den Kasten an seinen angestammten Platz in der Vitrine zurück.

Lady Kennington stützte sich mit den Armen auf die gläserne Vitrine und starrte Mr. Cuttle so lange an, bis er sie auch ansehen mußte. Er räusperte sich; er seufzte.

«Mr. Cuttle, Superintendent Jury könnte Ihnen die Gewerbeerlaubnis entziehen lassen, ist Ihnen das nicht klar? Sie... stellen Waren mit falschen Angaben aus», sagte sie nachdrücklich. «Ich habe Sie mehrfach dabei beobachtet. Wieviel wollten Sie denn so ausgeben, Richard?»

Sie hatte ihn noch nie mit Vornamen angesprochen. Die euphorische Stimmung kehrte zurück. «Ach, vielleicht so zwischen drei- und vierhundert.»

«Also, Mr. Cuttle, was wollen Sie für den Ring?» Ihr Blick zwang ihn zum Einlenken.

Er spitzte die Lippen, sah an die fleckige Decke und kratzte sich am Kinn. «Dreihundertfünfzig?» Er funkelte sie beide böse an.

«Wunderbar! Könnten Sie ihn mir in eine Schatulle tun?»

Ohne zu antworten, wühlte sich Mr. Cuttle einen Weg durch den dunklen Vorhang, vermutlich auf der Suche nach einer Schatulle.

Lady Kennington sagte zu Jury: «Ich frage mich, warum wir uns immer bei Schmuck treffen?»

«Schicksal.» Er hatte das Gefühl, er müsse den Ring erklären. «Er ist für die junge Frau, die über mir wohnt. Sie tut immer so viel für mich. Kümmert sich um meine Wohnung, putzt, räumt auf; Sie wissen ja, wie es so ist in Junggesellenbuden.»

«Einsam, nehme ich an.» Ihre Stimme war ziemlich ernst.

Jury holte tief Luft, um noch mehr Gründe für den Ring ins Feld zu führen. «Sie hat bald Geburtstag und mag Schmuck, hat aber nicht viel. Deshalb, als Überraschung –» Er lächelte gewinnend und stellte Mr. Cuttle dann eilig einen Scheck aus.

Der Mann kam mit einer Schmuckschatulle zurück und stellte den Samtkasten weg. Aber er übergab den Ring nicht sofort.

«Mr. Cuttle?» sagte Jenny sanft. Er gab Jury die Schatulle.

«Danke schön. Sie haben ein paar wunderschöne Ringe. Ich werde es den Kollegen erzählen.»

«Tun Sie das nicht», sagte Mr. Cuttle und verschwand hinter dem Vorhang.

«Er behandelt alle Waren so, als seien Sie aus altem Familienbesitz», sagte Jenny Kennington, als sie in einer der spinnwebartig verlaufenden kleinen Straßen um Piccadilly standen. «Da haben Sie aber einen guten Kauf gemacht; der hätte gut so um die fünfhundert kosten können.»

«Danke, daß Sie ihn für mich ergattert haben. Hören Sie, haben Sie ein bißchen Zeit?»
«Ja. Wollen wir uns irgendwo hinsetzen?»
«Das Salisbury's ist hier in der Nähe.»
«Gut.»

Er holte die Drinks und setzte sich auf eine rote Plüschbank. «Wo wohnen Sie denn jetzt?»
«Wo wir uns zuletzt getroffen haben. In Stratford-upon-Avon.»
«Und da sitzen Sie jetzt auf Umzugskartons?» Er gab ihr Feuer. «Sie sind immer umgezogen.»
Sie lachte. «Ja, leider. Die Reise mit meiner Tante hat nicht lange gedauert. Sie ist in Paris gestorben, und ich bin dort geblieben. In einer Wohnung in der Rue de la Paix. War ganz schön luxuriös. Ich wußte nicht, daß sie genug Geld für dieses letzte kleine Vergnügen hatte. Sogar mehr als genug. Aber wenn Sie mal wieder nach Stratford kommen, kann ich Ihnen zumindest einen Stuhl anbieten. Ich habe mein Haus in der Altstadt veräußert, und meine Solvenz – finden Sie diesen Maklerjargon nicht hinreißend? – hat sich erheblich verbessert. Ich konnte eine ‹moderne Badezimmerflucht und den angrenzenden Luxusankleidebereich mit einhundertundfünfzig Einbauschränken› und so weiter erstehen. Warum meinen Makler immer, Einbauschränke seien so wichtig? Und der ‹Luxusankleidebereich› ist ungefähr so groß wie eine Besenkammer. Die Wohnung ist überhaupt klein. Aber Sie wissen sicher noch...» Sie hielt inne. «Stimmt was nicht?»
Er hatte ihr zugehört, sie aber nicht angesehen. Sie hatte neugierig den Kopf zur Seite geneigt, ihr Gesichtsausdruck schien zwischen Besorgnis und Amüsement zu schwanken. «Nein. Alles in Ordnung. Wie lange sind Sie noch in London?»

«Bis morgen. Ich wohne im Dorchester.»

Jury hörte sie, aber er sah wieder auf ihren Arm in dem schwarzen Pullover mit den Silberfäden, die nur glitzerten, wenn das Licht in einem bestimmten Winkel darauffiel. Sie hatte den Arm über dem Tisch ausgestreckt, und in ihrer zur Seite gedrehten Hand lag die kleine Statue, leicht beschädigt wie das Original.

Ihm wurde übel. Die Kamera in seinem Kopf surrte Jahre zurück zum Arm seiner Mutter auf dem Boden der Wohnung, nachdem die Bombe gefallen war; er ragte durch die Decke in das Zimmer. Und dann schwenkte die Kamera einen kurzen Moment lang auf Stonington, Lady Kenningtons alten Landsitz, und auf die rätselhafte Marmorstatue in der Mitte des Innenhofes, die Statue, die man unweigerlich immer sah, ganz egal, von welchem Fenster aus.

Wenn Jane keine «Verabredung» gehabt hätte, wäre er später nach Lewisham gefahren... nein, wäre er nicht; er mußte zuviel liegengebliebene Arbeit erledigen. Aber er hatte eine unbändige Wut empfunden, als sie sagte, nein, sie könne ihn nicht treffen; sie habe eine Verabredung.

Sie hatte sich in Schweigen gehüllt, und er hatte sie gefragt, mit wem sie verabredet sei. Mit Godot vielleicht? Und warum die Geheimniskrämerei?

«Das hat doch mit Geheimniskrämerei nichts zu tun. Es ist bloß jemand, den du nicht kennst.»

«Ich würde ihn aber kennenlernen, wenn du mir von ihm erzählen würdest.» Er wußte, *wußte*, daß es falsch war, sie unter Druck zu setzen.

«Um Gottes willen, was macht das für einen Unterschied? Glaubst du, daß ich dich betrüge? Glaubst du das?... Du hast wie versteinert ausgesehen.»

Jurys Gedanken, die in den letzten fünf Sekunden eine Zeitspanne von fast vierzig Jahren durchquert hatten, sammelten sich wieder. Jenny hatte den letzten Satz gesagt – *wie versteinert ausgesehen.*

Sie lächelte nicht. «Was ist los?»

«Tut mir leid. Ich muß gehen.» Er nahm Geld aus seiner Tasche und legte es auf den Tisch. Er konnte nicht glauben, daß er wirklich aufstand und so unhöflich war, sie einfach dort sitzenzulassen.

«Tragen Sie den Pullover immer?» Seine Lippen sahen aus wie gefroren, als sei er meilenweit durch eine Winterlandschaft gelaufen. «Schwarz steht Ihnen nicht.»

Er ging nicht zurück in die Victoria Street, um den unerledigten Papierkram zu erledigen. Später erinnerte er sich nicht mehr, wie lange er noch herumgeirrt war; er lief einfach von Bank zu Bank, setzte sich, schwieg oder nickte oder murmelte etwas vor sich hin, wenn auf der Bank schon jemand saß; er lief und lief, bis zum späten Abend, und schämte sich, daß er jemanden einfach so hatte sitzenlassen, besonders sie.

Schließlich landete er im Green Park auf einer Bank neben einem vor sich hin brabbelnden Betrunkenen, dem er in nichts nachstehen würde, wenn er sich noch ein paar Jahre in Selbstmitleid suhlte.

Er ärgerte sich über sein Selbstmitleid und über die scheußliche Unhöflichkeit gegenüber Jenny, die, das wußte er, so leicht zu verletzen und so freundlich zu ihm gewesen war. Und diese dumme Geschichte, warum er den Ring gekauft hatte... Warum hatte er gelogen?

6

Sie konnte nicht tot sein. Alex Holdsworth stand stocksteif in der Tür zu ihrem Schlafzimmer, der Rucksack mit den Schulbüchern hing ihm schwer am Arm, der Regen floß ihm in Strömen von der Jacke. Er konnte sich nicht dazu bringen, den Fuß über die Türschwelle zu setzen.

Pfeifend hatte er drei Stufen auf einmal genommen, eine Drehung oben um den Pfosten vollführt, sicher, daß sie sich freuen würde, wenn er so überraschend und unerwartet auftauchte. Das würde sie nicht verbergen können. Aber dann käme das obligatorische Seufzen und Kopfschütteln. «*Nicht schon wieder, Alex? Sie haben dich doch nicht schon wieder nach Hause geschickt?*»

Nun ja, sie wußten beide, daß er ein weiteres Mal nach Hause geschickt worden war, aber die Spielregeln erforderten, daß sie sich höchst überrascht zeigte angesichts der Tatsache, daß der Direktor wahrhaftig noch einen Grund gefunden hatte, Alex heimzuschicken. Natürlich würde ein Brief über die Sache mit dem Rose and Crown folgen.

Und natürlich würde Alex demütig, beschämt und bekümmert zugeben, daß er ihr Geld und seine Zeit vergeudete. Und da sie (hatte er gedacht, als er pfeifend den Flur entlangging) es nie über sich brachte, ihn in sein Zimmer zu schicken, ohne ihn vorher mit einer üppigen Mahlzeit vollzustopfen, hatte er ganz heroisch vorher nur einen Kanten Brot und ein Glas Milch zu sich genommen. Es gab Zeiten, wo er sich regelrecht wünschte, daß seine Mutter ein bißchen strenger auf Disziplin achtete, denn er war es leid, sie sich immer selbst aufzuerlegen. Aber so war's nun einmal; nach Ansicht seiner Mum war er unfähig, etwas Unrechtes zu tun (ganz egal, wie oft er nach Hause geschickt wurde).

Den fatalen Schritt über die Schwelle tat ein anderer Alex. Er mußte sich in zwei teilen, nur so konnte er sich davon abhalten, das Haus zusammenzuschreien oder sich auf die Chaiselongue zu werfen, wo sie lag. Der eine Alex zog sich nach innen, in eine Glasglocke, zurück und gestattete sich, in tiefe Wasser abzutauchen.

Der andere Alex ging langsam auf das abgeschabte grüne Damastsofa zu, den Rucksack mit den Büchern schleifte er immer noch mit. Wie kam es, daß er sofort gewußt hatte, daß sie nicht einfach nur schlief? Von der dreieinhalb Meter entfernten Tür aus konnte er doch nicht gesehen haben, wie blaß ihre Haut war oder daß sich ihre Brust nicht mehr hob und senkte.

Er wußte es, weil in einem gewissem Sinne ihr Atmen auch sein Atmen war. Er wußte es, weil er seit achtzehn Stunden eine panische Angst unterdrückte, seit er nämlich am frühen Morgen aus einem Alptraum aufgewacht war – das Bettzeug war so klatschnaß gewesen wie jetzt seine Haare und seine Regenjacke. Der Traum war unkompliziert und flog so schnell vorüber wie die Vögel, die darin vorkamen: Er hatte das Gemälde unten im Haus gesehen, die Kopie eines Van-Gogh-Gemäldes, an dessen Namen er sich nicht erinnern konnte, ein Bild mit schwarzen Vögeln, die über ein Feld fliegen, auf das sich die Dämmerung senkt. Als er aufwachte, lag er schweißgebadet da. Vor dem Frühstück hatte er versucht, sie anzurufen. Keine Antwort. Daran war nichts Ungewöhnliches, sagte er sich während des gesamten Frühstücks immer wieder. Er saß in dem lauten Eßsaal, starrte in seine Schüssel Porridge und rührte darin herum. Der Traum hing ihm nach wie ein schwarzes Schiff, wie die schwarzen Vögel. Er war immer sehr rational gewesen; er hatte nie verstanden, warum er zu komplexen, bilderreichen Träumen neigte. Träume waren keine bösen Vorzeichen (hatte er sich eingeredet).

Während ein Teil von ihm in der dunklen Stille der Glasglocke sicher verwahrt blieb, stand der andere in der Mitte des Zimmers, die Augen starr, tränenlos. Er begriff nicht, wie er sich so in zwei Hälften teilen konnte; vielleicht war das ein «Schock».

Alex schämte sich beinahe, daß der eine Teil funktionierte, daß diese Hälfte imstande war, ohne mit der Wimper zu zukken, dahin zu sehen, wo seine Mutter auf der Chaiselongue lag. Er nahm das verschnörkelte alte Muster des Bezuges und jeden Knick, jede Falte ihres schwarzen Chiffon-Samt-Kleides wahr.

Ihr bestes, ihr Lieblingskleid. Kein Schmuck. Schwarze Lackschuhe standen nebeneinander auf dem Boden, als hätte sie sie gerade anziehen wollen oder aber sie gerade abgestreift, um sich vor dem Ausgehen noch ein bißchen hinzulegen. Bestimmt hatte sie ausgehen wollen, warum sonst trug sie ihr schwarzes Kleid? Sie hatte ausgehen wollen oder vielleicht ein paar Leute dagehabt. Seine Mutter hatte selten Leute da.

Sein Blick wanderte zu dem kleinen Rosenholztisch neben dem Sofa, auf dem eine Porzellanschüssel und ein Porzellankrug standen, beide mit einer schmalen Efeuranke verziert, außerdem eine vergoldete Uhr und eine Glasflasche mit Pillen.

An die Pillen war er gewöhnt – die Tranquilizer, das Seconal, das Zeug, das sie wegen einer kleinen Herzsache nahm. Das Pillengläschen war nur noch ein Viertel so voll wie vorher. Aber sie mußte davon zwei am Tag nehmen, und er war seit Weihnachten nicht zu Hause gewesen. Etwas hielt ihn davon ab, das Gefäß in die Hand zu nehmen; statt dessen beugte er sich hinunter und sah, daß das Datum immer noch dasselbe war. Dieselbe Flasche, nicht nachgefüllt. Seconal.

Er ging ins Badezimmer, öffnete das Medizinschränkchen, überprüfte die Behälter dort. Einer war neu; die anderen trugen noch dasselbe Datum, aber es war weniger darin. Seine Mutter wußte es nicht, er hatte alles immer genau verfolgt. Ihr fehlte nichts Ernsthaftes, außer daß sie zu starken Depressionen neigte.

Er ging zurück und stellte sich wieder hin, wo er vorher gestanden hatte. Sein anderes Ich schrie danach, aus der Glocke zu kommen, aus den sicheren Tiefen des Wassers aufzusteigen. Alex preßte Lippen und Augen fest zusammen.

Aber erst, nachdem er sich jede Einzelheit des Zimmers eingeprägt hatte.

Dann griff er zum Telefon und rief den Notarzt.

Name. Adresse. Meine Mutter.

Alex stand immer noch am Telefon, als die Sirene des Krankenwagens durch die Bilder drang, die ihm durch den Kopf zuckten; seine Mum, wie sie Kuchenteig knetete, seine Mum, wie sie einen flachen Korb welkender Pfingstrosen ins Haus trug, seine Mum in ihrem alten Flanellmorgenrock... eine Collage kleiner Bilder, eines klebte am anderen, sie überlagerten einander, drängten sich auf der Albumseite in seinem Kopf, dehnten sich unendlich aus, bis das Tatütata näher kam, deutlicher wurde und dann aufhörte.

Stampfende Schritte. Der Türgriff klapperte. Alex bewegte sich nicht. Die Schritte kamen gedämpfter die Treppe herauf, und plötzlich barsten so viele Menschen ins Zimmer, daß es aussah, als sei noch Publikum mitgekommen – in weißen Jakken, sie schwitzten, sie trugen eine Bahre herein, klappten ein Bett auseinander. Auf alles vorbereitet.

Ohne grob sein zu wollen, schubsten sie ihn doch mehr oder weniger aus dem Weg und fingen an zu arbeiten.

Er ging zu ihrem Bett und setzte sich schwerfällig hin, halb, um zuzusehen, halb, um nachzudenken. Es war ein altes

Himmelbett mit einem Plumeau. Das Bett, die viktorianische Couch und die Nußbaumkommode hatten seit dem Tod seines Vaters alle Umzüge mitgemacht. Jedesmal bewegten sie sich auf der sozialen Leiter ein bißchen weiter nach unten. Von dem Haus in Hampstead in die Doppelhaushälfte in Knightsbridge, von da in die riesige Mietwohnung in South Kensington und dann hierher in das Reihenhaus, nicht weit von der Lewisham Road und dem Blackheath Common. Wunderschöne Stücke – ein edwardianischer Frisiertisch, ein Mahagonibücherschrank, ein Silberservice, auch das schwere Silberbesteck – waren mit jeder neuen Wohnung wie Ballast abgeworfen worden.

Sie waren nie richtig arm, aber auch nie richtig wohlhabend gewesen.

Sie hatte aber stets darauf bestanden, den Billardtisch zu behalten, eine typische Entscheidung, seine Mutter setzte eben ihre sehr eigenen Prioritäten. Bei einer ihrer gemeinsamen Billardpartien war die Idee mit der Public School aufgekommen. «Zu teuer», hatte Alex zu dem Vorschlag gesagt. Ihr gefiel er.

Sie rieb die Spitze ihres Queues mit Kreide ein und stand noch nicht am Tisch, denn er sollte anfangen. «Also, was ist dann mit der Severn School? Die ist nicht ‹zu›.»

Alex war hinter der Feldlinie und legte sich die grüne Kugel zurecht. «Alles ist *zu*, Mum. Wir haben das Geld nicht.» Da war er gerade vierzehn gewesen.

«Wir könnten eine Hypothek auf das Haus aufnehmen.»

Das war das Haus in Hampstead gewesen. Eigentlich ein ganz anständiges.

«Haben wir doch schon. Ich hab nichts gegen eine Gesamtschule.» Hatte er im Grunde auch nicht, solange er nicht an den teiggesichtigen Mathematiklehrer, die glubschäugige Fremdsprachentante, das scheußliche, massige Gebäude mit dem eintönigen Mauerwerk und dem braunroten Anstrich dachte.

Aber seine Mutter hatte den Sieg davongetragen. Die Severn School war es geworden, vor allem, weil er erkannt hatte, wie verzweifelt sie versuchte, der verhaßten Familie Holdsworth keinen Anlaß zu geben, ihren Erziehungsstil zu kritisieren. Der einzige, den er mochte, war sein Urgroßvater. Bei den restlichen Familienmitgliedern wurde ihm speiübel.

«Tut mir leid, sie ist nicht mehr.»

Ein dünner Krankenpfleger in Weiß stand über ihm und vermied es, das Wort *tot* zu benutzen. Alex sah nicht auf.

«Sie sind ihr Sohn? Der, der angerufen hat?»

Er nickte.

«O Gott», stieß der Typ aus. Hinter der randlosen Brille sah Alex das Mitleid. Daß ein Kind nach Hause kam und seine eigene Mutter so fand. Der Mann, vielleicht unfähig, Alex' unverwandtes Vor-sich-hin-Starren weiter zu ertragen, drehte sich gestikulierend zu den anderen um.

Eine junge Frau trat auf ihn zu.

Alex kämpfte mit dem anderen Ich, das verzweifelt aus der Glasglocke herauswollte, sich hin und her warf, auszubrechen und in den dunklen Wassern zu schwimmen versuchte. Alex warf einen Blick auf die Dame, die (o nein!) sich *hinkniete*, und tat alles, sie wegzuhypnotisieren. Er hätte sie mit seinem Blick geradewegs in die ewige Verdammnis befördern sollen, aber sie *kniete* einfach nur da.

«Jetzt müssen wir uns um dich kümmern, mein Junge.»

War sie von Sinnen? Er sagte nichts.

«...wen sollten wir anrufen? Wo ist denn dein Vater?»

Nichts.

Dann leicht ungeduldig: «Deine Großeltern? Sonst jemand? Wo wohnt deine Familie?»

Er dachte einen Moment nach. «Wir haben keine. Es gibt keinen.»

Für sie eindeutig absurd. Es gab immer *irgend jemanden*. «Aber gewiß...» Und jetzt dachte sie nach, dachte über die Familie nach, die sie wie neue Möbel hereinschleppen konnte. Wenn es keine gab, würde sie eine auf die Beine stellen, zack, zack. «...doch Cousinen, Cousins? Tanten? Onkel? Außerhalb Londons?»

Das würde die Polizei früh genug herausfinden. Warum sollte er der hier helfen?

«Nachbarn», quasselte sie weiter. «Ja, Nachbarn. Die heute nacht hierbleiben könnten. Oder du könntest zu ihnen gehen.» Sie beugte sich vor, legte die Hände auf seine Arme. «Jemand vom Sozialamt könnte vorbeikommen –»

Sein anderes Ich schrie, kreischte. Aber er hielt den Taucher unten, unversehrt. «Niemand kommt vorbei. Und nehmen Sie Ihre Scheißhände von mir weg. Sie sind nicht meine Mutter.»

Zunächst war ihm danach, der Polizei ganz und gar aus dem Weg zu gehen. Dann fiel ihm ein, daß sie dann eine Suche anleiern würden.

Deshalb blieb er. Er wollte ihre sinnlosen Fragen nicht beantworten, und er wollte ihr Mitgefühl nicht. Der Polizist, der ihn befragte, stellte sich mit sanfter, schüchterner Stimme als Detective Inspector Kamir vor. Er war Inder und hatte braune Augen, die zu schmelzen schienen und jeden Augenblick von den Tränen überzufließen drohten, die Alex nicht vergoß.

Es war also eine Überraschung, daß Sie von der Schule nach

Hause gekommen sind. Ich meine, es wäre eine gewesen, fügte er entschuldigend hinzu.

Je nach Frage nickte Alex oder schüttelte den Kopf. Der Polizist nahm an, daß er unter Schock stand. Den Luxus konnte Alex sich nicht leisten: sein Verstand mußte weiterarbeiten. Nach den Fragen zu schließen, hatte die Polizei keinerlei Informationen über seine Mutter beziehungsweise würde ihm, Alex, sowieso nicht glauben, wenn er den Beamten auf den Kopf zusagte, daß sie unrecht hatten.

Worauf das alles hinauslaufen sollte, wußte er, als sich die Fragen allmählich auf den «psychischen Zustand» seiner Mutter konzentrierten. War sie, hm, in letzter Zeit deprimiert gewesen? ... hatte er etwas gemerkt?

Daraufhin sah er ruckartig hoch und starrte in die traurigen braunen Augen des Inspector. Mr. Kamir zog entschuldigend die Schultern hoch und fragte ihn noch einmal: Wußte Alex, hatte er gemerkt, ob seine Mutter deprimiert gewesen war?

Hatte er etwas gemerkt? Natürlich hatte er was gemerkt, er war ihr Sohn. Aber dann dachte Alex an seine Freunde in der Severn School. Er wußte, die meisten hatten keinen blassen Schimmer, was in den Köpfen ihrer Eltern vorging, und es war ihnen auch einerlei. Die Eltern waren ja großteils genauso desinteressiert.

Er sah wieder nach unten. Er erzählte dem Detective Inspector nicht, daß seine Mutter depressiv war. Du wärst auch depressiv, wenn dir die Familie Holdsworth im Nacken säße.

Kamir beharrte nicht auf allzu vielen weiteren Fragen, denn der Junge war erst sechzehn, und er war ihr Sohn, und er hatte die grauenhafte Erfahrung hinter sich, seine Mutter tot aufzufinden.

Statt dessen wandte der Polizist sich dem Problem zu, wer

sich um Alex kümmern sollte. Zu wem sollte der Junge gehen? Zum Vater? Alex verneinte. Der war tot. Was gab es für Verwandte? Zu welchen Verwandten seiner Mutter konnte er gehen? Galloways gibt es nicht, sagte Alex mit Blick auf den Nachttisch mit der geblümten, bodenlangen Decke und den vielen gold- und silbergerahmten Bildern der Lebenden und Toten: der Großeltern mütterlicherseits, der Tanten und Onkel, der Cousinen und Cousins, von denen nur noch zwei lebten, und zwar in Australien. Alex hatte sie nie gesehen, nur seine Tante Madeline, aber *die* wohnte bei den Holdsworths. Es gab eine entfernte Cousine, zu der er notfalls gehen konnte. Falls er die geringste Absicht verspürte, überhaupt irgendwo hinzugehen. Verspürte er aber nicht.

Dann die Holdsworths. Inspector Kamir würde nicht rasten und ruhen, bis er den Jungen versorgt und sicher in den Händen eines Menschen wußte, der bereit war, ihm Mitgefühl und ein Dach über dem Kopf zu geben.

Alex schüttelte den Kopf. Er nahm eine Schachtel mit Papiertaschentüchern und legte sie sich auf den Schoß, als würde er sie bald brauchen.

Die Großeltern, haben Sie gesagt, leben in Cumbria. Das schien Kamir zufriedenzustellen. Ohne Alex' Hilfe überlegte er, wo man den Jungen unterbringen konnte...

Jedenfalls nahm Alex an, daß Inspector Kamir das im Kopf herumging. Er hielt sich heraus, weil es den Anschein hatte, als täte es zumindest dem Polizisten gut; Alex nämlich nicht.

Ein Polizeifahrzeug würde Alex in den Lake District bringen, oder vielleicht wollten ihn die Holdsworths lieber abholen. Fand Alex diesen Plan annehmbar, ja?

«Ja. Kann ich jetzt aufs Klo?»

Das Oberlicht im Badezimmer war öl- und dreckverschmiert. Alex stieß es auf und sah auf die schmale Mondsichel hoch oben.

Er nahm den Porzellandeckel von der Taschentuchschachtel, zog die Hälfte der Taschentücher heraus, nahm die kleine Automatik und das Magazin und wickelte sie ein. Den Rest stopfte er wieder in die Schachtel und legte den Deckel darauf.

Er ließ die Waffe in seine Jackentasche gleiten.

Dann zwängte er sich durchs Fenster aufs Dach, diese Übung beherrschte er meisterhaft. Allerdings hatte er bisher noch nie fliehen müssen, sondern immer nur der Schwerkraft trotzen wollen. Das Dach war wie alle anderen hier sehr steil und mit groben Schiefern gedeckt. Und heute abend auch naß.

Er wäre nie auf die Idee gekommen, daß seine Oberlichteskapaden zu etwas anderem von Nutzen sein könnten, als sich an dem alten Schornstein festzuhalten und die Sterne zu betrachten. Alex kommunizierte aber weder mit den Sternen noch überhaupt mit den Elementen der Natur. Das tat er schon zur Genüge, wenn er seinem Großvater zuhörte, der sich endlos über die Dichter des Lake District ausließ. Die Natur war eine Sache, mit der man auf einer praktischen Ebene umging, etwa wenn sich die Frage stellte, ob sein Favorit bei den Aintree-Rennen mit der schlammigen Bahn zurechtkam. Die Natur war etwas, das es zu überwinden galt. Wordsworth hatte in Alex' Augen so manche günstige Gelegenheit verpaßt, indem er sie einfach nur totredete.

Fünfzehn Minuten später war Alex über zwei Dächer gesprungen, an dem stabilsten Fallrohr hinuntergeklettert (es war aus Kupfer), saß nun in dem kleinen Privatpark gegenüber und beobachtete einen Polizisten auf dem Dach und zwei weitere, die aus der Haustür gerannt kamen. Drei Autos standen quer auf dem Bürgersteig, der Platz vor dem Haus war abgesperrt, und mindestens ein Dutzend Leute standen fasziniert hinter dem Plastikband. Bevor der Krankenwagen durch den Regen weggefahren war, waren es sogar noch mehr gewesen.

Der Regen hatte aufgehört. Alex hatte die Regenjacke ausgezogen und eine Kappe aufgesetzt, um sein Aussehen leicht zu verändern, für den Fall, daß die Polizisten den Park absuchen würden. Es war jedoch der letzte Ort, an dem sie suchen würden, ihrer Meinung nach war der Junge entweder nach rechts oder nach links die Straße hinuntergelaufen. Genau so fuhren jetzt die beiden Autos davon, die Lichtkegel malten Regenbögen auf die ölig glänzenden Bürgersteige.

Er legte sich ans Ende einer von zwei grünen Parkbänken, die andere war schon von einem schlafenden Betrunkenen besetzt. Er hatte sich mit einem Regenmantel zugedeckt, den er gestohlen haben mußte, denn er sah nicht billig aus.

Alex lag unter seiner Jacke, den Schirm seiner Schulmütze tief, aber nicht zu tief in die Stirn gezogen. Er wollte die Straße im Auge behalten.

Nur zwei alte Penner, die ihren Rausch ausschlafen, würden die Polizisten denken, wenn sie es überhaupt für nötig hielten, im Park zu suchen. Mit denen brauchen wir uns nicht weiter zu beschäftigen.

7

SEINE GROSSELTERN hätten auch nichts davon. Es sei denn, sie schlössen ihn im Haus ein, dem «seiner Ahnen», wie sie immer betonten. Glaubten sie wirklich, er würde nun bei ihnen leben?

Trotzdem, er konnte sich an Sommertage im Lake District erinnern und den Zauber des mit Schaumkronen besprenkelten Sees, den Forellenbach, die Wasserfälle, die unglaublich blauen, glasklaren Flächen und den weiten hohen Nordhimmel, als er – wie alt, sieben? acht? gewesen war. Es war wundervoll, er konnte losrennen, quer übers Land, die Arme ausgestreckt, die Augen geschlossen, einen Terrier auf den Fersen, ohne Angst haben zu müssen, irgendwo anzustoßen, in Zäune zu krachen oder gegen Bäume zu laufen. Er liebte die große Leere dort, sie schien etwas in ihm selbst zu entsprechen, als ob er (dachte er jetzt, als er über die Straße starrte) dort draußen endlich eine Landschaft gefunden hatte, in die er aus der Landschaft in sich selbst flüchten konnte. Dort draußen war es kühl, trocken, weithin hell, frei. Er hätte immer und ewig rennen können.

Und sein Urgroßvater war da, den er liebte. Und Millie...

Inspector Kamir stand auf der Treppe und sprach mit einem der Polizisten. Er sah die Straße hinauf und hinunter, als erwarte er, daß Alex vorbeispaziert käme. Ein weiteres Auto fuhr weg, also blieb nur das Auto des Inspektors. Es war ruhig geworden auf der Straße. Die Schaulustigen hatten sich vor den Fernseher oder sonstwohin zurückgezogen. Alex blickte auf seine Hände; er hatte das Gefühl, als könne er sie nicht auseinandernehmen, als trage er Handschellen und brauche einen Schlüssel.

Das Kleiderbündel auf der Nachbarbank bewegte sich, stöhnte und fluchte.

Warum fuhren sie nicht ab, die Polizisten? Verzogen sich und überließen das leere Haus ihm, damit er mit seinen eigenen Untersuchungen weitermachen konnte. Warum verschwanden sie nicht mit ihrem blöden Puder, den Aufnahmen, Notizbüchern, Meßbändern, Kreidemarkierungen und Schlußfolgerungen? Vor seinem geistigen Auge sah er den Bericht des Arztes. Vermutlich Einnahme einer hohen Dosis Barbiturate. Selbstmord.

Als der Betrunkene sich aufsetzte und «O Gooott» jammerte, wandte Alex seinen Blick von der Treppe ab.

Dann sah er, wie sich die beiden Männer auf der gegenüberliegenden Straßenseite in ihre Richtung drehten, und flüsterte seinem Nachbarn zu, die Klappe zu halten!

Als der Mann mit dem Kopf herumfuhr, wobei das Zeitungspapier raschelte und der Mantel herunterfiel, sah Alex, daß er nicht der typische Parkbanksäufer war. Er trug einen Abendanzug – ein Wrack von einer Smokingjacke, die schwarze Fliege hing ihm halb ums Ohr, der Kragen stand auf.

«Auch versetzt worden? Ich sag mir immer wieder, daß ich nie mehr zu den Parties von diesem Idioten gehe.» Dann fiel sein Blick auf Alex' Blazer und Mütze. «Was sind das denn für Klamotten? Bißchen jung für Kneipentouren, oder? Hast du 'ne Fluppe? Oder schnupfst du?»

Alex hatte keine Lust zu antworten. Er beobachtete, wie die beiden Polizisten die Treppe hinuntergingen. Wenn sie vorhätten, den Park abzusuchen, würden sie zielstrebiger gehen.

«Aber natürlich muß der Junge hierbleiben, Jane. Er sieht so abgemagert aus.»

Sie hatten am Eßtisch gesessen – seine Mutter, sein Großvater und seine Stiefgroßmutter (die er Großmama nannte, um sie zu ärgern), sein Onkel George und Madeline Galloway, die Schwester seiner Mutter.

«Meint ihr nicht auch?» Genevieve Holdsworths Frage war an alle Versammelten gerichtet. «Alex muß wirklich aus der Stadt her*aus*.»

Das war vor fünf Jahren gewesen, abwechselnd hatte er seinen Teller und den schwarzen Terrier unter dem Tisch angesehen.

«Ich finde nicht, daß er abgemagert aussieht, und dünn erst recht nicht, mein Gott, bei der ganzen Blutwurst, die er hier verdrückt», hatte seine Mutter selbstsicher gesagt, obwohl sie gesehen hatte, wie er das schreckliche Zeug an den Terrier verfütterte.

«Nein», hatte er zu Genevieve gesagt. «Ich hab zuviel zu tun.»

Er und seine Mutter bewegten sich auf einer eigenen Ebene. Nicht, daß auf dieser Ebene sonst niemand war, aber Alex kannte keinen von ihnen. Er war nicht romantisch; um zu einer Rennbahn zu kommen, würde er über ein ganzes Feld Osterglocken trampeln. Und ganz bestimmt konnte er sich so lange zusammenreißen, bis er herausgefunden hatte, was seiner Mum zugestoßen war –

«Mist!» Der Mann auf der Bank wühlte tief in seinen Manteltaschen und schaffte es schließlich fluchend, eine zerdrückte Zigarette und ein teuer aussehendes Feuerzeug herauszuziehen. Im Licht der Flamme sah Alex, daß er um die vierzig war. Oder zumindest zwanzig Jahre älter als er, Alex... Die Polizisten waren noch da, sie lehnten an ihrem Auto.

«Was ist denn hier los? Verflucht, warum ist denn die Polizei da drüben?»

Alex wollte nur, daß er schwieg, ihn nicht länger dabei störte, sein eigenes Schicksal zu durchdenken.

«Was machst du hier, verdammt noch mal, sitzt auf einer Parkbank, und das um...», er drehte den Arm und schielte auf etwas, das wie eine Rolex aussah, «...um ein Uhr nachts? Ich heiße übrigens Maurice.» Er gähnte so ausgiebig, daß Alex das Gefühl bekam, als sauge er den ganzen verfügbaren Sauerstoff ein. Maurice drehte einen lederbezogenen Flachmann um, schüttelte ihn ein bißchen und seufzte. «Nicht ein Tröpfchen übrig.» Dann wandte er sich wieder an Alex. «Einen Namen wirst du ja wohl haben, nehme ich an.»

«William. Smythe.» Alex zog das Y in die Länge; es war der Name eines besonders widerwärtigen Mitschülers. «Hm, auf Wiedersehen.» Gott sei Dank fuhr das Auto jetzt weg. Aber ein Uniformierter blieb stehen. Hatten sie auch einen Mann im Haus postiert?

Er ging durch den kleinen Garten hinter dem Haus, verschaffte sich mit demselben Schlüssel Einlaß, mit dem er auch die Haustür geöffnet hatte, und setzte sich an den Küchentisch. Er starrte so lange ins Dunkel, bis seine Augen es durchdrangen und er die Umrisse von Kühlschrank und Herd sehen konnte. Hier hätte er sich allerdings auch blind zurechtgefunden. Er hörte nichts.

Leise streifte er Jacke, Mütze und Schuhe ab und ließ sich auf einen Stuhl fallen. Dann legte er den Kopf auf die gefalteten Hände. Aus Angst, einzunicken, hob er den Kopf wieder und kreuzte die Arme fest vor der Brust.

Sein Hals brachte ihn noch um; er tat so weh wie bei der Halsentzündung, die er einmal gehabt hatte...

Heul nicht. Denk nach.

Ein Kaffee würde ihm guttun. Geräuschlos tappte er zum Herd, zog eine von den Schachteln mit Rombouts herunter und die dazugehörige weiße Tasse, die seine Mutter danebenstehen hatte, und zündete das Gas unter dem Kessel an. Bevor der anfing zu pfeifen, nahm er ihn herunter und schüttete das Wasser vorsichtig in den Aufsatz, trug das Ganze dann zum Tisch und wartete, daß es durchlief.

Er beschloß, daß sein Hals der Hals von William Smythe war. William Smythe wäre durchgedreht, hätte geschrien und die Bullen getreten, genau wie damals, als er beim Fußballspielen das Tor verfehlt hatte. Da hatte er den Torwart getreten.

William Smythes Mutter und Vater waren genauso wie William. Ganz egal, was William anstellte, immer war die Schule schuld. Ziegelsteine flogen herunter, um William am Kopf zu treffen, Pflastersteine flogen hoch, um ihm die Nase plattzumachen, Fäuste flogen ihm ins Gesicht. (Gut, *das* stimmte nun wirklich.)

Und Alex' Mutter war wie *Alex*; *er* würde, verdammt noch mal, nicht zulassen, daß die Polizei – die Polizei oder sonstwer – verbreitete, seine Mutter hätte Selbstmord begangen.

Das hatte sie nicht; das würde sie nie tun. Er kannte sie so gut wie die Umrisse des Herdes, des Tisches, des Kühlschranks und der Rombouts-Tasse, die er zum Mund führte.

Das hätte sie ihm niemals angetan.

Wenn er sicher war, daß der Polizeibeamte draußen nichts gehört hatte und nicht wußte, daß jemand hier drin war, würde er wieder hinaufgehen.

Es war dumm, herumzuspekulieren, aber er konnte seine Gedanken nicht abstellen, sie drehten sich unentwegt im Kreis. Würden sie sagen, sie sei durch eine «versehentliche Überdosis» gestorben? Das verwarf er sofort. Sie war nicht unvorsichtig. Und gewiß war sie nicht «labil», so gern die Holdsworths das auch glauben wollten.

Genevieves angeblich gutmütiger, doch so leidgeprüfter Seufzer... «*Du hast einfach immer so ein Pech mit Jobs, nicht wahr, Jane?*» Seine Mutter «verlor» ihre Jobs nicht. Wenn eine Kunstgalerie zumachte, war es ja wohl schwerlich ihre Schuld, daß sie nicht mehr gebraucht wurde. Wenn ein Typ, der Teilzeitsekretärinnen beschäftigte, sie ins Bett zu zerren versuchte (Alex wußte, was der vage angedeutete Ärger bedeutet hatte), konnte man ihr wohl kaum Vorwürfe machen, daß sie das Arbeitsverhältnis beendete.

Und dann immer der nette Hinweis auf die kleine Erbschaft, die seine Mutter gemacht hatte: «*Du hast dein Geld einfach durchgebracht, Jane, wie ein Zocker bei den Rennen von Newmarket...*»

Eines wußte Alex sicher: daß sie sich sehr bemühte, ihr Geld so einzuteilen, daß es möglichst lange reichte, und daß sie keinen Kopf für Zahlen hatte. Und über die Pferderennen von Newmarket konnte ihm nun wirklich keiner was vormachen.

Von seinem Urgroßvater Adam nahm sie kein Geld. Er hatte versucht, ihr regelmäßig eine kleine Summe aufzunötigen. Er war der einzige von ihnen, den Alex mochte und dem er vertraute, der einzige, der nicht behauptete, daß seine Mutter für den Tod seines Vaters verantwortlich war.

An den Tod seines Vaters durfte Alex nicht denken. Nicht jetzt.

Ach, sollten sie doch hingehen, wo der Pfeffer wächst.

Mit der einen Hand schob er den kalten Kaffee beiseite; die andere wanderte zu dem in Papiertaschentücher eingeschlagenen Revolver in seiner Jackentasche. Die Schachtel vom Nachttisch zu nehmen war eine Reflexhandlung gewesen; er hatte nicht gewußt, warum er das tat.

Doch, er wußte es doch. Vielleicht würde er sie noch brauchen.

Seine Mum war keines «natürlichen Todes» gestorben; ihr hatte nichts gefehlt. Und sie hatte nicht Selbstmord begangen. Viel Raum für Spekulationen blieb da nicht.

8

CAROLE-ANNE PALUTSKI war gerade dabei, sich in Richard Jurys Küche ein Würstchen mit Zwiebeln und Tomaten zu brutzeln, als das Telefon klingelte.

Die Stimme am anderen Ende klang hohl, und obwohl man unwillkürlich dachte, der Mund sei voller Spinnweben, gab sich der Anrufer höchst offiziell.

Amtsgebaren imponierte Carole-anne nicht. Im Gegenteil, es verführte sie dazu, demonstrativ mit Töpfen und Löffeln zu klappern, als der Anrufer fragte, wer dran sei.

«Zufällig – zufällig» (das g angelte sie sich zusammen mit einem schlappen Zwiebelring vom Linoleum) «ist Mr. Jurys Assistentin dran... Woher soll *ich* wissen, wo er ist? Es ist noch nicht elf Uhr, also haben die Kneipen noch auf, und ich nehme mal an, er muß sich auch mal ein bißchen vergnügen, genau wie Sie und ich. *Wir* sind schließlich ja auch noch auf, oder etwa nicht?»

Der Befehlston wich einem freundlicheren, wärmeren Ton. Hören Sie, es ist wichtig. Carole-anne hatte zwar selbst durchaus die Absicht, sich den Superintendent vorzuknöpfen, weil er heute abend eigentlich mit ihr ins Pub gehen wollte – den Engel in Islington –, aber sie würde mitnichten zulassen, daß irgend so ein hergelaufener Bulle Jury mit seinen Problemen vollaberte – obwohl sie zugeben mußte, daß der hier angenehmer war als der Chief Superintendent, der, zu dem Schluß war Carole-anne gekommen, geradezu pervers war.

Sie klemmte sich den Hörer unters Kinn, nahm die Pfanne, drehte mit dem Pfannenheber die Würstchen um, während die Stimme immer eindringlicher wurde. Er brauche den Superintendent sofort, und sie möge ihm bitte ausrichten, er solle anrufen, sobald er da sei. Die Stimme war honigsüß, fast weinerlich. Carole-anne fragte sich, wie ein Jagdhund klänge, wenn er reden könnte. «Und *wer,* soll ich sagen, hat angerufen?» Sie kaute eine lecker gebräunte Kartoffelscheibe und betrachtete ihre Zehen. Sie würde ihre Pediküre nie wieder bei Fußflott machen lassen... «Was? Warten Sie doch ein Momentchen, ich muß nur...» Sie kramte in einem Marmeladenglas, um einen Stift herauszufischen. Also, ehrlich. Manche Leute denken wohl, man läuft den ganzen Tag mit einem Notizblock durch die Gegend. «Ja... ja, ich hab's. *Vielen* Dank.» Sie legte auf, bevor er auflegen konnte, und stocherte in den Würstchen herum. Da hörte sie, wie die Haustür aufging.

Jurys Erdgeschoßwohnung war selten abgeschlossen, weswegen die alte Dame im Souterrain ihn oft schimpfte.

Dann würde Carole-anne das Schloß knacken, hatte er zu Mrs. Wasserman gesagt.

Mrs. Wasserman überhörte grundsätzlich jede Kritik an Carole-anne. Daß ein Polizeibeamter mit so schlechtem Beispiel vorangeht, Mr. Jury. Immer und immer wieder hatte sie den Kopf geschüttelt.

Das schlechte Vorbild eines Polizeibeamten betrat um elf Uhr abends seine Wohnung und warf die Schlüssel auf den Tisch. Er war nicht sonderlich überrascht, Miss Palutski dort zu sehen; angesichts der Tatsache, daß seine Küche schnell Feuer fangen könnte, hoffte er nur, daß die Rauchdetektoren funktionierten – obwohl er nicht genau wußte, ob der Qualm von den brutzelnden Würstchen herrührte oder von Carole-anne mit ihrem flammendroten Haar und dem stahlblauen, völlig unmodischen Minirock, der allerdings schnell wieder in Mode kommen würde, wenn die Männer seine Trägerin zu Gesicht bekämen.

Er schnupperte, als er seine Schlüssel auf den Couchtisch fallen ließ. «Ist Ihr Herd kaputt? Und wieso, zum Teufel, kochen Sie überhaupt zu dieser Uhrzeit?» fragte er gereizt. Vom zu vielen Laufen, Sitzen und Nachdenken war er müde.

«Oh, *vielen* Dank! Und das, wo ich hier ackere wie wild, um Ihnen Essen zu machen.» In Wirklichkeit machte sie es für sich selbst; nach drei halben Pints und nur einer Tüte Kartoffelchips im Engel war sie kurz vor dem Verhungern.

«Ich will nichts, danke», sagte er, als sie anfing, den Inhalt der Bratpfanne aufzuteilen.

«Nach der ganzen Arbeit...», sagte sie selbstgerecht, zuckte die Schultern und ließ das, was auf seinem Teller war, auf ihren gleiten. «Wahrscheinlich haben Sie mit J. H. zu Abend gegessen, nehme ich jedenfalls mal an.» Sie ließ sich auf dem Polstersessel nieder und deponierte den Teller auf ihren Knien.

«Falsch, C. A. Ich war mit J. K. was trinken.»

Carole-anne sah plötzlich auf. Alle Frauen des Super waren Anfangsbuchstaben, nur sie nicht.

Er rutschte langsam auf das Sofa und verschränkte die Hände im Nacken. «*Lady* J. K. Was ist denn das hier?» Er sah die Nachricht unterm Telefon.

«Ein Anruf für Sie. *Wer* ist Lady –»

Jury runzelte die Stirn. «Das kann ich nicht lesen... Kahmur? Wer ist das?»

«Irgend so 'n Bulle. Will, daß Sie ihn anrufen. Soll das heißen, Sie haben J. H. abserviert?» Mit neuem Elan zerschnippelte sie die Wurst; daß es vielleicht eine neue Frau in seinem Leben gab, war zu Jurys Überraschung offenbar kein Problem für Carole-anne. Sie seufzte, als sie ihm beim Wählen zusah. «Würden Sie sich doch bloß mal ein Tastentelefon anschaffen! Letzte Woche hab ich mir beim Wählen einen Nagel abgebrochen.»

«Wählen Sie mit den Zehen. Hallo? Inspector Kahmur –»
«Ka-*mir*», korrigierte ihn Carole-anne, als müsse er wenigstens imstande sein, Gedanken zu lesen. «Klang traurig.»
«Traurig?»
«Ich wußte gar nicht, daß Polizisten zu solchen Gefühlen fähig sind.» Sie sah ihn kauend an und ging in Deckung, als er ein kleines Kissen nach ihr warf.
«Inspector Kamir? Richard Jury. Sie haben angerufen –»
Kamirs Stimme war sanft und schwerfällig, er hatte *im Verlauf der Untersuchungen, Mr. Jury*, herausgefunden, daß die Frau mit dem Superintendent befreundet war. Der Inspector sprach jedes einzelne Wort langsam aus, als sei es ein Tropfen Öl, der ins Wasser fiel und einen Moment darauf liegenblieb, bis der nächste folgte.

Aber jedes traf wie ein Geschoß. Jury hielt den Hörer von sich weg und starrte ihn mit zusammengekniffenen Augen an. Die Stimme, jetzt dünn, sprach weiter. Er hielt den Hörer wieder ans Ohr, sagte nichts in das folgende Schweigen, hörte den Inspektor dann fragen, ob er, Jury, ihn so bald wie möglich aufsuchen könne. Ja.

Den Hörer in der Hand, wußte er nicht, ob er das Wort *Ja* oder den Satz *Jane ist tot* gesagt hatte. Er mußte letzteres gesagt haben, denn am anderen Ende knackte es, und er sah, wie Carole-annes Augen groß wurden, wie sie aufstand und wie ihr der Teller vom Schoß glitt, alles in Zeitlupe. Obwohl sie rasch auf ihn zurannte und den Tisch dabei umkippte, erschien es ihm eher wie eine Bewegung unter Wasser. Als würde sie gegen einen Luftstrom schwimmen. Seine Sinne waren so betäubt, daß er nichts hörte, weder Teller noch Besteckgeklapper, noch den dumpfen Aufprall des Tisches.

Carole-anne weinte. Ihr Gesicht war rot und verzerrt wie das eines Säuglings. Sie warf sich ihm an die Brust und schlang die Arme um seinen Hals.

Er blieb einfach sitzen, tat nichts, sollten seine Sinne doch absterben.

Und dann erwachte er aus der Taubheit und hörte, daß sie am Telefon war und schrie, Mrs. Wasserman solle kommen, und was undeutliche, verschwommene Dunkelheit gewesen war, war plötzlich sengendes Licht.

Jury schob Carole-anne beiseite und rannte die Treppen hinunter auf die Straße. Ohne Mrs. Wasserman, die sich aus ihrer Souterrainwohnung die Treppen heraufschleppte, zu antworten, riß er die Tür seines Autos auf.

Im Rückspiegel sah er eine ältere Dame im Morgenmantel mitten auf einer Straße in Islington stehen.

9

Während er im Dunkeln am Küchentisch gesessen hatte – wie lange, wußte er nicht... fünf oder fünfzig Minuten? –, hatte es wieder angefangen zu regnen. Es schüttete wie aus Kübeln.

Alex legte die Automatik auf den Tisch und sah sie sich genau an. Es war eine kleine Webley, mit kurzem Lauf. Sein Onkel George hatte sie ihr gegeben. *Wenn man bedenkt, wo ihr wohnt...* Alex schüttelte den Kopf. Man hätte meinen können, es sei Brixton.

Sie lebten in einer Seitenstraße der Lewisham Road, nicht weit vom Blackheath Common. Es war ruhig; hübsch, südlich der Themse. Alex liebte die riesige Rasenfläche. Natürlich hatten sie seine Mutter wiederholt eindringlich gewarnt, die Waffe aus der Reichweite des Jungen zu halten.

Was für ein Sermon. Alex war derjenige, der das Problem gelöst hatte, wo man die Waffe und die Munition aufbewahren sollte. Versteckt, aber in Reichweite.

Der Platzregen wurde zu Schleiern, die sich hoben und senkten wie ein zarter Vorhang und gegen die dunklen Fensterscheiben rauschten.

Als Alex hörte, wie sich die Haustür öffnete und dann schloß und Schritte die Treppe hochstampften, sprang er auf.

Sie waren doch nicht etwa zurück! Aber es war nur eine Person, die die Treppen hinaufgerannt war und jetzt im Zimmer seiner Mutter herumlief.

Alex starrte an die Decke.

Als Jury in dem Haus in Lewisham ankam, rechnete er nicht damit, noch irgendein verräterisches Beweisstück zu finden, das Detective Inspector Kamir entgangen war. Die Spurensicherung hatte sich zweifelsohne jeden Millimeter vorgenommen.

Der junge Beamte an der Tür war überrascht gewesen, weniger von der Tatsache, daß er überhaupt erschien, als von seiner merkwürdigen Art. Ins Leere sagte er: «Ja, Sir, Sie können –»

Das Grauen von Zimmern, aus denen jemand verschwunden war, bestand darin, daß sie immer noch an der Gegenwart des Abwesenden festhielten. Der um den Bettpfosten drapierte Schal; die silberne Haarbürste, die rosa Puderstäubchen auf dem Frisiertisch; die Hausschuhe hübsch ordentlich neben dem Bett aufgestellt.

Wie konnten leblose *Dinge* die Luft mit soviel Erwartungen füllen? Daß er ihre Schritte im Flur hören konnte, daß sie im Türrahmen erschien...

...*eine Überdosis.*

«Hast du schon mal jemanden getroffen, der sich mit einer Pille pro Tag eine Überdosis verpaßt?» hatte sie lachend gesagt.

«Ja. Meinen Sergeant.» Ernster hatte Jury gefragt: *«Holst du sie alle in derselben Apotheke?»*

«Nein, ich geistere mit einer dunklen Brille durch London oder als kleine Lady mit Schal verkleidet. Natürlich kaufe ich sie alle in derselben Apotheke!»

Jury hatte nichts im Zimmer berührt, nur in der Mitte gestanden und sich umgesehen. Kamir glaubte nicht, daß die Überdosis ein Zufall war.

Aber warum Selbstmord? Sie hatte nicht den geringsten Grund dazu. Weil es ihren Sohn gab, weil es, hoffte er, ihn gab.

Mein Gott. Alex. Er hatte sie gefunden.

Alex saß im Dunkeln und lauschte in die Stille. Was tat der Mann? Es war nicht der Polizist Kamir, jedenfalls klang er nicht so. Dessen Schritt war leicht gewesen, beinahe geschmeidig. Inspector Kamir war kein großer Mann.

Endlich hörte er den Menschen oben sich bewegen, hörte Schritte auf der Treppe. Schwere, gedämpfte, langsame Schritte. Alex dachte, so ähnlich war er wahrscheinlich selbst die Treppen hinaufgerannt und wahrscheinlich auch wieder hinuntergegangen. War dieser Mensch in der glücklichen Erwartung hinaufgerannt, dort seine Mutter zu finden? Komm zur Vernunft – an der Tür steht ein Bulle.

Und trotzdem hatte es wie ein Echo seiner eigenen Heimkehr geklungen, als wiederhole sich ein Spuk.

Das Kinn auf der Brust, den Revolver vor sich auf dem Tisch, blieb er sitzen und versuchte, nicht einzuschlafen.

10

SEIT KURZ VOR DER MORGENDÄMMERUNG saß er in seinem Büro, zog gedankenverloren an der kleinen Messingkette an seiner Lampe, die an- und ausging, an und aus. Mal sah er zu, wie die Schatten an der Wand erschienen, mal, wie sich das graue Morgenlicht durch das Fenster kämpfte.

Unfall oder Absicht... Wieder hörte er Kamirs Stimme und spürte darin etwas sonderbar Poetisches, düstere Worte wie aus einem elisabethanischen Drama.

Daß es Selbstmord gewesen sein sollte, war doch einfach undenkbar...

Aber trotzdem: In Janes Innerem gab es einen Bereich, in den er niemals eingelassen worden war, den sie ihm vorenthielt, nicht ein Geheimnis, das sie verschwieg – obwohl sie weiß Gott sehr leicht Geheimnisse vor ihm hätte haben können. Es war etwas, das sie von ihm isolierte: ein Argwohn, daß man ihm in einigen Dingen nicht trauen konnte.

Er preßte die Augen zusammen. Wut und das Gefühl, betrogen worden zu sein, drohten den Kummer und die Gewissensbisse zu ersticken. Einen Augenblick lang haßte er sie, weil sie sich so entschieden geweigert hatte, ihn in die Tiefen ihres Unglücks hineinsehen zu lassen.

Ein Anruf... weiter war er nicht von ihr entfernt gewesen.

Aber bei jemandem, der entschlossen war, sein Leben zu

beenden, war das vielleicht ein Widerspruch in sich. Selbstmord war letztendlich eine in sich abgeschlossene Welt. Wenn man jemand anderen in diese Welt hineinlassen könnte, würde sie sich ja öffnen.

Er schob Papiere und Akten beiseite und legte den Kopf auf den Schreibtisch.

Daß er eingenickt war, begriff er erst, als er jemanden über sich spürte und bemerkte, daß Sergeant Wiggins mit einer Tüte von Natural Habitat, seinem neuen Stammladen, über ihm stand. Während das, was Jury für einen bösen Traum gehalten hatte, Wirklichkeit annahm, war er zumindest dankbar, daß er Jane Holdsworth hier niemandem gegenüber erwähnt hatte. Nicht etwa deshalb, weil er das Mitgefühl der anderen nicht ertragen hätte, sondern weil ihr Tod und seine Rolle in ihrem Leben so vollkommen ungeklärt waren. Er hätte einfach nicht gewußt, wie er sich hätte verhalten sollen.

«Was tun *Sie* denn so früh hier, Sir? Ich weiß ja nun, daß Sie plötzlich ein Morgenmensch geworden sind, aber doch nicht so sehr, daß Sie *mich* überbieten?» Wiggins' ersticktes kleines Lachen war nach den erstickten Schreien in Islington eine Erleichterung.

Schwarze Jacke, schwarzer Hut, weißes Gesicht – Wiggins sah eher wie ein Todesengel aus als wie jemand, der in seiner Tüte wohl genügend gesundheitsfördernde Chemikalien hatte, um die Toten von ganz Scotland Yard wieder zum Leben zu erwecken.

«Hallo, Wiggins», Jury wischte sich mit der Hand übers Gesicht und war froh, daß er zwischendurch in seiner Wohnung gewesen war. Er wäre auf jeden Fall dorthin zurückgegangen, damit Carole-anne und Mrs. Wasserman wußten, daß alles in Ordnung war. Er wollte nicht, daß Bartstoppeln oder ein verknittertes Hemd seinen Zustand verrieten.

«Kommen Sie immer so früh?»

«Morgens kann ich am besten denken», sagte Wiggins scheinheilig. Er leerte die Tüte aus, reihte ein paar kleine braune Flaschen vor sich auf, ein Döschen Pastillen, eine Rolle Magentabletten und eins dieser gräßlichen Saftpäckchen mit dem daranklebenden Strohhalm, bei denen einem der Saft immer ins Gesicht spritzt, wenn man das Plastiksiegel entfernt und den Strohhalm hineinsteckt. Wiggins indes beherrschte diese Prozedur aus dem Effeff: Er holte Watte aus den Aspirinfläschchen, brachte die weißen Pfeile auf den Sicherheitsverschlüssen in Stellung, drückte mit dem Daumen drauf und drehte. Er hätte Panzerschrankknacker werden sollen.

«Sie sehen fürchterlich aus, wenn ich das so sagen darf, Sir.»

«Ich fühle mich auch fürchterlich und möchte das Thema hiermit beenden, wenn *ich* das so sagen darf.»

Aber eine Krise vor der eigenen Haustür ließ sich Wiggins nicht so leicht entgehen. Er hatte den Stöpsel aus einer der braunen Flaschen gezogen, das Saftpäckchen aufgerissen, etwas Apfelsaft in ein Glas gegossen und sorgfältig einige (eins, zwei, drei, vier) Tropfen hineingeträufelt. Die Flüssigkeit bekam einen plörrigen Braunton.

Jury schüttelte den Kopf. «Das trinke ich nicht, Sergeant.»

Wiggins war schon aufgestanden und trug das schmerzlindernde Gebräu zu Jury.

«Nein.»

«Im Handumdrehen sind Sie wieder obenauf –»

«Gießen Sie Whisky dazu und geben Sie es Racer.» Er stand auf und zog sich die Jacke an. «Wenn Sie mich brauchen, ich bin auf dem Revier.» Jury legte einen Zettel auf Wiggins' Schreibtisch.

«Inspector – Kamir? Worum geht's, Sir?»

«Um einen Fall, an dem er arbeitet.» Jury wünschte, er wäre schon über alle Berge gewesen, bevor Wiggins hereingekommen war; sein Hals fühlte sich heiß und rauh an. «Eventuell Selbstmord.»

Wiggins klopfte sich eine grünrosa Kapsel in die Hand. «Da hat's ihn mit diesem Fall wohl als ersten erwischt?» Er nahm einen Schluck Wasser.

«Was?» Jury runzelte die Stirn.

«Das sagen sie in New York. ‹Erwischt.›» Wiggins schenkte Jury ein zerknittertes Lächeln. «Hab ich gelesen. Das würde Superintendent Macalvie gefallen, meinen Sie nicht? Es bedeutet –»

«Ich glaube, ich hab's kapiert. Ja, ihn hat's erwischt.»

Inspector Hanif Kamir hatte den resignierten Blick des Polizisten, der «alles» gesehen hat und dadurch älter, aber nicht weiser geworden ist. Jury fragte sich, welche Weisheit man erwarb, wenn man in irgendwelchen engen Seitenstraßen Menschen in diesem Zustand betrachten mußte: eine alte Dame, bös verprügelt, aber sie atmete noch. Ein übelriechender Wind fegte durch den Ziegelsteingang, der von den Pembroke Villas abging; er wehte den Abfallgestank aus den Mülltonnen herbei und zerzauste ihren Spitzenkragen. Ihre beinahe durchsichtigen, blaugeäderten Augenlider öffneten und schlossen sich unentwegt.

Sie hatten ihr die Geldbörse entrissen; sie hatte ihnen aber noch erzählen können, daß sie nur vier Pfund und ein paar Münzen bei sich gehabt hatte. Allerdings hatte die alte Dame keine Lehre erhalten, von der sie, um einiges weiser geworden, noch Gebrauch machen konnte.

Kamir auch nicht. Und auch die Sanitäter nicht, die sie vorsichtig auf eine Bahre hoben. Ihre Lider flatterten, und ihre schmalen Lippen bewegten sich und wiederholten, daß sie doch nur die vier Pfund gehabt hatte.

Kamir, dessen sanfte Stimme noch sanfter wurde, als er sah, welch große Angst die alte Frau hatte, flüsterte ihr etwas zu, das Jury nicht verstand. In seinem Zustand hörte er die üblichen Hintergrundgeräusche der Stadt und das Zuknallen der Krankenwagentüren allerdings ohnehin nur gedämpft.

«In der Zentrale wurde mir gesagt, Sie seien hier.»

«Meine Schwester, meine ältere Schwester, ist so gestorben», sagte Kamir. Die Seiten seines Notizbuchs gerieten in der übelriechenden Brise durcheinander.

Jury wußte nicht, was er dazu sagen sollte. Egoistisch überlegte er, ob er dieser Kette verheerender Ereignisse seinen eigenen Kummer noch hinzufügen durfte. «Ihre Schwester.»

Kamir nickte. «Wie diese alte Frau wurde sie auf dem Heimweg in ihr kleines Reihenhaus angegriffen. Wahrscheinlich haben sie ihr das Gesicht so schlimm zugerichtet, weil es ausgesprochen schön war. Sie wissen, bei uns ist es Sitte und auch Teil unserer Religion, daß Frauen einen kleinen Diamanten im Nasenflügel tragen.» Er griff sich selbst an die Nase. «Es war ein winziger Diamant. Ich kann immer noch nicht glauben, daß sie ihr die halbe Nase abgeschnitten haben, um an den Diamanten zu kommen. Nein.»

Weit hinten in der Lewisham Road hörte Jury den Krankenwagen heulen.

«Sie zogen ihr den Sari aus. Aber die Unterwäsche nicht – sie wurde weder vergewaltigt noch sexuell belästigt. Aber sie nahmen den Sari mit, wickelten ihn von ihrem Körper ab, und das fand ich merkwürdig. Bis ich begriff, daß sie sie einer verhaßten Tradition berauben wollten.» Er schloß das

Notizbuch und sagte: «Ich glaube, ich bin nicht zum Polizisten geboren.»

«Wer ist das schon?»

Kamir sah zu Jury hoch, der viel größer war als er, und nickte. «Nach dem, was ich gehört habe, Sie vielleicht. Sie haben den sechsten Sinn, die Intuition.»

«Das bezweifle ich.»

«Vielleicht können wir irgendwo hingehen, wo man sich besser unterhalten kann. Um die Ecke ist ein Café.»

Er ging zu dem Polizeifahrzeug, sagte etwas zu den beiden Männern dort und kam zurück, um sodann mit Jury den Durchgang hinunterzulaufen.

Die «frisch zubereiteten» Sandwiches und Brötchen unter den Plastikglocken in dem Café sahen alt und schlaff aus, obwohl es noch nicht einmal zehn Uhr morgens war. Dieselben säuerlichen Düfte, nun vermischt mit etwas ekelerregend Süßem – vielleicht dem Geruch des zuckersüßen Gebäcks –, durchdrangen die enge Imbißstube. An der einzigen Theke entlang der Wand saßen Jury und Kamir.

Kamir starrte in seine Tasse stark gesüßten Tees, die Jury ihm gebracht hatte, und sagte, während er langsam darin herumrührte: «Es tut mir leid wegen Mrs. Holdsworth, Ihrer Freundin.»

«Ja.» Jury rührte seinen Tee nicht an. «Woher wußten Sie, daß sie meine Freundin war?»

«Ach.» Kamir nahm einen Schluck. «Aus dem Adreßbuch. Ihre Adresse war auch darin.»

«Natürlich.»

«Und der Kalender. Den in der Küche muß sie als Terminkalender benutzt haben. Termine, Einladungen zum Abendessen.»

Jury war überrascht. Er hatte nur einmal gesehen, wie sie

einen Arzttermin darauf gekritzelt hatte. Aber in die Küche hatten sie sich nur selten verirrt. Zum einen war sie eine lausige Köchin. Er mußte lächeln. Aber nur kurz, denn die Erinnerung schmerzte. Dann bemerkte er, daß Kamirs Blick auf sein Gesicht geheftet war. «Wie bitte?»

«Zwei Dinge», sagte Kamir. «Das eine, warum haut ihr Sohn durch das Badezimmeroberlicht ab? Ich habe nur versucht, etwas zu arrangieren, wo er hingehen konnte, überlegt, wer bei ihm bleiben würde. Er hat sie gefunden –»

«Ich weiß.» Jurys Ton war so scharf, daß der Inspector sich im Stuhl zurücksetzte. Leiser sagte Jury: «Ich habe ihren Sohn nie kennengelernt. Aber nach allem, was Jane von ihm erzählt hat, muß er eine blühende Phantasie haben.» Jetzt lächelte er frei heraus. «Durch das Oberlicht in der Toilette? Und Sie konnten ihn nicht finden?»

Kamirs Lächeln war dünn. Dieser Mann lächelte nicht leicht. «Zuerst hat er gesagt, sie hätten keine Verwandten. Dann gab er zu, daß er Großeltern in Cumbria habe.» Kamir blätterte in seinem Notizbuch. «In einem Dorf namens Boone, bei Keswick.»

«Ich bezweifle, daß er dorthin fährt. Er und seine Mutter hatten viel Ärger mit den Großeltern. Sie wollten das Sorgerecht für den Jungen.»

Kamir drehte sich auf dem Stuhl, so daß er sich mit dem Rücken an die Theke lehnen konnte. Er rieb sich die Schulter, als sei er verspannt. «Dann haben Sie keine Idee, wo er sein könnte, Superintendent?»

«Ich habe gerade gesagt – aber Moment mal. Sie meinen doch wohl nicht, ich *wüßte* es und würde es Ihnen absichtlich verschweigen? Hören Sie, Inspector –»

Kamirs Mund verzog sich wieder zu diesem zaghaften Lächeln.

«Was *meinen* Sie denn nun?»

Kamir hörte auf, seine Schulter zu kneten, drehte sich wieder um und trank noch einen Schluck Tee, der nun kalt wie Tränen war. «Macht es Ihnen etwas aus, ein paar Polizeifotos anzusehen – von dem Opfer?» Er öffnete den braunen Umschlag.

«Ja.»

Kamir sagte nichts, und nach kurzem Schweigen streckte Jury die Hand aus. Die Luft in dem Café fühlte sich so eisig an, daß er nicht überrascht gewesen wäre, wenn sein Atem wie Dampf vor seinem Mund zu sehen gewesen wäre.

Sie lag auf der Chaiselongue in ihrem Lieblingskleid, wie er wußte. Schwarzer Samt. Er schloß kurz die Augen, löschte das Bild aus und ebenso all die Bilder und Erinnerungen, die dadurch wachgerufen wurden, daß er sie tot in diesem besonderen Kleid sah. Ein Traum, den er immer wieder träumte, kam zurück, von einem schwarzen Schoner, der ein ebenso schwarzes Meer durchschnitt. Das Wasser bildete keine Strudel, schlug keine Wellen und schäumte nicht, sondern sah aus, als würde es mit einer Schere auseinandergeschnitten und schlösse sich dann wieder nahtlos hinter dem Schiff. Mit den Jahren waren die Bullaugen zu Lichtperlen verblaßt, das Licht vom Schatten vertrieben; die im Mondlicht einst gespenstisch weißen Segel waren eingerollt und hatten sich in dunkle Stangen verwandelt, und der Mond war verschwunden. Ein Bild, als seien aus einer Stickerei die Fäden herausgezogen worden und nur der Stoff übriggeblieben.

Jury sagte: «Sie ist angezogen, als ob sie ausgehen wollte.» Mit ausdruckslosem Gesicht gab er die Fotos zurück.

«Ja. Darüber habe ich mir auch schon Gedanken gemacht.»

«Es war ihr Lieblingskleid.»

Kamir schwieg, überlegte und sagte dann: «Das erklärt es vielleicht. Es ist nicht ungewöhnlich bei einem Menschen, der... in so einer psychischen Verfassung...»

Jury wußte, daß Kamir sich taktvoll um das Wort herummogelte. «Bei einem Menschen, der Selbstmord begehen will», sagte er ganz ruhig.

«Ja. Es ist bekannt, daß solche Menschen gern... ich weiß nicht recht, wie ich es ausdrücken soll; ich meine nicht, daß sie so schön wie möglich aussehen wollen, aber vielleicht stellen sie sich vor, wie sie gefunden werden, und wollen, daß man sie in Kleidungsstücken sieht, die sie besonders gern mochten. In anderen Worten, für viele gilt eben nicht: schäbiger Bademantel, unfrisiertes Haar. Was manche Leute überraschend finden werden. Warum soll man sich um so etwas noch kümmern, in dem Zustand? Es tut mir leid; Sie wissen, was ich meine.»

«Ja.» Mittlerweile war Lunchzeit, in den Laden mit den frisch zubereiteten Sandwiches, den Gerichten zum Mitnehmen und den milchigen Tees verirrten sich ein paar Kunden. Für Jury sahen sie irgendwie alle gleich aus, übermüdet. Mit leblosen Gesichtern nahmen sie von dem Mädchen hinter dem Tresen Brötchen und Tee in Empfang. Aber sie lenkten ihn von den Hochglanzfotos unter Kamirs Arm ab. Er fand sich schrecklich egoistisch, nur mit sich selbst beschäftigt, und sagte: «Was ist mit ihrem Sohn? Sie wußte nicht, daß er kommen würde. Warum war er da?»

«Ich kann nur annehmen, daß er aus irgendeinem Grund von der Schule nach Hause geschickt wurde.» Kamir zuckte mit den Schultern. «Einfach schrecklich.»

«Ja. Was werden Sie unternehmen, um ihn zu finden?»

«Das übliche. Wir haben Bilder an die Polizeistationen in der Provinz gefaxt, vor allem natürlich nach Cumbria. Aber wahrscheinlich ist er in London.»

«Hm, unter das Dach seiner Großeltern würde er sich ganz bestimmt nicht flüchten. Schon irgendwelche Ergebnisse?»

«Das übliche. Mindestens hundert Anrufe von Leuten, die

einen Jungen gesehen haben, auf den die Beschreibung zutrifft.»

«Was ist mit –» Jury mußte sich räuspern. «Der Obduktion? Wann wird sie gemacht?»

«Ich weiß nicht genau. Möglicherweise morgen.»

«Hören Sie, hätten Sie was dagegen, wenn es entweder Dr. Cooper oder Dr. Nancy machten? Kennen Sie sie?»

Kamir schrieb sich die Namen auf. «Willie Cooper, ja. Dr. Nancy nicht.»

«Phyllis Nancy. Die beiden sind die besten, die wir haben, finde ich. Und ehrlich gesagt, hm, ich kann... leichter mit ihnen reden.»

«Sicher.» Dann schwiegen sie.

Kamirs Schweigen war merkwürdig. Es war ein erwartungsvolles Schweigen, eines, das zuhörte, dachte Jury. Und er konnte sich ausrechnen, worauf Kamir wartete – auf etwas mehr als das, was er bisher von Jury vernommen hatte. «Ich wollte sie heiraten. Oder sollte ich sagen, ich wollte sie fragen, ob –» Er hatte die Schatulle mit dem Ring immer noch in der Tasche; bevor er die Bilder gesehen hatte, hatte er fast geglaubt, daß von dieser Tatsache eine Macht ausging – die Macht wozu? Das war ja wie Wiggins' Glaube an Kohlekekse und Gartenraute. Aber es brach wenigstens in gewisser Weise den Bann. Jury legte die Schatulle auf den Tresen und sagte: «Den habe ich gestern gekauft.»

Kamir, der sehr viel Taktgefühl besaß, wie Jury allmählich mitbekam, machte keine Anstalten, sie anzufassen. Er sah sich das abgegriffene, burgunderrote Samtkästchen nur an und sagte schließlich: «Ich hatte mir schon gedacht... hm, weil Ihr Name so oft, so sehr oft in dem Kalender steht... daß die Beziehung vielleicht sehr eng war. Ich kann nur wiederholen, es tut mir leid.» Er sprach schnell weiter. «Es erstaunt mich immer wieder, daß die Leute (jedenfalls wenn sie Mitgefühl haben, woran es vielen mangelt) Selbstmörder gern als Menschen sehen, die ‹mit allem Schluß machen wollen›. Die vielschichtigen Zusammenhänge sehen sie nicht... Ich glaube, daß es ein sehr komplizierter Akt ist. Ich frage mich manchmal, ob das Opfer meint, es sei die Lösung all der verschiedenen Konflikte, die es je gequält haben, weil die Handlung so komplex ist. Meinen Sie nicht auch?»

«Nicht in Janes Fall, nein. Zum einen hing sie zu sehr an ihrem Sohn.»

Kamir sah von seiner leeren Tasse hoch. «Und zum anderen an Ihnen.»

Jury nahm das rote Kästchen in die Hand. «Vielleicht stimmt das ja gar nicht. Vielleicht habe ich sie völlig mißverstanden.» Er konnte nicht verhindern, daß sich ein Hauch von Verbitterung in seine Stimme einschlich. Er fühlte sich, das konnte er ruhig zugeben, betrogen.

«Möglicherweise ist Ihr Urteil getrübt, weil Sie so wütend sind.»

«Ich bin nicht – ach, was soll's. Ja, ich bin wütend.»

Kamir nickte verständnisvoll. «Wir haben von dem Kleid gesprochen. Aber ich rätsele noch an den Schuhen herum.»

«Den Schuhen?»

Auf seine schüchterne Art, als ob er Jury nicht unnötig belasten wolle, schob er ihm vorsichtig eines der Fotos hin. Es zeigte Jane Holdsworth ausgestreckt auf der Chaiselongue. Sie hatte Strümpfe an, aber keine Schuhe. Jury erinnerte sich, daß er die schwarzen Pumps, die so sorgfältig ans Bett gestellt waren, gesehen hatte. «Wahrscheinlich bin ich schwer von Begriff, Mr. Kamir, aber ich weiß nicht, was Sie meinen. Wenn sie eine Handvoll Pillen genommen hat, wollte sie doch wahrscheinlich nicht zu einem Spaziergang aufbrechen.» Abrupt schob er das Foto zurück.

«Was ich sagen will, ist, wenn sie sich, bevor sie die Pillen genommen hat, Gedanken über ihr Aussehen gemacht hat – was wir ja schon anläßlich des Kleides gesagt haben –, warum hat sie dann nicht die Schuhe angezogen?»

Jury schwieg.

«Sie haben gestern mit ihr zusammen zu Abend gegessen oder wollten es zumindest?»

«Ich wollte es, ja. Aber sie sagte, sie könne nicht, sie habe eine andere Verabredung. Woher wissen Sie das überhaupt?»

Ein rücksichtsvolles Schulterzucken. «Aus dem Kalender. ‹R, Essen›, stand darauf. Es war durchgestrichen.» Kamir zuckte wieder mit den Schultern. «Sie wissen nicht, wen sie treffen wollte?»

Jury schüttelte den Kopf. «Nein.»

«Aber Sie müssen sie doch gefragt haben –»

«Ich habe doch gesagt, nein. Aus irgendeinem Grund wollte sie es mir nicht sagen.»

Wieder Schweigen. Schließlich fragte Kamir: «Wer hätte einen Grund gehabt, sie umzubringen?»

11

Jury sah Kamir an.

«Mr. Jury, wollen wir nicht ein paar Schritte gehen und uns vielleicht irgendwo in der Heath hinsetzen? Ich finde dieses Café äußerst deprimierend.» Er sah Jury müde an. «Und Sie offenbar auch.»

Jury nickte. Ihn deprimierte nicht nur das Café.

Sie setzten sich an einem der Wege, die kreuz und quer über die große Rasenfläche verliefen, auf eine Bank. Schon als Kind war Jury immer viel lieber in die Blackheath gegangen als zum Tower. Er hatte sich die Kutschen, das Hufgetrappel und die Straßenräuber, die grölend die Gefährte anhielten, schon immer lebhaft vorstellen können.

Auf dem Weg hatte er Kamir erzählt, daß Jane Holdsworth keine Feinde habe, höchstens die Großeltern. Während er über die riesige Grünfläche blickte, deren Horizont ihm als Junge endlos weit erschienen war, erzählte er Kamir, daß er an Dick Turpin, den Straßenräuber, denken mußte.

Feinde. Das Wort schien mit Jane überhaupt nichts zu tun zu haben. Und dennoch, richtige Freunde hatte sie wohl auch nicht gehabt; Bekannte, ja, von denen hatte er ein oder zwei getroffen, aber enge Freunde, nein.

Kamir betrachtete sein Spiralnotizbuch und redete über die Familie in Cumbria. Angeheiratete Verwandte, erinnerte Jury ihn. Bis auf die Schwester hatte sie keine Angehörigen mehr. Und Alex natürlich. Er allein schien eine ganze Familie für sie gewesen zu sein.

«Was ich über sie erfahren habe», sagte Kamir, «wissen Sie schon. Bestimmt wissen Sie noch viel *mehr*. Aber ich erzähle Ihnen trotzdem, was ich weiß. Der Ehemann, Graham –»

Jury spürte einen Anflug von Eifersucht.

«– ist tot. Genevieve, die zweite Frau von Mr. Crabbe Holdsworth – Grahams Vater –, legt Wert auf die französische Aussprache ihres Namens und macht sich anscheinend sehr viel mehr Sorgen über den gegenwärtigen Aufenthaltsort ihres Enkels als über den Tod der Mutter.»

«Kaum verwunderlich. Der Tod der Mutter bedeutet für Genevieve lediglich, daß Alex ihr ins Haus steht. Aber nach allem, was ich über Alex weiß, unterliegt sie da einem Irrtum.» Darüber mußte sogar Jury lächeln.

«Es gibt also noch den Großvater, Crabbe (was für merkwürdige Vornamen Sie hier in England haben), mit dem ich allerdings noch nicht gesprochen habe, seinen Bruder George, unverheiratet, und Francis Fellowes, einen Cousin, der Maler ist und in einem Cottage auf dem Grundstück wohnt; und außer dem Dienstpersonal die Schwester. *Ihre* Schwester. Das fand ich komisch, daß Madeline Galloway zu diesem Haushalt gehört. Sie arbeitet als Mr. Holdsworths Sekretärin oder Assistentin. Auch das finde ich ziemlich befremdlich.» Kamir schloß sein Notizbuch.

«Jane hat ihren Mann durch Madeline kennengelernt. Jane war dort zu Besuch.»

Kamir drehte sich überrascht zu Jury um. «Aber das würde bedeuten, daß Miss Galloway seit – ja, seit wann? –, bestimmt seit über sechzehn Jahren in dem Haushalt lebt.»

«Achtzehn oder neunzehn. Sie war, glaube ich, noch keine dreißig, als sie mit dem Job angefangen hat.»

Kamir zog die Augenbrauen hoch. «Aber sie sieht sehr viel jünger aus, als sie sein muß.»

Jury drehte sich schnell um und hob seinerseits die Brauen. «Woher wissen Sie das? Wann um alles in der Welt hatten Sie Zeit, sie zu sehen?»

«Heute morgen, in aller Frühe. Sie ist doch hier, Mr. Jury. In London. Im Brown's Hotel. Und Genevieve Holdsworth auch. Sie sind schon seit zwei Tagen hier; die Schwester ist nach London gekommen, um für Mr. Holdsworth ein paar Vorstellungsgespräche zu führen. Er will einen Katalog für seine Bibliothek erstellen oder so was in der Art und sucht jemanden dafür. Mrs. Holdsworth ist offensichtlich zum Einkaufen hier. Und Sie wußten gar nicht, daß sie hier sind?»

Die frische grüne Fläche und der weite Horizont der Blackheath schrumpften für Jury auf einmal zu kaum mehr als einem armseligen Kleingarten zusammen, über dem sich der bleierne Himmel schloß. «Nein.» Warum, um Himmels willen, hatte sie ihm etwas so Harmloses wie den Besuch ihrer Schwester verheimlicht? *Es ist jemand, den du nicht kennst.* Es verletzte ihn schon, daß sie *überhaupt* um einen Besucher so ein Geheimnis machte. Er beugte sich nach vorn, stützte die Unterarme auf die Knie und schaute nach unten.

Rasch fügte Kamir hinzu: «Sie ist nicht gekommen, um sich mit Jane Holdsworth zu treffen. Obwohl sie das gesagt hat.»

Jury sah in Kamirs besorgtes Gesicht. «Dann hat sie sich gestern abend weder mit Madeline noch mit Genevieve treffen wollen?»

Kamir seufzte. «Nach Madelines Aussage, nein.»

«Was ist mit diesen Eintragungen in dem Kalender?» Jury kam sich lächerlich vor. Er war ihr Geliebter, aber er wußte offensichtlich gar nichts über sie. «Wir – normalerweise gingen wir zum Essen aus. Die Küche habe ich so gut wie nie betreten.» *Außer dem Schlafzimmer kenne ich in diesem Haus kaum ein Zimmer...* Dann sah er Kamir scharf an. «Ganz egal, wen sie getroffen hat... Hat sie ihn denn nicht in diesen verdammten Kalender eingetragen?»

«Nein. Da steht nur Ihr Name.»

«Ihre Schwester. Wie ist sie?»

«Hübsch, irgendwie dünn, nervös hübsch. Intelligent. Ziemlich merkwürdig für eine Frau in ihrem Alter, noch nicht verheiratet zu sein.» Kamir sah Jury an.

«Sie dachte wohl mal, sie würde heiraten. Ich glaube, sie wollte Graham Holdsworth heiraten.»

Kamir hob fragend die Hände. «Haben wir nicht von Feinden gesprochen?»

«Würde sie achtzehn Jahre warten?»

«Einige warten ewig.»

«Alibi?»

«Nein.»

«Hätten Sie was dagegen, wenn ich mit ihr rede?»

«Nein. Ich habe Ihnen ja schon gesagt, sie ist im Brown's. Aber ich glaube, sie fährt heute mit einem Nachmittagszug von Euston zurück. Genevieve Holdsworth ist schon heute früh gefahren.»

Aber Jury war in Gedanken weniger mit diesen Frauen beschäftigt als mit der Bemerkung Kamirs von vorhin, *da steht nur Ihr Name.*

Er erhob sich und sagte: «Vielleicht nehme ich auch einen Nachmittagszug von Euston.»

Kamir sah Jury mit seinen aufmerksamen braunen Augen an. «Wenn die Situation umgekehrt wäre, Superintendent –»

Jury lächelte beinahe. «Ich weiß, mein Name steht auf dem Kalender; meine Fingerabdrücke sind überall im Haus; alles deutet darauf hin, daß ich der letzte war, der sie lebend gesehen hat...» Er hielt inne. «Ja, das ist wohl richtig. Ich würde Sie keinen Zug besteigen lassen.»

12

AM BAHNHOF EUSTON legte Alex zwei Zwanzigpfundscheine in die Drehscheibe und verlangte eine einfache Erster-Klasse-Fahrt nach Windermere. Fahrkarte und Wechselgeld wurden ihm hingekurbelt, ohne daß der Bahnangestellte auch nur aufsah.

Vielleicht war es Geldverschwendung, dachte er, während er Rucksack und Regenjacke in dem leeren Abteil verstaute. Er hätte genausogut einen Zweiter-Klasse-Fahrschein lösen und nach der Kontrolle in die erste Klasse wechseln können. Aber er war jung. Bei jungen Leuten erwartete man immer gleich, daß sie entweder etwas Illegales oder etwas Unhöfliches taten. Irgendwann müßte er sich mal eine Eton-Schuluniform mit Krawatte für Reisen mit der British Rail organisieren.

Jetzt war es wichtiger, einen Ort für sich zu haben, zum Nachdenken. Dank unzähliger Tassen Kaffee hatte er es geschafft, wachzubleiben. Schlafen war nicht angesagt; das wagte er nicht. Denn dann würde er träumen. Er würde von seiner Mutter träumen, und es würde einer dieser teuflisch glücklichen Träume werden, aus denen man selbst in den besten Zeiten nicht gern aufwacht. Und beim Erwachen wäre er dem Überfall der Gefühle, gegen die er sich so eisern gewappnet hatte, hilflos ausgeliefert. Er erinnerte sich, wie oft er aufgewacht war und sich elend gefühlt hatte (bei den Holdsworths, in der schäbigen, grauen Dunkelheit der Severn School, auf eiskalten Bahnhöfen, damals, wenn sein Vater gekommen war, um ihn abzuholen, und er im Zug versucht hatte, wachzubleiben...). Wenn die Träume selbst elend gewesen wären, wäre es nicht so schlimm gewesen. Aber das Leben war ohnehin ein einziger fauler Trick, oder etwa nicht? Träum von einer Wiese, auf der Schafe grasen, und du wachst unter Wölfen auf.

Er nahm ein kleines Notizbuch und einen Stift aus der Tasche und behielt sie in der Hand, das Notizbuch offen, der Stift ohne Kappe. HÖLLE. Das schrieb er hin. Und strich es dann durch. Warum machte sich bloß irgend jemand, irgend *etwas*, die Mühe, sich eine Hölle im Jenseits auszudenken, wo man sich doch nur eine Weile im Diesseits aufhalten mußte?

Draußen flog die Landschaft vorbei, er achtete nicht darauf. Das einzige, was Alex sah, war sein eigenes schwaches Spiegelbild im Fenster. Hier und da ein Telefonmast oder ein Silo. Weiter weg funkelte es in den Feldern, ein entferntes Trugbild von einem Dorf.

Er lehnte sich zurück. Geld war glücklicherweise kein Problem. Alex hatte nicht einfach nur für schlechte Zeiten gespart; er hatte mit katastrophalen Zeiten gerechnet! Und jetzt waren sie da.

Einiges von dem Geld, das er auf Fortune's Son gewonnen hatte, trug er jetzt bei sich. Seit zwei Jahren hortete er Geld, um sich und seine Mutter an einen Ort verfrachten zu können, von dem die Holdsworths nie gehört hatten – Litauen sollte sehr schön sein. Vierzehnhundert Pfund. Hundert (abzüglich der Summe für die Fahrkarte) steckten in der Brieftasche, sechshundert in einer kleinen Börse, die er sich um den Knöchel gebunden hatte, vierhundert waren ins Jackenfutter genäht, der Rest befand sich in einer Innentasche des Rucksacks.

Über viertausend Pfund waren im Verlauf seiner emsigen Geschäfte an der Severn School zusammengekommen. Zweimal war er beim Kartenspiel erwischt und nach Hause geschickt worden, wobei der Direktor nie begriff, warum Alex Poker spielte, da er doch nie zu gewinnen schien.

Nachdem damals die Entscheidung gefallen war, daß Alex an eine Privatschule *mußte*, hatte er das Beste daraus gemacht. Er hatte im Grunde gar nichts gegen die Severn School – für eine Weile war es eine schöne Abwechslung von seinen «Freunden» auf der Gesamtschule gewesen, deren Vorstellung von Vergnügen darin bestand, die Samstage im Kino zu verbringen oder Fahrrad zu fahren oder in geselliger Runde zu rauchen und sich irgendwelche erfundenen Frauengeschichten zu erzählen.

Alex hatte gar nichts gegen Mädchen; er konnte bloß keins finden, das auch nur ein bißchen Phantasie hatte. Es stellte sich heraus, daß Mädchen lediglich hübschere Versionen der Jungen waren; sie gingen ins Kino und veranstalteten Schlafanzugparties, wo sie rauchten und über Jungen redeten.

Während sich seine Schulkameraden in Filme schlichen, die erst «ab 18» waren, und sich nur mit Mädchen sehen ließen, die vor den Augen ihrer Eltern Gnade fanden, studierte Alex die Börse, Wettformulare, Maklerbroschüren und Anzeigen über Grundbesitzerwerb auf Ibiza. Als Training hatte er verfolgt, wie die Londoner Stadtteile luxussaniert wurden. Er war zum Beispiel mit der U-Bahn nach Limehouse, Wanstead und sogar nach Bow gefahren, was momentan so in war. Bow, kaum zu glauben! Alex beschloß, daß er einen Trend schaffen würde, wenn er erst mal das Geld zum Investieren hätte.

Alex studierte demographische Entwicklungen, nicht Menschen. Über Menschen lernte er in den Gesprächen, die er in Cafés und auf Parkbänken mithörte, oder in allen möglichen Kneipen, in die er hineingelassen wurde, weil er sich die dunkle Brille hoch ins Haar schob, um zu zeigen, daß er nichts zu verbergen hatte. Er war groß für sein Alter und glücklicherweise früh in den Stimmbruch gekommen.

Aber in die Wettbüros kam er nicht. Als er einmal auf einer Parkbank gesessen hatte, fand er einen abgerissenen alten Schwindler namens Ned Rice, einen wirklich überzeugenden Charmeur mit überkandidelten Akzent, und hatte ihn zum Partner gemacht. In dem zerbeulten Land Rover saß Ned und bekam ein Drittel. Alex bekam zwei Drittel; schließlich hatte er die Ideen.

Zusätzlich nahm er Wetten von einigen sorgfältigst ausgewählten Schulkameraden an. Wenn sie keine zwei Pennies auftreiben konnten, ließ er sie auf Kredit wetten. Er versuchte ihnen zu erklären, das würde doch bedeuten, auf die Zukunft zu setzen; dieser Gedanke faszinierte sie, denn von Termingeschäften und ähnlichem hatten sie noch keine Ahnung. Sie verloren ja ohnehin selten.

Als Alex jetzt sein Spiegelbild im Fenster betrachtete und sah, wie sein Kopf träge mit den Bewegungen des Zuges mitwippte, dachte er, daß man wohl nicht mehr erwarten konnte, als auf Kredit zu leben.

Er spürte, wie ihn jemand an der Schulter rüttelte, sah das jungenhafte Gesicht des Schaffners und hörte, wie er nach der Fahrkarte gefragt wurde.

Gott sei Dank war es nur ein leichter Schlummer gewesen, nicht der tiefe Schlaf, den er befürchtet hatte. Er holte die Fahrkarte heraus...

Mein Gott! Der Schaffner.

Alex fielen blitzartig die Morgenzeitungen ein, er wußte nicht, ob ihr Tod von irgendeinem Interesse für die Zeitungen oder nur eine weitere Zahl für die Statistiken war. Aber was, wenn sie ihn ernsthaft suchten und sein Bild in die Zeitungen gesetzt hatten? Und warum war es ihm überhaupt so wichtig, unentdeckt zu bleiben? Er wußte es nicht. Er drehte sich mit dem Gesicht zu seinem Spiegelbild im Fenster und grübelte kurz darüber nach, während die Zange des Schaffners in seine Fahrkarte biß.

Der Mann würde sich vielleicht an das Gesicht des Jungen erinnern, der in Oldham ausstieg.

Jetzt fragte er Alex, ob alles in Ordnung sei.

«Könnte kaum besser sein, Chef.» Alex bedachte ihn mit einem breiten Lächeln. «Bißchen langweilig alles.» Alex schüttelte den Kopf. «Die Schule, die Scheißschule.»

Der Schaffner hatte diese Institution wahrscheinlich selbst noch nicht lange hinter sich gelassen; durch die Uniform und den Job ohne frische Luft wirkte sein Gesicht teigig und frettchenhaft und machte ihn bestimmt älter, als er war. Er hatte eine schmale Nase und schmale Lippen, die er jetzt zu einem Lächeln verzog. «Dachte, jetzt um die Zeit wär'n endlich Ferien.»

«Nö.» Alex machte den Reißverschluß seines Rucksacks auf und zog ein schmieriges Kartenspiel hervor. «Mach doch mal 'ne kleine Pause vom Gängepatrouillieren. Wie wär's mit einem Spielchen? Ein Punkt, ein Penny, du zahlst nicht, wenn du verlierst. Ist doch 'n faires Angebot.» Mit einer geschmeidigen Bewegung hatte er die Karten zum Fächer ausgebreitet.

Er forderte zu einem Spiel auf, das er nur verlieren konnte, wie er wußte; er hatte an Karten kein Interesse, außer wenn sie ihm eine Gelegenheit zum Bluffen boten – die Gesichtsmuskeln gefrieren zu lassen, die Gefühle zu verbergen. Er konnte sowieso nur spielen, wenn eine Menge Geld im Topf war.

Das Lächeln des Schaffners wurde breiter. «Nicht mit einem, der so mit 'nem Kartenspiel umgehen kann wie du, Kumpel. Hab Frau und Kinder zu versorgen.»

Er verließ das Abteil.

Vor seinem inneren Auge sah Alex ihn auf sein, Alex', Bild in der Zeitung gucken. *Nö, das kann er nich sein, der freche kleine Kerl. Der würde doch nicht Karten spielen, wenn seine Mutter gerade gestorben is.*

VOR DEM BAHNHOF IN WINDERMERE war ein Fahrradständer. Alex inspizierte die vier Räder darin und fand eines, das nicht angeschlossen war. Er besah es sich genau, kam zu dem Schluß, daß es zwanzig, vielleicht dreißig Pfund wert war, und steckte fünfzig Pfund in einen schmuddeligen Umschlag, den er aus einem Papierkorb geangelt hatte. Er klemmte den Umschlag zwischen die Stangen, wo das Fahrrad gestanden hatte, und hoffte, der Besitzer würde ihn finden.

Während er langsam davonradelte – er konnte nur voll in die Pedale treten, wenn es nicht zu holprig war –, überlegte er, ob sich so wohl ein Flüchtling fühlte, ob er nun schuldig oder unschuldig war.

Über den See konnte er nicht – die Fähre hätte er ohnehin nicht genommen –, aber mit dem Rad konnte er Pfade nehmen, die für Autos nicht befahrbar waren, und dann, auf der anderen Seite vom Windermere-See am Coniston Water, Boone auf einem direkteren Weg erreichen.

Direkt. Das war ein Lacher. Als er endlich um das kleine Dorf herumfuhr, war es fast fünf, und als er beim Landsitz der Holdsworths ankam, dämmerte es bereits. Von weitem hörte er Wasser rauschen. Hier auf dem Land im Lake District gab es unzählige Gebirgs- und Wildbäche, die sich im Frühjahr in das reinste Wasserballett verwandelten: winzige Wasserfälle wurden zu großen Bächen; Bäche zu Strömen; überall rann Wasser in Bergweiher und Seen.

Alex gelangte zu der langen Mauer aus Feldsteinen, die einst das ganze Haus umgeben hatte. Jetzt war nur noch eine größere Ecke übrig, die immer wieder zerfiel. Die Mauer hatte auch gar keine Funktion mehr. Er fuhr nach links und folgte der Mauer etwa vierhundert Meter bis zum Ende. Dort stieg er vom Fahrrad und schob es den Rest des Weges durch die Bäume.

Sein Ziel war das Baumhaus. Vor drei Jahren hatten er und Millie die Bretter zusammengenagelt, hauptsächlich als Zufluchtsort für Millie, für die Momente, wenn sie von der Familie wegwollte.

Er ging noch ein Stück weiter bis zu einer großen Buche, und da war es. Es sah genauso aus wie in seiner Erinnerung. Es war nicht nur gut versteckt, weil es so hoch war, sondern auch, weil die kahlen Zweige es verbargen, und außerdem war die Buche von Koniferen umgeben.

Alex legte das Fahrrad auf den Boden und bedeckte es mit Flechten, kleinen Zweigen und trockenen Blättern. Dann legte er die Leiter an den Stamm der Buche und kletterte hoch. Er war erstaunt, daß alles so lange gehalten hatte. Die Leiter war nicht verrottet, und als er weit genug oben war, um einen Blick ins Innere des Baumhauses zu werfen, hatte er den Eindruck, daß es in Ordnung und sauber war. Er fragte sich, ob Millie es immer noch benutzte.

Essen. Herr im Himmel, hatte er einen Hunger! Er warf den Rucksack in die Ecke, nahm die Waffe und die Munition aus der Tasche und schob sie in den Sack. Er riß die Verpackung von einem Gurken-Käse-Brötchen auf und verschlang es in vier Bissen. Die Milch war lauwarm, aber er trank die ganze Tüte leer.

Die Milchtüte noch in der Hand, schlief er ein.

13

Jury mochte das Brown's, ein Hotel, das man wegen seiner dezenten Fassade in der Straße in Mayfair leicht übersehen konnte. Es war schon immer eine begehrte Stätte für Verabredungen zum Nachmittagstee gewesen. Nun betrachtete Madeline Galloway die Lounge mit Kamin und die reiche Auswahl an Kuchen.

«Sie sehen aus wie Ihre Schwester», sagte er.

«Das hat man uns immer wieder gesagt», antwortete sie und bot ihm Tee an.

«Ja, bitte, den kann ich jetzt gebrauchen.»

Er wußte nicht, ob die banale Konversation, die nun folgte, ein Zeichen dafür war, daß sie dem Tod gegenüber relativ gleichgültig war, oder dafür, daß sie das Thema umgehen wollte.

Sie schenkte sich auch eine Tasse Tee ein, hielt ihm, ohne zu fragen, erneut die Kanne hin, aber Jury schüttelte den Kopf.

«Ich habe die erste noch nicht ausgetrunken.»

«Und ich habe noch nicht einmal einen *Schluck* genommen», sagte sie. Und dann: «Haben Sie Jane gut gekannt?»

«Gut genug», erwiderte er ein bißchen nervös. Es war ihm einerlei, was für Schlüsse sie daraus zog.

«Oh.» Diskreterweise betrachtete sie ihre Tasse und nicht ihn.

«Sie arbeiten sozusagen als Mr. Holdsworths Assistentin? Inspector Kamir war sich über Ihre Aufgaben in der Familie nicht ganz im klaren.»

Sie lachte, und weil sie dann vielleicht plötzlich fand, Lachen sei fehl am Platze, brach sie ab. «‹Sozusagen› trifft es ganz gut. Seit Jahren schreibt Mr. Holdsworth eine Studie über die Dichter des Lake District, wobei ich nicht glaube, daß er ernsthaft an eine Veröffentlichung denkt. Da er nur schreibt, wenn er wirklich inspiriert ist, schreibt er sehr wenig.»

«Der Inspector hat gesagt, Sie hätten sich Bewerber für einen Bibliothekarsposten angesehen.»

Sie seufzte. «Nicht gerade ein Vergnügen. Wer geht schon bei dem geringen Gehalt, das Mr. Holdsworth bietet, in eine abgelegene Ecke des Lake District? Und dann noch um etwas so Langweiliges zu tun, wie Bücher katalogisieren und eine

Kartei anlegen! Ich hätte mich wahrscheinlich in meiner Anzeige genauer ausdrücken sollen. Es handelt sich um eine enorme Bibliothek, vom Boden bis zur Decke nur Bücher, und selbst hoch oben auf einer Leiter komme ich an die obersten kaum heran. Er hat zuerst gedacht, ich könne das alles auch noch machen, aber nein, danke. Ich habe ihm gesagt, daß ich dazu nicht imstande sei, schon gar nicht mit den ganzen fremdsprachigen Titeln; und daß es bei meinem Tempo ewig dauern würde.»

Sie versuchten, um den heißen Brei herumzureden. Und waren sich dessen auch beide bewußt.

«Was könnte zu dem Selbstmord geführt haben? Haben Sie irgendwelche Vorstellungen?»

Madeline schüttelte den Kopf. «Nur, daß die Holdsworths sie immerzu wegen Alex unter Druck gesetzt haben. Und im Grunde war sie kein glücklicher Mensch.»

«Ich glaube, ich weiß, was Sie meinen. Es gab Momente, da konnte sie sich ganz schön abschotten.» Er erinnerte sich daran, wie Jane immer aus dem Fenster gestarrt hatte, als ob sie auf jemanden oder auf etwas wartete. Dann war sie meilenweit von ihm entfernt gewesen. Was war es? Auf was hatte sie gewartet?

Madeline schüttelte nur den Kopf. «Sie hat ihren Sohn dermaßen geliebt – ich hätte nie gedacht, daß sie ihm so etwas antun könnte. Wenn Alex etwas zugestoßen wäre – wenn er gestorben oder jahrelang verschollen gewesen wäre –, dann hätte ich verstehen können, daß sie nicht mehr gewollt hätte. Das hätte ich verstanden. Und jetzt *ist* er unauffindbar.»

«Nein, unauffindbar würde ich nicht sagen. ‹Geflohen› trifft es wohl eher. Offenbar durch ein Badezimmerfenster.»

Ihr Lachen entspannte die Situation etwas. «Typisch Alex. Aber warum?»

«Ich weiß es nicht; vielleicht können Sie es mir sagen. Sie haben gerade gesagt, es sei typisch für Alex.»

«Ich meine nur, daß er, hm, alles mögliche anstellt.»

«Wie zum Beispiel?»

Mit ungeduldigem Schulterzucken fragte sie: «Ist das wichtig?» Sie schaute in die Teekanne, sah aus, als wenn sie nicht gefunden hätte, was sie suchte, und legte den Deckel wieder darauf.

«Es könnte... etwas über ihn erklären. Die meisten Kinder, die ihre Mutter oder ihren Vater tot auffinden, brechen zusammen oder stehen unter Schock – das sind die üblichen Reaktionen.»

«Wie viele Fälle mit Kindern, die ihre Eltern tot auffanden, haben Sie denn bisher bearbeitet?»

Wäre ihr Ton weniger feindselig gewesen, hätte er es nicht gesagt: «Ich bin selber betroffen. Ich habe meine Mutter tot aufgefunden, nachdem eine Bombe unser Haus bis auf die Grundmauern zerstört hatte.»

Sie blickte zum Kamin hinüber und sagte nur: «Das tut mir leid.»

«Der Punkt ist, daß die Polizisten, die am Tatort waren, gesagt haben, der Junge sei wie ein Eisblock gewesen. Er hat nicht geweint; er war genauso abweisend wie Sie jetzt; Fragen hat er nicht beantwortet, oder wenn ja, hat er gelogen. Er hat dem Inspector erzählt, er habe keine Verwandten.»

Sie hob den Kopf und sagte: «Das ist nicht gelogen.» Die Worte kamen glatt und emotionslos heraus.

«Und was ist mit Ihnen? Sie sind seine Tante, Sie mögen ihn, und Sie scheinen die Meinung der Großeltern nicht zu teilen.»

Sie hatte eins von den auf dem Sofa herumliegenden Kissen genommen und hielt es wie einen weichen Schild vor sich. «Es gibt noch jemanden in der Familie, den Alex mag. Adam, seinen Urgroßvater.» Sie lächelte. «Um Ihnen die Wahrheit zu sagen, Alex erinnert mich an ihn. Adam ist ein griesgrämiger alter Mann, der in einem protzigen Altersheim wohnt und seinem *eigenen* Haus nur *Besuche* abstattet. Dabei gehört alles ihm, müssen Sie wissen.»

«Alles? Das Haus, meinen Sie?»

«*Alles.* Tarn House – das ganze Anwesen – und das Geld. Alles.»

«Sie sagen ‹alles›, als ob's eine ganze Menge wäre.»

«Herr im Himmel, ist es auch.» Sie sah ihn offen an; weder senkte sie den Blick, noch versuchte sie, ihn mit der Kanne oder dem Teller von den Schlußfolgerungen, die er vielleicht zog, abzulenken. «Schwer zu sagen, was in Adam Holdsworths Kopf vorgeht; offensichtlich gefällt es ihm einfach, die Leute unter Spannung zu halten. Es hat jedenfalls nicht den Anschein, als halte er viel von seinem Sohn und seiner Schwiegertochter.» Sie lächelte vage. «Genevieve bezeichnet er immer nur als ‹diese Person›.» Sie nahm sich ein kleines Baiser, unterzog es einer genauen Prüfung, legte es auf ihren Teller, wo es dann unberührt liegenblieb. «Wenn Alex und Jane aus London kamen, ließ Adam es sich aber nie nehmen, im Hause zu sein.»

Dabei beließ sie es. Jury sagte: «Mit anderen Worten, Adam Holdsworth mochte die beiden.»

«Besonders Alex. Ich habe erlebt, daß die beiden einfach zusammen verschwanden. Alex schob den Rollstuhl. Und alle suchten sie. Sie heckten immer irgend etwas aus. Der Mann liebt nichts so sehr, wie jemandem einen Streich zu spielen.»

«Dann gab es für Alex und seine Mutter vermutlich etwas zu erben.»

Sie steckte sich mit einem Porzellanfeuerzeug eine Zigarette an, beugte sich, die Knie zusammengepreßt, vor und sah nachdenklich ins Feuer. «Aber ja doch.»

«Und jetzt nur noch für – Alex? Das heißt, das meiste von

‹allem›.» Er hoffte, sein Lächeln würde sie aus der Reserve locken. Fehlanzeige.

«Ich verstehe nicht, was die Aussicht, daß irgend jemand etwas erbt, mit dem Tod meiner Schwester zu tun haben soll», sagte sie frostig, während sie die Asche ihrer Zigarette in den blumengemusterten Aschenbecher schnippte.

«Entschuldigung.» Er hatte sie gesehen, sich ein Bild von ihr gemacht, mehr war im Augenblick nicht drin. «Kann ich Sie zu Ihrem Zug bringen?»

Sie hatte ihre Zigarette ausgedrückt, war aufgestanden und sah prüfend auf ihn herab. «Ich habe ein Taxi bestellt. Ich habe noch über eine Stunde.»

Die sie offensichtlich nicht mit ihm verbringen wollte.

Jury zog eine Visitenkarte hervor und gab sie ihr. «Ich gehe jetzt wohl besser. Bitte, rufen Sie mich an, wenn Ihnen irgend etwas einfällt.»

«Was sollte mir einfallen?»

Jede Menge, dachte Jury. «Übrigens, ich glaube, ich kenne jemanden, der für diesen Bibliothekarsposten genau der Richtige wäre. Er ist gut in Sprachen. Über die Sache mit dem Gehalt würde ich mir nicht den Kopf zerbrechen; er kommt eh gerade mal so über die Runden.»

«Ich wäre Ihnen zu ewigem Dank verpflichtet.»

«Ich rufe ihn mal an. Eigentlich ist er sehr intelligent. Ein Exzentriker. Macht gern ausgefallene Sachen.» Jury betrachtete den Kuchenteller. «Alles, um von der Familie wegzukommen.»

14

«Wenn Yngwie J. Malmsteen es nicht schafft, kann sie keiner vertreiben», sagte Melrose zu dem ausgestopften Geparden und zu Dick Scroggs, der das Tier in die Hammerschmiede gebracht hatte.

Scroggs drehte eine weitere Seite des *Bald Eagle* um; am Ende schaffte er es immer, die Seiten schwungvoll über den ganzen Tresen auszubreiten. «Ist das vielleicht einer Ihrer Gitarristenfreunde, Mylord?»

Melrose seufzte. «Bringen Sie mir noch ein halbes Old Peculier.» Er schob ihm sein Glas hin.

«Ja, Mylord.»

«Hören Sie um Gottes willen auf, mich ‹Mylord› zu nennen, und hören Sie auf, so von oben herab zu reden. Seit Sie das Wort ‹Bar› auf der Tür mit ‹Saloon› übermalt haben, sprechen Sie so.» In weißer schnörkeliger Schrift stand jetzt *Saloon* auf dem Milchglas; das gehörte zu Dicks Bemühungen um ein schickes neues Dekor. «Und nur wegen des Blauen Papageien. Wir haben Ihnen doch gesagt, daß Slys Laden zu weit außerhalb des Dorfes liegt, um Ihnen Konkurrenz machen zu können. Wobei sein Kamel weiß Gott besser aussieht als Ihr Gepard. Der hat die Räude.»

Dick schabte die Schaumkrone vom Bier und sagte (wobei er über seine halbe Brille lugte, die er seit neuestem immer aufhatte): «Ich finde, daß er dem Laden ein bißchen Klasse verleiht, auch wenn das nicht alle so sehen.»

Das große ausgestopfte Tier hockte wie kurz vor dem Sprung vor dem riesigen Kamin. Das Fell war abgewetzt, es hatte sogar kahle Stellen, und die Vorderzähne fehlten. Es hatte eine gespenstische Ähnlichkeit mit Mrs. Withersby, die zu einem Schwätzchen gekommen und zum Trinken geblieben war. Jetzt schnarchte sie neben dem Geparden. Das Prachtstück stammte von einem Jagdfanatiker, dessen Nachlaß Trueblood erstanden hatte. Weitere Kunstgegenstände, wie zum Beispiel ein von einer Ranke aus Seil herunterhängender Affe, waren ebenfalls in der Hammerschmiede in Position gegangen.

Melrose wies Dick darauf hin, daß seine Speisekarte etliche Absonderlichkeiten enthielt, auf die man gut verzichten konnte.

«Also, meine Frau kocht nicht schlechter als Trevor Sly», sagte Dick und schüttelte eingeschnappt den *Bald Eagle* aus.

«Jeder kocht so gut wie Trevor Sly. Darum geht es auch gar nicht. Ich sehe nur partout nicht ein, warum Sie versuchen müssen, das alte Pub zu verändern. Ich mag keine Veränderungen.»

«Jetzt nehmen Sie es sich mal nicht so zu Herzen, daß Miss Rivington weg ist, Sir.»

«Ich nehme mir zu Herzen, daß Mr. Jury vielleicht denselben Weg geht», murmelte Melrose.

«Was?»

«Nichts.» Melrose drückte seine Zigarette im Aschenbecher aus und spürte den kalten Luftzug, als die «Saloon»-Tür aufging. «Zum Kuckuck, es ist sechs Uhr, wo *sind* alle?»

«Hier, mein Bester», sagte Marshall Trueblood, als sei er ganz Long Piddleton.

Es verschaffte Melrose eine gewisse Befriedigung, Trueblood das Lächeln aus dem Gesicht zu vertreiben. «Ich habe Neuigkeiten für Sie.»

«Interessante?» Trueblood nickte Dick zu. «Das Übliche, Mr. Scroggs.» Als Dick zu der Batterie nach unten hängender Flaschen schlenderte, rief Trueblood: «Und wenn er wie letztes Mal mit Wasser verdünnt ist, gehe ich nur noch in den Blauen Papagei.»

«Ha! Als ob der bei Sly *nicht* verdünnt wäre!»

«Sein Wasser kommt aber aus einem Brunnen. Was für Neuigkeiten?»

«Jury heiratet.»

«Natürlich tut er das. Wobei wir uns noch nicht definitiv für einen Termin entschieden haben. Vivian –»

«*Unsere* Version meine ich nicht, ich meine *seine*.» Melrose hob indigniert sein Glas.

«Er hat keine Version, seien Sie nicht albern.» Trueblood ließ sich nicht aus der Fassung bringen. «Wen zum Teufel sollte er denn heiraten?»

«Hören Sie, in London gibt es auch Frauen.» Trueblood winkte ab, und im Hintergrund hörte man Scroggs' Telefon klingeln. «Ich habe nicht die geringste Ahnung, worüber Sie reden.»

«Für Sie, Mylord», rief Scroggs. «Es ist Mr. Ruthven.»

«Warum müssen die Leute mich sogar hier belästigen?» Schweren Schrittes begab sich Melrose zur Schankstube...

...und kam wie ein Schlafwandler zurück. Er setzte sich und starrte Trueblood an. «Sie ist tot.»

«Sie meinen, Agatha ist *endlich* –» Er strahlte förmlich. Dann verdüsterte sich sein Gesicht. «Trotzdem, ohne die alte Gaunerin wird es hier nicht mehr dasselbe sein.»

«Nicht sie. Jurys Freundin. Und er ist vom Dienst suspendiert worden.»

Trueblood klopfte mit einer rosafarbenen Sobranie auf seinen polierten Daumennagel, hob eine nicht minder gepflegte Augenbraue und sah erst Melrose, dann Dick Scroggs an. «Diesmal ist er wirklich übergeschnappt, Dick. Geben Sie ihm was zu trinken.»

«Habe ich gerade», sagte Scroggs, ganz Truebloods Meinung, was den Bericht über Jury betraf.

Eine neue Stimme ertönte, alles andere als glockenhell. Sie klang, als schlage ein rostiger Klöppel dumpf gegen Metall. Mrs. Withersby, deren Glas so leer war wie der Teller, den sie im Sonntagsgottesdienst herumgab (Manche sind nicht christlicher als ..., pflegte sie dann dem Pfarrer zu sagen), kam herbei, um ihrerseits finstere Prognosen abzugeben, und sie wurden um so finsterer, je länger sie darauf warten mußte, daß ihr Glas wieder gefüllt wurde. «Wissen Sie, die Familie war immer ein bißchen –» Dazu beschrieb sie mit dem Finger kleine Kreise auf ihrer Schläfe und größere mit ihrem Glas auf dem Tresen. Hinter dem Ohr hatte sie eine Zigarette stecken, aber von der wollte sie sich nicht trennen. Sie bat Marshall Trueblood um einen von seinen Glimmstengeln. «Guckt ihn euch an, ganz in Weiß tanzt er hier an. Dafür ist braunes Bier aber nich gut... ah, besten Dank auch», schloß sie ihre Rede, als Melrose ihr sein unangetastetes Glas zuschob. Glücklich zog sie mit ihrem Glimmstengel und dem Halben ab.

Melroses Augen waren immer noch verschleiert. Er schüttelte schnell den Kopf, um wieder einen klaren Blick zu bekommen.

«Hören Sie, alter Knabe. Sie brauchen Ferien.»

«Wir sind doch gerade aus Italien zurück, Sie Idiot.» Die Nachricht hatte ihn so aufgeregt, daß er wahrhaftig die grüne Sobranie nahm, die sein Freund ihm anbot. «Ich fahre in den Lake District.» Er zog heftig an der Zigarette und hustete.

«Machen Sie sich nicht lächerlich.» Trueblood schauderte es.

«Southey?» Der Name schmeckte genauso fremd wie die leuchtendgrüne Zigarette, die Melrose rasch ausdrückte.

Scroggs schüttelte den Kopf, die Augen immer noch auf seine Zeitung geheftet. «Cumbria, Mylord. Im Norden.»

«Hat Theo noch auf?» Melrose sah auf die Uhr.

«Warum? Ja», sagte Trueblood. «Der alte Pfennigfuchser

hat jeden Abend bis sieben, halb acht auf. Sie gehen doch nicht *zu ihm*?»

Melrose antwortete nicht, sondern eilte zur Tür hinaus.

Die Tür des Wrenn's Nest Book Shoppe stand auf, bereit, die steifen Märzwinde so lange einzulassen, wie sie Kunden hineinbliesen.

Theo Wrenn Browne, der Geschäftsinhaber, saß wie ein Habicht auf seiner Bibliotheksleiter und setzte den Preis für eine Erstausgabe herauf. Er nannte sich Antiquar, aber meist war er im Dekolleté einer amerikanischen Bestsellerautorin (dem Bild hinten auf dem Umschlag) oder in seine Kassenlade vertieft, als wollte er seinen eigenen Laden ausrauben.

Heute jedoch saß er genau in der richtigen Höhe, um auf Melrose Plant herabzusehen, den er verabscheute, wenn auch nicht so sehr wie Marshall Trueblood. Den haßte er abgrundtief. Höchstwahrscheinlich, weil Truebloods sexuelle Orientierung, aus der dieser auch gar keinen Hehl machte (was Theo mit Freuden sah), doch nicht ganz eindeutig war; während keine Klappe stabil genug war (kraß ausgedrückt), um Theo Wrenn Browne festzuhalten. Er dachte zwar, er sei in seinen staubigen Ecken vor aller Welt gut verborgen, aber er war eine so auffällige Tunte, daß er sogar aus den tiefsten Tiefen der Londoner Silver Vaults herausknallen würde.

Wenn er Melrose Plant (Long Pidds populärstem Bürger) oder Marshall Trueblood (dem farbenprächtigsten Dorfbewohner) seine Überlegenheit beweisen konnte, verschluckte er sich fast vor Wonne. Als er nun herausfand, daß er über die Dichter des Lake District mehr wußte als Plant, geriet er auf seinem hohen Sitz regelrecht ins Wanken. «Wenn ich Sie recht verstehe, meinen Sie Robert Southey.»

«Gibt es denn noch mehr Dichter, die Southey heißen?» fragte Melrose unschuldig.

Theo witterte Ironie (wo keine beabsichtigt war), und sein *nein* war genauso kurz und knapp wie das Zuschlagen des Buches. Er stieg herunter, schob die Leiter ans andere Ende der Regale und ärgerte sich, daß er keine Southey-Gesamtausgabe hatte. «Hier ist ein Band *Gesammelte Werke*. Wordsworth, Coleridge, De Quincey, Southey.» Er gab Melrose das schwere Buch.

«Es geht mir nicht um die Gedichte. Die *Lyrischen Balladen* habe ich gelesen. Etwas über ihr Leben, außer dem ganzen Gelaber über Dorothy und William. Und haben Sie nichts Kürzeres? Ich habe nur bis morgen Zeit, um es mir einzupauken. Was ist mit den Schülerausgaben?»

Theo Wrenn Browne war schockiert. «Sagen Sie bloß, Sie lassen sich auf Spickzettelniveau herab.»

«Ganz recht. Haben Sie eins über die erste Hälfte des neunzehnten Jahrhunderts?»

«So etwas *führe* ich nicht. So etwas unterstütze ich nicht. Hier.» Er gab Melrose ein kleines Buch. *Guide to the Lake District* von William Wordsworth. «Eines der bekannteren Bücher über die Seen.»

«Ein Reiseführer? Brauche ich einen Reiseführer?»

«Offensichtlich ja», sagte Theo gouvernantenhaft und durchforstete seine Regale. «Hier ist der West. Das heißt, Thomas West», fügte er hochnäsig hinzu und sprach den Namen aus, als sei sein Kunde geistig minderbemittelt. «Aber ich glaube, Wordsworth bezieht sich in seinem Buch darauf.»

«Geben Sie es mir. Das tut's auch. Da ist eins über Dorothys Briefe. Das können Sie mir dann auch noch einpacken.»

Theo spitzte die Lippen. «Der West ist eine Seltenheit. Und teuer.»

Melrose stöhnte und zückte sein Scheckheft.

Zweiter Teil

Die Agonie des fetten Mannes

15

«Verdammt noch mal, ich tue mein Gebiß rein, wenn es mir paßt», sagte Adam Holdsworth zu einer der geschmackvoll gekleideten Schwestern, die zum Personal in Castle Howe gehörten.

Schwesterntrachten gab es hier nicht, doch Schwestersprache redeten sie immer noch. «Aber, aber, Mr. Holdsworth», sagte Miss Rupert in ihrem einschmeichelndsten Ton, «wir sind doch *so* hübsch mit unserem Gebiß.» Miss Rupert tat ihr Bestes, ihre Mundwinkel zu einem winzigen Lächeln zu verbiegen.

«Sie vielleicht, Miss Rübe, aber ich nicht.»

«Mein Name ist Rupert, wie Sie sehr wohl wissen.» Das schiefe Lächeln verschwand. «Ihre Zähne, Mr. Holdsworth –»

«Herr im Himmel, ich bin neunundachtzig und sehe aus wie Yorick, der arme, frisch aus dem Grab. Jetzt nehmen Sie mir mal die Blutdruckmanschette ab und gehen Sie mir aus dem Weg!» Sie war dünn wie eine Bohnenstange, aber wenn sie einem das Handgelenk umklammerte, hatte man das Gefühl, man trüge Handschellen. Er löste die Bremse an seinem elektrischen Rollstuhl, und Miss Rupert mußte beiseite springen.

Nichts im Namen von Castle Howe (etwa ein Zusatz wie «Pflege-» oder «Senioren»heim) trübte das Bild von grandiosen Ausblicken und luxuriösen Einrichtungen, das die Broschüre zu vermitteln suchte. In gewissem Sinne war es natürlich beides, es gab etliche Krankenschwestern, zwei Ärzte, die stundenweise hier arbeiteten, und zwei Psychiater, die rund um die Uhr da waren und am meisten von allen zu tun hatten, weil die Möglichkeiten, sich anderweitig zu unterhalten, vernachlässigbar waren. Aber die Angestellten trugen keine Kittel oder Uniformen, sondern schlichte, teuer geschneiderte Alltagskleidung. Man tat alles, um die «Gäste» (niemals «Patienten», ob sie platt aufs Gesicht fielen oder «friedlich» im Schlaf verschieden) – das heißt, ihre Gedanken von Krankheit fernzuhalten, egal, ob harmlos oder tödlich.

Rein zufällig (schien es) waren alle, die in Castle Howe einzogen, sechzig und älter, oder, wie Mrs. Colin-Jackson, die Besitzerin und Leiterin, es ausdrückte, im «besten Alter». Mit dieser Floskel pflegte sie die potentiellen «Gäste» von Castle Howe zu beschreiben. Und diese wohnten nicht in einfachen «Zimmern», sondern in «Suiten», die mit einer Nische ausgestattet waren, in der sich ein Kühlschrank, eine Teemaschine und ein Kessel befanden. Die «Suiten» waren nicht numeriert, sondern trugen Namen, die etwas mit dem kulturellen Erbe des Lake District zu tun hatten: «Wordsworth», «Coleridge», «De Quincey» (in dieser Suite wohnte Adam Holdsworth, der sich bemühte, dem Namen alle Ehre zu machen, indem er das Zimmer mit Zigarren vollqualmte – Opium war schwer zu bekommen) sowie «Burns» und «Scott», also sogar die Namen schottischer Dichtergrößen.

Es war schwer, Castle Howe ohne den extensiven Gebrauch von Kursivierungen zu beschreiben. Anzeigen in *The Lady*, *Country Life* und gelegentlich der *Times* versicherten potentiellen Kunden eine *phantastische* Szenerie und eine *prächtige* Ausstattung. Begriffe mit dem Stigma von Pflege- oder Seniorenheim wurden vermieden. Sowohl die Anzeigen als auch die Broschüre waren von Mrs. Colin-Jackson kunstvoll entworfen worden und richteten sich offensichtlich an die Gutbetuchten, die ihre reichen alten Mamis und Tantchen und Omis dort abladen wollten, einerlei, ob sie es nur noch zwei Monate oder noch ganze zwei Jahrzehnte machen würden.

Die Farbbroschüre zeigte einen Salon und ein mit Antiquitäten vollgestopftes Musikzimmer, komplett mit William-Morris-Tapete, herrlichem Deckenstuck und Seidenvorhängen. Außerdem war ein mit Kerzen beleuchteter Speisesaal mit linnengedeckten Tischen abgebildet, der auch einem teuren Hotel nicht zur Schande gereicht hätte. Ein weißbefrackter Ober nahm gerade die Bestellung von zwei Herren und einer Dame entgegen, die so reich aussahen, als würden sie sich die Zeit damit vertreiben, Übernahmeangebote an Luftfahrtgesellschaften und Computerfirmen zu machen.

Die Anzeige mit der Federzeichnung des Anwesens lenkte die Aufmerksamkeit garantiert nicht auf die kleingedruckte Klausel, daß zukünftige Bewohner «weitgehend bewegungsfähig» und «psychiatrisch nicht vorbelastet» sein müßten; beide Floskeln waren so schwammig, daß Mrs. Colin-Jackson sie nach Bedarf auslegen konnte. Auf diese Weise war sie in der Lage, selbst zu entscheiden, ob der ältliche Zukünftige hineinpaßte, und sie traf diese Entscheidung allein auf der Grundlage der Finanzen.

Es war schon lästig für Mrs. Colin-Jackson, daß es auch im Bürgertum (und nicht nur im Adel, für den sie ihre Dienste eigentlich bereithielt) opferbereite Töchter und Söhne gab, die ihren letzten Pfennig ausgaben, damit Mama oder Onkel John in vornehmer Umgebung wohnen konnten. An letzten Pfennigen war Mrs. Colin-Jackson herzlich wenig interessiert. In Fällen, in denen es aller Voraussicht nach nichts zu erben gab und die Angehörigen Wert auf einen Rundgang legten und die Unterkunft tatsächlich in Augenschein nahmen, erklärte Mrs. Colin-Jackson, daß die Formel «weitgehend bewegungsfähig» einen Stock oder zwei gestattete, Mama sich aber nur mit einer Gehhilfe fortbewegen könne. Wenn das alles nichts fruchtete, war schlicht und ergreifend keine Suite frei, aber ja, der Name komme nach der Duchess of Wanderby und der Viscountess Stuart auf die Liste.

Wenn ein Bewohner besonders anstrengend wurde, warf Mrs. Colin-Jackson ihn hinaus, indem sie die Familie anrief und sagte, der liebe Senior wachse ihr über den Kopf – er werfe Essen durch die Gegend oder habe sich der Ärztin unsittlich genähert; sie entschuldigte sich dann vielmals, bestand aber darauf, daß der Störenfried entfernt werde. Eine Woche Frist wurde gnädig zugestanden, und falls die Verwandten bereit waren, das Eineinhalbfache zu bezahlen, wurde zur Not auch eine Monatsfrist eingeräumt.

Das wußte Adam Holdsworth natürlich alles. Er war der einzige Bewohner, der freiwillig gekommen war, und zwar gegen den Protest seiner Angehörigen, die der Gedanke nervös machte, daß Geld zum Fenster hinausgeworfen wurde oder vielleicht sogar als Erbe bei der guten Frau landete, die sich im Herbst seines Lebens um ihn gekümmert hatte. In alldem steckte eine gewisse Ironie, fand Adam, denn die Eigentümerin und das Personal behandelten die Bewohner weit besser, als sie zu Hause behandelt worden wären. Dort wären sie ignoriert worden; es sei denn, es war von einer Änderung im Testament die Rede. Mrs. Colin-Jacksons Geldgier störte Adam überhaupt nicht, denn sie mußte teuer dafür bezahlen (mit Zeit und Geduld), wenn zum Beispiel Mr. Wynchcomb seine Schüssel Weetabix über dem Kopf einer der Schwestern Dunster ausschüttete. Sie mußte sich nicht nur damit herumplagen, sondern auch noch gute Miene zum bösen Spiel machen, als ob sie die Beteiligten für richtige Scherzkekse hielte: Aber sie würden es doch bitte nicht wieder tun! Wenn der arme alte Wynchcomb sich zu Hause diese Kapriolen erlaubt hätte, wäre er auf dem Dachboden eingesperrt worden.

Nichts davon war illegal und, wenn man seine Phantasie anstrengte, auch nicht unehrlich. Die in der Broschüre abgebildeten Räume existierten tatsächlich, wenn auch der Aufnahmewinkel geschickt gewählt sein mochte; und das Essen war sehr gut, auch wenn es von Angestellten serviert wurde, die nur vier Worte Englisch sprachen.

Adam hatte Millie Thale dazu gebracht, ihn nach Castle Howe zu rollen, wo sein Gespräch mit Mrs. Colin-Jackson mit einer großzügigen Interpretation des «weitgehend bewegungsfähig» befriedigend abgeschlossen wurde, nachdem mehrere tausend Pfund den Besitzer gewechselt hatten. Sie hatte die ganze Zeit gelächelt und gesagt, sie benötige Zeit, um sich mit ihrem «Personal» zu besprechen, und Adam hatte gesagt, *nur zu, ich geben Ihnen fünfzehn Minuten.* Und sie hatte immer noch unterwürfig gelächelt.

Er wußte, der einzige Mensch, mit dem sie sich besprechen wollte, war sein Bankmanager bei Lloyd's. Und da Adam sich diesen Ort selbst ausgesucht hatte, ließ er sich nicht abspeisen. Außerdem war sein Zuhause so nah, daß er (sagte er) seine Verwandten häufig besuchen würde.

Dann hatte er sich in die in der Broschüre abgebildete Bibliothek mit der hohen Decke und den Seidenvorhängen gerollt, wo ein altes Mädchen in einem hübschen Tweedkostüm mit der Bibel in der Hand einer imaginären Zuhörerschaft predigte. *Kümmern Sie sich nicht um Miss Smithson,* hatte Mrs. Colin-Jackson ihm gesagt, *ihre Familie wird sie bald abholen. Ein solches Ärgernis können wir in Castle Howe wirklich nicht dulden.*

Und so geschah es, daß Adam Holdsworth in die De-Quincey-Suite einzog.

Mami ist so unabhängig; ich weiß, sie könnte die Einschränkungen in einem Pflegeheim nicht ertragen.

Nun lebte er schon seit zwei Jahren hier und war doch immer wieder erstaunt, wie vorhersagbar das Szenario war. Er genoß es, sein nicht bewegungsfähiges Ich äußerst sichtbar zu präsentieren, wenn er wußte, daß ein «Gespräch» bevorstand, denn es trieb Mrs. Colin-Jackson jedesmal zur Verzweiflung. Zähneknirschend wies sie darauf hin, daß «unser Mr. Holdsworth in seinem Rollstuhl schneller ist als jeder Marathonläufer», und brach dann in schallendes Gelächter aus.

Mehrfach hatte sie Adam schon gebeten, gefälligst zu verschwinden (ganz so deutlich hatte sie sich nicht ausgedrückt), wenn sie mit Kandidaten sprach. Das tat er natürlich nicht; seine Zipfelmütze auf dem Kopf und ohne Gebiß setzte er sich immer in die breite Tür des Southey-Zimmers, wenn in dem üppig möblierten Raum irgendwelchen Einfaltspinseln für die Unterbringung von Mama zweitausend im Monat aus der Tasche gezogen wurden.

Zu hören, daß «Mama» oder «Papa» oder «Tantchen» ihre Unabhängigkeit einfach *brauchten*, und dann zu sehen, wie die zerbrechlichen Altchen praktisch auf Bahren hineingetragen wurden, rechtfertigte das Kleingedruckte in Mrs. Colin-Jacksons Verträgen. Wenn sie dann aber erst einmal in Castle Howe wohnten, rappelten sie sich wunderbar auf, schmissen mit Müsli und lieferten sich in dem luxuriösen Ambiente des Wintergartens Spazierstockduelle.

Und dann gab es noch die in der Broschüre immer wieder überschwenglich hervorgehobene Freiheit, sich auf dem Gelände uneingeschränkt zu bewegen. Jeder durfte jederzeit weggehen. Von Mrs. Colin-Jackson aus hatte angesichts der Kaution von zweitausend Pfund und einer langen Warteliste jeder Gast sogar die Freiheit, von den Wällen oder in den Teich zu fallen.

Gesellschaftlich wurde es bald sogar eine Sache des Prestiges, einen schrägen alten Verwandten in Castle Howe zu haben. (*Tante Florence? Oh, ja, nach dieser hektischen Kreuzfahrt um die Welt hatte sie das Gefühl, sich* unbedingt *ein bißchen Ruhe gönnen zu müssen, und war völlig* versessen *auf die Möglichkeit, in Castle Howe zu leben;* wenn in Wahrheit – und da war Castle Howe schon eine Entlastung – Tante Flo auf ihrer «Kreuzfahrt» nicht weiter gekommen war als bis zu dem Teich in ihrem Garten, wo sie jedem, der das Unglück hatte, draußen vorbeizugehen, obszöne Sprüche hinterherkeifte.)

Also war Adam eingezogen, um forthin eine Reihe von «Ärgernissen» in vollen Zügen zu genießen – zum Beispiel den seit langem anhaltenden hitzigen Streit zwischen den Dunsters oder auch mit Colin-Jacksons Helfershelferin, Miss Maltings, die neben dem Eingang saß und schier unendliche Mengen schwarzer Wolle verstrickte. Alles, was passierte, schrieb Adam mit einem Mont-Blanc-Füllfederhalter sorgsam in ein kleines ledergebundenes Notizbuch, wobei die Hand ein wenig zitterte, wie ein Automotor im Leerlauf. Er konnte immer noch schreiben, wenn er auch manchmal fand, das Resultat sehe eher so aus wie der Ausdruck eines EKG-Geräts.

Mit seinem elektrischen Rollstuhl raste er, wenn es zu langweilig wurde, auf dem Anwesen umher und testete, wie viele Bewohner er zu Fall oder wie viele Autos er zu einem kreischenden Halt bringen konnte. Der Rollstuhl hatte beinahe so viele Gänge wie ein Auto. Ab und zu rief er im Tarn House an und bat Millie, zu kommen und ihn draußen spazierenzufahren. Er hatte Millie gerne um sich. Sie und ihr Kater waren die einzigen im Haus, denen er vertraute.

Wenn er im Tarn House war, verbrachte er seine Zeit meist in der warmen, behaglichen, köstlich duftenden Küche, wo er willkommen war, man ihn aber keineswegs hofierte. Bei diesen Besuchen bestand er häufig darauf, mit dem Kater Hexer einen Starrwettbewerb zu veranstalten. Er konnte sich totärgern, weil er immer der erste war, der weggguckte. Der Kater brachte ihn fast so weit, an Wiedergeburt zu glauben. In einem seiner früheren Leben mußte das Tier Rasputin gewesen sein. Wenn Mrs. Callow nicht gerade mit dem Butler einen zur Brust nahm, kochte sie das Gemüse, und Millie hatte auch immer etwas Gutes im Topf schmoren. Wie ihre Mutter war Millie eine geborene Köchin. Adam fuhr immer gern in der Küche herum und versteckte Pennies und Pfundmünzen im Geschirr, damit sie sie später fand. Daß Mrs. Callow sie finden würde, befürchtete er nicht; die konnte vor lauter Portwein nicht geradeaus gucken.

Der Rest der Familie wartete natürlich darauf, irgendwann einmal *große* Summen zu finden (um es mal so auszudrücken). Er konnte nicht ewig leben, aber immerhin so lange, daß sie an der Sterblichkeit des Lebendigen schlechthin zweifelten. Crabbe tat ihm oft leid, er konnte ihm auch kaum vorwerfen, daß er sich in seine Welt der Dichter und Maler zurückzog. Warum setzten so viele anständige Leute ihr Leben in den Sand? Coleridge, De Quincey – Wordsworth natürlich nicht. Aber, dachte Adam, wenn er mit einer liebenden Schwester, die an seinen Lippen hing, die Täler und Hügel durchstreifen würde, hm, dann wäre er wahrscheinlich auch in der Stimmung, die eine oder andere Ode vom Stapel zu lassen.

Jane. Er zog die Stirn in Falten. Die Frau seines Enkels mochte er nur, weil sie einen Sohn wie Alex hatte.

Genevieve war über Janes Tod nicht traurig, sondern nur wütend über Alex, weil er behauptet hatte, er habe keine Angehörigen.

Da hat er verdammt recht, dachte Adam Holdsworth traurig.

Lady Cray war eine derjenigen, die *mit* ihren Aufsehern kam: mit Tochter und Schwiegersohn. Lady Cray, mit kleinem schwarzem Hut und großer schwarzer Tasche, in feinste Seide gekleidet, lächelte immer nur vage, als könnte sie sich nicht erinnern, warum sie hier oder mit wem sie gekommen war.

Sie spazierte davon, während Mrs. Colin-Jackson den jungen Leuten alles mögliche aufschwatzte. Adam saß genau vor der Tür zum Gesellschaftszimmer und kam zu dem Schluß, daß hier mehr dahintersteckte, als man mit bloßem Auge sehen konnte, und folgte ihr. Lady Cray wanderte scheinbar ziellos durch den Aufenthaltsraum, das Spielzimmer und die Bibliothek und fand im Eßzimmer schließlich, was sie suchte. Sie nahm das silberne Besteck von einem Zweiertisch und steckte es in ihre schwarze Tasche, die sie zufrieden zuschnappen ließ. Als sie wieder gehen wollte und Adam sah, lächelte sie nur ihr Grübchenlächeln, öffnete ihre Tasche und brachte einen dicken Packen Geldscheine zum Vorschein. Sie blätterte einen Fünfziger ab und hielt ihn Adam hin. «Wenn Sie den Mund halten können.» Ihre Stimme war so sanft und vornehm, als wollte sie ihm ein Glas Sherry anbieten.

«Sehr großzügig von Ihnen, aber ich habe schon zuviel Geld», sagte Adam.

«Aha. Sind Sie dann an einem Löffel interessiert? Das Silber ist erstaunlich edel.»

«Nein, danke. Ich habe selber welches.»

Er hoffte, Lady Cray würde hier einziehen. *Sie* brauchte ihre Unabhängigkeit ganz bestimmt. Es störte sie offenbar nicht, daß er neben ihr herfuhr, während sie weiter durch die üppig ausgestatteten Flure ging.

Adam zog seinen wertvollen Mont-Blanc-Füllfederhalter heraus und trug etwas in sein Notizbuch ein. Während er neben ihr herfuhr, informierte er sie über Castle Howe. Die

Zimmer seien gut, das Essen überraschenderweise auch. Man könne entweder im Eßzimmer oder in seinem eigenen Zimmer essen. Es sei alles nicht schlimm, solange man nicht vergaß, daß alle, die den Laden betreiben, total meschugge seien. Colin-Jackson verschwinde zur Cocktailstunde immer mit einer Karaffe Gin oder komme auch schon mal ins Eßzimmer und mache mit den Gästen eine ordentliche Sause.

«Wie hübsch», sagte Lady Cray, als sie die Bibliothek betrat und sich mit hochgezogenen Brauen umsah.

«Drüben auf dem Regal sind ein paar Elfenbeinstücke, falls Sie so was mögen.»

Sie seufzte und wandte sich um. «Elefantenstoßzähne.» Sie schüttelte den Kopf. «Ist Wilderei nicht schrecklich?»

Adam fand das auch, und da sie sonst nichts interessierte, drehten sie um und gingen weiter. Am Ende des Flurs führte eine Verandatür in den Garten, und er schlug einen «Spaziergang» vor. «Ich hoffe, Sie werden beschließen, hier einzuziehen, Lady Cray. Es wäre schön, eine Kleptomanin hier zu haben.» Er hielt inne. «War nicht böse gemeint. Ich bin einfach nur davon ausgegangen, daß Sie keine Sammlerin sind.»

Sie gingen den Gartenweg hinunter, und Lady Cray fing an, Blumen zu pflücken. Bald hatte sie ein kleines Bouquet beieinander, das sie in den unergründlichen Tiefen ihrer Tasche verstaute. «Wissen Sie, ich bin ziemlich geschickt. Ich bin viel riskantere Orte gewöhnt. Harrods mag ich besonders. Ein schrecklicher Laden, wenn Sie ihn ernst nehmen. Soweit mir bekannt ist, haben meine Tochter und mein Schwiegersohn Harrods damit beauftragt, meine Beerdigung auszurichten.»

«Wußte gar nicht, daß Harrods Beerdigungen macht. Das muß ich Genevieve erzählen.»

«Genevieve?»

«Meine Schwiegertochter.»

«Aha. Ich glaube, es wird mir hier gefallen», sagte Lady

Cray und pflückte neben dem Rollstuhl eine Blüte. «Wenn ich nur von meiner Familie wegkomme!»

«Das kann ich Ihnen nicht verdenken.»

«Ach, kennen Sie sie auch?» fragte sie. Geistesabwesend ließ sie ihre grauen Augen herumwandern, als sie sich auf eine der gußeisernen Bänke zwischen den Buchsbaumhecken setzte.

«Nein, aber ich kenne meine. Schicken Sie nach Ihrem Anwalt, und schon greifen sie zum Whisky!»

«Genauso ist's, Mr. Holdsworth. Ich brauche nur mein Testament zu erwähnen, und schon kriegt Beau – das ist mein Schwiegersohn – das große Zittern und klappert mit dem Glas gegen die Wodkakaraffe. Wahrscheinlich wird er noch zum Alkoholiker. Ich hoffe nur, er zerbricht die Karaffe nicht. Sie ist von Lalique. Sehen Sie, da ist ein Rotkehlchen.»

Er drohte ihr mit dem Finger. «Lassen Sie die Tasche zu.»

Sie lachte. Lady Cray hatte wunderbare Haut, fiel ihm auf.

«Manchmal tun sie einem ein bißchen leid.»

«Mir nicht.»

Wieder lachte sie. «Ach, Sie wissen, was ich meine. Meine Tochter Lucia ist gar kein so schlechter Mensch. Aber so *schwach*, daß sie ihren Mann fast für sich atmen läßt. Manchmal frage ich mich, ob ich es deshalb tue – Sachen mitnehmen, meine ich. Um die Schwäche meines Kindes irgendwie zu rechtfertigen.»

«Das ist aber eine nachsichtige Betrachtungsweise. Kingsley würde dieser Anflug von Einsicht gefallen. Er ist einer von den Seelenklempnern hier im Hause.»

«Wie ist er mit dem Standardsatz, ‹im Zustand geistiger Verwirrung›? Oder mit dem Trick ‹unter Einfluß von›? Weiß der Himmel, was sie machen, wenn mein Testament eröffnet wird.»

«Hm, glauben Sie nicht, daß das hier eine Rolle spielt. Hier sterben die Leute *durchaus*, verstehen Sie mich nicht falsch.

Natürlich sterben hier Leute. Aber ich kann mich nicht entsinnen, daß hier je einer ein Testament angefochten hat. Da paßt Kojak schon auf.»

«Kojak?»

«Die Abkürzung für Colin-Jackson. So lange sie etwas erbt, kann die Polizei getrost sämtliche Seen nach Leichen abfischen, ihr ist das einerlei.»

Lady Cray arrangierte mittlerweile ein weiteres Blumensträußchen und fragte: «Sie meinen, ermordet worden ist hier noch keiner?»

Verdammt, jetzt wünschte er aber, er hätte sein Gebiß drin, denn er bekam den Mund gar nicht wieder zu. «So, wie Sie das sagen, und mit der Nase in den Blumen, könnte man meinen, das wäre für Sie etwas völlig Normales.» Adam rieb sich die Hände. Die Arthritis meldete sich wieder. «Keine schlechte Idee, wenn ich es recht bedenke, solange es mich nicht trifft.»

«Haben Sie keine Angst, daß es jemand probieren könnte? Ich bin ziemlich sicher, daß man es bei mir ein- oder zweimal ein bißchen versucht hat!» Sie zog den kurzen Stiel eines Wintergänseblümchens durch das Knopfloch in seinem Jackenaufschlag. «So!»

Diesmal vergaß er nicht, den Mund zu schließen, als er merkte, wie erstaunt er war. «Was? Wie?»

«Ach, nicht weiter wichtig – und gänzlich erfolglos.» Sie legte ihre schmale behandschuhte Hand an den Mund, als ob sie ein kleines Lachen zurückhalten wollte. «Ich glaube, ich wurde in London vor einen Bus gestoßen. Ich war nicht verletzt, nur ein bißchen staubig.»

«Meine Güte...» Adam wurde nachdenklich. «Wissen Sie, bei uns in der Familie gab es kürzlich, hm, ich würde es eine Tragödie nennen. Selbstmord. Besonders tragisch, weil es sich um die Mutter meines Urenkels handelt. Er ist ein As und hatte eine sehr enge Beziehung zu ihr, und in meiner Familie ist Liebe nicht gerade an der Tagesordnung.» Adam erzählte Lady Cray das wenige, das er wußte.

«Dann glauben Sie, es war Mord.» Sie zupfte ein welkes Blütenblatt von der Blume und blies es von ihrer Fingerspitze.

«Was? Das hab ich nicht gesagt! Hören Sie, sie mögen alle ein Haufen Arschgesichter sein – entschuldigen Sie den Ausdruck –, aber sie würden doch nicht so tief sinken...»

Sie seufzte müde. «Aber ich bitte Sie, Sie wissen doch ganz genau, daß sie so tief sinken würden, bis sie kriechen müßten.» Lady Crays Blick verfinsterte sich. «Aber warum sie? Hatte sie Aussichten auf eine Erbschaft – oh, wie taktlos von mir. Sich nach jemandes Testament zu erkundigen ist genauso geschmacklos, wie sich nach seinen politischen Ansichten zu erkundigen.»

Adam hing seinen eigenen Gedanken nach. «Ich kann mir nicht vorstellen, daß meine Söhne es versucht haben. George ist ein Schwachkopf, und Crabbe schreibt seit hundert Jahren seinen umfangreichen Bericht über die Lake-Schule. Vor Genevieve muß man sich allerdings in acht nehmen. Sie hat meinen Sohn natürlich wegen des Geldes geheiratet, und sie ist gut zwanzig Jahre jünger als er. Sie war wahrscheinlich Chormädchen in *Cats*. Das Dumme ist, wenn ich *ihm* eine halbe Million hinterlasse, wird *sie* in seiner Show Regie führen. Wissen Sie, was ich deshalb gemacht habe?» Er grinste vielsagend und warf sich in die Brust.

«Was?»

«Er kriegt das Geld nur, wenn er eine Weltreise macht. Allein.» Adam kicherte. «Ich sehe es so: Wenn er für ein Jahr die Handschellen abnimmt und losfährt und neue Leute trifft – Frauen, hoffe ich... Kreuzfahrten sollen ja die reinsten Sexorgien sein, habe ich gehört, und der Mann ist erst sechzig.»

«Keiner, der so jung ist, sollte für den Rest seines Lebens in einer unglücklichen Ehe hängenbleiben.»

«Und wenn er nicht einmal etwas kapiert, wenn er weg von ihr ist, hm –»

«Das haben Sie schlau angestellt.»

«Freut mich, daß Sie das meinen.»

«Wenn *mir* nur etwas in der Art einfiele. Mein Problem ist, wenn ich ihnen nicht das meiste von dem Geld hinterlasse, wird Beau das Testament anfechten, und seit ich auf die schiefe Bahn gekommen bin, wenn Sie verstehen, was ich meine...»

Adam senkte die Stimme und sah sich um. «Je erwischt worden?»

«O ja. Da ist mein Enkel Andrew gekommen und hat mich freigekauft. Er ist mir der liebste Mensch auf Erden; natürlich hinterlasse ich ihm den Großteil des Geldes. Damals kam er mit todernster Miene zur Polizeiwache.» Lady Cray verzog das Gesicht zu einer Leichenmiene. «Und sobald wir am Auto waren, brach er in hellstes Gelächter aus. Wie Glockengeläut. Da spürte ich, daß es für die Menschheit noch Hoffnung gibt.»

«Das glaube ich. Was macht er?»

«Andrew ist ein richtiger Bücherwurm. In Cambridge hat er mit einem Prädikatsexamen abgeschlossen, und seine Eltern waren total erbost, als er einen Buchladen eröffnete. Ich besuche ihn oft, aber da lasse ich nichts mitgehen.»

«Scheint Alex ähnlich zu sein. Ich liebe solche Menschen. Mein Urenkel, sechzehn Jahre alt. Was der Tod seiner Mutter bei ihm alles auslösen wird... aber er kann einiges aushalten.» Adam wurde munterer und sagte: «Der Junge ist drei- oder viermal von der Schule nach Hause geschickt worden.»

«Entzückend. Was hat er denn verbrochen?»

«Sich ein bißchen vom Wetteufel reiten lassen – er hat ein

kompliziertes Wettsystem ausgetüftelt und sogar seine Kumpel eingeweiht. Und einmal wegen einer Schlägerei.» Adam versetzte der Luft ein paar Fausthiebe.

«Das klingt ja wundervoll.» Lady Crays Ausdruck änderte sich. Sie sah in Richtung des Castle und seufzte. «Sie geben uns Zeichen.»

Adam sah die Angehörigen hektisch winken, als bräche Lady Cray zu einer Reise ohne Wiederkehr auf. «Zu dumm.»

«Wir werden schon noch Zeit haben, das aufzuklären, ob es nun Selbstmord war oder Mord.» Die schwarze Tasche klapperte, als sie sie hochhob.

«Was haben Sie außer dem Silber da drin? Ein Schießgewehr?» Er kicherte über seinen kleinen Scherz.

«Ja. Menschen in unserer Lage können nicht vorsichtig genug sein, oder sehen Sie das anders?»

Adam kippte fast aus dem Stuhl. «Hat Kojak Sie nicht gefilzt? Lassen Sie mich sehen, lassen Sie mich sehen.»

«Nein.» Sie legte die Hand auf die Rollstuhllehne, zum Zeichen, daß sie wirklich gehen mußten. «Zum Plaudern werden wir noch genug Zeit haben. Wenn wir nicht gestorben sind.» Sie sah ihn fröhlich an. «Kommen Sie. Die drehen sonst noch durch.»

«Sagen Sie mal», fragte Adam, als er den Gartenweg zurückrollte, «sind Sie wirklich Kleptomanin, oder ist das alles nur Theater?»

Sie lachte. «Es *gibt* ein paar Dinge, die ich wie unter Zwang mitnehme. Was den Rest angeht, ja, das *ist* Theater. Aber ein bißchen Spaß muß der Mensch haben, sonst wird er verrückt. Wenn das Alter einem sonst nichts zu bieten hat, sollte es wenigstens gutes Theater sein, wußten Sie das nicht?»

«Was sind das, die ‹paar Dinge›?»

«Haarbänder und Schokolade.»

«Verdammt interessant. Hören Sie, sind Sie auch Taschendiebin?»

Als Antwort händigte sie ihm seinen Mont-Blanc-Füller aus.

Adam Holdsworth erstickte fast vor Lachen.

«Dachten Sie, ich hätte für nichts und wieder nichts mit den Blumen herumgefummelt?»

Es tat ihm *verdammt* leid, daß er seine Zähne nicht im Mund hatte.

Aber er war froh, daß er seinen leuchtendblauen Pullover anhatte.

16

EINES MUSSTE MAN WORDSWORTH LASSEN, dachte Melrose, der im Swan saß, Kaffee trank und den *Guide to the Lake District* las: Der Mann wußte, worauf es ankam im Leben – er hatte einen Blick für Gasthäuser. Und beileibe nicht nur für den altehrwürdigen Swan mit den alten Balken und den bequemen geblümten Chintzsesseln und -sofas, die um einen hellodernden Kamin gruppiert waren – sondern für eine ganze Anzahl anderer. Wordsworth war zwar Abstinenzler, aber eins hatte er begriffen: Wenn die Touristen hier die Landschaft betrachtet hatten, wie er ihnen anriet, von Aussichtspunkten, die so hoch waren, daß Melrose sie nicht kennenzulernen beabsichtigte – dann waren diese Bergwanderer alle kurz vorm Verdursten. Der Dichter wies deshalb immer sehr gewissenhaft darauf hin, daß nach der einen oder anderen übersinnlichen Erfahrung des Wanderns und Schauens ganz in der Nähe ein Gasthof war, wo sie Ruhe und Stärkung fanden.

Manche Gasthäuser nannte er mit Namen – wie zum Beispiel das Larches am südlichen Ende des Lake Windermere; aber meistens bezeichnete er sie einfach als Gasthäuser. Woher rührte bloß diese moderne englische Sitte, *alle* Häuser, die fürs allgemeine Publikum offen waren, «Pubs» zu nennen, überlegte Melrose. Wordsworth nannte sie «Inns», Gasthäuser. Und so hatten sie die Angelsachsen auch genannt. Wie konnte man das White Hart in Scole oder das New Inn in Amersham oder das Old Silent in Stanbury ansehen und schnöde an Häuser für das allgemeine Publikum, an Pubs, denken? Ließ die berühmte kleine Gruppe Geschichtenerzähler den «Pub» Tabard hinter sich, als sie nach Canterbury aufbrach? Sagten die durstigen Bewohner Shropshires: «Kommt, wir gehen in den Pub?», wenn sie Ludlows wunderhübschen Feathers, ein Fachwerkhaus, aufsuchten?

Diese Überlegungen führten ihn zurück zu Long Piddletons altem Gasthaus, in die Büchse der Pandora, die leider seit über zehn Jahren keinen Pächter mehr hatte. Bisweilen radelte er dorthin, nahm die Fahrradklammern ab und machte einen Spaziergang, wobei er Mindy (der Hündin des einstigen Besitzers) die seltene Gelegenheit zu Leibesertüchtigungen gab. Im Winter lag der Schnee manchmal bis zu den Fenstern, im Herbst mochte ein welkes Blatt wie ein Stahlplättchen über den gepflasterten Hof gleiten. Wenn Mindy dann an den Abflußrohren und dem vertrockneten Ententeich schnüffelte, fragte sich Melrose, ob Tiere wohl Erinnerungen haben.

Manchmal wünschte er sich, er hätte keine; aber vielleicht hatte Wordsworth doch nicht ganz unrecht. Vielleicht war Erinnern Erfinden. Oder vielleicht konnte man sich, wie

Proust, der Vergangenheit ganz bemächtigen, konnte sie rekonstruieren, zurückrufen.

Er vertiefte sich wieder in Dorothys erstaunliche Beschreibungen der nordenglischen Berghänge, der Fells, und ihre Kommentare zu Williams und ihren gemeinsamen Wanderungen. Die Schwester kürzte den Namen ihres Bruders als «Wm» ab:

«Wm und ich kehrten von Picknick auf dem Scafell zurück... Coleridge will Helvellyn erwandern... Wm sehr müde.

Ich ging mit Coleridge und Wm die Gasse an der Kirche hoch, verweilte hernach mit Coleridge im Garten. John und Wm hatten sich beide zu Bett begeben...»

Wm, Wam... Das brummte Melrose angenehm in den Ohren, als er das Buch schloß.

Er bezahlte die Rechnung, verließ die Gaststube und sah in einem gläsernen Schaukasten in der Eingangshalle einen Porzellanteller, um dessen Rand in schnörkeliger Schrift eine Zeile aus einem Gedicht von Wordsworth geschrieben war, eine Frage, die, wie sich Melrose vage von seiner Lektüre erinnerte, Wordsworth Coleridge oder De Quincey gestellt hatte, als sie sich auf einer ihrer Wanderungen trafen:
«Wer hat nicht gesehn den herrlichen Schwan?»
Ja, wer kannte diesen Gasthof nicht?

Melrose hatte Ambleside und die Straße, die ihn zur anderen Seite der Seen und nach Boone bringen sollte, verpaßt. Er hatte dann bei der Touristeninformation in Grasmere angehalten und sich von der hilfsbereiten Dame dort erzählen lassen, daß der Wasdale Pass und der Hard Knott in der Tat ein direkterer Weg nach Wasdale Head und Wast Water seien; aber doch eine recht «unsichere» kleine Straße. Zum Glück war das Wetter schön; er und sein Auto würden es nicht mit Eis und Schnee aufnehmen müssen.

Melrose hörte das nicht allzu gern, aber da als Alternative nur in Frage gekommen wäre, zurück nach Windermere zu fahren und von dort eine umständliche Route zu nehmen, entschied er sich für die «unsichere» Straße.

Er verließ die Touristeninformationsstelle um kurz nach eins und dachte, es sei vielleicht hilfreich, ein bißchen in Grasmere, Wordsworths altem Dorf, herumzuschnüffeln, aufzuschnappen, was er aufschnappen konnte, und das, was er sah, auf sich einwirken zu lassen. Obwohl ein wenig touristisch, war es ein reizender Ort. Die Parkplätze waren zusammen fast so groß wie das Dorf selbst. Er ging in eine Parfümerie und schickte Agatha und Ada Crisp Eau de Toilette. Er sorgte dafür, daß Adas etwas größer war als Agathas, für den Fall, daß sie sich trafen. Die Herrenversion schickte er Marshall Trueblood. Die diversen Düfte würden in der Hammerschmiede vielleicht die des Geparden und von Mrs. Withersby überdecken.

Er ging in die Buchhandlung und kaufte ein Exemplar der Tagebücher Dorothy Wordsworths.

Er ging in einen winzigen Laden, der Gingerbread herstellte, ließ eine kleine Portion an Agatha und eine größere an seine Köchin Martha schicken. Marthas Sendung ließ er ein Päckchen Rumtoffee beilegen.

Er ging in ein kleines Café und kaufte sich ein Brötchen, das er im Stehen aß, während er einen Ausschnitt aus einer Ausgabe des *The Kendal Weekly Courant* von 1733 las: «*Mein Herr, obgleich nur ein Weip (und dieserhalben forchtsam, dasz ich ausgelacht werde, weil ich mich an Euer Blatt wende), muß ich doch dem Autor, ohnerachtet, wer es ist, der letzten Verse, die Ihr publizirt habt, sagen, daß er QUA-DRILLA in sehr skandalöser Manir critisirt hat.*»

Melrose kaute sein Brötchen und dachte schläfrig über den Brief nach. Er hatte auf der anstrengenden Fahrt von Northants hierher keine Pause gemacht und kam zu dem Schluß, daß er zur Wiederherstellung seiner Leibeskräfte mehr brauchte als ein Brötchen. Er ging zum Auto und fuhr zurück zum Swan.

Nachdem er nun im altehrwürdigen Swan seinen Lunch verzehrt hatte, wußte er, daß er die Weiterfahrt sofort in Angriff nehmen mußte, wenn er Boone am späten Nachmittag erreichen wollte. Als er aber auf der Straße zurück nach Ambleside das Dove Cottage sah, befand er, daß er es besuchen müsse. Bei einer Führung konnte er sich eine schnelle Dosis Informationen über diese Tümpeldichter verpassen, und außerdem verspürte er Wam gegenüber allmählich eine gewisse Kameraderie.

Dove Cottage war einmal ein Pub namens The Dove and Olive Branch gewesen. Das erfuhr er von dem jungen Mann, der seinem Häuflein Touristen in einem sehr kleinen Raum mit dunkel glänzenden Dielen und Balken gegenüberstand. Es war der Hauptraum. Insgesamt, dachte Melrose, glich Wordsworths und Dorothys Heim eher einer Puppenstube als einem echten Haus. Und der Dichter war wahrlich nicht klein gewesen. Aber obwohl es so winzig war, empfand Melrose das Häuschen als Inbegriff des englischen Cottage, mit dieser typischen Mischung aus Gegensätzen: Wie konnte ein Haus gleichzeitig zugig und behaglich sein? Karg möbliert und trotzdem angenehm vollgestopft?

…ach, du lieber Himmel, der junge Mann erzählte ihnen gerade, daß nicht nur der Dichter und seine Schwester das Haus bewohnt hatten; die Coleridges, die Southeys und ihre diversen Kinder hatten *alle* hier logiert, und zwar *gleichzeitig*.

Melrose sah sich um. Dieses kleine Haus hatte kurze Zeit dreizehn Menschen Unterkunft gewährt? *Dreizehn?* Und eine gewisse Zeit auch noch De Quincey? Der hatte ganz bestimmt hier gesessen und sich mit Opium bedröhnt.

Dann dachte er, na gut, es war wahrscheinlich auch nicht beengender, als mit Agatha in Plague Alley Tee zu trinken.

Seine rudimentären Kenntnisse über einen der größten Dichter seines Landes waren ihm peinlich. O ja, er bewunderte *Das Vorspiel* und die «Ode, Ahnungen der Unsterblichkeit». Da mußte man schon ein völliger Ignorant sein, wenn man das nicht tat.

Dennoch mußte Melrose es zugeben.

Er mochte Sam lieber als Wam.

Coleridge war ein *Seher*, ähnlich wie Rimbaud, obwohl nicht so bewußt und sicherlich nicht so extrem. Als Melrose in die schmale Straße durch die Langdales einbog, den Wrynose Pass, dachte er an Rimbaud. Er dachte am Jim Morrison, der so mysteriös in Paris gestorben und dort begraben war.

Am allermeisten dachte er an seinen Freund Jury. Wie hielt er das nur durch? Kurz vor seiner Hochzeit hatte die Frau sich entweder selbst umgebracht oder war umgebracht worden. Und nun wurde er auch noch als Mörder verdächtigt!

Melrose nahm eine Kurve und versuchte zu verdrängen, wie er und Marshall Trueblood ihre alberne Schau in Venedig abgezogen und diese absurde Geschichte erfunden hatten...

Da war es vielleicht gut, daß er auf einer Todesstrecke fuhr. Er hörte auf, an irgend etwas anderes zu denken, als wie er von dieser verdammten Straße wieder herunterkam.

Als er dann außer Gefahr war, fuhr er sein japanisches Auto auf den Parkplatz eines der Gasthöfe, die Wordsworth erwähnte, und ließ den Kopf einfach auf das Steuerrad fallen.

Das verstand die Dame also als «unsicher»?

Die mit blauen Klecksern gekennzeichneten Swaledale-Schafsböcke, an denen er vorbeigefahren war, hätten ihm im übrigen mit noch mehr Vergnügen hinterhergeglotzt, wenn er in seinem Bentley gefahren wäre.

Es war durchaus eine schwierige Frage gewesen, welches Auto er nehmen sollte. Wenn man sich um den Posten eines Bibliothekars bewarb, rollte man wohl kaum im Bentley oder Rolls Royce vor. Jetzt mußte er den Japanern noch dankbar sein, obwohl er die Mistkarre auf der M6 nicht über neunzig gebracht hatte. Und wie laut sie war! Aber sie schmiegte sich an die Straße wie die Schafe an die Berghänge.

Ein weiteres Problem war seine Kleidung gewesen. Gestern abend hatte er Ruthven angewiesen, ihm alte, abgetragene Klamotten einzupacken.

«Mylord, Sie besitzen keine abgetragene Kleidung», hatte der Butler erwidert und schien beleidigt, daß man ihm zutraute, die Anzüge und Pullover Seiner Lordschaft zu losen Fäden und Fusseln verlottern zu lassen.

«Zum Kuckuck noch mal, es muß doch was geben, in dem ich aussehe wie ein arbeitsloser Bibliothekar.» Melrose inspizierte eins seiner handgenähten Hemden; angewidert warf er es aufs Bett; es war ein Meisterstück der Schneiderkunst. Warum gab er immer allen seinen Gelüsten nach? Warum kaufte er nicht wie ein vernünftiger Mensch aus zweiter Hand?

Ruthven spitzte die Lippen und fuhr mit der Hand über

Jacketts, Hosen, Hausmäntel. Er zog einen Anzug heraus, hielt ihn mit gerunzelter Stirn von sich weg. «Der müßte gehen, Mylord. Der ist völlig aus der Form. Dekonstruiert, würde ich sagen.»

Melrose stieß einen tiefen Seufzer aus. «Ruthven, das ist ein *Armani*.»

Savile Row und Bond Street treu ergeben, ließ sich Ruthven von einem ausländischen Schneider nicht einschüchtern. Er zog ein wenig an den Ärmeln und langen Jackenaufschlägen, als könnte er so den Schnitt verbessern, zuckte mit den Schultern und stopfte ihn wieder in den Schrank. «Hier ist einer von Ihren Blazern, Sir. Zweireihig und zehn Jahre alt. Der ginge vielleicht.» Er hielt ihn zur Begutachtung hoch.

«Er sieht aus, als wäre er noch nicht mal zehn *Wochen* alt. Ich wußte immer, daß Sie meine Kleidung gut in Schuß halten, aber das ist ja wirklich eine Offenbarung.» Während Ruthven sich vor Freude ein affektiertes Lächeln nicht verkneifen konnte, sagte Melrose: «Bleibt nichts anderes übrig, als ein bißchen Leben aus dieser Harris-Tweedjacke zu rubbeln.» Er warf Ruthven das Jackett zu. «Martha soll ein paar Fäden rausziehen und Flicken auf die Ellenbogen setzen. Und ich nehme den Armani und hoffe, die Holdsworths verstehen nichts von Mode.»

Hocherhobenen Hauptes stolzierte Ruthven hinaus, das Jackett aus Harris-Tweed aber hielt er wie ein sterbendes Baby.

Er brauchte etwas zu trinken, und hier war endlich Boone und endlich ein kleines Pub, und für das Schild hätte er den Wirt umbringen können: The Old Contemptibles! Denn um Agatha zu zeigen, wie sehr er sie verachtete, hätte er es gern an ihr Cottage genagelt.

Das Schild war in jeder Hinsicht ein Zeichen. Es pfiff nach ihm, rief ihn, lockte ihn mit seinem hölzernen Finger, zog ihn an wie ein Magnet.

Es schien nur einen Schankraum zu geben, in den man durch einen düsteren Flur gelangte, den ein paar Fetzen orientalischen Bodenbelags zierten, die weit abgenutzter waren als die Flicken auf seinen Ärmeln. Auf einem Tisch im Eingangsraum, unter ein paar verstaubten Drucken von Gänsen und Fasanen, lag ein Gästebuch, und darüber hing ein Schild mit der Aufschrift *Fremdenzimmer*.

Der Schankraum war heller als der Flur, weil er mit bronzefarbenen Hebeln und halb abgeschirmten Neonlampen ausgestattet war. Sie hingen über einem großen Spiegel, dessen Rahmen neu versilbert werden müßte und der in dem einfachen Raum mit Kartentischen und Holzbänken völlig übertrieben wirkte.

Ein gerahmtes Dokument an der Wand genau neben der Tür verkündete, daß O. Bottemly die Lizenz besaß, Alkohol und Essen zu servieren.

O. Bottemly mußte es auch sein, der mit dem eindeutigen Gebaren eines Besitzers am Tresen entlang auf den Neuankömmling zustolzierte. Bedaure, Sir, kein Old Peculier, aber ich habe Jennings, das ist ausgezeichnet und sehr kräftig, versicherte er Melrose.

Ein so abgelegener Pub hatte wenig Laufkundschaft, aber dafür ließ sich das halbe Dutzend Gäste, die auf den Barhockern zu kleben schienen, ordentlich vollaufen. Nachdem er schon ein paar Dorfbewohner auf der Straße gesehen hatte (drei waren über Spazierstöcke gebeugt gewesen) und nun auch noch die hier Sitzenden in Augenschein nahm, fragte sich Melrose, ob es überhaupt jemanden unter fünfzig gab. In

Boone schien das Alter eine ansteckende Krankheit zu sein, gegen die noch kein Impfstoff gefunden war.

Nicht einmal die Frau, die durch einen Vorhang in der Tür kam, verkörperte eine überzeugende Illusion von Jugendlichkeit. Aber sie hatte sich eindeutig alle Mühe gegeben: Ihre üppigen Brüste und Hüften hatte sie in ein geblümtes Volantkleid gezwängt und sich mit Perlen und Armbändern, Rouge und karminrotem Lippenstift geschmückt. Letzterer überschritt großzügig die natürlichen Konturen ihres Mundes. Sie ging zur verspiegelten Bar, füllte sich ein Glas mit Sherry und stellte sich im Umdrehen als Connie Fish vor. Geschäftsführerin, fügte sie der Sicherheit halber hinzu. O. Bottemly räusperte sich und kaute an einem Zahnstocher.

«Die alte Con», sagte ein Stammgast und hob ein fast leeres Glas.

Ein weiteres gerahmtes Dokument an der Wand verriet, wo der Name der Kneipe herkam: Es war nach dem gleichnamigen britischen Expeditionskorps benannt, das 1914 in Frankreich landete und angeblich von Wilhelm II. als «General Frenchs ehrlose kleine Armee» lächerlich gemacht wurde. Das sollte einen lehren, keine vorschnellen Urteile zu fällen, dachte Melrose.

Er sah die Reihe Gesichter an und lächelte freundlich. Ein Mann hatte den Kopf auf den Tresen gelegt. Er schlief fest und schnarchte, aber die anderen fünf lächelten zurück. Connie Fish auch, von ganzem Herzen. Mit den Fingern fuhr sie sich durch das mit Gel vollgeklatschte, farblose Haar. Es sah wie gebleichtes Gras aus.

Der Gentleman neben Melrose sagte: «Guten Tag, der Herr», und musterte ihn von Kopf bis Fuß.

Melrose erwiderte den Gruß und erkundigte sich, ob er im Dorf wohne.

Der Mann nickte und fragte: «Von der Polizei?»

Melrose war überrascht. «Keineswegs. Erwarten Sie die Polizei?»

Da fingen alle auf einmal an zu reden, und es war, als schäumten plötzlich gewaltige Sturzbäche schroffe Abhänge hinab. Melrose ertrank beinahe in ihrem Wortschwall.

Ein alter Mann mit tränenden Augen, den die anderen «Triefauge» nannten, erzählte ihm: «Das Kind wird vermißt...»

«...Holdsworth. Die Mutter ermordet.»

«...in London war's.»

Die korpulente Frau namens Mrs. Letterby lehnte sich über drei ihrer Mitbürger und rief Melrose zu: «Mord war's nicht! Die Mutter hat sich selber abgemurkst.»

Ein Knochengestell in einem braunen Anzug schüttelte den Kopf. Melrose konnte allerdings nicht erkennen, ob das nicht einfach nur sein Tatterich war. Der ihn im übrigen auch daran hinderte, sein Glas zu heben. Die Hände schafften es nicht bis zum Mund. Der Strohhalm flutschte in das leere Glas zurück und schlug Blasen.

Die Nachrichten über Selbstmord und Verschwinden stillten ihren Durst nach Aufregung nicht. Sie wollten auch etwas Flüssiges. Sie wandten die Köpfe im Takt in seine Richtung und gestikulierten mit leeren Gläsern.

Woraufhin er für alle etwas zu trinken bestellte. Als die Getränke da waren, fragte er: «Wann ist das alles passiert?»

«Paar Tage her», sagte ein Mann namens Billy und hob sein frisches Bier, um seinem Gönner zuzuprosten.

«Das muß für die Familie ja schrecklich sein. Vermutlich kennen Sie sie?» Melrose nahm sein Zigarettenetui heraus und gab Billy Mossop durch eine Handbewegung zu verstehen, daß er es herumgehen lassen solle.

«Die Holdsworths?» fragte Connie Fish. Perlen baumelten über den Tresen, Sherryatem umwehte Melrose. «Eine einzige Familientragödie. Immer passiert was. Haben ihren Sohn verloren, stimmt das nicht, Mrs. Letterby?»

«Ja, ja.» Sie machte eine unheilvolle Geste, legte beide Hände um den Hals und streckte die Zunge heraus. «Hat gebaumelt. Von einem Balken.»

17

BEVOR ER DAS PUB VERLIESS, hatte Melrose sorgfältig seinen Aufzug begutachtet; er wollte sichergehen, daß er recht abgerissen aussah. Die Ellenbogen des Tweedjacketts waren abgeschabt und ein Ärmelaufschlag gestopft – fast unsichtbar, aber man merkte es doch. Die frischgeputzten Schuhe waren an Spitzen und Absätzen deutlich abgeschürft, und der Kragen seines teuren weißen Hemdes war beinahe, beinahe, durchgescheuert. Das neue Taschentuch in seiner Jackettasche wiederum zeigte, daß er die Form wahren wollte, dieser Aristokrat, der harte Zeiten durchzumachen hatte.

Er hatte beschlossen, das Auto am Pub zu lassen und zum Tarn House zu laufen.

Bis zu der Ecke, wo der kleine Laden mit der Poststelle war, drängten sich die Cottages. Er lief weiter und versuchte, in dieser dünnen, reinigenden Luft – mit den herrlichen Ausblicken auf Berghänge und -kuppen – tief durchzuatmen. Aber er fühlte sich nicht halb so gesund und kräftig, wie wenn er in seinem Sessel in Ardry End saß und Graham's 44 trank.

Ungefähr zweihundert Meter weiter kam Melrose an einer ummauerten Auffahrt vorbei. Durch Laubbäume wand sie sich einen großen Hügel zu einem Gebäude mit Erkern und

Türmchen hinauf. Und dahinter erstreckten sich weitere neblige Hügel, die die Lake-Dichter so geliebt hatten. Bei ihm verursachte das alles indes eher Agoraphobie. Zuerst dachte er, er habe endlich Tarn House erreicht (dieser Name könnte von Poe sein, fand er), doch eine in Stein eingelassene Messingplakette verkündete, daß es sich um Castle Howe handelte. *Exklusiver Ruhesitz.* Klartext: Hier werden die Verwandten ausgenommen wie Weihnachtsgänse.

Nach Aussage seiner neuen Zechgenossen war dies die Institution, die Adam Holdsworth gegenüber seinem eigenen Haus bevorzugte, was nun wieder Bände über *dessen* Verwandte sprach. Tapfer schritt Melrose weiter. Hätte er jedenfalls gern getan. Hätte sich gern als englischer Landedelmann mit knorrigem Stock und treuem Hund präsentiert. Er hätte Mindy mitbringen sollen. Mindy? Sie hätte einen Schritt getan und wäre dann in diesen Klapperkasten, der in Japan Auto hieß, zurückgekrochen.

Er seufzte und sah die enge Straße hinunter. Kein Haus, kein Cottage, kein rauchender Schornstein in Sicht. Aber in Gestalt von drei, nein, vier Bergtouristen kamen Lebenszeichen auf ihn zu, sie winkten und streckten ermutigend die Daumen nach oben, als fände diese Begegnung auf dem Südpol statt und sie hätten eine lebensgefährliche Expedition hinter sich. Eine Frau sah doppelt so alt aus wie er, ihre ledrige Haut hatte tiefe Furchen, und sie lächelte (selbstgefällig, fand er), weil sie schneller ging als der kleine Windhund, den sie an der Leine hinter sich herzog.

Ihre Daumenzeichen konnten sie sich schenken; wen wollten sie hier eigentlich zum Narren halten, diese Leute, die in eine Gegend kamen, die für ihr scheußliches Wetter, ihr Dutzend Seen, ihre dampfenden Berge, ihre Hänge voller Schafe bekannt war? Er wollte sich kein Urteil über die Landschaft hier anmaßen, fand jedoch, daß es wirklich der Sensibilität eines Dichters oder Malers bedurfte, um sie wertzuschätzen. Dennoch rasten aus unerfindlichen Gründen im Sommer Heerscharen von Touristen hierher, latschten in Regenjakken und Gummistiefeln herum und streckten einem den Daumen entgegen nach dem Motto: Es lebe der Pantheismus! Die Typen, an denen er eben vorbeigekommen war, hatten vermutlich weiter oben an der Straße ihren Tee eingenommen und sich gegenseitig vollgesülzt, während der arme Windhund unter dem Tisch zappelte. Melrose wußte natürlich, daß es wirklich ein paar Mutige gab, die kalten Atem in Höhlen und Hütten bliesen, Krokodile niederrangen, sich die Nordsee ins Gesicht sprühen ließen, während sie kilometerhohe Wellen bezwangen und wahrhaft mit der Natur kommunizierten. Aber er war überzeugt, daß es nicht allzu viele waren, und während er die enormen in Nebel gehüllten Gipfel des Scafell und Great Gable betrachtete, staunte er über Wordsworths und Coleridges endlose Wanderungen.

Endlich sah er das Haus. Binnen weniger als fünf Minuten war er dort und fragte sich, warum Jury ihm nicht erzählt hatte, daß es fast zwei Kilometer vom Dorf entfernt lag. Aber woher sollte Jury es wissen? Er hatte es ja nie gesehen!

Woher sollte er des weiteren wissen, daß Tarn House von der ringsum verlaufenden Mauer bis zum Hauptgebäude eine mysteriöse Masse graubraunen, verwitterten Steins war, die auf dem unkrautüberwucherten, morastigen, nebligen Gelände eine angemessene Umgebung gefunden hatte. Und dann noch diese Berge dahinter! Nachdem die richtige Straße aufgehört hatte, mußte Melrose ein kleines Stück alten Fußweg über Torfboden und durch mattbraunen Adlerfarn gehen. Über ihm kreisten Vögel, die er gern für Wanderfalken gehalten hätte, von denen er aber wußte, daß es Bussarde waren. Auf der Lauer.

Das alte Eisentor hatte zu beiden Seiten dicke, kurze Säulen (zum Glück ohne Löwen), dann kam ein offenbar bewohntes Pförtnerhaus. Das Haupthaus war hochherrschaftlich, aber beileibe nicht so beeindruckend wie der exklusive Ruhesitz unten an der Straße. Tarn House hatte seinen Namen von den dunklen Teichen – kleinen Seen? – zu beiden Seiten des überwucherten Pfades. Das Grundstück war nicht besonders eindrucksvoll, lediglich düster, und das Haus auch nicht – ein dunkles Gebäude mit glatter Fassade und Schieferdach. Die hohen Fenster waren weder bleiverglast noch vom Schein eines Feuers erhellt und hatten auch keine Vorhänge, die bei Melroses Anblick zurückgezogen und dann wieder fallengelassen wurden. Nun war er schon wieder seinem Problem erlegen: freie Assoziation. Es hätte das Haus von Usher sein sollen – Edgar Allan Poe! – und Baltimore in Maryland, wo Ellen Taylor auf dieser verdammten BMW durch die regendunklen Straßen sauste. Oder der Schauplatz für einen Praed-Krimi. Wann hatte er Polly Praed zuletzt gesehen? Nicht, daß *sie* diese Frage sonderlich beschäftigte.

Melrose seufzte schwer, stieß das Tor zu, das nicht einmal quietschte, und ging zum Haus. Wieviel lieber wäre er jetzt in Ardry End gewesen, ah! Der Kamin, der Graham's Port. Die Tante. Schwamm drüber.

Irgend jemand *mußte* seine Ankunft bemerkt haben, denn die Tür wurde geöffnet, noch bevor der Türklopfer zurückfiel.

Beim Anblick des kleinen Mädchens hielt Melrose den Atem an und schickte ein Gebet zu Samuel Taylor Coleridge. Sie war der lebendige Beweis für den wirksamen alchimistischen Austausch oder die magische Transposition oder was auch immer in «Kubla Khan» vor sich ging. Es war, als sei ihm Ardry End in menschlicher Gestalt erschienen. Sie trug ein einfaches grünes Kleid, ihr Haar hatte die Farbe von Graham's 44, in ihren Augen glühten winzige Kohlen, und zu ihren Füßen saß die schwärzeste Katze, die Melrose je gesehen hatte, eine Katze direkt aus der Hölle.

Das Mädchen sah zu ihm hoch. Leider war sie kaum älter als elf oder zwölf, womit sich ein ernsthaftes Gespräch mit ihr von selbst erledigte.

Und dieser Zug um ihren Mund war kein Lächeln, sondern die Mühsal gemeisterten Zorns. Sie drehte sich um und ging, offenbar, um jemand Älteren zu holen. Als er ihr nicht folgte, blieb sie stehen und stemmte die Hände in die Hüften.

Hier ermutigte ihn niemand mit hochgehaltenem Daumen, dachte er.

«Das war Millie», sagte Madeline Galloway, als sei das die Antwort auf Melroses sämtliche Fragen.

Madeline Galloway war attraktiv, was durch ihre Nervosität noch unterstrichen wurde; es war, als bitte sie, und nicht Melrose, um diese bescheidene Stelle.

Sie waren in der hochgepriesenen Bibliothek, und Melrose mußte zugeben, daß sie ziemlich beeindruckend war. Als wollte sie die schlechten Nachrichten zuerst hinter sich bringen, stürzte sie sich sofort in die Beschreibung des Bibliothekarspostens und sagte: «Es tut mir entsetzlich leid, aber das Gehalt ist nicht hoch.»

«Ich habe wirklich nicht viel erwartet.»

Es klopfte an der Tür, und Millie trug ein Tablett mit einer Karaffe Sherry und zwei Gläsern herein. Schweigend sah sie Madeline an.

«Nanu, Millie. Wo ist Hawkes?» Sie erklärte Melrose, daß Hawkes der Diener sei. Sie lächelte. «Als Butler können wir ihn nicht gerade bezeichnen.»

Nach Millies Miene zu urteilen, stand das tatsächlich außer Frage. Sie drehte sich um und wollte gehen.

«Aber du hast noch nicht gesagt, wo er ist. Das hier wäre seine Aufgabe.»

Millie kaute von innen an ihren Wangen und sagte: «Unten im Keller. Mit der Köchin. Sieht nach dem Wein.»

Melrose meinte, aus den Sprechpausen die Andeutung herauszuhören, daß Butler und Köchin mehr taten, als nur nach dem Wein zu sehen.

Millie ging; Madeline wandte sich Melrose zu. «Ihr Freund, Superintendent Jury, hat gesagt, daß Sie ab und zu mal einen Job annehmen, der Ihren Interessen entspricht.»

Aha, Plant, der Penner, der in ausgebeulten Hosen herumschlurfte und Philodendronableger hätschelte oder in Mülltonnen wühlte. Ihm wäre, wenn schon keine noblere, so doch wenigstens eine geheimnisvollere Tarnung lieber gewesen... und jetzt sagte sie irgendwas von «exzentrisch», hob eine Augenbraue, lächelte, als ob sie, Melrose und der Superintendent ein Geheimnis teilten.

Exzentrisch. Er war versucht, den Lampenschirm mit den Seidenfransen zu nehmen und ihn sich auf den Kopf zu setzen.

«Wir kennen uns schon lange.»

«Ja. Der Job ist leider nicht für lange. Es hängt natürlich davon ab, wie schnell Sie das Katalogisieren schaffen. Aber da Sie ja als Bibliothekar gearbeitet haben, wenn ich richtig informiert bin, sollte das kein Problem sein.»

Ein exzentrischer Bibliothekar mit abgelatschten Absätzen. «Nicht sehr lange.»

«Ich hoffe, daß wir alles zu Ihrer Zufriedenheit einrichten können. Sie können gern im Tarn House wohnen, aber wenn es Ihnen lieber ist, kann ich Ihnen auch ein Zimmer im Dorf besorgen. Meines Wissens vermietet das Pub The Old Contemptibles Fremdenzimmer.»

«Ich würde weitaus lieber hier im Haus wohnen.» Er rieb

sich mit der Hand das Knie. «Bin ein bißchen lahm auf einem Bein, deshalb vermeide ich es, allzuviel zu laufen.» Das Auto hatte er ganz vergessen.

Sie sah an ihm herunter und runzelte die Stirn. «Ist mir gar nicht aufgefallen.»

«Kommt und geht.» Er wollte von wackligen Beinen abkommen und interessantere Pfade beschreiten, deshalb nahm er ein Foto zur Hand und wartete auf ihren Kommentar. Aber sie ging zum Kamin und ergriff eine Figur aus Staffordshire-Porzellan, einen Schäfer, der sich an seinen Stab lehnte. Den sah sie mit ausdrucksloser Miene an, vielleicht war ihr gar nicht bewußt, daß sie ihn in der Hand hielt. Sie hatte andere Dinge im Kopf.

«Darf ich?» Als sie sich umwandte, deutete Melrose auf einen von zwei Queen-Anne-Ledersesseln, die zu beiden Seiten des Tisches mit dem Silbertablett standen.

«Oh! Verzeihung! Ja bitte, nehmen Sie Platz.» Madeline hörte auf, mit dem Porzellanschäfer herumzuhantieren, setzte ihn auf den Tisch und schenkte dann den Sherry aus, einen sehr feinen Amontillado. Mit dem Glas in der Hand setzte sie sich in den anderen Sessel. «Ich fürchte, bei dieser Befragerei bin ich ziemlich ungeschickt. Mr. Holdsworth denkt anscheinend, nur weil ich gern lese», sie blickte sich in der edlen Bibliothek um, «kann ich Ihnen an der Nasenspitze ansehen, ob Sie gut katalogisieren und Karteikarten anlegen können. Oder was er sonst noch will.»

«Warum führt *er* die Einstellungsgespräche dann nicht? Er ist doch derjenige, dem ich genehm sein muß.»

Sie schüttelte den Kopf. «Wahrscheinlich, weil er schüchtern ist. Das stimmt aber eigentlich nicht. Wahrscheinlich sitzt er jetzt irgendwo in den Kulissen und paßt den rechten Moment ab, um hereinzuwandern und dabei schrecklich beschäftigt auszusehen. Es ist seine kleine, hm, Pose muß man das wohl nennen. Er bewundert Robert Southey so sehr, daß er dessen Körperhaltung und Gewohnheiten nachäfft. Nach Bildern und Porträts. Ich bin sicher, er würde liebend gern einen Vatermörder mit lässig gebundener Schleife tragen. Wie Southey auf einem der Porträts. Manchmal glaube ich, er *hält* sich schon für Southey.»

«Wie unangenehm, schließlich ist Robert Southey tot.»

Ihr Lächeln war ein bißchen gezwungen. Das Schicksal ihrer Schwester hatte sie wohl kaum in die Stimmung für schlechte Scherze versetzt. «Soll ich Ihnen Ihre Aufgaben erklären?»

«Das wäre wohl angebracht.»

«Da Sie Bibliothekar sind, werden Sie es besser verstehen als ich. Crabbe will, daß seine Sammlung in einer Kartei erfaßt und mit Querverweisen versehen wird. Sie wissen schon – Stichwort, Autor, Titel und so weiter. Sind Sie schon in Greta Hall gewesen?»

«Nein. Ich bin gerade erst angekommen.» Sicher gehörte es zu seinen Pflichten, einmal das Grabmal Southeys zu besuchen. Warum, um Himmels willen, Southey? Wenn man sich schon mit dieser Lake-Dichterschule abgeben mußte, warum dann nicht mit Coleridge? Wahrscheinlich, weil er so etwas Dämonisches hatte. Southey hingegen war ein Gentleman.

Madeline betrachtete die unzähligen Reihen Bücher. Wunderschön in geprägtes Leder gebunden, standen sie so ordentlich in Reih und Glied, daß Melrose sich fragte, ob sie überhaupt gelesen wurden. «Crabbe hat versucht, Southeys Bibliothek exakt zu kopieren», sagte sie. «Die Bibliothek des Richters war sein ganzer Stolz und seine ganze Freude, und er haßte es zutiefst, wenn jemand darin herumfuhrwerkte, besonders Wordsworth, der Bücher verschlang…»

Madeline Galloways Stimme verlor sich, es mangelte ihr

deutlich an Interesse für das Thema. «Verzeihung, aber ich habe bemerkt, wie Sie das Bild meiner Schwester angesehen haben.» Sie griff danach. «Ich sollte Ihnen etwas erzählen, denn es wirft einen düsteren Schatten über das Haus. Sie ist tot; es ist vor drei Tagen passiert.»

Melrose stellte sein Glas vorsichtig wieder auf das Tablett. «Mein Beileid. Jetzt verstehe ich, warum Sie lieber nicht – mir ist unbegreiflich, warum Mr. Holdsworth keine Zeit hat.»

Als sie ihn ansah, standen Tränen in ihren Augen. «Meinethalben muß es Ihnen nicht leid tun. Es ist alles – sehr kompliziert. Sehr.»

Die Stimme wurde wieder leiser, sie hielt das silbergerahmte Bild in der Hand. «Es ist schrecklich. Eine Überdosis Barbiturate.» Rasch fügte sie hinzu: «Es muß ein Unfall gewesen sein. Aber die Polizei gibt die Leiche nicht frei – erst wird eine Obduktion gemacht.» Sie hielt inne. «Ich nehme an, bei ungeklärten Todesfällen ist das immer so.» Ihre feingliedrige Hand umklammerte die Sessellehne, und sie sah Melrose an, als könnte er ihr die Ungewißheit über die möglichen Ursachen des Todes ihrer Schwester nehmen.

«Ich glaube, das ist Routine, ja.»

Während des nun folgenden kurzen Schweigens betrachtete er Madeline Galloway genauer und fand sie in einem konventionellen Sinne ziemlich hübsch. Mit ihren großen Augen und dem dunklen, von einem Samtband zurückgehaltenen Haar sah sie ein wenig kindlich aus, nicht uninteressant, aber sie war eine Frau ohne klare Konturen. Sie machte nicht den Eindruck, als hätte sie einen starken Willen, obwohl ihre etwas zurückhaltende Art eine bloße Attitüde sein mochte, die sie den Holdsworths zuliebe an den Tag legte. Es war merkwürdig, daß sie an einem Ort bleiben wollte, der sie ständig daran erinnern mußte, welche Demütigung sie hier erfahren hatte.

«Die Polizei war da. Ich verstehe nicht, wieso das eine Angelegenheit für die Polizei ist.»

Melrose zuckte mit den Schultern. «Auch Routine, nehme ich an.»

Als sie sich jetzt zu ihm herumdrehte und ihm direkt in die Augen sah, revidierte er seine Meinung, daß sie kein Rückgrat habe. «Das glaube ich nicht.»

Sie vergaß ihr eigentliches Anliegen und sprach über ihre Schwester, deren so frühzeitigen Tod, den Sohn, die ganze Tragödie.

«Ja, wirklich», sagte eine männliche Stimme. Melrose wandte sich um und sah einen großen, dünnen Mann ins Zimmer kommen, den Kopf über ein kleines Buch gebeugt. Er wurde ihm als Mr. Crabbe Holdsworth vorgestellt, Melroses zukünftiger Arbeitgeber.

Crabbe Holdsworth setzte sich auf das kleine Sofa ihnen gegenüber, legte das Buch aber nicht aus der Hand. «Verheerend, dieser Tod», sagte er und ließ das Buch zuschnappen. «Ja, und so jung.» Ohne recht hinzusehen, nahm er die Porzellanfigur, starrte sie an, stellte sie zurück. Da Madeline sich mit dem neuen Bibliothekar offenbar schon bekannt gemacht hatte, glaubte Mr. Holdsworth, eine ausführlichere Vorstellung seinerseits sei überflüssig, und verfolgte seinen Gedankengang weiter: «Er war erst zwölf.»

Melrose und Madeline wechselten ratlose Blicke, was Crabbe Holdsworth nicht entging. «Henry. Southeys Sohn.» Er deutete mit einem Kopfnicken auf das Buch.

War der Mann wirklich so dämlich? fragte sich Melrose. So dämlich und unsensibel? Madeline erhob sich rasch und legte die Hände auf den Kaminsims, als würde sie Crabbe schlagen, wenn sie sie nicht anderweitig beschäftigte. «Wir haben von Jane gesprochen, *nicht* von Southey.»

«Oh. Oh. Ich bitte vielmals um Verzeihung.» Sein Blick wirkte eher verblüfft als bekümmert, als bemühte er sich, diese «Jane» richtig einzuordnen. Nein, offenbar wußte er über die «scheußliche Angelegenheit», wie er sie bezeichnete, Bescheid. «Scheußlich», wiederholte er und drehte sich zu Madeline um, die sich zu ihrem Sessel zurückbegab.

Crabbe hatte ein kummervolles langes Gesicht, das ihm wahrscheinlich immer dann besonders zustatten kam, wenn er tatsächliches Mitgefühl im Grunde nicht aufbringen konnte. «Ich war mit den Gedanken mal wieder ganz woanders. Sie sind Mr. Plant? Was halten Sie denn von der Bibliothek?»

Der Tod (außer in der Familie Southey) barg augenscheinlich wenig Schrecken für Crabbe Holdsworth.

Während Madeline Galloway sich an den Falten ihres Rocks zu schaffen machte und innerlich schäumte, murmelte Melrose ein paar lobende Worte. Zu Begeisterungsstürmen ließ er sich nicht hinreißen. «Ich glaube, ich kann es übernehmen.»

«Schön.» Crabbe stellte den Schäfer wieder an seinen Platz. «Es ist ein großes Haus, aber ein kleiner Haushalt. Wir sind nur zu viert, meine Frau, mein Bruder, Madeline und ich.»

«Sie vergessen Adam.»

«Ach. Ja, Vater gibt es auch noch. Aber er *wohnt* ja nun eigentlich nicht hier, Madeline. Mein Vater ist...» Über diesen Menschen machte er sich scheinbar tiefsinnige Gedanken und versuchte, ihn irgendwie zu beschreiben. «Eigentlich lebt er in Castle Howe; das ist ein Seniorenheim. Tarn House gehört meinem Vater, aber er findet es offenbar amüsant, ein bißchen weiter unten an der Straße in diesem überteuerten Heim zu leben.» Er ergriff wieder die Porzellanfigur. «Meine Frau würde Sie gern kennenlernen», sagte er, als spräche er zu der Figur.

Und dann klärte sich auf einmal auf, was Melrose für Gleichgültigkeit, wenn nicht für Kaltblütigkeit gehalten hatte, als Crabbe Holdsworth sich über einen Tod von vor hundert Jahren bekümmert gezeigt hatte, obwohl er doch erst kürzlich selber mit einem besonders tragischen konfrontiert worden war:

«Wir können Alex nicht finden.»

«Den Enkel meines Mannes», sagte Genevieve Holdsworth. «Aus unerfindlichen Gründen ist er getürmt, während die Polizei versucht hat, seine Familie ausfindig zu machen. Warum in aller Welt tut er so etwas?»

Sie fragte nicht; sie überlegte nur laut und sah über ihn hinweg. Sie klang eher verärgert als besorgt.

Genevieve saß auf dem Sofa, das ihr Mann wieder verlassen hatte. Offenbar wurde Melrose der Reihe nach von der ganzen Familie interviewt. Dann sagte sie: «Zollen Sie dem Klatsch keine Aufmerksamkeit, Mr. Plant. Sie werden gewiß reichlich davon zu Gehör bekommen, falls Sie mit den Stammgästen des hiesigen Gasthauses Freundschaft schließen.»

Er fragte sich nicht nur, warum dem «Klatsch» so eine Wichtigkeit beigemessen wurde, sondern auch, warum sie so gestelzt sprach wie eine viktorianische Hausdame, obwohl sie so katzenhaft aussah. Vielleicht sollte die geschwollene Sprache eine Brücke zwischen dem hochgestochenen Verstand und der tief ausgeschnittenen Bluse bilden.

Melrose hatte sich vorher kein Bild von der zweiten Mrs. Holdsworth gemacht. Wenn er es getan hätte, hätte er eher das weibliche Pendant zum Ehemann erwartet, vielleicht etwas härter. Zumindest anständige Tweedkleidung und Gesundheitsschuhe. Statt dessen verströmte sie den puren, unverwechselbaren Duft nach Frau. Etwas merkwürdig Verführerisches lag in ihrer kühlen Redeweise, die in scharfem Kontrast zu ihrer sinnlichen Ausstrahlung stand. Sie fingerte an der kurzen Goldkette herum; der Anhänger, ein Kreuz, lag strategisch günstig im Ausschnitt ihrer Seidenbluse. Mit dem Fuß beschrieb Genevieve exakte kleine Kreise, als wollte sie die Gelegenheit nutzen, ein Bein zu drehen, das von einem Meister seines Handwerks geschaffen worden war.

Aus irgendeinem Grunde, bemerkte Melrose mit einem Lächeln, schaffte es keiner von ihnen, den Schäfer aus Staffordshire in Ruhe zu lassen. Doch während Madeline ihn nervös befingert und Mr. Holdsworth ihn geistesabwesend aufgenommen hatte, schien Genevieve mit ihm zu tändeln.

«Ich achte nicht auf Klatsch.» Weiter sagte er nichts und hoffte, daß sein Mangel an Neugierde sie veranlassen würde, sie zu stillen.

«Madeline hat Ihnen doch bestimmt von ihrer Schwester erzählt.» Mehr sagte auch sie nicht.

«Mein Beileid.» Diese Tragödie hätte er kaum als «Klatsch» bezeichnet.

«Ja. Ihr Tod war ein großer Verlust.» Als sie sich erhob, tat Melrose es ihr gleich. «Wir essen um neunzehn Uhr dreißig zu Abend.» Mit den Gedanken beim Abendessen und beim Tod verließ sie das Zimmer.

18

Ein Neuer, dachte Millie Thale.

Jetzt war ein Neuer da. Noch ein Gedeck auflegen, noch ein Bett machen, morgens noch einen Tee ans Bett bringen.

Sie schlug eine Seite des Kalenders über *Unsere herrliche Seenwelt* um und versuchte sich zu entscheiden, wo sie noch eine ertrinkende Gestalt hineinwerfen sollte. Sie nahm einen Aquarellstift aus der Büchse auf dem riesigen Arbeitstisch und studierte Wast Water. Diese See war am tiefsten. Nein, den hob sie ja nun für Mrs. Holdsworth auf. Sie schlug die Februar-Seite auf. Derwentwater. Da war schon Schwester Rübe drin: Am Ufer, halb verborgen vom Farn im Vordergrund, schauten ihre Schuhe aus dem blauen See heraus.

Millie blätterte den März um und sah sich den April an: Buttermere! Das war's! Der paßte genau zu ihm, denn sein Haar hatte eine sattgelbe Farbe. Na ja, nicht so gelb wie Osterglocken. Rechts waren jede Menge sich wiegende Büschel davon zu sehen. Wenn William Wordsworth (dessen Namen sie langsam nicht mehr hören konnte) so ein großer Dichter war, warum mußte er dann diese alten, abgenutzten Zeilen schreiben?

Als Millie den Stift anleckte, um die Mitte des Buttermere-Sees mit einem halbmondförmigen Kopf zu krönen, schrie Mrs. Callow aus der Anrichtekammer: «Millie, hast du die Beignets gemacht?»

«Ja», schrie Millie zurück, den Stift in der Hand. Eine glatte Lüge.

«Du weißt, wie sehr Mr. Holdsworth Schmalzgebäck mag!» Millie streckte der Anrichtekammer die Zunge heraus. Von dort erklangen das laute Gekicher der Köchin, wie sie fälschlicherweise genannt wurde, und ein paar hervorgepreßte Lacher, die wie Wildentenschreie klangen, von Mr. Hawkes, dem sogenannten Butler. In dem Satz über das Schmalzgebäck hatten sie bestimmt etwas Anzügliches entdeckt. Sie hatten gut reden, denn sie hatten sich den Portwein aus dem Keller geholt, tranken da drinnen und überließen es (wie üblich) ihr, das Abendessen zu kochen und den Tisch zu decken. Mr. Hawkes würde natürlich die Cocktails hineintragen – das konnte er gut – und verkünden, daß serviert sei; das konnte er auch gut, selbst wenn er um neunzehn Uhr dreißig immer schon längst einen sitzen hatte.

Noch hatte ihr Stift das Papier nicht berührt. Beim Buttermere-See war sie ein wenig unschlüssig. Sie seufzte und sah sich den August an. Patterdale. Das war ihr Lieblingssee; der klang nach Regen und den Regentropfendichtern. Aber den hatte sie für sich selbst reserviert, und so konnte sie ihn nicht für ihn benutzen.

«Millie! Denk dran, mehr Austern als Hammelfleisch in die Pastete zu tun!» Diesem Befehl folgte ein leises Gemurmel, das von einem *Huch!* und dem Zerbrechen von Glas unterbrochen wurde.

Sie schenkte sich die Antwort und schlug den September auf. Dove Cottage. Sie hielt sich die Nase zu und blätterte zum Februar zurück. Dabei fiel ihr Blick auf den dunklen Himmel über Coniston Water, den Nebel und die tiefen Wolken, den zart schimmernden, zinngrauen See. Nicht schlecht. Aber Buttermere paßte besser zu ihm.

«He, ich rieche keine Beignets, Fräuleinchen!»

Das war der Ort für ihn. Und *hier* war ein Stückchen Poesie, das sie liebte:

Seine blitzenden Augen, sein wallendes Haar.

«Es ist ja noch nicht mal sechs, und sie müssen heiß sein. Jetzt zähle ich aber sowieso erst mal die Austern ab.» Leise vor sich hin summend, dachte sie über ihr Lieblingsgedicht nach. Es stimmte. Er *hatte* «blitzende Augen». Sie waren so grün wie das Gras am Buttermere-See, wo die Osterglocken sprossen. Mit einem goldenen Stift malte sie ein bißchen wallendes Haar und dachte dann: Es wäre eigentlich ungerecht, die blitzenden Augen nicht reinzumalen. Sie nahm einen giftgrünen Aquarellstift aus der Büchse und feuchtete ihn an. Gesichter konnte sie nicht gut, das wußte sie, der Kopf hatte also etwas Schlagseite. Sie tupfte ein leuchtendgrünes Auge und eine Menge goldenes Haar auf das Blatt. Dann runzelte sie die Stirn. Er ging unter, und sie *kannte* ihn eigentlich gar nicht. Sie warf den Goldstift hin, nahm einen normalen Bleistift und zog schnell einen Arm und eine Hand aus dem Wasser.

Da schlug eine größere Hand klatschend den Kalender zu. «Hab ich's mir doch gedacht! Dachtest wohl, ich wüßte nicht, daß du überhaupt nichts machst?»

Millie rutschte in ihrem Stuhl zurück, als Mrs. Callows Schatten über den Kalender fiel und die Gestalt von Mr. Hawkes im Türrahmen hing, ein Glas Portwein in der Hand.

«Das wollen wir uns doch mal genauer angucken –»

«*Nein!*» Mit einem Ruck zerrte Millie der Köchin den Kalender aus der plumpen Hand.

Mrs. Callow wich zurück und steckte ein paar Haarsträhnen, die sich aus den Wellen um ihr ältliches Gesicht gelöst hatten, wieder fest. «Na ja, sieh nur zu, daß du die Guinness-Pastete heute abend richtig hinkriegst.» Sie strich sich die Schürze glatt und überließ das Feld der Siegerin.

Millie war Siegerin, weil sie die beste Köchin war, die die Holdsworths je gehabt hatten (abgesehen von ihrer Mutter).

Natürlich wußten sie nicht, daß das Kochen zum größten Teil von einer Elfjährigen erledigt wurde, und wenn sie es gemerkt hätten, wäre es Millie auch einerlei gewesen. Sie schlug den Kalender schnell wieder beim Buttermere-See auf und malte die Hand zu Ende. Die Hand umklammerte ein Tau.

Die Obsession mit den Seen rührte vom Tod ihrer Mutter her. Vor fünf Jahren war es passiert, als Millie sechs war. Ihre Mutter war halb im Wasser, halb außerhalb an dem steinigen Strand von Wast Water gefunden worden. Niemand hatte gesehen, was geschehen war, aber man hatte Millie gesagt, daß ihre Mum von dem Felsüberhang auf dem Holdsworthschen Grundstück auf den Strand gefallen war.

Mit der Zeit hatte Millie begriffen, daß das eine Lüge war. Es war beinahe unmöglich, da hinunterzu*fallen*. Aber sie hatte nie herausfinden können, was wirklich passiert war.

Die Holdsworths hatten sie nach London schicken wollen, damit sie bei ihrer einzigen Verwandten, ihrer Tante Tom, lebte. Sie hieß Thomasina, aber Millie nannte sie Tante Tom. Dadurch klang sie so streng, wie sie Millies Behauptung nach auch war. Millie hatte Alex' Urgroßvater gesagt, daß sie nicht nach London wollte. Sie hatte ihm aber nicht erzählt, warum: daß sie nämlich so lange hier bleiben wollte, bis sie herausgefunden hatte, was ihrer Mutter wirklich zugestoßen war.

Also war Millie geblieben.

Seit der Zeit, als sie endlich groß genug war, um in die Töpfe auf dem Herd zu gucken, war sie vom Kochen fasziniert gewesen, und sie hatte soviel gelernt, daß sie, wenn Ma krank war und ihre «Krämpfe» hatte und nicht wollte, daß die Holdsworths es erfuhren, jede Mahlzeit zubereiten konnte, die von ihrer Mutter erwartet wurde, und keiner hatte es gemerkt. Nach dem Tod ihrer Mutter hatte die Familie natürlich Mrs. Callow eingestellt, die allerhöchstens eine mittelmäßige Köchin war und ihre Arbeit zunehmend Millie überlassen hatte.

Wieder kicherten die Köchin und der Butler, der über den Herd langte, um etwas herunterzuholen. Der würzige Duft von Guinness-Pastete kam aus dem Ofen, aber Mrs. Callow hatte vergessen, daß Millie gerade erst gesagt hatte, die Austern seien noch nicht drin.

Millie hatte Kalender und Aquarellstifte beiseite geräumt, saß da und preßte die Handballen auf die Augen.

19

Er träumte von seiner Mutter. Sie gingen über eine enge Straße durch eine karge, öde Landschaft. Die Straße hob sich nicht davon ab, sie verschmolz mit dem weiten Land. Es war das genaue Gegenteil der Seen hier, der Berghänge und Täler, der Wildbäche und Wasserfälle. Aber das schien ihnen nichts auszumachen; sie hielten einander so fest an der Hand, als wären ihre Finger zusammengeschweißt. Und die Ödnis der Landschaft war ihnen auch gleichgültig, denn sie gingen auf einen Horizont von solch atemberaubender Schönheit zu, daß der Traum-Alex dachte, das sei das einzige Ziel auf der Welt, das zu erreichen sich lohne, voll schillernder Regenbögen, deren blasse Farben ineinanderflossen, und das Licht war so phantastisch, daß man es weniger sah als vielmehr spürte. Er nahm an, daß das da oben Gott war.

So weit und so lange sie aber liefen, sie kamen dem Horizont nicht näher. Das bunte Licht wurde nicht schwächer, verschwand auch nicht; bloß wurde die Entfernung einfach nicht geringer. Der Horizont war immer *da draußen*, aber sie kamen ihm nicht näher.

Dann bemerkte Alex, daß er in der anderen Hand etwas Schweres trug. Er spürte die Masse und das Gewicht immer stärker, und je mehr er versuchte, es fallenzulassen, desto fester blieb es kleben. Als er schließlich die Hand hochhob, sah er ein mit Tesafilm zusammengeklebtes Kartenspiel. Seine Mutter wußte nichts von den Karten; obwohl er sie nicht ansah, war ihm klar, daß sie lächelte und nur an den Horizont dachte und gar nicht ahnte, daß sie ihm nicht näher kamen.

Er konnte seine Hand nicht aus ihrer nehmen, weil er Angst hatte, sie würde verschwinden, wenn er sie nicht festhielt; so blieb ihm nur, mit den Fingern, die die Karten hielten, an dem Tesafilm herumzuzerren. Er hatte eine Riesenangst; eine Riesenangst, daß das, was er in all den Jahren angestellt hatte, ihn davon abhalten würde, ans Ende der Straße zu gelangen. Er wollte die Karten abschütteln. Und wie durch Zauber lösten sie sich, er breitete sie wie einen Fächer aus und ließ sie fortfliegen. Die Bildseiten waren leer, alle leer, bis auf eine: die Herzdame. Sein Herz wurde zu Eis, und als er seine Mutter ansah, war ihr Gesicht in eine Art Kapuze gehüllt, zu einem steifen Lächeln verzerrt – die Herzdame.

Die Karten wirbelten wie Konfettifetzen auf den Horizont und das immer noch blaßbunte Licht zu, und seine Hand, seine beiden Hände, waren leer. Alex schrie.

Und vor Angst, daß er schrie, wachte er auf; er bewegte die Hände vor sich und versuchte, die Dunkelheit zu durchtrennen wie ein Schwimmer das Wasser, und er war so naß, als hätte man ihn in einen der Seen geworfen. Sein Herz hämmerte; er schnappte nach Luft, in die Ecke der Hütte gequetscht, überlegte er, ob irgendwo ein Telefon wäre, um seine Mutter anzurufen.

Nun geschah, was er befürchtet hatte. Das volle Bewußtsein kam zurück und damit die Realität. Er schloß die Augen fest, legte die Hände über die Ohren und wußte, er würde auch in Wirklichkeit schreien. Die gläserne Glocke war vom Grund des Sees schließlich doch an die Oberfläche gekommen, und da war er, unvorbereitet, nicht gerüstet. Bevor ein tierischer Laut seine Lippen erreichte, hörte er ein Rascheln und schlug die Augen auf.

Der Blick aus den leuchtendgrünen Augen von Millie Thales Kater nagelte ihn sozusagen an die Wand. In dem Blick lag eine Botschaft. Die Botschaft war *Nein*.

Alex entspannte sich langsam. «Hallo, Hexer.»

Der Kater blinzelte träge.

Millie hatte ihn vor fünf Jahren gefunden. Oder besser gesagt, der Kater hatte Millie gefunden. Unten am Wast Water war er plötzlich aus dem Nichts aufgetaucht; sie hatte ihn mit traurigen Augen angesehen, er hatte dagesessen, als erwartete er jemanden. Später hatte sie den Eigentümer des Katers gesucht (so halbherzig, daß Alex lächeln mußte), ihn aber nicht gefunden.

Er hieß Hexer. Das erzählte sie Alex, als hätte der Kater selbst es ihr mitgeteilt.

Trotz der (nicht sehr heftigen) Einwände von Mr. Hawkes hatte Millie Hexer behalten. Hawkes kümmerte sich eigentlich um nichts, es sei denn, man kam ihm bei irgendwas in die Quere. Hexer pflegte Hawkes und Mrs. Callows nur in die Quere zu kommen, wenn er bei ihren «Besprechungen» in der Anrichtekammer unvermittelt auftauchte. Dann bekam er einen gehörigen Fußtritt, aber Fußtritte machten den Kater nur noch sturer. Aber der einzige Mensch, auf den er etwas gab, war ohnehin Millie.

Alex schaute auf die Uhr und stellte fest, daß er den ganzen Nachmittag geschlafen hatte. Er sah noch einmal hin und bemerkte, daß auch ein neuer Tag war. Es war Donnerstag. *Donnerstag.* Er hatte vierundzwanzig Stunden geschlafen. War seit gestern abend durch seinen langen, langen Traum geglitten. Hexer hatte ihn aus der Bewußtlosigkeit herausgestarrt und war offensichtlich zufrieden, daß Alex wach war. Er legte sich hin, die Vorderpfoten unter der Brust. Aber er starrte immer noch.

Kein Wunder, daß ich Hunger habe, dachte Alex, schaute in seinen Rucksack, fand aber nichts als ein paar Wispa-Riegel. Er schlug das kleine schwarzlederne Telefonbuch seiner Mutter auf, das sie immer in der Nachttischschublade aufbewahrt hatte, weil sie Angst hatte, es zu verlieren, und es deshalb nicht bei sich tragen wollte: *alle* Namen und Nummern der Leute, die sie kannte, standen in diesem kleinen Buch. Die Polizei hatte nur das gefunden, das sie immer bei sich hatte. Darin waren die Nummern, die sie am häufigsten wählte. Es hatte keine Geschichte.

Er betrachtete jeden einzelnen Namen. Ein paar waren ihm nicht geläufig, wahrscheinlich Leute, mit denen sie irgendwann in all den Jahren mal zusammengearbeitet hatte. Die Verwandten standen alle drin. Die Nummer von Castle Howe, wo sein Urgroßvater die meiste Zeit verbrachte. Ihre Freundin, die Ärztin Helen Viner. Ein Maurice Kingsley, den Alex nie kennengelernt hatte. Ein paar unbekannte Namen, nicht weiter wichtig, irgendwelche Bekannte vermutlich. Sein Direktor. Ach ja, sein Direktor. Zweimal unterstrichen. Die Namen von zwei weiteren Lehrern – Mathe und Geschichte –, die Alex nicht zu ihren Lieblingsschülern zählten. Hatten sie seine Mutter angerufen? Egal. Am Ende (und nicht unter dem richtigen Buchstaben *J*) war ein neuer Name eingetragen. Sie hatte blaue Tinte benutzt; sonst nahm sie immer Schwarz.

Der kleine Kugelschreiber, der noch in dem Buch lag, hatte blaue Tinte. «R. Jury.» Wer war das? «Superint.» Superint.? Es war eine Londoner Nummer.

Alex runzelte die Stirn. Der Name hatte etwas Vertrautes. Hatte sie ihn mal erwähnt? Nein. Hatte er den Namen schon mal gesehen? Er runzelte mißbilligend die Stirn. Er vermutete, daß es ein Mann war, wegen des Anfangsbuchstabens für den Vornamen. Bei Freundinnen war es immer umgekehrt. «Helen V.», zum Beispiel. Superint.

Superintendent?

Alex schloß das Buch und sagte zu Hexer: «Ein *Polizist*?»

MELROSE SASS MIT DEN ANDEREN in der düsteren Atmosphäre des halbdunklen Eßzimmers und fragte sich, wie sie es schafften, dieses abendliche Ritual durchzustehen. Denn nach den kurzen Gesprächen, die er mit mindestens dreien der fünf Anwesenden geführt hatte, war kaum anzunehmen, daß ihre triste Stimmung nur von der Tragödie verursacht wurde, die sie getroffen hatte.

Die Tür zwischen Eßzimmer und Küche schwang in bestimmten Abständen auf und zu und erlaubte ihm hin und wieder einen Blick in die Tiefen des Styx: den Verbindungsflur und das Anrichtezimmer. Gericht folgte auf Gericht; nur die Qualität des Essens verlieh dem Dinner eine heitere Note. Eine Pastete aus Austern, Fleisch und Starkbier! Geringfügig besser wäre sie nur gewesen, wenn man Old Peculier statt Guinness genommen hätte.

«Der wird schon wieder auftauchen. Muß er ja», sagte George Holdsworth, der offenbar weniger an Alex dachte als daran, daß es zum Abendessen nur diese Austern-Hammelfleisch-Pastete gab – statt des Fasans, den er heute morgen geschossen hatte. George war der jüngere der beiden Brüder, aber er sah älter aus, vielleicht hatte die viele Zeit, die er im Freien verbrachte, sein Gesicht, das dem sanften Gesicht seines älteren Bruders mit der hohen Stirn nur entfernt ähnlich sah, wettergegerbt und gefurcht. «Gedächtnisverlust. Schock. Irgendwas», fuhr George fort, als schieße er in regelmäßigen Abständen auf ein Ufo, das in sein Blickfeld geraten war.

«Mach dich nicht lächerlich, George», sagte Genevieve. Dieser Satz folgte wie ein Reflex auf alles, was George laut überlegte. «Alex vergißt nie etwas.» Das klang, als ob es ihr ganz recht wäre, wenn der Junge einmal etwas vergessen würde.

Crabbe nahm sich von den Erbsen und den Röstkartoffeln, die Hawkes servierte. Melrose hatte immer das Gefühl, als schleiche sich Hawkes mit seinen silbernen Schüsseln und gemurmelten *Sirs* von hinten an ihn heran. «Aber vielleicht hat George gar nicht so unrecht. Ein bißchen ist Alex wie sein Vater.» Er legte die Löffel in die Schüssel zurück, so daß Hawkes sich wieder in die Schatten zurückziehen konnte, und sagte: «Mein Sohn Graham, Mr. Plant –»

Melrose sah rasch zu Madeline Galloway hinüber, um ihren Gesichtsausdruck zu erhaschen; ihr Kopf war über den Teller gebeugt, aber sie hatte aufgehört zu essen.

«– war ein Dichter. Und ich glaube, er wäre ein großer geworden, wenn er – noch lebte.»

Melrose hätte schwören können, daß er hörte, wie George zwei Silben murmelte: Un-sinn.

«Aber wenn man hier an den Seen lebt, ist es vermutlich schwer, kein Dichter zu sein.»

Im Gegenteil, dachte Melrose, es wäre schwer, einer zu *sein* und sich dabei nicht dämlich vorzukommen. «Es tut mir leid.» Er hatte das Gefühl, den ganzen Abend damit zuzubringen, sein Beileid auszusprechen. «Wie ist er –?»

Anstatt zu antworten, behielten sie alle den Blick auf ihren Tellern. George wollte etwas sagen, aber sein Bruder kam ihm zuvor und sagte zu Melrose: «Ein Unfall.»

Da er diese Stelle durch einen Freund bekommen hatte, der Polizist war, hielt Melrose es für das beste, so wenige Fragen wie möglich zu stellen und darauf zu spekulieren, daß sie im Verlauf des Gesprächs schon Informationen preisgeben würden. Trotzdem wunderte er sich, daß eine Familie so vom Pech verfolgt sein konnte. Hier hatte es offensichtlich reichlich «Unfälle» gegeben, was er in der Hoffnung, daß George wirklich so unsensibel war, wie er annahm, mit der allzeit verläßlichen Floskel kommentierte: «Jeder hat sein Päckchen Kummer zu tragen.»

Seine Hoffnung trog ihn nicht. «Virginia. Vergeßt die liebe alte Ginny nicht.»

Melrose sah, wie Genevieve ihre Zigarette ausdrückte; sie war so unhöflich gewesen zu rauchen, während die anderen noch aßen. «Ach, sei doch still, George. Findest du nicht, daß wir schon genug Sorgen haben?»

George ignorierte sie. «Schrecklich war das. Ein schlimmer Sturz. Hawkes, Wein.» Er knallte sein Glas hin.

Melrose war überrascht, daß Crabbe Holdsworth noch blasser werden konnte, als er ohnehin war. Die Hand, die die Gabel hielt, zitterte.

20

MELROSES ERSCHEINEN im Old Contemptibles war für die Stammgäste das Zeichen, flugs ihre Gläser zu leeren.

«Wie geht's, Käpt'n?» rief Billy Mossop und wischte sich den Mund am Ärmel ab.

Mrs. Letterby setzte zu einer ausführlichen Analyse «des Wetters» an, als O. Bottemly, auf guten Umsatz aus, zum Tresen kam. «'n Abend!»

Melrose bestellte ein Pint Jennings und gab O. Bottemly durch Kopfnicken zu verstehen, daß er die Gläser der anderen nachfüllen und auch das eigene nicht vergessen solle. O. Bottemly lächelte und schob seine Fleischmassen zurück an die Zapfhähne.

Nach allgemeinem erleichtertem Aufatmen – Melrose fragte sich, was sie gemacht hätten, wenn er heute abend nicht hier aufgekreuzt wäre – begann Mrs. Letterby einen recht verworrenen Monolog über die Familie in Tarn House.

«Tjaja», röchelte Triefauge, mit verschleimter Kehle in das Klagelied einstimmend. «Ein Unglückshaus, das isses.»

Melrose erwähnte den angeblichen «Unfall», den die erste Mrs. Holdsworth erlitten hatte.

Daraufhin hechelten die drei das Schicksal der ersten Mrs. Holdsworth durch: Mrs. Letterby entschied mit Nachdruck, sie sei «ins Wasser von Scafell gegangen. Ga-anz besti-immt», fügte sie hinzu und machte wie üblich aus jeder einzelnen Silbe zwei.

Die Tür zum Schankraum ging auf, ein Regenschwall und ein weiterer Gast wurden hereingeblasen. Melrose schloß aus den Begrüßungen, daß es sich um den Maler Fellowes handelte, einen Stammgast, der allerdings kein so großer Wohltäter war wie der Neuankömmling Mr. Plant.

Francis Fellowes schüttelte den Regen von seiner Jacke und bestellte Whisky. Nur für sich, die anderen wandten sich wieder ihren mittlerweile halbleeren Gläsern zu.

Melrose stellte sich vor, und nachdem sie die dabei üblichen höflich-banalen Floskeln ausgetauscht hatten, deutete Fellowes mit dem Kopf auf einen Tisch. «Setzen wir uns da hin.»

«Sie wurden beim Dinner vermißt.»

«Hm. Das werde ich meistens. War es schön?»

«Na ja, ein wenig trist. Offenbar hat sich kürzlich ein Todesfall in der Familie ereignet.»

Francis Fellowes holte Skizzenblock und Bleistift heraus; Melrose hatte das Gefühl, daß Fellowes sich mit einer Antwort zurückhielt, weil er sie als unangemessen empfand. Statt dessen warf er ein paar rasche Striche aufs Blatt und sagte dann: «Jane, die Frau des Sohns. Sehr bedauerlich.» Seinem Tonfall war nicht zu entnehmen, wie bedauerlich er es fand. «Die Polizei war sogar da. Haben sie Ihnen das erzählt?»

«Ja, die Schwester.» Fellowes betrachtete weiterhin seine Zeichnung, wobei er am Bleistiftende kaute, und Melrose fuhr fort: «Es besteht ein vager Verdacht, daß es vielleicht doch kein Selbstmord war.»

«Die haben immer irgendeinen ‹vagen Verdacht›, was?» Er hielt die Zeichnung ein Stück weg und legte sie dann wieder hin. «Für ihren Sohn, den armen Jungen, muß es die reine Hölle sein. Offenbar ist er in Panik geraten und hat sich aus dem Staub gemacht. Wahrscheinlich hatte er Angst, er würde sonst hier oben landen.»

Melrose bemühte sich, seinen Ton so nüchtern wie möglich zu halten. «Soweit ich weiß, ist sein Vater tot.»

«Ach, Graham. Ja. Hat Crabbe Ihnen den ganzen Mist vom Dichter auf der Höhe seiner Schaffenskraft erzählt? Graham war kein besonders guter Dichter, aber ein ziemlich anständiger Typ. Natürlich hat er nie gearbeitet, aber wer tut das schon? Für seinen Vater war Graham der typische Dichter, der in der Blüte seiner Jugend dahingerafft wurde. Nur schwindsüchtig war er nicht – das ist das einzige an dem Klischee, das ausgelassen wird. Aber leicht suizidgefährdet.»

«Was?»

«Kein Wunder, daß es keiner erwähnt hat. Hat sich doch einfach im Pförtnerhäuschen erhängt. An seinem Gürtel, an einem Querbalken im Wohnzimmer. Da wohne ich jetzt übrigens. Sie sind schockiert? Meine Güte, glauben Sie bloß nicht, daß das schon alles ist. Das kleine Mädchen, von dem hier die Rede war», er nickte in Richtung des Grüppchens am Tresen, das ab und zu Blicke zurückwarf, um zu sehen, wann die beiden aufhören würden, so häßlich zu klatschen, und lieber noch einen ausgaben, «Millie. Ihre Mutter hat ihn gefunden. Graham, meine ich. Danach», sein Blick ruhte auf den durstigen Gästen am Tresen, sein Stift war ständig in Bewegung, «ist sie angeblich von so einem kleinen Felsen am Rand des Waldes gesprungen. Sie landete am Ufer von Wast Water. Es wurde als ‹Unfall› deklariert.»

«Mein Gott.»

Connie Fish machte hinter dem Tresen einen halbherzigen Versuch, die Sperrstunde anzusagen. Fellowes hielt ihre Gläser hoch. Als die Getränke kamen, suchte er nach Kleingeld, doch Melrose war schneller.

«Ah, danke. Ich bin der typische Hungerkünstler, der entfernte Cousin. Ich sollte dankbar sein, daß sie mir das Pförtnerhaus überlassen, aber es gelingt mir einfach nicht.» Fellowes hielt das Glas hoch. «Ich frage mich, warum nicht einfach einer den Giftbecher kreisen läßt und uns alle auf einen Schlag abmurkst, statt dieser Salamitaktik. Prost.»

Er musste mit Millie reden.

Vielleicht war es nur ein schwacher Trost, aber Millie würde verstehen, wie er sich fühlte, weil ihr dasselbe passiert war.

Nicht genau dasselbe natürlich, denn er wußte, daß seine Mutter sich nicht umgebracht hatte. Annie Thale hatte sich umgebracht. Obwohl alle, auch die Polizei, Millie gegenüber immer nur von einem Unfall gesprochen hatten.

Millie wußte es besser.

Es war zuviel. Erst der Selbstmord seines Vaters, nur drei Wochen später Millies Mum, und jetzt glaubte die Polizei offenbar, daß seine Mutter sich auch umgebracht hatte. Es war einfach zuviel.

Alex dachte an damals, vor fünf Jahren, als sie ihr, Millie, erzählt hatten, daß ihre Mutter tot sei. Ein Gewühl von Leuten, ein ewiges Hin und Her, ein Durcheinander gedämpfter und lauter Stimmen. Er sah Millie immer noch in der hintersten Ecke der Küche stehen, sechs Jahre alt, mit ihrer Schürze, sie zitterte. Ihre Mutter war bei den Holdsworths Köchin gewesen und hatte auch ihr Kochen beigebracht. Millie hatte den hölzernen Probierlöffel in der kleinen Hand, um die Suppe umzurühren. Niemand hatte ihr nahekommen wollen, als würde ihr Zittern das Haus in seinen Grundfesten erschüttern und seinen Zusammenbruch prophezeien. Alex hatte auf den Tod seines Vaters nicht so heftig reagiert. Er hatte ihn zwar geliebt, ihm aber nie wirklich nahegestanden und seinen Tod mit einer gewissen Distanz erlebt, als ob seine eigenen Gefühle durch die seiner Mutter gefiltert worden wären. Sie hatte ihn gegen das Schlimmste abgeschirmt.

Millie hatte keinen solchen Schutz. Sie hatte keinen Vater, keine Angehörigen, nur eine «Tante Tom», bei der sie (wie sie allen kundtat) nicht leben wollte. Während die anderen heimlich planten, sie schnellstens nach London zu Tante Tom zu schaffen, hatte sie Adam Holdsworth erzählt, diese Frau sei schrecklich und werde sie schlagen. Damit hatte sich Millies Umzug nach London erledigt. Sein Urgroßvater mochte Millie sehr gern. Als er Hawkes' schneidende Bemerkung hörte, daß Millie ein illegitimer Sproß sei, hatte Adam ihn angeblafft, daß er noch nie gesehen habe, wie Hawkes einer legitimen Beschäftigung nachgegangen sei, er solle den Mund halten!

Nach dem Tod von Alex' Vater war Annie Thale wochenlang deprimiert gewesen. Sie hatte (erzählte ihm seine Mutter) seinen Vater sehr gern gehabt, und sie war es gewesen, die ihn gefunden hatte – nach diesem schrecklichen «Unfall».

Die Familie, das Dienstpersonal, alle schienen vor Millies Reaktion richtiggehend Angst zu haben. Man hätte meinen können, das kleine Mädchen habe die Macht, über die Menschen hier ein entsetzliches Verhängnis zu bringen. Sie gab ihnen die Schuld am Tod ihrer Mutter. Wast Water. Dieser schreckliche See. Es war Hochsommer gewesen und der See sehr blau, fast so blau wie der Coniston und der Ennerdale. Jetzt haßte Millie *alle* Seen.

Und sie war (wie Alex) verschwunden. Zwei Tage später hatten sie sie am Ende eines kleinen Trampelpfades gefunden, einem schmalen, ausgefurchten Pfad, der nach unten führte, zum See. Hände, Gesicht und die weiße Schürze waren voller gelber Flecken. Sie hatte sämtliche Osterglocken ausgerissen, die sie finden konnte, alle ausgerissen und zerfetzt. George hatte sie gefunden.

Mit dem, hatte er gesagt und auf den schwarzen Kater gezeigt. *Es muß ein wildes Tier sein*. Der Kater habe ihn angesprungen (behauptete er) und sich dann still wie eine Statue neben Millie gesetzt, die auf einem Teppich zerquetschter Osterglocken saß.

Millie würde wissen, wie er sich fühlte.

Es war nach elf, stockdunkel, und er konnte es wagen, zum

Haus zu gehen. Das Problem war Hawkes, der manchmal bis in die frühen Morgenstunden hinein aufblieb und trank. Steinchen gegen das Fenster zu werfen hätte keinen Zweck.

Aber er mußte Millie sehen.

Alex machte die Augen auf und sah in die Ecke. Hexer war weg.

Melrose bemühte sich, sein Entsetzen über Francis Fellowes' unerwartete Enthüllungen nicht zu deutlich zu zeigen. Er vergaß für einen Augenblick seine Rolle und bot dem Maler eine Zigarette aus dem echt silbernen Etui an. «Was in drei Teufels Namen wollen Sie damit sagen? Es klingt, als gingen Sie davon aus, daß jemand versucht, ein Familienmitglied nach dem anderen um die Ecke zu bringen.»

«Würde mich nicht im geringsten überraschen. Schönes Stück», sagte Fellowes und blickte von dem Etui zu Melrose, dem armen arbeitslosen Bibliothekar.

Melrose ließ es zuschnappen und steckte es schnell wieder in die Tasche. «Von meiner Tante. Sie hat ein bißchen Geld, aber ich stehe nicht besonders hoch in ihrer Gunst.» In Wirklichkeit konnte er die «Tante» immer knapp davon abhalten, es mitgehen zu lassen. «Auch so eine entfernte verrückte Verwandte.»

«Wie Adam, meinen Sie?» fragte Fellowes. «Na ja, ich neige eher zu der Annahme, daß sie alle wünschten, er *wäre* verrückt.»

«Aber die Köchin, ich meine, die, die Selbstmord begangen hat – sie gehörte doch nicht zur Familie.»

«Nein. Aber Adam war ihr sehr zugetan. Graham auch. Obwohl er wirklich nicht viel zustande gebracht hat. Er war ein netter Junge, ja, obwohl er fünfunddreißig war, habe ich ihn immer nur als ‹Jungen› gesehen. Und schließlich war er das einzige Enkelkind. Seine beiden eigenen Söhne sind Adam, glaube ich, herzlich einerlei. Crabbe und George kann man aus den verschiedensten Gründen nicht ernst nehmen. Und dann Genevieve. Hm, Genevieve... Natürlich wird Adam ihnen etwas hinterlassen, genauso wie er vermutlich mir genug für Farben und Pinsel hinterlassen wird. Aber diejenigen, die er wirklich gern hat, die werden den Löwenanteil kriegen. Jane hätte viel bekommen. Jane mochte er wirklich sehr. Mit den Jahren fallen offenbar alle, die er mag, tot um.» Fellowes machte eine Pause. «Wie, sagten Sie, haben Sie Madeline kennengelernt?»

Jetzt hatte er sich ein bißchen zu sehr um Beiläufigkeit bemüht, fand Melrose. Ob Francis Fellowes wohl auch nur einen Moment glaubte, er sei wirklich ein einfacher Bibliothekar? Ganz bestimmt ein *einfältiger*, dachte er ärgerlich. «Ich kenne sie im Grunde gar nicht. Sie war zufällig in London und schaute sich Bewerber für die Bibliothekarsstelle an.» Sollte Fellowes doch denken, er sei einer von denen; wobei er nur hoffen konnte, daß Fellowes nicht interessiert genug war, um bei Madeline nachzufragen. Vielleicht sollte er ihm etwas gestehen, in der Hoffnung, sein neuer Freund werde es für sich behalten. Aber was? Daß er mit den geliebten Lake-Dichtern nichts am Hut hatte. Ja, das war's. «Passen Sie auf, lassen Sie es Crabbe Holdsworth nicht zu Ohren kommen, aber mal Hand aufs Herz, Wordsworth hat Coleridge doch ausgebeutet... wenigstens glaube *ich* das. Die famose Freundschaft hat ja vielleicht ganz nett begonnen, aber sie endete sicher damit, daß Wam – ich meine, William – den armen Sam nach Strich und Faden verarscht hat. Hm, das ist vielleicht ein *bißchen* drastisch formuliert. Aber Sam war verständlicherweise niedergeschlagen, weil ‹Christabel› nie in die *Lyrischen Balladen* aufgenommen wurde... und Sie wissen ja sicher, wer *das* Zeug herausgegeben hat! Also bezog Coleridge wegen des ganzen übernatürlichen Zeugs in seinen Gedichten Schelte, obwohl das der *Grund* war, warum ihn Wordsworth zunächst angeblich mit dabei haben wollte. Da hätte Coleridge genausogut Bücher katalogisieren können, für den Dank, den er geerntet hat!» Melrose ereiferte sich gehörig und zerquetschte seine Zigarette in dem Blechaschenbecher. «Aber mit irgendwas muß ein Mann ja schließlich seinen Lebensunterhalt verdienen.»

Fellowes lachte. «Sie sind aber einer der wenigen Menschen im Hause, die arbeiten, um das zu tun. Und obendrein scheinen Sie ja auch durchaus eine Kapazität zu sein.»

Nur ein schneller Leser, dachte Melrose. «Sie glauben doch nicht allen Ernstes, daß der ganze Stuß in den *Lyrischen Balladen* stimmt?»

Fellowes runzelte die Stirn. «Was stimmt nicht?»

«Die Übereinstimmung der Absicht. Das Gelaber über das Mystische, das sich angeblich im Alltäglichen verbirgt. Wordsworth konnte schlicht und ergreifend nicht mit Schlangen und Albatrossen umgehen, das ist alles. Der arme Coleridge. Sie wissen, daß er einen Großteil seines Lebens unter quälenden Schmerzen litt. Neuralgie.» Warum faßte er sich nun selbst vorsichtig ins Gesicht? überlegte Melrose. Schnell ließ er die Hand sinken und fuhr mit seinem gelehrten Vortrag fort. «Wußten Sie, daß der Name Lake-Schule eine ironische Bezeichnung im *Edinburgh Review* war?» Melrose schluckte den Rest seines Bitter und knallte das Glas hin. Anstatt über eine obskure literarische Abhandlung aus dem neunzehnten Jahrhundert nachzudenken, sollte er sich besser langsam mal überlegen, wie er William, äh, Richard Jury, Informationen zukommen lassen konnte! Vom Tarn House konnte er Jury nicht anrufen. Fellowes war oft nicht zu

Hause... «Haben Sie Telefon?» fragte er, und zwar reichlich nonchalant, wenn man bedachte, wie er sich gerade erst über Wordsworth ereifert hatte.

«Telefon?» Fellowes zog die Stirn in Falten. «Ich bin an das in Tarn House angeschlossen, ja.»

«Sie meinen, Sie haben dieselbe Nummer wie Tarn House?»

Fellowes nickte. «Warum?»

«Ach, einfach so. Ich habe nur gerade überlegt, wie gut sie hier versorgt sind.» Konnte er einen Grund erfinden, Adam Holdsworth zu besuchen? Das Telefon in Castle Howe benutzen? Er konnte wohl kaum mit einem Haufen Münzen in eine Telefonzelle gehen. Er betrachtete die Gläser. «Trinken Sie noch etwas?»

«Gute Idee. Ich gebe einen aus.» Fellowes wollte sich erheben, aber Melrose winkte ab.

«Ich bin dran.»

Während er zum Tresen ging und mit einem Klirren die Gläser abstellte, bedachte er das Problem. Seine sorgfältigen Notizen – hm, er bildete sich *ein*, sorgfältig zu sein – waren ohnehin zu umfangreich für ein Telefongespräch.

Triefauge nickte ihm im Spiegel zu, sein großer Adamsapfel bewegte sich auf und ab, als er sein Glas bis auf den letzten Tropfen austrank. Traurig stierte er in die gähnende Leere.

Melrose bedeutete O. Bottemly, sich um das leere Glas zu kümmern, sah die Morgenröte in Triefauges Lächeln aufsteigen und fragte: «Haben Sie Telefon?»

Triefauge glotzte ihn an und schüttelte den Kopf, als wäre British Telecom eine Dame, mit der er vor Jahren mal ein Techtelmechtel gehabt hätte, die ihn aber dann sitzengelassen hatte.

In Gedanken ganz woanders, nahm Melrose die beiden

vollen Gläser und sagte: «Wie, zum Kuckuck, kriegen Sie denn überhaupt Informationen aus diesem Dorf heraus?»
«Mit der Post.» Triefauge hob das Glas.
«Briefe dauern zu lange.»
«Faxen Sie, mein Herr.»

Aus jenem Nichts, das nur Katzen kennen, erschien plötzlich der Kater in der Küche. Die Küchentür war verriegelt; die Fenster waren geschlossen.

Hexer kam Millie immer in die Quere. Nun stand er zwischen ihr und dem Herd, starrte sie an, bewegte sich immer, wenn sie sich bewegte, nach vorn, nach links, nach rechts, versperrte ihr den Weg zu dem Topf auf dem Herd. Millie schlief schlecht; nachts kam sie immer herunter, um sich Kakao zu machen. Normalerweise schlief Hexer oben auf dem Kissen über ihrem Kopf. Aber heute nacht war er nicht dagewesen.

Doch jetzt war er hier. *Was hast du?* fragte sie wortlos, ärgerlich, als sie nach dem Topf langen mußte. Natürlich hätte sie Hexer wegschubsen können, aber sie tat es nie. Denn in der schrecklichen Zeit vor fünf Jahren war der Kater, der plötzlich wie durch einen Zauber vor ihr gestanden hatte, bei ihr geblieben und hatte auf sie aufgepaßt.

«Was *hast* du?»

Hexer rannte zur Küchentür und setzte sich. Sein Schwanz zuckte.

Als sie den Löffel in den Kakao tunkte, kam er zurück und setzte sich zwischen sie und den Herd.

Sie runzelte die Stirn. Er flitzte wieder zur Tür, dann zurück zu Millie.

Millie ging zur Innentür des Vorflurs. Dort knipste sie die Taschenlampe an, die Hawkes auf dem Regal aufbewahrte. Nichts. Bevor sie sich umdrehen und die Tür schließen konnte, sauste der Kater vorbei und setzte sich vor die Haustür. Als sie sich nicht rührte, rannte er zwischen den beiden Türen hin und her, wurde katzenteufelswild. Millie öffnete die Tür, und er rannte schnurstracks aufs Feld.

Sie nahm eine alte Jacke vom Haken und zog die Gummistiefel an, die sie immer hier stehen hatte. In der Dunkelheit sah sie Hexers Augen über den Ginster und die hohen Kräuter zu ihr hinstarren. Seine Augen wirkten, als schwämmen sie isoliert auf dem Gras. Millie richtete die Taschenlampe nach unten, um den Lichtstrahl so kurz wie möglich zu halten. Man konnte ja nie wissen, wer einen vom Haus aus beobachtete. Mr. Hawkes' Lampe brannte; solange er drinnen Licht anhatte, konnte er draußen nichts sehen.

Das Gras war lang, der Boden matschig. Am Waldrand ließ sie den Lichtkegel der Taschenlampe an den Bäumen entlanggleiten und sah Hexer die baufällige Leiter hinaufklettern, die zum Baumhaus führte.

Alex hörte, wie sie hochkletterte, und sah dann ihre Augen über die Kante der Bodenbretter spähen. «Ich bin's, Millie», sagte er.

Sie machte den Mund auf, aber kein Laut drang heraus. Millie neigte nicht dazu, Gefühle durch irgendwelche Bewegungen auszudrücken, aber jetzt war sie sprachlos und hopste von einem Bein aufs andere, als müßte sie zur Toilette, und preßte die kleinen Fäuste gegen die Schläfen. Endlich setzte sie sich in die Ecke ihm gegenüber, immer noch ohne ein Wort zu sagen, und schlang die Arme um die hochgezogenen Knie.

Dann sagte sie: «Die Polizei sucht dich. Sie sind hier gewesen und haben Fragen gestellt. Sie haben sogar *mir* Fragen gestellt. Ich hab ihnen gesagt, du littest an Gedächtnisverlust. Du würdest in London herumlaufen und wüßtest nicht, wo du wärst. Ich hab ihnen gesagt, das hättest du früher auch schon mal gemacht. Du hättest Gedächtnisverlust.»

Alex lachte. Ihr schien der Klang des Wortes zu gefallen. Sie hatte bestimmt gehört, wie es jemand benutzt hatte – vielleicht sogar in Zusammenhang mit Alex' Verschwinden –, und es übernommen. Millie liebte Worte, bestimmte Worte. Wenn sie eins hörte, das ihr gefiel, benutzte sie es bei jeder passenden und unpassenden Gelegenheit. *Enthemmung* war eins ihrer Lieblingsworte. Als sie endlich in der Lage gewesen war, über ihr Verschwinden nach dem Tod ihrer Mutter zu sprechen, sagte sie, sie habe die Osterglocken in einem Anfall von Enthemmung ausgerissen.

Jetzt wollte Alex ihr über seine Mutter sagen, *sie hat es nicht getan*, aber das wäre grausam gewesen, denn Annie Thale *hatte* es getan. Sie mußte sich von dem grasbewachsenen Vorsprung gestürzt haben, sie wollte, daß ihr zerbrochener Körper im See lag. Wast Water war der tiefste See in England. Millie bezeichnete die Seen immer als «trügerisch blau».

Sie sagte: «Ich glaube es nicht.» Nicht nötig zu präzisieren, was sie mit «es» meinte. «Du kannst weinen, wenn du willst», fügte sie in ihrer geschäftsmäßigen Art hinzu, die die Leute auf die falsche Fährte brachte und sie veranlaßte zu glauben, das kleine Mädchen sei ungewöhnlich kühl und erwachsen.

«Hab ich schon. Weißt du, ich muß mehr als einen ganzen Tag hier geschlafen haben. Was ist los? Was haben die anderen der Polizei erzählt – über Mum?»

«Daß sie es nicht glauben könnten und daß sie es nicht verstünden und daß sie ... ‹neurotisch› wär.» Millie fummelte an dem Rucksack herum.

«Ich wette, noch Schlimmeres. Das übliche. Daß sie keine gute Mutter war und unfähig, eine Arbeit zu behalten, und so weiter und so fort.» Die Frage hätte er sich wirklich sparen können. «Welche Polizei war hier?»

«Ach, der Polizist aus dem Dorf. Der ist bloß mit dem aus London gekommen. Cramer oder so was. Er sah ausländisch aus.»

«Kamir?»

«Richtig, mit seinem Sergeant. Und dein Großvater war hier», sie meinte den Urgroßvater Adam, «und der hat der Polizei gesagt, daß die anderen alle verrückt sind; daß deine Mum gar nichts hätte und warum sie überhaupt fragten, als ob sie –»

Sie hielt inne.

«Schon in Ordnung. Als ob sie wirklich Selbstmord gemacht hätte, meinst du. Was haben sie gesagt?»

«Nichts. Sie haben nichts gesagt, außer daß es vielleicht kein ‹natürlicher Tod› war. Ich glaube, das ist was anderes als ein plötzlicher. Dann mußte jeder sagen, wo er am Montag abend war. Wußtest du, daß deine Tante Madeline und sie» (sie meinte Genevieve, die sie verabscheute) «in London waren und es zugeben mußten? Sie sind am Sonntag hingefahren.» Millies Lächeln war richtig gemein.

«Wozu?» Alex setzte sich auf, das stählerne Band um seine Brust lockerte sich. «Warum?»

«Deine Tante mußte Leute treffen, um jemanden zu finden, der sich mit Büchern auskennt und Mr. Holdsworth hilft. *Sie* ist aus demselben Grund gefahren wie immer: um Klamotten zu kaufen. Würde mich wundern, wenn in den Läden noch was übrig ist.»

«Waren die anderen alle hier? Francis?»

Millie zuckte mit den Schultern. «Er geht immer nach dem Abendessen weg, wenn er überhaupt dabei ist. Ich habe ihn nicht gesehen. Nur dein Onkel George und Mr. Holdsworth haben zu Abend gegessen. Ich mußte zwei Kaninchen braten. Igitt.» Sie verzog das Gesicht. «Wenn er sie schon tötet, soll er sie auch braten.»

Alex seufzte. «Wahrscheinlich muß ich mich allmählich doch mal blicken lassen. Wenn ich hier im Baum sitzen bleibe, erfahre ich nichts.»

Millie warf ihm einen entsetzten Blick zu. «Denken kannst du aber, oder etwa nicht?»

Er senkte den Kopf. «Ich hatte einen schrecklichen Traum.» Millie konnte außergewöhnlich gut Träume deuten. Manchmal war er verblüfft über ihre Sensibilität, darüber, wie sie Dinge spürte, die andere Leute nicht wahrnahmen, wie sie sich in die Gefühle anderer hineinversetzen konnte. Es war beinahe, als würde sie zu dem anderen. *Der Millie, der entgeht nichts*, hatte sein Urgroßvater einmal gesagt.

«Das Kartenspiel», sagte er. «Es blieb kleben. Ich habe es nicht geglaubt, bis sie wirklich –» Er brach ab. «Jetzt frage ich mich, ob ich vielleicht schuld bin; ich habe die ganze Zeit vorher gewettet. Bevor es passierte, habe ich Poker gespielt und bin deshalb zur Strafe nach Hause geschickt worden.»

«Nein!» Sie hob den Kopf und streckte mit Schwung die Beine aus. «Deine Mutter hätte sich nie selbst umgebracht, und es war auch gar kein Kartenspiel.» Sie zog die Beine wieder an sich und legte das Kinn auf die Hände. «Die Dinge sind in Träumen nie das, als was sie erscheinen.»

«Aber sie verwandelte sich in die Herzdame. Es war, als klemmte sie mit mir in diesem Kartenspiel fest –»

«Alice im Wunderland.» Millie schloß die Augen und lehnte sich nach hinten. «Da gibt es eine rote Dame. Die rote Dame reitet auf einem Pferd, aber sie kommt nie irgendwo an. Woher hast du die?» Millie hielt die Automatik hoch, die sie aus dem Rucksack gezogen hatte.

«Leg die hin, um Gottes willen! Du könntest dich verletzen!» Sogar Hexer sprang auf.

«Nur, wenn sie geladen ist. Ich hätte mich beinahe draufgesetzt.»

«Ist sie natürlich *nicht*. Glaubst du, ich bin verrückt? Das Magazin muß drin sein.»

«Wie macht man das?»

Alex holte das Magazin heraus und knallte es mit der Handfläche in den Griff, sorgte dafür, daß die Waffe gesichert war. Sie roch ein wenig nach Öl.

Millie guckte sich die Waffe in seiner Hand genau an. Nachdenklich sagte sie: «Vielleicht ist die das Kartenspiel in deinem Traum.»

Alex blinzelte und legte die Waffe auf den Boden. Dann fiel ihm ein: «Irgend etwas fehlte im Zimmer meiner Mutter. Aber ich komme nicht drauf, was.» Auch er wurde nachdenklich. «Glaubst du, es ist gefährlich, mit Dr. Viner zu reden?»

«Ich glaube, es ist gefährlich, *überhaupt* mit jemandem zu reden. Ich mach dir ein paar Brote, und Hexer kann sie dir bringen.»

«Wie soll Hexer sie denn tragen? – Leg die hin, Millie!» Bevor er sie davon abhalten konnte, hatte sie die Waffe aufgehoben und das Magazin herausgezogen. «Die ist nicht zum Spielen.»

«An Spielen habe ich auch nicht gedacht.» Sie steckte die Waffe und das Magazin in den Rucksack. «Es gibt hier jetzt jemand Neues.»

«Wen?»

«Er heißt Mr. Plant. Das ist der, den deine Tante eingestellt hat, damit er was mit den Büchern macht.» Sie besah sich das Loch im Dach des Baumhauses. «Zumindest sagt er, daß er das hier macht. Ich glaube ihm nicht.»

21

Die Dunsters befehdeten sich wieder einmal heftig.

Wobei ihre Fehden nicht in Form unheilverkündender Blicke, haßerfüllten Schweigens oder giftiger Bemerkungen über Äußerlichkeiten verliefen. Wären ihre Kämpfe lediglich Schmäh- und Schimpfreden gewesen, hätte Mrs. Colin-Jackson mit ihrer schleimigen Art und ihrer schmeichlerischen Stimme leicht dazwischentreten und Extra-Pralinen versprechen können. Denn Pralinen waren der Grund für dieses Gefecht, zwei ganze Pfund, und jede behauptete, ihre Nichte habe sie *ihr* geschenkt.

Aber unglückseligerweise (für Mrs. Colin-Jackson, nicht für die Fans der Dunsters) fanden die Dunsters andere Ventile für ihre gegenseitige Abneigung und gingen nun in der Sonnenliegehalle mit Stock und eingerolltem Regenschirm aufeinander los; sicher und behende bewegten sie sich zwischen den Seidenfäden-Albizzien und Grünlilien.

Den Ellenbogen angewinkelt, die eine Hand auf der Hüfte, in der anderen den Schirm, stieß Juliette ihn plötzlich nach vorn und schlug mit einem Hieb Elizabeths Velourshut herunter. Kurzer Applaus. Elizabeth, genauso gut trainiert, ließ den Stock durch die Luft zischen, aber Juliettes Hut blieb an seinem Platz.

In ihrer Jugend waren die Dunster-Mädels Fechterinnen gewesen. Während ihre Freunde und Freundinnen sich an Klavieren herumdrücken mußten, hatten sie Angreifen und Parieren geübt und dabei nicht weniger schiefe Töne von sich gegeben als jetzt Mrs. Colin-Jackson bei ihren Aufforderungen, sie sollten *augenblicklich aufhören*! Das rief nur noch mehr Lärm auf den Rängen hervor, Buhs und Gezische und Schreie von Mr. Bannister (der die Hände über dem Mund zusammenlegte und loströtete, um dann zu behaupteten, dies sei der Balzruf des Wildgänserichs).

Durch die Drohung, es werde keine *crème caramel* zum Abendessen geben, ließen sich die Mädchen nicht entmutigen (vielleicht, weil jede glaubte, *sie* werde die Schachtel Pralinen bekommen), und außerdem waren sie höchst erregt, denn sie zogen mehr Fans an als der Film, der im Vorführraum gezeigt wurde: *Einer flog über das Kuckucksnest*.

Als Adam und Lady Cray die Hälfte des Films gesehen hatten, merkte Lady Cray an, daß dies für Castle Howl (wie sie es binnen vierundzwanzig Stunden nach ihrer Ankunft nannte) wohl kaum der geeignete Film sei. Adam sah, wie Mrs. Colin-Jackson hinausmarschierte. «Kojak holt wahrscheinlich Kingsley. Verdirbt den ganzen Spaß.»

«Wer ist das?» Lady Cray zündete sich eine Zigarette an, während Elizabeth einen erstklassigen Stoß ausführte und Juliette damit beinahe den Schirm aus der Hand harkte.

«Der Psychiater. Es gibt zwei: Viner und Kingsley, obwohl Kingsley nicht soviel arbeitet wie sie. Er schiebt eine ruhige Kugel. Dann gibt es noch zwei praktische Ärzte, aber sie wohnen nicht auf dem Gelände; sie kommen nur, wenn jemand auf der Nase liegt.»

Lady Cray lächelte und blies vollkommene kleine Ringe in das Zimmer, in dem Rauchen nicht gestattet war. Mit großen Schritten und einiger Autorität bahnte sich eine Frau einen Weg durch die Versammlung. «Und wer ist das? Schwester Ratchett?»

Adam Holdsworth unterdrückte keuchend ein Lachen. «Dr. Viner.»

Helen Viner hatte mit dem Aufsehertyp à la Schwester Ratchett nicht das geringste gemein. Zum einen war sie eine geradezu einschüchternd hübsche Frau mit einem warmen Lächeln (*einschmeichelnd, Adam, einschmeichelnd*, sollte Lady

Cray später sagen); zum anderen stellte sie sich immer auf die Seite der «Gäste» beziehungsweise Patienten und machte sich gegenüber Mrs. Colin-Jackson zum Anwalt ihrer Bedürfnisse; zum dritten hielt sie nichts von Gewalt, jedenfalls nicht, wo Verhandeln möglich war. Und Helen Viner war eine wohlgeübte, kluge Diplomatin. Sie konnte genausogut angreifen und parieren wie die Duellantinnen Dunster.

«Elizabeth», rief sie, «flèche.»

Elizabeth lächelte plötzlich übers ganze Gesicht und machte ein paar Laufschritte.

Juliette sah Helen Viner wütend an. «Sie sind wohl parteiisch?»

«Nein, Juliette. Sie haben Ihre Deckung vernachlässigt.»

Jetzt fingen beide wieder von vorn an, diesmal mit einer eindeutig anderen Einstellung. Jetzt war es eine echte Fechtpartie geworden.

«Aha», sagte Lady Cray, «Douglas Fairbanks junior.» In Hörweite von Dr. Viner ließ sie ihre klare, glockenhelle Stimme erschallen.

Etwas überrascht drehte sich Helen Viner um, und als sie den neuen «Gast» sah, lächelte sie. «Danke schön.»

Juliette machte einen Satz nach vorn, und die Spitze ihres Regenschirms berührte Elizabeths Brust. «Touché!» schrie Juliette.

Es gab rundum Applaus, und beide Schwestern verbeugten sich. Als Alice Dimpleton Juliette den Preis übergeben wollte, bewölkte sich Elizabeths Gesicht wieder, und Helen Viner nahm die Pralinen an sich.

Adam konnte das Gespräch nicht hören, aber offenbar besänftigte Dr. Viner die beiden, indem sie die Schachtel an sich nahm.

Als die Schwestern Dunster und Dr. Viner an Lady Cray und Adam vorbeikamen, begrüßte ihn Dr. Viner und streckte ihre freie Hand Lady Cray entgegen. «Ich bin Dr. Viner. Leider haben wir noch keine Gelegenheit gehabt, uns kennenzulernen.»

Lady Cray sah auf die Schachtel in der anderen Hand der Ärztin und sagte lediglich: «Cadbury's Opernmischung. Wie lecker.»

22

ANGESICHTS DES CONSTABLE-GEMÄLDES an der Wand hinter ihnen war es für Melrose eine gewaltige Anfechtung, zuzuhören, wie sich Crabbe Holdsworth über das Gemälde von Ibbetson vor ihnen ausließ.

«Wunderschön, nicht wahr?» sagte Crabbe über den Ibbetson, einen Maler, von dem Melrose noch nie gehört hatte und von dem er nach seiner Knechtschaft in Tarn House, zu der er sich vertraglich verpflichtet hatte, auch nie wieder hören wollte.

Nein, dachte Melrose, stotterte eine Antwort und versuchte, wohlwollend dreinzublicken.

«Wahrscheinlich die am meisten gemalte Ansicht der Seen. Natürlich nur eine Kopie. Aber sie ist ein feines Beispiel aus dieser Schule.»

Melrose seufzte. «Schulen» und «Genres» hatte er immer mißtraut.

Das Bild zeigte Berghänge, die warm und braun wie riesige frische Brotlaibe aussahen; sie spiegelten sich in einem glasigen See, der auch nicht natürlicher aussah als die gerundeten Gipfel. Im Vordergrund waren zwei junge Damen, ein Mann, ein Kind und ein Hund, sehr dicht an einer Gruppe von Kühen, die augenscheinlich entschlossen waren, sich häuslich neben ihnen niederzulassen. Diese friedliche Szene wurde von weidenähnlichen Bäumen auf der einen und von einem Boot mit eingerollten Segeln auf der anderen Seite eingerahmt. Das Firmament zeigte sich in verschiedenen Schattierungen von Pastellfarben.

Daß Crabbe Holdsworth dieses Exemplar englischer Landschaftsmalerei gefiel, war für Melrose ein absolutes Rätsel. Man mußte nur den Constable ansehen, um festzustellen, wie lächerlich der Ibbetson war – wie artifiziell, wie ungeschickt die Perspektivik. Constables Gipfel sahen wie Gipfel aus – gewaltig, einsam, unerreichbar unter einem rauchfarbenen Himmel.

Es hing auch noch ein Aquarell da, das Melrose recht anständig fand – zumindest war es ehrlich, was man von dem Ibbetson nicht gerade behaupten konnte –, er mußte aber erleben, daß Crabbe Holdsworth ihm mit ein paar Gemeinplätzen heftig widersprach. Er fetzte das Bild förmlich von der Wand. «Mein Cousin Francis hält sich für einen Maler.»

Das hatte Ibbetson auch getan, also war das kein Argument. Crabbe fuhr fort: «Mein Sohn Graham war ein viel besserer Maler als Francis. Draußen im Pförtnerhaus ist ein kleines Bild, das Graham von Rydal Mount gemalt hat.» Crabbe Holdsworth gestikulierte zur Auffahrt hin. «Vielleicht bringen Sie es mir einmal mit. Ich will Francis schon die ganze Zeit bitten, es hier oben ins Haus zu bringen. Aber er treibt sich mit seinen Staffeleien und Pinseln immer draußen herum.»

Melrose lächelte. «Das haben Maler so an sich.»

«Bei Wind und Wetter.» Er stöhnte märtyrerhaft, als schleifte der Cousin ihn ständig hinter sich her.

Während Melrose am Morgen mit den Karteikarten beschäftigt gewesen war, hatten sie über Robert Southey diskutiert – oder besser, Crabbe hatte monologisiert. Mittlerweile fragte sich Melrose, ob er in Wirklichkeit nicht in erster Linie eingestellt worden war, um die Bücher in dieser Bibliothek (die so angenehm nach altem Leder und Bienenwachs roch) zu katalogisieren, sondern um sich von Mr. Holdsworth vollsabbeln zu lassen. Von den Familienmitgliedern hörte ihm nämlich keiner mehr zu.

So kurz nach dem Tod der Schwiegertochter und dem Verschwinden des Enkels wäre das Southey-Geschwätz jedem anderen wohl kaltherzig vorgekommen. Aber wenn Crabbe von seinem Enkel zu Southey und dem Tod von dessen kleinem Sohn sprach, hielt Melrose das für einen Fall von «Verschiebung», wie Psychiater sagen würden. Nein, Melrose glaubte nicht, daß der Großvater überhaupt nicht an seinen Enkel dachte.

«Ich habe immer gefunden, daß Southey ein unterschätzter Dichter ist, Sie nicht auch?»

«Eigentlich nicht», erwiderte Melrose und vermerkte den Titel eines Buches auf einer Karteikarte. Seine Karteikarten waren eine bunte Mischung. Die meisten waren angefüllt mit Informationen über die Familie Holdsworth, er schob sie zwischen die anderen, bis er genug für einen «Bericht» an Jury hatte. So erweckte er den Anschein, als katalogisiere er, während er kaum etwas anderes tat, als sich Notizen über die laufenden Ereignisse zu machen. Die Karten steckten entweder in seinen Taschen oder waren im Schreibtisch verschlossen. Keiner fragte danach, und er zweifelte, ob es überhaupt jemanden interessierte. Seine Gegenwart hier diente offenbar wirklich dem ausschließlichen Zweck, dem armen alten Crabbe Gesellschaft zu leisten. Der Mann war angenehme, aber dumme Gesellschaft. Seine Frau lauschte seinen Monologen ganz bestimmt nicht mehr. Aber Melroses eigentliches

Problem bestand darin, an das örtliche Faxgerät zu kommen, um seine Informationen nach London zu übermitteln. Er seufzte.

Da seine Kenntnisse über Southeys Familienleben minimal waren, kam er zu dem Schluß, daß es sein Ansehen (wenn auch nicht seine Popularität) nur vergrößern würde, wenn er eine abweichende Meinung äußerte.

Crabbe Holdsworth schwadronierte vor sich hin, wanderte zu der Reproduktion des berühmten Gemäldes mit dem Dichter (als könnte Southey ihm ein Gegenargument liefern) und wandte sich dann wieder Melrose zu. «Mr. Plant, er wurde immerhin zum *Hofdichter* ernannt.»

Nun konnte Melrose seine eigene Bildung ins Spiel bringen. «Nur weil Walter Scott ablehnte, erinnern Sie sich?»

Diane Demorney. Melrose hätte nie geglaubt, daß die Frau ein echtes Lächeln auf seine Lippen zaubern könnte. Als er begriffen hatte, daß er so etwas wie ein Experte über die gesamte Lake-Schule sein mußte, und zwar (nachdem ihn Jury angerufen hatte) über Nacht, hatte er wahrhaftig Diane Demorney angerufen. Diane hatte ein Spatzenhirn, aber das hatte sie mit Fakten vollgestopft wie Agatha ihr Cottage mit Schätzen aus Ardry End. Dianes kleines Geheimnis war, daß sie die Fakten begrenzt hielt, so daß sie sich über jedes Thema unterhalten konnte. Nicht so sehr «unterhalten», als vielmehr den Zuhörer «überrollen».

«Der Lake District, Diane», hatte Melrose gesagt.

«Ich glaube, mir geht's nicht so gut. Kommen Sie doch auf einen Martini herüber.»

Einmal hatte Melrose bei ihr einen Martini getrunken. Danach war er zwei Tage in der Versenkung verschwunden. «Keine Zeit. Ich meine nicht die Gegend, nur die Dichter.»

«Bitte nicht Wordsworth. Ich weiß nichts über die, die *alle* kennen.»

«Robert Southey. Was ist mit dem?»

«Hm, natürlich habe ich keine einzige Zeile von ihm gelesen. Mal sehen: Robert Southey wurde achtzehnhundertnochwas zum Hofdichter ernannt, aber nur, weil Sir Walter Scott ablehnte. Das ist alles. Ach so, ich glaube, er war auch einer von denen, die bei Wordsworth genassauert haben... oder war es umgekehrt? Aber *eins* weiß ich über Wordsworth. Zu Lebzeiten war er nicht berühmt. Die meisten Leuten glauben, daß er damals von allen gelesen wurde, aber das stimmt nicht. Noch nicht einmal nach *Seltsames Zwischenspiel*.»

Melrose hatte die Augen fest geschlossen. «Diane, das ist ein Stück von Eugene O'Neill.»

«Wirklich?» Sie war völlig unbeeindruckt.

«Sie meinen *Das Vorspiel*.»

«Nie gehört. Was ist jetzt mit dem –?»

«Aber doch sicher ‹Sie kommen goldnen Wolkenzügen gleich...›!»

«Stimmt genau, oder etwa nicht? Was ist mit dem Martini?»

«Ein anderes Mal. Danke.»

Diane Demorney war Long Piddletons Antwort auf den Zauberer von Oz, obwohl sie natürlich beträchtlich schöner war. Alles nur Schall und kunterbunter Rauch.

Crabbe mußte zwar zugeben, daß Scott die Ernennung zum Hofdichter zuerst angetragen worden war, meinte aber, er müsse Melrose beweisen, daß Southey sehr ungerecht behandelt worden sei. «Besonders Byron hat ihn verhöhnt.»

«Byron war der leibhaftige Hohn.» Das konnte er wahrscheinlich ohne Risiko sagen.

Aber Crabbe war nur darauf programmiert, Southeys Ehre zu retten, und nahm deshalb ein Exemplar von *Thalaba* vom Regal.

Obwohl Melrose vor Langeweile schon die Ohren einschliefen, erwähnte er die Schnorrerei noch nicht. Nur um in Übung zu bleiben, sagte er: «Seine Prosa ist besser als seine Gedichte.»

Genevieve Holdsworth machte sich viele Gedanken um Alex' Verschwinden.

Zur Teezeit waren sie im Salon hinten im Haus versammelt. Millie Thale hatte das Tablett hereingebracht, Mrs. Callow rollte die belegten Brote und den Kuchen auf einem kleinen Teewagen mit fünf Servierflächen herein, für den Agatha ihr Leben gegeben hätte. Millie blieb da, um das Wägelchen vom einen zum anderen zu ziehen und den Tee einzugießen.

Genevieve verschmähte Tee und Kuchen, sie hatte sich einen doppelten Whisky eingegossen und rauchte. «Ich habe diesen Polizisten schon ein halbes dutzendmal angerufen. Man sollte doch meinen, nach drei Tagen müßten sie ihn gefunden haben.»

«Nicht, wenn er nicht gefunden werden will, Genevieve», sagte Madeline. «Seine Mutter ist tot, meine Schwester, für den Fall, daß du es vergessen hast.» Sie klang weniger traurig als gereizt.

«Na*türlich* habe ich das nicht vergessen, und setz bitte jetzt nicht deine beleidigte Miene auf –» Ohne Melrose anzusehen, mußte sie sich darauf besonnen haben, daß ein Fremder in ihrer Mitte war, und sie bat Millie, mehr Tee auszuschenken. Sie hob ihr Glas und bat ihren Mann um noch einen Whisky. «Verzeihung.» Sie lachte künstlich. «Ich bin durcheinander, ich weiß einfach nicht, was ich sage.» Das war an Melrose gerichtet; ihre veränderte Haltung auf dem Sofa legte den Gedanken nahe, daß sie durchaus wußte, was sie sagte, zumindest in ihrer Körpersprache.

«Wollen Sie ein Glücksplätzchen?» fragte Millie Melrose

und gab ihm durch einen Blick zu verstehen, daß er besser daran täte, eins zu wollen.

«Stellen Sie sich vor, Millie backt sie selbst», sagte Crabbe. «Ich nehme eins.»

Als Melrose nach einem langte, drehte sie den Teller ein ganz kleines bißchen. Er nahm einen Keks und reichte den Teller an Crabbe weiter. «Hoffentlich ist es lustiger als beim letztenmal, Millie. Nimm doch auch einen, Genevieve», sagte Crabbe, aber sie ließ den Teller weitergehen; bisher hatte sie jedes nicht flüssige Nahrungsmittel abgelehnt. Crabbe las von einem schmalen Streifen Papier ab: «‹Alex wird bald hier sein.› Hm, danke, Millie. Das ist sehr ermutigend. Ganz bestimmt hast du recht.»

«Was steht denn auf Ihrem, Mr. Plant?»

Melrose grinste. «‹Sie sind kein Dichter.›» Er sah sich in der versammelten Runde um. Crabbe lächelte überheblich, als sei Southey rehabilitiert worden. «Da steckt eine Menge Wahrheit drin.» In Wirklichkeit steckte mehr Wahrheit in der Botschaft, als sie wußten. In extrem kleinen Buchstaben hatte Millie geschrieben: *Sie sind nicht, was Sie sagen.*»

«Ha!» sagte George. «Wenn ich dem hier glaube, werde ich Pfingsten bei den Braitherwaite-Rennen gewinnen.» Er wedelte Millie mit den Papierstückchen zu und sagte: «Aber sieh zu, daß Hawkes das Futter diesmal richtig mischt! Dünn wie Haferschleim war es gestern. Und verlaß dich nicht darauf, daß er sie füttert, Mädchen; fütter du sie.»

Das hatte er nicht bösartig gesagt. Für sie alle schien Millie diejenige zu sein, die man zu großen oder kleinen Besorgungen hierhin oder dorthin schicken konnte. Sie antwortete nie mit Worten. Sie gab ihre Antwort in Form von Blicken oder nickte – außer, wenn es Melrose betraf. Ihn ignorierte sie völlig, offenbar überzeugt davon, daß er schon einen Weg finden würde, mit ihr zu reden.

Als sie das Zimmer verlassen hatte, sah Melrose ihr nach. «Ist das kleine Mädchen aus dieser Gegend? Sie hat überhaupt keinen Cumbria- oder Lancashire-Akzent.» Er dachte an die gutturalen Laute, den heftigen Dialekt der Stammgäste des Old Contemptibles.

«Nein, ihre Familie ist aus London. Das heißt, was davon übrig ist. Eine Tante», sagte Crabbe, «die, soweit wir wissen, nicht die netteste ist.»

Madeline lächelte fein. «Tante Tom. Schwer zu glauben, daß eine Frau sich ‹Tante Tom› nennen läßt.»

«Wahrscheinlich heißt sie Thomasina», sagte Genevieve gedankenverloren, an wenig anderem interessiert als an dem goldenen Armband um ihr Handgelenk.

«Warum lebt Millie nicht bei ihrer Tante?»

Crabbe biß in sein Glücksplätzchen. «Wie ich gesagt habe, sie ist nicht die netteste.»

Was bedeutete *das* nun wieder, fragte sich Melrose. War sie Prostituierte? Terroristin? Moormörderin?

«Millie wollte nicht zu ihr; sie hat uns inständig gebeten, daß sie hierbleiben kann. Wir waren keineswegs damit einverstanden», sagte Genevieve, «aber *Adam* bestand darauf. *Adam* findet Millie *großartig*.» Die Betonung machte deutlich, daß Genevieve weder Millie noch Adam großartig fand.

Madeline sagte: «Die Tante hätte dem Mädchen das Leben wohl zur Hölle gemacht. Diese Person hat keine Geduld mit ... Sie wissen schon.»

Da niemand einen Vater erwähnt hatte, ging Melrose davon aus, daß «Sie wissen schon» sich auf irgendeine amouröse Verwicklung bezog und die arme Millie unehelich war.

«Sie schlägt sie, sagt das Mädchen. Wir haben sie zu der Tante geschickt, damit sie dort bliebe. Gleich nachdem ihre Mutter, hm...» Crabbe sah in seine Tasse.

«Sich umgebracht hat», sagte Genevieve ungeduldig.

«Ja, und als sie zurückkam, bestand Adam darauf, daß sie bei uns blieb; sie hatte, wissen Sie, blaue Flecken...»

«Schrecklich», sagte Madeline. «Wir wollten die Polizei holen, aber Millie wurde hysterisch, verteidigte die Frau sogar, sagte, sie – Millie, meine ich – sei nur fürchterlich gefallen. Also haben wir nichts unternommen. Und wenn man bedenkt, daß die Tante, nach dem, was Millie durchgemacht hatte, dazu imstande war.»

«Sex», platzte George mit seiner Meinung heraus. «‹Tom› – ganz recht. Viktorianisch. Verklemmt. Hübsche Schwester. Eifersüchtig. Dr. Viner weiß Bescheid. Torte?»

Melrose lehnte ab. Er war mehr daran interessiert, Millie zu suchen.

23

DIE ER AUCH FAND, nach dem Tee, als sie die Hunde fütterte. Als das Tor des Zwingers mit der Hundemeute hinter ihm zuklickte, erstarb das heisere Schreien, das er vorher von weitem gehört hatte; die Hunde verschlangen ihr klebriges Futter und schlabberten ihr Wasser.

Über den gepflasterten Hof zogen knöchelhohe Nebelschwaden, Millies Gummistiefel quatschten, als sie zu der Mauer ging, wo sie ihre leeren Eimer absetzte. Sie schenkte ihm nicht die geringste Aufmerksamkeit, er hätte ebensogut unsichtbar sein können. Dann sagte sie mit einem gestellten kleinen Rucken überrascht: «Oh, hallo», als hätte sie bis zu diesem Moment nicht bemerkt, daß er sich durch den aufsteigenden Bodennebel näherte.

«Tu nicht so überrascht. Du wußtest, daß ich neugierig sein würde, wer ich denn nun bin, wenn ich nicht bin, was ich behaupte.»

Sie sah ihn an, kaute an den Innenseiten ihrer Wangen, als wüßte sie es jetzt, wo er hier war, nicht mehr so genau. «Na, das weiß *ich* doch nicht. Ich weiß nur, daß Sie kein Bibliothekar sind; eigentlich sind Sie nicht hier, um an Mr. Holdsworths Bibliothek zu arbeiten.» Dann wartete sie das folgende Schweigen ab.

«Woher weißt du das denn so genau?»

«Sie haben es mir gesagt.» Dann ging sie mit ihren Eimern wieder durch die Tür zu den Hundezwingern. Die Hunde führten sich auf, als seien sie völlig durchgedreht.

Melrose rief: «Was zum Teufel soll das denn bedeuten?»

Sie kam auf den Hof zurück und sah ihn an: «Wenn Sie *wären*, was Sie gesagt haben, hätten Sie sich meinen Zettel angeguckt, die Stirn gerunzelt, komisch geguckt und ihn allen vorgelesen.» Sie zuckte mit den Schultern. «Aber Sie haben sich was ausgedacht und das gesagt.»

Es hätte ihn nicht so gestört, wenn Fellowes oder Madeline oder jemand *x-beliebiges* ihm auf die Schliche gekommen wäre. Aber dieses elfjährige Kind mit seinem verhexten Kater (Hexer war gerade aus der Dämmerung aufgetaucht) war zuviel. «Also wußtest du es bis dahin nicht genau. Was wäre denn passiert, wenn ich es vorgelesen *hätte*?»

«Dann hätte ich gesagt, es ist ein chinesisches Sprichwort. Haben Sie Lust auf einen Spaziergang?» Sie knöpfte sich den Mantel zu, aus dem sie längst herausgewachsen war. Er war an den Ärmeln zu kurz und insgesamt nicht einmal so lang wie ihr Kleid.

Melrose zuckte zusammen. «Fühlst du dich denn auch *sicher*, wenn du mit einem Menschen herumläufst, der nicht ist, was er sagt? Ich könnte gefährlich sein.»

«Nicht gefährlicher als alle anderen hier auch. Ich will Ihnen was zeigen.»

«Die haben gesagt, es war ein Unfall», sagte sie, als sie auf einem kleinen, von Koniferen umstandenen Felsvorsprung über dem südlichen Ufer von Wast Water standen. Zu dritt (Hexer war der dritte im Bunde) waren sie vielleicht zehn Minuten durch dichten Wald gegangen und hier, nicht weit über dem See, herausgekommen. «Kommen Sie», befahl Millie und kletterte die Felsen hinunter. Melrose folgte.

Es handelte sich nicht um eine richtige Höhle, sondern um ein paar weitere pilz- und algenüberzogene Felsbrocken, und der Vorsprung darüber bildete ein Dach. Vom Torfmoos auf dem Gestein tropfte es herunter. Die übereinanderliegenden flachen Steine, auf denen sie standen, waren glitschig von den Flechten. Millie zeigte nach unten. «Sie haben gesagt, sie ist ausgerutscht und unten aufs Seeufer gefallen. Sehen Sie diesen komischen Pfad da?»

Mit Sicherheit kein Spazierpfad, eher eine Rinne, durch die sich ein schmaler Bach ergoß. Ein Hindernisparcours mit Felsen, Wurzeln, Adlerfarn und Fieberklee. Millie war allemal klug genug zu erkennen, daß es kaum möglich war, in den Wast Water zu *fallen*. Zu vieles hätte den Fall aufgehalten.

«Egal, ich hab's ausprobiert. Hier kann man nicht runterfallen.» Millie setzte sich und zog die Knie an.

«*Ausprobiert?* Was um alles in der Welt soll das heißen?»

«Ausprobiert, runterzufallen. Es geht nicht. Ich hab mich ein bißchen aufgeritzt, aber der Baumstumpf da hat mich nach ein paar Metern aufgehalten.» Sie sah ihn an. «Mum war unglücklich. Sie hat sich umgebracht. Und in den See müßte man schon *hineingehen*, wenn man ins Tiefe will.»

Melrose zündete sich eine Zigarette an. «Es tut mir leid, Millie.»

Einen Augenblick war sie still. «Sie hat seine Leiche gefunden. Vermutlich haben sie Ihnen das erzählt.»

«Du meinst Alex' Vater.»

Millie nickte und rieb sich dabei die Knie. «Ist sie deshalb unglücklich geworden?»

Melrose war davon überzeugt, daß sie glaubte, er wisse es. Er «war nicht, was er sagte», also geheimnisvoll, und für sie war das gleichbedeutend mit allwissend. «Ich habe deine Mutter nicht gekannt; ich weiß es nicht; aber so etwas, jemanden tot zu finden, den du... sehr gern magst, das ist bestimmt ganz schön schlimm.»

«Aber Alex' Mutter hat sich *nicht* umgebracht. Denn es ist schon Jahre her. Dann hat es ihr vielleicht nicht soviel ausgemacht wie meiner.»

Melrose sagte nichts; als er an der Zigarette zog, sprühte das glühende Ende in der blauen Dämmerung Funken. Auf einmal sah er auf; er hatte etwas gehört, das wie knackende Zweige klang. «Was ist das?»

«Was? Ich habe nichts gehört.»

«Du mußt taub sein. Es war laut wie ein Pistolenschuß.»

«Sie haben wirklich eine rege Phantasie. Das kommt davon, wenn man im Nebel sitzt.» Sie seufzte. «Alex weiß, daß sich seine Mum nicht umgebracht hat. Er will ja nur herausfinden, wer es getan hat.»

Melrose drehte sich zu ihr um. «Was meinst du? Warum sollte er glauben, daß jemand seine Mutter umgebracht hat? Und woher weißt du, was er glaubt, Millie?»

Sie starrte auf den Scafell, dessen östlicher Abhang sich im schwindenden Licht purpurn färbte, und fragte: «Wohnen Sie mit Ihrer Mutter zusammen?»

Die Frage verblüffte Melrose. In ihrer Vorstellung lebte man automatisch mit seiner Mutter zusammen, wenn man eine hatte, ganz egal, wie alt man war. «Nein, sie ist tot.»

«Waren Sie dabei, als sie gestorben ist?» Millie langte nach unten und legte die Hand auf den Kopf des Katers, um ihn zu beruhigen, dabei war er schon grabesstill.

«Ja.» Er erinnerte sich an das mittelalterliche Bett mit den schweren Vorhängen, die schimmernde Haut seiner Mutter, ihren amüsierten Blick – als sei der Tod nur ein weiteres Hindernis, das sie mit ihrem Springpferd Isis überwinden müßte. Den Brief, den sie bei ihrem Anwalt hinterlegt hatte, bekam er erst, als er dreißig war. Er hatte lange Zeit gebraucht, um den Inhalt aufzunehmen.

Er schaute Millie an, die wiederum zu ihm hochsah, ihr drängendes kleines Stirnrunzeln ein Anzeichen, daß sie unbedingt Einzelheiten von jemandem hören wollte, der wirklich dabeigewesen war. Er erzählte ihr von dem Zimmer und wie seine Mutter ausgesehen hatte, und in der Erinnerung daran, wie kahl der Raum drei, vier Minuten lang ausgesehen hatte, obwohl er doch so überladen war, erzählte er Millie, was seine Mutter zu ihm und was er zu ihr gesagt hatte. Den Dialog erfand Melrose; nichts dergleichen hatten sie einander gesagt. Nach dem Schlaganfall hatte seine Mutter nicht mehr sprechen können, aber sie hatte vieles mit den Augen vermittelt. Blaßgoldenes Haar, blaßgrüne Augen. Er hatte versucht, ihr etwas zu sagen, ihm war aber absolut nichts eingefallen.

Millie schien durch dieses Gespräch zwischen Melrose und seiner Mutter getröstet. Sie lachten sogar über die Katzen, die sich quer über die Bettdecke gejagt hatten (das erzählte Melrose jedenfalls). Millie wollte wissen, welche Farbe die Katzen hatten. Beide waren schwarz, sagte er und sah Hexer an.

Über einen Vater verloren sie kein Wort.

In die dunkler werdende Nacht und das Schweigen hinein fragte Melrose schließlich: «Mochte Alex' Vater Alex?»

Sie nickte.

Melrose dachte einen Moment lang nach. «Haben sie sich gestritten? Ich meine, seine Mutter und sein Vater?»

«Mrs. Callow sagt, sie hätten sich gestritten. Mr. Hawkes auch. Er hat gesagt, immer wenn er am Pförtnerhaus vorbeikam, hat er sie gehört. Da haben sie gewohnt, wo jetzt Mr. Fellowes wohnt. Ein einziges Geschimpfe, sagt Mr. Hawkes. Aber man kann von dem, was er sagt, sowieso nur die Hälfte glauben, weil er immer betrunken ist.»

«Wo wohnte Mr. Fellowes denn damals?»

«Ach, ich glaube, im Dorf. Ich weiß es nicht mehr. Alex' Mum fuhr immer nach London oder sonstwohin.»

«Wo war Alex denn dann? Ist er hier geblieben?»

Sie senkte den Kopf, zog an einem Büschel trockenen Grases. «Manchmal. Wenn ich nicht gewesen wäre, wäre er vielleicht weggelaufen. Er haßte die Familie.»

«Seinen Vater auch?»

«Nein, den mochte er, aber nicht so sehr wie seine Mutter. Haben Sie mal ein Bild von seinem Vater gesehen? Er sah gut aus, wie Alex. Es hieß, daß sie sich mit jemandem trifft. Sie wissen schon.»

In der Finsternis konnte Melrose ihr Gesicht nicht sehen, aber er verstand, was sie andeuten wollte und daß sie nicht wußte, wie sie darüber sprechen sollte. Jane Holdsworth hatte einen Liebhaber gehabt? «Du meinst, Hawkes und die Köchin haben darüber geredet?»

Millie schüttelte den Kopf. «*Sie* hat darüber geredet.»

Sie war natürlich Nemesis, Genevieve Holdsworth. War etwas Wahres daran, fragte sich Melrose – daß Jane einen Liebhaber gehabt hatte? Und hätte sie ein Vermögen, um das es doch sicher ging, geopfert, indem sie sich mit jemand anderem einließ?

«Zeit zu gehen!» Millie sprang hoch.

«Zeit, wohin zu gehen?»

Sie antwortete nicht, sondern drehte sich um und fing an, die Felsen hinaufzukraxeln. Er konnte ihr nur folgen. Er war so vertieft in ihr Gespräch gewesen, daß er nicht gemerkt hatte, wie sich die Dunkelheit herabsenkte.

«Ich muß zurück, weil ich kochen muß. Es ist schon sechs vorbei. Sie gehen da lang.» Sie zeigte auf eine andere Baumgruppe neben dem Felsvorsprung. «Auf Wiedersehen.»

«Warte einen Moment! Komm noch mal zurück! Wo soll ich hingehen?»

«Zu dem großen Baum da hinten. Hexer weiß Bescheid.»

Hexer hielt die Stellung und starrte Melrose an.

«Nun gehen Sie schon, *gehen* Sie schon!»

Der Kater drehte sich um und ging durch die Bäume.

Es war dunkel, die Wolken schoben sich vor den Mond. Wie in Träumen nahmen die Bäume menschliche Gestalt an – gebeugte Rücken, ausgestreckte Arme, dürre, skelettartige Finger.

Er hätte schwören mögen, daß er aus dem Augenwinkel heraus gesehen hatte, wie die Buche, an der er gerade vorbeigekommen war, sich teilte, auseinanderging.

Dann eine Stimme, nicht laut, aber deutlich: «Bleiben Sie da stehen.»

Er dreht sich langsam um. «Was –?»

Der schlanke Junge, der dort stand und bis dahin wie ein Teil des Baumes gewirkt hatte – wie konnte man so ruhig stehenbleiben? –, hatte eine Pistole in der Hand.

«Sie müssen Alex sein.»

24

«NEIN. ICH HALTE KEINE KONFERENZ in einem Baumhaus ab.»

Alex war schon halb oben und deutete Melrose mit einem Kopfnicken an, daß er ihm folgen solle. Hexer flog geradezu die Leiter hoch, seine Pfoten berührten kaum die Sprossen.

Jenseits des langen Feldes mit Adlerfarn und ausgedörrtem Gras konnte Melrose die Lichter in der Küche und im ersten Stock sehen, wo eine Gestalt hinter dem Fenster hin und her ging und sich dann aus seinem Blickfeld herausbewegte. Madelines Zimmer, dachte Melrose. Er sah an dem hohen Baum hoch; Alex saß neben Hexer in der provisorischen Tür. «Jetzt kommen Sie schon. Vielleicht ist Onkel George hier irgendwo draußen.»

Melrose fügte sich und kletterte widerwillig die verrottende Leiter hoch. Er war sicher, daß sie unter ihm nachgeben würde. «Was hat George hier denn mitten in der Nacht noch verloren? Und was machen Sie mit einer Knarre?»

«Vielleicht legt er Netze aus.»

Über die Knarre wurde er nicht aufgeklärt. Melrose schob sich durch die enge Öffnung. Er kam sich lächerlich vor. Aber als er die ramponierten Bretter, das Blechdach, die wenigen Einrichtungsgegenstände wie Bettzeug und Bücher sah, die das Ganze wohnlich machen sollten, überrollte ihn eine Welle von Wehmut.

«Außerdem», sagte Alex, zündete ein Streichholz an und legte seine Hand schützend über eine Zigarette, «können wir hier oben rauchen.» Er warf das Päckchen Melrose zu.

«Großartig. Können wir auch unanständige Wörter sagen und uns Pornohefte angucken?»

Alex grinste. «Tut mir leid. Hab keine. Sie sind also der Bibliothekar?» Alex betrachtete ihn, als wolle er sagen, daß sein Großvater sich wirklich was Besseres hätte aussuchen können. Er nahm einen tiefen Zug, atmete langsam aus und musterte den Bibliothekar.

«Verdammt, wenn Sie mit Millie gesprochen haben, wissen Sie ganz genau, daß ich keiner bin.» Melrose nahm sein silbernes Zigarettenetui heraus.

«Wenn Sie damit herumspielen, wird man in Tarn House schon dahinterkommen, daß Sie kein verlotterter Bücherwurm sind.»

Mußte er sich von einem *Jungen* Lektionen erteilen lassen? «Ich spiele nicht damit herum.» Und dann fiel ihm ein, daß dieser Junge hier erst vor einigen Tagen seine Mutter tot aufgefunden hatte. Er wußte allerdings nicht, was man jemandem nach so einer schrecklichen Erfahrung überhaupt sagen konnte. Also rauchte er und sah Alex an. Er schaute wirklich gut aus. Die Augen so dunkel, daß man die Iris kaum erkennen konnte; dunkles Haar, etwas lang, aber Friseure verirrten sich ja auch selten in Baumhäuser. Es fing gerade an, sich über dem Zopfmusterpullover zu kräuseln.

«Erzählen Sie mir, was im Haus los ist. Millie hat mir schon ein bißchen was berichtet, aber sie kann sich nicht so rumtreiben wie Sie. Wie nehmen sie es auf?» Als seine Augen zu glitzern anfingen, hob er ein wenig das Kinn, als wollte er so die Tränen davon abhalten, heruntzuzukullern.

«Ich würde sagen, sie sind eher ärgerlich als traurig.»

«Mit der Reaktion habe ich gerechnet. Sogar Madeline? Sogar ihre eigene Schwester?»

«Madeline wirkt verstört, ja. Aber weshalb, kann ich nicht herausfinden. Nervös ist vielleicht ein besseres Wort. Verraten Sie mir doch mal, ob ich richtig informiert bin: Es wurde einmal angenommen, daß Ihre Tante Ihren Vater – heiraten würde.» Melrose besah die Spitze seiner Zigarette. Wie konnte ein Kind es ertragen, beide Eltern zu verlieren, *beide* durch Selbstmord? Dieses hier schien damit ganz gut umgehen zu können. Geradezu geschäftsmäßig. Alex schluckte schwer. Er nickte.

«Ich finde es höchst merkwürdig, daß sie es ausgehalten hat, weiterhin im Haus zu leben, nachdem ihre Schwester ihr den, hm, Verlobten ausgespannt hat.»

«Nicht Verlobten. Geliebten», sagte Alex mit kühler Direktheit. «Geld.»

«Sie ist doch nicht mal eine Verwandte.»

«Großvater war das wahrscheinlich relativ egal.»

«Alex, warum verstecken Sie sich und verhalten sich wie ein Flüchtling?»

«Weil ich schon mit der Polizei gesprochen habe, und sie sind auf der vollkommen falschen Fährte. Wie Onkel George – jedenfalls sind sie auf dem falschen Dampfer. Meine Mutter hat nicht Selbstmord begangen.»

«Es wird auch ziemlich heftig darüber spekuliert, daß sie ermordet worden ist, Alex. Ein Polizist vermutet das. Er ist ein Freund von mir. Solange die Untersuchungen andauern, ist er vom Dienst suspendiert.»

Alex zog die Stirn in Falten. «R. Jury. Er buchstabierte: S-U-P-E-R-I-N-T.?»

«Superintendent Jury, ja. Woher wußten Sie das?»

«Aus ihrem Adreßbuch. Aus dem, das die Polizei nicht mitgenommen hat.» Er holte es aus dem Rucksack und schlug die Seite mit der Eintragung auf. «Es ist ein ziemlich neuer Name. Das sieht man an der anderen Farbe der Schrift. Und überhaupt, wenn sie sich mit einem Bullen angefreundet hätte, hätte ich es vermutlich erfahren. Sie kannte ihn noch nicht lange, stimmt's?»

«Nein, nicht sehr lang. Vielleicht zwei Wochen.» Melrose streckte die Hand nach dem Kater aus und kraulte ihn hinter den Ohren, um sich abzulenken. Jury suspendiert. Ja, ja, der Mensch denkt, und Gott lenkt.

«Was ich mir zusammenreime», sagte Alex, «ist folgendes: Das Seconal ist aus den Kapseln genommen und in einen Drink gemischt worden. In mehrere Drinks. Meine Mutter trank gern Whisky.» Sein Ton war weder entschuldigend noch verteidigend. «Es kann einem ja niemand Pillen oder Kapseln in den Hals stopfen.»

«Aber sie *hätte* es selbst tun können.»

«Hat sie aber nicht. Ich hatte ihre Medikamente unter Kontrolle. Die Mengen, die Daten. Das wußte sie nicht; ich habe mir Sorgen gemacht.»

«Und was mit den zehn oder fünfzehn Schlafmittelkapseln war, weiß niemand, oder was?»

«Doch, ich weiß, was damit war. Weihnachten waren wir hier. Da hat sie ein ganzes Glas verloren – sie hatte gerade ein Rezept eingelöst. Sie hat alles abgesucht.»

Melrose drückte seine Zigarette aus und zerrieb die Asche mit dem Schuh. «Alex, Sie *müssen* mit der Polizei reden. Das sind Dinge, die nur Sie wissen und auf die die Polizei nie kommen würde. Ich verstehe ja, wie Ihnen zumute ist –»

«Ach, wirklich?» Die glatten Augenbrauen des Jungen hoben sich und bildeten eine einzige Linie. Es war nur ein Hauch von Ironie; er war unglaublich kühl. Sein Bemühen, Distanz zu seinen Gefühlen zu bewahren (und Melrose zweifelte nicht daran, daß seine Gefühle stark und nur verschüttet waren), damit er sachlich bleiben konnte, war bemerkenswert.

«Meine Mutter ist gestorben, als ich so alt war wie Sie.»

«Aber nicht so.» Er hatte das eine Bein angezogen, die Hand mit der Zigarette darübergelegt, und nun wiegte er sich vor und zurück.

«Nein, so nicht.»

«Und Sie waren dabei?»

«Ja, ich war dabei.»

«Und Sie konnten nichts daran ändern.»

«Nein. Keiner –»

«Ich werde nie rausfinden, ob ich etwas daran hätte ändern können.»

«Wenn ein Mensch sich selbst umbringen will –»

«Das hatten wir doch gerade geklärt. Meine Mutter hat sich nicht umgebracht.»

«Wenn Sie mit den Pillen recht haben – Sie hätten kaum einen Mord verhindern können, der vor drei Monaten geplant worden ist.»

«Sie glauben nicht, daß Menschen einander retten können?»

«Es ist doch schon schwer genug, sich selbst zu retten.»

«Warum sind Sie dann hier?»

«Das ist was anderes.»

Der Junge lächelte nur.

Melrose sagte: «Meine Güte. Sind *Sie* für das alles verantwortlich? Was ist mit demjenigen, der Ihre Mutter umgebracht hat?»

«Da ist was dran.»

«Das will ich meinen.» Melrose fühlte sich unendlich erleichtert. Und er fragte sich, ob er Alex all diese quälenden Fragen gestellt hatte, weil es ihm um ihn, Alex, oder um sich selbst ging.

Dann schwiegen sie und grübelten über dasselbe nach: *Wer? Warum?*

«Es gibt nur zwei Motive für Mord. Liebe und Geld.»

Alex schüttelte den Kopf. «Sie haben Rache vergessen.»

«Gut, wenn Sie an Madeline Galloway denken, das fällt unter ‹Liebe›, würde ich sagen.»

«Und was ist mit Schweigen?»

Melrose runzelte die Stirn. «Was meinen Sie?»

«Schweigen. Jemanden zum Schweigen zu bringen. Wie meine Mutter.»

«Worüber?»

«Keine Ahnung. Aber es ist ein Motiv, oder nicht? Feinde: nein, ich wüßte keinen. Geld: in dieser Familie ein recht sicherer Tip. Und dann gibt's noch mich.»

«Sie?»

«Mich. Meine Großeltern versuchen seit Jahren, mich hierherzukriegen. Beziehungsweise sie haben es versucht, bis ich zu alt war. Genevieve hat meine Mutter immer gehaßt.»

«Ich würde sagen, das paßt in die Kategorie Feinde; aber Sie würden doch erst recht nicht hierbleiben, wenn sie Ihre Mutter umgebracht hätten.»

«Vielleicht hat sie geglaubt, ich könnte sonst nirgendwo hingehen.»

«Ich habe das Gefühl, Ihre Großmutter –»

«Genevieve ist nicht meine richtige. Das war Virginia. Virginia ist bei einem Sturz umgekommen.» Seine Augen blitzten finster. «Ganz schön viele Unfälle, stimmt's?»

«Ja. Zu viele. Ihr Onkel?»

«Ach, den würde ich nicht mitzählen. Der ist eigentlich ganz nett. Aber ein fürchterlicher Langweiler.»

«Francis Fellowes? Ich habe ein paarmal mit ihm geredet.»

«Er...» Alex zuckte die Schultern. «Er scheint sich nur für seine Malerei zu interessieren, und damit basta.»

Seinen Vater hatte Alex nicht erwähnt, und Melrose brachte es einfach nicht über sich, ihn zu fragen, jetzt noch nicht. «Fellowes hat den Verdacht, daß hier systematisch ein Mord nach dem anderen geschieht.»

«Der drückt es vielleicht etwas dramatisch aus. Er macht gern einen Aufstand, wenn Sie verstehen, was ich meine.»

«Aber Sie haben doch genau dasselbe gesagt: Jede Menge Unfälle.»

«Das stimmt. Aber *manche* hätten Unfälle sein können.»

Alex sah ihn nicht an: Melrose wußte, er dachte an seinen Vater. Und dann gab Alex sich einen Ruck und wechselte das Thema.

«Etwas hat gefehlt.»

«Was?» fragte Melrose.

«Ich habe mir schon den Kopf zerbrochen, aber es fällt mir einfach nicht ein.»

«Vielleicht ist es ja Ihrem Unterbewußtsein eingefallen. Millie hat gesagt, Sie träumten jede Nacht denselben Traum.»

Alex erzählte ihm die Einzelheiten. «Ich weiß, warum die Landschaft so leer war.» Alex zerknickte einen Zweig, suchte ein anderes Wort. «Mehr als leer.»

«Öde.»

Der Junge runzelte die Stirn. «Öde?»

«Ja, öde, ausgedörrt. Brach.»

«Das Wort müssen Sie Millie sagen; das würde ihr gefallen.» Alex lächelte.

Das erste spontane Lächeln, das Melrose an ihm sah.

«Millie mag Wörter.»

«Wie ‹exerzieren›. Sie wollte mich zu dem Platz mitnehmen, der auf Wast Water hinausschaut, um die Geister zu ‹exerzieren›.»

Alex lachte. «Typisch. Sie dachte, die rote Dame hätte was mit Alice im Wunderland zu tun. Aber die Dame war Alice keinerlei Hilfe. Sie war ganz schön gemein. Nicht wie meine Mutter.»

«Sie nehmen das alles zu wörtlich.»

Er strich sich das Haar aus der Stirn.

«Millie meint, es ist die Knarre.» Er steckte sie in den Rucksack.

«Wie in *Ich kämpfe um dich*. Haben Sie den gesehen?»

«Mit Ingrid Bergman. Die spielte da doch eine Psychiaterin. Irgendwo kam eine Knarre vor –»

«In dem Traum hielt der Mörder ein Rad. Rollte es im Schnee hin und her.» Melrose lächelte. «Ingrid rettete ihn, indem sie herausfand, was der Traum bedeutete. Haben Sie mal daran gedacht, mit einem Psychiater über Ihren Traum zu sprechen?»

«Ich muß erst zu meinem Urgroßvater. Adam. Dann tu ich, was Sie sagen; ich geh zur Polizei.»

Als Melrose aufstand, spürte er, wie seine Knochen knirschten. «Für ein Leben in Baumhäusern bin ich zu alt. Wenn ich allerdings an meine Tante denke, ist es vielleicht gar keine üble Idee.»

Alex lachte und kletterte die Leiter hinunter. Melrose folgte. Der Kater glitt von Sprosse zu Sprosse an Melrose vorbei. Als sie unten angekommen waren, wischte sich Melrose die Ärmel ab. «Bleibt der Kater hier? Oder nicht?»

«Kommt drauf an, wo was los ist.»

«Bei mir garantiert nichts. Wenn Sie Ihren Urgroßvater Mr. Adam Holdsworth getroffen haben, geben Sie mir doch bitte Bescheid.» Er streckte die Hand aus. «Es war – ein Ereignis, Sie kennenzulernen.»

«Es tut mir leid wegen Ihres Freundes. Dem Superintendent.» Alex sah schweigend zum See hinüber. «Ich wußte nicht... war er, hm, ein besonderer Freund von meiner Mutter?»

Melrose zögerte, wußte nicht, ob jetzt ein sonderlich günstiger Zeitpunkt war, dem Sohn von einem «Konkurrenten» zu erzählen. «Ja, ein sehr besonderer. Ich glaube, er wollte sie heiraten.»

«Mist», stieß Alex hervor. Er sah sich ratlos um, wie ein Hund seines Onkels, der eine Spur verloren hat. «Und statt dessen werfen sie ihm jetzt vor, er hätte sie umgebracht?»

Melrose sah ihn an und dachte, daß Jane Galloway mit so einem Sohn Glück gehabt hatte – er war klug, einfallsreich, mutig, verantwortungsbewußt (so sehr, daß er sogar ihre Medikamente kontrollierte) und immer noch fähig zum Mitgefühl für jemanden, den er nicht einmal kannte. War er, Melrose, in dem Alter nur im entferntesten so gewesen? Er bezweifelte es. Ein wenig vielleicht, aber er bezweifelte es.

«Ich mache mir keine Sorgen. Der ganze Vorwurf ist zu absurd. Er ist unschuldig.»

Grimmig sagte Alex: «Ich wüßte nicht, daß das jemals genützt hätte.» Er deutete einen Abschiedsgruß an. «Gute Nacht.»

Melrose nickte und ging zum Feld.

Hinter ihm teilte sich das Gras wie durch Zauber. Hexer hatte entschieden, wo was los war.

25

«Sie sind der Meinung, ich solle mich in psychiatrische Behandlung begeben», sagte Lady Cray; sie saß in Adams Zimmer. «Aber man hat ja schon Pferde kotzen sehen», fügte sie hinzu und blies einen zarten Rauchring aus. «Muß das Frühstück eigentlich um acht Uhr morgens serviert werden? Wirklich eine unchristliche Zeit.»

Alles an ihr, von ihrer Frisur über ihre Kleider bis zu der Art, wie sie ihre Zigarette hielt, verriet ihre gute Herkunft.

Adam seufzte und warf sich eine Handvoll Salzmandeln in den Mund. Neuerdings trug er immer sein Gebiß. «Zum Psychiater? Gehen Sie doch. Ist wahrscheinlich mal eine Abwechslung, ein Spaß.»

«Na ja. Ich glaube beinahe, es war nicht einfach nur eine Empfehlung. Obwohl Mrs. Colin-Jacksons Stimme sich vor Freundlichkeit geradezu überschlug, klang es, als würde man mich hochkant hinauswerfen, wenn ich mich nicht füge.»

«Verdammt, nicht Kojak hat hier das Sagen, sondern Helen Viner. Sie ist die einzige mit einem bißchen Grips im Kopf. Gehen Sie doch mal zu ihr; sie ist interessant.»

«In diesem Fall soll *ich* die Interessante sein. Ich wünschte, Andrew wäre hier.» Sie seufzte und nippte an ihrem Kaffee. «Ich bin bei ihr gewesen, nachdem ich ankam. ‹Routineuntersuchung›, wie die Polizei so gern sagt.»

«Sie prüft die Gäste immer auf Herz und Nieren.»

«Es *ist* eigentlich gar kein Seniorenheim, stimmt's? Ist das nicht nur ein Euphemismus für ‹Irrenanstalt›?»

«Wenn Sie das nötige Kleingeld haben, ist es alles, was Sie wollen. Wollen Sie, daß Andrew Sie hier rausboxt? Gerade haben Sie doch noch die Befürchtung geäußert, daß man Sie hier hochkant rauswerfen will. Hören Sie», Adam beugte sich zu ihr hinüber und flüsterte, «warum machen wir hier nicht beide den Abgang? Ich habe mir einen genialen Plan ausgedacht, wie wir es anstellen können.»

«Von Ihren Abgängen habe ich schon gehört.» Sie lächelte. «Wir können doch jederzeit zur Haustür hinausmarschieren, ist eine Flucht da nicht reichlich überflüssig?»

Das tat weh. Er hatte angenommen, sie würde sich für seine Fluchtpläne begeistern. Unwirsch sagte er: «Na ja, Kojak – oder besser, Dr. Viner – wäre nie auf die Idee gekommen, Sie unter die Knute des Psychiaters zu zwingen, wenn das mit dem Silber nicht gewesen wäre, verdammt noch mal.»

«Ich habe es doch wieder zurückgebracht. Miss Rupert hat mich verpfiffen.»

«Weil Sie sich so schlau angestellt haben. Lassen sich von Rübe beim Tischdecken erwischen! Sie wollen erwischt werden, geläutert werden von Ihrem unverbesserlichen, unersättlichen Wunsch, Ihre lüsternen Begierden zu befriedigen –»

«Ach, halten Sie doch den Mund. Haben Sie wieder Judith Krantz gelesen? Nehmen Sie doch noch einen Kaffee.» Sie nahm die silberne Kanne vom Büfett im Eßzimmer und hielt sie hoch.

«Ich darf nicht, deshalb tu ich's. Bitte.» Sie schenkte ein. «Pralinen und Haarbänder. Aber Helen hat gesehen, wie Sie die Cadbury-Schachtel aufs Korn genommen haben.»

«Ach, sie weiß über meine ‹lüsternen Begierden› doch längst Bescheid. Man hat sie ja über meine gesamte unrühmliche Geschichte schon in Kenntnis gesetzt.»

«Tochter und Schwiegersohn, was? Die liebe Familie. Ist doch klar. Haben Sie denn einen Termin bei Helen?»

«Nein, sie will, daß ich zu Dr. Kingsley gehe.»

«Maurice?» Er runzelte die Stirn. «Merkwürdig. Dachte, den behielte sie nur aus Mitleid. Er ist Alkoholiker. Dann glaubt sie nicht wirklich, daß es Ihnen schlechtgeht. Netter Bursche, aber eher Playboy als Arzt. Verschreibt immer nur Pillen, sagt Helen. Sie sollten mal seinen Vorrat sehen.» Adam sah auf seine Nachttischuhr. «Mist, in fünf Minuten kommt er zur Kontrolle.»

«Kontrolle?»

«Na ja, das machen sie bei gewissen Leuten. Sie wollen gern sehen, ob ich noch hier bin oder ob ich mich schon über alle Berge gekarrt habe.» Adam keuchte vor Lachen. «Sie müssen wissen, dazu bin ich durchaus in der Lage. Hab es schon gemacht, um ehrlich zu sein.»

Sie sah sich in seinem Zimmer um. Es war wunderschön,

ein Eckraum mit hohen Fenstern, die auf den Hof, den trokkenen Springbrunnen, den weiten graswachsenen Abhang und den Irrgarten hinausgingen. «Die Fensterbänke sind niedrig, ja. Sie bräuchten aber trotzdem Ihren Rollstuhl.»

«Fühlen Sie mal den Bizeps. Ich habe starke Arme.»

Lady Cray sah auf seinen ausgestreckten Arm und verzog irritiert den Mund: «Nein, danke.»

«Den Rollstuhl kann man zusammenklappen. Hat Rübe Ihnen erzählt, wie sie abends mal stundenlang nach mir gesucht hat? Ich war im Irrgarten.» Er verschluckte sich beinahe an den Mandeln. «Ich bin der einzige –»

Lady Cray sah aus dem Fenster, auf das Adam gezeigt hatte, und setzte sich plötzlich auf. «Adam, da draußen ist jemand.» Sie hatte gemeint, im Hof knirschende Schritte zu hören.

Alex wußte nicht, was er tun sollte. Eine Fremde im Zimmer seines Urgroßvaters. Jetzt hatte sie ihn gesehen oder gehört, bevor er sie gesehen hatte. Er preßte sich gegen die Mauer rechts neben dem Fenster. Es öffnete sich, und diese Frau – eine ältere Frau, die eindeutig keine Angst vor Dieben hatte – fragte: «Wer ist da?»

Er sagte nichts. Und dann guckte der alte vertraute Kopf heraus, und sein Urgroßvater murmelte Verwünschungen, und Alex kam zu dem Schluß, na gut, wenn Adam sie mag, muß sie in Ordnung sein.

«Alex!» Tränen kullerten aus den leuchtendblauen Augen Adam Holdsworths, als er seinen Urenkel umarmte. «Meine Güte, du kannst doch durch die Haustür kommen, aber andererseits bin ich froh, daß du es nicht getan hast. Das ist eine gute Freundin, Lady Cray.»

Sie hielt ihm die Hand entgegen. Alex fand sie wirklich – elegant. *Elegant* war das Wort. Und ihre grauen Augen hatten diesen klugen, harten Blick, den er auch oft bei seinem Urgroßvater sah. Offensichtlich war sie reich.

«Weine nicht, Großvater.» Alex umarmte ihn wieder.

«Ach, das geht die ganze Zeit so, junger Mann. Er ist wie ein unterirdischer Sturzbach, ein richtiger Wasserfall.»

«Gar nicht wahr!» schrie Adam. «Mein Gott, Alex! Du warst verschwunden. Alle suchen dich.» Er schien in seinem Rollstuhl zusammenzuschrumpfen.

«Großvater?»

Adam sah ihn traurig an. «Deine Mutter. Was kann ich sagen? Was kann ich sagen oder tun?»

Alex sah weg.

Lady Cray hob ihr Kinn ein bißchen. «Nichts. Es gibt nichts, was irgend jemand sagen oder tun könnte. Ich habe meine Zweifel, ob er hierhergekommen ist, um sich an Ihrer Schulter auszuweinen. So sieht er nicht aus. Er ist wie Andrew.»

Egal, wer Andrew war, Alex mußte über ihre sachliche Art lächeln. Der Schmerz wurde weniger stechend. Sie sagte, sie habe sich sehr gefreut, Alex kennenzulernen, und dann war sie verschwunden.

«Sie ist nett. Wer ist sie?»

«Ach, einfach nur eine Frau.» Adam machte eine abwehrende Handbewegung. «Mein Gott, jetzt erzähl mir mal, was passiert ist.»

Während Alex erzählte, sah er, wie sein Urgroßvater sichtbar alterte, immer noch ein bißchen, als hätte ihn ein Spezialeffekte-Experte für einen Film in der Mangel. Alex wußte, er dachte auch an seinen Vater; der alte Adam hatte seinen Vater immer besonders gern gemocht. Zwei Selbstmorde.

«Es ist undenkbar», sagte Adam, als hätte er Alex' Gedanken gelesen. «Das hätte Jane nie getan. Sie hätte es sich selbst nicht angetan und dir auch nicht.»

Alex entspannte sich und nahm eine Zigarette aus der Packung der Dame. Nachdem er einen tiefen Zug gemacht hatte, erzählte er Adam von dem «Neuen».

«Dieser Bibliothekarsbursche, den der alte Crabbe angeheuert hat?»

Alex mochte den «alten Crabbe».

«Bloß ist er kein Bibliothekar.» Alex erzählte ihm von dem Gespräch im Baumhaus. «Also muß ich zur Polizei gehen, oder? Ich bin der einzige – außer dem, der es getan hat –, der das mit den Pillen weiß.»

Bevor Adam antworten konnte, ging die Tür auf, und Maurice Kingsley kam lächelnd herein. «Freut mich, Sie hier zu sehen, Adam. Wen haben Sie denn da zu Besuch? Aber egal, wer es ist, ich nehme an, er ist durchs Fenster gekommen. Sieht aus wie Sie, muß auch ein Holdsworth sein. Benutzen Holdsworths eigentlich *jemals* Türen?» Er streckte die Hand aus.

Mechanisch schüttelte Alex sie.

Es war der Mann von der Bank vor ihrem Haus in Lewisham.

26

«Ich nenne es ‹Crinkle Cottage›», sagte Fellowes, als sie im Pförtnerhäuschen waren. «Ich habe es nach den Crinkle Crags benannt, diesen wogenden Berghängen. Sind Sie schon mal da oben gewesen?»

Schon mal da oben gewesen? Machte er Witze? «Nein. Vergessen Sie nicht, daß ich gerade erst hier angekommen bin.

Viel Zeit für Erkundungen hatte ich noch nicht.» Würde Melrose sich auch nicht nehmen, wenn er es irgend vermeiden konnte.

«Ich finde immer, es ist eine gute Metapher für mein Hirn, Crinkle Crags, die zerknitterten Felsen.» An allen vier Wänden waren fünf, sechs, sieben Bilder hintereinandergestapelt. Francis zog sie heraus, schob sie wieder zurück, gab Laute des Mißfallens von sich, während er seine eigenen Arbeiten betrachtete. «Weiß der Henker, wo es ist. Irgendwo hier.»

Crabbe hatte Melrose aus seinem gnadenlos langweiligen Vortrag über – was war das heute morgen gewesen? – Rydal Mount entlassen und ihn zu Graham Holdsworths Cousin geschickt, der nach dem Bild mit der Ansicht des berühmten Wordsworth-Southey-Dorfes suchen sollte. Melrose wußte, er würde den Ort besuchen müssen. Irgendwann.

«Hier ist eins. Nicht schlecht.»

«Von Graham.»

«Selbstverständlich nicht. Seine waren alle schlecht. Von mir.»

Es war ein weiter Blick auf Wast Water und die Screes, und es war in der Tat «nicht schlecht». «Ihre Fähigkeit, Licht und Schatten einzusetzen, ist wirklich beeindruckend. Auch wenn es pathetisch klingt.»

«Macht nichts. Ich kann jede Bestätigung gebrauchen, die ich kriegen kann.»

Melrose griff nach einem größeren Bild mit einer Lakeland-Szene. «Von wem ist das? Nicht von Ibbetson oder Graham Holdsworth.»

«Das? Das ist ein Thompson. Er ist sehr gut. Die Farbschicht ist so dick, daß man den Eindruck hat, es wäre ein Ölgemälde. Aber es ist ein Aquarell. Sehen Sie sich *diese* Lichtgebung an. Chromgrün.» Fellowes fuhr mit seinem dicken Finger am Horizont entlang.

«Sieht aus wie Hexers Augen.»

Fellowes wandte sich der Kollektion wieder zu. «Ah! Hier ist ein Ibbetson. Nehmen Sie ihn.»

Die Ansicht von Greta Hall war kitschig und phantasielos. Man verpaßte wirklich nichts, wenn man es nicht gesehen hatte; das Bild besaß genausowenig Charakter wie die anderen an den Bibliothekswänden.

«Nur so aus Spaß habe ich versucht, seinen Stil zu kopieren. Ich dachte, ich könnte es vielleicht Crabbe andrehen.» Er seufzte. «Aber unter den Umständen habe ich es nicht übers Herz gebracht.»

«Was für Umstände?» Es gab zwei Bilder: das eine ein Blick von oben auf einen Ausschnitt von Wast Water und Wasdale Head, das andere ein stinklangweiliger Blick auf Klippen, einen gigantischen Berg und eine große Schlucht, dazu flockige Wolken.

«Es war an dem Tag, als Virginia starb. Ich habe Ihnen ja erzählt, daß sie abstürzte, als sie auf den Scafell kletterte. Brach sich auf den Felsen darunter den Hals. Und ich habe Ihnen auch erzählt, daß sie mich ganz schön in die Mangel genommen hatte. Sie mochte den Scafell auch; sie wollte den Aufstieg von Borrowdale machen, wegen der herrlichen Szenerie, aber ich wollte unbedingt über Brown Tongue hinaufsteigen. Ich sagte ihr, ich würde nicht ums Verrecken – na ja, so hab ich das natürlich nicht gemeint.» Francis saß in dem einzigen Polstersessel und stopfte energisch seine Pfeife.

Melrose starrte ihn an. «Einen Moment mal. Wollen Sie damit sagen, sie waren *bei* ihr?»

Francis blickte auf und sog heftig an der Pfeife. «Ja. Deshalb war die Polizei so an mir interessiert.» Er zuckte mit den Schultern. «Aber schließlich und endlich braucht man ein Motiv, und ich hatte eindeutig keins. Außer vielleicht, daß ich Ginny sehr gern mochte und sie überlegten, ob ich vielleicht aus Eifersucht... Aber das war natürlich Unsinn.» Fellowes lächelte und paffte vor sich hin.

«Wo ist die Stelle?»

«Sie meinen, wo Virginia den Unfall hatte?»

«Wo Sie das Bild gemalt haben.»

«Auf dem Scafell, ein paar Meter auf der Eskdale-Seite runter. Virginia war wild entschlossen, über den Broad Stand nach Mickledore zu gehen. Das ist die tückische Felswand, die den Weg versperrt. Wenn man die nicht schafft, muß man umkehren und einen anderen Weg gehen.»

Melrose fuhr sich mit der Hand durchs Haar. Er dachte daran, wie sich Alex gestern abend von dem Baum gelöst hatte, fast, als sei er unsichtbar. «Warum wurden Sie denn überhaupt verdächtigt?»

Francis lachte. «Frei nach Hilary: weil ich da war.»

«Das ist doch lächerlich. Jemand *anderes* hätte doch auch dagewesen sein können.»

«Aber das ist der Punkt: Jemand anderes hätte *nicht* dagewesen sein können, sonst hätte ich ihn gesehen. Jemand anderes hätte an mir vorbeigehen müssen. Es sei denn, er war ein sehr erfahrener Kletterer.»

Melrose zog die Stirn in Falten. «Wie hätten Sie denn jemanden sehen sollen? Sie haben die Ansicht von Wasdale Head gemalt. Sie hätten ihm den Rücken zugedreht. Es sei denn, er wäre direkt auf dem Berghang gewesen, hier.» Melrose deutete auf das zweite Aquarell.

«Ich habe etwas vergessen; Sie wissen nicht, wie Ibbetson malte.» Francis ging durch die herumliegenden Leinwände, Papiere, Töpfe zu einem reichlich malträtierten Schreibtisch, öffnete eine Schublade und warf Melrose ein handgroßes Ledermäppchen zu. «Das ist ein Claude-Lorrain-Glas.»

Melrose zog aus dem Mäppchen einen kleinen konvexen Spiegel hervor. Er sah Fellowes fragend an.

«Claude Lorrain beeinflußte wie Salvator Rosa eine ganze Schule des Sehens und Malens. Eine der schlimmsten Perversionen des ‹Sehens›, die mir je untergekommen ist. Es erinnert mich manchmal daran, wie Leute ein Foto ‹sehen›, das heißt, eine Amateuraufnahme. Ich habe beobachtet, wie Touristen das machen. Knipsen ihre Freunde vor, sagen wir, Dove Cottage und versammeln sich dann, um festzustellen, wie sie auf dem Bild aussehen, anstatt sich das Cottage selbst anzuschauen.»

«Was hat das mit dem hier zu tun?» Melrose hielt den Spiegel hoch.

«Das Gerät war bei Landschaftsmalern sehr beliebt. Man malt, was hinter einem ist, nicht, was vor einem ist. Der Spiegel stellt den Rahmen dar. Claude vertrat die Ansicht, man solle exakt malen, was man sieht. Man dürfe nicht ‹interpretieren› – obwohl das natürlich unmöglich ist –, sondern nur abmalen, was da ist. Es ist extrem künstlich und einem Spiegelbild verblüffend ähnlich. Ibbetson hatte dieselbe Vorstellung, wenn er ein Bild ‹einrahmte›, zum Beispiel mit Bäumen. Zusätzlich bringt man noch ein paar stilisierte Menschen und Tiere in idyllische Positur, die erbärmlicher wirken als die Stammgäste im Old Con. Meine Güte, wie oft haben Sie schon mit einer Kuh zusammengesessen?»

Melrose verdrängte den Gedanken an Agatha.

«Sie halten also dieses Claude-Lorrain-Glas in der Hand und sehen das, was hinter Ihnen ist.»

Fellowes nickte. «Ein Dichter wie Wordsworth würde sich im Grabe umdrehen. Für ihn war Wahrnehmen wirklich Erschaffen.» Er klopfte mit seiner Pfeife gegen den Keramikkrug. «Mal Thomas West gelesen?»

«Erstaunlicherweise ja.» Allerdings hatte er seine Neuerwerbung aus dem Wrenn's Nest noch nicht ausgelesen.

«Dann wissen Sie, daß er fand, Reisen sollten eine Anordnung perfekt arrangierter Bilder oder Szenerien sein. In gewisser Weise ist das der Beginn des Baedeker und dieser ganzen Reiseführer. Man sagt Ihnen genau, *was* Sie sich ansehen sollen. Die Touristen kommen hierher, um Dove Cottage, Grasmere, Hawkeshead Church, Coniston Water, Ruskins Haus, Beatrix Potters Cottage und so weiter zu besichtigen. Eine Anordnung perfekt arrangierter Bilder. Diese Schule liebt auch gruselige Elemente. Schloßruinen, knorrige Bäume. Wissen Sie, eine meiner Lieblingsschriftstellerinnen ist Jane Austen, und eine ihrer besten Figuren ist Edward Ferrars, der sich über die Sentimentalität der Heldin lustig macht. ‹Ich mag keine krummen, kahlen Bäume. Ich mag keine heruntergekommenen, baufälligen Cottages.›» Fellowes lachte.

Melrose dachte einen Moment nach. «Wenn ich zu dem Platz will, wo Sie das Bild gemalt haben», es schauderte ihn bei dem Gedanken, irgend etwas anderes zu erklimmen als die Stufen von Ardry End, «welche Route muß ich nehmen?»

«Sie? Entschuldigen Sie, aber ich kann mir nicht vorstellen, wie Sie in voller Montur auf den Scafell klettern.»

«Ich auch nicht. Aber welche Route müßte ich nehmen?»

«Die leichteste. Die, die ich beziehungsweise wir genommen haben. Von Wasdale Head aus, am anderen Ende von Wast Water. Sie starten am Wasdale Hotel –»

Wo Melrose am liebsten umkehren würde.

Ach, Wordsworth! Ach, Gasthöfe!

27

Dr. Maurice Kingsley hatte ihn anscheinend nicht erkannt.

Alex wußte es nicht genau. Licht war an dem Abend nur vom Widerschein aus der Haustür und von der kurz aufschießenden Flamme gekommen, als Kingsley das Streichholz angezündet hatte. Und gewiß war der Doktor so betrunken gewesen, daß er nicht nur das Gesicht von William Smythe, sondern den ganzen Abend vergessen hatte. Sternhagelvoll war er gewesen.

War er das wirklich gewesen?

Sein Gesicht drückte nichts als Anteilnahme aus. «Es tut mir leid, Alex. Wegen Ihrer Mutter. Ich mochte sie», sagte er einfach, schaute weg und dann wieder Alex an. «Hören Sie, wenn Ihnen danach ist, zu reden, kommen Sie einfach bei mir vorbei. Reden hilft –»

«Sie müssen es ja wissen, Kingsley», sagte Adam. «Sie tun es ja zur Genüge.» Adam nahm sein Gebiß heraus und deponierte es in einem Glas neben dem Rollstuhl.

Kingsley lachte. «Na, na, na, Adam. Lassen Sie lieber mal eine von den Zigarren rüberwachsen, die sie wie ein Eichhörnchen verscharrt haben, obwohl Rauchen hier verboten ist.»

Adam äffte die altjüngferliche Schwester Lisgrove nach und lispelte: «‹Herr Doktor, er hat schon wieder sein ganzes Zimmer vollgestänkert.› Bei Gott, die ist hinter Ihnen her wie der Teufel hinter der armen Seele. Gott weiß, warum. Obwohl, ich vermute, das geht allen Frauen hier so… außer Helen Viner. Die ist zu vernünftig dazu.» Adam bückte sich und kramte unter seinem Bett herum. Er holte eine Kiste handgerollter Zigarren hervor und warf dem Arzt eine zu.

«Das ist sie zweifellos.» Er lächelte geheimnisvoll. «Danke.»

Während des gesamten Gesprächs hatte der Arzt Alex beobachtet. Alex wiederum hielt Kingsley sehr wohl für einen Frauenhelden, hatte aber auch den Eindruck, daß er in zehn Jahren ziemlich fett sein würde. Wahrscheinlich vom Trinken. Würde er seiner Mutter gefallen? Er war freundlich, aber aalglatt. Verschlagen, fand Alex.

Ob seine Anteilnahme vorgetäuscht war, wußte Alex genausowenig, wie er abschätzen konnte, ob Kingsley tatsächlich betrunken gewesen war. Das Problem war, daß es Alex im Moment überhaupt schwerfiel zu erkennen, was bei jemandem ehrlich war und was nicht. Außer bei seinem Urgroßvater und bei Millie. Aber der Freund dieses Polizisten, Mr. Plant, sah ehrlich aus, und es überraschte Alex, daß er so überzeugt davon war. Einen Augenblick lang fand er es tröstlich, daß der Mann hier in der Gegend war.

Er fühlte sich fast sorglos.

«Was war mit Ihnen, Alex? Ihre Familie ist außer sich...» Kingsley hielt inne.

Die «Familie». Aus Alex' Gesicht wich jeder Ausdruck. Bestimmt hatte irgend jemand – sein Großvater, Dr. Viner, sonst jemand – Kingsley gesagt, wie wenig überzeugt Alex davon war, daß die Familie sich um sein Wohlergehen sorgte. «Ich war in London. Ich habe mich in einem Hotel versteckt. Ich wollte nicht mehr von der Polizei oder sonst jemandem belästigt werden. Was haben sie Sie gefragt?»

Kingsley hatte die Zigarre immer noch nicht angezündet, er hielt sie schräg zur Seite. «‹Sie›?»

«Die Polizei.»

Adam sagte nichts. Er konnte «erstarren», ohne einen Muckser von sich zu geben, und beinahe von der Szene verschwinden, wenn er fand, daß die Umstände es erforderten.

Kingsley runzelte die Stirn. «Die Polizei? Wieso? Nichts. Sie haben mich nur gefragt, ob ich Mrs. Holdsworth kenne. Hätten sie mich verhören sollen?» Jetzt lächelte er.

«Mrs. Holdsworth.» Nicht «Jane». Wie reizend, dachte Alex. Kingsley würde wohl kaum im Anzug und auf einer Parkbank auf eine «Mrs. Holdsworth» warten. Er dachte angestrengt nach und hörte mit halbem Ohr mit, wie Dr. Kingsley sich darüber ausließ, daß die Polizei immer Fragen stellte...

«... bei plötzlichen – Todesfällen.» Diskret sah er weg. «Dr. Viner kann Ihnen mehr sagen. Sie kannte Ihre Mutter sehr viel besser als ich.» Schweigend blickte er erst in Adams und dann in Alex' ausdrucksloses Gesicht. «Hören Sie, wollen Sie damit sagen, die Polizei hat einen Verdacht?»

Tonlos erwiderte Alex: «Nein. Ich will damit sagen, daß ich einen Verdacht habe.»

Maurice Kingsley brach das Schweigen und sagte: «Ein Trauma verursacht oft – Phantasien, seltsame Gedanken, Alex. Um Gottes willen, ich will nicht sagen, daß Sie *unrecht* haben. Aber es wäre mir lieb, Sie würden mit mir darüber reden.»

Es ist wie beim Wetten, dachte Alex, wie auf dem Turf oder beim Pokern, eine Herausforderung. Wenn er sich an mich erinnert oder den Verdacht hat, *ich* war der William Smythe auf der Bank, wird er etwas unternehmen.

Nur zu.

«Ich habe einen Termin, tut mir leid.»

«Uns nicht», sagte Adam und schenkte ihm ein zahnloses Lächeln. «Gehen Sie besser in Ihr Büro, bevor Lady Cray es ausgeräumt hat.»

Kingsley schenkte Alex ein launiges Lächeln, das besagte, *ich bin daran gewöhnt*, und ging mit seiner nicht angezündeten Zigarre davon.

«Was zum Teufel hat das alles zu bedeuten?» fragte Adam, nahm eine Zigarre aus der Kiste und versuchte, die Spitze abzubeißen (ohne Zähne).

«Er war *da*, Großvater. Vor unserem Haus, und zwar an dem Abend –» Alex war völlig durcheinander und fuhr erst nach einer Weile fort: «Er saß auf einer Bank im Park, völlig betrunken, grummelte, daß er versetzt worden war, und fragte mich nach einer Kippe.»

«Warum warst *du* im Park?»

«Das erzähl ich dir später, das ist doch jetzt egal», sagte Alex ungeduldig.

Die feuchte, angekaute Zigarre im Mund, sagte Adam: «Du meinst... verdammt und zugenäht. War das, *nachdem* die Polizei angekommen war?»

Alex nickte. «Du willst doch wohl nicht behaupten, daß das ein Zufall gewesen sein kann.»

Adam sagte: «Ich würde sagen, erzähl das der Polizei. Deine Tante und Genevieve waren an dem Abend auch in London. Das macht zusammen drei.» Adam paffte vor sich hin, sah auf den trockenen Springbrunnen, in den nebligen Tag. «Drei, von denen wir wissen.»

Er hatte seinem Urgrossvater erzählt, er ginge sofort zum Tarn House (mit der Geschichte von Trauma und Gedächtnisschwund, irgendwas, was ihm auf dem Weg dorthin vor die Füße kam wie Kieselsteine), aber Alex blieb noch auf dem Grundstück von Castle Howe.

Er verstand sich selbst nicht mehr. Was er über Dr. Maurice Kingsley herausgefunden hatte, hätte ihn veranlassen müssen, direkt zu Melrose Plant oder zum Telefon zu gehen, um Inspector Kamir anzurufen, denn jetzt hatten sie eine Person, die mit Sicherheit am Ort des Verbrechens gewesen war. Ob die Polizei überhaupt von einem Verbrechen ausging, war Alex einerlei. Er wußte, daß es eines war.

Trotzdem blieb er noch. Er ging durch den Park, sah über den großen Rasen zu Dr. Viners Büro in dem kleinen Steinhaus, beobachtete zwei alte Damen (denen das Geld zu den Ohren rauskam, ein Blick auf die Diamanten genügte) Arm in Arm spazierengehen und miteinander tuscheln. Die eine drückte der anderen ein wenig den Arm, woraufhin die lachte.

Sie wirkten so sorglos. Er wiederholte das Wort im Geiste immer wieder. Es klang hohl, falsch, ein Wort ohne Bedeutung. Er ging über den schmalen Weg, der von den ersten Schlüsselblumen gesäumt war, betrachtete die Osterglockenbeete und dachte an Millie. Hörte das überhaupt nicht mehr auf, dieses trostlose Gefühl?

Er erreichte den Eingang zum Irrgarten (dem Lieblingsaufenthaltsort seines Großvaters), blieb stehen, sah hinein. Wenn er hineinginge, käme er wieder heraus? Spielte es eine Rolle? Alex sah zum bleiernen Himmel hoch. Solche Gefühle kannte er gar nicht, es war mehr als bloßes Niedergeschlagensein, und nicht einmal der Tod seiner Mutter konnte sie erklären. Er fühlte sich ausgetrocknet, geschrumpft, fast wie die gebrechlichen Alten in Castle Howe. Und dennoch: so verrückt, so wahnsinnig sie auch waren, die meisten schienen mehr Leben, mehr Energie zu haben als er. Wenn es denn Wahnsinn war. Manche wanderten mit Vorliebe hier hinein, verirrten sich und fingen an, *Hilfe, Hilfe* zu schreien. Kojak schimpfte dann, sie würde den Irrgarten dem Erdboden gleichmachen, aber sein Großvater war dagegen. Und er war Castle Howes größter Gönner.

Vom oberen Stockwerk und vom Balkon aus konnte man

die Besucher des Irrgartens beobachten. Die Gefahr, daß ein «Gast» darin starb, bestand überhaupt nicht.

Alex mußte an den Baum bei der Severn School denken, an das Fernglas, die Rennbahn. Das schien alles Jahre her und Kontinente weit entfernt zu sein; etwas war verloren.

Er betrat den Irrgarten, lief ein bißchen darin herum und setzte sich dann auf eine der schmiedeeisernen Bänke, die in Abständen in den kleinen Nischen standen.

Das Zocken, das Pokern, die Kartentricks. Es gehörte zu einer Vergangenheit, an die er sich nur noch ganz dunkel erinnern konnte.

Er hatte sich verändert; er hatte Angst.

«Alex!»

Als er sie sah, sprang er auf, überrascht, daß sein Körper überhaupt noch die Energie hatte, sich so jäh zu erheben, und daß seine Lippen es fertigbrachten zu lächeln. Aber es gab etwas an Dr. Viner (schon immer), das sein Blut in Wallung brachte.

Als sie vom ein paar Meter entfernten Eingang auf ihn zukam, errötete er sogar. Er vergaß, guten Tag zu sagen.

«Alex.» Sie streckte die Hände aus, legte sie ihm auf die Arme, machte jedoch keine Anstalten, ihn an sich zu drücken, ihm zu nahe zu kommen. Ohne daß ihre Augen sich zu bewegen schienen, suchten sie sein Gesicht ab. Nach Zeichen. Zeichen der Anspannung, Zeichen des Kampfes.

Er behielt seine Züge mühsam unter Kontrolle. Aber als ob unter der angespannten Haut die Knochen brächen und die Muskeln erschlafften, war sein Gesicht im Begriff, wie das Gesicht eines dieser alten Menschen zu werden. Wurde es dann doch nicht. Er verzog keine Miene, sah sie nur an. Und es war nicht einfach, sie anzusehen, weil sie ihn an seine Mutter erinnerte. Dasselbe sandfarbene Haar, irgendwie goldfarbene Augen. Oder haselnußbraun, das waren sie, gesprenkelt mit verschiedenen Farben – Braun, Grün, Topas, Blau. Schlimmer, sie hatte auch den freundlichen Ausdruck der Augen seiner Mutter. Kein Wunder, daß sie so enge Freundinnen gewesen waren; kein Wunder, daß Dr. Viner so eine gute Psychiaterin war.

Das alles ging Alex durch den Kopf, während er sie schließlich begrüßte und sie sich auf die Bank setzte und ihn neben sich zog. Obwohl es sich nicht anfühlte, als faßte sie ihn an. Es war eher wie eine magnetische Kraft. Er sah von ihr weg, den Blick geradeaus gerichtet, weil er einen neuen schwerkraftartigen Sog fühlte, aber als müßte er nicht nach unten, sondern zur Seite, gegen sie, fallen.

Beinahe hätte er ihr sofort die Sache mit Kingsley erzählt. Aber das ging nur die Polizei etwas an.

«Du glaubst nicht, daß deine Mutter sich selbst umgebracht hat, nicht wahr?»

Sie war so direkt. Und sie sah ihm offen in die Augen, faßte das Unaussprechliche in Worte.

«Ich mache mir auch so meine Gedanken. Ganz egal, was für Probleme sie hatte, ganz egal, ob sie depressiv war, ob die Familie sie unter Druck setzte, es ist kaum vorstellbar, daß sie das getan hat. Sie hat dich zu sehr geliebt.»

Was er sich selbst gesagt hatte, was er die ganze Zeit gewußt hatte, klang jetzt, da es von jemandem ausgesprochen wurde, so wohltuend.

«Die Polizei hat gesagt, es war eine Überdosis. Sie haben mich gefragt, wie man eine tödliche Dosis Seconal verabreichen kann, ohne daß das Opfer es merkt.» Sie sah Alex an, aber der verächtliche Ausdruck galt nicht ihm. «Als ob ihr Pathologe diese Frage nicht beantworten könnte. Ich habe ihnen gesagt, daß man doch einfach nur die Kapseln in eine Flüssigkeit entleeren müßte und daß Whisky den Geschmack überdecken würde. Und mehrere Whiskies erst recht. Sie haben sich bedankt und sind gegangen. Das heißt, nachdem sie mit Maurice Kingsley gesprochen hatten. Er sitzt ein bißchen in der Patsche», seufzte sie.

Alex warf ihr einen schnellen Blick zu.

«Maurice ist an dem Abend nach London gefahren. Aber du hast Dr. Kingsley gerade erst kennengelernt, oder? Er kannte deine Mutter. Ich weiß ehrlich gesagt nicht genau, was dieser Inspector aus London glaubt. Er hat sehr wenig verraten. Ich war womöglich ihre beste Freundin; Maurice kein ganz so enger Freund, aber ein Mann. Eifersucht vielleicht. Ich glaube nicht, daß ihnen für mich ein Motiv eingefallen ist –»

«*Sie?*» Alex starrte sie an. «Sie sind der *letzte* Mensch –»

Sie lächelte. «Mit dem *letzten* Menschen muß man vorsichtig sein. Tatsache ist, jeder Arzt hat Zugang zu verschreibungspflichtigen Medikamenten.» Sie schüttelte den Kopf und senkte ihn dann. «Es tut mir leid, es tut mir leid, Alex.» Sie legte das Gesicht in die Hände. «Großer Gott, *ich* bin hier die Ärztin und weine mich ausgerechnet an *deiner* Schulter aus.»

Dadurch fühlte er sich aber irgendwie besser, so wie er sich oft mit seiner Mutter gefühlt hatte. Dafür wollte er ihr auch etwas anvertrauen. Er erzählte ihr von dem Traum. Das Kartenspiel, mit Tesafilm umklebt, die öde Landschaft, die Dame, Millies Interpretation. Er erzählte ihr aber nichts von der Waffe.

«Laß uns ein bißchen gehen», sagte sie. «Dann kann ich besser nachdenken.»

«Verirren wir uns dann?» Er versuchte zu lächeln.

«Wir haben uns schon verirrt.» Sie vergrub die Hände in den großen Taschen ihres weißen Kittels.

«Eine trostlose Landschaft vor einem wunderschönen Horizont: Himmel und Hölle vielleicht», kommentierte sie.

«Das mit dem Kartenspiel verstehe ich nicht.»

«Du bist doch ein echter Zocker, Alex.» Sie lächelte. «Hab ich jedenfalls gehört.»

«Jetzt vergleichen Sie mich aber nicht mit dem Pfarrer und Mrs. Bradshaw. Die schlage ich mit verbundenen Augen.»

Sie drehte sich um und sah ihn an. «Das hast du doch schon.»

«Sie konnten nicht zählen. Aber die Karten in dem Traum –»

«Bedeuten mehr, ich weiß.» Dr. Viner schwieg eine Weile und verlangsamte ihren Schritt. «Was für Assoziationen hast du?»

«Keine. Nichts.»

«Das ist aber unmöglich. Dein Kopf kann nicht völlig leer sein. Betrachte es von einem anderen Standpunkt aus. Zum Beispiel könnte eine Karte einen Menschen symbolisieren. Ein *Kartenspiel* könnte dann eine Gruppe deiner Freunde sein, Betrüger, so was in dem Dreh. Ich sage das nur als Beispiel.»

«Ein Kartenhaus?»

Sie sagte nichts, ließ ihn den Vorschlag überdenken.

«Meine Familie. Nehmen Sie Mum weg, und das ganze Ding fällt in sich zusammen. Als wäre sie das Fundament.»

«Und? Paßt das? Es ist dein Traum.»

«Nein.»

Sie blieb abrupt stehen. Sie waren an einer anderen weißen Bank, oder vielleicht war es dieselbe. Woher sollte er das wissen?

«Glauben Sie, es ist wichtig?» fragte er.

«Ich weiß, daß es wichtig ist.»

«Warum?»

Jetzt gingen sie durch einen anderen Durchgang und landeten am Ende einer Sackgasse aus Buchsbaumhecke.

«Es geht um das, was fehlt.»

«Was meinst du?»

«Aus Mums Zimmer. Etwas hat gefehlt. Was immer es ist, es hat sich mir eingeprägt und sich in die Karten verwandelt. Jemand hat mich an den Film *Ich kämpfe um dich* erinnert. Wo ein Rad im Traum in Wirklichkeit ein Gewehr ist.»

Sie lächelte. «Den hab ich gesehen. Ingrid Bergman löst das Rätsel. Ich wünschte, ich wäre Ingrid Bergman.»

Alex brach einen Zweig aus der Hecke. «Ach, als Dr. Viner sind Sie doch auch schon schwer in Ordnung.»

«Besten Dank. Wem hast du den Traum noch erzählt?»

«Wem?»

«Du hast gesagt, jemand hätte dich an den Film erinnert.»

«Oh, Millie. Sie liebt Filme.» Vielleicht würde sie es merkwürdig finden, daß er ihn dem neuen Bibliothekar erzählt hatte, einem vollkommen Fremden. «Jede Nacht träume ich den Traum. Irgendwann wird es mir einfallen.» Sie waren wieder an einer dichten Hecke angelangt. «Rechts oder links?»

«Links. Ich habe diesen Irrgarten in- und auswendig gelernt. Mußte ich; die Schwestern Dunster haben hier immer Verstecken gespielt.» Als sie endlich zum Ausgang kamen, sagte sie: «Es scheint so etwas wie ein Taschenspielertrick zu sein. Oder ein guter Kartentrick?»

«Außer, daß das Spiel mit Tesafilm zusammengeklebt war. Und meine Mutter hatte was damit zu tun.» Jetzt standen sie auf dem Steinweg, wo die Schlüsselblumen und die Osterglocken begannen. «Dann flogen die Teile mit dem Wind weg.»

Sie zog die Stirn in Falten und knöpfte sich die Jacke zu, denn es wehte ein kalter Wind. Einen Augenblick sah sie in Richtung des herrschaftlichen Hauses. «Ich muß gehen. Ich seh dich heute abend beim Abendessen. Dein Urgroßvater hat mich und Lady Cray eingeladen. Ob sie wohl im Lieferwagen entkommen oder einfach durch die Haustür gehen?» Sie lachte und ging weg.

Er sah ihr nach und dachte immer noch an den Packen Karten, der dann wie Konfetti von dem wirbelnden Wind weggetragen wurde.

Und wie von selbst kam ihm der Ausdruck in den Sinn. *Ein Packen Lügen.*

28

Lady Cray bedachte die Pille in Dr. Kingsleys ausgestreckter Hand mit einem fröhlichen, vogelähnlichen Blick. «Schlucken Sie sie doch, wenn Sie das Zeug wirklich brauchen.»

«Sehr lustig.»

«*Ich* soll sie nehmen?»

Er nickte.

«Warum?»

«Sie wird Ihre Nerven beruhigen.»

«Ich bin doch ruhig, fast wie im Koma.» Sie holte ihr goldenes Zigarettenetui heraus. «Da ist eine Zigarette viel besser. Bitte nehmen Sie Ihre Hand aus meinem Gesicht.»

«Ich mache Ihnen einen Vorschlag. Sie nehmen die Pille, und dann dürfen Sie rauchen.»

«Was ist es denn? Ein Wahrheitsserum? Insulinschocktherapie?»

Kingsley seufzte. «Meine Güte, Lady Cray, es ist ein mildes Beruhigungsmittel.» Er griff in das Regal hinter sich und zeigte ihr eins der kleinen Gläser, die dort in einer Reihe standen.

«Also gut.» In der Ecke seines mit Büchern vollgestopften Sprechzimmers – sehr psychiatermäßig, fand sie, nachdem sie es zum erstenmal gesehen hatte (sie wollen alle, daß man glaubt, sie könnten lesen) – war ein Wasserspender. «Gut, geben Sie mir ein bißchen *Wasser*.»

«Oh, Verzeihung. Ich nehme sie immer ohne.»

Sie nahm sie überhaupt nicht; die Pille verschwand unter ihrer Zunge. Als er ihr den kleinen Pappbecher mit dem Wasser brachte, schluckte sie es gierig und hielt ihm wie eine Schiffbrüchige den Becher entgegen. «Mehr.»

Während er wieder zum Wasserspender ging, spuckte sie die Pille aus und warf sie in den Papierkorb. «Ich seh so gern, wie die Blasen hochblubbern, Sie auch?» Sie deutete mit dem Kopf auf den gläsernen Behälter, in dem das Wasser heruntergesaugt wurde, wobei ein blubbernder Strudel entstand. Sie zerknüllte den Becher und warf ihn weg. Wahrscheinlich ein Behaviorist, dachte sie. Gutaussehend, aber für Freud oder Jung scheint er nicht klug genug zu sein. Sie lächelte breit, damit sich ihr Grübchen zeigte. Sie haßte Grübchen, aber aus unerfindlichen Gründen fanden Männer Grübchen bei Damen in einem gewissen Alter absolut entwaffnend. Und so legte sie ihr süßestes Lächeln auf, als er ihr den zweiten Becher reichte.

«So. Was machen Sie denn den lieben, langen Tag?» Lady Cray sah sich im Sprechzimmer um. Wenn man sich in dem Ledersessel umdrehte, sah man durch das große Aussichtsfenster die Fossilien aus Stonehengezeiten, die sich mit Spazierstöcken, Gehhilfen, Fräulein Rübe, der lispelnden Lisgrove und jungen Helfern durch die Gegend schoben. Der Pfarrer (sie hatte keine Ahnung, welcher Kirche er verbunden war, aber die Gemeinde mußte wohlhabend gewesen sein) bewegte sich langsam an der Buchenhecke entlang und schlug mit dem Stock dagegen. Und in weiter Ferne Wast Water. In sehr weiter Ferne. Tatsächlich so weit entfernt, daß man es nur von den Wällen aus mit einem Fernglas sehen konnte. In der Broschüre war es dargestellt, als reichte der Rasen direkt bis an die Ufer des Sees. Ein kaltes, unwirtlich aussehendes Gewässer, fand sie. Nicht wie die anderen Seen. Es war der tiefste in ganz England.

«Woran denken Sie?» fragte er.

«An Wast Water.»

«Und warum?»

«Ich dachte, das verraten *Sie* mir.»

«Wie komme ich bloß darauf, daß Sie unkooperativ sind?» Er nahm lächelnd die Zigarre von Adam aus der Tasche. «Ich wußte, daß er die unterm Bett hortet.»

«Ich war noch nie unter seinem Bett, mich dürfen Sie dazu nicht fragen.» Sie holte ihr schlankes goldenes Zigarettenetui aus der cremefarbenen Lederhandtasche und nahm eine Black Russian heraus. Unter ein paar Papieren fand Dr. Kingsley sein ebenso schlankes und sehr elegantes schwarzes Porsche-Feuerzeug. Erst gab er ihr Feuer, dann zündete er sich seine Zigarre an.

«Als Arzt muß man sich hier ja dumm und dämlich verdienen. Das ist ein hübsches Feuerzeug. Ich habe genau so eins.» Sie wühlte ein wenig in ihrer Tasche herum. «Psychiater erkennen offenbar alles. Von der Spitze der Nelsonsäule aus würden Sie eine Zigarre ausfindig machen.»

In Wirklichkeit galt das für sie selbst. Sie hatte immer vorzüglich sehen können und war sehr stolz darauf. Es war wunderbar zu beobachten, wie junge Leute zu ihren Brillen griffen, um den Tower zu sehen, wenn sie, Lady Cray, einen von den Raben dort aus achthundert Metern Entfernung erkennen konnte. Gut, das war *leicht* übertrieben. Oje, jetzt redete er über das Silberbesteck. Vielleicht war er doch kein Behaviorist. Es klang eher nach Freud für Anfänger.

«... das Bedürfnis, einen Verlust aus Ihrer Kindheit wettzumachen.»

Sie fuhr hoch. Allein das Wort *Kindheit* weckte in ihr den Drang, jedes einzelne Buch auf den Regalen zu zerreißen – und davon gab es viele. Drei Wände voll. Mimte hier den Psychiater und hatte wahrscheinlich keins gelesen. Neben einem der Aktenschränke stand ein zierlicher Tisch mit einer Warmhalteplatte und Gerätschaften zum Teekochen. «Es war das Teeservice», sagte sie und sah zur Decke. «Wissen Sie, Mummy schenkte mir ein wunderschönes Puppen-Teeservice. Mit kleinen Löffeln und allem Drum und Dran. Mein Bruder hat es kaputtgemacht. Ich denke immer noch daran.» Mummy hatte an ihrem «jour fixe» normalerweise arbeitslose «Künstler» oder Schauspieler zu Gast, die sich «zwischen zwei Engagements ausruhten». Mummy hatte ihren Gin pur getrunken.

Maurice schmauchte und lächelte. «Sie müssen sich schon noch ein bißchen anstrengen, Lady Cray.»

«Ich?» Eine wie lackiert aussehende Augenbraue schoß hoch. «Warum?»

«Sie haben keinen Bruder.»

«Ich hätte schwören können...» Sie zuckte mit den Schultern. «Vielleicht irre ich mich. Es muß eins von den lieben Kleinen von Mummys Liebhabern gewesen sein. Sie hatte einfach Dutzende. Ich wurde immer übergangen...» Sein Kopf bewegte sich hin und her. Auch nicht gut, nein. «Lesen Sie?»

Mit Pokergesicht sagte er: «Nein. Die sind alle hohl. Nur Attrappen.»

Vergeblich bemühte sie sich, nicht zu lächeln. «Wenigstens haben Sie Humor.» Ihr Blick durchkämmte die Buchreihen. «Mehr oder weniger.»

«Sehen Sie, Lady Cray, wir wissen alle ganz genau, daß Sie nicht wirklich eine Kleptomanin sind, obwohl Ihre Familie offensichtlich der Meinung ist.»

«Familie? Die wagen es, sich selbst so zu nennen? Mein einfältiger, knickeriger Schwiegersohn und meine ewig jammernde Tochter?»

Er lehnte sich zurück. «Sind wir jetzt etwa bei einer Wahrheit angelangt?»

Was sagte er da? Und warum machte er sich Notizen? «Offensichtlich haben Sie *nicht* mit meinem Enkel gesprochen. Andrew.» Sie spürte, wie sie strahlte; das Blut floß schneller in ihrem schmalen Körper. «Er ist der einzige, der was taugt. Wissen Sie, auch wenn Andrew doppelt so alt ist wie Alex Holdsworth, die beiden würden sich garantiert blendend verstehen.» Er hatte aufgehört, sich Notizen zu machen. Oder was immer er da kritzelte.

Er sah sie unter seinen dichten Augenbrauen hervor an. «Mittlerweile kennen Sie Adam ganz gut, oder?»

«Da horte ich das Diebesgut. In seinem Zimmer.» Kritzel, kritzel.

Schweigen. Hatte Sie einen Nerv getroffen?

«Sie wollen nur deshalb hier sein, weil Sie es nicht ertragen, bei Ihrer Tochter zu wohnen. Aber das müßten Sie doch gar nicht. Offensichtlich sind Sie unabhängig. Sie sind reich. Gold, Seide und reines Kaschmir.» Er deutete mit dem Kopf auf ihr Kostüm.

«Von unreinem Kaschmir habe ich noch nie gehört, aber ich freue mich, daß Ihnen meine Aufmachung gefällt.» Sie sah auf ihre Bluse, ihr federleichtes Kostüm. Es war *hinreißend*. «Meine Tochter und ihr Mann stellen es immer so dar, daß *ich* bei *ihnen* wohne. Dabei ist es umgekehrt. Es ist *mein* Haus, obwohl ich eine eigene Wohnung darin habe, einen separaten Eingang, alles separat.» Sie seufzte. «Es war schön, solange

Andrew bei ihnen wohnte. Aber er ist ausgezogen, und da war Schluß mit lustig. Eine Freundin hat mir Broschüren von Altersheimen, Pflegeheimen, Nervenkliniken gezeigt.» Sie rauchte und lächelte. «Das scheint hier eine Kombination von allen dreien zu sein.»

Er legte die Zigarre hin und blätterte eine andere Seite in Ihrer Akte auf. «Sie sind verhaftet worden, und zwar ... mal sehen –»

«Dreimal. Das kann *ich* Ihnen sagen. Was für interessante Leckerbissen hat Ihre Dr. Viner denn noch mit hineingenommen, nachdem sie mich durchleuchtet hat?»

Wieder ignorierte er ihre Frage. «Mrs. Barrister behauptet, Sie hätten den Kerzenständer von ihrem Tisch im Eßzimmer genommen.» Er kaute auf den Lippen.

«Ach, du *meine* Güte. Jetzt bin wohl immer ich schuld, wenn etwas verlorengeht. Warum sollte ich mir die Mühe machen, einen Kerzenständer mitzunehmen?»

«Warum sollten Sie sich die Mühe machen, ein silbernes Besteck mitzunehmen?» Er sah sie aus unschuldigen Kulleraugen erstaunt an.

«Mrs. Barrister *dürfte* gar keine Kerze auf dem Tisch haben. Adam hat gesagt, sie hat ihr Haar sogar einmal angezündet. Sah aus wie der brennende Busch, hat er gesagt.»

«Lady Cray, wir können nicht zulassen, daß unsere Gäste sich ständig darüber beklagen müssen, daß ihnen etwas abhanden kommt.»

«‹Gäste› Die meisten sind völlig meschugge. Sehen Sie doch nur mal aus dem Fenster. Der Pfarrer prügelt schon wieder die Rosenbüsche zu Tode.»

Kingsley schüttelte den Kopf, erhob sich, ging zum Fenster und beobachtete den alten Herrn bei seiner Metzelei. Lady Crays Hand schnellte hervor und ließ das Feuerzeug in ihre Tasche gleiten. Kingsley drehte sich um. «Zugegebenermaßen sind manche recht alt und nicht mehr im Vollbesitz ihrer geistigen Kräfte.»

«Übergeschnappt, gaga, total durch den Wind. Nennen Sie das Kind doch beim Namen!»

«Das gilt aber nur für einzelne.»

«Na gut, da stimme ich Ihnen zu. Die meisten sind vollkommen zivilisiert und einigermaßen vernünftig. Warum haben Sie Bücherattrappen?» Sie drehte sich um und deutete auf die Bücherborde zur Linken.

«Ihnen entgeht aber auch nichts, was?» Kingsley ging hin, zog ein «Buch» heraus und nahm eine Flasche kostbaren Lindisfarne-Met aus dem hohlen Innern.

«Ihr Privatvorrat! Wie wunderbar! Ich könnte eine kleine Stärkung gebrauchen.»

«Nein.»

«Wie langweilig. Sie sind schlimmer als die Polizei. Kein Alkohol im Dienst.» Sein Kopf, fand sie, schnellte recht fix hoch, als sie die Polizei erwähnte. Das war interessant. Aber er sagte nichts, sondern beugte sich nur über seinen Terminkalender.

«Paßt es Ihnen um zehn?»

«Kommt darauf an. Worum geht's denn?»

«Wahrscheinlich wird es schwierig, da Sie wieder nicht kooperieren werden, aber ich bin gut, wissen Sie. Ich könnte Ihnen helfen. Ich fürchte, daß Sie Ihre kleine Krankheit ein bißchen zu sehr genießen.» Er beobachtete sie lächelnd über seine zusammengelegten Fingerspitzen hinweg.

Nach außen hin lächelte sie auch. Innerlich schauderte es sie. Es stimmte nicht, was er sagte. Zumindest nicht, was die Dinge betraf, die sie zwanghaft mitnahm. Die Pralinen und die Bänder. Besonders rote Bänder. Um seinem Blick auszuweichen, ließ sie ihren wieder über die endlosen Bücherreihen schweifen.

Das da, hinter ihm. Stand einzeln drei Regale über dem Bord, auf das er gerade das schnapsgefüllte Buch zurückgestellt hatte. Dr. Kingsleys Augen waren ziemlich schlecht; sie wußte auch, daß er eitel sein mußte, denn seine Brille – mit Bifokalgläsern – lag auf dem Schreibtisch. Auch dieses Buch hatte einen unechten Rücken, und darin war ein Lesebändchen, eins, das man in besonders schönen alten Exemplaren sieht. Sie konnte es deutlich sehen. Es war blutrot.

«Wissen Sie, lieber Dr. Kingsley, ich glaube, es wäre sogar besser, wenn ich Sie heute noch einmal sehen könnte.»

Vollkommen verblüfft sah er auf.

«Wenn Sie eine freie Stunde haben. Gegen drei, vier? Ich habe das Gefühl, daß wir ganz gut miteinander auskommen.» Sie hoffte, daß ihr Grübchen zu sehen war.

«Ich bin erstaunt, aber ja. Um drei?»

«Wunderbar.»

Sie sah zu, wie er sich die Zigarre wieder in den Mund steckte und das schwarze Feuerzeug suchte.

«Oh, wenn Sie gestatten wollen. Ich habe meins gefunden.»

Sie lehnte sich vor, um ihm Feuer zu geben, und er bedankte sich.

29

ALEX SPRACH IN DEN TELEFONHÖRER, als riefe er seinem Wettkumpel etwas zu, und als Hawkes antwortete, bat er ihn darum, mit Mr. Melrose Plant sprechen zu dürfen.

«Es ist Ihr Anwalt, Mr. Plant», sagte Hawkes, ohne Mr. Plant, den er in der Bibliothek fand, direkt anzusehen.

Tief über seine Karteikarten gebeugt, saß Melrose da und blickte über seine goldgerahmte Brille. «Mein Anwalt? Das muß ein Mißverständnis sein.» Hatten kurzsichtige, bucklige Bibliothekare, die an der Armutsgrenze lebten, Anwälte?

Hawkes wiederholte die Nachricht so betont gelangweilt wie möglich und fügte hämisch hinzu: «Sie können ja in der Küche telefonieren.»

Warum, fragte sich Melrose, sollte Simon Ledbetter ihn *hier* anrufen? Als er durch das Eßzimmer zur Küche ging, dachte er auf einmal: Agatha. Sie hat es geschafft, wegen meines Testaments bis zur Kanzlei vorzudringen.

Aber die Stimme am anderen Ende war nicht die von Ledbetter.

«Hören Sie zu», sagte Alex, «und sagen Sie nichts.»

Mrs. Callow und Hawkes standen mit gespitzten Ohren da, gaben sich dabei aber betont gleichgültig. «Mr. Ledbetter? Wir haben ja jahrelang nichts mehr voneinander gehört. Na ja, kaum noch was zu besprechen, nicht wahr, jetzt, wo das Geld weg ist.» Melrose lachte schwach.

«Hört jemand zu?»

«Offensichtlich. Wissen Sie, ich befinde mich in einer ziemlich schwierigen Lage.»

«Dann hören Sie einfach nur zu. Es war Dr. Kingsley. Maurice Kingsley. Sie kennen ihn nicht. Er war der Mann auf der Bank. Sie wissen schon, vor Mums –»

Die Stimme brach und verlor sich dann.

Melrose fiel auch nichts ein, was er sagen sollte. Noch ein Verdächtiger, ein *echter*, kein aus dem Hut gezauberter. Ein Mann, der am Ort des Verbrechens gewesen war, was Alex bezeugen konnte. «Rufen Sie, äh, von Ihrem Büro aus an, Mr. Ledbetter?» Das war dumm. Von wo aus sollte ein

Rechtsanwalt schon anrufen? Aus einer Telefonzelle? Hawkes gaffte ihn unverhohlen an.

«Aus dem Castle. Aus Großvaters Zimmer. Sie werden ihn heute abend treffen.»

Dann war die Leitung tot.

Wen treffen? Kingsley? Adam?

«Alles neu aufgesetzt und fertig? Fein... Nein, zu diesen Papieren kann ich Ihnen wirklich nichts sagen... Ja, tut mir leid.» Er legte auf und dachte nach.

Unter Hawkes' dreisten Blicken war es unmöglich, zu telefonieren, und erst recht nicht, ein Ferngespräch nach London zu führen, obwohl ihm mehrere klug verschlüsselte Gespräche durch den Kopf rasten. Und jeder Anruf von Tarn House mußte da getätigt werden, wo man Mrs. Callow im Blick behalten konnte, denn Millie hatte ihm verraten, daß sie den Hörer abnahm, wenn sie eines der roten Schlangenaugen an den Telefonen blinken sah.

Die neue Information mußte er in seinen getippten Bericht aufnehmen, den er bald zu dem Faxgerät in der Post bringen würde.

Madeline studierte das Gemälde im Tageslicht am Fenster.

Als Melrose aus der Küche in die Bibliothek zurückkam (wo er vor den teilweise leeren Regalen Bücher aufgestapelt hatte, um harte Arbeit vorzutäuschen), fuhr sie auf.

«Ach! Ich habe Sie gar nicht gehört.» Das Aquarell glitt ihr aus der Hand und schwebte zu Boden wie eine große Feder. Sie hob es auf und legte es zurück auf den Tisch.

«Ich habe es von Francis, falls Sie sich wundern.»

«Gewundert habe ich mich eigentlich gerade über gar nichts. Ich bin überrascht, daß er so etwas in seinem Besitz hatte; er haßt diesen Stil.»

«Ach, es war nicht einfach nur ‹in seinem Besitz›; er hat es gemalt.»

«Francis?» Sie schien wirklich überrascht.

«An dem Tag, als Mrs. Holdsworth gestorben ist, am Tag ihres Sturzes.» Melrose war zu seinem Stuhl am Schreibtisch gegangen, um sich neben sie zu stellen. Madeline war sehr angespannt, sie hatte die Hände hinter dem Rücken verschränkt und betrachtete die Ansicht von Scafell gegen Wasdale Head und Wast Water. Er wollte gerade noch mehr dazu sagen, besann sich dann aber eines besseren. Er wollte nicht als Vertrauter von Francis Fellowes erscheinen, nachdem er noch nicht einmal eine Woche hier war. Er überließ das Reden Madeline. War ohnehin besser.

Er fand es komisch, daß ihre Nähe – ihre Schulter berührte ihn, ihre Hüfte streifte seine fast – keine Reaktion in ihm hervorrief, keine Wärme, nicht das leiseste Kribbeln oder ein Gefühl von Erregung. Und sie war keine unattraktive Frau mit diesen Mandelaugen und dem federleichten, weichen Haar, das ihr Gesicht umrahmte. «Er hat gesagt, daß er mit ihr zusammen war. Daß er und Virginia Holdsworth zusammen den Scafell hochgegangen sind.»

«Ja. Francis wurde ausgiebig verhört. Man hätte meinen können, er habe womöglich was damit zu tun. Aber ich nehme an, es war nur, weil er am Schauplatz war.»

Wenn ihre Schwester nicht gekommen wäre, hätte Madeline vielleicht Graham Holdsworth geheiratet. Und sie war geblieben, während (dachte Melrose) eine andere Frau den Schauplatz einer solchen Demütigung fluchtartig verlassen hätte.

«Sind Sie schon mal hochgeklettert?»

Madelines Gesicht wurde rosig, und gleichzeitig zeigte sich auf ihrem Nasenrücken dieser verräterische weiße Streifen. Weißglut. Seinetwegen? Wegen ihrer Schwester?

Sie sagte nur: «Alex ist wieder da.»
Wegen Alex.

«Alex ist wieder da.»

So wie sich Gesichter in Filmen manchmal übereinanderschieben und ineinander verschwimmen, war Genevieve in der Bibliothek vor Madeline geglitten und verkündete nun dieselbe Neuigkeit.

Schlechte Neuigkeiten. Wie sehr sie auch versuchte, ihre Mimik unter Kontrolle zu halten, ihre Augen sprühten Feuer, das Lächeln wirkte wie festgenäht und verschwand bald, als sie vom Rosenholzcouchtisch zum Chippendalebüfett ging, ihre Modezeitschriften aufnahm, sie hastig durchblätterte und wieder hinwarf. Ohne sich darum zu scheren, was sie für einen Eindruck auf Melrose machte (vermutete dieser), legte sie die Hände mit den rosalackierten Nägeln auf die Ärmel ihrer Seidenbluse, tappte mit dem Fuß und starrte aus der Verandatür.

«Das ist ja wunderbar», sagte Melrose und hoffte, daß er sich dieser Situation angemessen verhielt, die bisher offenbar für niemanden ein Anlaß zum Feiern war.

«Crabbe ist in Keswick; George weiß es auch noch nicht. Er ist mit den Hunden draußen.»

Es klang, als hätte George dem Jungen die Hunde auf den Hals gehetzt, wenn er es gewußt hätte.

«Natürlich ist Alex zuerst zu Adam nach Castle Howe gegangen.»

Es sah aus, als würde sie den Harrods-Katalog gleich in Stücke reißen. Melrose unterdrückte ein Lächeln. Sie führte sich auf, als würde sie ihre Kataloge in Zukunft nur noch ansehen können, ohne gleich alles aufzukaufen. Es war fast so, wie wenn Marshall Trueblood sich die neueste Armani-Kollektion fortan an die Wände heften müßte, anstatt sie sich selbst anzulegen.

«Adam und zwei, drei weitere Leute kommen zum Abendessen.» Sie hatte den Kopf immer noch über ihr Hochglanzmagazin gebeugt. Schließlich warf sie es hin, und es glitt vom Tisch. Sie machte sich nicht die Mühe, es aufzuheben. Dazu waren andere da. «Cocktails um sieben, Dinner um acht.» Sie wirbelte herum, ging zur Tür und drehte sich da noch einmal um: «Eine Party für Alex.»

Melrose starrte auf die Tür, Genevieve hatte sie fast zugeknallt.

Alex. Alles drehte sich nur um Alex. Unsinnig, Adam abzumurksen; er war sowieso ein alter Mann. Um an Adams Millionen zu kommen, mußte man die Hürde Alex nehmen.

Melrose sah auf das Scafell-Gemälde. Es wäre etwa genauso leicht, wie über die Hürde Broad Stand nach Mickledore zu gelangen.

30

«Ich sehe nicht ein, warum Hawkes uns abholen soll», sagte Adam. Diese Klage wiederholte er in allen möglichen Varianten, während er erfolglos versuchte, seine schwarze Krawatte zu binden.

«Hören Sie auf zu quengeln.» Lady Cray saß in dem Sessel neben dem Fenster, in einem Abendkleid, das diese merkwürdige Farbe von Waterford-Kristall hatte, ein tiefes Graublau, ein beinahe unsichtbarer Farbton. Das Kleid war schlicht und gerade geschnitten. Als einziges Schmuckstück trug sie einen quadratisch geschliffenen Diamanten, der fast dieselbe Farbe wie das Kleid hatte. Das Ensemble ließ ihre funkelnden Augen mit den großen Pupillen noch leuchtender erscheinen. Mit den Fingern trommelte sie auf ihre Abendtasche, die natürlich auch zu dem Kleid paßte. Sie trommelte und trommelte, und es hätte wie ein richtiger Marsch geklungen, wenn das seidige Material das Klopfen nicht gedämpft hätte.

«Ich quengele ja gar nicht. Carstairs liefern genau um diese Zeit», Adam sah auf seine Nachttischuhr, «und von hier aus fahren sie genau an Tarn House vorbei nach Boone. Es wäre ein Kinderspiel, über die Laderampe reinzukommen, während der Fahrer im Haus ist.» Hier nickte er angestrengt in Richtung Küche. «Sie müssen nicht mal schieben. Das Ding hier läuft elektrisch, schon vergessen?» Er klopfte liebevoll auf die Lehne des Rollstuhls.

«Und wie gedenken Sie, den Lieferwagen auf der Straße vor dem Haus zum *Halten* zu bringen?»

Er rückte seine Krawatte zurecht. «Ach, dann schlagen wir eben Krach», sagte er ungeduldig.

«Krach schlagen? Wie denn? Salatköpfe durch die Latten schmeißen? Kohlköpfe gegen das Fahrerhäuschen donnern? Hat er einen Anhänger, dieser Lieferwagen? Das wäre doch eine viel größere Herausforderung –»

«Halten Sie den Mund und helfen Sie mir mit dieser verdammten Krawatte.»

«Ich ziehe es vor, wie geplant in einem Daimler mit Chauffeur zu fahren.» Ihre Finger klopften wieder auf die Tasche.

«Angsthase.»

«Adam, ‹Krach zu schlagen› entbehrt jeglicher Raffinesse. Ich habe von Ihrem Ausflug in dem Wäschereiwagen gehört. Den hatten Sie offensichtlich auch bis zu seinem eher absurden Ende durchgeplant.»

Er rollte herum, um sie anzusehen, und gab seine sehr persönliche Variante eines Kicherns von sich. «Er hat mich aber nach Boone gebracht, oder etwa nicht? In den Old Contemptibles auch schon.» Er rollte wieder zurück, um erneut das Krawattenproblem anzugehen.

«Sie sind kein Gefangener. Sie könnten einfach durch die Haustür gehen.»

«Wer will das schon? Warum soll Maltings, das Fäßchen, sehen, wohin ich gehe. In dem schwarzen Kleid und mit dem Strickzeug erinnert sie mich an die Muttchen, die in *Herz der Finsternis* die Tür bewachen. Die beiden ergäben ein gutes Team: Kojak und Kurtz. Na, *das* wär ein Abenteuer für Sie gewesen. Würden Sie nicht gern in einem kleinen Kahn den Amazonas hinunterfahren, so weit Sie könnten, und mit Kannibalen kämpfen?»

«Nein. Ich kann in den Swan gehen und mich mit den Touristen um mein Abendessen balgen.»

«Von Ihnen hätte ich eine größere Begeisterung für Abenteuer erwartet. Ist der jetzt in Ordnung so, dieser dämliche Schlips?»

Er saß schief. Ihr war es einerlei. Sie lächelte ihn im Spiegel an. «Ach, Sie meinen, ich fände keinen Geschmack daran?» Sie machte ihre Tasche auf, zog etwas heraus, das im Spiegel wie Papiertaschentücher aussah, und warf es ihm direkt in den Schoß.

«Was zum Teufel ist das?»

Sie seufzte. «Du liebe Güte, wie sieht es denn aus?»

«Wie Briefe.»

«Dumm sind Sie nicht.»

Er vergaß die Krawatte und rollte zu ihr hinüber. «Sie sind an *Jane*.» Er sah sie an, sein Kiefer mahlte. «Gott im Himmel, woher haben Sie Briefe an Jane?»

Mit ihrer neuen Errungenschaft, dem schwarzen Feuerzeug, zündete sie sich eine Black Russian an. «Vom Himmel gefallen sind sie nicht. Aus Dr. Kingsleys Regalen. Aus einem ausgehöhlten Buch. Einer Attrappe. Er hat mehrere, in denen er seinen Schnaps aufbewahrt.»

Da blieb Adam nur noch, dumm aus der Wäsche zu gucken und seinen Blick von ihr zu dem kleinen Bündel Briefe wandern zu lassen, die mit einer großen Büroklammer zusammengehalten wurden. Und den Kopf zu schütteln. Und zu stottern. «Äh... aber... und? Haben Sie sie gelesen?»

Ihre Augen weiteten sich. «Mitnichten. Ich mag Kleptomanin sein, aber ich stecke meine Nase nicht in fremder Leute Angelegenheiten.» Sie ließ die Tasche zuschnappen. «Ich finde es ungehörig, herumzuschnüffeln.» Sie zog eine Augenbraue hoch. «Und außerdem bin ich froh, daß Sie Ihr Gebiß drin haben, denn Ihr Mund steht offen. Machen Sie ihn bitte zu.» Sie drückte ihre Zigarette aus.

«Wie?» quiekste er. «Wie haben Sie die in seinem Büro gefunden? Warum haben Sie seine Sachen durchsucht?»

Sie seufzte gereizt. «Adam, ich durchsuche niemandes Sachen. Sie erinnern sich, daß ich heute morgen einen Termin mit ihm hatte? Ja. Gut, dabei habe ich – etwas – erspäht. Als er mir sagte, er wolle mich morgen um zehn wiedersehen, war ich nur allzu bereit dazu, schlug aber vor, sofort zu beginnen, heute nachmittag. Während dieses zweiten Termins habe ich es geschafft, an das hohle Buch zu kommen. Ach, was soll's? Es war nicht raffinierter als Ihr Wäschereiwagentrip.»

«Und? Was haben Sie ‹erspäht›?»

Sie sah auf ihren Armreif, in dem eine kleine Uhr verborgen war. «Muß der Daimler nicht jeden Moment kommen?»

«Sie können ja wohl nicht durch Buchrücken hindurchsehen. Ich glaube jedenfalls kaum, daß Sie Röntgenaugen haben. Woher wußten Sie es also?»

Von weitem hörten sie Schritte. «Da kommt wahrscheinlich Mrs. Colin-Jackson, um –»

«Lassen Sie doch mal Kojak aus dem Spiel. Wie also?»

«Sie waren zusammengebunden.»

Er lehnte sich vor und wartete.

«Na, gut. Sie kriegen die Briefe, aber ich», sie öffnete ihre Handtasche wieder, «kriege das hier!» Es war ein Stück schmales rotes Band, mit einem Knick an den Stellen, wo es einmal um ein Päckchen gebunden gewesen war.

Wieder sperrte er den Mund auf. Er starrte auf das Band, das sich um ihren Finger rollte und herunterbaumelte. An der Tür erklang ein kräftiges Klopfen.

«Tun Sie sie weg», sagte Lady Cray. «In eine Schublade, irgendwohin –»

«Verdammt, nein. Ich werde sie doch nicht hierlassen.» Er warf ihr das Bündel wieder zu. «In Ihre Tasche. Schnell!» Er räusperte sich. «Herein!»

Mrs. Colin-Jackson öffnete die Tür, steckte ihr rotes Gesicht hinein, schenkte ihnen ein breites Lächeln und sagte: «Das Auto ist da!» Diese Ankündigung war so ginumnebelt, wie ihr Mund lippenstiftverschmiert war.

Die Briefe waren in der Tasche verstaut, der Rollstuhl zeigte abfahrbereit in Richtung Tür, und Adam Holdsworth und Lady Cray folgten einer schwankenden Mrs. Colin-Jackson den teppichbelegten Flur entlang durch das prächtige Ambiente von Castle Howe, vorbei an dem wedgewoodblauen Eßzimmer, den in satten Farben gestrichenen Wänden, den Antiquitäten und den Gemälden.

31

Es war Alex' Abend.

Er war die Hauptperson. Aber glücklicherweise waren sich einige der Gäste bewußt, daß der Junge nicht als «verlorener Sohn» zurückgekommen war. Und daß die üppigen Speisen, die aufgetischt wurden, eigentlich der Leichenschmaus waren, obwohl die Beerdigung noch bevorstand.

Die Cocktails hatte man in der Bibliothek eingenommen, wo Crabbe Holdsworth sich über Southey und Konsorten ausließ. Die Unordnung – Bücher, die in Stapeln auf dem Boden herumlagen – schien sein Verlangen, über die Lake-Dichter zu monologisieren, nur anzuheizen.

Hawkes hatte Platten köstlichster Spießchen mit Austern und Kalbsbries hereingetragen. Crabbe Holdsworth schien süchtig nach Austern zu sein. Melrose erinnerte sich an die vielen dicken Muscheln in der herrlichen Hammel-Austern-Pastete, die es neulich gegeben hatte. Wenn Millie so weitermachte, würde sie eines Tages Chef de la cuisine im Dorchester oder Ritz sein.

Melrose fragte sich, wer den Wein ausgesucht hatte. Es hätte ihn nicht im geringsten überrascht, wenn auch das Millies Aufgabe gewesen wäre. Aber anscheinend war der Schlüssel zum Keller in Hawkes' großen Händen, und er wählte selbst aus oder folgte Genevieves Anweisungen. Es gab drei Weingläser – eins für den weißen, eins für den roten, eins für den Dessertwein –, die auf ein richtiges Diner hinwiesen, was es ja dann auch wurde, obwohl die Zusammenstellung der Gerichte ungewöhnlich war. Sie wurden mit allem verwöhnt, was einst geschwommen, gehüpft oder geflogen war.

Als Vorspeise gab es eingelegte Silloth-Garnelen, sodann

eine Wildmousse, die so locker war, daß sie einem auf der Zunge zerging. George Holdsworth versicherte ihnen, daß der Fasan ein paar Wochen abgehangen, die Ente erst gestern vom Himmel geschossen und dem Perlhuhn heute morgen der Hals umgedreht worden war (so tönte er jedenfalls). Die Mousse spülten sie mit einem superben Chablis Grand Cru hinunter.

Jetzt lauschten sie beim Hasenragout der Geschichte über die Pirsch auf das listige Tier. Den Großteil dieses Berichts verpaßte Melrose nur allzugern, um sich voll auf den Château zu konzentrieren, der zu diesem Gang kredenzt wurde. Es war ein 55er Château Lafite-Rothschild. Wenn das kein Beweis für die Erlesenheit der Holdsworthschen Weinbestände war! George wurde höfliche Aufmerksamkeit gezollt, sein Jägerlatein sogar mit Erleichterung aufgenommen. Kingsley und Fellowes waren schon halb betrunken angekommen; Kingsley wurde betrunkener, Fellowes nüchterner.

Madeline saß aufmerksam und ruhig neben Melrose. Eher gelangweilt beteiligte sie sich an der Unterhaltung über Crabbes Buch.

Die Sitzordnung hatte Genevieve vor einige Probleme gestellt, weil mehr Männer als Frauen geladen waren. Sie war aber so vernünftig gewesen, Alex neben seinen Urgroßvater zu setzen, dessen Rollstuhl strategisch günstig zu ihrer Rechten plaziert war. Aber es gelang ihr nicht, Alex oder Adam ins Gespräch zu ziehen, und mit Adams Freundin Lady Cray, die entschlossen schien, den Mund zu halten und nur zuzuhören, erging es ihr auch nicht besser.

Adam Holdsworths Freundin faszinierte Melrose. Sie war einfach eine ganz besondere – und geheimnisvolle – Frau. Sie war elegant und extrem intelligent, dafür sprach, daß sie es vorzog, in fremder Gesellschaft zu schweigen. Sie pflegte sich auf eigentümliche Weise den Arm über die Brust zu legen, so daß die Hand leicht über die Schulter fiel. Als gebe sie einem Boten Informationen nach hinten, der sie dann wegzauberte. Im Licht der Kandelaber konnte Melrose das Glitzern ihrer Augen und die pechschwarzen Perlen ihrer Pupillen kaum sehen. Dennoch hatte er das Gefühl, daß sie ihn mit ihren Blicken zu durchbohren schien. Sie schaute abwechselnd zu ihm hin und wieder weg. Er konnte sich des Eindrucks nicht erwehren, daß sie (ebenso wie Millie) wußte, daß er nicht der war, der er zu sein vorgab.

Zu seiner Überraschung war ihm der Platz links von Genevieve zugewiesen worden, ihm, dem bebrillten Bibliothekar mit dem steifen Hals. Beim Mousse begriff er, daß sie ihn zwar nicht umwerfend attraktiv, aber als Neuling zumindest interessant fand. Als nächstes fiel ihm auf, daß auch Genevieve ihm auf der Spur sein mußte, denn sie hatte seinen Wolle-Seiden-Anzug wiederholt eingehend gemustert. Man konnte das Schildchen aus dem Armani nehmen, aber man konnte die Handschrift Armanis nicht aus einem Armani nehmen, und Genevieve Holdsworth war alles andere als blind gegenüber Mode. Ihr cremefarbenes Abendkleid aus Viskose war auch nicht von der Stange, soviel war sicher. Warum hatte er geglaubt, der Norden sei das Land der Vogelscheuchen, ein Ort, wo die Frauen nur Musselin und Regenmäntel und Gummistiefel kannten? Oder wo man einen leger geschnittenen Anzug einfach für ausgebeult hielt? Was war er nur für ein mieser Schnüffler.

An der Sitzordnung störte ihn nur, daß Dr. Helen Viner ganz am anderen Ende des Tisches neben Crabbe Holdsworth saß. Die beiden hatten ein interessantes Gespräch über den künstlerischen Schaffensprozeß (ein Abfallprodukt von Crabbes kurzem Kommentar über «Kubla Khan») geführt, dem Melrose mit halbem Ohr zugehört hatte, weil er zu sehr damit beschäftigt gewesen war, herauszufinden, was ihn an ihr so anzog. Genevieve war erotischer, Madeline hübscher. Aber Dr. Viner gehörte zu den seltenen Menschen, bei denen man sofort das Gefühl hatte, man kenne sie – auf den ersten Blick oder bei der ersten Berührung, es war, als begegnete man einem alten Freund.

Auf eine merkwürdige Weise war sie das ja auch, denn Alex hatte Melrose von seinem Gespräch mit ihr im Irrgarten erzählt. Daß er, Alex, ein ungutes Gefühl gehabt hatte, als sie weggegangen war. Dachte Alex, sie hätte ihn *angelogen*? Nein. Na gut, hätte doch aber sein können, oder nicht? Worüber hatten sie gesprochen außer über die (für Alex absurde) Idee, daß sie verdächtig sein könnte, und über seinen Traum? Sie hatte ein Alibi, hatte Melrose Alex erzählt. Tatsächlich war sie die *einzige*, die wirklich eins hatte.

Melrose konnte verstehen, daß Alex sich zu Helen Viner hingezogen fühlte. Ihm ging es ja genauso. Sie war außergewöhnlich offen; sie war aufnahmebereit, ein Mensch, dem man seine Gedanken anvertrauen konnte, ohne befürchten zu müssen, daß auf einen herabgesehen wurde; sie vermittelte einem nie das Gefühl, man solle mehr oder weniger oder anders sein. Die Wendung «ideale Mutter» fiel ihm ein, was ihm einen gehörigen Schock versetzte. Wie ein verspäteter Schock fühlte es sich an. Sie erinnerte ihn an seine eigene Mutter, und er schämte sich. Aber als er hinübersah und Alex' Blick begegnete, schwand das Gefühl, und die Röte wich aus seinem Gesicht. Und Millie war auch noch da. Er wurde zornig bei dem Gedanken, daß jemand ihnen einen solchen Verlust zugefügt hatte.

Das hauchzarte Weinglas zerbrach.

Er hatte das Glas und den Stiel so fest umklammert, daß der Stiel abgebrochen war und ihm in zwei Fingern einen glatten, wenn auch nicht sehr tiefen Schnitt verpaßt hatte. So etwas war ihm noch nie im Leben passiert; er lachte, erwiderte mehreren besorgten Stimmen, es sei nicht so schlimm, und wickelte sich seine Serviette um die Finger; Hawkes wurde losgeschickt, um Pflaster zu holen; der gute alte George bellte quer über den Tisch, daß kein Tropfen Wein verschüttet worden sei – das war also seine Hauptsorge.

Sah irgend jemand außer Melrose, daß Lady Cray kreidebleich geworden war? Als ob sie alles hautnah mitfühlte, krallte sie ihre Finger so fest in den Saum des Tischtuchs, als wolle sie alles darauf Befindliche auf ihren Schoß und dann auf den Boden ziehen. Sie brauchte fast fünf Sekunden, um ihre Fassung vollständig wiederzuerlangen. Erst dann kehrte die Farbe in ihre Wangen zurück, die Hand fuhr wieder quer über die Brust und ruhte auf der Schulter, um auch diese Botschaft der Vergangenheit zu übergeben.

Melrose sah, daß Helen Viner ihn anschaute, und trotz der Entfernung zwischen ihnen verstand er, was sie ihm sagen wollte. *Machen Sie sich nichts daraus. Das kann jedem passieren.*

Obwohl zwei Ärzte anwesend waren, genoß Genevieve es, die Krankenschwester zu spielen und ihm das Pflaster aufzukleben. Es war kaum Blut geflossen, die Schnitte waren schon fast nicht mehr zu sehen. Der kleine Unfall war vergessen, und bei Zitronensoufflé und Sauternes wurde wieder Konversation gemacht.

Aber obwohl es ein ganz normales Tischgespräch zu sein schien – während der gesamten Mahlzeit hatte unterschwellig eine allumfassende Furcht geherrscht. Nicht einmal das halbe Dutzend Flaschen Wein, das sie geleert hatten, lockerte die Anspannung am Tisch.

Melrose bemerkte, daß jeder jeden beobachtete. Nur Crabbe und George fanden sich selbst interessanter als die anderen. Immer wenn Kingsley, Genevieve, Madeline, Helen

Viner, Fellowes – und besonders Adam und Alex – eine Bemerkung machten, spürte Melrose eine bebende Nervosität, als sei ein ungestümer kleiner Funken von einem brennenden Scheit auf den Teppich gefallen und hätte sie alle entzündet und als bedürfe es einer weiteren Anekdote von George oder Crabbe, um das Feuer zu löschen.

Natürlich wurden viele Nichtigkeiten ausgetauscht, um von der Tatsache abzulenken, die allen auf der Seele lag; sie waren zu elft, eine ungerade Zahl; sie hätten zwölf sein sollen; Jane hätte dasein müssen.

Wenn er den Blick von Alex zu Adam und dann zu Lady Cray schweifen ließ, erwiderten sie ihn. Ganz, ganz leicht nickten sie. Melrose hätte schwören können, daß die drei in heimlichem Einverständnis miteinander standen.

Banquos Geist konnte jeden Moment erscheinen und das Kartenhaus zum Einstürzen bringen.

Nach dem Essen, im Salon, mußte er sie nicht erst von Kaffee, Portwein und Walnüssen loseisen. Helen Viner kam zu ihm, zu seinem großen Glück, wie er fand.

Sie stellte es sehr geschickt an, bewegte sich von Francis Fellowes zum alten Adam und tauchte dann «zufällig» neben Melrose auf. Er hätte es nicht als «geschickt» bezeichnet, wenn ihm nicht aufgefallen wäre, daß Lady Cray Dr. Viners Bewegungen verfolgt hätte. Und seine. Obwohl es so aussah, als höre sie Madeline Galloway zu, beobachtete sie sie, während sie sich mit einem schwarzen Feuerzeug eine Zigarette anzündete.

«Mr. Plant, können wir uns einen Moment unterhalten?» Helen Viner hatte ein zauberhaftes Lächeln.

Er wäre ihr gern behilflich gewesen, stellte jedoch fest, daß sie durchaus imstande war, das Gespräch selbst zu beginnen. Sie schlug sogar vor, ein wenig spazierenzugehen. «Sie brauchen eine Jacke», sagte er.

«Ich brauche nichts.»

Er fragte sich, ob sie immer so knapp und vieldeutig sprach. Vielleicht hatte ihre Arbeit als Psychiaterin, die ständige Bereitschaft, zuzuhören, dazu geführt, daß sie ihre eigene Sprechweise verknappte.

Es gab keine Veranda, nur ein paar Stufen, die von der Tür ins nasse Gras führten. Ihre Füße verschwanden in dem Bodennebel, als sie über den unkrautüberwucherten Pfad zu den Hundezwingern gingen.

«Es ist wegen Alex», sagte sie.

«Aha? Was ist mit ihm? Das mit dem Selbstmord seiner Mutter ist tragisch, aber er geht bemerkenswert gut damit um.»

«Ja. Vielleicht zu gut. Er ist erst sechzehn. Ich bin sicher, er ist überzeugt, daß seine Mutter ermordet wurde.»

Melrose gab die angebrachten Laute des Erstaunens von sich.

«Oh, aber Sie wissen doch bestimmt, daß die Polizei hier war und Fragen gestellt hat. Wie dem auch sei, für Alex ist es besonders schrecklich. Wegen seines Vaters. Sein Vater hat sich auch umgebracht.» Er nickte und sie fragte: «Wußten Sie das?»

«Francis Fellowes hat es mir erzählt.»

Sie kuschelte sich enger in ihren Pullover. «O je, der ist ja ein schlimmeres Klatschmaul als die Stammgäste im Old Contemptibles.»

Melrose lachte. «Na, er ist ja schließlich *auch* Stammgast dort. Aber wieso Klatsch? Graham Holdsworth hat sich doch wirklich das Leben genommen – oder nicht?» Als sie sich den

Zwingern näherten, fingen die Hunde verschlafen an zu bellen. Dann war alles still. «Sehen Sie, ich verstehe nicht ganz, warum Sie mit *mir* reden. Ich glaube nicht, daß der Junge mit mir ein vertrauliches Gespräch über seine Mum führen will; ich habe ihn erst heute nachmittag kennengelernt.»

«Nein, das stimmt nicht», sagte sie so ruhig, als machte sie eine Äußerung zum Wetter.

«Wie bitte?» Wenn Alex es ihr erzählt hatte, wäre es Melrose lieb gewesen, wenn er ihm Bescheid gesagt hätte. Sie lehnten am Tor zum Innenhof. Melrose klappte seinen Jakkettkragen hoch und fragte sich zitternd, was zum Teufel hier vorging. Aber er sagte nichts.

«Als ich ihn heute morgen im Castle Howe getroffen habe, sagte er, er hätte zuerst einmal Adam sehen wollen. Aber er erwähnte, daß es in Tarn House einen neuen ‹Bibliothekar› gebe.» Sie lächelte und zeigte dabei ihre blitzendweißen Zähne. «Und außerdem haben Sie seine Mutter gerade als ‹Mum› bezeichnet. Normalerweise hätten Sie ‹Mutter› oder ‹Mummy› gesagt. Alex sagt nur ‹Mum›, um seine Großeltern zu ärgern, denn es ist ja wohl eher ein Unterschichtswort.»

«Sie hätten Detektivin werden sollen.»

«Oder Psychiaterin. Da gibt es einige Übereinstimmungen. Einerlei, Alex hat mir einen Traum erzählt, den er immer wieder träumt.» Sie zog wieder an ihrem Pullover und bewegte sich näher auf ihn zu. «Er sagte, er habe einem ‹Freund› von dem Traum erzählt. Da seine einzigen Freunde hier Millie und Adam sind, er die beiden mir gegenüber aber problemlos erwähnt hätte, vermute ich, daß Sie es waren.»

Melrose sah keinen Sinn, es abzustreiten. Er zog sein Jakkett aus und hängte es ihr über die Schultern. Über diese Geste schien sie so überrascht, daß er sich fragte, wann ihr zum letztenmal eine solche Aufmerksamkeit zuteil geworden war. «Reden Sie weiter.»

«Sie werden noch erfrieren –»

«Erzählen Sie weiter über Alex.» Als er sah, wie sie die Jackettärmel um sich zog, bedauerte er, daß seine Arme nicht mehr darin waren.

«Es ließ mir das Blut in den Adern gefrieren. Diese düstere Symbolik. Dieses Bild der Herzdame – an die er ‹festgeklebt› zu sein schien. Gut, man kann sich die Träume anderer nicht aneignen oder dem Träumenden erzählen, was sie bedeuten, trotzdem...» Sie schwieg.

«Sie meinen doch nicht, daß *Alex* suizidgefährdet ist?»

Sie hatte die Hände unter dem Kinn verschränkt und dachte nach. «Ich weiß nicht, vielleicht hilft ihm irgendeine Art von Therapie.»

«Bei Ihnen?»

«Nein!» Ihre Stimme klang laut durch den Abend. «Nicht bei mir. Das würde Alex eh nicht machen. Wichtig ist», sie sah Melrose scharf an, «daß er einen Freund hat. Ich weiß nicht genau, warum Sie hier sind, und es geht mich auch nichts an. Es ist mir egal –»

(*Das* hatte ihm gerade noch gefehlt.)

«– aber außer Adam hat er in dieser Familie niemanden, dem er vertraut. Adam kann ihn nicht beschützen. Er braucht jemanden, der zur Familie Holdsworth überhaupt keine Beziehung hat, jemanden, der nicht an Geld interessiert ist. In dieser Familie gibt es zu viele ‹Unfälle›, verdammt noch mal.»

«Sie glauben nicht, daß es Unfälle waren.»

Sie dachte ein wenig nach. «Grahams Tod war Selbstmord, das ist sicher. Er hat einen Abschiedsbrief hinterlassen...» Sie hielt inne. «Könnte ich eine Zigarette haben? Ich habe vor zwei Monaten aufgehört, aber ich glaube, jetzt ist es langsam mit meiner Willenskraft vorbei.»

Melrose gab ihr mit einem zerkratzten Aluminiumfeuerzeug, das er in der Schreibtischschublade gefunden hatte, Feuer. «Verflixt!» sagte sie, ballte die Hand zur Faust, hielt sie an die Wange und drehte sich von ihm weg. Plötzlich, aber nur ein paar Sekunden lang, flossen Tränen. Sie schnappte nach Luft. «Er war für kurze Zeit mein Patient. Das ist kein Geheimnis. Graham hat die Scheidung schwer zu schaffen gemacht.»

«Fühlen Sie sich schuldig?»

«Ich hätte es ahnen müssen. Es war nicht sein erster Selbstmordversuch; Jahre vorher hatte er schon mal versucht, sich die Pulsadern aufzuschneiden. Er war einfach ein selbstzerstörerischer Mensch. Trotzdem meine ich, ich hätte es verhindern können. Eins kann ich Ihnen sagen: Seine Beziehung mit Madeline ist an etwas anderem zerbrochen. Es lag nicht an Jane.» Sie rauchte in wütenden kleinen Zügen. «Diese Legende habe ich ganz besonders satt. Aber Madeline glaubt vermutlich daran.»

«Es hat wohl keinen Zweck, Sie zu fragen, woran es gelegen hat.»

Sie schüttelte den Kopf.

«Sie wissen, daß Sie womöglich Informationen haben, die der Polizei helfen würden.»

Wieder schüttelte sie den Kopf.

Melrose seufzte. «Ich will ja nicht unverschämt wirken –»

«Ich bin Unverschämtheiten gewöhnt.» Sie lachte. «Und Schlimmeres.»

«Sie haben gesagt, es habe in dieser Familie zu viele Unfälle gegeben. Aber die erste Mrs. Holdsworth –»

«Virginia? Die Polizei gab sich mit der Auffassung zufrieden, daß es ein Unfall war. Aber vielleicht hat Francis sie ja gestoßen.» Sie lächelte beinahe. «Ich kann mir aber andererseits nicht vorstellen, daß Francis etwas Gewalttätigeres tut, als von einer Leinwand zur anderen zu rennen.»

«Annie Thale.»

Helen sah ihn durch die Rauchspirale an. «Annie Thale war kein Mitglied dieser Familie.»

Einen Moment lang schwieg er. «Und Millie?»

Ihr Blick war mindestens so scharf wie der abgebrochene Stiel des Kristallglases. «Sie überlegen, ob Graham Annies Geliebter war und Millies Vater? Und ob sie über seinen Selbstmord so untröstlich war, daß sie diesen Ausweg wählte?»

«Offensichtlich haben Sie auch schon daran gedacht.»

«Nein. Die Polizei hat das gedacht. Aber es stimmt nicht.»

«Woher wollen Sie das so genau wissen?»

Sie warf die Zigarette in den Nebel. «Weil ich es eben weiß.» Sie seufzte. «Als Annie ‹stürzte›, und das so bald, nachdem sie ihn im Pförtnerhäuschen gefunden hatte, hm... wenn Sie zwei und zwei zusammenzählen, können Sie sich vorstellen, daß die Polizei auch da mißtrauisch wurde. Selbst auf die Gefahr hin, daß ich die ärztliche Schweigepflicht verletzt hätte, was soll's. Ich hätte nicht zugelassen, daß das Gerücht in Umlauf kam, und trotzdem war es in Umlauf. Wenn sie ein Verhältnis gehabt hätten, hätte ich es gewußt. Er redete über sie, ja. Sie fühlte sich von ihm erotisch angezogen, aber das war einseitig. Graham war ein rundum unglücklicher Mann, aber auch sehr anziehend. Er war freundlich und sanft und extrem durcheinander, weil er aus seiner Ehe herauswollte. Ich habe Ihnen nichts erzählt, was nicht schon alle wissen. Abgesehen von seiner Beziehung – oder besser Nichtbeziehung – mit Annie Thale. Und das ist wirklich eine Leerstelle! Nicht weil er mir nichts erzählt *hat*, sondern weil es da nichts zu erzählen gab. Ich *bin* eine verantwortungsbewußte Ärztin. Darauf habe ich mein Leben aufgebaut.»

«Sie müssen sich doch nicht rechtfertigen, jedenfalls nicht mir gegenüber.»

Sie schaute zu ihm hoch und schob sich eine Haarsträhne hinters Ohr. «Danke.»

«Vertrauen Sie Kingsley?»

Das schien sie wirklich zu überraschen. «Warum um alles in der Welt sollte ich ihm nicht vertrauen?»

Er lächelte und zuckte mit den Schultern. «Nur so.» Wußte sie, daß er nach London gefahren war? «War er mit Jane Holdsworth befreundet?»

Helen war verblüfft. «Ja. Warum?»

«Auch nur so.»

Wie um ihn zu verteidigen, sagte sie: «Maurice trinkt zuviel. Aber er ist ein sehr guter Arzt. Lassen Sie uns hineingehen, ja? Danke für das hier.» Sie ließ das Jackett von den Schultern gleiten und gab es ihm zurück.

Ein paar Augenblicke lang gingen sie schweigend nebeneinander her, dann fragte Melrose: «Glauben Sie, daß Alex recht hat?»

«Was den Tod seiner Mutter betrifft?»

Sie waren an den Stufen zur Verandatür angelangt. Melrose sah, daß Hawkes die Mäntel verteilte. «Ja. Daß es Mord war.»

«Wahrscheinlich war es das», sagte sie und trat ins Licht.

Darauf wollte er nichts mehr sagen.

«Es gab ja wirklich kaum Gelegenheit, Sie kurz zu sprechen, Mr. Plant», sagte Lady Cray. «Sie sind wirklich ein äußerst beliebter junger Mann.»

«Ich bin weder sonderlich beliebt noch jung, aber trotzdem vielen Dank. Mir ist aufgefallen, daß Sie mich den ganzen Abend nicht aus den Augen gelassen haben. War irgendwas Besonderes?»

Die Gäste zogen ihre Mäntel an, wollten eigentlich gehen, redeten sich aber noch einmal fest. Lady Cray war in einem zu dem Abendkleid passenden Cape auf ihn zugeflogen; sie war zum Aufbruch bereit, wollte aber vorher unbedingt noch mit ihm reden. Sie hatte sich bei ihm untergehakt und manövrierte ihn zum Kamin, den er nun im Rücken hatte, während sie frontal davorstand.

«Ja, also da ist in der Tat etwas sehr Besonderes.» Sie hustete ein paarmal und öffnete die Tasche, um nach einem Taschentuch zu suchen. «Ich kann meins nicht finden. Kann ich Ihres benutzen?»

Sie schaute immer wieder kurz nach oben und über seine Schulter. «Wie bitte? Sicher.»

«Danke schön.» Sie schlug das Taschentuch auf, fuhr damit in ihre Tasche, brachte schnell ein paar Papiere zum Vorschein und hob das Taschentuch zum Mund.

Melrose klappte der Kiefer herunter.

Sie lächelte. «Bitte, Mr. Plant. Lassen Sie sich nichts anmerken. Dr. Kingsley und Madeline Galloway starren genau zu uns herüber.»

«Wie –?» Und dann fiel ihm der große Spiegel über dem Kaminsims ein.

«Der Spiegel. Sie können uns sehen, aber keiner kann uns hören. Und tun Sie Ihr Taschentuch wieder in Ihre Jackettasche. Hübscher Anzug. Armani, nicht wahr?»

Er seufzte. «Ich bin wirklich ein hundsmiserabler Spion.»

«Ach, Sie machen es ganz gut. Ich hätte es nicht gemerkt, wenn Alex es nicht Adam und Adam es nicht mir erzählt hätte. So ist gut, gucken Sie weiterhin so, als wäre nichts geschehen.»

«Ist es so gut?»

«Ja, es sieht ganz natürlich aus. Lächeln können Sie, aber zeigen Sie ansonsten keine Reaktion! Ich habe Ihnen gerade fünf Briefe gegeben, die an Jane Holdsworth gerichtet sind. Bitte –» Sie ahnte, daß er eine Frage stellen würde. «Ich erkläre es später. Jetzt nur dies: Sie waren in Dr. Kingsleys Büro versteckt.»

«Sie verblüffen mich, Lady Cray.»

«Das verstehe ich; aber zeigen Sie es freundlicherweise nicht.» Wieder huschte ihr Blick zum Spiegel hoch. «Wir haben sie nicht gelesen.»

«‹Wir›?»

Ungeduldig sagte sie: «Adam und ich. Wir finden, sie sollten direkt zur Polizei.»

«Durch mich?»

«Durch Sie. Sie brauchen nicht ganz so dumm zu gucken. Stellen Sie nur keine Fragen, denn ich habe keine Zeit, sie zu beantworten. Gute Nacht, Mr. Plant.» Sie lächelte süß und streckte die Hand aus.

Er erwiderte ihr Lächeln, obwohl es ihm etwas schwerfiel. «Das ist ja zum Verrücktwerden, Lady Cray.»

«Genau das findet meine Familie auch.»

Er sah, wie sie Genevieve, die auf sie zukam, entgegenschritt, zum Abschied ein paar Dankesworte sagte und dann verschwand.

Dritter Teil

Bringt alle Rechtsanwälte um

32

Pete Apted, Queen's Counsel, saß mit den Füßen auf dem Tisch da. Er verzehrte gerade ein Würstchen in Blätterteig und brütete über einer Akte in seinem Schoß, als Jury hereinkam.

Es war ein offenes Geheimnis, daß der Anwalt Pete Apted, Q. C., die höchsten Honorare in der ganzen Stadt kassierte. Die Klienten beschwerten sich nicht. Er verlor niemals einen Fall.

Aber angesichts der allenthalben steigenden Kosten fragte Jury sich, wer den Mann dazu beauftragen konnte, ihn, Jury, zu vertreten. Apteds Juniorpartner, ein junger Mann namens Burley, hatte Jury vor zwei Tagen (einen Tag, nachdem dieser vom Dienst suspendiert worden war) ausführlich befragt. Erst nach Erledigung dieser Präliminarien hatte er ihn dann für diese unchristliche Zeit, nämlich für sieben Uhr morgens, zu Apted bestellt.

Jury war erstaunt, wie schnell Apteds Juniorpartner Aussagen von (mutmaßlichen) Zeugen zusammengestellt hatte. Es war immerhin erst zwei Tage her, daß dieser Mr. Burley ihn angerufen und gesagt hatte, er werde unverzüglich vorbeikommen. Gleich in der Wohnung in Islington.

«*Ich verstehe nicht. Ich habe keinen Anwalt beauftragt. Warum sind Sie hier?*»

«*Weil ich beauftragt worden bin*», war die einzige Erklärung.

Und dann hatte er ihn über drei Stunden lang befragt und

sich mit winziger Schrift Notizen gemacht. Mr. Burley war ein spilleriger, äußerst wortkarger junger Mann mit Eulenaugen und einer widerspenstigen Haartolle.

Apteds Assistentin, die es nicht weiter beeindruckte, als ihr vorgeworfen wurde, den falschen Beruf ergriffen zu haben (*«Zumal Sie Sternzeichen Jungfrau sind»*), hatte Carole-anne befragt.

Als der zweite Bericht von Melrose Plant eingetroffen war, hatte Jury die Informationen über Maurice Kingsley sofort an Mr. Burley weitergeleitet, und zwar mit der Bemerkung, daß dies ein erster Durchbruch sei. Woraufhin ihm der Anwalt gedankt und ohne weiteren Kommentar aufgelegt hatte.

Nun zerknüllte Pete Apted das fettige Einwickelpapier und warf es in Richtung Papierkorb. «Setzen Sie sich doch endlich, um Himmels willen», sagte er und fing an, einen Apfel an seinem Hemd abzureiben.

Jury, der dagestanden und beobachtet hatte, wie Pete Apted mit wütender Entschlossenheit kaute und dabei in der Akte auf seinen Oberschenkeln eine Seite nach der anderen umblätterte, setzte sich wie befohlen dem Anwalt gegenüber, auf einen der beiden lederbezogenen Holzstühle. Er mußte älter sein, als er wirkte, sah aber immer noch zu jung für sein Amt aus. Das dunkle, ein wenig überladene Büro hatte nur ein hohes, schmales Fenster mit schweren, muffigen Vorhängen. Die Regale waren mit Büchern vollgestopft; viel zu kleine Ablagekörbe quollen vor Papierstößen nur so über; die Stühle waren klapprig und schmal. Von Gemälden an den gegenüberliegenden Wänden starrten mißmutige Männer in Roben. Einer stand neben einem Stoß ledergebundener Bücher, die Hand schützend darauf gelegt, ein anderer mit schweren Lidern saß steif in einem mittelalterlichen Sessel. Beide sahen aus, als würden sie jeden gerichtlich verfolgen, bis er seinen letzten Atemzug tat.

Nach einigen Augenblicken des Schweigens, das nur durch das Krachen von Apteds Apfel unterbrochen wurde, fragte Jury ohne Umschweife: «Wer bezahlt das hier, Sir Peter? Sie haben diesen Fall doch nicht aus Liebe zur Metropolitan Police übernommen?»

Apted fuhr auf. «Hören Sie mit dem Sir auf, und außerdem heiße ich Pete, nicht Peter. Eigentlich P-i-e-t, holländisch, aber was die Schreibweise angeht, habe ich mich schließlich der Fleet Street gebeugt. Nein, ich tue es nicht aus Liebe; ich tue es für Geld. In meinem ganzen Leben habe ich noch nie etwas aus Liebe getan, eine Regel, die Sie in Zukunft auch beherzigen sollten, wenn man bedenkt, was Sie sich hier eingebrockt haben. Was die Bezahlung angeht, die Person wünscht anonym zu bleiben.»

Jury war erstaunt. Plant konnte es nicht sein; er würde sich nicht um Anonymität bemühen, sondern es sich schlicht und ergreifend nicht ausreden lassen.

Wer dann? Vivian Rivington?

Vivian war reich, und garantiert hatte etwas in der Zeitung gestanden. Vielleicht hatte jemand aus Long Piddleton sie informiert. Lady Ardry hatte die Geschichte vielleicht schon über ganz Europa verbreitet.

Dennoch machte Jury die dumme Geste: «Ich würde lieber selbst bezahlen.»

«Wovon? Für zwei Pfund pro Woche bin ich nicht zu haben. Hören Sie auf, sich selbst zu bemitleiden, und seien Sie dankbar. Irgendein Idiot in Old Bailey, und dieser Müllhaufen könnte sich vor Gericht wiederfinden.» Er warf die dicke Akte auf den Schreibtisch, der von einer Bronzefigur mit Kapuze und einer gerahmten Fotografie dominiert wurde, von der Jury nur die Rückseite sah.

Jury konnte nicht glauben, daß Augen von der Farbe schwachen Tees so elektrisierend sein konnten. Apteds Haar hatte dieselbe Farbe, sein Mund war schmal und sein Körper drahtig – sehnig und drahtig; er war genau der Typ Rechtsanwalt, der vom Sitz aufsprang und Zeugen auseinanderpflückte.

«Einen Moment», sagte Jury. «Was meinen Sie, *könnte*. Dieser Müllhaufen *wird* sich vor Gericht wiederfinden.»

Apted schüttelte den Kopf, offenbar weniger, weil er es dementieren wollte, aus Entsetzen, weil Jury so begriffsstutzig war. «Mr. Jury, ich glaube nur an eines.» Er nagte den Apfel zu Ende, schleuderte das Kerngehäuse in den Papierkorb und schien sich zu freuen, daß er getroffen hatte.

Das Schweigen im Raum implizierte, daß Jury Pete Apted, Q. C., gefälligst dieses «eine» nennen sollte. «An die Wahrheit.»

Apted warf Jury einen ungläubigen Blick zu. «Nein, daran, zu gewinnen. Unglücklicherweise funkt einem die Wahrheit manchmal dazwischen. Also muß ich sie kennen, bevor ich einen Fall übernehme. Wenn Sie mir *sagen*, Sie sind schuldig, kann ich Sie nicht verteidigen. Aber Sie sind nicht schuldig und werden das folglich nicht sagen, also werde ich den Fall übernehmen.»

«Dann wissen Sie, daß ich mit Jane Holdsworths Tod nichts zu tun habe.»

«Nein. Ich weiß nicht, daß Sie ‹mit Jane Holdsworths Tod nichts zu tun haben›.» Beinahe äffte er Jury nach. «Ich weiß nur, daß Sie sie nicht getötet haben. Es wundert mich, daß dieser...», wieder blätterte er geräuschvoll die Seiten durch, «Detective Inspector Kamir meint, es bestünde eine geringe Möglichkeit, daß Sie es getan haben.» Verächtlich warf er die Unterlagen zurück auf den Schreibtisch. «Wollen Sie gerichtlich dagegen vorgehen, daß Sie suspendiert wurden? Das wäre doch ein Spaß. Würde natürlich höhere Gebühren bedeuten.» Pete Apted lächelte, ein blitzartiges Lächeln, das sofort wieder verschwand.

Angesichts des (sprichwörtlichen) Selbstvertrauens des Anwalts spürte Jury eine Welle der Erleichterung. «Mr. Burleys Bericht über Maurice Kingsley haben Sie gelesen?»

Apted nickte.

Jury wartete. Apted sagte nichts. «Glauben Sie denn, es könnte Kingsley gewesen sein? Er war dort.»

«Hm, er interessiert mich nicht die Bohne, aber instinktiv würde ich mal sagen: Nein, warum denn? Er soll die Frau umgelegt haben, draußen auf einer Bank geschlafen haben – wenn er denn tatsächlich geschlafen hat –, und dann ein Gespräch mit einem Jungen angefangen haben, der ihn bestimmt wiedererkannt hätte? Ob er wußte, daß es ihr Sohn war oder nicht, ist völlig einerlei.»

Apted sprach mit tonloser Stimme, fast routiniert, als leiere er das Abc des gesunden Menschenverstandes herunter.

Jury sank in sich zusammen. «Für ein solches Verhalten könnte es Gründe geben.»

Pete Apted schien scharf nachzudenken. «Ja. Er könnte schwachsinnig sein. Gut, wir kennen die Einzelheiten nicht, aber ich wiederhole: Ich verteidige nicht diesen Dr. Kingsley. Ich würde indes immer noch in Betracht ziehen, die Metropolitan Police vor Gericht zu bringen.» Wieder dieses kurz aufblitzende Lächeln. Jetzt knallte er mit einem Schuh gegen die Schreibtischkante und rollte seinen Schlips vom Ende her auf wie ein Schuljunge, der Schlipse nicht gewöhnt ist.

«Ich will die Met nicht vor Gericht bringen, und Kamir ist nicht dumm. Und bitte erklären Sie mir den Unterschied zwischen ‹mit ihrem Tod nichts zu tun zu haben› und ‹nicht ihr Mörder sein›. Offenbar bin ich schwer von Begriff.»

Apted warf ihm noch einen von diesen Blitzblicken zu *(Sie sagen es!)*, und da fiel Jury ein, daß er aus Erzählungen über das Verhalten des Anwalts im Gerichtssaal wußte, daß das einer seiner Tricks war: Solche Blicke schoß er auf einen Gegner ab, der ein vollkommen zwingendes Argument vorgebracht hatte, und wenn die schiere Macht des Blicks das Argument nicht gleich in der Luft zermalmte, so hinterließ es doch zumindest einen großen Knacks darin.

«Verzeihung. Habe ich was Dummes gesagt?»

«Oh, entschuldigen Sie sich nicht. Ich weiß, daß Ihr normalerweise äußerst scharfer Verstand» (das sagte er ohne Ironie) «durch die Beziehung mit dieser Frau abgestumpft war. Besonders mit *dieser* Frau.» Er sprang keineswegs vom Stuhl, wie Jury es vor seinem inneren Auge gesehen hatte. Pete Apted erhob sich langsam, als trage er eine schwere Bürde auf den Schultern, und ging zum Fenster hinüber, wo ein schwacher Sonnenstrahl den Staub in den Stoffalten sichtbar machte. Apted schob sich die Brille auf den Kopf und blieb in dem flimmerigen Licht stehen. Ohne Brille und im Profil sah er zehn Jahre jünger aus. Oder vielleicht *war* er zehn Jahre jünger, als er gewirkt hatte, während er dagesessen und über seinem Apfel und der aufgeschlagenen Akte gegrübelt hatte.

Das Morgenlicht drang durchs Fenster, und er kniff die Augen zusammen, als sei dieses Licht ein Eindringling, der das Strahlen seines Verstandes beeinträchtigte. «Es hat keinen Zweck, über das Offensichtliche zu debattieren», sagte er.

«Ich weiß ja nicht, was Sie für offensichtlich halten.»

«Dasselbe wie Sie», sagte er, ging zu seinem Schreibtisch zurück, ließ sich in den Stuhl und die Brille auf seine Nase fallen, «sonst wäre es nicht offensichtlich, oder?» Er stellte die große Fotografie auf seinem Schreibtisch wieder exakt neben den teuren Kugelschreiberhalter, der nicht so aussah, als ob er je benutzt würde.

«Sie haben meine Frage zu ihrem Tod nicht beantwortet. Was ist der Unterschied?»

«Sie haben sie nicht umgebracht. Das bedeutet nicht, daß Sie sie nicht, hm, vielleicht dazu aufgefordert haben.»

Jury starrte ihn an.

«Mein Gott, nun machen Sie nicht so ein Gesicht. Ich sage nicht, daß Sie es getan haben. Ich wollte nur darauf hinweisen, daß es zu Denkfehlern führen kann, um die Sache herumzureden.»

«Bitte, schenken Sie sich die juristischen Lektionen, Mr. Apted. Wenn ich nicht –»

Apted unterbrach ihn. «Wissen Sie, obwohl Sie Detective Inspector Kamir so bereitwillig Auskunft gegeben haben – was im übrigen einer der ‹offensichtlichen› Gründe für die Schlußfolgerung ist, daß Sie nicht der Täter sind –, haben Sie ihm *etwas* nicht erzählt: In dieser ganzen arglos und ohne Anwalt hergebeteten Liste von Dingen, die Sie zwei Wochen lang taten, haben Sie nicht ein einziges Mal den Kalender erwähnt.»

Jury stutzte. «Den Kalender?»

Apted stöhnte. «Superintendent: den Kalender mit den kleinen Kästchen, in die Ihr Name beziehungsweise Ihre Initialen hineingekritzelt sind. Die Verabredungen mit ihr. Dinner. Bett. Et cetera.» Apted ließ die Stuhlbeine mit einem dumpfen Aufprall auf den Boden krachen und verkreuzte die Arme über dem Haufen Papiere. «Wenn Sie verrückt genug waren, einen Ring für sie zu kaufen, dann haben Sie doch sicherlich geglaubt, Ihre Zuneigung würde erwidert. Oder um es anders auszudrücken: Wenn ich was mit einer Lady habe, rechne ich verdammt noch mal nicht damit, daß sie sich für zukünftige Schäferstündchen Notizen in einem Kalender machen muß.» Er brach ab, stand wieder auf und ging zum Fenster hinüber.

Das saß. «Es ist mir aufgefallen.» Er hatte versucht, die Zweifel zu besiegen. Aber in den Stunden, nachdem er den

Ring gekauft, mit Jenny geredet, den Park durchwandert und auf der Bank gesessen hatte, war er ins Grübeln gekommen. Beziehungsweise er hatte verzweifelt versucht, nicht ins Grübeln zu kommen. «Warum?» Er war sich kaum bewußt, daß er es laut gesagt hatte.

Vom Fenster her antwortete Pete Apted: «Sie brauchte einen Bullen.»

Jury sah überrascht hoch. «Was?»

«Einen Polizisten. Jemanden, der etwas vom Ermitteln versteht, dessen Beruf es ist. Deswegen hat sie sich an Sie gehängt. Und Ihren Namen in den Kalender zu schreiben, gab ihr die Sicherheit, daß Sie bei den Untersuchungen mitarbeiten, wenn Sie sie nicht sogar verantwortlich übernehmen würden.»

«Sie *kannte* mich doch gar nicht. Bis zu unserer zweiten Verabredung wußte sie gar nicht, daß ich bei der Mordkommission bin.»

«Doch, das wußte sie.» Apted ging an seinen Schreibtisch zurück. «Aber Sie wollten es nicht wahrhaben, stimmt's, Mr. Jury? Und außerdem haben Ihre Leute nicht so sorgfältig ermittelt, wie es notwendig gewesen wäre. Zum Beispiel: Interview mit Miss Palutski. Nicht gerade eine kooperative Zeugin.» Apted las in dem Bericht und lächelte. «‹Keine Ahnung, worüber Sie reden. *Wer* war in der Camden Passage? Die hab ich nie gesehen.› Et cetera.»

«Sie hat die Wahrheit gesagt. Sie mag Jane Holdsworth gesehen haben, aber nicht bewußt. Sie war zu sehr damit beschäftigt, mit einer Krone zu spielen.»

«Ich habe meine Juniorpartnerin Kath hingeschickt. Kath würde so manchen von euch locker in die Tasche stecken. Sie raucht zuviel, trinkt zuviel, lebt wie –» Apted zuckte mit den Schultern. «Unmöglich zu beschreiben. Aber, meine Güte, die versteht ihr Metier. Sie hatte die Idee, Carol-anne Palutski dazu zu veranlassen – eine bezaubernde junge Dame nach Kaths Aussage; sie wollte ihr wahrsagen, ihr ein Horoskop anfertigen und ihre Gedanken lesen et cetera. Kath brachte also Miss Palutski dazu, die Szene in der Camden Passage *nachzuspielen*, was sie auch tat, so gut wie eine Schauspielerin.»

«Sie hält sich für eine.»

«Na ja, mit Sicherheit hat sie ein Schauspielergedächtnis. Hat das ganze Ding durchgespielt, die ganze Szene mit dem Schlitzohr aus der Camden Passage, dem Typ, der mit Antiquitäten handelt, bei denen es sich garantiert um Hehlerware handelt.» Apted überflog einen Teil des Berichts, nicht ohne ihn ausführlich mit «hm, hm» und «aha» zu kommentieren, und fuhr dann fort: «... ‹also sag ich zu ihm: Versuchen Sie bloß nicht, ihn zu bescheißen, er ist Polizist...!› Und hier, ein bißchen weiter unten, ja, hier: ‹...*Superintendent*›.» Er sah zu Jury hinüber. «Alles in Hörweite. Glauben Sie, Ms. Holdsworth hat sich rein zufällig um die ganzen Tische herumgearbeitet?»

«Sie wußte, jemand würde versuchen, sie umzubringen; und sie wußte, daß es als Selbstmord getarnt werden sollte», antwortete Jury rasch. Er versuchte alles. Auf Teufel komm raus.

«Sie sind verschaukelt worden.»

«Erzählen Sie mir nicht, daß sie mich als Täter dastehen lassen wollte. Das ist völlig unsinnig.»

«Das habe ich nicht gesagt.»

«Ganz egal, wer sie an dem Abend besuchen wollte –»

«Der mysteriöse Besucher? Es war ausgesprochenes Pech für Kingsley, daß er den falschen Abend erwischt hat.»

«Wer dann –?»

Pete Apted senkte den Kopf und schielte zu Jury hinüber.

«Was spricht gegen die wahrscheinlichste Erklärung?»

«Und die wäre?»
«Daß sie sich selbst umgebracht hat.»

Jury saß da und starrte Pete Apted an, der schon zu einem anderen Fall übergegangen zu sein schien. Die Brille war jedenfalls wieder an ihrem Platz, und er nahm sich einen Schriftsatz vor.

Jury ließ sich das Gespräch mit Kamir noch einmal durch den Kopf gehen – die Spekulationen, die Argumente. Jetzt wirkten sie noch schwächer. Aber er hielt sich an die Frage, «Warum sollte eine Frau, die glücklich ist, Selbstmord begehen?»

Apted schob die Brille wieder hoch und warf den Stift hin. «Mr. Jury, wenn etwas wie eine Ente watschelt und wie eine Ente quakt, dann wollen wir doch sagen, es *ist* eine Ente.»

Jury wiederholte das schwächste Argument. «Sie war zum Ausgehen angezogen; sie wollte sich mit jemandem treffen.»

Apted rollte die Augen gen Himmel. «Das hat sie *Ihnen* erzählt. Wahrscheinlich ganz bewußt.» Seine hellbraunen Augen brannten, als er sich zu Jury beugte. «Und was ihren Sohn angeht, wäre Mord, so schrecklich das wäre, für ihn nicht weniger schmerzlich als Selbstmord? Und daß Lady Holdsworth so glücklich gewesen sein soll, ist *Ihre* Interpretation.» Die Brille fiel wieder herunter; er griff nach dem Stift. «Und offen gesagt, ich glaube, Sie machen sich da was vor.»

Jury setzte sich in seinem Stuhl zurecht. Er war fassungslos. «Und ich sollte als Täter dastehen.»

Apted blätterte geräuschvoll um und sagte: «Richtig. Aber das tat sie unbewußt; sie glaubte vermutlich, daß niemand diese Möglichkeit ernsthaft in Betracht ziehen würde. Schließlich waren Sie ihr Geliebter.»

Jury sah schweigend zu, wie sich der Anwalt Notizen machte. Dann sagte er: «Warum?»

Apted sah abrupt auf. «Warum?» Er legte den Stift wieder hin und lehnte sich über den Schreibtisch nach vorn. «Mein Job ist es, Sie zu schützen, Mr. Jury.» Er zeigte mit dem Finger direkt auf Jurys Brust und formte das Wort noch einmal stumm mit den Lippen. *Sie.* «Und Sie sind gelinkt worden.»

Müde erhob sich Jury. «Sonst noch was?»

«Nein.» Pete Apted sah auf und lächelte. Diesmal verschwand es nicht gleich wieder. «Aber ich glaube, Sie können davon ausgehen, daß Sie Ihren Job wiederhaben. Niemand will Sie vor Gericht bringen; Sie sind zu beliebt. Sieht jedenfalls so aus.»

Dieser Gedanke war ihm offenbar nachträglich gekommen. Jury lächelte. Er konnte sich nicht recht vorstellen, daß dieser Mann die Robe anlegte, daß er das Ritual einer Verhandlung, das ganze feierliche Brimborium mitspielte. «Mein Kompliment», sagte Jury nur.

Pete Apted, Q. C., verzog keine Miene.

«Was, wenn ich was herausfinde und Sie noch mal brauche?»

«Sagen Sie einfach Bescheid.»

33

ALS ER UM ACHT UHR DREISSIG das Büro betrat, sprang Fiona auf. Die winzigen rechteckigen Papierstückchen, mit denen ihr Gesicht bepflastert war, flatterten. «Sie!»

«Ich. Guten Morgen.»

Fiona versuchte, sich in eine nonchalante Pose zu werfen, was nicht so leicht ist, wenn man einem Mann, der einem besonders viel bedeutet, mit einer leimartigen Papiermaske auf dem Gesicht gegenübersteht.

Aber probieren konnte man es ja. Lässig pflückte Fiona die zwei neben ihren Augen klebenden feuchten Stückchen ab, zerknüllte sie wie Pete Apted ein Einwickelpapier, betrachtete das bewährte Schönheitsmittel wie ein Ärgernis (gab es davon nicht schon genug?) und schnippte die beiden winzigen Bällchen in Richtung Papierkorb, genau wie Apted.

Cyril, fasziniert von den hauchzarten Papierstückchen, glitt elegant vom Schreibtisch zum Korb. Es würden ja sicher noch mehr kommen.

Nein. Statt dessen nestelte Fiona eine Zigarette aus der Pakkung, bat Jury um Feuer, schlug die Beine übereinander und legte dekorativ einen Arm auf den Rücken ihres Schreibtischstuhls, wodurch sich der Stoff ihrer schwarzen Bluse über dem Busen spannte. «Wußten wir's doch, daß Sie in Null Komma nichts zurück sein würden. Erst gestern hat Al gesagt: ‹Die schicken ihn in Null Komma nichts wieder hierher zurück.›» Auf dem ganzen Erdenrund (wettete Jury) war Fiona die einzige, die Wiggins «Al» nannte.

Cyril saß absprungbereit neben dem Papierkorb und starrte hoch zu den kleinen dünnen Fetzen.

So schlecht es Jury auch ging, er konnte kaum ein ernstes Gesicht bewahren. «Was machen Sie hier eigentlich?» fragte er. Der Kessel pfiff.

Zum Glück, denn nun konnte sich Fiona damit beschäftigen. «Was meinen Sie?» Sie sah ihn verständnislos an und sagte dann, als sei sie überrascht: «Ach, das hier? Na, das ist doch das Neueste vom Neuen.» Sie sah ihn ein wenig hochmütig an und ließ die Teebeutel in die Tassen plumpsen. «Sie verfolgen wohl Fergies und Dis Schönheitsprogramm nicht, oder etwa doch?» Sie zog eine Grimasse und versuchte, es witzig klingen zu lassen.

Jury schüttelte ernst den Kopf. Obwohl Fiona immer wieder Hiebe einstecken mußte, sie war nicht kleinzukriegen. Fiona – das fiel ihm jetzt erst auf – schaffte es, einem in den schrecklichsten Situationen Mut zu machen.

«Es ist eine Collagenbehandlung. Wirkt Wunder für die Haut. Tee?» fragte sie ruhig, wobei das hauchdünne Papier um ihren Mund sich mitbewegte.

«Aber klar doch. Wo ist unser Chef?» Er nahm einen Schluck von dem milchigen Tee und beobachtete Cyril, der offenbar begriffen hatte, daß ihm keine Papierklümpchen mehr zufliegen würden, und nun auf das Büro des «Chefs» zusteuerte.

«Haben Sie mal erlebt, daß er vor neun hier ist? Ha! Der nicht!» Sie hatte Schwierigkeiten beim Trinken, weil das Papier so fest am Mund klebte, aber es gelang. «Der nicht, seit wir die rothaarige Tippse nicht mehr haben.»

Er erinnerte sich. Das arme Mädchen hatte es eine Woche ausgehalten und die meiste Zeit damit verbracht, vor Racer den Flur hinunterzuflüchten.

«Als würde der Weg zu einer Stelle über sein Bett führen.»

Jury sah zu, wie Fiona schwerste Artillerie zum Vorschein brachte: Spiegel und Make-up-Köfferchen. Den packte sie aus wie Wiggins seine Natural Habitat-Tüte. Fiona konnte die Natur aber gestohlen bleiben; sie selbst legte auf viel subtilere Weise Hand an. Jetzt blieb sie erst einmal sitzen und rauchte ihre Zigarette; sie konnte ja die Papiermaske nicht abziehen, während Jury daneben saß.

«Ich glaube, ich rede mal ein paar Takte mit Cyril. Hab ihn ja schon mehrere Tage nicht gesehen.»

«Passen Sie aber bloß auf, daß er hier keine Schweinerei anrichtet!» rief Fiona Jury hinterher.

Nur Augen und Ohren des Katers lugten über Chief Superintendent Racers Schreibtischplatte, letztere wie immer ein schlagender Beweis dafür, daß hier nicht gearbeitet wurde. Keine unordentlichen Papiere oder Akten. Der Kugelschreiber unschuldig im glänzenden Halter. Die Schreibtischauflage makellos rein, nur ein Reiseprospekt klemmte in einer Ecke. Racer erklärte natürlich den jungfräulichen Zustand seines Arbeitsplatzes mit langen Ausführungen über effiziente Büroorganisation. Und davon verstehe Jury eben nichts (sagte Racer). Ein organisierter Mann wirke immer, als hätte er absolut nichts zu tun, was in Racers Fall sogar zutraf.

Cyril blinzelte träge Jury an und begab sich wieder an seine Morgentätigkeit, Racers mittlere Schublade auszuleeren. Cyril hatte schnell gelernt, wie er seine Pfote in den Messingring stecken und ziehen mußte. War das erst einmal vollbracht, konnte er das Innere in Angriff nehmen.

«Wie geht's, Cyril?» Jury hörte Büroklammern und Reißzwecken kratzen und knacken. Cyril hob den Kopf und blinzelte Jury verschwörerisch an. Dann verschwand der Kopf wieder. Aus den sechs kleinen Fächern vorn in der Schublade förderte Cyril Büroklammern, Bleistifte, Tesafilm, Reißzwecken und weitere Gegenstände zutage. Dann raschelte Papier, das gleich über den Rand der Schublade geschoben und zu Boden flattern würde.

Als Cyril fertig war, hob er den Kopf, gähnte, als ob die Aufgabe ihn nun langweile, glitt herunter, tauchte wieder auf und blinzelte Jury wieder an.

Nach all diesen Mühen erwartete er zumindest eine Inspektion des entstandenen Schadens.

Jury ging auf die andere Seite des Schreibtischs: die Schublade stand weit offen, und alles war draußen bis auf die Mausefalle, die Racer mit einer Sardine ausgestattet hatte. Ölflekken im Holz.

«Großartig gemacht, Cyril. Und stinken tut es auch.»

Als die äußere Bürotür aufging, stellte Cyril ein Ohr auf und verzog sich flugs in die Bodenvase, die als Schirmständer benutzt wurde. Von diesem Posten aus konnte er observieren, ohne observiert zu werden. Racer blieb so lange in Fionas Zimmer, bis er seinem Ärger darüber Luft gemacht hatte, daß sie Tee mit Teebeuteln kochte.

Dann kam er in sein Büro marschiert, bedachte Jury mit einem Blick und sagte: «Wie sehen Sie denn aus!» Racer, in Seidenhemd und maßgeschneidertem Anzug, legte den Mantel ab und ging um seinen Schreibtisch. Da bot sich ihm alles andere als Ordnung. Er schlug auf die Sprechanlage, als wollte er sie in Stücke schlagen, und brüllte: *Miss Clingmore! Bringen Sie sofort das Tohuwabohu hier in Ordnung, und wenn der Rattenfänger das noch einmal macht, ist es nicht nur um sein Leben geschehen, sondern auch um Ihren Job!* Er funkelte Jury an und sagte: «Alles hat er rausgezerrt, nur nicht die verdammte Sardine.» Er warf die Mausefalle auf seine Schreibtischauflage. «Und Sie, Sie haben wahrscheinlich die ganze Zeit hier gesessen und zugesehen. Ich schwöre, ich werde ein paar Priester engagieren, die sollen diesen Teufel austreiben.» Er schaute suchend um sich. «Wo ist das räudige Viech? *Wo?*»

Seufzend erschien eine komplett wiederhergestellte Fiona Clingmore und schickte sich an, die Klammern und Reißzwecken aufzusammeln. Racer hingegen begab sich völlig erschöpft zu seiner Bürobar, um sich wiederzubeleben. «Dieses verdammte Tier ist schlimmer als alle Katzen dieser Welt! Ein hundertneunzigprozentiger Kater. Er ist das einzige Tier, das Noah allein auf die Arche gelassen hätte.» Er goß sich einen kleinen Rémy hinter die Binde.

Jury sagte: «Sieht so aus, als sei ich wieder in Amt und Würden.»

«Dieser verdammte Sir Peter Apted hat den Chef angerufen.» Racer durchkämmte das Zimmer immer noch nach Cyril. «Wenn ich diese winzigen gelben Augen noch einmal sehe... Sind Sie mit Aufräumen immer noch nicht fertig, Miss Clingmore? Raus mit Ihnen! Suchen Sie ihn!»

Als Fiona um den Schirmständer ging, zwinkerte sie Jury zu.

«Pete, nicht Peter», sagte Jury.

Racer erwischte Jury mit seinem Katersuchblick und fuhr fort: «Dann werden Sie jetzt vermutlich Ihre Nase in Kamirs Angelegenheiten stecken wollen.»

Aber er schien nicht so verärgert über seine gerechte Strafe, daß Jury seinen Job zurückhatte, wie dieser gedacht hatte. Jury glaubte sogar, einen Hauch von Erleichterung herauszuhören. «Na ja, es hat mir persönlich eine Menge Kummer verursacht. Wenn Kamir einverstanden ist, ja, dann würde ich gern mit den Holdsworths reden.»

Jury erhob sich.

Racer winkte ihn wieder hinunter. «Jetzt mal Geduld, Jury. Die Welt tanzt nicht nach Ihrer Pfeife. Sie haben mir diese Schweinerei eingebrockt.»

«Tut mir leid. Aber die größere Schweinerei hat man ja wohl *mir* aufgetischt, finden Sie nicht?»

Weit gefehlt, natürlich nicht.

«Einverstanden, wenn ich Wiggins mitnehme?»

«Bitte sehr.» Racer lächelte fies. «Das Wetter da oben pustet ihm vielleicht den Kopf frei.»

Obwohl Sergeant Wiggins entzückt war, Jury wieder im Büro zu sehen, war er nicht einverstanden. Schlimmer als Yorkshire würde es sein. Nur Regen. Wiggins hantierte mit seinen Pillen herum und spülte bei dem bloßen Gedanken an Moore und Moose und Nässe mehrere hinunter, während

Jury Melrose Plants Fernschreiben und seine eigenen Notizen in eine Aktentasche packte und Wiggins von Wordsworth erzählte, von seinen himmlischen Spaziergängen über himmlische Fells, wie er die blauen Seen genoß, die Narzissen und Berge und dabei sogar rezitierte: «Wie einsam über Berg und Tal / Die Wolke in der Höhe streicht...»

«Seh ich aus wie eine Wolke, Sir?» Grimmig schob er ein Dutzend Gläschen in eine Tasche.

Kleider hatten in Wiggins' Koffer nichts zu suchen.

34

Es stimmte, Thomasina Thale wohnte in einem «vornehmen» Haus – in einer imposanten Backsteinresidenz an einem der besseren Plätze in Earls Court –, aber es gehörte ihr nicht. Ihr gehörte nicht einmal der kleine Teil des Hauses, den sie bewohnte, es handelte sich um eine Mietwohnung im zweiten Stock, ohne Fahrstuhl.

Das war nicht das einzige in Plants Bericht, das von der Wahrheit abwich: «Tante Tom» war keine ältliche «viktorianische» Dame. Sie war Mitte dreißig, hatte ein hübsches, ungeschminktes Gesicht, wunderschönes kastanienbraunes Haar und (wie Jury sah, als sie durch den kurzen Flur vor ihm herging) ein geschientes Bein. Sie hinkte.

Die Leute nannten sie «Tommy». Als sie Jury und Wiggins bedeutete, Stühle in das Wohnzimmer mitzunehmen, dessen Fenster auf einen kleinen Park hinausgingen, lachte sie über den Spitznamen, den ihre Nichte für sie auserkoren hatte.

Als Jury (wirklich verblüfft) die Beschreibung Plants in

dem Bericht wiederholte – die Beschreibung einer zugeknöpften Dame mit ehernem Blick, die (buchstäblich) die Peitsche über allem schwang –, lachte Tommy Thale noch lauter. Ein volles, wirklich ungezwungenes Lachen, wunderbar, wenn man bedachte, was für ein eingeschränktes, entbehrungsreiches Leben sie führen mußte. Doch als Jury das Zimmer sah, die gestickten Kissen und Stühle mit Petit-point-Stickerei, und die Wärme spürte, die die Fransenlampenschirme und der elektrische Kamin ausstrahlten, dachte er, daß Tommy Thale zu den Menschen gehörte, die nie den Mut verlieren und ein Glas immer als halb voll und nicht als halb leer bezeichnen, dankbar dafür, daß sie nicht verdursten müssen.

Mit den Handballen wischte sie sich die Lachtränen aus den Augen. «Na ja, das mußte sie wahrscheinlich erzählen. *Die* hätten sie sonst sicherlich hergeschickt. Hierher nach London, damit sie bei mir lebt. Wahrscheinlich hat sie die Geschichte für den alten Adam erfunden. Er mag Millie sehr, fast so sehr wie Alex. Er hätte nie zugelassen, daß *sie* ihr was zuleide taten.»

«Die Familie Holdsworth. Haben Sie sie kennengelernt?»

Wieder lachte sie, mit der Hand drehte sie den Stock hin und her und sagte: «Das wäre ja wohl kaum möglich gewesen, oder? Nicht mit Stiefeln und Peitsche. Klingt ja wirklich ein bißchen nach S/M.»

«Wie bitte, Miss?» Wiggins guckte verwirrt.

«Sadomasochismus, Sergeant.»

«Ach, ja. Wir von der Mordkommission haben damit nicht soviel zu tun.»

«Das will ich hoffen.»

Jury lächelte über ihren Versuch, ernst zu bleiben. Es war das erste Mal seit Tagen, daß auch ihm wieder einmal nach einem Lächeln zumute war. Die Standhaftigkeit, mit der sie ihr Schicksal ertrug, relativierte sein eigenes Unglück.

Sie fuhr fort: «Aber durch Millies Briefe weiß ich über alle dort Bescheid. Sie schreibt Briefe wie verrückt – wer weiß, ob alles wahr ist, was sie schreibt? Und von Annie habe ich auch einiges erfahren. Als sie noch lebte.» Nun sah Tommy traurig aus. Es gab Schicksale, die schlimmer waren als das ihre.

«Aber warum will sie nicht bei Ihnen leben?» fragte Jury. «Warum will sie an einem Ort bleiben, wo sie soviel arbeiten muß – das hat mir zumindest mein Freund erzählt – und vom übrigen Personal ziemlich gemein behandelt wird und nicht einmal die Familie mag. Außer dem alten Mann und... Jane Holdsworths Sohn. Alex heißt er, glaube ich.»

«Deswegen sind Sie ja wohl hier. Wegen Jane Holdsworth? Ich hab davon gelesen, und bitte verzeihen Sie, aber hatten Sie nicht was mit ihr zu tun?»

«Ja.» Er konnte den barschen Ton nicht verhindern. Es klang wie: Halt dich da raus!

Wiggins blickte abrupt auf und wandte sich dann wieder seinen Notizen zu.

Tommy Thale sah Jury lange an. «Tut mir leid. Sie sollten wahrscheinlich die Fragen stellen, nicht ich. Zu Millie. Millie bleibt wegen ihrer Mutter da. Also wegen meiner Schwester, Annie. Darüber wissen Sie Bescheid, nehme ich an.» Jury nickte, und sie fuhr fort: «Alle haben Millie erzählt, es sei ein Unfall gewesen, sie sei ertrunken, obwohl ich bezweifle, daß das irgendwer geglaubt hat, auch nicht die Polizei. Millie ist entschlossen zu bleiben.» Ihr Blick huschte zu einer Bildergruppe auf einem runden Tisch mit einer Spitzendecke. «Das arme Ding. Wie ein kleiner Geist, der am Ort des Leids spukt. Trotzdem glaube ich, die Gründe liegen tiefer; ich glaube, sie ist entschlossen, herauszufinden, was passiert ist.»

«Glauben Sie, es war Selbstmord?»

Sie antwortete nicht sofort; sie dachte nach. «Eigentlich nicht.»

«War Ihre Schwester vom Temperament her so wie Sie?»

«Ich würde sagen, ja.»

«Dann ist es wirklich schwer vorstellbar.»

Tommy lächelte ihn an. «Ist das ein Kompliment?»

«Natürlich. Dann bleibt nur noch Mord, Miss Thale.»

«Tommy. Ja, stimmt wahrscheinlich. Und *wenn* sie jemand ermordet hat, und *wenn* Millie das herausfindet, dann sollte die Person sich vorsehen. Meine Nichte ist geradezu verbissen loyal. Kann ganz schön rabiat werden. Manchmal kommt es mir vor, als säße sie im Zentrum ihres eigenen Sturms. Sie kann beherrscht wirken, fast ruhig. Aber sie ist nicht ruhig; sie ist gewappnet. Gewappnet gegen jede Katastrophe, die ihr widerfahren könnte, ganz egal, welche.» Wieder lächelte Tommy. «Und sie ist eine erstklassige Köchin, wie ihre Mutter... Oh, möchten Sie beide nicht einen Tee? Ich hab ganz vergessen...» Schwerfällig schickte sie sich an, vom Sofa aufzustehen.

«Mein Sergeant ist ein erstklassiger Teekoch. Und ich bin sicher, er hätte gern einen. Stimmt's, Wiggins?»

Wiggins erhob sich schnell. «Stehen die Sachen einigermaßen griffbereit?»

«Ja. Die Küche ist da hinten.» Sie rief Wiggins' entschwindendem Rücken nach: «Der Tee ist in einer Dose, der Zucker auch, die Kanne ist auf der Arbeitsplatte.»

Jury hatte ja gewußt, daß Wiggins jetzt seinen Tee brauchte.

«Was weiß Millie über ihren Vater?»

Tommy schüttelte den Kopf. «Nichts, außer, daß sie keinen hat. Und ich weiß auch nichts, falls Sie das gehofft hatten.»

«Haben Sie je überlegt, ob es jemand von dort oben ist? Aus der Familie vielleicht?»

«O ja, aber ich habe da doch starke Zweifel. Annie hatte

hier in London mit ein oder zwei Männern eine Beziehung.» Sie beugte sich vor, ihre Hände umschlossen den Knauf des Stocks. «Allerdings gibt es einen Menschen, von dem ich weiß, daß er *nicht* der Vater ist: Graham Holdsworth. Annie hat sich schrecklich aufgeregt, als das Gerücht aufkam. Sie war in ihn verliebt. Aber er nicht in sie. Doch er redete viel mit ihr. Oft. Wenn sie zum Beispiel in der Küche allein zusammen waren oder auf dem Grundstück allein spazierengingen, und die Leute wußten das.»

Jury schwieg. «Sind Sie ganz sicher? Ich meine, vielleicht wollte sie ihn nur schützen.»

«Dann wäre sie nicht so weit gegangen, mir zu erzählen, er sei schwul, oder?»

Jury setzte sich nicht, sondern fiel zurück in seinen Stuhl. Was hatte ihm Jane wohl sonst noch verschwiegen? «Graham Holdsworth war homosexuell?»

«Ja. Annie konnte es nicht glauben. Sie sagte, sie hätte es einfach nie vermutet, nie gedacht, daß – hm, aber gibt es nicht so was wie ein intuitives Gefühl dafür? Kann man das nicht *merken*?»

«Manchmal ja, manchmal nein. Erzählen Sie weiter.»

«Er sagte ihr, das habe seine Ehe zerstört. Schließlich ging er in irgendeine Therapie. Er erzählte Annie, das habe ihn wahrscheinlich ursprünglich davon abgehalten, Madeline Galloway zu heiraten. Aus irgendeinem Grunde jedoch schien er sich mit Jane durchaus wohl zu fühlen...» Sie zuckte mit den Schultern. «Es ist kompliziert. Natürlich weiß ich das alles nur aus zweiter Hand, aber eins können Sie mir glauben, Annie hat nie gelogen, nie. Sie befürchtete, daß er es tun würde, nachdem er wußte, was mit ihm war. Daß er sich umbringen würde, meine ich.»

«Heutzutage? Mein Gott, heute versteckt sich doch kaum noch ein Homosexueller.»

«Die Graham Holdsworths schon. Und er hatte es vorher auch schon mal versucht, wissen Sie, so mit zwanzig. Manche Leute sind einfach nicht zum Leben geschaffen, meinen Sie nicht? Schon ohne sich mit seiner Homosexualität auseinanderzusetzen, fiel es ihm schwer, sich selbst zu akzeptieren, sagte Annie. Er sei ziemlich schwach, sagte sie; das klingt kaltherzig, aber Sie wissen, was ich meine. Er war schließlich sein ganzes Leben lang verhätschelt worden, mußte eigentlich nie arbeiten, und wurde als ‹Poet› und ‹Maler› mit den Privilegien behandelt, die eine besondere Begabung nun einmal fordert.» Wieder zuckte sie mit den Schultern. «Aber er war sehr nett und freundlich, sagte Annie. Sanft.» Sie ließ den Blick über die Dinge auf dem Kaminsims schweifen und lächelte jetzt nur noch schwach. «Einmal hat er sie zum Rudern mit auf den Windermere genommen. Das sollte auch Millie tun, fand seine Ärztin, auf einen der Seen hinausfahren, sie meinte, daß es Millie vielleicht dabei helfen würde, ihre ... Zwangsvorstellungen loszuwerden. Natürlich nicht auf dem Wast Water.» Sie lächelte traurig.

«Grahams Ärztin?» Jury überdachte Plants Bericht. «Viner? Heißt sie so?»

«Ich glaube, ja. Nachdem es passiert war, hat sie mir einen langen Brief geschrieben, nur den einen. Ich hatte den Eindruck, sie fühlte sich sehr, sehr schuldig, weil ihr Patient sich umgebracht hatte. Und sie war wegen Millie besorgt.»

«Ich bin überrascht, daß sie Ihnen geschrieben hat – da Millie Sie doch als eine regelrechte Furie dargestellt hat.»

«Ach, ich weiß nicht, ob die Ärztin das alles geglaubt hat. Aber ich habe ohnehin nie wieder von ihr gehört.»

Wiggins kam mit dem Tee zurück, stellte die Tassen hin, spielte Mutter.

«Köstlich», sagte Tommy, nachdem sie einen Schluck getrunken hatte.

Wiggins strahlte bei ihrem Lächeln und griff wieder zu Notizbuch und Stift. Für sich selbst hatte er einen großen Becher aufgetrieben.

«Sehen Sie Millie oft?» fragte Jury.

«Ich *habe* sie oft gesehen. Bis das hier passierte.» Sie tätschelte die Schiene. «Seit zwei Jahren habe ich sie nicht mehr gesehen.»

«Aber es wundert mich trotzdem, daß sie nicht zu Ihnen wollte. Wenn sie, wie Sie sagen, so loyal ist.»

«Na ja, sie weiß es ja gar nicht», sagte Tommy übertrieben heiter, um den Wirbel von Gefühlen zu verbergen. «Ich habe es ihr nie gesagt. Und als sie zu Besuch kommen wollte, habe ich sie vertröstet. Millie glaubt immer noch, ich hätte meine alte, viel größere Wohnung; meinen alten, viel besseren Job; meinen alten, ziemlich gutaussehenden Verlobten. Inzwischen eine verglühte Liebe.» Ihr Lächeln war nicht echt.

Einen Moment lang schwieg Jury. Er ahnte, was kommen würde, wollte es aber nicht sonderlich gern hören. «Was ist denn passiert?»

«Das hier.» Wieder tätschelte sie die Schiene. «Wir hatten einen Unfall. Er mußte ja seinen brandneuen Alfa Romeo mit über hundertfünfzig Sachen fahren. Er kam ohne einen Kratzer da raus. Ich nicht.» Sie zuckte mit den Schultern. «Er hat mich verlassen. Ronnie hieß er.»

Ein langes Schweigen entstand. Jury fühlte sich merkwürdig.

Wiggins machte große Augen. «Ehrlich gesagt, Miss, ich könnte Ronnie umbringen.» Er senkte den Blick und errötete, weil es so unprofessionell war.

«Wenn sie es je herausfände, würde Millie es tun, Sergeant.»

Und dann lachte sie wieder dieses überschwengliche Lachen.

35

Wast Water war nicht im entferntesten so lang wie Windermere, und trotzdem fragte Melrose sich nach ein, zwei Kilometern auf der Straße mit Blick auf die riesigen rötlichen Hänge, die sich über dem anderen Ufer erhoben, wie ein See so groß sein konnte oder wie Berge so nah aussehen und doch so fern sein konnten. Der Great Gable war vermutlich gut drei Kilometer hinter den Kuppen des Scafell, sah aber aus, als sei er darin eingekeilt. Wenn Melrose wegen der schönen Aussicht unterwegs gewesen wäre, hätte er zugegeben, ja, die lohnte die Reise, es war nicht künstlich und idyllisch, sondern trostlos, grimmig, fast gespenstisch. Der See war nicht so einladend blau wie Windermere, sondern kalt und dunkelgrau. Fellowes hatte die Stimmung perfekt eingefangen.

Melrose fuhr auf einen Seitenweg, bremste neben einem amerikanischen Auto, das so lang war wie ein Lieferwagen – was war es für eins? ein Cadillac? nein, ein Buick –, und stieg aus, um sich in dem eisigen Wind die Beine zu vertreten und einen Blick auf Fellowes' Karte zu werfen, von der er nicht wußte, ob er ihr trauen konnte oder nicht. Gott, diese Berge sahen wirklich bedrohlich aus! Dabei konnte man darauf wandern und klettern. Wahrscheinlich eher klettern.

Ein Paar bummelte Hand in Hand am Uferstreifen entlang. Ein älterer Mann mit einem Stock kam auf ihn zu. Bei näherem Hinsehen klassifizierte Melrose ihn rasch als einen der Ortsansässigen, denn er sah so wettergestählt aus wie die Swaledaler Schafsböcke, und sein Gesicht war von der vielen frischen Luft so gefurcht, daß es ledrig aussah.

Der alte Mann lächelte nicht (das taten sie hier sowieso selten, es sei denn, ihre Gläser waren leer), aber er tippte höflich an seine Mütze. «Tag.»

«Schönen guten Tag. Wollte hier ein bißchen spazierengehn.»

«Nasser Tag.» Er sah zu den schweren Wolken hoch. «Wird regnen.» Er sah über den See. «Wolln Sie etwa den Hang mit dem Geröll hochlaufen? Sieht einfach aus, isses aber nich. Das Geröll wird schon bald zu großen Felsbrocken.»

«Ich bin mit dem Auto hier.»

«Recht so.»

«Will den Scafell hoch zum Broad Stand.» Er sprach es wie Scaufell aus.

«Nicht doch.» Der alte Mann schob seinen Hut zurück. «Es wird ‹Scarfl› ausgesprochen, das Wort ‹scau› gibt es nicht; wissen Sie, das ‹sca› bedeutet ‹steil›, steiler Hang.»

Für eine etymologische Lektion war Melrose nicht in Stimmung. Er hielt dem Mann die Karte vor die Nase und fragte: «Ist diese Route okay?»

Der alte Mann studierte sie und nickte. «Ab sechshundert Metern wird der Laard's Rake schwierig. Sie könnten hier um Rake's Progress herumgehen.» Er drückte den Finger auf die Karte.

«Danke», sagte Melrose.

Zum Abschied tippte sich der Mann wieder an die Mütze. Dann stieg er in den Buick LeSabre, ließ ihn aufheulen und fuhr davon.

Vor über einer Stunde hatte er den Weiler Wasdale Head hinter sich gelassen. Er konsultierte seine Karte. Die Rettungsstationen und Erste-Hilfe-Kästen waren darauf verzeichnet. Kästen? War es eine Do-it-yourself-Erste-Hilfe-Station? Konnte man dort selbst sein Bein zusammenflicken, wenn es gebrochen war?

Melrose hatte schwere Wanderschuhe erstanden (er bezweifelte, daß er sie je wieder benutzen würde) und einen

Rucksack (da erübrigte sich jeder Zweifel), in dem er Fellowes' Bild, Millies belegte Brote, ihren kleinen Kompaß und ein Fernglas verstaut hatte.

Als er an Brown Tongue und den Hollow Stones vorbeigegangen war, mußte er sich schon wieder Steinchen aus den Schuhen schütteln; er zog eine Socke aus und inspizierte zwei Zehen, ob dort wohl auf denen schmerzende Hühneraugen entstanden, sowie die Ferse, auf der sich eine Blase gebildet hatte. Masochistisch wie er war, saß er neben einem Kreuz, das an einen tödlichen Unfall von vier Wanderern um die Jahrhundertwende erinnerte. Der Kletterer, von dem sie ihm erzählt hatten, kam ihm in den Sinn. Wo war das gewesen? Am roten irgendwas... Der Kletterer war tödlich gestürzt und war wochenlang von seinem treuen Hund bewacht worden. Wenn Melrose von einem Felsvorsprung fiel, würde ihn ein treuer Bussard bewachen.

Am Rake's Progress hatte er aufgegeben. Angesichts der Torheit, hier herumzukraxeln, mußte er unwillkürlich an Hogarths Bildgeschichte gleichen Namens über die Ausschweifungen des Trinkens denken. Die Route hatte ihn fast zwei Kilometer und (wegen der rutschenden Steine) eineinhalb Stunden auf allen vieren gekostet, dann war er den Weg zurückgegangen und hatte sich entschieden, doch der ursprünglichen Route zu folgen.

Das Ärgerliche an dieser hirnrissigen Wanderung war weniger, daß der Blick auf den Broad Stand ihm am Ende wahrscheinlich nichts enthüllen würde, sondern vielmehr, daß soviel *körperliche* Aktivität damit verbunden war. Und selbst *das* wäre nicht so schlimm, wenn er nach vollbrachter Tat seine Schritte – ganz der tapfere Bergsteiger – lässig ins Old Contemptibles hätte lenken und dort erzählen können, er habe eine Fahne auf einem der Scafell-Gipfel gehißt. Mein Gott, und Wordsworth hatte da oben Picknicks veranstaltet, und Coleridge war zum Briefeschreiben hochgeschlendert. Coleridge war aber auch ein passionierter Kletterer gewesen, der vor nichts Angst hatte.

Der Regen fiel in beständigen scharfen Güssen, und Melrose bereute, daß er kein Cape mitgenommen hatte. Er war völlig durchnäßt. Er stapfte mühsam die Geröllrinne namens Lord's Rake hoch und war etwas zufriedener, als er zwei Wanderer sah, die in Gummicapes heruntergestapft kamen. Sie grüßten, grinsten wie die Honigkuchenpferde und bezeichneten das Ganze als «absolut grandios». Wenn doch auch Melrose ein Mann für schöne Panoramen und nicht ein Mann für den Kamin, einen schnarchenden Hund und ein Glas Graham's Port gewesen wäre!

Zwei Stunden lief er unermüdlich weiter bergauf, bergab, kam schließlich an einen Hang und stieg den Scafell Crag hinunter. Es war nicht leicht, aber wenigstens war sein Ziel nicht mehr fern.

Und dann war er da: am Beginn des Übergangs nach Mickledore und dem steilen Felsüberhang, den Virginia Holdsworth hinuntergefallen war. Der Broad Stand schien gar nicht mal so ein schwieriges Hindernis auf den Weg zum Gipfel des Scafell zu sein. Aber den Versuch würde er todsicher nicht riskieren. Er drehte sich um und ging ein paar Meter nach Osten, bis er den tiefen Spalt in dem Felsen sah, der «Die Agonie des fetten Mannes» genannt wurde. Er konnte jemanden von seinem Körperbau leicht Unterschlupf bieten. Wäre doch nett, wenn er Agatha einmal hier hochlocken und es an ihr ausprobieren könnte.

Melrose ging hindurch und trat auf ein Plateau. Die Wände waren aus glattem Stein, und er sah keinen Weg, auf dem man nach oben oder hinausgelangen konnte, ohne richtiggehend zu klettern.

Er ging hinaus und untersuchte penibel die Szenerie an der

Stelle, wo Francis Fellowes seine Staffelei aufgebaut hatte; Melrose nahm das Bild aus dem Rucksack. Glücklicherweise hatte der Regen nachgelassen, so daß er etwas von dem Spiel von Licht und Schatten sehen konnte. Als Fellowes das Bild gemalt hatte, war das Licht intensiver gewesen, wodurch ein stärkerer Kontrast zwischen Licht und Schatten entstanden war. Melrose nahm die Polaroidkamera heraus und knipste drei Bilder aus verschiedenen Blickwinkeln.

Es stand völlig außer Frage. Kein Weg hinaus, kein Weg hinunter, kein Weg zurück außer über den gefährlichen Broad Stand oder dem Rückzug auf dem Weg, den man gekommen war.

Mittlerweile war es später Nachmittag. Melrose packte seine Ausrüstung zusammen und ging.

36

«BOOTLE?» FRAGTE DAS MÄDCHEN bei der Touristeninformation in Grasmere. «Das müßte auf der anderen Seite von Coniston Water sein.»

«Nein. Boone. Es ist nur ein kleines Dorf», sagte Jury. «In der Nähe von Wasdale Head oder dem Wast Water.»

Das hübsche Mädchen runzelte über die Karte gebeugt die Stirn. Ihre Haare hatten die Farbe der Osterglocken, ihre Augen die Farbe des Ullswater. «Ja. Hier ist es. Aber das ist eine recht lange Fahrt. Auf der Fähre würden Sie wenigstens über den Lake Windermere nach Hawkshead kommen.» Sie sah Jury an und lächelte fröhlich.

«Und wo legt die Fähre ab?»

«Die fährt nicht.»

«Dann muß ich wohl davon ausgehen», sagte Jury, der sich beherrschen mußte, nicht die Geduld zu verlieren, «daß wir sie nicht nehmen können.»

Ihr Lächeln erstarb. «Sie fährt erst wieder im April. Jetzt ist noch März.»

Sie sagte es, als sei sie persönlich für die Abfolge der Monate verantwortlich, und er fragte sie freundlich: «Wie kommt man dann nun am besten nach Boone?»

«Bitte?» Während sie sich eine Osterglockenhaarsträhne um den Finger wickelte, schien sie sich Jurys Gesicht einzuprägen.

«Boone. Wast Water. Und wir sind etwas in Eile.»

Wiggins machte allerdings nicht den Eindruck, als sei Eile geboten. Er drehte in aller Ruhe den Ansichtskartenständer, nahm eine Karte heraus, steckte sie wieder hinein, nahm eine andere heraus.

«Oh. Ja.» Sie beugte sich wieder über die Landkarte auf dem gläsernen Schaukasten, in dem Souvenirs aus dem Lake District ausgebreitet waren. «Über Ravenglass, würde ich sagen. Da müssen Sie am Windermere vorbeifahren, hinunter nach –»

«Aber die Straße führt nach Süden, und wir wollen nach Südwesten.»

«Es ist die einzig halbwegs befahrbare Straße, auf der Sie fast bis zum Ziel kommen. Wast Water ist so isoliert. Die anderen Seen könnten Sie fast alle über gute Straßen erreichen.»

Sie hätte es eindeutig lieber gesehen, wenn sie zu einem anderen See gefahren wären. «Dann sagen Sie mir eine *schlechte* Straße. Es muß doch eine geben, bei der man nicht einen so großen Umweg machen muß.»

Jetzt zog sie die Haarlocke zwischen den Lippen hindurch und betrachtete Jury tiefgründig und kummervoll.

Jury zeigte auf eine kleine Straße, die wie eine relativ gerade Strecke von Ambleside aus wirkte, ein paar Kilometer südlich von Grasmere. «Wie wär's denn mit der hier?» Sie führte direkt in die Gegend von Wasdale. «Hier steht Wrynose Pass.»

«Aber den wollen Sie doch nicht nehmen.»

«Warum nicht?»

«Er ist furchtbar holprig und kurvenreich. Und», sie sah aus dem Fenster und dann auf ihre kleine Armbanduhr, «die Dämmerung könnte hereinbrechen, während Sie noch auf der Straße sind.»

Jury lächelte, faltete die Karte zusammen und ließ eine Pfundmünze auf den Schaukasten fallen. «Wir haben keine Angst vor der Dunkelheit.»

Er zog Wiggins von den Ansichtskarten weg, drehte sich um und winkte dem Mädchen noch einmal. Sie sah bekümmert aus, vielleicht dachte sie, sie schickte ihn in den sicheren Tod.

Als sie den Wrynose Pass endlich hinter sich hatten, war Wiggins kalkweiß. «Holprig? *Kurvenreich*, haben Sie gesagt?»

«Aber der Blick ist schön», sagte Jury, der gar nicht hinschaute, weil es neben der Straße so steil abfiel. Er fuhr mit dem Finger die Route entlang.

«Schön? Wir sind von Bergen umzingelt.» Wiggins sah hinauf. «Und Schluchten.» Wiggins sah hinunter. Er hatte das Auto auf einen kleinen Rastplatz gefahren. Die gab's in rauhen Mengen.

«Macht nichts, Wiggins. Sie waren schon immer ein großartiger Fahrer. Und es sind nur noch ein paar Kilometer.» Wohl wahr. Aber *was* für Kilometer. «Genau hier, sehen Sie, ist ein Pub. Da können wir anhalten und was trinken – ein Bier, einen Tee, was Sie wollen.» Zum Beweis zeigte Jury Wiggins auf der Karte das Woolpack, das am anderen Ende dieser gottverlassenen Straße stand.

Aber er achtete darauf, daß er die unschuldig aussehenden kleinen V, die den Hard Knott Pass bedeckten, mit dem Finger verdeckte. Die Steigung betrug zehn Prozent, es ging steile Hänge und tiefeingeschnittene Rinnen hoch.

Das Schlimmste stand ihnen nämlich noch bevor.

«Nie wieder», sagte Wiggins eine Stunde später und wischte sich die Stirn ab.

Jury kniff die Augen zusammen. Wenn er es noch einmal sagte...

«Nie wieder. Auf die Straße kriegen Sie mich nie wieder.»

Ein Kaffee im Woolpack hatte ihn keineswegs besänftigt. Er wollte ein heißes Bad und ein Abendessen im Pub in Boone.

«Meine Güte, Wiggins, auf der Straße fahren doch auch noch andere Autos.» Natürlich waren die anderen Autos genau wie Wiggins mit 5 km/h gefahren. «Ein paar Fahrer haben uns sogar angelächelt und gewinkt.»

«Touristen, Sir. Touristen ist es egal, ob sie sterben, Hauptsache, sie sind im Urlaub.»

Vor dem Schild des Old Contemptibles kehrte die Farbe in Wiggins' Wangen zurück.

Sie stellten den Ford auf dem winzigen Parkplatz ab und betraten das Pub durch eine Tür, auf der in schnörkeliger Schrift und bröckelnder weißer Farbe EINGANG stand; gegenüber dieser Tür ging es dann durch eine weitere Tür in den Schankraum.

Der Flur war dunkel und ruhig. Nur ein schwerer Mahagonisessel, ein paar Vogeldrucke und ein Empfangstisch mit dem Gästebuch waren zu sehen. Neben dem Tisch wies ein Schildchen potentielle Gäste an, den Klingelknopf darunter zu betätigen. Was Jury tat.

Die Frau, die herbeistürzte, trug einen Becher Tee auf einem Teller mit Keksen und sah Jury so hoffnungsfroh an wie Wiggins die Kekse. Sie hatten nicht zu Mittag gegessen und seit Penrith außer bei ihrem Stopp im Woolpack nichts zu sich genommen. Und auch diese Mahlzeit hatte nur aus Kaffee und einem trockenen, klebrigen Doughnut bestanden, den Wiggins verschmäht hatte. Er zog es vor, sich mit Kohlekeksen bei Kräften zu halten.

Mrs. Fish (als welche sie sich vorstellte), die Geschäftsführerin, hatte nicht mit Make-up, Ketten, Armbändern und Ringen gegeizt. Oh, selbstverständlich könnten sie bei ihr unterkommen. Sie stellte sich vor die drei Schlüssel am Brett über dem Empfangstisch und überlegte.

«Sie wollen doch sicher eine eigene Toilette.»

«Ja, wollen wir», sagte Wiggins barsch.

«Das geht in Ordnung. Es kostet dann allerdings zwei Pfund mehr pro Zimmer. Haben Sie unterschrieben? Gut. Kommen Sie mit mir.»

Sie gingen die baufälligen Treppen hoch in einen engen kleinen Flur, der dem unten in nichts nachstand und von dem drei Zimmer abgingen, zwei auf der einen und eins auf der anderen Seite. Am Ende war eine vierte Tür.

«Da sind wir», sagte Mrs. Fish, öffnete die Türen zu zwei Zimmern und steckte die Schlüssel in die Schlösser. «Das Bad ist gleich da am Ende des Flurs.»

«Aber das ist ein Etagenbad!» sagte Wiggins, hungrig, schmutzig und empört.

«Ja, aber außer Ihnen ist doch keiner da, oder?» sagte Mrs. Fish, ob ihres Improvisationstalents verschmitzt mit den Augen zwinkernd. Dann entfernte sie sich, nicht ohne dem Sergeant zu versichern, daß sie im Schankraum eine Kanne Tee für sie bereithalten werde.

Aus dem kleinen Fenster links neben der Haustür von Tarn House starrte ein Paar Augen. Das kleine Mädchen war wahrscheinlich zehn oder elf. Bevor Jury den Türklopfer anheben konnte, ging die Tür auf.

Sie hatte große, wunderschöne Augen, hübsches, schulterlanges rotbraunes Haar und einen Pony bis fast über die Augenbrauen.

Jury stellte sich und Wiggins vor und fügte hinzu: «Ich wette, du bist Millie.»

Das kleine Mädchen schreckte kurz zusammen, zeigte aber ansonsten keine Regung, als wollte sie beweisen, daß sie nichts mehr überraschen konnte. Sie saugte ihre Wangen ein, nickte und verkreuzte die Arme vor der Brust. Um abzulenken, warf sie einen Blick auf den schwarzen Kater zu ihren Füßen und sagte ein paar strenge Worte zu ihm; aber auch der Kater war durch nichts zu erschüttern. Er wich nicht von der Stelle und starrte die Eindringlinge unbeirrt an.

Jury fragte, ob Mr. Plant da sei.

«Draußen. Er ist nach dem Lunch losgegangen und noch nicht zurückgekommen.» Es klang, als befürchtete sie, daß er nie wiederkommen würde.

«Es wäre nett, wenn du mich zu Mr. oder Mrs. Holdsworth bringen könntest und Sergeant Wiggins hier zu Miss Galloway.» Da Jury Madeline Galloway schon in London getroffen hatte, sollte Wiggins mit ihr und George Holdsworth sprechen; Jury mit Genevieve und Crabbe.

Sie waren von der Polizei. Von *Scotland Yard*. Millie Thale gab sich Mühe, daß die Aufregung in ihren Augen nicht auch noch in ihrem Gesicht glänzte. Sie befahl Wiggins «hierzubleiben» und führte Jury zu einer riesigen Doppeltür.

Der schwarze Kater blieb bei Wiggins. Der allerdings tat so, als bemerke er ihn nicht.

«Virginia?» Crabbe Holdsworth war offensichtlich überrascht, daß ihr Name überhaupt erwähnt wurde. «Mit Absicht *gestoßen?* Wie kommen Sie denn *darauf?*» Mit einem Ruck, als habe ein Marionettenspieler plötzlich die Schnüre gezogen, stand er auf. «Ich dachte, sie wären wegen der armen Jane gekommen!»

«Bin ich auch», sagte Jury. «Möglicherweise besteht ein Zusammenhang zwischen Janes Tod und dem Tod Ihrer ersten Frau.» Der Mann schien aufrichtig erschüttert zu sein. «Mr. Holdsworth, es tut mir leid, wenn Sie das jetzt aufwühlt, aber in dieser Familie hat es sehr viele Unglücksfälle gegeben.»

Anstatt sich wieder zu setzen, machte Crabbe ein paar Schritte zu der Wand, an der die Ibbetson-Drucke und ein Aquatintastich von Gilpin hingen. «Daran müssen Sie mich nicht erinnern.» Einige Augenblicke lang studierte er die Bilder, dann ging er, die Hände auf dem Rücken, zu den Bücherregalen. «Aber darum finden Sie mich hier.»

«Wie bitte?»

Crabbe drehte sich um. «Bei meinen Büchern und Bildern. Die Bibliothek ist meine Zufluchtsstätte, das habe ich mit Robert Southey gemeinsam. Die Lake-Dichter hatten auch ihre Unglücksfälle. Wordsworth war anscheinend weitgehend dagegen gefeit. Vielleicht wegen seiner Veranlagung», fügte er nachdenklich hinzu.

Da stand der Mann, starr und steif, und Jury lauschte den unvermeidlichen Präliminarien, dem Abschweifen zu den persönlichen Interessen, das man so oft über sich ergehen lassen mußte, bevor man den Zeugen, den Verdächtigen oder wen auch immer zurück zum Thema bringen konnte. Merkwürdigerweise verstummte Crabbe Holdsworth plötzlich. Doch er schien ganz versunken in das vergangene Jahrhundert. Er schien überhaupt ein verträumter Mann mit wenig praktischem Menschenverstand zu sein, einer, der flüchten oder vergessen konnte.

Von ihm war keine großartige Hilfe zu erwarten.

Die Dinnerparty war am Abend vorher gewesen, und doch hatte Jury nach Melrose Plants frühmorgendlichem Bericht die Gästeliste klarer im Kopf als Crabbe Holdsworth, der mehrere Stunden mit den Leuten verbracht hatte. Er konnte sich nicht mehr daran erinnern, worüber sie geredet hatten, (nur an seine eigenen Kommentare); an die Dame, die sein Vater Adam mitgebracht hatte, konnte er sich auch nicht mehr erinnern (er wußte nur noch, daß eine Frau dagewesen war), und auch nicht an Einzelheiten des Menüs, außer an die exzellenten Austern und den Hasen, den sein Bruder geschossen hatte.

Jury beobachtete, wie Crabbe seinen Blick wieder über die Drucke und Bilder schweifen ließ, und fand es interessant, daß er kein geistiges Auge zu haben schien, das in kleinen Blicken und Beobachtungen die verschiedenen Szenen eingefangen hätte, die doch sicher durch die Sitzordnung der Gäste am Eßtisch entstanden waren.

Es erschreckte Jury beinahe, daß es einem Mann, der sich am liebsten mit Persönlichkeiten wie Wordsworth, Coleridge und De Quincey beschäftigte, so gänzlich an Erinnerungsvermögen mangelte.

Sie erinnerte sich.

«Maurice Kingsley war ziemlich betrunken. Na ja, das können Sie sich ja vorstellen, nachdem ihn die Polizei immer wieder in die Mangel genommen hat. Soweit ich weiß, war er in London, als Jane gestorben ist.»

Während sie sich in ihrem enganliegenden rosenholzfarbenen Kleid in der Ecke der Chaiselongue zurechtsetzte, die ihr mehr Bewegungsfreiheit gab als jeder Sessel, schien sie wunschlos glücklich. Sie konnte sich mit ausgestrecktem Arm zurücklehnen; sie konnte sich vorbeugen und eine Zigarette entgegennehmen. «Er war *dort*.»

Jury saß in einem Ohrensessel und beugte sich vor, um ihr Feuer zu geben. «Sie aber auch, Mrs. Holdsworth.»

Das erwischte sie, als sie gerade ihr dunkles Haar zurückstrich, um es vor der Flamme zu schützen. «Aber *nicht* auf einer Bank praktisch auf der Türschwelle des Opfers!»

Jury sagte nichts, sondern ließ sie mit ihrem Whisky und Soda herumhantieren und weiterreden.

«Warum wird Janes Tod so gründlich untersucht? Natürlich ist es schrecklich.» Sie inspizierte einen rosalackierten Fingernagel. «Aber auf jeden Fall hat sie sich selbst umgebracht.»

«Wahrscheinlich schon.» Seit Jury an diesem Morgen mit Pete Apted geredet hatte, mußte er immer wieder an ihn denken. «Wahrscheinlich schon.»

Sie zuckte mit den Schultern. «Dann ist es doch egal, wer wann wo war.»

«Tatsache ist, Mrs. Holdsworth, daß sich in den letzten sechs Jahren in dieser Familie zwei vermeintliche Unfälle und zwei vermeintliche Selbstmorde ereignet haben. Kommt Ihnen das nicht sehr unwahrscheinlich vor?»

«Wieso ‹vermeintlich›? Was wollen Sie damit sagen?»

«Ein Jahr nach dem tödlichen Sturz von Virginia Holdsworth erhängt sich ihr Sohn unten im Pförtnerhaus. Ein paar Wochen später widerfährt Annie Thale, ihrer Köchin, ebenfalls ein tödlicher Sturz, und zwar von dem Grundstück in Wast Water. Jetzt, etwa fünf Jahre später, tötet sich Jane Holdsworth. Gehen wir davon aus, die Selbstmorde waren welche», sagte Jury traurig, «und betrachten wir mal nur die ‹Unfälle›. Fangen wir bei Virginia Holdsworth an.»

Sie schwenkte ihr Glas, so daß der Whisky kleine Wellen schlug. «Reden Sie mit Francis Fellowes. Er war da.»

«Jetzt rede ich mit Ihnen.»

Mit geradezu entwaffnendem Selbstbewußtsein strich sie sich übers Haar. «Mr. Jury, die örtliche Polizei hat das untersucht; gut, ich nehme an, das mußten sie, weil es kein natürlicher Tod war. Entweder war es Francis – der keinen Grund dazu gehabt hätte –, oder es war keiner. Keiner. Die Leute gaben sich mit dem Offen*sicht*lichen ganz zufrieden.»

Sie dehnte das Wort, und Jury dachte wieder an Pete Apted.

«Akzeptieren Sie es um Himmels willen: ein Februartag mit glitschigen Felsen und Eis und dem tückischen kleinen Vorsprung. Ginny ist *gefallen*.»

«Ich akzeptiere das Offensichtliche noch nicht so ganz. Sie nennen sie ‹Ginny›. Kannten Sie sie gut?»

«Nein, eigentlich nicht.» Ihr leichtes Schulterzucken wirkte überzeugend gleichgültig. «Ich habe sie *und* Crabbe – wenn es das ist, was Sie denken – kennengelernt, als ich vor sechs, sieben Jahren mit ein paar Freunden hier Urlaub gemacht habe.» Sie seufzte. «Ein fataler Urlaub war das. In London bin ich lieber.»

Jury hätte über diese Vorliebe fast gelacht. «Die Kreditkarte bei Harrods bloß nicht kalt werden lassen, so was in dem Dreh?»

Genevieve lachte. «Genau.»

«Fatal war es auf jeden Fall für Virginia.» Jury war überrascht, daß Crabbes zweite Frau auf diese Anspielung völlig gelassen reagierte.

«Ich war zufällig da, Mr. Jury. Sagen wir, ich wurde seine Frau, weil er sich über den Verlust hinwegtrösten mußte.»

Jury lächelte. «Könnte man so sehen, aber Sie sehen nicht so aus, als würde Ihnen die Rolle genügen.»

«Das ist aber ein merkwürdiges Kompliment.»

«Könnte irgend jemand einen Grund gehabt haben, Virginia Holdsworth zu ermorden?»

Wieder seufzte sie und sah auf den Tisch mit den Getränken. «War wohl nichts mit dem Kompliment. Sie meinen doch bestimmt mich. Um an das Geld der Holdsworths ranzukommen?» Sie sah fast gelangweilt aus. «Dann hätte ich mich aber besser um Adam bemüht.»

Er fand ihre eisige Offenheit irgendwie entwaffnend. Aber Offenheit war eine beliebte Masche von Tätern. «Was war mit Graham Holdsworth und Annie Thale?»

Sie dachte kurz nach und schwenkte wieder ihr Whiskyglas. «Warum nennen Sie sie in einem Atemzug, Superintendent?»

«Aus dem offensichtlichen Grund, daß sie zusammen gestorben sind. Sehr kurz hintereinander.»

Das interessierte sie. «Hm, ich weiß, daß Grahams und Janes Scheidung unmittelbar bevorstand. Aber ich kann mir nicht vorstellen, daß Annie etwas damit zu tun hatte. Oder sind Sie der Meinung, daß immer schon eine andere Frau auf der Matte steht?» Sie kippte den restlichen Whisky mit einer Nonchalance herunter, die sehr viel sympathischer war als die Posen und Manieriertheiten.

«Warum hatten sie Ihrer Meinung nach Probleme?»

«Jane war schwermütig; Graham verwöhnt. Keiner von beiden hatte je hart arbeiten müssen. Sehen Sie *mich* doch nicht so an. Die zarten Hände, die Sie so scharf mustern, sind die Hände einer ehemaligen Stenotypistin.»

«Was war mit Annie Thale?»

«Was soll mit ihr gewesen sein? Sie war eine vorzügliche Köchin. Meinen Sie, Talent zum Kochen liegt in den Genen? Ihre Tochter Millie kocht auch bemerkenswert gut. Manchmal frage ich mich schon, wieviel Mrs. Callow in der Küche eigentlich noch *tut*.»

Dieses kleine Rätsel schien Genevieve mehr zu interessieren als der Tod von Millies Mutter. Ihr Gedächtnis war besser als das ihres Mannes, ihre Wertvorstellungen nicht. Er bezweifelte, daß das Gespräch mit ihr ihn weiterbringen würde. Trotzdem fragte er: «Dann sind Sie ganz sicher, daß es ein Unfall war?»

Sie erhob sich, atmete tief durch und ging noch einmal zur Karaffe. «Ganz sicher bin ich nie. Aber warum in Gottes Namen soll es etwas anderes gewesen sein?» Nach einem Blick zur Uhr auf dem Kaminsims sagte sie: «Sie werden doch später etwas mit uns trinken? Oder vielleicht hier zu Abend essen?»

Jury fand, daß sie angesichts der Umstände mit dieser Einladung ziemlich weit ging. Aber sie hatte sich schon kräftig in die Cocktailstunde hineingetrunken. «Gern, danke. Aber ich möchte noch mit den anderen sprechen. Zum einen mit Francis Fellowes.»

«Francis? Er wohnt im Pförtnerhaus. Da sind Sie vorbeigekommen. Es ist ja noch ein bißchen hell draußen. Vermutlich ist er noch mit seinen Farben draußen. Aus irgendeinem Grund malt er immer Wast Water. Er scheint wie besessen davon.»

Genevieve erklärte Jury den Weg und schien fast traurig darüber, daß er sie verließ. Vielleicht war selbst die Polizei für sie eine willkommene Abwechslung.

«Keine sehr liebenswerte Person, diese Madeline Galloway», sagte Wiggins und entfernte den Deckel von einem kleinen zusammenklappbaren Trinkbecher, den er dann wie eine Ziehharmonika auseinanderzog. «Irgendwas ist da faul.» Aus der hinteren Hosentasche nahm er einen lederbezogenen Flachmann, der zusammen mit einem Fernglas zur Grundausstattung eines Rennbahnbesuchers hätte gehören können. Wiggins hatte Mineralwasser hineingefüllt. «Eins kann ich Ihnen sagen, sie mochte ihre Schwester nicht; außerdem kann ich Ihnen sagen, daß sie Virginia Holdsworth nicht mochte und Genevieve Holdsworth nicht mag.» Er nahm einen Schluck Wasser, schüttelte eine zweifarbige Kapsel aus einem Gläschen und warf sie sich in den Rachen. Die diversen Utensilien verstaute er wieder in den dazugehörigen Schatullen.

Dann fuhr er fort. «George Holdsworth war nicht besonders hilfreich. Ich mußte mit Höllenhunden konkurrieren, um mir Gehör zu verschaffen. Er mochte Virginia sehr, hat er gesagt. Seine Gefühle den anderen gegenüber sind schwer zu ergründen. Aber er mochte Jane Holdsworth. ‹Eine Tragödie. Obwohl es mich nicht überrascht.› Das hat er gesagt. *Mich* hat es ein bißchen überrascht. Er war der Meinung, daß sie in den Selbstmord getrieben wurde. Das Wort hat er benutzt: ‹getrieben›. Und dabei ist er sonst so wortkarg.»

Jury sagte nichts. Sie stiegen ins Auto. «Und die Hausangestellten?»

Wiggins verzog das Gesicht. «Ein schreckliches Paar. Hawkes war gerade dabei, Silber zu putzen, und nahm kein Blatt vor den Mund, denn er hatte nichts gegen ein ordentliches Pläuschchen.» Wiggins' Nase juckte. Er kramte ein großes Taschentuch heraus, als er den Niesanfall kommen fühlte.

«Gehen wir, Wiggins; eine kleine Seebrise wird Ihnen guttun.» Wiggins sah ihn nur an.

Die Oberfläche von Wast Water war grau, gekräuselt und sah eisig aus, kein Gewässer, das seinem Sergeant besonders gut tun würde. Das Vulkangestein schuf einen ehrfurchtgebietenden, geradezu beängstigenden Anblick. Am anderen Ende des Sees erhob sich das stahlgraue Felsmassiv von Scafell und Great Gable, während die Screes, der Geröllhang am gegenüberliegenden Ufer, völlig anders aussahen. Es war ein riesiger zerklüfteter Berghang, vom vielen Regen ausgewaschen.

Das wenige verbleibende Licht wechselte dauernd. In den paar Augenblicken, die Jury und Wiggins brauchten, um das Auto zu verlassen und sich über Gestein und Moose einen Weg zu bahnen, änderte sich die Farbe des Sees von Grau zu Schiefergrüngrau zu Umbra, je nachdem, wie die Wolken gerade standen.

Weil Licht und Schatten rasch wechselten, hatte der Maler nicht nur eine, sondern drei Leinwände aufgestellt, und als Jury und Wiggins ihm entgegengingen, lief er hastig von einer zur andern, um die Bewegung des Lichts einzufangen.

«Mr. Fellowes?»

Der Maler wandte sich schnell von der am nächsten gelegenen Leinwand ab, starrte sie an und drehte sich genauso schnell wieder um. «Verdammt!» schrie er und warf den Pinsel auf die Staffelei. «Das war's dann ja wohl!» brüllte er, nicht zu Jury und Wiggins, sondern zu den daherziehenden Wolken, den Screes und dem See selbst. Es sah wirklich alles finster aus in diesem gespenstischen ersten Frühlingslicht. «Vielen Dank auch!» blaffte er.

Dieser Ausruf war vermutlich gegen sie gerichtet, aber genauso leicht konnte er der Natur vorgeworfen haben, daß sie sich weigerte, für sein Bild Modell zu sitzen.

«Verzeihung, daß wir Sie bei der Arbeit stören. Sie sind Francis Fellowes?»

Er begann sich umständlich die Hände an einem Lappen abzuwischen und sagte: «Ja, sieht fast so aus.» Genauso gleichgültig murmelte er vor sich hin, als Jury und Wiggins ihre Ausweise zeigten. Ihm war es vermutlich egal, wer von ihnen dreien wer war.

Wiggins ging sofort los, um sich die Blätter von Wast Water näher anzusehen.

«Wir sind wegen Ihrer Cousine Jane Holdsworth hier, Mr. Fellowes.»

«Schon wieder? Es war doch neulich erst ein Inspector aus London hier.»

«Ja, Inspector Kamir, er leitet den Fall. Ich bin nur zufällig ein Freund von Jane Holdsworth gewesen.»

«Oh», sagte Fellowes unverbindlich. Dann rief er über die Schulter. «Sergeant! Seien Sie da bitte vorsichtig, ja?»

Wiggins hatte alle Leinwände begutachtet und rief zurück. «Das mittlere hier gefällt mir sehr gut, Sir.»

Fellowes, der nur dann etwas zu empfinden schien, wenn es um seine Arbeit ging, brüllte zurück: «Es geht nicht darum, was Ihnen oder mir *gefällt*. Es geht um das, was wir *sehen*.» Dann schaute er sich in der Weite, die eben noch seinen Strich so inspiriert hatte, um, als sei die Szenerie zum Verräter geworden und auf die Größe einer Gefängniszelle zusammengeschrumpft. Er sah aus, als wolle er ausspucken.

Wiggins war zurück, er ließ sich nicht beirren. «Das mag ja sein, Sir; aber auch mit drei Leinwänden – das Licht wird nie dasselbe sein. Auch morgen oder übermorgen nicht. Ist Ihnen das nicht klar?»

«Nein, Sergeant. Ich bin zu sehr damit beschäftigt, das Licht zu malen, als mich um solche Kleinigkeiten zu kümmern. Ich bin als Amateurmaler schließlich genauso schlecht wie Sie als Amateurpolizist.»

Das hatte er ohne jegliche Boshaftigkeit gesagt. Wiggins hätte sich aber ohnehin nicht darum geschert, auch nicht, wenn Fellowes Worte wie Kugeln abgefeuert worden wären. Wiggins war gegen Kugeln gefeit.

«Wie gut kannten Sie Jane Holdsworth?»

Fellowes sammelte seine Farbtuben ein. «Ziemlich gut. Gut genug, um überzeugt zu sein, daß sie sich nicht selbst umgebracht hat.»

Jury war überrascht, daß er ihnen so entgegenkam. «Warum?»

Er zuckte mit den Schultern. «Ich sehe keinen Grund; sie war nicht der Typ; sie mochte Alex zu sehr, ihren Sohn.» Er blickte von Jury zu den Staffeleien. «Hören Sie, müssen wir diese ‹Wo waren Sie an dem Abend des soundsovielten›-Leier durchgehen? Ich muß nämlich meine Leinwände zurück ins Haus schaffen.»

«Das weiß ich ja alles von Inspector Kamir. Aber ich würde gerne später einfach mal mit Ihnen über ihre Eindrücke sprechen, wenn das geht, Mr. Fellowes.» Jury folgte ihm zu einem alten Lieferwagen.

«Dann können Sie mich im Old Contemptibles finden. Da bin ich, wenn ich nicht hier oder im Haus bin.»

Fellowes verstaute seine Ausrüstung hinten im Auto, die Leinwände schob er vorsichtig hinein, damit sie nicht verrutschten. Dem Kommentar zu dem mittleren Bild, der sich schon fast sichtbar auf Wiggins' Lippen zu formen begann, kam Jury zuvor, indem er dem Sergeant auf den Fuß trat.

Fellowes fuhr ab.

«Sie sehen fix und alle aus, Wiggins. Gehen Sie ins Pub und legen Sie sich aufs Ohr. Und essen Sie was zu Abend. Lassen Sie mich bei Castle Howe raus.»

Wiggins wurde munterer, sagte aber pflichtbewußt: «Sie brauchen das Auto, um zum Pub zu kommen.»

«Machen Sie sich darüber keine Sorgen. Ich will die Psychiaterin treffen, Helen Viner.»

«Was ist mit Kingsley?»

«Ich will lieber warten, bis ich die Briefe gesehen habe, die Mr. Plant hat. Wissen Sie, ich kann mir gar nicht vorstellen, daß Melrose Plant den ganzen Tag draußen herumwandert.

Meine Güte, zu Hause schafft er es nicht mal von seiner Haustür zur Gartenbank.»

«Ab ins Pub, Sir», sagte Wiggins, lächelte und rieb sich den Fuß.

37

Eine stämmige Frau saß hinter einem polierten, hotelähnlichen Empfangstisch über einem hotelähnlichen Gästebuch. Darüber hing ein großer Mahagonikasten mit Brieffächern. Sie strickte etwas, das wie ein endlos langer Schal aussah, und fixierte Jury argwöhnisch über ihren Brillenrand hinweg.

Es sei Abendbrotzeit (sagte sie, als sei diese Stunde hochheilig), und Mrs. Colin-Jackson dürfte nicht gestört werden. Sie mache die Buchführung. Zu der Dame wolle er nicht (erinnerte er sie), sondern zu Dr. Helen Viner.

Mrs. Colin-Jackson habe die Anordnung gegeben, jeden zu sehen, der zum erstenmal das Castle besuche. Sie machte sich nicht einmal die Mühe, von der schwarzen Wolle aufzublikken oder mit dem Nadelgeklapper aufzuhören.

«Dann holen Sie sie.» Jury hielt ihr die lederne Brieftasche mit seinem Ausweis direkt vor die Brille.

Sie fuhr in ihrem Stuhl nach hinten. Aber wenigstens erhob sie sich dann auch.

Arm ist hier niemand, dachte Jury, als er die luxuriösen Teppiche sah, die Antiquitäten, die in einem großen Aufenthaltsraum um einen Kamin gruppiert waren, die schweren Vorhänge, die edle Tapete und die Einbaubücherschränke.

Von irgendwoher drang durch den Flur mit dem dicken Teppich Rufen und Klirren. Er ging zurück, um es sich genau anzusehen. Zu seiner Rechten war ein feudales Eßzimmer, blau angestrichen, weißer Stuck an der Decke, Silber und Kristall (sogar die Weingläser), weiße Tischtücher und Leinenservietten. Mit einer davon schlug eine magere Frau, deren Bräune und Muskeln ihre innige Verbundenheit mit echten oder falschen Sonnen, Tennisplätzen, Pferden und Swimmingpools bezeugte, nach einer dicklichen, die die Schläge mit einer Serviette parierte, die sie in ihrem Weinglas naß gemacht hatte. Tröpfchen flogen, Servietten sausten durch die Luft. Munter verzehrten die Gäste etwas, das wie eine französische Sahnekreation aussah. Zeit und Aufmerksamkeit mußten sie allerdings zwischen dieser kleinen Schau und einer weiteren auf der anderen Seite des Zimmers aufteilen. Ein Mann zielte trotz einer gelähmten Hand mit einem Baiser auf eine Frau, die sich erhoben hatte und ihn mit einem Besteckteil bedrohte.

Rundum Applaus.

Jury stand da, die Hände in den Taschen, und hoffte auf mehr.

«Ja?»

Die kräftige Stimme kam von einer Frau mit einem kräftigen Kinn. Sie war wahrscheinlich Mitte fünfzig, sah aber aufgrund der dünnen roten Linien, die ihre Wangen wie ein Netz überzogen, älter aus.

Mrs. Colin-Jackson. Ihr Gesicht verschwand geradezu unter den Massen von Rouge und pfirsichfarbenem Puder, und sie war umnebelt von einer berauschenden Kombination aus L'Air du Temps und Gin. Sie war sturzbetrunken und konnte gerade noch nach vorne gucken und ihr Lächeln auf einer Seite festhaken. Es sah aus, als habe ihr Mund den Kontakt zu den Muskeln verloren. *Jede* Wette, daß sie die Buchführung erledigt hatte; wer weiß, was eine Steuerprüfung ergeben hätte.

«Dr. Viner?» Mrs. Colin-Jackson rückte ihr Dekolleté zurecht, steckte eine Strähne ihres Haars fest, das gefärbt war, um das Grau zu verbergen, und schien irritiert, weil Jury nicht ihretwegen gekommen war. «Ich vermute, sie ist in ihrer Praxis – sie wohnt auch dort, ein kleines Häuschen am Ende des Parks.» Sie zeigte es ihm. «Den Flur hinunter, dann rechts und durch die Seitentür.»

Jury konnte sie durch das erhellte Fenster sehen, sie hatte den Kopf über den Schreibtisch gebeugt. Die Lampe mit dem grünen Glasschirm überzog ihr Gesicht mit dünnen Rinnsalen aus Licht. Von hier aus gesehen war Dr. Viner eine sehr attraktive Frau.

Aus der Nähe – nachdem sie auf sein Klopfen hin die Tür geöffnet hatte – war sie noch attraktiver; ihr Gesicht war lebendig, ausdrucksstark; ihre Stimme warm. Als Polizist war Jury an warme Begrüßungen nicht gewöhnt. Er sagte ihr, er komme gerade vom Tarn House.

Dr. Viner hatte viel Zeit gehabt, um zu lernen, wie man seine Gefühle verbirgt, es war deshalb schwierig, sie zu überrumpeln. Sie machte die Tür weit auf und bedeutete ihm, hereinzukommen.

«Es ist kein tolles Häuschen», sagte sie. «Aber wenigstens habe ich hier meine Ruhe. Manchmal möchte man ja gern auch mal weg von allem.» Sie nickte in Richtung des Hauptgebäudes und gestattete sich ein boshaftes kleines Lächeln. «Wir haben eine merkwürdige Mischung von ‹Gästen›.»

Jury lächelte. «Ich habe vor dem Eßzimmer gestanden. Ich dachte, die Tortennummer sei mit dem Vaudeville ausgestorben.»

Sie seufzte. «Sind die Bannisters schon wieder zugange? Sie sind ein Ehepaar. Es muß doch reizend sein, zusammen dem Ruhestand zu frönen.»

«Wenn man das Geld hat, äußerst reizend.» Jury saß auf der anderen Seite der grünen Lichtbahn und besah sich ihren Mund und das Kinn. Die Augen lagen teils im Schatten. Sie hatte keine der anderen Lampen angezündet. «Sind sie alle in Behandlung?»

Sie schüttelte den Kopf und lachte. «Oh, mein Gott, nein. Eigentlich die wenigsten. Wir – Dr. Kingsley und ich – sind für die hier, die ein bißchen über die Stränge schlagen. Außerdem gibt es einen praktischen Arzt, der in Boone wohnt, und noch einen in der Nähe von Wasdale Head; und wir haben zwei sehr gut ausgebildete Schwestern.»

«Adam Holdsworth wohnt hier, soweit ich informiert bin.»

«Oh, Adam.» Quietschend schob sie ihren Stuhl zurück, nun war ihr Gesicht vollständig im Schatten. «Er ist einer meiner liebsten ‹Gäste›. Und ganz bestimmt *kein* Patient von mir.»

«Aber sein Enkel war Patient von Ihnen.» Eine plötzliche Stille entstand. Sogar das wellige Meerwasserlicht bewegte sich nicht mehr. «Graham Holdsworth.»

«Ich weiß, wen Sie meinen, Superintendent.»

«Erzählen Sie mir von ihm.»

«Als Freund?»

«Als Patient.»

«Nein.»

Das Wort klang nicht ärgerlich, sondern melancholisch.

«Dr. Viner. Bei einem Mann, der seit fünf Jahren tot ist, wollen Sie sich doch sicher nicht auf das Arztgeheimnis berufen.»

«Es gibt aber Betroffene, die noch leben.»

«Was mir sagt, daß Sie etwas Schmerzliches wissen.»

Sie atmete tief durch, als hätte sie länger den Atem angehalten. «Verdammt», sagte sie heiser. «Ich sollte lernen, meinen Mund zu halten.»

«Das können Sie doch ganz gut.»

Sie lehnte sich über ihre verkreuzten Arme vor, und obwohl ihr Mund weiterhin fest verschlossen war, schien er dauernd lächeln zu wollen. Die Falten in den Mundwinkeln sprachen dafür, daß sie gern lächelte und Humor hatte. «Ich sollte es aber besser können. Und ich verstehe nicht, was um alles in der Welt das mit Jane Holdsworth zu tun hat.»

«Sie vermuten, daß ich deshalb hier bin?»

Wieder quietschte der Drehstuhl, als sie sich zurücklehnte. «Na ja, deshalb waren die *anderen* jedenfalls alle hier – die Polizei. Obwohl ich ehrlich gesagt überrascht bin, daß ein Beamter von Scotland Yard hier auftaucht. Eigentlich war ich schon überrascht, daß der andere Beamte aus London sich hierher verirrt hat.» Sie rollte mit der flachen Hand auf der Schreibtischauflage einen Stift hin und her. «Ich glaube, Sie meinen alle, daß es kein Selbstmord war. Sie meinen, es war Mord.»

«Und was meinen Sie?»

Eine Zeitlang antwortete sie nicht. Sie steckte den Stift in ein Marmeladenglas, das ihre Sammlung Filzschreiber, Füllfederhalter und Bleistifte enthielt. Dann legte sie die Hände übereinander auf ein Buch und senkte den Kopf, als wolle sie die verwirrenden Feinheiten ihrer blaßbläulichen Adern studieren. Sie nahm einen anderen Stift, zog einen Rezeptblock heran, kritzelte ein wenig herum, schob den Block beiseite. Er fragte sich, warum sie so lange schwieg. Keine ihrer Bewegungen wirkte nervös oder zögerlich, sondern eher, als mache sie eine Bestandsaufnahme.

Schließlich richtete sie sich auf, legte die Hände in den Schoß, zog die Schultern leicht nach vorn und sah Jury an: «Nein.»

«Auf welche Frage ist das jetzt die Antwort?»

«Eigentlich auf beide.» Wieder Schweigen. Ihr Schweigen

war so tief wie die Schatten, die sich in den Ecken sammelten und mit den Bewegungen der Zweige des großen Baumes am Fenster immer neue Formen bildeten. Ein Windstoß rüttelte an den Fensterflügeln, wirbelte die Papiere auf ihrem Schreibtisch durcheinander und ließ die kleineren Zweige an den bleiverglasten Scheiben schaben. In seiner Einsamkeit war es Jury, als höre er Finger klopfen, als versuche jemand hereinzukommen.

Beim Sprechen schüttelte sie den Kopf. «Daß jemand, den sie kannte, ihr eine Überdosis gegeben hat, ist schwer zu glauben. Soweit ich weiß, hatte sie keine Feinde. Aber wenn Sie eine eindeutige Antwort wollen... und es muß ja entweder das eine oder das andere gewesen sein –» Sie sah mit äußerst traurigem Gesichtsausdruck zu ihm auf. «Selbstmord war es nicht. Nein.» Sie schüttelte den Kopf. «Ich glaube einfach nicht, daß sie sich das hätte antun können, weder sich selbst noch Alex. Ihrem Sohn.»

«Sie kannten sie ja offensichtlich recht gut.»

«Ja. Wir waren sehr befreundet.»

Nun wurde Jury direkter: «Hatte sie – hatte sie eine Affäre mit Maurice Kingsley?»

Helen Viner war keineswegs schockiert. «Kann ich mir nicht denken. Ich kann sie mir nicht zusammen vorstellen.» Der Gedanke schien sie zu amüsieren. «Ich weiß, daß er an dem Abend dort war. Gestern war die Polizei hier. Verständlich, daß Maurice darüber aufgebracht war; er hat sich auf der Dinnerparty bei den Holdsworths ganz schön betrunken.» Sie zuckte die Schultern. «Aber warum, um Himmels willen? Eifersucht?»

Zum erstenmal war Jury sehr froh, daß er Pete Apted getroffen hatte, froh, daß Apted ihn überzeugt hatte, daß Jane sich wirklich selbst getötet hatte. Das allein war schon verdammt schwer genug zu verdauen; der Gedanke, daß sie auch noch mit jemand anderem zusammengewesen sein sollte – jemandem wie Kingsley –, wäre noch grausamer gewesen, ein anderer Verlust, eine nagende Enttäuschung. «Ich weiß es nicht. Ich wüßte nicht, was Dr. Kingsley für ein Motiv gehabt haben sollte. Ich habe natürlich noch nicht mit ihm gesprochen, aber die Polizei hier ist auf kein Motiv gekommen. Ich glaube nicht, daß er es getan hat.» Er schwieg. «Ich glaube nicht, daß es überhaupt jemand getan haben könnte.»

Das wiederum überraschte sie aus irgendeinem Grunde. Abrupt wandte sie sich vom Fenster ab, nachdem sie die Vorhänge zugezogen hatte. Sie öffnete den Mund, aber es kamen keine Worte heraus.

Jury lächelte. «Also vermutlich brauchen Sie das Alibi nicht.»

Zurück an ihrem Schreibtisch runzelte sie die Stirn. «Was für ein Ali – oh!» Das Lächeln kehrte zurück. «Das hatte ich vergessen. Ich habe in der Tat mit Freunden in Kendal zu Abend gegessen.»

«Kamir – Inspector Kamir – hat das schon überprüft. Sie kennen die Holdsworths schon länger?»

Sie nickte und wandte den Blick wieder zu dem Baum, dessen Zweige immer noch gegen das Fenster klopften. «Gespenster», murmelte sie.

Stumm wartete er darauf, daß sie weiterredete.

«Zehn Jahre. So lange bin ich schon hier. Ich habe die erste Mrs. Holdsworth gekannt, Virginia. Ich muß gestehen, ich mochte sie sehr viel lieber als die zweite. Ginny war eine angenehme, lebendige, wirklich reizende Person. Sie mochte die Gegend hier, Genevieve nicht. Keine echte Seenliebhaberin, glaube ich jedenfalls nicht.» Sie verzog den Mund zu dem langsamen, entwaffnenden Lächeln. «Ginny ist furchtbar gern gewandert. Unglücklicherweise.» Sie senkte den Kopf.

«Annie Thale?»

Da hob sie den Kopf wieder. «Annie? Wie kommen Sie denn jetzt auf die?»

«Das erklärt sich von selbst, würde ich meinen.»

«Verzeihung, da komme ich nicht mehr mit; für mich erklärt sich das keineswegs von selbst.»

«Es ist noch ein Unfall. Sehr ähnlich dem von Mrs. Holdsworth.» Sie sagte nichts dazu, und so redete er weiter. «Dr. Viner! Zwei Selbstmorde, zwei Stürze.»

«Ja, es ist tragisch. Besonders für Alex. Beide Eltern... natürlich glaubt Alex nicht, daß sich seine Mutter das Leben genommen hat. Er kann es einfach nicht glauben.» Nun senkte sie den Kopf wieder.

«Ich wüßte gern etwas über seinen Vater. Was *Sie* wissen.»

Sie schüttelte den Kopf.

Jury sprang auf. «Gut. Dann lasse ich Ihre Unterlagen beschlagnahmen, Dr. Viner.»

Sie erhob sich, spreizte die Hände auf dem Tisch, beugte sich zu ihm vor. «Mein Gott! Lassen Sie doch den armen Mann in *Ruhe*!»

Jury blieb stehen. «Homosexualität ist keine Schande mehr, heutzutage nicht mehr.»

Sie öffnete den Mund, starrte ihn an und ließ sich dann schwer in ihren Stuhl fallen. «Wo haben Sie das denn gehört?» fragte sie sanft und ruhig.

«Von Annie Thale. Das heißt, von ihrer Schwester.»

Helen Viner war völlig perplex. «Millies ‹Tante Tom›? Das ist nicht Ihr Ernst.»

«Und ob das mein Ernst ist. Sie müssen gewußt haben, daß Holdsworth sich der Köchin Annie anvertraute und sie sehr gern mochte. Aber sie mochte ihn noch viel lieber.»

Das Schweigen dehnte sich aus, die Zweigenfinger klopften an die schwarze Scheibe. Helen Viner legte den Kopf in die Hände. «Schon gut. Ja. Graham wurde die meiste Zeit seines

Lebens von seinen Gefühlen gequält. Er war homosexuell, vielleicht bisexuell – bestimmt hatte er eine sexuelle Beziehung mit Jane. Aber er konnte sie nicht fortführen.» Sie nahm die Hände wieder herunter.

«Und Annie: War sie so verliebt in ihn, daß sie ihr *Leben* nicht fortführen konnte?»

«Ich hätte sie viel besser kennen müssen, um das zu wissen. Möglich ist es, ja. Alles ist möglich. Sagen Sie mir, wie ist sie?»

«Wer? Ach so, Miss Thale?» Er dachte an Millies «Tante Tom». «Hm, vielleicht ein bißchen förmlich. Ein bißchen kalt.»

«Wirklich? Ich dachte, Millie hätte sich das ausgesponnen.»

Jury beobachtete die Schatten, die die sich bewegenden Zweige jetzt warfen. Dann fragte er vieldeutig: «Adam Holdsworth mag Millie sehr, nicht wahr?»

«Sehr. Und Alex. Das versteht sich von selbst.»

«Man sollte sie im Auge behalten. Die Leute, die Adam Holdsworth mag, scheinen alle zum Sterben zu neigen. Ich finde allein hinaus.»

38

JURY UND WIGGINS hatten sich in Penrith im Hauptquartier der Polizei von Cumbria die Akten über Graham und Virginia Holdsworth sowie über Annie Thale angesehen. Grahams Abschiedsbrief war echt; es bestand kein Grund zu der Annahme, daß Virginia Holdsworths Tod kein Unfall gewesen war, da der Broad Stand ein berüchtigt gefährlicher Übergang war, aber es gab guten Grund zu der Annahme, daß Annie Thales Tod kein Unfall gewesen war. Allem Anschein nach hatte sie ebenfalls Selbstmord begangen.

Aber Jury wollte sich nicht mit Vermutungen zufriedengeben, obwohl ihm klar war, daß sie aus Rücksicht auf ihre Tochter gesagt hatten, es sei höchstwahrscheinlich ein Unfall gewesen. Wo doch die Unterlagen das Gegenteil besagten.

Die Polizei von Cumbria hatte nichts dagegen, daß Jury seine Erkundigungen einzog, denn der Fall Jane Holdsworth fiel nicht in ihr Ressort, sondern in das der Londoner Polizei.

Im Old Contemptibles klopfte Francis Fellowes mit einem Pinsel auf den Tisch. «Da kann ich Ihnen nicht helfen. Graham hat mir durch nichts zu erkennen gegeben, daß er schwul war. Nie was gehört, nie was gesehen. Wobei ich auch glaube, daß er kein sehr leidenschaftlicher Mann war, ich meine, eigentlich hatte er keine besonders starken Gefühle.»

«Offenbar doch.» Jurys Ton war ein wenig aggressiv.

Fellowes hörte auf zu klopfen, sah Jury an und wurde rot: «Ja, hm, ich habe nicht gemeint –» Er zuckte mit den Schultern.

«Angeblich wollte er Madeline Galloway heiraten, bevor deren Schwester auf der Bildfläche erschien, stimmt das?»

«Wunschdenken auf seiten Madelines. Ich bezweifle, daß Jane irgendwas kaputtgemacht hat.»

«Finden Sie es nicht merkwürdig, daß Miss Galloway in Tarn House geblieben ist?»

Fellowes lächelte. «Vermutlich werden die kleinen Demütigungen durch Geld aufgewogen – oder durch die Hoffnung darauf.»

«Wird sie etwas erben?»

«*Alle* werden etwas erben, Superintendent. Adam kann nicht ewig leben.»

«In dem Haus überleben die Leute nicht einmal ihr mittleres Alter. Waren Sie mit Graham Holdsworth befreundet?»

«Ja. Ich war aber nicht, was man einen Vertrauten nennen würde. Wissen Sie, komischerweise glaube ich, die einzige Person, der er wirklich vertraute, war Annie Thale. Sie war die Köchin; ihre Tochter, Millie, ist immer noch da. Mit Annie redete Graham über Dinge, die er sonst mit niemandem besprach. Sie war so ein Mensch.» Er nahm sein Bier. «Ich habe eigentlich noch nie richtig darüber nachgedacht.»

«Hatten Sie je den Gedanken, daß sie sich seinetwegen umgebracht hat? Weil er Selbstmord begangen hat?»

Fellowes hatte seinen Skizzenblock genommen und warf schnelle Striche darauf. Wie manche Leute einfach vor sich hin kritzeln, um sich zu konzentrieren, skizzierte er die Bar und die Gäste. Er schüttelte den Kopf. «*Ich* habe gedacht, sie wären lediglich gute Freunde. Aber ich könnte mich irren.»

«Was hat die Familie zu der Beziehung gesagt?»

Fellowes zog die Augenbrauen hoch. «Ich weiß nicht, ob sie überhaupt was wußten und sich Gedanken darüber machten.» Er hörte auf zu zeichnen und wandte sich mit einem feinen Lächeln Jury zu. «Und vergessen Sie nicht, wenn Sie von ‹der Familie› reden, sind das immer zwei verschiedene Gruppen. Es gibt Adam. Und die anderen – Genevieve, Crabbe, George und sogar Madeline.»

«Und Alex? Was ist mit ihm?»

Fellowes schüttelte schon den Kopf, bevor die Frage ganz ausgesprochen war. «Der ist in einer eigenen Kategorie. Er ist derjenige, der den ganzen Bettel kriegt.»

«Das Erbe.»

«Genau. Natürlich wird Adam allen anderen auch etwas hinterlassen, sogar mir, obwohl ich nur ein entfernter Cousin bin. Millie wird einen großen Batzen kriegen, mehr als alle andern, würde ich sagen, sie rangiert gleich nach Alex. Adam glaubt nicht, daß Blut dicker ist als Wasser. Er mochte Millies Mutter sehr, Virginia und Graham auch.»

Fellowes kaute an der Pinselspitze und überlegte. «Sehen Sie, diese Leute sind nicht hinter seinem Geld her. Sie mögen oder mochten ihn wirklich gern. Und Alex, na ja, Alex und Adam sind vom gleichen Schlag. Sie hecken immer allen möglichen Unsinn aus.» Fellowes lächelte. «Ich bin froh, daß der Junge wieder da ist.» Und mit einem Blick auf Jury: «Und sehr traurig wegen Jane.»

Einen Moment lang schwieg Jury und trank sein Bier. Dann sagte er: «Finden Sie nicht, Mr. Fellowes, daß diese Familie extrem zu Unfällen und Selbstmorden neigt? Da muß man sich doch fragen, ob es bei den Menschen, die Adam so sehr mochte, wirklich Unfälle oder Selbstmorde waren. Wie Sie selbst gesagt haben, warum die Salamitaktik?»

Fellowes' Bleistift verharrte in der Luft, und er starrte Jury an: «Verdammt, wer hat Ihnen denn das erzählt?»

«Ich.»

Melrose Plant stand am Tisch und sah auf seinen Freund Richard Jury herunter. «Es tut mir leid, daß –» Weil Francis Fellowes dabei war, brach er ab. «Ich war draußen wandern. Erst beim Abendessen in Tarn House habe ich erfahren, daß Sie angekommen sind und hier wohnen. Wo ist Sergeant Wiggins?»

Jury war zum Händeschütteln aufgestanden. Jetzt lächelte er. «Er muß sich erst mal ausschlafen – die fünfstündige Fahrt nach Penrith und dann mit dem Auto über die schlechteste Straße, die ich je erlebt habe...»

«Der Hard Knott Pass. Ich kenne das alles inzwischen ja schon wie meine Westentasche, falls Sie mal einen Chauffeur brauchen.» Endlich nahm er wieder Platz. «Ein Glas Bier, egal welches. Wo ist unsere liebe alte Con? Ah, da kommt sie.»

Fellowes sah vom einen zum anderen, die Arme verschränkt. «Sie beide kennen sich?»

«Ja», sagte Jury und lächelte Melrose an. «Schon seit Jahren.»

Fellowes lachte. «Daß Sie Bibliothekar sind, habe ich nie geglaubt.»

«Ich frage mich, ob es überhaupt jemand glaubt. Danke, Mrs. Fish.» Der Ärmel seiner Tweedjacke war zerrissen, einer der Ellenbogenflicken war halb lose und sein Gesicht zerkratzt.

«Sie sehen ganz schön mitgenommen aus», sagte Jury besorgt.

«Ich *bin* mitgenommen, aber egal: es hat sich gelohnt.» Munter begab er sich zu seinem Rucksack, öffnete ihn und zog Fellowes' Bild heraus, das gut geschützt zwischen zwei Pappdeckeln steckte. Daneben legte er den Lederbeutel und daneben wiederum eine Polaroidkamera. «So.» Er schob die Ärmel hoch, als treffe er die Vorbereitungen für eine kleine Zaubervorstellung.

Jury und Fellowes sahen zuerst die auf dem Tisch ausgebreiteten Gegenstände an und dann ihn.

«Was das alles soll?» Jury deutete mit dem Kopf auf das Bild, den Lederbeutel und die Kamera.

«*Das hier* ist im Grunde Mr. Fellowes' wertvoller Beitrag zur Lösung dieser Verbrechen.»

«Verbrechen?» Fellowes' Augenbrauen schossen hoch. «*Ich* habe sie gelöst?»

«Zumindest ein Verbrechen, und das weist stark auf ein weiteres hin.»

Jury nahm den Spiegel aus der Lederhülle und untersuchte ihn.

«Das ist ein Claude-Lorrain-Glas», sagte Fellowes. Als Jury verständnislos guckte, klärte Fellowes ihn auf. Auf Melroses Bitte erläuterte er dann auch, wie er das Bild gemalt hatte.

«Sie erinnern sich an das Bild von Broad Stand und der Agonie des fetten Mannes?»

Fellowes nickte. Melrose zeigte auf den Spalt im Gestein, in dem sich ein Lichtband zeigte. «Und auf diesem Polaroidfoto sehen Sie das Licht aus dem Ausgang kommen. Oder dem Eingang, je nachdem. Francis zufolge ist Virginia Holdsworth ein Stück vor ihm hergegangen. Sie war», erklärte Melrose Jury, «entschlossen, über den Broad Stand nach Mickledore zu gehen. Das ist hier.» Er zeigte es auf der Karte. «Als er da oben anlangte, auf diesem schmalen Plateau neben dem Broad Stand, hat er sie nicht gesehen.»

«Ich dachte, sie hätte es geschafft, nach Mickledore hinüberzukommen, weil sie nicht mehr zu sehen war.»

«War sie auch nicht. Ich vermute, daß sie jemand vom Broad Stand hinuntergestoßen hat.»

Fellowes machte große Augen. «Wie? Da oben war keiner!»

«Doch.»

«Reden Sie weiter.»

Fellowes versuchte erneut zu widersprechen: «Aber ich war eine gute halbe Stunde oder länger da. An mir hätte keiner vorbeigekonnt. Und gesehen habe ich keinen.»

«Aber Sie standen die ganze Zeit mit dem Rücken dazu. Sie haben das hier benutzt.» Er hielt den konvexen Spiegel hoch. «Das wußte die Person, die Mrs. Holdsworth ins Jenseits befördert hat, nicht. Sie oder er dachte, nur warten zu müssen, bis Sie weg waren.»

«Ich hätte ihn im Spiegel sehen müssen, oder?»

Melrose schüttelte den Kopf. «Nicht, wenn er sich in der Agonie des fetten Mannes versteckte, um abzuwarten.»

«Aber –»

«Sehen Sie sich mal an, wie Sie den Eingang zu der Öffnung gemalt haben.»

Fellowes und Jury sahen es sich an.

«Da ist eine Gestalt. Getreu den Regeln der Landschaftsmalerei haben Sie genau gemalt, was Sie gesehen haben. Nur ein winziger Lichtpunkt kommt durch. Wer auch immer darin war, er glaubte, er sei sicher, weil er annehmen mußte, daß Sie einfach eine Aussicht auf Wast Water malten, schließlich kehrten Sie ihm den Rücken zu. Die Agonie des fetten Mannes ist ein treffender Name; jeder, der auch nur ein paar Pfund zuviel am Leibe hat, steckt da drin wie in einem Schraubstock.» Eine weitere Runde Bier wurde gebracht, Connie Fish erntete die fälligen Dankeschöns. «Ich habe mich bemüht, das Polaroidfoto möglichst genau an der Stelle aufzunehmen, an der Sie mit dem Claude-Lorrain-Glas gemalt haben. Gut, es war nicht neblig, aber Sie können den Unterschied immer noch sehen. Sogar mit bloßem Auge können Sie es erkennen, mit einem Vergrößerungsglas können Sie sogar die Umrisse eines gebückten Menschen wahrnehmen. Fett ist er offensichtlich nicht.» Er reichte ihnen ein kleines Vergrößerungsglas.

Jury und Fellowes sahen beide eine Zeitlang von dem Bild zu dem Foto. «Verflixt und zugenäht.» Jury war herumgekommen, um über Fellowes' Schulter zu schauen. «Sie haben recht.»

«Ich weiß», sagte Melrose. «Ihre Laborleute oder Ihre hochtechnisierten Polizeiapparaturen könnten das hier doch gewiß so weit vergrößern, daß man die Person sehen kann.»

Jury zog die Stirn in Falten. «Es ist ein Bild, vergessen Sie das nicht, kein Foto. Ob die Gestalt ein Mann oder eine Frau ist, ist vielleicht nicht zu erkennen.» Er lächelte Plant an. «Gute Arbeit.»

Fellowes lehnte sich zurück und atmete tief aus. «Woher wissen Sie, daß dieser Mensch nicht *gesehen* hat, daß ich mit dem Claude-Lorrain-Glas gemalt habe?»

«Ganz einfach. Sie würden heute abend nicht hier sitzen und Bier trinken.»

«APTED? SIE MEINEN diesen Pete Apted, Queens's Counsel? Mein Gott, *Sie* haben ja Beziehungen. Ich weiß, angeblich hält man große Stücke auf Sie, aber es überrascht mich, daß die Metropolitan Police für Sie sogar Apted bezahlt.»

«Danke für das ‹angeblich›, und nein, die Met würde seine Honorare wohl kaum für mich zahlen. Aber ihm habe ich es zu verdanken, daß ich wieder im Dienst bin.»

Melrose war bei seinem dritten Glas Jennings, wurde aber gar nicht betrunken. Er machte sich zu viele Sorgen um Jury. «Es tut mir leid. Und ich bin nicht einmal auf den Gedanken gekommen, daß Sie ernsthaft in Schwierigkeiten sein könnten.»

«Es ist aber jemand anderem in den Sinn gekommen. Einem anonymen Jemand. Haben Sie eine Idee, wer es sein könnte?»

Melrose zog die Stirn in Falten. «Trueblood hätte das Geld... Ach, Quatsch! Trueblood anonym?» Seine Züge erhellten sich. «Vivian! Mein Gott. Es muß Vivian sein. Trueblood muß es ihr *stante pede* hinterbracht haben. Das wäre *viel* besser, als von einem Lastwagen angefahren zu werden.»

«Besser? Wofür?»

«Kleiner Scherz am Rande.» Er sprach schnell weiter. «Die werden Sie lesen wollen.»

Aus dem Rucksack zog er das Bündel Briefe und warf sie auf den Tisch. «Ich hab gedacht, ich behalte sie besser bei mir. Sie wurden mir gestern abend bei der Dinnerparty übergeben – einfach so, wenn Sie mir das glauben können.»

«Und von wem?»

«Einer Lady Cray.» Er stützte den Kopf in die Hände. «Sie ist Patientin oder Gast, nennen Sie es, wie Sie wollen, in Castle Howe. Sie ist mit Adam Holdsworth gekommen. Zu der Dinnerparty, meine ich. Sie ist ziemlich... ungewöhnlich.»

«Sie sind an Jane adressiert.» Jury saß ganz still. «Was steht drin?»

«Sie klingen wie... ich weiß nicht... wie Liebesbriefe, und trotzdem sind sie... hm, erstens sind sie sehr kurz... und zweitens sind sie getippt. Mit dem Computer.» Er sah Jury an. «Würden Sie Liebesbriefe auf dem Computer schreiben?»

«Nein.»

Melrose schwenkte sein fast leeres Glas in kleinen Kreisen. «Überhaupt mal welche geschrieben?»

«Einen oder zwei. Wie hat diese Lady Cray sie in die Hände bekommen?»

«Das ist noch merkwürdiger. Sie behauptet, sie sind aus Kingsleys Büro.»

«Und wie ist *sie* drangekommen?»

«Hat sie mir nicht gesagt; unser Gespräch war sehr kurz.» Melrose fuhr sich mit den Händen durchs Haar. «Ich nehme an, sie ist bei ihm in Behandlung, aber ich weiß es nicht genau. Es war alles – sehr geheimnisvoll. Ich meine, wie sie es *angestellt* hat. Ich hatte das Gefühl, mitten in einem Spionageroman zu sein.» Er beschrieb das Zimmer, den Spiegel, die Handtasche.

Jury sagte nichts.

«Hören Sie, es tut mir leid wegen Jane Holdsworth.» Melrose wischte mit einer zusammengeknüllten Serviette an den nassen Ringen herum, die das Glas hinterlassen hatte.

«Mir auch. Danke», sagte Jury ernst. Dann nahm er die Klammer von den Briefen.

«Alex hat gesagt, Kingsley war an dem Abend vor dem Haus. Glauben Sie, er wollte die hier zurückholen? Aber warum sollte er wegen der Briefe ein solches Risiko auf sich nehmen?»

«Wieso sind Sie so sicher, daß er sie geschrieben hat?»

«Wahrscheinlich, weil sie in seinem Büro waren. Versteckt, soweit ich verstanden habe. Aber sehen Sie sie sich doch an – sie sind so... verschlüsselt. Man versteht zum Beispiel gar nicht, was für eine ‹Krankheit› da gemeint ist. Homosexualität etwa?»

«Warum sollte Maurice Kingsley darüber schreiben? Und warum soll er sich über ihre zerrüttete Ehe Sorgen machen, wenn er sie selbst will? Man sollte doch meinen, er wäre erleichtert.»

«Sie sind so verschlüsselt, jeder hätte sie schreiben können – Kingsley, Fellowes – sogar Crabbe oder George. Oder ein Mann, von dem wir nichts wissen. Aber wer *tippt* Liebesbriefe?»

«Wenn es Liebesbriefe *sind*. Der Schreiber wollte nicht, daß die Handschrift analysiert werden kann – sollte es je dazu kommen.»

«Auch Schreibmaschinen haben charakteristische Merkmale. Aber was ist mit Computerausdrucken? Wenn die Programme gleich sind? Madeline hat einen IBM und Castle Howe auch, hat sie mir gesagt.»

«Egal, schauen Sie mal, wie kurz die alle sind. Sie können auf, sagen wir, Madeline Galloways Computer von jemandem aus Castle Howe getippt worden sein; oder auf einem in Castle Howe von einer Person aus Tarn House. Mist. Egal, wer es war, er hat an alles gedacht. Keine Handschrift, keine Unterschrift. ‹Du weißt, was ich empfinde – aber ich würde nie so weit gehen, Eure Ehe zu gefährden› – das kann alles bedeuten. ‹Empfinden› kann sowohl Wut als auch Liebe bedeuten. Und wir wissen nicht, was diese Person mit Grahams ‹Krankheit› meint. Nach dem, was Tommy Thale mir erzählt hat, muß ihre Schwester nicht zwangsläufig Bescheid gewußt haben. Obwohl ich jede Wette eingehe, daß dem so ist.»

Jury steckte alle Briefe wieder in ihre Umschläge, stapelte sie und klemmte sie zusammen. Dann drehte er sie um. «So hat Lady Cray sie Ihnen gegeben?»

«Ja.»

«Die Klammer ist garantiert noch keine fünf Jahre alt. Die sieht neu aus. Ich frage mich, wer entfernt hat, was sie vorher zusammengehalten hat?»

Plant runzelte die Stirn. «‹Zusammengehalten?›»

«Man kann die Dellen an den Seiten sehen. Und daß die Schrift oben heller ist. Mit irgend etwas waren sie zusammengebunden. Sie hat sie nicht gelesen?»

«Nein, sie hat gesagt, nein. Adam auch nicht.»

«Glauben Sie ihr?»

«Ja.» Melrose saß da, betrachtete die Briefe eine Zeitlang und sagte dann: «Ich glaube, wir sollten mit Alex reden, er hat gesagt, daß irgend etwas im Zimmer seiner Mutter gefehlt hat, vielleicht ist es ja das hier.»

Das folgende Schweigen wurde plötzlich von Melrose gebrochen: *«Mon amour premier.»*

Jury beugte sich vor und sah ihn genau an. «Was meinen Sie? Sie sehen zerstreut aus.»

«Treffen Sie manchmal Menschen, äh, Frauen, die Sie an andere Frauen, äh, erinnern?»

«Ja.»

«Helen Viner. Mir ist aufgefallen, daß Frauen einen oft an die eigene Mutter erinnern. Klingt verdammt albern.» Melrose lachte verlegen.

«Warum albern? Ist das die ‹erste Liebe›, die Sie gemeint haben?»

«Ich mag es nicht, wenn meine persönlichen Gefühle in einem Fall verhackstückt werden. Na ja, für Sie ist es sogar noch schlimmer. Die ganze Sache muß zum Gotterbarmen sein.» Er schob sein Glas zur Seite. «Lassen Sie uns einen Wein trinken. Chablis Contemptible. Neunzehnhundertneunzig ist ein guter Jahrgang. Was meinen Sie?» fragte Melrose Jury nachdrücklich. «Ich schlafe heute nacht hier. Es gibt noch ein Zimmer.»

«Dann sehen Sie zu, daß Connie Fish Ihnen nicht noch mal zwei Pfund für die eigene Toilette auf dem Flur berechnet.»

Jury saß da und drehte die Briefe immer wieder um, während Melrose den Wein holte. Er brachte auch zwei einigermaßen saubere Weingläser mit.

Als Melrose den mit einem zweifelhaften Etikett versehenen Weißwein ausschenkte, dachte Jury an den ersten Nachmittag, den Flug der Schwalben. «*Agnosco veteris vestigia flammae.*»

Melrose flüchtete sich in Ärger. «Hören Sie bloß auf damit.»

«Sie haben schließlich vorhin französisch palavert, oder etwa nicht? Egal, ich habe es nur zweimal gesagt», Jury zählte es an den Fingern ab, «in zehn Jahren.» Das dritte Mal vor über zwei Wochen erwähnte er nicht.

«*Müssen* Sie es sagen?»

«Ja.»

Melrose sah auf. «Warum?»

«Das ist die einzige lateinische Sentenz, die ich kenne.»

Die Gläser klirrten.

Durch die Ritzen neben den Jalousien schien graues Licht. Erst als Jury den Arm von den Augen nahm und den Kopf zum Fenster drehte, begriff er, daß es Morgen war.

Das Bett war übersät mit Notizen, Dokumenten, Briefen. Er hatte nicht geschlafen. Er hatte sich nicht ausgezogen. Er hatte gelesen und gedacht und gedacht und gelesen.

Jetzt schwang er die Beine über die Bettkante, setzte sich hin und starrte den Boden und die Kanne Kaffee an, mit der ihn Connie Fish gestern abend noch versorgt hatte. Die kalten Überreste in der Tasse sahen wie Kleister aus.

Jury zog die Jalousie hoch. Rauch stieg schlingernd aus den Schornsteinen der wenigen Cottages auf der anderen Seite der engen Straße, über die jetzt ein Viehtreiber und sein Sohn eine Herde Swaledale-Schafe führten. An der Ecke, wo die Straße auf eine andere mündete, war die Poststelle. Und das war Boone dann auch schon. In der Entfernung konnte er den dunstverschleierten Great Gable sehen.

Wenn er in besserer Stimmung gewesen wäre, hätte er das alles als ländlich-friedlich empfunden, die Bergkulisse als erhaben.

Seine Stimmung war nicht gut. Er fühlte sich ausgelaugt. Es befremdete ihn, daß seine Wut über Jane im Laufe eines kurzen Tages erloschen war. Sie hatte ihn benutzt, ja, aber nur in einem bestimmten Sinne. Sie mußte geahnt haben, was vor fünf Jahren passiert war, und ihr eigenes Verhalten als üble Komplizenschaft angesehen haben. Jury fand es verworren und widersprüchlich.

Arme Jane. Sie hatte gewollt, daß er und nur er ermittelte. Hätte ihr Selbstmord zu offensichtlich nach Mord ausgesehen, hätte es keinen Weg gegeben, die Konsequenzen abzumildern – wobei sie am meisten bedrückt hatte, daß Alex noch mehr Schmerz zugefügt werden könnte, als ihm ohnehin schon zugefügt worden war.

Wahrscheinlich hatte sie gedacht, er, Jury, könne die Dinge finden, die alles beweisen würden. Das konnte er aber nicht; es gab keine unumstößlichen Beweise; die Briefe waren es nicht und das Bild auch nicht. Es war eine Gestalt ohne Gesicht, und es konnte auch kein Gesicht geben, wenn Fellowes keins gemalt hatte.

Wenn die Wahrheit herauskam, würde Alex leiden.
Wenn sie nicht herauskam, würde Millie leiden.

39

«Für einen Psychiater sind Sie ganz schön konfus», sagte Lady Cray. «Es ist erst neun; unser Termin ist heute nachmittag.» Obwohl sie es gar nicht gern zugab, war sie irgendwie eingeschüchtert und konnte nicht anders, als ihren Blick noch einmal über die Bücherreihen schweifen zu lassen.

Maurice Kingsley verschränkte die Hände im Nacken, lehnte sich zurück und lächelte. «Ich wollte Sie gern jetzt sehen. Ist das ein Problem?»

«Ein Problem? Keineswegs.» Er behandelte sie ein bißchen von oben herab. Aus ihrer schwarzen Ledertasche holte sie das schwarze Porschefeuerzeug und zündete sich eine Zigarette an.

«Meins ist weg», sagte Kingsley und deutete mit dem Kopf auf das Feuerzeug.

Sie zog eine Augenbraue hoch. «War es nicht auf dem Bücherregal? Wo Sie es hingelegt hatten?» Sie schaute nun auf das Regal hinter ihm, wo die Briefe gewesen waren. Das konnte sie jetzt auch noch riskieren. Voll Besitzerstolz fuhr sie mit dem Zeigefinger über das Feuerzeug. Da fühlte sie etwas auf dessen Unterseite. Verstohlen schaute sie hin und dann wieder dem Arzt in die Augen. Sie hatte es jetzt erst bemerkt – ein winziger goldener Streifen mit einer kleinen Gravur: *Von A.* O Schreck!

«Ich kann mich nicht entsinnen, es dort hingelegt zu haben.» Er wich ihrem Blick nicht aus. «Es wäre mir ziemlich egal, wenn ich es nicht von einer Freundin geschenkt bekommen hätte. Der ideelle Wert, Sie verstehen.»

«Ach, das tut mir leid. Und *ob* ich das verstehe. Meins habe ich von meinem Enkel bekommen. Sie wissen schon, von Andrew.» Sie fummelte an der Inschrift herum.

«Ach, ja, Andrew. Der Mensch, den Sie am meisten lieben.»

«Hm.» Sie rauchte vor sich hin. Unterdrückte er ein Lächeln? Bei Psychiatern mußte man auf der Hut sein. Sie führten einen aufs Glatteis, man konnte ihnen nicht vertrauen. «Und? Warum wollten Sie mich heute morgen sehen?» Was hatte er bloß im Sinn, fragte sie sich.

«Wegen gestern abend –»

Sie setzte sich in ihrem Stuhl zurecht, zeigte keinerlei Regung.

«Wird Ihnen schlecht, wenn Sie Blut sehen?» fragte Kingsley plötzlich.

Sie erstarrte. «Ich kann Ihnen nicht ganz folgen.»

Er legte die Arme auf den Tisch, lehnte sich darüber, kritzelte auf einem Block herum. «Sie sind beim Essen ganz weiß geworden, als Mr. Plant sich in die Hand geschnitten hat. Ich dachte sogar, Sie würden ohnmächtig. Woran haben Sie gedacht?»

«Gedacht? Eigentlich an nichts.» Sie legte das Feuerzeug auf den Schreibtisch, ungefähr in die Mitte zwischen ihnen. «Warum?»

«Das frage ich *Sie*, Lady Cray.»

Das Problem war, sie wußte es nicht. Es war mehr ein Gefühl gewesen. Halb Gefühl, halb Gedanke. Als ob Worte diesen Regungen aufgeprägt oder dazwischengeschmiert worden wären, wie Mörtel, der Ziegelsteine zusammenhält. Man kann Mörtel und Steine nicht trennen, ohne daß das ganze Gebäude in sich zusammenfällt – Was zum Teufel machte sie hier eigentlich? Sie blies ruhig eine dünne Rauchfahne aus und sagte: «Ich glaube, Sie haben da eine fixe Idee.»

Er setzte sich zurück und lächelte. «Stimmt.»

Wußte er es? Was wußte er? Warum hatte sie an diese Briefe gedacht... genauer, an das Band, das jetzt zwischen ihren Seidenschals versteckt war. Sie hatte es wegwerfen wollen, brachte es aber irgendwie nicht übers Herz. Ihr war tatsächlich zum Weinen zumute. «Spiegel», sagte sie plötzlich.

«Ach? Bei Blut denken Sie an Spiegel?»

An den Spiegel, in den sie gestern abend über Mr. Plants Schulter geblickt hatte, mußte sie denken, an das Spiegelbild des Arztes und Madeline Galloways darin. «Haben Sie zugesehen?» Ihre Stimme war angespannt, nervös. Ihr war überhaupt nicht wohl.

Er wurde sehr still. «Wobei zugesehen?»

«Ach, bei nichts.» Sie wollte das Thema wechseln. «Meine Mutter hatte einen dreiteiligen Spiegel. Ich habe als Kind immer davor posiert.» Mit dieser Bemerkung würde sie das Gespräch wohl kaum in eine andere Richtung lenken. Er blickte sie an – *wie mit Röntgenaugen*. «Ich sehe nicht gern in Spiegel.»

«Aber einmal haben Sie es doch gern getan.»

Sie lachte. «Na ja, als Kind. Da war ich so eitel. Bin ich immer noch. Äußerlichkeiten sind mir sehr wichtig.»

«Nein, das stimmt nicht. Das Gegenteil ist der Fall, würde

ich sagen. Sie sind sehr, sehr klug. Besonnen, scharfsinnig. *Sie* hätte ich nicht gern auf den Fersen.»

Eine Anspielung, dachte sie. Er war selbst sehr klug. «Wissen Sie, meine Mutter war außergewöhnlich schön. Und mein Vater –» Sie brach ab und schluckte.

Er sah sie auf diese komische Art an. «Weiter. Ihr Vater?»

«Waren Sie nie verheiratet, Dr. Kingsley?»

Schweigen. Und als wolle er sie bei Laune halten, antwortete er dann: «Doch. Vor ganz langer Zeit.»

Sie warf einen kurzen Blick auf das Feuerzeug. «Mit *A*.»

Wieder lächelte er. «Ja. Mit *A*.»

«Bei Dr. Viner habe ich mich auch schon oft gefragt. War sie...»

«Was? Verheiratet?» Er lehnte sich zurück. «Nein. Was hat dieses ausgeprägte Interesse am Familienstand von Psychiatern zu bedeuten?»

«Sie sind beide so attraktiv. Es kommt mir komisch vor, daß Sie beide nicht verheiratet sind. Besonders Dr. Viner.»

Er fing wieder mit seinen Kritzeleien an. «Und haben Sie irgendwelche Phantasien über mich und Dr. Viner?»

«Das wäre ja wohl ziemlich – dreist.»

Er lachte. «‹Dreist› – dieser Begriff gilt in der Psychiatrie nicht viel.»

Sie überbrückte ihr nachdenkliches Schweigen, indem sie sich noch eine Zigarette nahm. Aber sie benutzte das Feuerzeug nicht, sondern zog eins ihrer silbernen, mit Monogramm versehenen Streichholzbriefchen heraus. Sie mochte Streichhölzer. Vielleicht war sie als Kind ein Feuerteufel gewesen. Ja, das würde sie erwähnen, wenn das Gespräch wieder unersprießlicher wurde. Aber im Grunde ging ihr etwas ganz anderes im Kopf herum. Sie sagte. «Vor etlichen Jahren war ich einer außergewöhnlich schönen Frau sehr zugetan. Südländischer Typ.» Sie entzündete das Streichholz, beobachtete, wie die winzige Flamme zwischen ihnen aufflackerte und erstarb. «Ich erinnere mich nicht daran, daß meine Gefühle sexueller Natur waren, aber die Erfahrung brachte mich dazu, meine, hm, sagen wir, latenten Bedürfnisse zu hinterfragen. Sie war also eine dieser exotischen Europäerinnen. Ich muß Ihnen gleich sagen, zwischen uns ist absolut nichts passiert. Aber ich weiß, sie fühlte sich körperlich zu mir hingezogen. Ich weiß nicht, *wie* man so etwas erkennt.» Sie strich ihren Rock glatt. «Sie schenkte mir unentwegt Pralinen.» Sie rauchte, sah verträumt in das Licht, das Muster auf die große Fensterscheibe zauberte.

«Nein, das ist nicht richtig.»

«Was?» fuhr sie auf.

«Sie hat Ihnen keine Pralinen geschenkt.»

«Und woher wollen *Sie* das wissen?»

«Das haben Sie sich danach ausgedacht. Sie haben es ins Spiel gebracht, um die Geschichte über Ihre Südländerin glaubwürdiger zu machen.» Er lächelte. «Ich weiß, Sie stehlen Pralinen. Das ist offenbar eine echte Obsession. Wie die Bänder –»

«Das wollen wir doch jetzt mal beiseite lassen, vielen Dank ...»

«Wenn Sie von dieser Südländerin wirklich so beeindruckt gewesen wären, hätten Sie sie genauer beschrieben. Und Sie, Lady Cray, machen auf mich nicht den Eindruck eines Menschen, der sich leicht beeindrucken läßt. Sie sind einfach viel zu klug.»

«Als nächstes werden Sie vermutlich sagen, daß ich eine pathologische Lügnerin bin.»

Er lachte. «O nein. Das sind Sie ganz bestimmt nicht.»

Wieder schwieg sie nachdenklich. «Vor einigen Jahren saß ich in der U-Bahn hinter einer jungen Dame, deren Haar mit einem Band hochgebunden war. Es war blaßblau; das weiß ich immer noch. Es hing bis auf den Sitz herunter. Eine Zeitlang habe ich das Band angestarrt. Dann zog ich ganz, ganz langsam an dem einen Ende und glaubte absurderweise, ich könnte es kriegen. Natürlich spürte sie das Ziehen. Sie drehte sich um und brüllte... ziemlich fiese Sachen. ‹Du alte *Lesbe*!› Es war sehr demütigend. Wirklich, ich frage mich, ob man es spürt – bei sich selbst, bei anderen.» Die dünne, nach oben ziehende blaue Rauchspirale sah aus wie das Band.

«Wenn man sensibel gegenüber den Signalen anderer ist, ja.»

«Und habe ich ein Signal ausgesendet?»

«An sie?»

«Aha, an *die* Dame glauben Sie also.»

«Ja. Aber Sie haben nicht ihr etwas signalisiert. Sie signalisieren mir etwas.»

«Warum sollte ich das?»

«Ich weiß nicht genau.» Kingsley kaute an seinem Bleistift. «Sie wollen etwas wissen.»

«Nein. Wie ich schon sagte, ich habe nur überlegt, ob einem irgendein Instinkt die... sexuellen Präferenzen anderer verrät.»

«Homosexualität, meinen Sie.»

Sie zuckte mit den Schultern, ließ ihren Blick auf dem Sonnenstrahl ruhen.

«Reden Sie von mir? Meinen Sie mich?»

«Lieber Himmel, nein.»

«Warum erinnert Blut Sie an Spiegel?»

Sie sprang auf. «Meine Güte, was hat *das* mit dem Thema zu tun?»

Er lächelte. «Aber das *ist* das Thema. Viel mehr als die Pralinen. Sie haben gedacht, ich hätte Sie gestern abend in dem Spiegel beobachtet.»

Sie antwortete nicht.

Er beugte sich vor, sein Kopf war weit über dem Schreibtisch. «Wissen Sie, was Verschiebung ist?»

Ihr Blick klebte am Fenster. «Wenn ich wollte, könnte ich die Bedeutung sicher erschließen. Ich will aber nicht.»

«Beispiel: diese ganzen Bänder mit verschiedenen Farben. Blaßblau, Grün, Gelb, unwichtig. Aber Rot. *Das* ist die Farbe, auf die es ankommt. All die anderen Farben bedeuten nämlich gar nichts, und nur wenn sie Rot als eine Farbe unter vielen ansehen, verliert es etwas von seiner Macht.»

Er mußte über die Briefe Bescheid wissen. Sie fühlte sich in irgendeiner schrecklichen Gefahr und dachte daran, wie er sie im Spiegel beobachtet hatte. Aber hatte er das? Dr. Kingsley? Sie versuchte zu schlucken, sie hatte einen Kloß im Hals. «Die Stunde ist wirklich um, und ich muß –»

«Setzen Sie sich. Jetzt erzählen Sie mal, Lady Cray, woran würde Sie ein rotes Band erinnern?»

«An Blut», sagte sie unwillkürlich.

«War es wirklich der dreiteilige Spiegel Ihrer Mutter? Oder schieben sie diese vermeintliche Erinnerung nur vor? Sie standen vor dem Spiegel und haben sich Bänder ins Haar gebunden? Sie haben posiert? Sie haben Blut gesehen. Aber wo?»

Sie konnte nicht schlucken. Ihr Mund ging auf und zu.

Er wartete.

Sie sagte nichts.

«Was ist passiert, bevor Ihr Vater gestorben ist?»

«Mein *Va* –» Und dann sah sie es. Das schwache Bild zog sie vom Stuhl. «Er rasierte sich. Er rasierte sich, und ich schlich mich an ihn heran. Überraschte ihn. Das Rasiermesser rutschte aus, und er schnitt sich.» Sie strich mit dem Finger vom Ohr zur Kehle. «Er war stinkwütend.»

«Ein Kratzer. Ein kleiner Kratzer. Wie lange danach ist er gestorben?»

Sie schüttelte den Kopf. Und sagte nichts. Sie dachte an das Band, das da lag, wo sie es versteckt hatte. Es war kein Schatz mehr. Es war überhaupt nichts mehr.

Sie empfand ein schreckliches Verlustgefühl.

«Es ist doch wirklich komisch, oder?» fragte Kingsley. «Am meisten quält uns das, was wir am meisten begehren. Eins der Bedürfnisse muß verschwinden.»

Nach ein paar Augenblicken erhob sie sich in der Hoffnung, daß sie ihre Würde noch nicht ganz verloren hatte. Schließlich war sie eine alte Dame. Schrecklich, als alte Dame von den Ängsten eines kleinen Mädchens umgetrieben zu werden. Sie ging zur Tür, jetzt konnte sie schlucken. Und sprechen. Sie drehte sich um. «Ich glaube wirklich, Sie haben es sich verdient.»

Er zog die Augenbrauen hoch. «Was?»

«Obwohl es sehr wichtig für mich ist – behalten Sie das Feuerzeug.»

Sie warf einen Blick auf den Tisch, wo es lag, und ging hinaus.

40

«Schneller, schneller!» schrie Adam Holdsworth aus seinem Rollstuhl und hob den Arm wie ein Offizier, der seine Truppen befehligt.

Völlig außer Atem hielt Wiggins an. Es war neun Uhr morgens; Adam Holdsworth hatte sich zum Frühstück Rührei mit vier Scheiben Speck einverleibt und auch Wiggins genötigt, nicht nur Tee und Toast zu sich zu nehmen. Aber nun war Wiggins erschöpft. «Sie müssen verstehen, Sir, bei den vielen Ecken und Abzweigungen und Sackgassen *kann* ich nicht schneller!» Er zog sein großes Taschentuch heraus und wischte sich das Gesicht ab, während der alte Mann was von «Polizistenmemmen» murmelte.

Zwischen den einen Meter achtzig hohen Ligusterhecken des Irrgartens sah ein grüner Gang wie der andere aus, und Wiggins hatte das Gefühl, als seien sie schon Stunden hier. Macht nichts, sagte er sich. Er wollte Holdsworth bei Laune halten, damit er über die Familie redete, aber er weigerte sich schlicht, «einen Zahn zuzulegen».

«Ich muß mit Ihnen reden, Mr. Holdsworth.»

«So? Dann mal los, aber schieben Sie weiter, Sergeant.»

«Wenn es Sie nicht stört, ruhe ich mich mal einen Moment aus.» Wiggins wedelte mit dem Taschentuch über eine feuchte weiße Bank, setzte sich und ignorierte die demonstrativen Seufzer von Adam Holdsworth, der neben ihm Däumchen drehte.

«Ich nehme an, daß Sie sich um die Zukunft Ihres Urenkels Gedanken machen, Sir.»

Adams Kopf schnellte herum. «*Natürlich* mache ich mir Gedanken! Ich habe schon die entsprechenden Schritte in die Wege geleitet.» Er senkte den Kopf. «Gräßlich, was mit seiner Mutter passiert ist. Sie kennen vielleicht meinen Enkel.» Er sah weg. «Und Sie wissen über Alex' Vater Bescheid?» Wiggins nickte. «Graham war ein wirklich netter Junge. Vielleicht ein bißchen labil und viel zu leicht zu beeinflussen. Aber... Psychiater können eben auch keine Wunder wirken.» Er seufzte. «Depression und Verzweiflung können schließlich jeden von uns treffen, oder nicht?»

Wiggins fragte sich, ob Adam auch schon über die Ursache für Graham Holdsworths Verzweiflung nachgedacht hatte. «Hat die Ärztin Ihnen je den Grund angedeutet?»

«Hm? Nein. Ich habe mir allerdings so meine Gedanken über seine Ehekrise gemacht. Nach allem, was ich mitbekam, war es weitgehend Grahams Schuld – na ja, sein Wunsch, auszubrechen. Ich glaube nicht, daß es Jane das Herz gebrochen hat, aber erfreut war sie sicher nicht. Erfreut war Madeline.»

«Miss Galloway?»

«Na, sie wollte ihn ja ursprünglich heiraten. Wahrscheinlich war sie wahnsinnig eifersüchtig. Ich finde sie ziemlich langweilig, obwohl sie immer überaus freundlich ist. Das Geld. Es geht immer um Liebe oder Geld – oder um beides. Wissen Sie, es hätte mich nicht im geringsten überrascht, wenn sie gemeint hätte, sie könnte sich nach Virginias Tod Crabbe schnappen.»

«Was?»

«Warum nicht? Ist doch nichts Ungewöhnliches zwischen Chefs und ihren Sekretärinnen. Aber dann trat Genevieve auf den Plan. *Das* muß für das arme Mädchen wirklich ein Schlag in die Magengrube gewesen sein.»

«Für Miss Galloway und Mrs. Holdsworth haben Sie nicht viel übrig?»

«Verdammt, Sergeant, außer für Alex und Millie habe ich mittlerweile für niemanden mehr was übrig. Die anderen sind tot.» Er drückte sich fest aufs Nasenbein.

Als Wiggins ihm erzählte, was sie über Virginia Holdsworth herausgefunden hatten und was sie hinsichtlich Annie Thale vermuteten, erstarrte Adam zur Salzsäule. «Großer Gott.» Lange sagte er nichts, blickte sich um und konnte nur noch in die grünen Hecken starren. «Warum bringt man nicht einfach mich um und basta, wenn es ums Geld geht?»

Wiggins wollte Adam nicht daran erinnern, daß er neunundachtzig war. Lange würde es der alte Mann nicht mehr machen. Und, dachte Wiggins, dieser Mörder war sehr geduldig. Der Enkel und die Köchin waren schon vor fünf Jahren gestorben.

Nachdem Adam minutenlang seine blaugeäderten Hände geknetet hatte, sagte er: «Kommen Sie! Ich bin dieses Gerede von Tod und Elend leid. Los, Sergeant, auf geht's!»

Gehorsam erhob sich Wiggins und verbrachte weitere zehn Minuten damit, den alten Mann in flottem Laufschritt durch das Labyrinth zu schieben.

Bis er plötzlich so etwas wie ein Todesröcheln hörte. Er eilte vor den Rollstuhl, nur um festzustellen, daß der alte Adam lachend mit seinen kleinen Fäusten auf die Stuhllehnen trommelte.

Offenbar amüsierte er sich über etwas, das dem Sergeant leider entging. Als Wiggins wieder anfing zu schieben, wollte der alte Mann die Uhrzeit wissen.

«Gleich Viertel nach neun, Mr. Holdsworth.»

«Was? *Was?* Ich brauche meine Medizin. Ich muß sie immer um halb nehmen, also das nächste Mal um halb zehn, meine Güte, und gar nicht auszudenken, was passiert, wenn ich sie nicht nehme! Ich kriege Anfälle! Einen *Schlaganfall*. Ich hatte schon mal einen. Also los jetzt, schieben Sie mich aus diesem verdammten Ding hier raus!»

Wiggins, eindeutig besorgt, schob schneller, und dann wurde ihm klar, daß sie sich wirklich in einem Irrgarten befanden. Wenn er bisher den Ausgang nicht gefunden hatte, würde er ihn in den nächsten fünfzehn Minuten auch nicht finden. «Sie müssen sagen, wo es langgeht, Sir.»

«Was? Woher soll *ich* das wissen?»

Während Wiggins hinter dem Rollstuhl hertrabte und ihn mal nach rechts, mal nach links schob, verwandelte sich seine Sorge schnell in Angst und Schrecken. «Großer Gott, Sir! Ich kenne mich hier doch gar nicht aus! Woher soll ich wissen, wo der Ausgang ist?» rief er atemlos.

«Sie sind doch Bulle! Sie müssen doch so was wie deduktive Fähigkeiten haben! Die scheinen Sie aber, verdammt noch mal, nicht zu gebrauchen. Halten Sie mich für blöd und denken, ich wäre hier mit *jedem* reingegangen?» fragte Adam, während sie dahinholperten. Sein Kopf wackelte mit.

Wiggins indes hatte sein Arsenal Medikamente in der Manteltasche. «Wofür ist denn die Medizin?» fragte er schnaufend.
 «Meine Innereien.»
 Das brachte sie auch nicht weiter; aber unverdrossen langte Wiggins in seine Tasche und brachte ein Kohleplätzchen zum Vorschein; er blieb nur so lange stehen, daß er Luft schnappen konnte. «Das hier wirkt... Wunder», pustete er heraus. Seine Lungen fühlten sich an wie kurz vor einer Embolie.
 Adam biß zu, würgte und spuckte aus.
 «Ich habe eine Idee!» sagte Wiggins.
 «Na, das wird aber auch Zeit! Was für eine?»
 «Krümel. Ich lasse Krümel auf den Weg fallen, und dann wissen wir, ob wir in dem Teil schon mal gewesen sind. Dann gehen wir nicht im Kreis herum.» Bei dem Versuch, sie um eine Ecke herumzumanövrieren, rammte Wiggins eine Ligusterhecke.
 «Hilfe! HILFE!» schrie Adam gen Himmel, versuchte es jedenfalls. Seine piepsige Stimme wurde immer schwächer, er bekam die Worte kaum raus. «Ah... ah... aaah. Gleich geht's los.» Dann ließ er den Kopf hängen.
 Wiggins hatte den ganzen Weg lang Krümel fallen gelassen, was ihn auch wirklich davon abgehalten hatte, gewisse Abzweigungen zu nehmen, weil er sehen konnte, daß sie dort schon gewesen waren.
 Aus dem Rollstuhl kam schweres, hohltönendes Atmen. Dann sagte Adam: «Ich glaube, ich brauche einfach einen verdammten Drink.»

Wiggins war erleichtert, daß seine Lebensgeister wieder zu erwachen schienen, und ruckelte ihn auf zwei Rädern über mehrere große Steine um eine Ecke.

«Wie spät?» wollte Adam wissen.

«Neun Uhr zweiundzwanzig.»

Jetzt fing Adam an zu stöhnen, und Wiggins rannte und schob, ließ weitere Krumen fallen, während er gleichzeitig die alten Krumenfährten mied. Er wußte, was diese Art körperlicher Anstrengung, verbunden mit der ganzen Aufregung, seinem Nervensystem antun konnte. Endlich sah er ihn: «Der Ausgang! Direkt vor uns!»

Keine Reaktion. Adam Holdsworths Kopf baumelte reglos herunter. Wiggins hielt an, schüttelte ihn sanft, fühlte den Puls. Noch war etwas zu spüren, aber wie lange noch? Schnell schob er den Rollstuhl aus dem Irrgarten und über den grünen Rasen. In einiger Entfernung konnte er jemanden sehen – ja, es war Schwester Rübe. Er rief sie herbei. Sie schaute ihn böse an, aber er ignorierte den Blick. Obwohl er gänzlich außer Atem war, schaffte Wiggins es, ihr Bescheid zu sagen.

Miss Rupert starrte ihn verständnislos an.

«Mr. Holdsworths Medizin! Sie sehen doch, es geht ihm nicht gut.»

Miss Rupert warf einen genauen Blick auf Adam Holdsworth. «Ich finde, er sieht völlig gesund aus. Bei seinem Alter! Immerhin ist er neunundachtzig, vergessen Sie das nicht. Da ist es normal, daß es manchmal ein bißchen langsamer geht.» Mit diesem für sie unwiderlegbaren Argument setzte sie ihren Weg den Pfad hinunter fort.

«Bei Mr. Holdsworth geht es aber ein bißchen langsamer als langsam. Gleich bewegt er sich überhaupt nicht mehr. Ich *bestehe* darauf, daß Sie sofort einen Arzt holen.»

«Regen Sie sich nicht so auf, Sergeant. Ich kenne ihn besser als Sie.» Sie ging einfach weiter.

Wiggins setzte sich auf die Kante der sanft abfallenden Rasenfläche und ließ den Kopf in die Hände fallen.

Aus dem Rollstuhl kam ein tiefer Seufzer. Durch die gespreizten Finger sah er zu dem alten Mann hinüber. Adam Holdsworth lachte und schlug sich auf die Oberschenkel – beziehungsweise auf die Decke, die daüber lag.

«Hab Ihnen ganz schön Beine gemacht, was?»

Mit versteinerter Miene stand Wiggins auf. «Heißt das, es war alles nur Theater?»

Wamm! krachte Adams Hand auf sein Knie. «Todesängste hat er durchgestanden! Aber das geb ich zu, Junge; das mit den Krumen war eine verdammt gute Idee. Aus dem Irrgarten kommt man nämlich schwer raus.»

«Sind Sie etwa schon mal hier drin gewesen?» fragte Wiggins mit erstickter Stimme.

«Aber ja doch. Ich kenne jede Ecke, und es gibt auch überall versteckte Hinweise. Gut, die zu erkennen, waren Sie nicht schlau genug, aber trotzdem, außer Alex ist bis jetzt noch keiner ohne Hilfe rausgekommen. Sie sind doch kein so schlechter Bulle, wie ich dachte.»

Während dieses Urteils über seine beruflichen Fähigkeiten ging der Sergeant langsam um den Rollstuhl; vor ihnen erstreckte sich der große, grasbewachsene Hang, hinten war das Steinhäuschen, das Helen Viner als Praxis nutzte. «Danke für das Kompliment, Sir. Jetzt muß ich gehen und sehen, ob der Superintendent schon da ist.»

Mit diesen Worten stieß Wiggins mit dem Fuß den Rollstuhl an, der daraufhin schwankend den Hang hinuntersauste. Am Ende war ein kleiner Hügel, der ihn zum Halten bringen würde.

Der alte Adam hob die Arme zum Firmament und johlte: «Halleluja! Bald trete ich vor...»

Vor wen er treten würde, ging im Wind verloren.

Wiggins kaute ein Kohleplätzchen und lächelte müde.

Dann sah er, wie der Rollstuhl sich holpernd um die eigene Achse drehte, und hörte etwas, das wie ein Schrei oder ein keuchendes Lachen klang. Wiggins ging den Hang hinunter.

Ja, Adam lachte keuchend. «Glänzend, Sergeant! Noch einmal, bitte!»

«Schluß mit den Spirenzchen, Sir.» Er schlug dem alten Mann die Hand von der Bremse. «Superintendent Jury will Sie sehen.»

«Da kommt aber keine Freude auf.» Adam legte den Finger auf die Lippen und flüsterte: «Kein Wort; das hier bleibt unter uns.»

«Worauf Sie sich verlassen können», sagte Wiggins wütend.

Jury fiel auf, daß Wiggins' Blick mehr als üblich in seinem Notizbuch klebte. Er saß auf einem schwarzlackierten Stuhl neben einem großen Fenster.

In dem zweiten Stuhl saß eine hübsche Frau von zarter Statur mit einem wunderschönen maßgeschneiderten Kleid und gescheiten Augen. Wahrscheinlich in den Siebzigern, sie sah aber aus wie sechzig.

Adam Holdsworth erzählte Superintendent Jury gerade, wie nett sein Sergeant ihn im Irrgarten herumkutschiert habe. Er fügte hinzu, daß es ihm schwerfiele, zu glauben, daß Virginia und Annie Thale nicht durch Unfälle zu Tode gekommen seien.

«Wer um alles in der Welt sollte Ginny von dem Felsen gestoßen haben? Dieser blöde Fellowes bestimmt nicht. Aber wenn Sie warme Brüder suchen, sollten Sie ihn mal überprüfen.»

«Meine Güte, Adam», sagte Lady Cray und studierte die Zimmerdecke. «Das ist eine völlig idiotische Klischeevorstellung von einem Künstler.»

«Sie kennen ihn nicht», sagte Adam unwirsch. «Eine malende Tunte, wirklich.»

Sie schüttelte den Kopf, stand auf und murmelte, daß sie jetzt leider gehen müsse.

«Gehen Sie bitte nicht, Lady Cray.» Jury hielt das Bündel Briefe hoch.

Adam schlug krachend auf die Rollstuhllehnen. «Das Spiel ist aus!»

«Die haben Sie aus Dr. Kingsleys Büro, Lady Cray?»

«Ja, ich habe sie zufällig dort gefunden.» Sie inspizierte einen blutrot lackierten Fingernagel, verschränkte dann rasch die Arme und klopfte mit dem Fuß auf.

«Sie waren mit irgend etwas zusammengebunden», sagte Jury. «Vielleicht mit einer Schnur oder mit einem Band.»

Sie zog eine Braue hoch. «So?»

Jury nickte. «Nichts gefunden? Oder waren sie so zusammengeklammert, wie Sie sie Mr. Plant gegeben haben?»

Woraufhin Adam zu ihr sagte: «Erzählen Sie es ihm, um Gottes willen. Was interessiert es ihn, ob Sie Bänderfetischistin sind? Besser als anonym ins Telefon zu stöhnen.»

«Dann hole ich es eben.» Sie ging zur Tür. «Das ist vorbei, Adam. Inzwischen finde ich Bänder langweilig.» Sie ging.

«Meine Schwiegertochter», sagte Adam, und schon der Gedanke an sie schien ihn abzustoßen, «hat die Telefondrähte zum Glühen gebracht, nachdem Sie gestern im Tarn House waren. Hat tatsächlich gedacht, sie sei Hauptverdächtige im Mordfall Jane. *Falls* Jane ermordet worden ist. Und wer hat Ihnen das über Graham erzählt? Helen Viner? Sie hat ihn wegen seiner Depressionen behandelt.»

«Nein, sie wollte nicht gegen die ärztliche Schweigepflicht verstoßen. Millies Tante hat es uns gesagt.»

«*Die* alte Xanthippe?»

Jury lächelte. «Annie, ihre Schwester, hat es Thomasina erzählt.» Noch wollte Jury nicht Millies Märchen über Tante Tom ins Gespräch bringen.

Adam schüttelte den Kopf. «Verdammt, möglich ist es wohl. Was wäre nicht möglich? Aber warum hat er dann mit Annie angebandelt?»

«Hat er doch gar nicht; sie waren Freunde. Ich glaube, hier geht es aber ohnehin bloß darum, wer am meisten von Ihrem Testament profitieren würde. Könnte das sein?»

«Gott, das Geld.» Adam umfaßte die Rollstuhllehnen und sagte: «Alex ist der Haupterbe. Und dann Millie. Das überrascht sie wahrscheinlich, aber sie steht ganz allein da und ist noch ein kleines Mädchen.» Er strich sich mit der Hand über seinen kahlen Schädel. «Ich mache mir ziemlich große Sorgen um die beiden, das muß ich schon sagen.»

«Ich glaube nicht, daß sie in Gefahr sind, Mr. Holdsworth», sagte Jury freundlich. *Im Moment noch nicht.*

Bei diesem Stichwort erschien Lady Cray, ging zu Jury und ließ ein sorgsam aufgerolltes Band in seine Hand fallen.

Jury übergab Briefe und Band Wiggins. «Kümmern Sie sich darum.» Dann wandte er sich lächelnd und mit fragenden Blicken an Lady Cray.

«Die waren in seinem Bücherregal – aber das hat Ihnen Mr. Plant ja sicher schon erzählt. Er hat eine besondere kleine Reihe Bücher, ein halbes Dutzend, auf dem vierten Bord von unten. Es sind Attrappen. Er hat Schnaps da drin. Und in dem Fach darüber war auch so ein Buch. Dr. Kingsley ist Alkoholiker, aber egal, seine Wahrnehmungsfähigkeit ist dadurch nicht beeinträchtigt. Na ja, seine Augen sind nicht sehr gut, aber das kann er durch seinen Verstand ausgleichen. *Meine* Augen sind dagegen perfekt. Was Sie sehen, sind keine grauen Kontaktlinsen; ich kann auf fünfzig Meter Entfernung einen Raben in einer Schar Bussarde erkennen – oder von den Wällen aus einen Fuß auf einem Rollstuhl.»

Drohend hob Lady Cray den Finger, und Jury merkte, daß Adam und Wiggins einen schnellen verstohlenen Blick austauschten.

«Wissen Sie, es sah aus wie ein kleines Lesebändchen, das nicht ganz herausgezogen war. Ich habe zufällig eine Vorliebe für Bänder – besonders rote... hatte, sollte ich sagen. Also, dieses Band habe ich gestern morgen bei meinem Zehn-Uhr-Termin gesehen – ein Termin, um den *ich* zufällig nicht gebeten hatte. Erst ganz zum Schluß der Sitzung habe ich das Band in dem Buch bemerkt; dann habe ich darum gebeten, den nächsten Termin vorzuverlegen, und Dr. Kingsley empfing mich schon um drei Uhr wieder. Zwei, drei, vier – es war im Grunde einerlei, aber ich entschied mich einfach für die erstbeste Uhrzeit. Wenn man etwas will, wartet man nicht gern, finden Sie nicht auch? Na ja. Als ich um drei wieder in seinem Sprechzimmer war, schaute ich natürlich zu dem Regal, um sicher zu sein, daß das Band noch da war. Ich hatte natürlich einen Plan, um da ranzukommen. An das Regal zu kommen und das unechte Buch zu stehlen war nicht *ganz* so leicht, wie einen Stift mitgehen zu lassen. Wissen Sie, das schafft man immer, wenn man so tut, als wolle man an etwas anderes ran... Oh, Verzeihung, das interessiert Sie jetzt sicher weniger. Ich mußte ihn dazu bringen, das Zimmer zu verlassen. Also bat ich um ein paar Pralinen, sagte, ich spürte einen schrecklichen Anfall von Angst nahen, und er wußte natürlich über mein Problem mit Pralinen Bescheid. Über die Bänder auch. *Aber*, wissen Sie, meine Herren, an eine Sache hatte ich nicht gedacht. Hätten Sie auch nicht. Alkoholiker sind oft nach Süßigkeiten süchtig, besonders nach Schokolade. Der gute Doktor öffnete einfach seine Schreibtischschublade, lächelte und hielt mir einen Wispa-Riegel hin. Hm, das war ein Schlag ins Kontor. Bis mir klar wurde, daß ich bei meiner Inszenierung vergessen hatte, daß ich mich für Schokolade in *der* Form überhaupt nicht interessiere, nur für Pralinen. Ich frage mich, ob das mit dem Theater zu tun hat... mit diesem Stück im Haymarket, das mein Vater – entschuldigen Sie, das tut hier jetzt nichts zur Sache. Also gut, ich sagte ihm, daß ich unter ‹Schokolade› eher diese kleinen runden Dinger verstehe, jedes an seinem eigenen Platz, eher wie – wissen Sie, wie? Es fällt mir jetzt erst auf... wie Sitze im Theater. Aber ich schweife schon wieder ab. Dr. Kingsley jedenfalls hat *wirklich* eine Menge Gutes für mich getan. Also: Der gute Mann verließ sein Sprechzimmer, um eine Schachtel Pralinen zu suchen. Und so weiter. Und nachdem er eine winzigkleine Schachtel von dem Tisch von irgend jemandem gestohlen hatte – hm, da ist wohl der Wunsch der Vater des Gedankens –, gab er sie mir, sagte, er hoffe, daß es mir gleich bessergehen würde, lächelte dieses absolut unschuldige Lächeln und dann –» Sie sah ihre Zuhörerschaft an. «Stimmt was nicht?»

Es herrschte eine surrende Stille, als könnte Sprache im Ohr nachklingen, so wie ein Blitzlicht im Auge weiterleuchtet. Ein paar Augenblicke lang schien keiner von ihnen bemerkt zu haben, daß sie aufgehört hatte zu reden.

«Was passierte *dann*?» fragte Adam Holdsworth und drängte sie mit raschen kleinen Handbewegungen fortzufahren. «Wie ging's weiter?»

«Weiter geht's nicht.» Nachdenklich legte sie einen Finger an die Wange. «Nur eines noch: egal, was Sie vermuten, ich habe größte Zweifel, daß er es getan hat. Was ich von der anderen nicht behaupten würde. Kann man die Briefe jetzt richtig zusammenbinden, Sergeant?»

Wiggins saß immer noch da, den Stift über dem Notizbuch gezückt. Er sah sie an. «Was?»

«Das Band. Als ich es abgenommen habe, habe ich mir die Druckstellen angesehen. Es schien nicht richtig zu passen.» Sie sah von Wiggins zu Jury und wieder zu Wiggins.

Den Blick immer noch ihr zugewandt, warf Wiggins Jury das Briefpäckchen zu. Endlich wieder Routine. «Ich glaube nicht, daß es das ursprüngliche Band ist, Sir.»

Jury hielt die Briefe in Augenhöhe, schob das Band hin und her. «Ist es auch nicht. Zu neu, zu schmal.» Er sah Lady Cray an. «Wen meinten Sie mit ‹der anderen›, Lady Cray?»

«Die Psychiaterin. Sie wissen schon, Dr. Viner. Hm... ich weiß, Sie mögen sie sehr, Adam, wie alle anderen hier auch. Sie ist so – integer, nicht wahr? Aber mein Instinkt sagt mir, daß da irgendwas nicht stimmt.»

Jury lächelte und hielt immer noch die mit dem Band zusammengebundenen Briefe hoch. «Soll heißen?»

Sie sah sie nur alle drei an und seufzte: «Männer.»

«Ein Packen Karten.»

Diese neue Stimme in ihrer Runde kam von Alex, der plötzlich durch ein Fenster hereingestiegen war. Jetzt stand er sehr still im Zimmer und starrte auf die Briefe, als handelte es sich um eine Kobra.

Sein Urgroßvater sagte: «Verdammt, komm doch zur Abwechslung mal durch die Tür. Du benimmst dich immer, als würdest du steckbrieflich gesucht: Tot oder lebendig, wie im wilden Westen.»

Jury hätte ihn aufgrund der Fotos erkannt, er hätte ihn sogar ohne die Fotos erkannt, dachte er. Alex Holdsworth hatte die Gesichtsfarbe seines gutaussehenden Vaters, aber *ihre* Mimik, ihre Bewegungen, ihre Art zu reden. Das erkannte Jury schon nach den paar Sekunden, die der Junge da stand. Wieder überwältigte ihn das Gefühl von Verlust. Wenn die Dinge anders verlaufen wären, hätte dieser Junge sein Stiefsohn werden können. Nein, dachte er. Nein. Es wäre nicht gegangen, selbst wenn sie nicht gestorben wäre.

«Alex?»

Der Junge schob sich die Haare aus den Augen und sah Jury verständnislos an. «Sir?»

«Ich bin – wir sind – Polizisten. Von Scotland Yard. Wir untersuchen – eher inoffiziell – den Tod Ihrer Mutter.»

Einen Moment lang dachte Jury, Alex habe es nicht gehört und sei mit den Gedanken immer noch bei den Briefen.

Alex sagte: «S–U–P–E–R–I–N–T. R. Jury. Ich weiß Bescheid.»

Wiggins erhob sich, streckte die Hand aus und versuchte es mit einem Scherz, was äußerst ungewöhnlich für ihn war. «S–G–T. Wiggins. Guten Tag.» Sie gaben sich die Hand.

Jury fand, daß Alex fürchterlich blaß aussah; sein Gesicht war so hell wie ein See nach dem Regen. «Was meinten Sie denn gerade mit den Karten?»

«Nichts.» Er sah Jury an, blickte dann aber weg. Eine ziemlich dürftige Lüge. «Ich wollte nur Großvater besuchen.» Er schob die Hände in die hinteren Hosentaschen. Er trug Jeans und einen ziemlich ramponierten Schafswollpullover.

«Ich glaube, ich gehe mal», sagte Lady Cray, die während der gesamten Unterhaltung gestanden hatte. Jetzt schien sie den Eindruck zu haben, daß sie störte.

«Sie nicht, Alex», sagte Jury und ging auf den Jungen zu, der sich umgedreht hatte und fast schon wieder ein Bein über dem Fenstersims hatte. «Wenn es Ihnen paßt, würde ich gern mit Ihnen reden.»

Alex schien darüber nachzudenken. Dann nickte er nur.

Vierter Teil

Der Tod
– gelaufen

41

«Sie waren mit meiner Mutter befreundet?»

«Ja», sagte Jury.

«Sie hat es nicht gemacht. Sie hat nicht Selbstmord begangen. Das hätte sie nie getan.»

Er verteidigte sie geradezu aggressiv, fand Jury. Sie saßen im Wintergarten zwischen den eingetopften Palmen, den Gloxinien, den Hängepflanzen. Aus einer Kanne auf der Anrichte, die offensichtlich den ganzen Tag lang immer wieder aufgefüllt wurde, hatte Jury zwei Tassen Kaffee geholt.

Alex erzählte ihm, wie er die Medikamente seiner Mutter genau überprüft hatte. Und dann gab er ihm ein kleines Stück Papier.

«Was ist das?» Jury stellte seine Tasse auf dem Kachelfußboden ab.

«Eine Liste der Leute, die im Haus – hier oben, meine ich – waren, als Mum etwas von ihrer Medizin verloren hat. Jeder einzelne von ihnen hätte sie einstecken können. Und dann habe ich gedacht: Blödsinn. Ärzte, Schwestern. Sie kommen so schnell an Seconal, wie Fortune's Son hundert Meter rennt.»

«Das stimmt.» Verzweifelt studierte Jury die Liste. Er wußte nicht, was er sagen sollte. Deshalb fragte er ihn nach dem «Packen Karten».

«Es ist ein Traum. Er kommt immer wieder, wiederholt sich.» Alex erzählte Jury die Einzelheiten. «Ich wußte, in Mums Zimmer fehlte was, aber ich kam nicht drauf. Sie hatte diese Briefe in ihrer Nachttischschublade. Sie müssen wichtig gewesen sein.» Er hielt inne. «Ich verstehe die Herzdame nicht. Dr. Viner hat gesagt, daß es vielleicht damit zu tun hat, daß ich mich schuldig fühle, weil ich aus der Schule nach Hause geschickt worden bin.» Er sah Jury an. «Ich spiele Poker und bin erwischt worden. Und ich wette bei Pferderennen. Dabei bin ich auch erwischt worden.»

Jury wollte lachen. «Sie sind doch aber viel zu jung, um in Wettbüros zu kommen.»

«Wettbüros?» Er sah Jury verächtlich an. «Damit würde ich mich nicht abgeben. Ich spiele Gelaufene.»

«Was ist das?»

«Sie warten, bis das Rennen gelaufen ist und Sie wissen, wer gewonnen hat. Dann rufen Sie ihren Buchmacher an und wetten auf das Pferd. Aber natürlich prüfen die Buchmacher immer, wann das Rennen gestartet wurde, damit offiziell keine der Wetten eingeht, nachdem die Pferde die Startposition verlassen haben. Ganz blöd sind sie nicht. Aber sie sind geldgierig, wie die meisten Leute. Also muß man fix sein und den Buchmacher entsprechend vorbereiten. Verstehen Sie? Deshalb gibt man über einen langen Zeitraum telefonisch Wetten auf Außenseiter durch. Er nimmt die Wette erst an, wenn er das Rennen getimt hat, und weil es schon gelaufen ist, ruft er zurück und sagt entweder danke oder nein, danke. Und er geht davon aus, daß Sie sowieso nicht ganz dicht sind, weil Sie auf diese Außenseiter wetten. Sie müssen die Summen variieren – mal kleine, mal große –, um die große Wette vorzubereiten. Sie setzen gewagt, wirklich gewagt, aber dann variieren Sie auch das ein bißchen. Er denkt, er hat am anderen Ende der Leitung einen, der nichts von Pferden versteht und der bescheuert sein muß, weil er dauernd für Zwanzig- oder Dreißig-zu-eins-Quoten abschließt. Er überprüft immer, ob eventuell zu spät abgeschlossen worden ist. Endlich haben Sie ihn weichgekocht. Er ist völlig fertig, giftgrün vor Gier, und sähe nichts lieber als das wirklich große Geld. Ich habe natürlich einen Partner, weil die Anrufe wirklich *sehr* schnell gemacht werden müssen. Ich sitze mit dem Telefon im Baum; er ist unten mit *seinem* Telefon im Auto. In der Sekunde, in der das Pferd über die Ziellinie läuft, rufe ich ihn an, und er ruft den Buchmacher an. Diesmal haben wir vielleicht zwei Monate gebraucht, um ihn soweit zu haben. Es war eine große Wette mit einer dicken Quote, er sah die Fünfzigpfundnoten schon auf sich zugaloppieren. Also nimmt er die große Wette schließlich an, ohne das Rennen zu timen, und er kann nichts unternehmen, nicht mal, wenn er herausfindet, daß die Wette abgeschlossen worden ist, nachdem die Pferde aus der Startmaschine waren. Aus der Startmaschine? Meins war sogar schon über der Ziellinie, bereits fertig, verstehen Sie? Und bei Ned und mir war es so, daß wir überhaupt nicht verlieren konnten. Wenn er vorher eine kleine Wette angenommen hätte, na ja, dann hätten wir eben weniger Geld gekriegt. Aber verlieren? Fehlanzeige. Das heißt, ‹einen Gelaufenen spielen›. Falls Sie es mal ausprobieren wollen. Dem Biologielehrer habe ich erzählt, ich würde den Pilzbefall auf Blättern studieren. Deshalb sei ich immer oben in den Bäumen. Das Fernglas war unverdächtig, weil ich ihm erzählt habe, daß ich das Migrationsverhalten bestimmter Vögel studiere, wenn ich mich gerade nicht mit den Blättern beschäftige.»

Die Stille summte. Jury machte den Mund zu, räusperte sich und sagte: «Sie und Lady Cray wären ein gutes Team.»

«Warum das?»

«Ach, egal. Dr. Kingsley hat Sie gestern abend beim Abendessen nicht erkannt?»

«Nein, aber vielleicht ist er ja einfach nur ein guter Schauspieler.»

Jury erhob sich. «Gehen wir und finden es heraus, ja?»

Als sie durch den blauen Flur gingen und sich Kingsleys Tür näherten, sagte Alex: «Wissen Sie, was Millie zu der Herzdame gesagt hat?» Er blieb stehen und lächelte, als könne der Tag vielleicht doch noch ein wenig Freude bringen. «Daß es die rote Dame aus *Alice im Wunderland* sei.»

Jury war überzeugt, daß Millie recht hatte.

«Warten Sie hier, Alex, bis ich Sie hole.»

«Die hab ich nie gesehen.» Maurice Kingsley drehte mit melancholischem Blick die mit dem Band umwickelten Briefe um. «Was geht hier überhaupt vor, verdammt noch mal?» Die Melancholie wurde von Ärger überlagert.

«Ich dachte, Sie könnten helfen, diese Frage zu beantworten», sagte Jury. «Das Päckchen war auf Ihrem Bücherregal.» Jury ließ seine Augen prüfend über die Buchreihen schweifen, aber in Wirklichkeit waren es ja gar keine Bücher. «Sie waren in einem der hohlen Whiskybücher.»

Kingsley war perplex. «Wie...? Wer...?» Er schloß die Augen, lehnte sich zurück. «Lady Cray. Himmel, die Frau hat wirklich einen Röntgenblick.» Kingsley zog an dem Band. «Das hier ist es, ja? Sie hat das Band gesehen. Oh, mein Gott. ‹Nein, keinen Wispa-Riegel; ich *muß* Pralinen haben.›»

Jury mußte lächeln. Kingsley konnte Lady Crays Tonfall wirklich gut nachahmen. «Machen Sie sie nur auf. Sie können sie lesen.»

Kingsley entfernte schnell das Band und starrte auf den obersten Umschlag. *«Jane?»* Er breitete sie aus, sah auf die Stempel. «Sie sind alle an Jane. Fünf, sechs Jahre alt.»

Jury nickte.

Kingsley las die Briefe, ohne ein einziges Wort zu sagen. Dann steckte er jeden einzelnen in seinen Umschlag zurück, legte sie ordentlich übereinander und sah Jury an. Er schwieg noch immer.

Nachdem einige Augenblicke so verstrichen waren, sagte Jury: «Und?»

Kingsley bedachte ihn mit einem strengen Blick. «Ich denke, Superintendent.»

«Gut.» Das taten Verdächtige selten. Jury wartete.

Endlich sagte Maurice Kingsley: «Jeder hätte Ihnen erzählen können, daß ich am Tag ihres Todes nach London gefahren bin. Aber das sind Genevieve und Madeline auch – und alle anderen, außer Helen und Crabbe Holdsworth. Und nachdem die Polizei hier war, hatte sich herumgesprochen, daß ich sogar am *Abend* ihres Todes draußen vor ihrem Haus gesessen habe. Aber warum sollte ich es getan haben? Warum sollte ich Jane umbringen?» Mit den Fingerspitzen schob er die Briefe weg. «Ich habe diese Briefe jedenfalls nicht geschrieben.»

«Ich weiß. Ich weiß auch, daß Sie kein Motiv hatten, Jane Holdsworth zu töten. Aber Sie begreifen nicht, um was es geht.»

«Dann helfen Sie mir auf die Sprünge.»

«Werde ich tun, vorausgesetzt, das, was ich sage, bleibt unter uns.»

Kingsley nickte.

«Ich glaube, daß sie sich selbst umgebracht hat. Ich glaube, sie wollte, daß ich – ich war ein... enger Freund – herausfinde, was Virginia Holdsworth und Annie Thale wirklich zugestoßen ist.»

Kingsley starrte ihn an, stand auf und ging zu dem Regal mit den hohlen Büchern. «Darauf muß ich einen trinken.» Er zog eine kleine Flasche Whisky aus einer der Buchattrappen und hielt sie Jury hin.

«Jetzt nicht. Ich bin sicher, das Motiv ist Geld. Genevieve zum Beispiel hätte ein Motiv gehabt, Virginia Holdsworth zu töten; sie wollte Teil der Familie werden, um Adams Millionen näher zu sein. Aber ‹nahe› kann immer noch weit entfernt sein. Und Madeline? Dito. George Holdsworth gehört zur Familie, hätte aber nichts davon gehabt, seine Schwägerin zu töten. Fellowes noch weniger. Und der ist sowieso aus dem Schneider. Und der Joker, der eigentliche Joker, ist Annie Thale. Und da fällt mir als einziger möglicher Grund nur ein, daß sie über Graham Holdsworth Bescheid wußte.»

«Sie meinen, sie wußte, daß er homosexuell war.»

«Nein. Sie war sich ziemlich sicher, daß er es nicht war.»

Kingsley trank seinen Daumenbreit Whisky und goß sich noch einen ein. Er sagte nichts, sondern sah Jury nur an.

«Diese Briefe handeln von Grahams Problemen; und es gibt mehr als einen Hinweis dafür, daß der Verfasser eine Scheidung für die beste Lösung hält.»

«Jeder x-beliebige hätte das schreiben können. Auf jedem x-beliebigen Computer – im Tarn House, in London, meinetwegen auf dem Mond.»

«Ich bitte Sie, Dr. Kingsley. Sie wissen –» Jury schob seinen Stuhl näher an den Schreibtisch. «Ich möchte, daß Sie mit Alex sprechen.»

Kingsley blickte von seinem Glas auf. «Warum?»

Jury ging zur Tür, öffnete sie und bat Alex herein.

Alex blieb mitten im Zimmer stehen, den Kopf leicht erhoben. «Erinnern Sie sich an mich?» fragte er und starrte Kingsley an.

«Natürlich erinnere ich mich an Sie. Wir haben zusammen zu Abend gegessen.» Kingsley lächelte gezwungen.

Jury hatte noch einen Stuhl herangezogen, und Alex setzte sich. «Und außerdem haben wir zusammen eine Parkbank angewärmt.»

«Ich weiß nicht, wovon Sie reden.» Er sah Alex mit zusammengekniffenen Augen an.

Jury fragte ihn: «Waren Sie so betrunken, daß Sie einen Filmriß hatten?»

Kingsley schlug die Augen nieder und sah dann Alex an. «Nicht ganz. Ich erinnere mich vage daran, daß jemand neben mir gesessen hat. Vermutlich war es eine Bank; vermutlich war es – na ja, die Polizei hat mir *versichert*, es war draußen vor Janes Haus. Immer wieder wird mir der Schwarze Peter zugeschoben.» Er wechselte einen Blick mit Jury.

Alex saß starr auf seinem Stuhl. Schließlich sagte er: «Haben Sie meine Mutter umgebracht?»

«Nein.»

«Und warum sollte ich Ihnen das glauben, verdammt noch mal?»

«Sollen Sie ja gar nicht.» Kingsley zuckte mit den Schultern. «Ich bin faul, ich bin Alkoholiker, ich habe einen miesen Charakter.» Er sah Alex direkt in die Augen.

Alex entspannte sich. Er ertappte sich bei einem Lächeln und preßte die Lippen wieder zusammen, als er Jury ansah.

«Er hatte keinen Grund, Ihre Mutter umzubringen, Alex. Keinen.» Dann fügte Jury hinzu: «Warum erzählen Sie ihm nicht den Traum?»

Alex runzelte die Stirn. «Warum? Ich habe ihn schon Dr. Viner erzählt, das hat auch nichts genützt.»

«Jetzt wissen Sie mehr darüber. Erzählen Sie. Diese Sache mit der Herzdame wird Sie den Rest Ihres Lebens beschäftigen. Kingsley ist Psychiater.»

«Das bringt doch nichts», sagte Alex mit brennenden Augen.

«Dem kann ich nur voll und ganz zustimmen, mein Lieber.» Er griff hinter sich ins Regal. «Valium? Librium?» Er musterte ein paar Gläschen und dann Alex. «Na, machen Sie schon. Erzählen Sie. Schaden kann es nicht. Was ist das mit der Herzdame? Jetzt bin ich schon neugierig.»

Alex hatte den Fuß auf das Knie des anderen Beines gelegt und machte sich am Schnürsenkel seines Reebok-Turnschuhs zu schaffen. Dann erzählte er den Traum. Es sprudelte nur so aus ihm heraus: die Schule, die Wetterei, die Pferde, das Pokern. Voller Scham verstummte er plötzlich.

Kingsley zündete sich eine Zigarette an. Er hielt Alex die Packung hin, und als der Junge nickte, warf er sie ihm zu.

«Schönes Feuerzeug», sagte Alex.

«Ich liebe es.» Kingsley warf einen Blick auf die Unterseite. «Es ist von großem ideellem Wert für mich.» Dann saß er nur noch da und rauchte.

Alex rutschte hin und her. «Und?»

«Verzeihung. Ich denke nach.»

Er inhalierte, atmete aus und sah schweigend dem Rauch nach.

«Aber ich *fühle* mich nicht schuldig. Ich meine, wegen des Wettens», brach es aus Alex heraus.

«Warum sollten Sie?» fragte Kingsley. «Sie haben es getan, um Ihre Mutter zu unterstützen. Finanziell. Und um Ihrer Mutter Genevieve vom Leibe zu halten.»

Alex redete weiter. «Ich weiß ja, daß ich betrogen habe. Aber fast immer nur Buchmacher. Die meisten sind eh Halunken. Und die Karten. Ich habe mehr zur Aufwertung des Dollars beigetragen als die Zentralbank.»

Kingsley lachte laut. «Ist es ein Geheimnis?»

«Was?»

«Der Trick. Sie haben nicht gewonnen oder selten, aber Sie verließen den Tisch immer mit mehr, als Sie mitgebracht hatten.»

Alex zupfte sich schweigend am Ohrläppchen. Dann griff er in seine hintere Hosentasche und zog eine Brieftasche hervor. Er entnahm einen Zwanzigdollarschein und legte ihn auf den Tisch.

«Und?» Kingsley rührte ihn nicht an, betrachtete ihn nur.

Alex drehte ihn um. Es war ein Dollar. «Zusammengeklebt. Rückseite an Rückseite. Deshalb konnte ich keine Pfundnoten benutzen. Die Scheine sind unterschiedlich groß.»

Jury war fasziniert. «Das verstehe ich nicht. Da komme ich nicht mit.»

«Sie wechseln. Setzen die Zwanzig, ziehen sie mit anderen Scheinen als Einer heraus.» Er sah von einen zum anderen, dann an die Zimmerdecke. «Okay, ich bin nicht stolz darauf –»

«Darauf gehe ich jede Wette ein», sagte Kingsley trocken. «Das heißt, nein, mit Ihnen wette ich lieber nicht.»

Alex sah todernst aus. «Es geht ums Pokern, stimmt's? Diese Geschichte mit der Herzdame.»

«Scheint so. Und was schließen Sie daraus?»

Alex ließ sich zurückfallen. «Weiß ich nicht.»

Ganz unverbindlich sagte Kingsley: «Na ja, Sie haben Ihre Mutter an der Hand gehalten.»

«Herzdame.» Alex schwieg. «Und... noch eine im Spiel.»

Kingsley nickte. «Poker.»

«Ein Paar.»

«Sie und Ihre Mutter – also Sie kenne ich nicht, aber mit ihr war ich befreundet, und sie redete eigentlich immer nur über Sie.» Kingsley lächelte breit. «Ich sage Ihnen, Alex, Sie und Jane waren ein großartiges Paar.» Wieder ließ sich Alex zurückfallen, aber diesmal erleichtert, wie es schien. Er legte die Hand auf die Augen und gab keinen Ton von sich. Jury sah Tränen seine Wangen hinunterrinnen.

Kingsley holte eine Schachtel Papiertaschentücher aus einer Schublade. «Fangen Sie.»

Reflexartig streckte Alex die Hände aus. «Danke. Vielen Dank.»

«Keine Ursache. Ich habe nichts getan. Was hat denn Dr. Viner zu dem Traum gesagt? Ich will wissen, wer von uns schlauer ist.» Er lächelte.

Alex erzählte es ihm. «Was sie gesagt hat, ergab nicht viel Sinn.»

«Freie Assoziation muß irgendwo hinführen. Es hätte vermutlich beim Pokern geendet.»

«Ich habe etwas Merkwürdiges gedacht, als sie wegging.»

«Was denn?»

«Meine Assoziation. Ein Packen Karten. Ein Packen Lügen.» Er stand auf. «Ich gehe wieder zu Großvater.»

Jury nickte.

«Das war sehr gut, sehr klug. Aber das falsche Paar.»

«Ist mir klar. Wissen Sie, ich habe mich gefragt, warum Lady Cray immer wieder darauf zurückkam. Die ‹exotische› Frau, die ihr Pralinen geschenkt hat. Das Band, das sie langsam aus dem Haar einer Frau vor sich zog…» Kingsley nahm die Briefe wieder in die Hand. Er schüttelte den Kopf. «Es war doch ein ziemlich großes Risiko. *Ich* hätte die Briefe finden können.»

«Sie waren gut versteckt, außer für das Adlerauge von Lady Cray. Und wenn Sie sie gefunden hätten, was hätten Sie getan? Helen Viner damit konfrontiert? Die Briefe verbrannt? Vielleicht sah es dadurch so aus, als hätten Sie eine Affäre mit Jane, aber…» Jury zuckte mit den Schultern. «Graham Holdsworth hat Selbstmord begangen.» Er schwieg. «Alex hat gesagt, er habe sie nicht gelesen.»

«Das ist möglich. Er wirkt, als hätte er die Intimsphäre seiner Mutter respektiert. Es ist aber auch möglich, daß er der Versuchung nicht widerstehen konnte, als er jünger war.»

«Aber warum konnte der Junge sich bei seinem Gedächtnis – da bleibt alles hängen wie an einem Fliegenfänger, denken wir nur an die Pillen – nicht daran erinnern, was fehlte, obwohl er die Briefe immer wieder gesehen hatte?»

«Weil er es nicht wollte.» Kingsley blies einen Rauchring und steckte seinen Finger durch.

«Sie glauben doch nicht, daß er es *weiß*?»

«Halb. Der Schatten einer Erinnerung, ein Schleier, den er nicht wegwischen kann. Keine Sorge, er wird verschwinden, sich auflösen. Was aber nicht verschwinden würde, ist die Erkenntnis, daß sich seine Mutter selbst umgebracht hat. Für den Rest seines Lebens trüge er eine ungeheure Wut mit sich herum.» Er drückte die Zigarette aus und sah Jury über den Brillenrand an. «Was wollen Sie nun unternehmen?»

«Was trinken.»

Kingsley stellte noch ein Glas auf den Tisch.

«Geben Sie mir einen Doppelten. Ich gehe zu ihr.»

42

«Da sind Sie wieder.» Helen Viner öffnete einladend die Tür und lächelte; sie schien es nicht im geringsten zu bedauern, daß er wieder da war.

«Ja, ich bin wieder da.»

Sie trug ein Kleid aus weichem, glockig fallendem Stoff. Über den blassen Grund zog sich ein Muster von Weidenzweigen mit zarten Blättern, die sich sanft zu wiegen schienen, wenn sie ging.

«Ich hoffe, es stört Sie nicht, wenn ich eine Bemerkung mache, die vielleicht nicht, hm, gerade ein Kompliment ist –»

Aber sie schüttelte schon den Kopf. Natürlich störte es sie nicht.

«Sie wissen, Sie sind keine perfekte Schönheit –»

Sie lehnte sich zurück und lachte. «Ich hoffe, daß ich in nichts ‹perfekt› bin.»

«– Sie machen aber den Eindruck, als ob Sie es wären. Wenn ich emotional nicht so ausgebrannt wäre, würde ich mich sehr zu Ihnen hingezogen fühlen.»

«Das nennt man Übertragung.»

«Das kann man auch noch anders nennen.»

Sie zog die Brauen hoch und sah ihn aus ihren haselnußbraunen Augen, die jetzt die Farbe des verhaßten Sees hatten, fragend an. Flüssiger Stein. «Odysseus hatte vor den Sirenen Angst, dem Gesang der Sirenen», sagte er.

«Das ist sehr schmeichelhaft –»

«Nein, ist es nicht. Wenn das Schiff gegen die Felsen geprallt wäre, wäre seine Mannschaft tot gewesen.» Jury war schleierhaft, warum ihm dieses Bild so gegenwärtig war. «Wie Virginia Holdsworth, die Sie von dem tückischen Übergang zwischen Scafell und Mickledore gestoßen haben.» Jury zog Plants Fotos aus dem Umschlag und legte sie auf den Schreibtisch. «Sehen Sie sich das doch einmal ganz genau an.»

Erstaunlich, wie sie Fassung bewahrte. Sie stritt nichts ab, verhielt sich, als habe sie es mit einer Wahnvorstellung zu tun und tue einfach nur, worum sie gebeten worden war: Sie sah die Bilder an, dann ihn, nickte mit dem Kopf und sagte: «Ich verstehe nicht ganz, was Sie meinen.»

«Doch, das tun Sie. Das ist Mr. Plants Foto von diesem Spalt in der Felswand, der Agonie des fetten Mannes.» Als sie die Arme bewegte, schwebten die Weidenblätter so sanft über ihre Brüste wie das Lächeln über ihr Gesicht.

«So? Wenn Mr. Plant auf einem Spaziergang Fotos geschossen hat, was hat das mit mir zu tun?»

«Sehr viel. Er hat die Fotos gemacht, weil er sie mit einem Bild vergleichen wollte, das Francis Fellowes vor sechs Jahren gemalt hat. Als er mit Virginia Holdsworth den Scafell hinaufgegangen ist. Oder, um genauer zu sein: er ist *hinter* Virginia Holdsworth hergegangen. Das Bild selbst ist im Labor von New Scotland Yard. Keiner hat ernsthaft in Frage gestellt, daß Mrs. Holdsworths Tod ein Unfall war, denn nur Mr. Fellowes oder ein sehr erfahrener Wanderer hätte über den Broad Stand entkommen können –»

«Aber da war niemand. Ginny ist gestürzt.»

«Keiner ist auf die Idee gekommen, daß sich vielleicht jemand in dem großen Felsspalt versteckt und gewartet hat, bis Mr. Fellowes sein Bild zu Ende gemalt hatte. Nachdem er dann gegangen war, konnte der Mörder ebenfalls hinuntersteigen.»

Sie verzog keine Miene. Noch als sie bei dem Geräusch der sich im Wind bewegenden Zweige den Kopf zum Fenster und dann wieder zu Jury drehte, lächelte sie. «Also, worauf die Polizei da bloß gestoßen ist, daß Sie eine solch – schwerwiegende Anschuldigung vorbringen können. Aber es stimmt nicht; mit Ginny Holdsworth war ich gut befreundet.»

«Noch besser mit Jane Holdsworth.»

Wie angespannt sie gewesen sein mußte, merkte man daran, daß sie jetzt sichtlich lockerer wurde. «Ich dachte, mittlerweile sei weitgehend geklärt, daß Jane Selbstmord begangen hat. Ich war jedenfalls in Kendal.»

Sie sollte nicht so selbstgefällig gucken, dachte Jury; nein, das sollte sie wirklich nicht. «Oh, ich weiß, wo Sie waren; und ich weiß auch, wo Dr. Kingsley war. Sein Pech, daß er in Lewisham war und obendrein betrunken. Sie hätten besser daran getan, ihn in Ruhe zu lassen, statt sich die Mühe zu machen, diese Briefe in sein Sprechzimmer zu schmuggeln.»

Jury warf ihr das kleine Päckchen auf den Schreibtisch.

Jetzt änderte sich ihr Gesichtsausdruck. Ein winziger Muskel in ihrer Wange zuckte. «Was ist das?»

«Briefe, die Sie an Jane Holdsworth geschrieben haben. Vor fünf Jahren, und Sie haben darauf geachtet, sich auf keinen Fall selbst zu belasten. Sie haben sie nicht einmal unterschrieben.»

Sie runzelte noch stärker die Stirn, löste das Band und nahm ein Blatt aus dem Umschlag. «Wie kommen Sie darauf, daß *ich* sie geschrieben habe?»

«Weil Graham Holdsworth Ihr Patient war. Und die Geschichte von der Ärztin, die ihren armen Patienten schützen muß, war wohl eher eine ausgemachte Posse. Wir wollen es mal so ausdrücken, Dr. Viner: Wir haben alle unsere latenten sexuellen Bedürfnisse; keiner von uns ist vollkommen heterosexuell, und vielleicht neigte Graham Holdsworth noch ein bißchen weniger in diese Richtung. Für mich persönlich hat der Begriff ‹latente Homosexualität› keinerlei Bedeutung. Für Leute, die eigentlich nicht homosexuell sind, ist es jedoch oft ein hochexplosiver Begriff. Ich glaube, Sie haben Graham dahingehend manipuliert, daß er glaubte, seine ‹latenten› Gefühle seien die eigentlichen und er habe nur zu große Angst oder sei zu prüde, sich zu ihnen zu bekennen. Aber er war nicht schwul. Ich habe mit niemandem gesprochen, der je einen Grund zu dieser Annahme hatte. Im Gegenteil, alle waren von der Vorstellung völlig überrascht. Aber Ihr Ziel bei all dem war, sowohl Graham als auch Jane Holdsworth unter ihre Kontrolle zu bringen, wobei derjenige, den Sie eigentlich kontrollieren wollten, Alex war. Um Alex zu beherrschen, mußten Sie Jane beherrschen.» Mit zitternden Fingern zündete sich Jury eine Zigarette an. «Und der Weg, Jane zu beherrschen, war, mit ihr eine Liebesaffäre zu haben. Wissen Sie, wer Sie durchschaut hat, Helen? Lady Cray. Mit ihrer geschickten, wenn auch etwas umständlichen Taktik, indem sie nämlich vor Kingsley über ihre eigenen ‹latenten Bedürfnisse› grübelte, versuchte sie, etwas über Sie herauszufinden. ‹Sie ist nicht ganz heterosexuell, da stimmt was nicht›, hat Lady Cray gesagt.»

Helen Viner erhob sich vom Stuhl, ging zu dem Flügelfenster und sah hinaus.

«Jane...» Jury räusperte sich. «Jane war vielleicht bisexuell, oder vielleicht hat sie herumexperimentiert. Aber sie war nicht lesbisch; das weiß ich nun ganz genau. Es ist egal, wie lange ihre Beziehung mit Ihnen gedauert hat; am Ende konnte sie nicht mehr damit leben, daß sie, egal, in welcher Form, am Selbstmord ihres Mannes mitschuldig war; wahrscheinlich konnte sie mit der Sache an sich nicht leben. Und schon gar nicht mit der Ahnung, daß das alles auch noch mit dem Mord an Annie Thale zu tun hatte.»

Während Jury das sagte, hatte sie die Hand auf den Fenstergriff gelegt und das Fenster aufgestoßen – vermutlich, um frische Luft hereinzulassen: Nun erstarrte sie zu Stein. «Annie *Thale*?» Sie stand mit dem Rücken zu ihm, die Hand noch am Fenster, gegen das wie am Abend zuvor die Zweige klopften. Sie wiederholte den Namen und schüttelte den Kopf. Dann drehte sie sich um. «Das ist wahnsinnig.»

«Nicht ‹das›, wenn schon, dann Sie. Annie Thale war der einzige Mensch, dem sich Graham anvertraut hat; vielleicht war sie sogar in ihn verliebt. Sie wußte jedenfalls, daß er durch und durch heterosexuell war, und sie wußte, daß Sie ihn vom Gegenteil überzeugen wollten. Annie Thale war wie ihre Schwester; eine gute, stabile, fast harte Frau. Nicht der Typ, der sich selbst umbringt. Ich habe mit der Schwester gesprochen. Sie haben Tommy Thale außer acht gelassen.»

Helen Viner zog mit einer zornigen kleinen Bewegung an dem Fenster und hakte es zu. «Superintendent», sie ging zu ihrem Stuhl zurück und lehnte sich dagegen, «ich glaube,

Janes Tod hat Ihre Fähigkeit, klar zu denken, beeinträchtigt.»
Ihr Ton war penetrant mitleidig.

«Wenn meine Fähigkeit, klar zu denken, eingeschränkt wäre, würde Ihre bloße Präsenz mich davon überzeugen, daß Sie das unmöglich alles getan haben könnten. Sie geben sich so – wie sagte Lady Cray? – integer. Was wollen Sie eigentlich? Die Herrschaft über Castle Howe? Oder Herrschaft schlechthin? Sie sind eine Manipulateurin, und es war besonders geschickt, Mr. Plant gegenüber zu äußern, Alex brauche vielleicht eine Therapie, aber *nicht bei Ihnen*. So wollten Sie jeden Verdacht entkräften, daß Sie ihn unter Ihren Einfluß bringen wollten. Aber diesen Einfluß haben Sie längst, und das wissen Sie auch. Und nur *das* zählt. Um Adam und Adams Geld in Ihre Gewalt zu bekommen, müssen Sie nur Alex in Ihre Gewalt bekommen. Aber Alex ist viel gescheiter, als Sie denken.»

Sie lachte angestrengt. «Glauben Sie mir, ich unterschätze seine Intelligenz keineswegs.»

«Vielleicht doch. Im Grunde weiß er, daß Ihre ganze Person eine einzige Lüge ist. Ein Packen Lügen. Maurice Kingsley weiß das auch, obwohl er viel zu anständig ist, es zu sagen.»

«*Das* ist ja amüsant. Er ist ein Dilettant.»

«O nein. Nein, das ist er nicht. Er ist als Arzt weitaus kompetenter als Sie. Dr. Kingsley mag Alkoholiker sein, aber dafür ist bei Ihnen alles nur Fassade.»

Sie starrte ihn an, dann die Briefe. «Und deshalb habe ich die hier in Maurices Sprechzimmer ‹geschmuggelt›?»

«Selbstverständlich. Es würde die Dinge doch sehr vereinfachen, wenn die Polizei dächte, Kingsley sei Janes Geliebter gewesen, oder? Ein eifersüchtiger Geliebter. Und Sie richteten es so ein, daß Lady Cray zu *ihm* ging – weil Sie dachten, daß ihre Obsession für rote Bänder schon dazu führen würde, daß sie die Briefe findet.»

Helen Viner drehte einen kleinen, dolchähnlichen Brieföffner in der Hand. «Das wäre doch ein viel zu hohes Risiko gewesen. Was, wenn Maurice sie zuerst gesehen hätte?»

«Tja, was hätte er damit gemacht? Sie zur Polizei gebracht und gesagt: ‹Sehen Sie mal, die habe ich zwischen meinen Büchern gefunden, aber ich habe sie nicht geschrieben›? Aber das ist ja auch egal. Wenn es nicht funktioniert hätte, wären Sie einfach in sein Sprechzimmer gegangen und hätten sie wieder mitgenommen.»

Sie lächelte, als hätte Jury einen guten Witz erzählt. «Nein, das hätte er wohl nicht getan.» Sie legte den Brieföffner hin und zog eine Zigarette aus einer runden John-Players-Dose. Als sie sah, daß Jury ihr kein Feuer geben würde, holte sie Streichhölzer aus einer Schublade. Dann legte sie die Fingerspitzen gegeneinander, lehnte sich, die Zigarette zwischen den Fingern, zurück und blies nachdenklich Rauch in Richtung Zimmerdecke. «Also. Eigentlich waren wir doch bei Ginny Holdsworth.»

«Ganz recht. Vor sechs Jahren erfuhren Sie, daß sie einen Spaziergang nach Scafell vorhatte. Sie wußten, sie wollte über den Broad Stand gehen. Sie gingen vor Virginia dort hinauf. Aber als Sie dann sahen, daß auch Francis Fellowes die Szene betrat – nachdem Sie sie hinuntergestoßen hatten –, muß *das* selbst *Sie* nervös gemacht haben, Dr. Viner. Der einzige Weg hinunter führte an Francis vorbei.»

Sie sagte nichts. Jury wartete. Ihre Neugierde würde sie zwingen zu sprechen.

«Die Polizei hat Francis verhört, weil sonst niemand dort oben gewesen sein konnte, außer vielleicht ein erfahrener Kletterer. Und das bin ich nicht.»

«Sie waren dort; Francis hat Sie in sein Bild gemalt.»

Sie lachte. «Oh, mein *Gott*! Er konnte doch nicht sehen –»

Das war ein klitzekleiner Ausrutscher. «Er konnte Sie

nicht sehen, meinen Sie! Wie kommen Sie darauf? Weil er Ihnen den Rücken zukehrte? Weil Sie sich in dem Felsspalt versteckten, der Agonie des fetten Mannes?»

«Nein. Er konnte mich nicht sehen, weil ich nicht da war.»

Jury warf das Lederetui auf den Schreibtisch.

«Was ist das?» Sie nahm es an sich und machte es auf.

«Ein Claude-Lorrain-Glas.»

«Und –?» Ihr Lächeln war verzerrt. Sie schnippte die Asche von der Zigarette.

«Und er malte die Szene hinter sich.» Jury nickte in Richtung des kleinen Spiegels. «Deshalb haben die Landschaftsmaler das Claude-Lorrain-Glas benutzt. Fellowes hat den Spalt in der Felswand gemalt.»

Sie legte es auf den Schreibtisch zwischen sich und Jury und sah ihn an, die Mundwinkel immer noch zu einem Lächeln verzerrt. «Superintendent, selbst *wenn* es ein solches Bild gibt, glaube ich nicht, daß man darauf ein Gesicht erkennen könnte. Nicht einmal mit Ihren ganzen Laborapparaturen. Und soweit ich sehe, haben Sie keine Beweise, die mich vom Gegenteil überzeugen könnten.»

Hatte er auch nicht. «Ich werde Ihnen eine Chance geben.»

«Na, vielen Dank. Aber ob ich die ergreifen werde?»

«Ich denke schon. Sie glauben, ich spekuliere hier nur herum. Aber ich will Ihnen eins sagen: Von all den Leuten, die ein persönliches Interesse an Adam Holdsworths Geld haben, sind Sie die einzige mit einem Motiv für diese Morde – und für die Manipulation von Graham und Jane. Denn ansonsten haben nur noch Alex und Millie Thale Aussicht darauf, eine größere Summe zu bekommen. Adam würde sie sonst keinem hinterlassen. Da er Castle Howe jetzt schon unterstützt, kann man ziemlich sicher darauf wetten, daß er es auch in sein Testament einschließt. Und er ist überzeugt davon, daß Sie hier das Ruder in der Hand halten. Ich habe es schon gesagt: Sie wollen Alex in Ihre Gewalt bekommen; Sie dachten, Sie würden die Rolle seiner Mutter übernehmen können. Aber das werden Sie nicht.»

«Werde ich nicht? Und wie, bitte schön, wollen Sie mich davon abhalten?»

«Ich könnte Sie ruinieren. Hier ist Ihre Chance: Entweder mache ich Gebrauch von meinen ‹Spekulationen›, den Briefen, dem Bild und den Fotos, oder Sie kündigen hier. Und wagen sich nie wieder in Alex Holdsworths Nähe.»

Sie seufzte. «Machen Sie sich nicht lächerlich. Das sind doch alles Hirngespinste.» Die Bilder und den Spiegel bedachte sie mit einer wegwerfenden Handbewegung.

«Der Anwalt, den ich im Kopf habe, wird sich diese ‹Hirngespinste› bestimmt gerne vornehmen, und dann sitzen Sie im Handumdrehen in Old Bailey.»

«Wenn Sie so *sicher* sind, warum geben Sie mir dann diese Chance?»

Jury sah sie an, und das Schweigen zog sich in die Länge. «Wegen Alex. Er würde es nicht ertragen, wenn er erführe, daß seine Mutter Selbstmord begangen hat. Es wäre besser, wenn nichts von dem hier herauskäme.» Jury stand auf.

An der Tür drehte er sich um und sagte: «Nach meinem Dafürhalten müßte man Sie erschießen, Dr. Viner»

Als er zum Hauptgebäude zurückging, fühlten sich seine Beine wie Gummi an. Auf einer weißen Bank, ungefähr dreißig Meter entfernt, saß Lady Cray und winkte ihn zu sich.

«Hallo», sagte er und fühlte sich beim Anblick der alten Dame wie ausgehöhlt. Lady Cray saß kerzengerade da und umklammerte ihre Ledertasche. Über dem großen Saphir an ihrem Ringfinger war der weiße Knöchel zu sehen.

«Nicht daß Sie denken, ich hätte Ihnen nachspioniert. Aber sie ist eine schreckliche Frau, stimmt's?»

Da mußte Jury einfach lächeln. «Was haben Sie denn da drin, Lady Cray? Bänder? Ein Gewehr?»

Sie seufzte und entspannte sich ein wenig. «Ich habe es Ihnen doch gesagt, das mit den Bändern ist vorbei. Gott sei Dank. Und ich führe auch keine Waffe mit, wie es so schön heißt.»

Er lachte.

Sie öffnete die Tasche, verschloß sie aber gleich wieder. «Ich besitze zwar einen Revolver *und* den Waffenschein dafür. Aber Mrs. Colin-Jackson fand, er sei im Safe von Castle Howe besser aufgehoben.»

Jury sah sie einen Moment lang an. Dann sagte er: «Wissen Sie, woran Sie mich erinnern?»

«Vielleicht ist es besser, wenn ich es nie erfahre.»

«Das griechische Theater. *Deus ex machina.*»

«Aha», sie holte Luft, die Finger fest auf ihre Tasche gepreßt. «Das betrachte ich als Kompliment.»

«Ist es auch. Wollten Sie etwas von mir?»

«Von attraktiven Männern will ich immer etwas, aber eigentlich habe ich Sie hergewunken, weil Mr. Plant Sie sprechen will. Er hat aus dem Pub angerufen. Nicht mich, sondern Mrs. Colin-Jackson. Es klang ziemlich dringend.»

«Woher wußten Sie, wo ich war?»

Sie antwortete nicht.

Jury sah hinter sich, folgte ihrem Blick. «Warum ist ihr Sprechzimmer hier draußen, weit weg von allem anderen und inmitten von Blumen?»

«Ich glaube, im Paradies war die Situation ähnlich.»

43

Das Mädchen im Baum glitt an den Ästen herunter, die aussahen wie ausgebreitete Flügel, und fiel den letzten Meter in ein Blumenbeet.

Er beobachtete, wie sie sich aus genau den Stielen und Blütenblättern erhob, in denen er sie vor langer Zeit gefunden hatte. Sie lief durch das hohe Gras, und er ging hinterher, wobei die grüne Fläche sich kaum über ihm teilte.

Ein Rascheln. Reflexartig legte er sich flach auf den Boden, der Schwanz zuckte, die Zunge schnalzte. Er wollte gerade springen, aber da sah er, wie sie vor ihm weiterging, und er opferte die Neugierde auf den Geruch in der Nähe dem stärkeren Bedürfnis, ihr zu folgen.

Die ständige Überwacherei war ermüdend – immer an sie zu denken und sie unentwegt im Blick zu behalten. Aber er war für sie verantwortlich gewesen, seit er sie gefunden hatte. Sie war wie ein Sturm gewesen, der über den riesigen See blies. Donnerschläge der Wut, Blitze der Todesangst! Er war für sie verantwortlich und ließ sie besser nicht aus den Augen.

Ein weißes Wiesel raste plötzlich vorbei. Er hätte beinahe von seinem direkten Weg abgelassen und wäre ihm nachgejagt. Nein.

Geflatter. Flügelschatten sausten über ihn hinweg, ließen sich auf einer Hecke in der Nähe nieder, und er blieb erneut stehen. Nein.

Weil er so oft angehalten hatte und wieder losgegangen war, sah sie in der Entfernung schon ganz klein aus, und er rannte schneller.

Es schien ewig zu dauern, Felder und Himmel waren voller Leben, und er war spät dran. Sie war schon oben in dem alten Baum gewesen und nun wieder auf dem Erdboden.

Sie war schlimmer als Hunde, ihr Zorn war zwar eingezwängt, wirbelte aber wie ein dunkler See. Da, ein anderer Geruch, ein anderes Geräusch. Den hatte er schon einmal gerochen, das hatte er schon einmal gehört – den plötzlichen Schlag und das Zischen.

Dann drehte sie sich um und ging zurück, und der Saum des hohen Grases schloß sich hinter ihr wie die Wellen hinter einem Schiff.

Flitzen, Flüchten, Rennen. Mäuse, Rotkehlchen, Wiesel. Eines Tages würde er für all das Zeit haben, aber jetzt nicht.

Er raste auf das Haus zu.

Alex stand am Waschbecken und aß ein fades Sandwich: ein Klumpen Käse zwischen dicken Brotscheiben. Es war keiner da. Das einzige Geräusch, das er registrierte, war das Ticken der Standuhr drüben am Kamin.

Er blickte auf das Feld hinaus und dachte an seine Mutter. Er gab der tödlichsten aller Phantasien nach. Wie sein Leben hätte sein können, wenn...

R. Jury. Superint. Er kaute und phantasierte. Was, wenn seine Mutter ihn geheiratet hätte und ein Superintendent von Scotland Yard sein Stiefvater geworden wäre?

Er sah in das Spülbecken und warf beschämt das Sandwich hinein. Das war ein Kleinkinderwunsch.

Er starrte nach unten und versuchte, den alten Alex zurückzuholen, den, auf den man sich verlassen konnte, der ihm aber jetzt zu entfliehen schien. Er war kein kleines Kind, dachte er und zwinkerte wütend mit den Augen.

Alex schluckte und sah durch das Fenster, wie der Kater durch das Gras zur Küche gesaust kam.

Hexer? Er machte die Tür auf, ging durch den vollgestopften Vorflur und hinaus.

Hexer sauste wie ein Pfeil auf ihn zu, dann drehte er sich um und raste zurück. Hin und zurück, hin und zurück.

Alex folgte ihm.

Den Baum hoch. Sich umsehen. Jesus *Christus*! «Hexer?»

Der Kater flog fast durch die Luft, wie auf einer Leiter, und rannte in Richtung Castle Howe.

Alex folgte ihm stolpernd durch das lange Gras.

Der Parkplatz vom Old Contemptibles war gerade groß genug für drei Autos. Ein Jaguar XJ12, ein Modell von diesem Jahr, schwarzglänzend, drängte Plants kleinen Japaner fast zur Seite; das Nummernschild war allein schon ein Vermögen wert. Die Buchstaben lauteten:

F A G.

Es war eine Spezialanfertigung – mit einem zusätzlichen G, man las also FANG, Vampirzahn. Sehr professionell, sehr illegal. Jury sah es an und schüttelte langsam den Kopf.

Er hatte nicht geglaubt, daß ihn jemals wieder irgend etwas zum Lächeln bringen konnte. Das hier schon.

«Superintendent!» rief Marshall Trueblood. «Sie hat darauf bestanden; wir haben aus Long Pidd angerufen; hier sind wir; Agatha hat nur noch unsere Rücklichter gesehen.»

Die Stammgäste hatten sich mittlerweile an Melrose den Bibliothekar gewöhnt. Aber mit diesen beiden Neuzugängen war es etwas anderes. Wiggins stand am Tresen und war gerade dabei, O. Bottemly davon zu überzeugen, ihm irgendein medizinisches Gebräu zu mixen.

Er hatte Vivian Rivington ewig nicht gesehen, und ihr Gesicht, an das er sich manchmal ganz genau und manchmal nur verschwommen erinnerte, war plötzlich doppelt so schön. Es war, als hätte sie den Zug im Januar nie bestiegen. Sie hatte dasselbe cremefarbene Wollkleid an, das sie getragen hatte, als Jury sie das letzte Mal gesehen hatte, und erhob sich geschmeidig von dem Stuhl; sogar der breitkrempige Hut lag auf dem Tisch neben ihrem Glas Sherry. Jury wußte, daß sie am liebsten auf ihn zugerannt wäre, aber wie es für sie typisch war, beherrschte sie sich und blieb einfach stehen.

Wenn Vivian ein Bild war, war Marshall Trueblood eine Inszenierung: Jackett aus Lamawolle, graues Crêpe-de-Chine-Hemd, aus dessen Kragen ein jadegrünes Tuch hervorlugte, das zu seiner Sobranie paßte, Kalbsledermokassins mit Fransen. Auf Armani hatte Trueblood vorläufig verzichtet, vielleicht fand er, daß italienisches Blut zu heiß für den Lakes District war.

«Vivian», sagte Jury, der meinte, sein Lächeln im ganzen Körper zu spüren.

Aber sie rang die Hände, als ob sie sich für etwas entschuldigen müsse, und sagte: «Als sie mir in Venedig erzählt haben, daß sie hei –»

«Einen Drink, einen Drink», schrie Trueblood, als ob sie alle in der Wüste gestrandet seien. Er stand auf und schob Vivian vor sich her – ziemlich unsanft, fand Jury.

Sie fuhr fort: «Als wir drei im Palazzo Gritti waren, haben sie mir erzählt –»

Melrose griff nach ihrer Hand und streichelte sie (auch ziemlich unsanft, fand Jury). «Vivian, Vivian», sagte er. «Darüber wollen wir doch jetzt nicht reden.»

Sie befreite sich aus Truebloods und Melroses Umklammerung, stand auf, machte zwei rasche Schritte und schlang langsam die Arme um Jurys Hals. «Es tut mir leid», sagte sie mit erstickter Stimme, den Kopf gegen seine Brust gedrückt.

Er konnte die kleinen stoßweisen Seufzer spüren. «Schon

gut, Vivian», sagte Jury in ihr Haar, die Arme um ihre Taille gelegt. «Es ist wunderbar, daß Sie gekommen sind.»

«Und vergessen Sie *mich* nicht, alter Junge!» sagte Trueblood. «Ich bin gefahren! Wir sind direkt von Long Pidd hochgekommen, nachdem Vivian wie der Blitz von Heathrow angesaust war.»

Jury nahm sein Gesicht aus Vivians Haar und deutete zum Fenster. «Ist das Ihr Jaguar da draußen?»

Trueblood sagte: «Nein, er gehört Viv. Hochzeitsgeschenk.»

Melrose sagte: «Den braucht sie ja auch in Venedig.»

«Der *ist* nicht für Venedig. Den soll sie fahren, wenn sie nach Hause kommt.» Trueblood sammelte die Gläser ein, um sie wieder füllen zu lassen. *Zu Hause* war Long Piddleton und würde es immer bleiben.

«Interessante Autonummer.»

Trueblood sagte nichts.

Vivian putzte sich die Nase. «Autonummer?»

«Hätte mich auch gewundert, wenn Sie sie bemerkt hätten, meine Liebe.» Er hielt sie auf Armeslänge entfernt. «Und übrigens, danke schön.»

«Wofür?»

«Dafür, daß Sie Pete Apted, Q.C., angeheuert haben.»

Sie war verblüfft. «Wen?»

Vivian war es also nicht gewesen? Wer dann?

Zu Melrose und Wiggins, der mit seinem Grog vom Tresen kam, sagte er: «Wir müssen nach Castle Howe zurück.» Wie der Blitz war Melrose auf den Beinen. Zu Trueblood sagte er: «Sie bleiben hier. Wir nehmen FANG.»

«Helen Viner», sagte Melrose. «Warum bin ich da nicht drauf gekommen?»

«Aus demselben Grund, aus dem auch Adam Holdsworth nicht drauf gekommen ist. Aus demselben Grund, aus dem Alex sie beinahe für eine Ersatzmutter gehalten hat», sagte Jury, als der Jaguar das Dörfchen Boone verließ.

«Was wird sie wohl tun, Sir?»

«Ich kann Ihnen genau sagen, was ich vermute, Wiggins: Ich glaube, sie wird versuchen, sich herauszureden. Sie ist überzeugt, einen so großen Einfluß auf Adam Holdsworth zu haben und für Castle Howe so unentbehrlich zu sein. Sie leitet es, nicht Colin-Jackson –, warum sollte sie jetzt aufgeben?»

«Es gibt keine harten Beweise», sagte Wiggins.

«Nein, keine», sagte Jury.

«Sie hat zwei Menschen eigenhändig ermordet und ist verantwortlich für den Tod von zwei weiteren. Vielleicht hat sie das Leben von zwei Kindern ruiniert.» Er hielt inne. «Ich glaube nicht, daß das Motiv nur Geld war.»

Wiggins drehte sich halb um und sah ihn an; Jury sagte nichts.

Melrose dachte an sein Gespräch mit Helen Viner. «Sie liebt die Macht – sie braucht sie wie Essen und Trinken. Sie lebt davon.» Er schaute nach oben in die grauen, dahinfliegenden Wolken. «Wissen Sie, an wen sie mich erinnert? An Coleridges Geraldine.»

«Geraldine?» fragte Jury.

«In ‹Christabel›. Die Dämonin, die brutale Vampirin. Helen Viner spielt mit sexuellen Bedürfnissen und Ängsten. Glauben Sie wirklich, sie hat schon genug Blut geleckt?» Er schwieg. «Ich habe gehört, daß Shelley vor Angst schreiend aus dem Zimmer rannte, als Byron einmal aus ‹Christabel› las.» Durch die Windschutzscheibe sah Melrose den Stein, der die Zufahrt zu Castle Howe markierte. «Keine harten Beweise? Man sollte sie erschießen.»

«Meine Rede», sagte Jury.

44

Lady Cray sass immer noch auf der Bank, von der aus man auf den weiten Rasen und den Park hinuntersehen konnte, und beobachtete so einiges.

Sie beobachtete, wie sich die vielen Osterglocken unten neben dem Steinhäuschen in der steifen Brise hin und her wiegten, aber schwerlich «tanzten» (daß Wordsworth immer so übertreiben mußte). Sie drückte sich den Kragen ihrer leichten Jacke fester um den Hals.

Sie beobachtete, wie Adam Holdsworth sich bei seinem höchst dämlichen Spiel vergnügte, das der Sergeant ihm beigebracht hatte: Er sauste unter großem Gejuchze in seinem Rollstuhl den Grashang hinunter und winkte ihr zu, wenn er gedreht hatte; dann kämpfte er sich wieder hoch, und dann das Ganze noch mal... Fast wäre er dabei in das Häuschen der Ärztin gekracht. Sie schüttelte den Kopf.

Mit wachsendem Interesse beobachtete sie das weite Feld auf der anderen Seite des Parks und das Steinhäuschen. Aus Richtung Tarn House bewegte sich eine Gestalt darauf zu. Sogar von hier aus erkannte sie das kleine Mädchen. Jetzt hatte Millie den Garten erreicht und hielt an. Adam Holdsworths Sondervorstellung bekam sie gar nicht mit (daß er im Rollstuhl den Abhang hochkam, schien dafür zu sprechen, daß die Schwerkraft nicht mehr funktionierte). Sie bückte sich, um einen Strauß Osterglocken zu pflücken.

Jetzt beobachtete Lady Cray eine Gestalt, die aus weiter Ferne aus derselben Richtung herbeirannte.

Lady Cray erhob sich so plötzlich, daß ihre Handtasche zu Boden glitt. Sie hob sie wieder auf.

Sie machte sich über den Rasen auf den Weg und erwiderte Adams Winken.

«Die habe ich Ihnen mitgebracht», sagte Millie Thale. Sie hatte einen riesigen Strauß Osterglocken in der Hand.

Helen Viner, die stocksteif dagesessen und angesichts der Bilder in ihrem Kopf die Stirn gerunzelt hatte, stand auf und lächelte nun mild. «Millie! Aber *Osterglocken*, Millie?» Sie kam hinter ihrem Schreibtisch hervor.

«Ich glaube, ich bin kuriert», sagte Millie und hielt ihr die Blumen mit beiden Händen entgegen.

«Ja, also, vielen Dank –»

Die Osterglocken flogen herunter und flatterten zu Boden.

Die Stoßkraft der Kugel drückte Helen Viner fest gegen die Wand. Ihr Körper schien dort angenagelt, die Handflächen waren an die Wand gepreßt, die Augen weit offen. Alex Holdsworth quetschte sich durchs Fenster und brüllte Millie an. Hexer sprang von der Fensterbank.

«Sie hat meine Mum getötet, und ich töte sie zehnmal!»

Alex riß ihr die Waffe aus den starren, ausgestreckten Fingern. Nach dem zweiten Schuß zuckte Helen Viner erneut zusammen. Vor der Tür war dumpfes Klopfen, Schreien und Rufen zu hören.

Durch die Tür kam Lady Cray, ließ ihre kleine, gepflegte Hand mit einem harten Schlag auf Alex Holdsworths Arm hinuntersausen und zwang ihn, die Webley fallen zu lassen.

Lady Cray schob sich vor Adam Holdsworths Rollstuhl, zielte sorgfältig und schoß auf Helen Viner. Der Körper glitt an der Wand hinunter und schlug auf dem Boden auf. Es floß nur wenig Blut.

«*Was zum Teufel –?*»

Lady Cray gab Adam die Waffe. «Schießen Sie!»

«Wenn Sie meinen.» Adams Hände hoben die Automatik schlotternd in die Höhe, und er drückte ab.

Schockiert sahen die vier auf die zusammengesunkene Gestalt Dr. Helen Viners.

Munter entnahm Lady Cray ihrer Tasche einen kleinen Revolver, ging zu Helen Viner hinüber, stellte sich hin, wo Helen Viner zuletzt gestanden hatte, und schoß sorgfältig auf die Stelle, wo Millie gestanden hatte. Dann drückte sie der guten Ärztin die Waffe in die Hand und ließ sie ganz natürlich wegfallen.

Millie hielt sich zitternd an Alex fest.

Adam bewegte die Lippen, er bekam kein Wort heraus.

Alex stand stocksteif da und starrte Lady Cray an.

«Sie ist ziemlich tot», sagte Lady Cray, «wofür wir und Castle Howe dankbar sein sollten.» Dann sah sie Millie und Alex streng an und sagte: «Aber man kann unmöglich wissen, welche Kugel sie getötet hat, und eine hat direkt die Wand durchschlagen. In dem Punkt sind wir uns also alle einig, oder etwa nicht?»

Sie nickten. Adam blubberte irgendwas über das Gesetz.

«Hart, aber gerecht», sagte Lady Cray schnippisch. «Aber jetzt müssen wir uns unsere Geschichte zusammenbasteln. Dr. Viner hat offensichtlich versucht, Millie zu erschießen –»

«*Mich* zu erschießen», sagte Alex mit hochrotem Kopf. «Es war schließlich *meine* Waffe.» Er ergriff Millies Hand. «Millie hat ihr dann die Waffe entrissen.»

«Sehr gut. Und wir mußten sie ganz eindeutig aus Notwehr erschießen.»

«*Sind Sie noch ganz bei Trost?*» rief Adam. «Die Waffe, die Sie ihr gerade zugesteckt haben, gehört Ihnen, nicht Dr. Viner!»

Lady Cray seufzte. «*Natürlich* gehört sie mir. Sie glauben doch wohl nicht, daß das Personal in Castle Howe den Gästen gestattet, mit Revolvern rumzulaufen? Sie hat ihn mir am ersten Tag, als ich ankam, abgenommen.»

«Oh», sagte Adam verwirrt. Er seufzte und drehte Däumchen. «Schade eigentlich. Sie war eine nette Frau.»

«Nett? Sie war von Grund auf niederträchtig. Der Kater hat eine bessere Menschenkenntnis.»

Hexer saß auf dem Schreibtisch und blinzelte träge.

«Sie hat meine Mum umgebracht und Alex' Dad in den Tod getrieben. Und noch andere Sachen. Ich habe da draußen im Baum gelauscht.» Millies Stimme war hoch und schrill.

«Aber mein Gott, jetzt kommen wir ins Kittchen!» sagte Adam. Dann juchzte er los und haute mit den Fäusten auf den Rollstuhl. «Mit neunundachtzig ins Kittchen!»

«Quatsch, niemand kommt ins Kittchen. Wir nehmen uns einen guten Anwalt. Welches Gericht würde schon ein hysterisches kleines Mädchen, einen Schuljungen, eine Kleptomanin und einen verrückten alten Tölpel verurteilen?»

«*Verrückten alten Tölpel?*» rief Adam empört.

«Also sind wir uns einig?»

Sie nickten.

«Dann bleibt alles an seinem Platz» – sie fegte die Schachtel Pralinen vom Bücherregal – «außer diesen Pralinen.»

MARTHA GRIMES

INSPEKTOR JURY STEHT IM REGEN

ROMAN

Deutsch von
Maria Mill

Für Harry Wallace
und die Katze Stripey,
die mir stets
zur Seite standen

Sometimes I wonder why I spend
The lonely night, dreaming of a song
The melody haunts my reverie
And I am once again with you.

Hoagy Carmichael,
Mitchell Parrish, «Stardust»

Der Regen rann und rann heut Nacht,
    Der mürrische Wind holte aus zum Streich,
Die Ulmen beugte er mit Macht
    Und wühlte auf den stillen Teich,
Mein Herz schlug bang, als bräch' es gleich.
    Da glitt herein Porphyria…

        … Ich wand ihr Haar
    Zu einem Strang und schlang ihn stumm
Dreimal um ihren Hals herum
Und würgte sie.

Robert Browning, «Liebeswahnsinn»

Inhalt

Erster Teil
Einsame Nacht
11

Zweiter Teil
Tagträume
77

Dritter Teil
Gartenmauer
125

Vierter Teil
Stardust Melody
181

Fünfter Teil
Der Old Penny Palace
223

Erster Teil

Einsame Nacht

I

Februar
DIE SCHEINWERFER DES WAGENS drangen durch Regen und Nebel und erfaßten sie; sie stand etwa hundert Meter vom Café entfernt am Straßenrand. Der Rucksack lag neben ihr auf dem Boden.

Einmal, als der Lastwagen, in den sie zuletzt eingestiegen war, die A 30 verließ, fürchtete er schon, er habe sie verloren. Ein anderer Lkw war auf den Kreisverkehr gerattert und hatte ihm die Sicht versperrt. Doch er war sich ziemlich sicher, daß der Sainsbury-Transporter auf die Autobahn Richtung Bristol oder Birmingham wollte. Also hatte er die Ausfahrt zur A 303 genommen und sie wieder eingeholt.

Als der Fahrer auf den Parkplatz des Little Chef einbog, glaubte er, seine Chance sei gekommen. Aber sie gingen beide hinein, so daß er seinen blauen Ford in die kurze im Nebel verschwimmende Autoreihe zwängte und das Café betrat. Während er im rückwärtigen Teil des Raums in eine Nische glitt, konnte er sie beobachten. Sie und der Fahrer wechselten ein paar Worte miteinander und dann noch ein paar mit der Kellnerin, und danach brach die Unterhaltung ab. Sie hatten sich also während der vielen Meilen, die er ihnen gefolgt war, nicht miteinander angefreundet.

Sie war jung, fünf- oder sechsundzwanzig, doch ihr Gesicht war hart und wirkte im kalten Licht des Cafés, einem künstlichen Licht, das die roten Tischplatten und weißen Papierservietten und die gestärkten Blusen der Kellnerinnen aufleuchten ließ, noch härter. Die junge Frau sah ihren Begleiter nicht an. Sie stützte das Kinn auf die Faust, und die andere Hand spielte abwesend mit einer langen blonden Haarsträhne. Die Kellnerin stellte die Teller mit Bohnen, Eiern und Pommes frites vor sie hin und kam dann zu ihm nach hinten. Er bestellte Tee.

Während des ganzen Essens sprachen sie nicht miteinander, und zuletzt nahm jeder seine jeweilige Rechnung und zahlte bei der ausdruckslosen Kassiererin.

Da sie das Café aber gemeinsam verließen, wußte er, daß der Fahrer sie weiter mitnehmen würde. Deshalb zahlte er ebenfalls, ging hinaus zu seinem Wagen und startete, als der Lkw anfuhr.

Als er sie nicht weit vom Café im Nebel stehen sah, vermutete er, sie habe es sich mit dem Fahrer oder dem Reiseziel oder mit beidem anders überlegt. Er beugte sich über den Beifahrersitz, um ihr die Tür zu öffnen, und fragte, ob er sie irgendwohin mitnehmen könne. Der Ford stand mit laufendem Motor am Straßenrand, während sie hineinglitt, ihren Rucksack auf den Rücksitz schmiß und sein Angebot mit einem Stöhnen und Nicken quittierte.

Sie wolle nach Bristol, sagte sie, während sie in ihrer Schultertasche wühlte und Zigarettenpapier und einen kleinen zusammengefalteten Zettel hervorkramte, nein, keinen Zettel – Marihuana. Der eklig-süße Geruch erfüllte allmählich den Wagen. Er kurbelte das Fenster herunter.

Sie fragte, ob es ihn störe, machte jedoch keine Anstalten, sich zu entschuldigen oder die Zigarette auszudrükken. Ihr schien bereits die Frage zu genügen. Als er meinte, er sei an den Geruch nicht gewöhnt, zuckte sie lediglich die Achseln und starrte, die in einer kleinen Spitze steckende Zigarette umklammernd, erneut auf die Windschutzscheibe. Dann schaltete sie, wieder ohne zu fragen, das Autoradio an. Stimmen, Musikfetzen schwollen an und ab, während sie den Zeiger über die Leuchtanzeige hin- und herjagte und sich schließlich für einen Sender entschied, in dem die volltönende Stimme eines Discjockeys eine alte Glenn Miller-Aufnahme ankündigte. Das überraschte ihn. Bei ihr hätte er eigentlich Rockmusik erwartet.

Drei Tage lang war er in Exeter gewesen, hatte sie beobachtet und beschattet. Er hatte das Haus von mehreren Stellen der anderen Straßenseite aus observiert: dem Zeitungsgeschäft, dem Waschsalon und einem winzigen Restaurant namens Mr. Wong and Son. Den blauen Ford hatte er vorsichtshalber auf einem öffentlichen Parkplatz stehenlassen. Was ihn selber betraf, war er weniger vorsichtig. Einmal hatte er das Restaurant betreten, einen dunklen, schachtelartigen Raum mit Tischdecken, auf denen die Sojasaucenflaschen Flecken hinterlassen hatten, und sich etwas zu essen bestellt. Es gab nicht einen einzigen Grund, ihn mit ihr in Verbindung zu bringen. Und der Kellner – vielleicht Mr. Wongs Sohn – hatte die ganze Zeit aus dem Fenster gestarrt, aus der Blässe der untapezierten Wände auf die Blässe des Pflasters gesehen. Sein Gesicht war eine Maske der Gleichgültigkeit. Er würde sich wohl kaum an ihn erinnern.

Es war auch leichtsinnig gewesen, in den Little Chef zu gehen, statt einfach im Wagen zu warten. Den hatte er, statt seinen eigenen zu nehmen, zusammen mit den Nummernschildern gekauft. Jetzt, wo der Wagen in die trüben Lichtpfützen entgegenkommender Scheinwerfer hinein- und dann wieder herausschwamm, erinnerte er sich erneut daran, daß es für niemanden den geringsten Grund gab, ihn mit dem Mädchen in Verbindung zu bringen.

Sie fuhren dahin, und sie sagte weder ein Wort, noch wandte sie den Blick von der Windschutzscheibe. Als er bemerkte, daß er nie Marihuana geraucht habe, schnaubte sie verächtlich und erwiderte, er lebe wohl hinterm Mond. Vielleicht könne sie ihm ja einen Joint drehen, schlug er vor. Er würde ihr gerne was dafür zahlen, nur um mal die Erfahrung zu machen. Sie zuckte die Achseln, sagte okay und daß es ihr egal sei, solange er nur zahle. Es sei guter Stoff, vom Besten. Nein, es sei ihr scheißegal, wenn er nur zum Rauchen von der Straße runterfahre und anhielte. Wie der chinesische Kellner war sie viel zu gelangweilt, um irgend etwas in Frage zu stellen. Sogar zu gelangweilt, um mißtrauisch zu werden.

Er fuhr von der Straße hinunter in ein Gehölz. Er würde Reifenspuren hinterlassen. Er wußte, daß man von Reifenspuren Abgüsse machen konnte, einer der Gründe, warum er den alten Ford gekauft hatte. Während er die Zigarette rauchte, die sie ihm gegeben hatte, dachte er: Da ist es wieder – die extreme Vorsicht, der extreme Leichtsinn –, der rationale Teil seines Verstandes wurde von irgendeiner anderen Macht ausgeschaltet. Die Möglichkeit, daß ihn irgend jemand im Café nach einer gewissen Zeit noch wiedererkannte, war gering, und die, daß es einen Grund für dieses Wiedererkennen geben könnte, noch geringer. Und doch überlegte er: War da vielleicht irgendein innerer Zwang gewesen, der ihn veranlaßte, eine Verbindung zu ihr herzustellen? Im selben Raum zu sitzen, die gleichen

Dinge zu essen, durch dieselben Straßen zu gehen? Er wußte es nicht.

Sie fragte ihn nicht einmal, warum er ausstieg, saß einfach nur da und rauchte und hörte Radio. Durch die offene Wagentür konnte er die verkratzte Aufnahme des alten Songs hören:

Isn't it romantic
Merely to be young, on such a night as this?

Er entfernte sich noch ein Stückchen weiter vom Wagen. Der Regen hatte aufgehört, der Himmel sich aufgeklart. Durch das schwarze Gitterwerk der Zweige konnte er in weitem Abstand voneinander ein paar Sterne erkennen. In der Nähe floß ein kleiner eisüberkrusteter, schneegesäumter Bach.

Als er die Tür auf ihrer Seite aufgehen hörte, war er nicht überrascht. Da sie in ihrer Gleichgültigkeit bisher keinen Verdacht geschöpft hatte, weder als er anhielt, noch, als er den Wagen verließ, war es auch nicht verwunderlich, daß sie nun ebenfalls ausstieg. Nicht daß es einen großen Unterschied gemacht hätte, ob sie ausstieg oder nicht. Ihre Stiefel quatschten auf dem feuchten Boden, als sie neben ihn trat. «Isn't it romantic?» spielte immer noch, schickte unablässig dieselbe Frage in die Nacht. Sie erkundigte sich, ob ihm das Gras schmecke, und er antwortete: Ja, doch, bloß sei er ziemlich benebelt. Er gab ihr ein paar Scheine, die sie wortlos nahm und in die obere Tasche ihres Anoraks stopfte. Sie trug eine Wollmütze, und um den Hals hatte sie einen karierten Schal geschlungen, dessen Enden ihr über den Rücken fielen. Sie war auf eine billige, herbe Weise hübsch und auf ihre Art so kalt wie der kleine verkrustete Bach.

Als er zum Himmel hinaufsah, fühlte er sich benommen. Da sei eine Sternschnuppe, sagte er, dort im Westen. Er sei ja verdammt high, erwiderte sie, und sie stritten sich wegen der Sternschnuppe. Es sei aber wirklich eine dagewesen, behauptete er.

Die fernen Konstellationen, die toten Sterne, das gleichgültige Mädchen.

> *Isn't it romantic,*
> *Music in the night...?*

Als er nach ihrem Schal griff, dachte sie wahrscheinlich, er wolle sie an sich ziehen und sie küssen. Er zog rasch und heftig. Beinahe lautlos sackte sie zusammen, stürzte hin und schlug auf die dünne Eiskruste, so daß diese zerbrach. Näher würden sie sich selbst bei einem Stelldichein nicht kommen, dachte er, und die Enden ihres Schals baumelten von seinen Händen herab.

War es nicht romantisch?

IN DER TROSTLOSEN ENKLAVE des Schweigens standen ein Dutzend Angehörige der Gendarmerie Devon-Cornwall wie Trauernde neben der Leiche. Es begann schon zu dämmern, aber die Sterne am Himmel waren noch nicht verblaßt. Seit über zehn Minuten warteten sie darauf, daß Brian Macalvie etwas sagte.

Doch er schwieg; die Hände in den Taschen vergraben stand er da, zerrte seinen Regenmantel nach hinten und starrte auf den Boden, auf die Leiche, auf die Eisdecke des Bachs und dann zu den Sternen hinauf.

Ein Zweig knackte, ein Vogel rief. Keiner bewegte sich. Nicht einmal der Spurensicherungsexperte – in diesem Falle eine Frau – hatte bisher gewagt, Macalvies Konzentration zu stören. Man ging wohl davon aus, daß das Blitzlicht einer Kamera die Aura dieses Teils des Universums hier in Devon, welches die Domäne von Divisional Commander Macalvie war, stören würde.

Sie waren alle durchgefroren und ungeduldig, was nicht weiter schlimm war, sofern es jemanden zum Handeln bewog. Leider hatte Macalvies Charme bei Sergeant Gilly Thwaite mit ihren großen blauen Augen und ihrem unbeherrschten Temperament nie verfangen. Voller Ungeduld, endlich ihr Stativ aufpflanzen zu dürfen, trat sie fast auf die Leiche. «Wir stehen jetzt seit fünfzehn Minuten hier rum. Störe ich vielleicht Ihre Inszenierung, Ihre Stimmung oder Ihre Beweisaufnahme, wenn ich *die* hier mal benutze?» Sie hielt ihre Kamera in die Höhe.

Macalvie kaute einfach weiter auf seinem Kaugummi herum. «Machen Sie nur. Jetzt haben Sie's sowieso versaut.»

Durch Gilly Thwaites Initiative ermuntert, versuchte auch der Doktor, seine Anfrage etwas schärfer zu formulieren. «Haben Sie etwas dagegen, wenn *ich* mit meiner Untersuchung weitermache?»

Jemand hustete.

Der Unterschied zwischen Sergeant Thwaite und dem Doktor war, daß Macalvie seine Kollegin wegen ihres Sachverstands durchaus schätzte. Er verzog weiter keine Miene; nur kaute er jetzt noch etwas demonstrativer auf seinem Kaugummi herum. «Halte ich Sie etwa auf?»

Jemand seufzte.

Der Arzt kniete sich neben das Mädchen und öffnete

seine Tasche. «Ich bin kein Polizeipathologe, nur ein Landarzt. Und ein vielbeschäftigter Mann.»

Ein Wachtmeister ließ den Kopf in die Hände sinken.

«Ich verstehe», sagte Macalvie. «Nach was genau suchen Sie jetzt eigentlich?» Macalvie wandte wieder den Kopf, um zum Nachthimmel hinaufzublicken.

Der Doktor blickte zu ihm auf. «Nach was ich suche? Ich nehme an, Sie wollen gern wissen, wie sie ermordet wurde, ob sie geschlagen oder vergewaltigt wurde.» Er griff nach dem Schal.

«Aha. Fassen Sie das noch nicht an, ja!» bat Macalvie.

Der Arzt seufzte schwer. «Wie lange sollen wir eigentlich hier draußen...?»

«...den ganzen Tag, falls ich es Ihnen sage. Sie wurde erdrosselt, sie wurde nicht geschlagen oder vergewaltigt. Was haben Sie mir sonst noch zu sagen?»

«Nicht einmal Sie haben den Röntgenblick, Mr. Macalvie.» Er lachte kurz auf. «Nicht einmal Sie können durch einen schweren Anorak und Blue Jeans hindurchgucken.»

Macalvie hätte zu der Bemerkung über den Röntgenblick eigentlich noch etwas sagen können. «Zumindest hab ich Augen im Kopf. Sehen Sie sich mal ihre Jeans an.»

«Es gab Fälle, wo der Vergewaltiger sein Opfer wieder anzog. Manche sind da erstaunlich eigen.»

Macalvie starrte in den Himmel. «Man muß schon ein ziemlich eigener Scheißtapezierer sein, um ihr diese Jeans vom Leib zu reißen, ganz zu schweigen vom Wiederanziehen. Die kleben ihr ja auf der Haut wie Fliegenfänger. Die Hosenbeine haben Reißverschlüsse. Wahrscheinlich mußte sie sich dazu hinlegen und ein Stemmeisen benutzen.» Er wandte sich um und nickte dem Rest der Mannschaft aus dem Präsidium zu.

Rasch stürzten sie sich in ihre Arbeit – stürzten buchstäblich, krochen auf Händen und Knien herum und durchforsteten jeden Zentimeter nach Abdrücken, Spuren, Fasern, irgend etwas.

«Sie heißt Sheila Broome», sagte ein uniformierter Polizist, der ihren Rucksack durchsucht hatte. «Hat in Exeter gelebt...»

Macalvie beugte sich hinab, um eine winzige Zigarettenspitze aufzuheben, an deren Ende ein Stückchen weißes Papier klebte. «Eine Zigarettenspitze für einen Joint. Also hat sie hier gestanden und Gras geraucht. Beziehungsweise alle beide. Aber Killer stehen normalerweise nicht mit ihren Opfern herum und haschen. Vielleicht kommt er aus ihrer nächsten Umgebung, vielleicht ein Freund.»

Dem Polizisten tat der Freund fast leid, als er seinen Chef ansah.

«Sorgen Sie dafür, daß ein Einsatzwagen geschickt wird», sagte Macalvie und wandte dem aggressiven, grellweißen Blitzlicht den Rücken zu.

2

Dezember
RICHARD JURY MUSSTE AN Susan Bredon-Hunt vorbeifassen und gleichzeitig versuchen, sich aus ihren langen Armen zu befreien, die sich jedesmal, wenn das Telefon klingelte, noch mehr verknäuelten und Ähnlichkeit mit Schlingpflanzen bekamen.

Sie klebte buchstäblich am Telefon. Sie ließ ihre Finger

auf seiner Brust auf- und abmarschieren, zog Kreise um seine Ohren, streifte sein Gesicht mit den Wimpern, als ob sie Fingerabdrücke nähme, und machte so ein schlagfertiges Reagieren unmöglich.

Glücklicherweise war gar keine schlagfertige Antwort nötig. Chief Superintendent Racer, den man gerade aus dem Bett gescheucht hatte, war entschlossen, Jury ebenfalls aus seinem zu jagen. «Viermal hab ich's schon klingeln lassen, Jury! Was zum Teufel haben Sie denn getrieben?»

Gut, daß es nur eine rhetorische Frage war, da Susan Bredon-Hunts Lippen gerade sein Gesicht liebkosten. Er hob die Hand, doch es war, als versuche man, Spinnweben wegzuschieben. Überall blieben winzige Fetzen von ihr hängen.

«...störe Sie sehr ungern», sagte Racer, dessen Sarkasmus etwas genauso Bohrendes hatte wie Susan Bredon-Hunts Finger. «Könnten Sie sich vielleicht aus Ihrem Bett losreißen und nach Mayfair rüberkommen?»

Sich losreißen mußte er sich allerdings schon, um sich von Susan Bredon-Hunt zu befreien. Als er schließlich auf der Bettkante saß, fragte er: «Wo in Mayfair?»

«Charles Street. Berkeley Square. Hay's Mews.» Racer bellte die Namen heraus wie ein Lokomotivführer der britischen Eisenbahn. «Eine Frau ist ermordet worden.» Der Hörer am anderen Ende krachte nieder.

Jury entschuldigte sich bei Susan und war innerhalb von fünfzehn Sekunden angezogen.

«Einfach so.» Sie schnalzte mit den Fingern. «Du verschwindest einfach so!»

Er war müde. «So werden auch Leute umgebracht, mein Schatz. Einfach so.»

Als er sich hinunterbeugte, um sie zu küssen, wandte sie das Gesicht ab.

Jury nahm seinen Mantel und die Autoschlüssel und ging.

Die Polizeiautos kamen aus allen Richtungen und peilten den Bordstein der Charles Street und den Bürgersteig vor dem Pub an. Unter dem beleuchteten Schild des I Am the Only Running Footman kritzelte Detective Sergeant Alfred Wiggins etwas in sein Notizbuch und stellte der kleinen molligen Frau, die die Leiche gefunden hatte, Fragen.

Die surrenden, kuppelförmigen Blinklichter der letzten beiden Wagen, die in prekärer Schräglage vor das Pub gerollt waren, warfen blaue Streifen aufs nasse Trottoir und blaue Schatten auf die Gesichter von Wiggins und der Frau. Sie habe noch nachts ihren Hund auf den Platz ausgeführt, und jetzt seien sie beide völlig durcheinander, sagte sie. Der Schäferhund beschnüffelte Wiggins' Füße und gähnte.

Jury versicherte ihr, man werde sie nicht länger als absolut notwendig auf dem Revier behalten, wenn man sie mit dorthin nehme. Sie könne jeden gewünschten Anruf machen, sie schätzten ihre Hilfe wirklich ganz außerordentlich, und sie habe mit ihrem Anruf bei der Polizei etwas getan, das durchaus nicht selbstverständlich sei. Das hatte sie beruhigt, und im Moment beantwortete sie Wiggins' Fragen. Überall in der kurzen Straße und um die Ecke herum stellten uniformierte Polizisten Fragen an die Bewohner von Hay's Mews, die aus ihren schicken kleinen Häusern gekommen waren und jetzt im Nieselregen standen. Am Ende der Mews, der ehemaligen königlichen Marställe, hatte man Absperrgitter aufgestellt, damit die Schaulustigen nicht allzuviel zu sehen bekämen.

Während die Leichenbeschauerin ihre Befunde auf einen Kassettenrecorder diktierte, stand Jury dabei und blickte auf den Leichnam der jungen Frau, die mit dem Gesicht nach unten, fächerförmig ausgebreitetem blondem Haar und gespreizten Beinen auf der Straße lag. Wiggins war neben ihn getreten.

«Fertig damit?» fragte Jury den Mann, der für die Fingerabdrücke zuständig war, und deutete auf die kleine schwarze Handtasche, deren Riemen noch immer über ihre Schulter geschlungen war und sich mit dem langen Schal verheddert hatte. Der Mann nickte Jury zu, und Jury nickte Wiggins zu. Die Leichenbeschauerin sah genervt zu Jury hinüber. Sie mochte es nicht, wenn jemand mit seinen Fragen ihre Angaben unterbrach, die sie ihrem Assistenten wie ein Messerwerfer über die Schulter zuwarf. Jury blickte in ihre wachsamen grauen Augen und lächelte strahlend. Sie murrte.

«Ivy Childess», sagte Wiggins und hielt den Führerschein hoch, den er aus der Tasche der toten Frau genommen hatte und mit Hilfe eines Taschentuchs festhielt. «Ihre Adresse ist 92, Church Street, Bayswater. Das ist so ziemlich alles, Sir, außer einem Scheckbuch, Scheckkarte und etwas Kleingeld. Mit dem bißchen Geld könnte sie vielleicht einen trinken gewesen sein, meinen Sie nicht?» Er steckte den Führerschein wieder in die Handtasche und ließ sie zuschnappen.

«Kann schon sein», sagte Jury, während er darauf wartete, daß die Leichenbeschauerin ihre Arbeit beendete. Er wußte, sie haßte Störungen.

Nachdem er sein Taschentuch schon wegen der Handtasche verwendet hatte, benutzte Wiggins es jetzt, um sich zu schneuzen. «Es ist verdammt feucht. Ich merk schon, es geht abwärts. Irgendwann liege ich flach.» Er klang nachdenklich.

«Wo Ivy Childess definitiv schon gelandet ist.» Der Regen fiel stetig und ausdauernd, aber die Leichenbeschauerin schien überhaupt nicht darauf zu achten. Die ständigen Krisenfälle hatten ihr hübsches Gesicht so glattgescheuert wie einen Stein unter Wasser.

«Kann außer am Hals keinerlei Spuren feststellen. Mit ihrem eigenen Schal erdrosselt. Manche Frauen lernen's nie.»

Jury lächelte ein wenig. Dr. Phyllis Nancy hatte so eine Art, alles, sogar Leichen, auf geschlechtsbedingte Kriterien hin zu untersuchen. Jury hätte ihr gerne gesagt, daß solche Vorlieben in der Polizeiarbeit inzwischen wohl mehr oder weniger den Weg allen Fleisches, ob männlich oder weiblich, genommen hätten. Doch schien sich Dr. Nancy ihre abwehrende Haltung ebenso zu eigen gemacht zu haben wie ihren Beruf.

«Wann können Sie die Autopsie vornehmen, Phyllis?»

Niemand nannte sie Phyllis. Gerade deshalb tat Jury es.

«Sie warten, bis Sie an der Reihe sind, Superintendent. Ich habe auch einen Terminkalender.»

«Ich weiß. Ich wäre Ihnen nur dankbar, wenn Sie es vielleicht ein kleines Stückchen nach oben rücken könnten. Wir wissen, wie sie getötet wurde, und es sieht nach Routine ...»

Routine gehörte nicht zu den Worten, die Phyllis Nancy

schätzte. Und seine Bemerkung bot ihr, wie Jury genau wußte, eine Gelegenheit, einen kleinen Vortrag zu halten, wozu sie sonst kaum und schon gar nicht vor Superintendents die Möglichkeit hatte. «Die Frau besitzt immerhin noch Haut, Haar, Fingerspitzen, Leber, Bauchspeicheldrüse, Knochen, Gewebe. Sogar ein Herz.»

«Genau wie Sie, Phyllis.» Er lächelte sie an. Jury hatte Dr. Nancy einmal beim Schaufensterbummel in der New Bond Street entdeckt, als sie vor Dickens and Jones stand und hingerissen die prächtige Auslage der Braut- und Brautjungfernkleider betrachtete. Er hatte gewartet, bis sie weiterging, um sie dann einzuholen und zu einem Drink einzuladen. Phyllis Nancy hätte es entsetzlich gefunden, wenn man sie tagträumend vor der Dickens and Jones-Schaufensterhochzeit – komplett mit Braut, Bräutigam, Spitze und Blumen – erwischt hätte. Er wandte sich von ihr ab, um einem Polizeiinspektor Anweisungen zu geben. Man würde die Straße Zentimeter für Zentimeter absuchen müssen. Dann wandte er sich wieder an Dr. Nancy. «Wann immer es Ihnen möglich ist, Phyllis. Und danke.»

Sie wandte sich ab, damit er ihr Lächeln nicht sah. Das Ganze war ein kleines Ritual. Wenn er jovial zu ihr war, wie eben ein Mann gegenüber einer Frau, wußte er, daß sie das wahnsinnig genoß. Unter all ihrem Expertentum und dem Panzer steckte eine sehr nette Person, die gerne essen und ins Kino ging oder schöne Kleider kaufte. Sie packte ihre Tasche und schnappte sich ihren Assistenten, sagte, sie würde die Autopsie so schnell wie möglich machen, stieg in einen Wagen und flitzte durch den Regen davon.

3

Es war ein gepflegtes Reihenhaus in einer Wohnstraße mit vielen Maklerschildern und deprimierend gleichförmigen Fassaden. Im frühen Morgenlicht machte die Straße nicht gerade den bestmöglichen Eindruck. Das Haus nebenan war eines von denen, die zum Verkauf standen, offensichtlich unbewohnt, wenn man vom Zustand des Gartens ausging, wo eine kleine Kletterrose sich zwischen Unkrautbüscheln und verrosteten Fahrradfelgen zu behaupten versuchte. Die Vorbauten und Türrahmen mehrerer Häuser hatte man in kräftigen, wilden Farben gestrichen, aber das stumpfe Licht stieß sie in eine Anonymität zurück, in der sich die Rot- und Blautöne kaum voneinander unterschieden und aussahen wie eingetrocknetes, verkrustetes Blut.

Der kleine Zaun und die Eingangstür des Childess-Hauses trugen noch ein Flaschenbraun, das nach der ursprünglichen Farbe aussah, auch sie im Einklang mit dem, was die Straße ursprünglich einmal sein sollte – eine ausgesprochene Kleinbürgerbastion britischer Nüchternheit.

Die Frau, die auf Jurys Klopfen hin öffnete, trug einen Flanellbademantel im Farbton von Tür und Zaun und hatte sich ein Handtuch um den Kopf geschlungen, das entweder die Lockenwickler verbergen oder aber ihren Druck beim Schlafen mildern sollte. Ihr Blick war so angespannt wie ihre Sicherheitskette.

«Mrs. Childess?» Er hielt seinen Dienstausweis vor den zentimeterbreiten Spalt. «Können wir Sie bitte sprechen?»

Er hatte diesen Blick schon viele Male gesehen, diese Verwirrung und die noch größere Angst. Es erstaunte ihn manchmal, wie ansonsten beschränkte oder sogar stumpfe Gemüter unter gewissen Umständen mit einem unfehlbaren Sprung zu der schlimmstmöglichen aller Schlußfolgerungen gelangten. Die Frau wußte, daß er wegen des Mädchens gekommen war, hatte dieses Wissen jedoch sofort wieder verdrängt.

Hinter ihr sagte eine schläfrige Stimme: «Wer ist das, Irene?»

In das ungewisse Schweigen zwischen der Frage des spitzgesichtigen Ehemanns und ihrer Antwort plazierte Jury seine Bitte um Einlaß. Die Tür ging zu, und der Riegel schob sich schabend zurück.

Als sie eintraten, hob Wiggins grüßend die Finger an den Hut. Der Teil von Jurys Verstand, der ihm die Flucht in Nebensächlichkeiten gestattete, erinnerte ihn jetzt auch daran, daß er einen Hut kaufen mußte; er haßte Hüte. Er stellte sich und seinen Sergeant vor, und der Mann, den die Frau mit Trevor angesprochen hatte, blinzelte und begann sich für die abgelaufene Plakette zu entschuldigen.

«Es geht nicht um eine Plakette, Mr. Childess. Bedauerlicherweise ist Ihrer Tochter etwas zugestoßen. Sie wurde auf dem Berkeley Square gefunden. Sie ist tot.» Es war unmöglich, einen Menschen auf so etwas vorzubereiten, unmöglich, den Schock zu mildern. Jury hatte immer gefunden, daß Umschreibungen durch Worte wie etwa «Unfall» den Schmerz nur vergrößerten. Sobald man sah, daß der Zusammenstoß unvermeidlich war, wenn der Lastwagen auf einen zuraste, sollte man nicht auch noch zu lange in die Scheinwerfer starren müssen. «Es tut mir furchtbar leid.»

Weder die Mutter noch der Vater sagte *Das ist unmöglich* oder *Das kann nicht sein* oder versuchte, sich dieses

Wissen auf irgendeine andere Art vom Leibe zu halten. Vielleicht lag es an dem ernsten Ton von Endgültigkeit in seiner Stimme, vielleicht an seinem Mitgefühl. Mrs. Childess' dickgeäderte Hände flogen zum Mund, sie schüttelte den Kopf, und die Tränen prasselten herab wie ein Regenguß. Ihr Mann starrte vor sich hin; automatisch hob er den Arm und ließ ihn dann auf ihre Schulter fallen.

Als sie schließlich in dem kleinen Wohnzimmer saßen, das von Ivy Childess noch zu sehr erfüllt war, um sich in ihm wohl fühlen zu können, wartete Jury ein paar Augenblicke, während sie versuchte, einen weiteren Tränenstrom zu bändigen. Wiggins, der stets einen frischen Vorrat von Taschentüchern bei sich trug, drückte ihr eines in die Hand. Jury stellte in möglichst nüchternem, aber nicht barschem Ton ein paar Routinefragen über Ivy. Zuviel Mitgefühl war häufig schlimmer als gar keins. Als der Vater schließlich fragte, was denn geschehen sei und wo, legte Jury es ihnen so kurz und schonend wie möglich dar. «Es scheint kein größerer Kampf stattgefunden zu haben, und sie muß sofort tot gewesen sein.»

«Aber wer kann denn so was – unserer Ivy so was angetan haben?» sagte Mrs. Childess zu ihrem Mann, als sei der möglicherweise im Besitz eines geheimen Wissens über Ivy. «Ich versteh das nicht. Ich versteh das einfach nicht.» Sie lehnte den Kopf an die schmächtige Brust ihres Mannes.

«Deswegen sind wir hier, Mrs. Childess. Wir wollen das herausbekommen. Wenn Sie uns noch eine Weile ertragen können...» Er nickte Wiggins zu, der sich zurechtsetzte und sein Notizbuch aufschlug. «Können Sie uns etwas über ihre Freunde erzählen? Über die Männer vor allem.»

Trevor Childess wirkte bestürzt. «Nun, ja. Es gab da

einen gewissen Marr. Ivy sagte so was, als ob sie gewissermaßen verlobt mit ihm wäre. Marr. Ja, genau, so hieß er, nicht wahr, Irene? David Marr, hat sie gesagt. Eine gute Partie…», und er lächelte kurz, ehe ihm wieder einfiel, daß es jetzt ja gar keine Partie mehr zu machen gab.

«Wie lang hat Ihre Tochter ihn gekannt?»

Die Frage schien bei Childess Unbehagen auszulösen. Er rutschte auf seinem Stuhl hin und her und blickte auf seine Hände, als er antwortete. «Na ja, wir haben ihn eigentlich gar nicht richtig gekannt.» Das klang offensichtlich sogar in seinen eigenen Ohren äußerst seltsam, und ratsuchend blickte er in das abgespannte Gesicht seiner Frau.

Jury glaubte nicht, daß sie die Worte ihres Mannes gehört hatte. Der Tränenstrom war zwar versiegt, doch noch immer hielt sie das Taschentuch an den Mund und den Arm an den Bauch gepreßt, als müsse sie sich selber festhalten wie etwas, das zerbrochen war.

«Hat's nie geschafft vorbeizukommen», sagte der Vater, «obwohl Ivy immer wieder gesagt hat, daß sie ihn mal zum Tee mitbringen würde.»

Der Vater ließ rasch den Blick durch das Zimmer schweifen, und Jury sah, was er sah: ein Wohnzimmer, schön aufgeräumt wie der Hof, sauber und ordentlich, aber schlicht, um nicht zu sagen schäbig. Die Couchgarnitur, wahrscheinlich durch Ratenzahlungen finanziert, die Sessel und das Sofa mit dem Teppich, den wohl seine Frau oder eine Verwandte in einer Farbkombination geknüpft hatte, die das Zimmer beleben sollte, es aber nur noch unpersönlicher erscheinen ließ.

Um dem Mann nicht noch mehr Kummer zu machen – was jetzt zwar belanglos, aber dennoch peinlich gewesen wäre –, bot Jury ihm eine Zigarette an, zündete sich selber eine an, stand auf und ging im Wohnzimmer umher. Er nickte Wiggins zu, mit der Befragung fortzufahren.

Mehrere seiner Kollegen im Polizeipräsidium hatten Jury schon gefragt, warum er in seiner Position nicht einen Detective Inspector zu seinem Assistenten mache. Jury hatte zurückgefragt, warum er das denn tun solle, und ihnen erzählt, daß der Sergeant ihm schon mindestens zweimal das Leben gerettet habe. Das war zwar die Wahrheit, aber nicht der eigentliche Grund. Jury schätzte Wiggins, weil Wiggins eine starke Verbundenheit mit jenen empfand, die man häufig mit dem Etikett Underdog versah. Sergeant Wiggins' Gegenwart hatte etwas Tröstendes. Irgendwie vermittelte er den Zeugen das Gefühl, daß er einer von ihnen sei, daß er mit seinem Notizbuch und seinem Stift, seinen sparsamen, geradezu knauserigen Gesten, seinen langen Redepausen und mitfühlenden Blicken (die häufig nichts mit dem anstehenden Problem zu tun hatten), nicht zu vergessen mit seiner Latte von Flüchen, die jedermanns schlummernde Hypochondrie aufstörten, und mit seiner Fähigkeit, die Polizei auf den freundlichen Bobby an der Ecke zu reduzieren, extra zu ihnen gekommen sei. In einer alten Moralität wäre Wiggins der Hirte gewesen, der gekommen war, Zeugnis abzulegen. Und immer hatte er ein Taschentuch übrig.

Das er gerade eben benutzte, als er sich im kalten, nur vom Dämmerlicht erhellten Wohnzimmer gleichzeitig mit Mrs. Childess schneuzte, deren jüngster Tränenstrom sich zumindest momentan unter Kontrolle zu befinden schien. Sie hielt das Taschentuch zusammengeknüllt im Schoß. Wiggins stopfte seines wieder in die Tasche und stellte mit seiner netten, monotonen Stimme weitere Routinefragen.

Ging man von den Fotos auf dem Kaminsims aus, war

Ivy anscheinend das einzige Kind gewesen. Mehrere Schnappschüsse umgaben zwei Atelierporträts. Eins der Porträts war wahrscheinlich im Alter von achtzehn oder neunzehn aufgenommen worden, eine Ganzaufnahme, auf dem sie ein paar schlaffe Rosen in der Hand hielt. Das Ende der Schulzeit vielleicht oder der Kindheit. Ihr Gesichtsausdruck wirkte ziemlich selbstgefällig und erfahren, als ob sie schon eine recht unangenehme Phase ihres Lebens hinter sich hätte. Das zweite hätte von gestern sein können. Das Haar floß ihr wie klares Wasser über die Schultern des Oberteils, das er als dasjenige wiedererkannte, das sie bei ihrer Ermordung trug, blau mit tiefem Ausschnitt und langen Ärmeln. Er stellte das Foto wieder auf das Kaminsims zurück und nahm das Gegenstück in die Hand – ein kleines, ungerahmtes Foto, ebenfalls jüngeren Datums. Jury ging wieder zu den anderen zurück und setzte sich ein wenig abseits, damit Wiggins seine Befragung fortsetzen konnte.

Die Mutter wirkte völlig erschöpft. Sie hatte die Augen geschlossen und lehnte den Kopf gegen die mit Knöpfen verzierte Sessellehne. Der Vater hatte gerade über die Arbeit seiner Tochter bei Boots gesprochen. «Sie war Kosmetikberaterin.»

Jury übersetzte es mit Verkäuferin.

«Kannten Sie irgendwelche anderen Freunde von ihr, abgesehen von dem, was Sie über den Verlobten gehört haben?»

Wieder wirkte Trevor Childess ein wenig verschämt, als er den Kopf schüttelte. «Ivy ist, solange sie bei uns wohnte, nie viel ausgegangen. Sie war keine von denen, die in Kneipen rumhängen und so was. Sie war eher häuslich wie ihre Mutter.»

Es entstand ein Schweigen, während dessen sich Mrs. Childess erhob und das Zimmer verließ. Dann stand Jury auf, und Wiggins steckte sein Notizbuch ein. Er sagte Childess, daß man ihn bitten müsse, die Leiche seiner Tochter zu identifizieren. Das Gesicht des Mannes wurde aschfahl und ausdruckslos.

«Es tut mir leid, Mr. Childess. Sie oder Ihre Frau müssen es tun, und ich wollte warten, bis sie sich ein wenig gefangen hat, ehe ich das überhaupt erwähne.» Jury wußte, daß er, wenn er an seine größere, männliche Stärke appellierte, dazu beitrug, ihm wieder ein bißchen Entschlußkraft zu geben. «Es hat noch Zeit, zumindest bis heute nachmittag. Wir schicken Ihnen einen Wagen vorbei.»

Childess murmelte etwas, vielleicht ein nicht empfundenes Danke, und sagte zu Wiggins: «Dann kommen Sie also nicht selber vorbei?»

«Tut mir leid, Sir. Wir müssen uns sofort mit den Leuten beschäftigen, die mit Ivy zusammengewesen sein könnten.» Er zog ein Päckchen Pastillen aus seiner Manteltasche. «Sie wollen doch nicht, daß dieser Husten noch schlimmer wird. Nehmen Sie die.»

Als was es ihm auch dienen konnte, als Amulett oder als schmerzstillendes Mittel, Trevor Childess nahm das Päckchen dankbar entgegen.

«Schreckliche Sache», sagte Wiggins und schlug die Tür auf der Fahrerseite zu. «Wo Ivy auch noch das einzige Kind war.» Wiggins sprach die Betroffenen immer ziemlich rasch mit Vornamen an. Das machte einen Teil seines Charmes aus.

«Ja. Nur frage ich mich, wenn sie nun fünf oder sechs oder zehn hätten, ob das ein großer Trost wäre? Glauben

Sie nicht, daß eins zu verlieren genauso schlimm ist, als wenn man alle verliert?»

Der Motor jaulte auf, hustete asthmatisch und erstarb. Brummelnd versuchte Wiggins es noch einmal. Irgendwie verknäuelten sich in seiner Vorstellung der Tod und dieses Wetter. «Daß sie uns nichts Besseres als diesen zehn Jahre alten Cortina geben – wirklich unglaublich», sagte er düster, während er den Wagen zu starten und die Heizung anzustellen versuchte.

«Wer ist Marr?»

«David L. Geheimnummer, und ich dachte schon einen Moment, ich müßte das Präsidium anrufen, um die Adresse rauszukriegen. Bis die blöde Vermittlerin sie dann schließlich doch rausrückte.» Der Motor sprang an, und er fuhr los. «Auf nach Mayfair also. Ich habe ihn nicht angerufen. Dachte mir, Sie wollen ihn sicher nicht vorwarnen.»

«Gut. Wo in Mayfair?»

«Shepherd Market.» Er nahm die Hände vom Lenkrad und hauchte sie an. «Nicht weit vom Running Footman, oder?»

«Richtig. Wie lang ist das zu gehen?»

Wiggins dachte einen Moment lang nach. «Zehn Minuten vielleicht. Aber bei diesem Dreckswetter ist er sicher nicht zu Fuß gegangen.»

Trotz des bevorstehenden Besuchs und der Kälte lächelte Jury. Der Neuschnee überzog die verrosteten Autoteile, umrahmte die grell gestrichenen Vorbauten und Zäune und verhüllte die Schäbigkeit der vor ihnen liegenden Straße. Blau und unberührt lag er im Morgenlicht. So unberührt schien er die Häuser und Zäune miteinander zu verbinden.

4

DAVID MARR PASSTE PERFEKT in seine Umgebung. Er wirkte elegant, aber verwahrlost. Der Verschluß seines Morgenmantels war so abgeschabt wie der Axminster-Teppich und die Gürtelschnur so zerschlissen wie die mit Troddeln verzierte Kordel, die den chinesischen Seidenvorhang zurückhielt. Die am Mantel hing etwa im gleichen Winkel herab wie Marrs Kopf. Um sechs Uhr früh befand er sich wahrscheinlich noch in den Klauen eines ausgewachsenen Katers.

Kater hin oder her, der Mann sah gut aus. Jury meinte etwas vage Vertrautes in den hohen Backenknochen und dem dunklen Haar zu entdecken, vielleicht war es aber auch nur die Sorte von Gesicht, die zu einem etwas leichtlebigen Aristokraten paßte und die man in den schmierigeren Boulevardblättern so oft im Zusammenhang mit Sex, Drogen und Mädchen zu sehen bekam.

Im Moment lümmelte sich David Marr auf einem abgenutzten ledernen Ohrensessel. Seine erste Reaktion auf den Mord an Ivy Childess war eher Verblüffung als Schmerz gewesen. Seine zweite, dritte und vierte hatte Jury nicht sehen können, da ein kalter Waschlappen Marrs Gesicht vollständig verdeckte, auch noch während der Fragen, die ihm Jury bisher gestellt hatte. Wahrscheinlich hätte er das eine oder andere von Sergeant Wiggins' Heilmitteln gut gebrauchen können, doch Jury hatte Wiggins in die Wohnung in Bayswater geschickt.

«Also, fragen Sie weiter.» Seine Stimme drang gedämpft unter dem Lappen hervor.

«Mr. Marr, meinen Sie nicht, wir sollten uns von Angesicht zu Angesicht unterhalten? Es wäre zumindest hilfreich.»

Seufzend sagte er: «Damit Sie feine Veränderungen meines Gesichtsausdrucks verfolgen können, die meine Schuld beweisen?» Der Lappen, den er jetzt widerwillig wegzog, hob und senkte sich beim Atmen. «Nicht, daß ich zuviel getrunken hätte, aber dummerweise hab ich Dogbolter im Ferret and Firkin getrunken. Bruce's Brewery, mein Lieber. Ich hatte eine kleine Zechtour hinter mir, ehe ich Ivy traf.» Er ließ den Waschlappen auf einen kleinen Tisch fallen und nahm die letzte Zigarette aus einem schwarzen Emailleetui. «Ich bin ein gefühlloser Grobian, nicht wahr?»

Jury lächelte. «Wenn Sie meinen. Glauben Sie, ich halte Sie für schuldig?» Jury zündete sich eine seiner eigenen Zigaretten an.

Marr musterte Jury mit einem grimmigen Lächeln. «Ihren Fragen ist zu entnehmen, daß Sie die naheliegendste Lösung ausschließen, daß die arme Ivy nämlich von irgendeinem Ganoven überfallen wurde.» Er wandte sich ab und sah zum Fenster hinüber, wo die Dunkelheit kurz vor der Dämmerung noch so schwarz war wie der Lack des Feuerzeugs, das er in den Fingern hielt. «Ist sie vergewaltigt worden?»

«Das weiß ich noch nicht.» Jury sah die Leiche vor sich, eine blaßblaue Erhebung auf der nassen Straße. «Ich glaube nicht. Wären Sie so freundlich, mir zu erzählen, was im Pub passiert ist?»

Marr rubbelte sich die Haare mit dem Lappen und betrachtete dann das Ende seiner Zigarette mit einer Gleichgültigkeit, die Jury für gespielt hielt.

«Wir haben uns gestritten. Sie war wütend und wollte

sich nicht von mir nach Hause bringen lassen.» Er sah Jury an. «Normalerweise laß ich Frauen nicht in Kneipeneingängen stehen.» Er zuckte die Achseln. «Ivy kann wahnsinnig stur sein. Auch wenn sie wirklich nicht so aussieht mit ihren sanften, blauen Augen und dem wunderschönen Haar. Eigentlich hab ich für Auseinandersetzungen mit Frauen nichts übrig. Lohnt sich nicht.»

«Worüber haben Sie sich gestritten, Mr. Marr?»

«Geld, Heiraten, na ja, solche Sachen. Aus irgendeinem Grund wollte Ivy mich heiraten, das arme Ding.»

«Zumindest ein Grund ist doch wohl ziemlich offensichtlich: Sie bewegen sich in sehr viel höheren gesellschaftlichen Kreisen als Ivy, stelle ich mir vor.»

David Marr öffnete ein Auge. «Woraus schließen Sie das?»

Die Frage war ziemlich naiv. Jury lächelte. «Ich war in ihrer Wohnung.»

«In Bayswater?»

«Mile End. Im Haus der Eltern. *Sie* haben mir Ihren Namen genannt.»

Er runzelte die Stirn. «Sie hat nur ganz selten von ihnen gesprochen. Hatte wohl nicht viel Familiensinn, die Ivy.»

«Aber Sie waren doch verlobt.»

Marr sagte nichts, legte die Hand über die Augen, als hielte er nach etwas Ausschau, als verfolge er den Prozeß des Hellerwerdens vor dem Fenster. «Haben die Eltern Ihnen das erzählt?»

«Ihre Tochter hat es ihnen erzählt.»

Marr preßte sich jetzt die Hand an den Kopf, als müsse er ihn festhalten, stemmte sich aus dem Ohrensessel hoch und näherte sich einem Tisch aus Rosenholz. Er hielt sich eine Flasche Remy wie eine riesige Muschel ans Ohr, schüttelte sie und stellte sie stirnrunzelnd wieder hin. Dann musterte er die verbliebenen drei oder vier Zentimeter in einer Glenfiddich-Flasche, sah zu Jury hinüber und hielt sie, wenn auch nicht gerade einladend, in die Höhe.

«Noch zu früh für mich, danke, oder zu spät, je nachdem, wie man es nimmt.»

Marr goß sich die vier Zentimeter in ein Glas. «Ich versuche, nicht daran zu denken. Wenn man einen Frosch verschlucken will, soll man ihn besser nicht zu lange anstarren, wie man so sagt. Mein Kopf bringt mich noch um.» Er kippte den Whisky hinunter und band sich wieder den Morgenmantel zu. «Vielleicht bin ich ein ungehobelter Kerl, heruntergekommen und verdorben, was auch immer. Aber verlobt war ich nicht. Ob diese spezielle Information wichtig für Ihre Nachforschungen ist, weiß ich nicht. Aber ich gebe Ihnen mein Wort darauf. Was immer sie ihren Freunden, Eltern und Kollegen auch erzählt hat, ich hatte nicht vor, Ivy zu heiraten.» Er sank wieder in den Sessel und zündete sich noch mal die Zigarette an.

«Welcher Art war denn Ihre Beziehung?»

«Hm. Intim oder zumindest sexuell. Wahrscheinlich gibt es da ja einen Unterschied.»

Jury war ein wenig erstaunt, daß er diesen Unterschied machte. Marr wirkte ziemlich menschlich, wenn er nicht gerade diese kühle Arroganz in Blick und Stimme hatte. «Dann war die ‹Verlobung› eine Erfindung von *ihr*?» Marr nickte. «Sie versuchte, sich das selber einzureden?»

«Es *mir* einzureden, trifft wohl eher zu.» Er schloß die Augen und schüttelte unmerklich den Kopf. «Einige Male hat sie sicher übers Heiraten geredet. Zum Beispiel letzte Nacht.»

«Und was haben *Sie* gesagt?»

«Ich habe nicht darauf geantwortet. Haben Sie noch 'ne Zigarette, Superintendent?»

Jury reichte ihm die Schachtel und lehnte sich zurück. «Sind Sie sich ganz sicher, daß Sie sie nicht durch Ihr Verhalten ermutigt haben?»

Marr ließ sich vorsichtig in den Sessel sinken, schlug die langen Beine übereinander und schüttelte verwundert den Kopf. «Um Himmels willen. Ein paar gemeinsam verbrachte Nächte in mehreren Monaten würde wohl nur die naivsten Frauen zu so was ermuntern, oder? Ich habe zwar nicht ausdrücklich gesagt, nein, wir werden nicht heiraten, aber ich glaube, ein gewisses Zögern war schon unverkennbar...»

«Sie sind also gegangen, als das Pub zumachte?»

«Um Viertel oder zehn vor elf ungefähr. Als die letzten Bestellungen gemacht wurden.»

«Ist Ivy noch geblieben oder ist sie auch gegangen?»

«Als ich sie zuletzt sah, stand sie mit den Händen in den Hüften und hochgeschlagenem Mantelkragen im Eingang und wirkte fest entschlossen.» Er seufzte und rieb sich wieder den Kopf. «Hätte den Remy wohl nicht mehr trinken sollen. Sie forderte mich mehr oder weniger auf, mich zu verziehen, und das hab ich dann auch getan. Das ist das letzte, was ich von ihr gesehen habe, Superintendent.»

«Das Running Footman müßte also kurz danach geschlossen haben. Und sie hätte normalerweise ein Taxi zu ihrer Wohnung nach Bayswater genommen, nicht wahr?»

Marr lächelte kläglich. «Wie ich Ivy kenne, hat sie vielleicht auch die U-Bahn genommen. Ist billiger.»

«Und Sie sind direkt nach Hause gegangen?»

Marr seufzte. «Ja, natürlich. Es sind nur ein paar Minuten zu Fuß. Nachdem ich zu Hause war, rief ich meine

Schwester Marion an. Hab 'ne Weile auf sie eingeredet, aber ohne Erfolg. Ich brauchte Geld.»

«Sie sagten, Geld wäre eines der Themen gewesen, über die Sie sich mit Ivy Childess gestritten hätten.»

«Stimmt. Ich wollte Geld von ihr pumpen.»

«Aber Ivy Childess besaß doch sicher nicht solche Summen, wie Sie sie brauchen.»

Marr lachte. «Wenn das Gesicht Ihrer Majestät drauf ist, kann ich alles gebrauchen. Dann und wann für 'ne Schneiderrechnung. Einige Spielschulden. Ivy wollte einfach nicht ran an die Leibrente ihres Onkels. Sie meinte, ich soll mir eine gutbezahlte Stelle suchen. Das genau waren ihre Worte, eine gutbezahlte Stelle. Ich hatte nie eine Stelle. Und schon gar nicht eine gutbezahlte. Arbeiten – du lieber Gott.»

«Ja, das sind ja wirklich trübe Aussichten.»

«Den gleichen Sinn für Ironie wie meine Schwester. Sie sagt immer, ich brächte meinen Erbanteil in einem Tempo durch, mit dem ich einen Platz in der Rudermannschaft von Oxford verdient hätte. Unsere Anwälte rücken nur ungern mehr heraus als das, wovon ich gerade meinen Schnaps bezahlen kann.» Es erinnerte ihn wieder an den mit Flaschen vollgestellten Tisch, auf dem er noch ein, zwei Gläschen Whisky fand und ihn sich einschenkte.

Jury machte sich eine weitere Notiz in ein abgenutztes, schweinsledergebundenes Notizbuch, das ihm Racer vor einigen Jahren in einer seiner seltenen Anwandlungen von Großzügigkeit zu Weihnachten geschenkt hatte. Vielleicht war es auch gar nicht Großzügigkeit, sondern nur ein Wink mit dem Zaunpfahl. «Sie sagten, Sie haben Ihre Schwester angerufen. Können Sie mir bitte ihre Nummer geben?»

«Sie wollen doch nicht etwa die gute Marion damit behelligen? Ach, ist schon gut.» Er fuhr sich mit den Fingern durchs Haar, seufzte und nannte Jury die Nummer. «Es ist eine Geheimnummer, also verlieren Sie sie nicht.» Sein Lächeln blitzte auf und verschwand in Sekundenschnelle. «Sie wird nicht gerade begeistert sein, mein Alibi zu bestätigen – falls Sie das so nennen.»

«Sie sagten, nachdem Sie zu Hause waren? Wann genau nach Ihrer Ankunft?»

«Nachdem ich den Rest davon intus hatte, nehm ich an.» Er hielt das Glas in die Höhe und drehte es, so daß eine kleine schwappende Whiskywelle entstand.

«Könnten Sie das vielleicht ein wenig präziser sagen?» fragte Jury milde, da er sich ziemlich sicher war, daß die widerliche Gleichgültigkeit des Mannes angesichts der Ermordung des Mädchens zum großen Teil Fassade war. Dahinter verbarg sich Angst, aber wie groß die war, wußte Jury nicht.

Er schloß die Augen. «Vielleicht kurz nach elf. Nehmen Sie es mir nicht übel, Superintendent. Marion weiß es sicher besser. Sie war nüchtern. Ist sie leider immer. Sie heißt Winslow, und sie haben ein Haus in Sussex, in Somers Abbas. Ich bitte Sie, Superintendent, können Sie die gute Marion nicht aus der Sache heraushalten?»

«Sie möchten, daß ich diskret vorgehe?»

Marrs klarer, großäugiger Blick in seinem hübschen Gesicht machte den Eindruck, als käme er gerade vom See herein, wo er mit einem Haufen Kätzchen rumgespielt hatte. Er wirkte wundervoll unschuldig und gleichzeitig durchtrieben. «O ja, würden Sie das tun? Ich käme Ihnen auch in jeder Hinsicht entgegen. Sie können mich stundenlang verhören...»

«Das würde ich sowieso tun.»

«Sie wollen mir nicht entgegenkommen, das sehe ich schon. Ich habe eine Reservierung für nächsten Dienstag nach Cannes, aber ich nehme an, daß ich das Land jetzt nicht verlassen darf. Eine Zigarette?» Er sah auf Jurys Schachtel.

Jury warf sie ihm zu.

«Ich vermute, Sie riefen Mrs. Winslow an, weil Sie unbedingt Ihren Schneider bezahlen mußten, aber sie wollte nicht, stimmt's?»

«Sehr scharfsinnig! Na ja, ich war schließlich sturzbetrunken.»

«Oh!»

Marr betrachtete ihn durch die kleine Rauchspirale.

«‹Oh!› Was soll *das* denn heißen? Sie sind ja schlimmer als Marion.»

«Nichts.»

«Natürlich nicht. Na schön, schließlich ist jede Menge Geld da. Und wenn ich diese Bestimmung auch mindestens einmal pro Tag verfluche, so war unser Vater wohl doch cleverer, als ich ihm zugetraut hätte, als er es meinem Zugriff entzog. Den Großteil meines Erbes bekomme ich erst, wenn ich heirate.» Er klang wehmütig und fügte hinzu: «Ist das vielleicht ein Motiv für einen Mord?»

«Im Gegenteil, würde ich sagen.»

«Fein. Lassen wir's dabei. Wie es nun mal steht, darf ich nur viermal im Jahr in die Familienschatzkiste greifen. Dummerweise dauert dieses Vierteljahr noch bis zum 31. Dezember.» Er blickte auf einen Kalender, der auf einer Pinnwand über einem schönen lackierten Schreibtisch angebracht war. Jury sah, daß Fotos, Ansichtskarten und alle möglichen anderen Erinnerungsstücke an ihr hingen. «Könnte ich mal einen Blick darauf werfen?»

«Hm. Doch, klar. Ich muß mich nur mal ein bißchen hinlegen.» Er ließ den Kopf auf die Lehne sinken und rollte sich das Whiskyglas über die Stirn.

Jury sah mit einem Lächeln, daß das Pinnbrett ziemlich viel Ähnlichkeit mit der sorgfältig ausgewählten Kitschsammlung eines Studenten hatte oder dem Krimskrams, den ein Teenager wie einen Schatz in einem Schuhkarton hortete: bunte und witzlose Ansichtskarten, wie Leute sie gern aus ihren Ferien in Cornwall, von der Riviera, aus Monte Carlo, Las Vegas und Cannes schicken.

«Schon mal in Amerika gewesen?»

David drehte sich zur Pinnwand herum. «Nein.»

«Dann haben Sie Freunde dort, oder?» Er wies mit einem Kopfnicken auf die Karte mit einem Casino in Las Vegas.

«Nein. Ein, zwei Bekannte. Meine *Freunde* fahren nach Monte oder Cannes, Superintendent.»

Jury lächelte. «Tut mir leid. Wußte nicht, daß es da so große Unterschiede gibt.» Er konzentrierte sich wieder auf das Brett. Eine Speisekarte vom Rules, ein silberfarbenes Strumpfband, hier und da Zettel mit Telefonnummern. Jury interessierte sich mehr für die Schnappschüsse. «Ist das Ihre Schwester?»

David zuckte zusammen und drehte den Kopf zu ihm herum. «Ja, und die restliche Familie. Das ist mein Neffe und der Mann meiner Schwester, Hugh.»

Das Foto war im Garten aufgenommen. Sie wirkten alle sehr angetan von sich, so als seien sie ganz begeistert darüber, sich getroffen zu haben und fotografiert zu werden. Ein weiterer Schnappschuß zeigte David Marr mit demselben jungen Mann. Beide lachten und hielten etwas in Händen, was nach Tennisschlägern aussah. Es gab kein Foto, auf dem Marr allein und auch keines, auf dem er mit Ivy Childess zu sehen war.

«Haben Sie was dagegen, wenn ich mir diese zwei mal ausleihe?»

David wollte gerade eine weitere Zigarette von Jury schnorren. «Was? Nein, nichts dagegen. Aber sorgen Sie bitte dafür, daß ich sie wieder zurückbekomme.»

«Werd ich.»

«Wozu wollen Sie...? Ach, vergessen Sie's. Um sie rumzuzeigen, nehm ich an. Sie sind wahrscheinlich überzeugt, daß ich Ivy in eine dunkle Gasse gezerrt habe und – was ist denn eigentlich wirklich passiert, Superintendent?»

«Das versuchen wir ja herauszubekommen. War sonst noch jemand im Pub, den Sie kannten?»

Er wollte den Kopf schütteln, sagte dann aber: «Ja, Paul war da. Paul Swann. Er wohnt in der gleichen Straße. Wenn er nicht im Running Footman gewesen wäre, hätte ich bestimmt noch bei ihm reingesehen, um mit ihm zu reden – wirklich Pech.»

«Vielleicht gehe ich mal bei ihm vorbei und unterhalte mich mit ihm.»

«Geht nicht. Er ist nicht da. Hat gesagt, daß er heute schon in aller Frühe nach Brighton fährt.»

«Wohin in Brighton?»

David kratzte sich am Kopf. Vielleicht nach Rottingdean, das hat so was Künstlerisches. Er ist Maler.»

Jury machte sich eine Notiz und sagte: «Dann ist Miss Childess Ihrer Meinung nach einfach weggegangen, als das Pub zugemacht hat. Hatten Sie irgendwelche gemeinsamen Freunde? Bekannte?»

Er runzelte die Stirn und rutschte in den Sessel zurück. «Nein.»

«Sie wissen auch von niemandem, den sie als Feind ansah?»

David Marr schüttelte den Kopf und griff nach dem Waschlappen. Er tunkte ihn in den Rest seines Drinks und klatschte ihn sich auf die Stirn.

«Wissen Sie, Sie wirken eher irritiert als unglücklich über Ivy Childess' Tod.» Jury stand auf, um zu gehen.

Der Waschlappen bewegte sich, als David Marr sagte: «Meine Güte, Superintendent, ich bin nicht irritiert. Ich sterbe.» Er zerrte den Lappen vom Gesicht, lächelte Jury schwach an und fragte: «Bekomme ich noch 'nen Glimmstengel?»

5

FIONA CLINGMORE SASS an ihrem Schreibtisch, hatte den Spiegel an ein Wörterbuch gelehnt und benutzte ihren Eyeliner mit einem feierlichen Ernst, als ob sie den Schleier nehmen wolle. Die rechte Hand, die den schlanken Zylinder des Lippenstifts hielt, wurde von der linken gestützt, und die andächtige Pose verstärkte noch diesen Eindruck. Die Pose und das schwarze Kopftuch, das ihre schweren blonden Locken zurückhielt, bedeuteten Fionas größtmögliche Annäherung an ein Nonnenkloster.

Wächter über ihr kleines Arsenal von kosmetischen Produkten war der Kater Cyril, der anscheinend nie müde wurde, diese tägliche Metamorphose zu verfolgen, als erwarte er, daß sich einmal ein Schmetterling aus diesem schwarzen Kokon erhöbe.

Cyril verstand Jurys Eintreten als Signal und glitt vom Schreibtisch. Der Kater wußte inzwischen, daß dies den Zutritt zu Racers Büro ankündigte – heiliger Boden, für Katzen streng verboten.

«Hallo, Fiona», sagte Jury.

Als sie merkte, daß Jury dastand und lächelte, warf sie das Kosmetiktuch, mit dem sie sich die Lippen abgetupft hatte, in den Papierkorb. Dann zerrte sie sich rasch das schwarze Viereck vom Kopf, und ihre adretten blonden Locken schnellten darunter hervor. Ebenso flink fegte sie die Kosmetika in die schwarze Tiefe ihrer Handtasche. Gelockt und gelackt wandte sie sich Jury zu.

«Sie sind früh dran. Möchten Sie einen Tee?»

«Gerne. Haben Sie schon diese Akte von der Gerichtsmedizin bekommen?»

«Mmm.» Mit dem Wasserkessel in der einen und einer angeschlagenen Tasse in der anderen Hand wies sie mit einem Kopfnicken auf ihren Schreibtisch. Sie schwenkte den Teebeutel und reichte Jury die Tasse.

«Und was hat er vor?» fragte Jury, seit langem an Besprechungen mit seinem Vorgesetzten gewöhnt, nach denen er sich zwar älter, aber dennoch kein bißchen weiser fühlte.

«Woher soll *ich* das wissen?» Dies hieß keineswegs, daß sie Jurys Frage achselzuckend abtat, sondern vielmehr, daß ihr Vorgesetzter selten etwas vorhatte, was sie oder Jury sonderlich interessierte. Sie inspizierte einen Fingernagel und griff sich dann ihre Nagelschere. Fiona nahm sich jeder Unvollkommenheit rasch und kurzerhand an. Sie erinnerte Jury an einen Aquarellisten, der auf plötzliche

Veränderungen in Licht und Schatten sofort reagiert und eingreifen muß, ehe die Farbe trocknet.

«Ich warte drinnen.» Jury nahm seine Tasse und die Akte und trat, von Kater Cyril begleitet, ins Büro seines Chefs, das Fiona offensichtlich gerade wieder «lüftete»; denn das Fenster hinter dem Schreibtisch stand ein paar Zentimeter weit offen. Mit seinen selbstgerollten Zigarren und selbstgestrickten Vorträgen schaffte es Racer stets, allen überschüssigen Sauerstoff zu verbrauchen. Cyril sprang auf den Fenstersims und kauerte sich nieder, damit er nach den fallenden Schneeflocken schnappen konnte.

Jury ließ seinen Blick desinteressiert durchs Büro schweifen. Abgesehen von einem kleinen Berg von Weihnachtsgeschenken, der sich auf der Kunstledercouch erhob, hatte sich nichts verändert. Jury zog eine frische Schachtel Player's aus der Tasche. Cyril, dem es gelungen war, sich durch den Spalt zu quetschen und auf die äußere Fensterbank zu gelangen, hatte die gewagte Akrobatik nun satt, machte einen Rückzieher und setzte zu einem perfekten Kopfsprung auf den Fußboden an. Sein Spiel mit dem Tod wurde Jahr für Jahr verwegener. Als die äußere Bürotür aufging, spitzte er die Ohren, schlich über den Teppich und ließ sich unter knisternden Geräuschen hinter der Geschenkepyramide auf der Couch nieder.

Chief Superintendent A. E. Racer bedachte Fiona Clingmore mit seinen üblichen spitzen Bemerkungen, ehe er hereintrat und einen mißtrauischen Blick auf den Geschenkehaufen warf, als ob Jury in seiner Abwesenheit vielleicht eines geklaut haben könnte.

«Frohe Weihnachten», sagte Jury liebenswürdig, während Racer mehrere Aktendeckel auf seinen Tisch legte und sich hinsetzte.

«Nicht für mich», sagte er und wies auf die zu bearbeitenden Akten, die er eben hereingeschleppt hatte. Die Arbeit, wußte Jury, mußten dann andere machen. «Wie kommen Sie im Fall Childess voran?» Ohne die Antwort abzuwarten, fuhr Racer fort: «Könnten Sie nicht wenigstens der Presse das Maul stopfen?»

«Kann das überhaupt jemand? Ich habe keinerlei Kommentar abgegeben.»

«Bei diesem Käseblatt brauchen Sie das auch nicht.» Er hielt Jury ein Revolverblatt unter die Nase und las dann vor: «‹Mit dem eigenen Schal erdrosselt.› Zum Teufel. Jeder Londoner Schurke – Vergewaltiger, Räuber – hat jetzt eine hübsche, saubere Gebrauchsanweisung.»

«Na ja, vielleicht ist es ja auch eine Warnung für die Frauen, ihre Schals nicht über die Schulter zu werfen.»

«Bißchen spät dafür, was?»

Als hätte *Jury* es versäumt, die Warnung auszugeben, als hätte *er* die Zeitungen verständigt.

Racer verschränkte die Arme, die in so etwas wie Kaschmir vom Maßschneider steckten, und beugte sich zu Jury vor. «Was Sie angeht, Jury...»

Es war ein Ritual, genauso wie Cyrils Erstürmung der Zinnen. *Was Sie angeht...*

«...glauben Sie, daß Sie sich *diesmal* mit polizeilicher Unterstützung begnügen können? Statt Ihre Freunde als Hilfspolizisten anzuheuern?» Für Racer war Melrose Plants Rolle in der Hampshire-Sache immer noch eine brandaktuelle Geschichte, auf der sich herumreiten ließ. «Ist Ihnen eigentlich klar, daß ich mir deswegen vom Polizeichef immer noch herbe Kritik anhören muß?»

«Er hat mir das Leben gerettet.»

Da er hierin nichts entdeckte, das eine Antwort verdiente, ging Racer dazu über, die Gewässer von Jurys Karriere zu erkunden, wobei er so weit wie möglich im Seichten verharrte. Das Thema Karriere war vermutlich bei Racers Zusammenkunft mit dem stellvertretenden Commissioner zur Sprache gekommen und würde immer wieder hochkommen, so wie jetzt. «Hab gehört, Hodges geht in Pension. Hat sich eine tolle Zeit dafür ausgesucht, muß ich schon sagen.»

Racer erblickte in dieser Entscheidung von Divisional Commander Hodges, die ihm höchst kapriziös erschien, natürlich einen persönlichen Affront gegen die gesamten Polizeikräfte des Großraums London. Daß damit einem Bezirk nun ein Divisional Commander fehlte, umging er lieber. Für Racer entstünde nämlich ein echtes Dilemma, falls Jury befördert würde. Jury um sich zu haben, war zwar einerseits so, als besitze man einen Spiegel, in dem aus dem Nichts ein Gesicht erschien und einen daran erinnerte, daß es immer noch einen Schöneren gab; andererseits hätte die Versetzung Jurys auch die Entfernung seines Sachverstands bedeutet, der ja auch ein günstiges Licht auf Racer warf.

Er sprach noch immer über den Nordbezirk. «Da würde auch ich für nichts garantieren wollen, wo das jetzt auch noch nach Brixton übergreift. Krawalle, etwas anderes kann man in diesem undankbaren Job auch nicht erwarten.» Er sprach weiter...

Jury schaltete ab, wandte seine Aufmerksamkeit der Geschenkpyramide zu, die sich leicht bewegt hatte, und fragte sich in einer momentanen Anwandlung von Neid, wie entschlossen Cyril wohl sei, die feindlichen Kräfte zu überlisten. Racer stieg inzwischen gerade Jurys Karriereleiter hinunter und würde ihn wohl bald vom Morddezernat zur uniformierten Polizei versetzen und wieder als Schutzmann Runden drehen lassen. Jury war ihm in dieser Hinsicht jedoch weit voraus oder hinkte weit hinter ihm her. Er wunderte sich selbst über seinen Mangel an Ehrgeiz und fühlte sich dabei ein wenig schuldig. In die Stellung des Superintendent hatte man ihn beinahe prügeln müssen. Vielleicht lag es an der Jahreszeit. Weihnachten war nie ein Grund zum Fröhlichsein gewesen, abgesehen von ein oder zwei Festen, die zwar gut begonnen, aber katastrophal geendet hatten. Vielleicht lag es aber auch am Wetter. Jury sah zu, wie der Schnee in großen, federigen Flocken herunterwehte, die nicht liegenblieben und sich bis zum Abend in grauen Matsch verwandeln und schmelzen würden. Er erinnerte sich an die beiden Jungen, vierzehn und fünfzehn waren sie gewesen, die er vor zwanzig Jahren beim Klauen in einem Süßwarenladen erwischt hatte. Sehr blaß und unsicher waren sie gewesen und hatten ihn an sich selber ein Dutzend Jahre zuvor erinnert. Er war sogar noch jünger als sie gewesen, als der Besitzer eines ähnlichen Ladens ihn beim Hinausgehen erwischt hatte, weil die kleine Schachtel Black Magic-Pralinen sich als Beule unter seinem Anorak abzeichnete. Jener Ladenbesitzer hatte verständnisvoller reagiert als der bei ihm, der sofort die Polizei rief. *Ein Exempel statuieren.* Die Tante, die Richard gerade bei sich aufgenommen hatte, schämte sich zu Tode.

Ivy hieß damals das Mädchen, fiel ihm plötzlich ein. Ivy wollte er die Pralinen zu Weihnachten schenken. Doch auch diese Sentimentalität hatte nicht bewirkt, daß sich die verkniffenen Lippen der Tante entspannten. Sein Onkel war ein sanfter Mensch gewesen, der Nachsicht walten ließ, vor allem bei einem Neffen, dessen Eltern im Krieg ums Leben gekommen waren. Doch dann die Enttäuschung des Onkels. Der sorgenvolle Blick, den er auf den Knaben Richard warf, war schwerer zu ertragen gewesen als Schläge.

Aber es ging ja nicht mehr ums Stehlen von Süßigkeiten, dachte er mit einem geradezu überwältigenden Bedauern, während das blasse Gesicht des hübschen, auf der Straße liegenden Mädchens wieder vor seinem inneren Auge auftauchte. Ivy. Ihr Name war wohl der Grund, daß ihm das jetzt alles wieder durch den Kopf ging.

«... Jury! Könnten Sie vielleicht mal kurz aufhören zu träumen und meine Frage beantworten?»

«Entschuldigung.»

«Ich hatte gefragt, ob Phyllis Nancy schon die Autopsie gemacht hat.»

«Nein, noch nicht. Morgen früh.»

«Worauf wartet sie denn noch, verdammt noch mal, auf ihre Zulassung?» Racer schlug noch einmal klatschend den obersten Aktendeckel auf. «Wir wissen über diese Childess also lediglich, daß sie in Bayswater wohnte, sich mit ihrem Freund in diesem Pub beim Berkeley Square gestritten hat, und daß er sie dort stehenließ.» Er klappte die Akte zu und lehnte sich zurück. «Alles das wußten Sie auch schon gestern abend, Jury.»

«Dann sollte ich doch vielleicht sehen, daß ich weiterkomme. Sonst noch etwas?» Er streckte vorsichtig seine Gliedmaßen gerade und stand, den Blick auf das Sofa gerichtet, auf.

«Schön, falls Sie wirklich was herauskriegen sollten, alter Knabe, lassen Sie es mich doch bitte wissen!»

«Aber gerne.» Jury beäugte den kleinen Turm von Geschenken und wandte sich zum Gehen. Als er die Tür erreichte, hörte er es – sie: die Schachteln, die wie ein Kartenhaus zusammenstürzten, den herausfallenden Inhalt, die Stimme Racers, der den Kater Cyril anbrüllte, die Sprechanlage und wieder Racer, der Fiona anschrie.

Jury öffnete ruhig die Tür, und Cyril flitzte nach erneut erfolgreicher Durchführung eines Schlachtplans vor ihm hinaus.

«Jetzt kocht er so richtig», sagte Fiona, die sich die Nägel feilte, ohne sich von der Sprechanlage stören zu lassen. Cyril war gerade hinter ihr aufs Fensterbrett gesprungen, um Katzenwäsche zu machen, als das Telefon klingelte.

Fiona nahm den Hörer ab, sagte etwas und hielt ihn dann Jury hin. Der schwarze Hörer sah aus wie eine Verlängerung ihrer dunkellackierten Nägel. Er tropfte geradezu von ihrer Hand herunter. «Al.»

Jury nahm den Hörer und fragte sich, ob wohl irgend jemand im Präsidium außer Fiona Sergeant Wiggins beim Vornamen nannte. «Wiggins?»

Wiggins sprach näselnd, aber deutlich. «Ich habe etwas gefunden, Sir. Ich habe das gerade im Computerraum nachgeprüft...» Die Pause war nicht als dramatischer Effekt gedacht, sondern ermöglichte es dem Sergeant, raschelnd eine Zellophanfolie von einer Schachtel zu ziehen. Offensichtlich hatte er sein heikles Manöver beendet, denn jetzt klang seine Stimme belegt. «In Dev'n, S'r –»

«Tröpfeln Sie den Hustentropfen unter die Zunge, Wiggins», sagte Jury geduldig.

«Oh, entschuldigen Sie, Sir. Da gab es diesen Fall vor etwa zehn Monaten, Ende Februar. Eine junge Frau namens Sheila Broome. Ich hätte das wohl glatt ignoriert, wäre da nicht diese Beschreibung der Leiche *in situ* gewesen. Die Beamten haben damals dafür gesorgt, daß der Fall nicht publik wurde, da sie Nachahmungen befürchteten. Aus gutem Grund. Sie wurde in einer bewaldeten Gegend an der A 303 in der Nähe der Abfahrt nach Taunton gefunden. Sie war erdrosselt worden, offensichtlich mit ihrem eigenen Schal. Na ja, es könnte Zufall sein...»

Jury starrte blind auf Cyril, der zuerst die eine, dann die andere Pfote an die großen Schneeflocken drückte, die gegen die Fensterscheibe flogen. Ein Serienmörder. Die schlimmste Sorte. «Wollen wir's hoffen. Fahren Sie zum Polizeipräsidium in Somerset.»

«Somerset ist dafür nicht zuständig, Sir. Es ist knapp hinter der Grenze.» Pause. «In Devon.»

«Dann rufen Sie eben Exeter an.»

Wieder entstand eine Pause, und man hörte leise Papier rascheln. Es schien ein Problem zu sein, das zwei Hustentropfen erforderte. Wiggins matt: «Das ist doch nicht etwa Macalvies Fall, Sir?»

Jury mit einem vagen Lächeln: «Jeder Fall in Devon ist Macalvies Fall.»

6

IM SCHNEE VOR DER HAMMERSCHMIEDE war nur eine schmale Spur zu erkennen, die Miss Crisps Hund, ein Jack Russell-Terrier, gemacht hatte, als er den Trödelladen seines Frauchens auf der anderen Straßenseite verließ, um seine nachmittäglichen Runden durchs Dorf zu drehen.

Durch das verträumte Durcheinander von malerischen Läden und kleinen Wohnhäusern rollte das sonore Dröhnen der Kirchturmglocke über die High Street und am Pub vorüber, wo es hoch oben auf einem Regal der Schmied einer Kaminuhr aufgriff und es mit einem Bong auf seiner Esse nachahmte. Die Uhr über ihm schlug fünf.

Für einige Einwohner von Long Piddleton war dies ein Einberufungsbefehl. Bis zur Öffnung war es zwar noch eine halbe Stunde hin, aber Scroggs drückte bei den Ausschankbestimmungen häufig ein Auge zu, wenn es sich um Stammgäste handelte. Einer von ihnen war die halbe Meile von Ardry End mit dem Fahrrad gekommen und saß jetzt an einem Tisch am großen Erkerfenster. Er hatte die Beine ausgestreckt, und an seiner Hose klemmten noch immer die Fahrradklammern. Über das Lesezeichen in der Mitte seines Buches hatte er schon hinweggelesen.

Da er kein Fan von Thrillern war, hätte er normalerweise alle Kapitel bis aufs letzte überschlagen und unwesentliche Details, die allerdings für die Auflösung notwendig sein konnten, selber ergänzt. Doch seine alte Vorliebe für die Autorin dieses Buches verpflichtete ihn, jede einzelne Seite zu lesen. Na ja, fast jede, dachte Melrose Plant. Liebe mich gefälligst, liebe meine Bücher! Seine Freundschaft zur Autorin hatte sich jedoch nicht auf dieses Buch übertragen, das den belanglosen Titel *Die Plumpudding-Gruppe* trug. Es sollte sich wohl im Weihnachtsgeschäft verkaufen und hatte irgendwie auf die Regale von Long Piddletons neuer Buchhandlung Wrenn's Nest gefunden, einer albernen Anspielung auf den Namen des Eigentümers.

Er fragte sich, ob er nicht doch mal einen Blick auf die letzte Seite riskieren sollte. Das Motiv des Mörders bestand in dem alten Bring-ihn-um-ehe-er-das-Testament-ändert-Klischee. Die Figuren schienen nichts mit sich anfangen zu können und ähnelten den verschwimmenden Gestalten auf einem Bahnsteig, wenn der Zug abfährt.

Melrose Plant sah auf die Uhr, nicht um festzustellen, ob sich die beiden anderen, die er gewöhnlich in der Hammerschmiede traf, verspätet hatten, sondern weil er wußte, daß es noch eine Leiche geben mußte – ah ja, da war sie schon. Colonel Montague. Schade, dachte er. Er hatte den alten Montague eigentlich ganz gern gemocht, trotz dieses Gin-unter-Palmen-Gehabes, das ihm die Autorin verpaßt hatte. Ja, es gab massig Leichen. So wie es Raymond Chandlers Rezept zur Vermeidung von Langeweile in der Mitte des Buches war, einen Mann mit Revolver ins Spiel zu bringen, so ließ Polly Praed in jedem zweiten Kapitel eine Leiche zurück. Das jüngste Buch von ihr mußte in einem Zustand äußerster Unruhe entstanden sein; denn das unvermittelte Auftauchen einer Leiche nach der anderen hatte etwas Nervöses und Hektisches an sich. Ihr Hirn, dachte er, ist ein Schlachthof.

Das ganze Gemorde und Gemetzel wurde durch die Ankunft zweier weiterer Stammgäste unterbrochen. Er freute sich darüber, weil sie ihn davor bewahrten, sich weiter in den Tod Montagues zu vertiefen.

«Hallo, Melrose», sagte Vivian Rivington, die Hübschere der beiden, auch wenn Melrose vergeblich darüber nachsann, ob Marshall Trueblood wohl auf einer Revision dieses Urteils bestanden hätte.

«Hallo, alter Knabe», sagte Marshall Trueblood, der an diesem Nachmittag eher einem ziemlich gewöhnlichen als einem exzentrischen Millionär glich. Er trug ein dunkles und wunderschön geschneidertes Wolljackett, das wohl der Traum eines jeden Webers auf den Hebriden gewesen wäre. Allerdings hätte der Weber beim Anblick des Kaschmirpullovers in gewagtem Blau und des meergrünen Halstuchs, das in einem türkisfarbenen Crêpe-de-chine-Hemd steckte, wohl verblüfft die Augen aufgerissen. Für Trueblood war das jedoch ein geradezu dezenter Aufzug. «Gott sei Dank, wieder ein Tag voller Schweiß und Schufterei vorbei.»

Marshall Trueblood konnte sich so manches leisten, nur keinen Schweiß. Es machte ihm Spaß, sein Antiquitätengeschäft, das sich in dem kleinen Tudorhaus nebenan befand und trotz der geringen Einwohnerzahl von Long Piddleton gut lief, ein wenig herunterzumachen. Es florierte, weil es Londoner Kundschaft inklusive einiger sehr kundiger Händler anzog. Hilfreich fürs Geschäft war auch die Gunst der beiden – noch Reicheren als Trueblood –, die mit ihm am Tisch saßen.

«Es ist erst fünf», sagte Vivian Rivington mit melancholischer Miene. Da im Winter nur so wenig Leute hier lebten, blieb dem Trio nicht viel anderes übrig, als sich gegenseitig ihre Abweichungen von den üblichen Gewohnheiten vorzuhalten. «Du schließt doch eigentlich erst um sechs», sagte sie und schüttelte ihre Uhr.

«Es kommt doch sowieso niemand. Ich habe ein Schild an die Tür gehängt. Falls jemand einen gepfändeten Sekretär sucht, soll er hier vorbeischauen. Was lesen Sie da, Melrose?» fragte er, als Scroggs die Gläser vor ihnen abstellte.

Melrose Plant drehte den Einband nach oben, damit seine Freunde es selber sehen konnten.

«*Die Plumpudding-Gruppe*. Komischer Titel. Prost.» Er hob sein Glas.

Vivian schielte nach dem Namen des Autors. «Das ist doch wieder eins von dieser Polly?»

«Leider kein besonders gutes. Aber sagen Sie es ihr bitte nicht.»

«Wie denn, sie ist ja gar nicht da», sagte Vivian mit einem gewissen Anflug von Gereiztheit. «Ich verstehe einfach nicht, was Sie an der finden.»

«Vorsicht, Vivian, Vorsicht. Über bestimmte Beziehungen sollten *Sie* sich besser nicht auslassen.»

«Sie haben völlig recht, Melrose», sagte Trueblood. «Werden Sie auch diese Weihnachten wieder ohne den unglücklichen Franco aus Florenz verbringen?»

«Venedig», sagte sie ein wenig gereizt.

«Standen schlechte Nachrichten in Ihrem Brief?» Trueblood klopfte ein wenig Asche von der Spitze seiner schwarzen Sobranie und lächelte spitzbübisch.

Vivians Augen wurden schmal. «Was meinen Sie mit ‹in meinem Brief›?»

«Na ja, den, den Sie heute morgen bekommen haben müssen. Der noch in Ihrer Tasche steckt.»

Die Hand, die sich in die Tasche ihrer Strickjacke verirrt hatte, wurde rasch zurückgezogen und zur Faust geballt auf den Tisch gelegt.

«Mit Poststempel Venezia.»

«Woher wissen *Sie* das denn?»

«Bin ich vielleicht daran schuld, wenn Miss Quarrels die Post beim Sortieren wie eine Patience auf dem Schalter ausbreitet?»

«Aber Sie haben sich die Mühe gemacht, den Umschlag verkehrt herum zu entziffern!»

Er zog seine kleine goldene Nagelschere heraus. «Nein, ich habe ihn umgedreht.»

«Schnüffler!»

Auf ihr Stichwort hin erschien Lady Agatha Ardry im Eingang der Hammerschmiede. Sie fegte förmlich wie Schnee herein, schüttelte ihr Cape aus und stampfte mit den Schuhen auf. «Ich habe in Ihr Schaufenster gesehen, Mr. Trueblood», sagte sie zu Marshall Trueblood, noch ehe sie einen doppelten Sherry bei Dick Scroggs bestellte. «Es ist noch nicht sechs, Mr. Trueblood. Sie müßten noch geöffnet haben. Aber wenn einem die Kundschaft so wenig bedeutet... mein lieber Plant, als ich eben nach Ardry End jage...»

Dreht ihre Runden wie der Terrier von Miss Crisp, dachte Melrose, schlug die nächste Seite um und fand Lady Dasher tot in den Hortensien...

«...komm ich an einem Auto vorbei...»

Welch Glück für den Fahrer. Normalerweise fuhr sie ihnen rein. Agatha hatte sich einen alten Morris Minor gekauft, der genauso aussah wie sie: runde Birne und plumpes Gestell.

«...das gerade aus der Ausfahrt rauskommt, als ich reinfahre. Frau am Steuer, um die Dreißig, braunes Haar, schwarzer Porsche...»

«Kennzeichen?»

«Was?»

«Du hast doch sicher die Nummer, damit wir sie in den Computer von Scotland Yard eingeben können. Die vollbringen heutzutage wahre Wunder, wenn's ums Auffinden gestohlener Autos geht...»

«Sei nicht dämlich, Plant. Na ja, sie ist mir glatt davongefahren, ehe ich sie anhalten konnte. Wer ist sie überhaupt? Sieht nicht gerade wahnsinnig gut aus.»

Sie sagte es mit einer gewissen Erleichterung, als ob die

Dame im Porsche damit aus dem Rennen der heiratsfähigen weiblichen Wesen ausscheide. Diese nämlich erschienen Agatha offensichtlich ausnahmslos als Schönheiten, die auf die Familiengewölbe von Ardry End zuhasteten, direkt auf die Chinoiserien, das Kristall, die Queen-Anne-Möbel und die Titel zu, die Melrose wie Blütenblätter in den Staub hatte fallen lassen – Earl, Viscount und Baronet – und die man ja immer noch aufsammeln (so schien sie zu denken) und wieder an die Knospe pappen konnte.

«Zu dir kommt doch gar keiner um diese Jahreszeit, Melrose.» Sie seufzte und rief noch einmal nach ihrem Sherry. Scroggs blätterte weiter in seiner Zeitung. «Es ist nicht mehr wie früher. Erinnerst du dich noch, wie deine liebe Mutter, Lady Marjorie...»

Jetzt würde sie wieder anfangen und die Pfade seiner Familienerinnerungen entlangschnüffeln wie ein Schwein, das in den Rosensträuchern wühlt. «Die Countess von Caverness, ja. Und mein Vater und mein Onkel Robert. Ich hatte immer ein gutes Gedächtnis für Einzelheiten. Aber was hast du denn in Ardry End gemacht?»

«Mit Martha über das Weihnachtsessen gesprochen. Sie sagte, ihr hättet euch noch nicht entschieden.»

«Doch. Falsche Gans und Bettelmänner.»

«Mein Lieblingsessen!» sagte Marshall Trueblood. «Ich hoffe, wir sind eingeladen.»

«Natürlich. Immer.»

«Du willst mich doch bloß veräppeln», sagte Agatha und stampfte mit ihrem Stock auf, um Scroggs von seiner Zeitung loszueisen. «So was gibt es doch gar nicht.»

«Aber gewiß doch. In Wirklichkeit ist das Rinderleber. Und zum Nachtisch könnt ihr Himbeerquark mit Soße haben. Oder wären euch arme Ritter lieber? Martha hat ein Händchen für arme Ritter.» Melrose gähnte und beobachtete den Jack Russell durch das bleigefaßte Fenster, auf dem in bernsteinfarbenen Buchstaben *Hardy's Crown* stand. Der Hund beschnupperte die Füße einer Frau mit braunem Hut, die auf dem Bürgersteig stand und forschend in Truebloods Schaufenster spähte. Melrose kam sie irgendwie bekannt vor.

«Da ist sie!» schrie Agatha und reckte den Hals, um durch die bleigefaßte Scheibe zu starren.

«ICH WOLLTE NICHT EINFACH SO reinplatzen», sagte die junge Frau mit dem braunen Hut.

Das war, dachte sich Melrose und betrachtete das verträumte, linkische Mädchen, genau die Art von Bemerkung, wie man sie sich von Lucinda St. Clair erwartete. Sie gehörte zu den Frauen, die man auch mit Ende Zwanzig oder Anfang Dreißig noch als «Mädchen» bezeichnete.

«Sie platzen nicht herein!» meinte Vivian und sagte damit zum erstenmal, seit sie gekommen war, etwas Intelligentes.

Für Melrose hatte Vivian Rivington stets in fast idealer Ausgewogenheit Schönheit, Anmut und Freundlichkeit verkörpert. Ob sie wie jetzt den alten Wollrock und das Twinset trug oder sich in Schale warf, die Trueblood als «die italienische Periode» bezeichnete, sie schien nie zu wissen, was sie mit sich anfangen sollte oder ob ihr die eine oder doch eher die andere Rolle besser zu Gesicht stand. Daher war es keineswegs überraschend, wenn sie jetzt Lucinda St. Clair taxierte und sich wahrscheinlich dachte, daß sie es hier mit einer Frau zu tun hatte, die noch schlechter beieinander war als sie selber, da diese ein noch tristeres Twinset trug.

«Vielen, vielen Dank», sagte Lucinda mit einem dankbaren Blick, der wohl nicht nur der simplen Geste Truebloods, der ihr einen Stuhl zurechtrückte, galt. Er kannte Sybil St. Clair, ihre Mutter, die gelegentlich etwas bei ihm kaufte. Und das machte es noch schlimmer für Agatha – daß sogar Trueblood die Besucherin auf Umwegen kannte und sie selber keinen Schimmer hatte.

Lucindas Augen waren groß und kastanienbraun. Als sie den stechenden, schwarzen Augen Agathas begegneten, wandte Lucinda rasch den Blick ab. Agatha hatte Lucinda St. Clair nach Anzeichen von Heiratsfähigkeit abgesucht, auf die, wie Agatha zu glauben schien, solche Damen stets mit grellen Neonpfeilen hinwiesen. Dann kniff Agatha die Augen zusammen und wollte erfahren, ob sie sich schon einmal begegnet seien.

Melrose seufzte und hoffte, daß sich keine der beiden daran erinnerte. Sie waren sich in der Tat einmal, wenn auch nur sehr flüchtig, begegnet, und zwar auf einer jener gräßlichen Parties bei Lady Jane Hay-Hurt. Aber er glaubte nicht, daß Agatha das noch präsent war, denn sie hatte sich eifrig mit Lady Jane unterhalten, von der absolut keine Gefahr ausging, sich der Linie der Ardry-Plants anzuschließen und sich das Erbe unter den Nagel zu reißen. Lady Jane war buchstäblich hoch-näsig, wodurch sie einem Pekinesen ähnelte, und Agatha spielte ihr gerne Melrose zu, da ihr klar war, daß das Ardry-Plant-Vermögen dadurch nicht in Gefahr geriet. Doch in Lucinda witterte Agatha die Möglichkeit einer nachteiligen Verbindung. Sie war als eine durchaus geeignete Anwärterin in Agathas Gesichtsfeld getreten und hatte die Frechheit besessen, sich nicht sofort wieder daraus zu entfernen. Sie war jung und nett und lediglich unscheinbar. Melrose hoffte, daß niemand und nichts dem Gedächtnis seiner Tante auf die Sprünge half, denn dann würde sie sich erinnern, daß sie Lucindas Mutter Sybil begegnet war, mit der sie sich auf Lady Janes Sofa so köstlich amüsiert hatte, als sie gemeinsam über Törtchen und Leute herfielen.

«Nein, seid ihr nicht», sagte Melrose und setzte damit der Spekulation ein Ende. «Miss St. Clair hat ein wenig Ähnlichkeit mit Amelia Sheerswater.» Der Name war völlig aus der Luft gegriffen. Aber Agatha würde jetzt über diesen neuen Zuwachs in den Reihen von Melroses Frauen nachgrübeln. «Wir trinken gerade was. Was hätten Sie denn gerne?»

Lucinda St. Clair strich sich das braune Haar aus dem Gesicht und schien wegen der Getränkewahl eingehend mit sich zu Rate zu gehen.

«Wie wär's mit einem Sherry?» schlug Vivian hilfsbereit vor. «Der Tio Pepe ist sehr gut.»

Als wäre Tio Pepe ein so seltenes, raffiniertes und abwegiges Getränk, daß es von Flasche zu Flasche, Kneipe zu Kneipe anders schmeckte, dachte sich Melrose. Aber sollte Vivian doch einfach sagen, was sie wollte. Lucinda nickte, und Trueblood rief Dick Scroggs die Bestellung zu, ehe er sich wieder zurücklehnte und eine blaue Sobranie in seine Zigarettenspitze steckte.

Alle lächelten Lucinda zu, außer Agatha, die das St. Clair-Gesicht noch immer nach verräterischen Ähnlichkeiten mit dem Sheerswater-Gesicht absuchte.

Als Dick ihren Tio Pepe brachte und mit seinem Geschirrtuch über der Schulter dastand und den Neuankömmling betrachtete, kam es Melrose in den Sinn, daß sich das Mädchen vielleicht inmitten all dieser Blicke unbehaglich fühlen könnte. Tatsächlich sah Lucinda von ihrem Glas zu ihm auf und lächelte schwach, als glaube sie, man erwarte auf dieser zwanglosen vorweihnachtlichen Zusammenkunft eine kleine Vorstellung von ihr, daß sie entweder aufsprang und etwas rezitierte oder eine hübsche Anekdote erzählte. Ihr war schließlich nicht klar, daß sich die anderen schon seit Jahren fast immer das gleiche erzählten und wie erfrischend es für sie schon war, einmal ein neues Gesicht zu sehen.

Melrose sah, wie Lucinda ein wenig tiefer in ihren Sessel glitt, und beschloß, sie zu befreien, ehe der ganze Kreis in Weihnachtsgesänge oder dergleichen ausbrach. Er griff nach seinem und ihrem Glas, lächelte und entschuldigte sie beide. «Eigentlich glaube ich, daß Miss St. Clair nach Long Piddleton gekommen ist, um sich ein wenig mit mir zu unterhalten.»

Als sie an einem Tisch neben dem offenen Kamin saßen, begann sie, sich schon wieder zu entschuldigen, weil sie die kurze Bekanntschaft ausnütze, und erzählte ihm, sie käme gerade aus Northampton zurück, wo sie Stoffe und andere Dinge abgeholt habe. «Für Mutter. Sie richtet jetzt ein Haus in Kensington ein. Sie erinnern sich an meine Mutter?»

Und ob er das tat. Sybil war früher nur Ehefrau und Mutter gewesen, ehe sie sich ganz den künstlerischen Maximen der Schöner-Wohnen-Welt verschrieb. Typisch für sie war auch, daß sie ihre Tochter zu den unangenehmen Arbeiten abkommandierte, sie mit Musterbüchern rumrennen, Vorhänge ausmessen und anpassen ließ. So wie er sich an sie erinnerte, schien sie taillenlose Kleider zu bevorzugen mit nichts als Falten, die ohne Sinn und Ziel in alle möglichen Richtungen schlabberten. Ihr Teint besaß jenen strahlenden Schimmer, den nur Clinique hervorzaubern kann.

Melrose hatte sie auf einer seiner gelegentlichen Reisen nach London wiedergetroffen. Er hatte sich mit Lucinda angefreundet, da er den Kummer einer jungen Frau ohne gesellschaftlichen Schliff und mit dem dünnbeinigen, langnasigen Aussehen eines Kranichs nachfühlen konnte. Sie trug Weiß, was sie lieber nicht hätte tun sollen, da es diese Assoziation nur noch verstärkte. Dennoch gelang es der armen Lucinda, den Wildpark mit ihren großen, feuchten braunen Augen in einen Regenwald zu verwandeln. Sie hatten beide in dem Hotel gewohnt, das er so gerne mochte. Der Tee im Brown's war in ein Abendessen übergegangen, während dessen er ihnen von einem früheren Aufenthalt im selben Hotel erzählte, als gleichzeitig eine amerikanische Reisegruppe dort abgestiegen war. Die Geschichte von den Morden hatte alle fasziniert.

«Ich erinnere mich nur noch daran, daß Sie irgendwas mit der Polizei zu tun zu haben schienen...»

«Nun ja, ich kenne da ein, zwei Leute, sicher. Aber ich bin nicht gerade ein Experte auf dem Gebiet. Weshalb?»

Sie holte tief Luft. «Ich habe da einen Freund, wissen Sie, der sich anscheinend in was reingeritten hat. Ich dachte nur gerade, vielleicht könnten *Sie* das Problem lösen – ach, ich weiß nicht. Es ist furchtbar.»

«Was ist denn passiert? Wer ist dieser Freund?» Er bedauerte seine Frage ein wenig, denn sie wurde rot und blickte weg. Der «Freund» war zweifellos mehr als ein Freund, oder sie erhoffte sich das zumindest.

«Kein spezieller, wirklich nicht», sagte sie und sah überallhin, nur nicht ihm in die Augen. «Ein Freund der Familie. Wir kennen ihn schon seit ewigen Zeiten...» Ihr Flüstern verstummte. «Haben Sie von dieser Frau gelesen, die in Mayfair ermordet wurde? Es stand heute in der Zeitung.»

Von der hatte Scroggs recht anzüglich erzählt. «Sie wollen doch nicht etwa sagen, daß Ihr Freund in diese Sache verwickelt ist? Das ist ja wirklich fürchterlich.»

Sie antwortete heftig und sehr eindringlich: «Ich fürchte sogar, daß sie ihn schon verhaftet haben oder sonst was. Er hat das Mädchen als letzter lebend gesehen. Oder zumindest behaupten sie das.» Sie zog ein Exemplar der gleichen Zeitung, aus der Scroggs ihnen vorgelesen hatte, aus ihrer großen Tasche.

«Scotland Yard, Morddezernat», sagte er, nachdem er den Bericht gelesen hatte. «Ist *das* Ihr Freund? Der, welcher ‹die Polizei bei den Ermittlungen unterstützt›, wie sie schreiben?»

Lucinda St. Clair nickte. «Ich dachte nur, weil Sie in diesen Dingen so erfahren sind...»

«Falls ich diesen Eindruck vermittelt habe, war das nicht meine Absicht.» Sorgfältig faltete er die Zeitung zusammen. Mit Sicherheit war er reichlich unklug gewesen, als er Richard Jury beim letzten Fall geholfen hatte. Wenn er sich daran erinnerte, lief es ihm noch jetzt kalt den Rücken hinunter. «Ich kann da wirklich nichts tun. Der Bürger darf sich einfach nicht in die Arbeit der Polizei einmischen, Lucinda.» Wie viele Male hatte Jurys Vorgesetzter ihm das schon erzählt.

Er erntete einen niedergeschlagenen Blick. «Mir fällt wirklich sonst niemand ein.»

«Er hat doch sicher einen Anwalt...»

Sie nickte und wirkte verstört.

«Ich nehme an, dieser Gentleman ist ein sehr guter Freund.»

Der traurige Blick verstärkte sich nur noch. «Ja.»

Melrose dachte einen Moment lang nach. Es konnte schließlich nichts schaden, wenn er Jury einmal anrief. «Sie müssen aber verstehen, daß ich mich da auf gar keinen Fall einmischen kann...»

«Oh, niemand möchte, daß Sie sich einmischen. Ich dachte mir nur, daß es Ihnen vielleicht gelingt, die Sache von einer anderen Warte aus zu betrachten.» Einen Moment lang verlor sie ihren Regenwaldblick. «Dann kommen Sie also?»

«Sie meinen nach Sussex?»

«Somers Abbas. Wir könnten zusammen hinfahren. Ich habe mein Auto...»

Melrose hob abwehrend die Hand. «Nein. Ich muß wirklich erst einmal darüber nachdenken.»

Lucinda lehnte sich zurück und wirkte noch elender als bei ihrem Eintreten. «Werden Sie mich denn dann anrufen?»

«Natürlich.» Melrose sah hinüber zum Tisch, wo Vivian, Trueblood und seine Tante immer noch saßen und die beiden Frauen so taten, als interessierten sie sich nicht für das, was sich vor dem Kamin abspielte. Agatha spielte ihre Rolle sehr viel schlechter als Vivian. Melrose lächelte dem vertrauten Trio am Erkerfenster zu. Vivian erwiderte sein Lächeln und hob sogar freundlich-drohend den Finger. Vielleicht lag ihre Abneigung, den Kanal zu überqueren, in dem tiefverwurzelten Bedürfnis, die kleine Gesellschaft zusammenzuhalten. Wohlwollend strahlte sie Lucinda an. Er musterte das Mädchen. Schweigend stimmte er Vivian zu, daß Lucinda St. Clair wohl nie eine Party sprengen würde.

M ELROSE SASS AN DIESEM SCHÖNEN Dezembermorgen am Rosenholztisch und hatte neben seinem Teller mit Eiern die *Times* aufgeschlagen. Er trug zwei senkrecht und eins waagrecht ein. Aber er war nur mit einem Teil seiner Gedanken beim Kreuzworträtsel; der Rest konzentrierte sich auf das mit Richard Jury geführte Telefongespräch, bei dem Jury ihm geraten hatte, doch auf jeden Fall nach Somers Abbas zu fahren. Einen Bekannten zu haben, der mit der Familie Winslow bekannt sei, könne außerordentlich hilfreich sein. Und für all die Unterstützung in der Vergangenheit, tja, dafür, fand Jury, verdiene er eigentlich die Ritterwürde. Ein bißchen überflüssig vielleicht, aber dennoch...

«Ich bezweifle, daß Chief Superintendent Racer das mit der Ritterwürde ebenso sieht. Ich bezweifle überhaupt, daß Racer begeistert ist...»

Melrose blickte über den Tisch zu den Terrassentüren hinaus, die man an diesem für die Jahreszeit viel zu warmen Wintertag geöffnet hatte. Die cremefarbenen Vorhänge blähten sich leicht im Wind. Hinter der Tür konnte er ein Stück des serpentinenartigen Pfads erkennen, der sich über das ganze Grundstück hinabwand und den er so gerne entlangspazierte. All der Grund und Boden da draußen – der ausgedehnte Garten, die silberne Eiskruste des Sees, die Eibenhecken und die Weiden – erinnerten ihn an den Spaziergang, den er auf Lady Janes Fest mit Lucinda St. Clair gemacht hatte. Melrose konnte sich dabei vorstellen, wie Sybil St. Clair die ganze Zeit mit der Geduld eines auf einem Ast liegenden Pumas zusah und auf die geringste Bewegung der Beute lauerte. Dieses Mitleid mit Lucinda war zum Verrücktwerden, aber nicht zu ändern. Sie war natürlich begeistert, daß er gekommen war. Und trotz der Einwände ihrer Mutter hatte Melrose auf einem Zimmer im Gasthof bestanden.

Seufzend sah er auf und ließ den Blick über die Wände und die Porträts wandern, die dort in so stattlicher Prozession hingen, als befände sich der ganze Haufen auf dem Weg zur Westminster Abbey. Viscount Nitherwold, Ross and Cromarty, Marquess of Ayreshire and Blythedale, Earl of Caverness... man konnte sie kaum aufzählen, ohne zwischendurch mal eine Pause zu machen und einen harten Drink zu nehmen. Schließlich verweilte sein Blick auf dem Porträt seiner Mutter, einer der schönsten Frauen, die er je gesehen hatte, und auf der die Adelskrone zuletzt entsetzlich schwer gelastet haben mußte. Gedämpftes Sonnenlicht fiel in tanzenden Pailletten auf ihr blaßgoldenes Haar, und aus jedem ihrer Gesichtszüge blitzte der Humor.

Er lächelte. Seine Mutter, wenn nicht sogar die Königin, wären bestimmt begeistert gewesen...

«Noch einen Kaffee, M'Lord?» fragte Ruthven, für Plant das Muster eines Kammerdieners, der praktisch schon so lange in der Familie war wie die Porträts an den Wänden. Er hielt die Silberkanne hoch.

Melrose schüttelte den Kopf und legte seinen Schreibstift hin. «Nein danke, Ruthven. Ich sollte mich lieber beeilen.» Er steckte seine Goldrandbrille ein und schob den Stuhl zurück.

«Werden Sie den Flying Spur oder den anderen Rolls benötigen, Sir?»

Melrose blickte erneut auf das Porträt Lady Marjories. Lächelte sie? «Wissen Sie, Ruthven, ich finde, daß jeder, der eine solche Frage stellt, erschossen werden sollte.»

7

BEI DER LETZTEN BEGEGNUNG JURYS mit Brian Macalvie hatte Brian Macalvie eine dieser Musikboxen eingetreten. Heute ließ er sie wenigstens nur spielen. Für einen Mann, der wie Birnam Wood dazu neigte, Verdächtige anzubrüllen und seine Männer zu verschleißen, zeigte der Divisional Commander eine bemerkenswerte Vorliebe für alte Songs und sanfte Stimmen. Es war wohl ein von Macalvie ausgewähltes Stück, das jetzt den Running Footman mit seiner geflüsterten *tristesse* erfüllte.

Während er sprach, hob er kaum einmal den Blick von der Liste der Songs. «Hi, Jury. Hat ja ganz schön gedauert.» Macalvie steckte eine weitere Zehnpencemünze in die Jukebox und versetzte ihr einen Schlag in die Seite, als sie nicht gleich reagierte.

Jury hätte den ganzen Weg vom Präsidium herlaufen können wie der Kurier auf dem riesigen Gemälde, das dem Pub seinen Namen gegeben hatte. Wie schnell er auch immer wäre, nie wäre er schnell genug. Die Zeit tanzte auf eigentümliche Weise um Macalvie herum. Er griff den Faden stets dort wieder auf, wo er ihn hatte fallenlassen. Ob vor zwei Jahren oder zehn Minuten machte keinen Unterschied. Genauso wie der Mord vom letzten Jahr für Macalvie immer noch aktuell war. Er gab niemals auf.

Jury lächelte. «Die Welt bewegt sich in drei Zeitläuften, Macalvie: der göttlichen, Ihrer und der Greenwicher Zeit.»

Macalvie machte wohl gerade einen kurzen Zeitvergleich; denn er sah prüfend auf seine Armbanduhr und schüttelte sie, ehe er nickte. «Ja. Trinken Sie doch ein Bier. Aber nehmen Sie sich vor dem Gopher in acht; bei dem fallen sogar 'nem Brontosaurier die Schuppen ab.» Er nahm sein Glas von der Musikbox und ging zu einem der Tische unter dem Gemälde.

Als Jury mit seinem halben Liter zurückkam, stand Macalvie mit dem Glas an den Lippen da und betrachtete das Bild. «Genau das sind wir, Jury, Boten. Ob gute Nachrichten oder schlechte Nachrichten – die Leute beschweren sich immer, egal was wir bringen.» Er setzte sich hin. «Wo ist Wiggins?»

Für einen Divisional Commander, der seine eigene Einmann-Truppe bildete, weil er bei den geringsten Anzeichen von Bummelei oder Drückebergerei ausrastete, überraschte es, daß er mit Wiggins so gut auskam. So gut Wiggins auch war, er konnte ziemlich langsam sein. Und Krankheit beeindruckte Macalvie nicht mehr als eine Fliege einen Geparden.

Macalvie holte eine Zigarre hervor. Das Zellophan blitzte wie seine Augen. Er war wie eine Feuersbrunst auf zwei Beinen, festverwurzelt in seiner schottisch-irischen Herkunft, der durch seine ausgeprägte Vorliebe für amerikanische Polizeifilme noch die Krone aufgesetzt wurde.

«Warum sind Sie eigentlich noch nicht Chief Constable, Macalvie?»

«Fragen Sie nicht mich», sagte er ohne eine Spur von Ironie. «Ich wäre früher hier gewesen, aber dieser Zug, der von Dorchester abgeht, hält an jedem Hühnerstall.»

«Sie sind ohnehin schnell gekommen, wenn man bedenkt, daß wir das Mädchen erst heute früh gefunden haben. Sie sehen da vermutlich eine Verbindung...»

«Natürlich. Sheila Broome, die auf einem Straßenabschnitt außerhalb von Taunton gefunden wurde. Zehn Monate hab ich drauf gewartet, daß er seinen zweiten Schuh verliert.»

«Waren Sie sich dessen so sicher? Und Ivy Childess ist der Schuh?»

Macalvie schoß einen Blick zu ihm hinüber. «Ja.»

«Ich will Ihre Theorie ja nicht anzweifeln, Macalvie...»

Als wenn Sie das könnten, sagte sein Blick.

«... aber Mörder sind nicht unbedingt Serientäter, und jeden Tag werden Frauen überfallen. Ich glaube nicht besonders an solche verblüffenden Übereinstimmungen.»

«Also, ich bitte Sie. Sie glauben doch genausowenig daran wie ich, daß das ein Raubüberfall werden sollte.»

Das stimmte allerdings. «Ich bin bloß konservativer, Macalvie.»

«Kein Wunder, daß Sie Superintendent geworden sind, Jury.»

Jury ging über die Bemerkung hinweg. «Also, erzählen Sie mir von dieser Sheila Broome.»

«Sie zog am Abend des 29. Februar los, um nach Bristol zu fahren. Sagt ihre Mum, nur daß sie Mum erzählt hat, sie hätte eine Mitfahrgelegenheit. Nach Bristol, wohlgemerkt.

Da keiner ihrer Freunde etwas von der Reise wußte und niemand aus der Gegend sie mitgenommen hat, nehmen wir an, daß sie sich an die Straße stellte und per Anhalter fuhr. Sie war nicht zimperlich und hatte nichts Ungewöhnliches an sich. Schnupfte Koks und ging durch die Betten, wie ihre Freunde erzählten. Alter sechsundzwanzig, also kaum mehr ein Schulmädchen, nie verheiratet. Hübsch auf so 'ne trotzige Art, nicht gerade liebenswert, in der Schule nicht besonders und mit sechzehn abgegangen, also auch nicht ehrgeizig. Sie hat in einem Pub im neuen Teil von Exeter gearbeitet und dem Wirt nichts davon gesagt, daß sie abhauen wollte. Ein bißchen erinnert sie mich an eine alte Zeitung: Der Wind hätte sie bis nach Bristol wehen können, und keiner hätte es bemerkt.»

«Und was an diesem Mord veranlaßt Sie zu der Annahme, daß da mehr dahinterstecken könnte und Sheila Broome nicht einfach nur zur falschen Zeit am falschen Ort war?»

«Weil sie weder ausgeraubt noch vergewaltigt wurde. Und sie sind ausgestiegen, beide, und haben im Wald Marihuana geraucht. Wenn Sie so rumgondeln und sich die Anhalterinnen ausgucken würden, was würden Sie bei denen suchen? Sex oder Geld oder beides. Aber bei Sheila war es weder noch. Ich glaube, daß es jemand war, der sie kannte. Könnte ein Mann, könnte aber auch eine Frau gewesen sein. Ich glaube, es war jemand, der sie *gesucht* hat...»

«Eine aussichtsreiche Methode, an sein Opfer zu kommen – einfach warten, bis es den Daumen rausstreckt.»

«Wenn man's nicht eilig hat, ist das eine großartige Methode. Beide von ihrer gewohnten Umgebung entfernt.»

«Aber der Schal. Der sieht nicht nach vorsätzlicher Planung aus, Macalvie. Er hat einfach das benutzt, was sich gerade anbot.»

Macalvie stand auf und nahm die beiden Gläser. «Oh, ich vermute, er hatte noch was anderes dabei, einen Strumpf oder einen Revolver.» Er verschwand, um die Gläser wieder füllen zu lassen und, während er wartete, die Jukebox in Gang zu setzen.

Der Running Footman war nicht voll: einige Paare, ein halbes Dutzend Singles, die nett aussahen, als ob sie einer Fliege nicht mal für Geld etwas antun würden. Jury nahm an, daß man das sowieso nicht tat, wenn man in Mayfair wohnte.

Macalvie kam zum Tisch zurück, wo sie einen Augenblick lang nur dasaßen, tranken und der honigsüßen Stimme von Elvis Presley lauschten. Elvis war Macalvies Lieblingssänger.

«Wie ich schon sagte, sie wurde nicht ausgeraubt. Sie hatte ungefähr siebzig Pfund im Rucksack und noch mal zehn oder elf in ihrer Jacke. In ihrem Gepäck war auch eine goldene Uhr mit kaputtem Armband, und an den Fingern hatte sie zwei Ringe.»

«Was ist mit den Autos und den Fahrern? Hat man einen von denen gefunden?»

«Da war ein Lastwagenfahrer. Den hab ich bloß durch eine Kellnerin vom Little Chef gefunden, die sich an Sheila Broomes Gesicht zu erinnern glaubte, das heißt, nicht so sehr an das Gesicht als vielmehr an die Weste, die sie anhatte und die der Kellnerin gefiel, weshalb sie gefragt hatte, wo sie die her habe. In Stahlblau. Und sie erinnerte sich auch noch an den Sattelschlepper, weil er so groß war, daß er fast die Hälfte des Parkplatzes einnahm. Ein Glück für den Fahrer, daß die Kellnerin Mary die beiden beim

Weggehen beobachtet hat. Sie sagte, daß er wohl mit Sheila losgefahren sein muß, aber als sie wieder zum Fenster hinausguckte, sei Sheila aus dem Führerhaus gestiegen. Durch den Nebel konnte sie kaum etwas sehen. Aber sie erkannte diese neonblaue Weste. Und dann versuchte Sheila vor der Tankstelle neben dem Café, von einem anderen Wagen mitgenommen zu werden.»

«Und hat sie sonst noch was gesehen? Hat einer angehalten?»

Macalvie schüttelte den Kopf. «Als sie wieder hinaussah, war Sheila nicht mehr da. Erzählen Sie mir jetzt was von Ivy.»

Jury berichtete Macalvie das wenige, das er wußte. Er nickte in Richtung der Seitenstraße und sagte: «Sie haben es sich wohl schon angesehen.»

«Natürlich.»

«Man hat sie zwei oder drei Stunden später gefunden.»

«‹Stunden›? Sie müßte ich in meiner Truppe haben.»

«Vielen Dank.»

«Keine Ursache. Ich bin ein Denkmal der Geduld, Jury. Erzählen Sie weiter.» Ehe seine Geduld jedoch auf die Probe gestellt werden konnte, wandte sich Macalvie an den Nebentisch und sagte zu den Gästen, sie sollten den Tisch festhalten. Sie starrten ihn nur erstaunt an.

«Prinzessin auf der Erbse trifft es wohl besser. Auf wie vielen Matratzen schlafen Sie eigentlich, Macalvie? Als ihr Freund sie zum letztenmal sah, stand sie da drüben im Eingang» – Jury nickte zur Tür hinüber – «und kochte innerlich.» Jury erzählte ihm von seiner Unterhaltung mit David Marr.

«Der Taxifahrer hat gesagt, sie hätte ihm gewinkt und sich's dann anders überlegt?»

Jury nickte.

«Taxifahrer sind blind. Man muß nur mal versuchen, ein Taxi anzuhalten, um das zu wissen.»

«Nehmen wir mal an, der hier nicht», sagte Jury trocken. «Ist trotzdem kein tolles Alibi.»

«Wie wahr. Macht also schon zwei.»

«Aber Überfälle passieren doch jeden Tag, ein Mord hier und ein Mord in Devon...»

«Aber ich bitte Sie. Das hatten wir doch schon. Keine Vergewaltigung, kein Raub.»

«Das sind unsere Unbekannten, Macalvie. Das einzig bekannte Detail ist die Art, wie beide erdrosselt wurden.»

«Was wollen Sie denn mehr? Einen Stiefelabdruck auf ihrer Stirn? Es ist so, wie ich gesagt habe.»

Wie er gesagt hat, dachte Jury. Der Fall ist offen. Die theoretischen Erwägungen sind abgeschlossen.

Zweiter Teil

Tagträume

8

Sie verbrachte den Morgen und auch einen Teil des Nachmittags in den Läden, nicht um etwas zu kaufen, sondern um sich umzusehen, und nach einer Weile sah sie kaum noch, was sie sich da ansah. In einem Antiquitätengeschäft in den Lanes nahm sie eine Miniaturdose in die Hand, die mit mehreren anderen auf einem schwarzen Walnußtisch stand, hob den mit einem Herzen bemalten Deckel und las die Inschrift auf der Innenseite: *In ewiger Liebe*. Kate haßte diese kleinen Porzellandöschen, die zu nichts dienten und nur als nutzlose Staubfänger auf Frisierkommoden und Sekretären herumstanden. Ihre Mutter hatte Dosen mit schleifen-, blumen- und herzenverzierten Deckeln mit jener unbestimmten, um nicht zu sagen hysterischen Begeisterung gesammelt, die sie bei fast allem, was sie tat, zur Schau trug.

Daher war Kate selber überrascht, als sie, während sie in einem anderen Teil des Ladens alte Bücher betrachtete, plötzlich merkte, daß sie noch immer das Döschen in der Hand hielt. Offensichtlich hatte sie es schon so lange mit sich herumgetragen, daß sie den strengen Blick des Ladenbesitzers auf sich zog. Er war wieder im Durchgang zum dahinterliegenden Raum erschienen, hielt die Hände hinter dem Rücken verschränkt und starrte sie an wie der Wächter eines Burgverlieses. Er glaubte wohl, daß sie es stehlen wolle, dachte Kate und war darüber so verlegen, daß sie sie umdrehte, um nach den Preis zu sehen. Zwanzig Pfund. Es war nicht einmal ein besonders schönes Exemplar: Das Herz war zerkratzt, die Vergoldung am ovalen Deckel abgeblättert. Tatsächlich war es vielleicht nicht einmal ein Original, doch unter dem kritischen Blick des Eigentümers fühlte sie sich gezwungen zu sagen, sie wolle sie haben. Selbstverständlich veränderte sich sein Verhalten sofort. Er hörte auf, sie zu fixieren, und seine Stimme klang nun so watteweich wie das kleine Viereck, das in einer übergroßen Schachtel lag und als Polster diente.

Sobald sie wieder draußen auf dem Gehsteig stand, fiel ihr schnell eine Erklärung ein. Wieder so eine kleine Gabe zur Besänftigung der Götter. Was für ein Gewissen sie bloß haben mußte, dachte sie, als sie vor dem Laden mit den teilweise herabgelassenen Rolläden stand. Falls sie jemals versucht hätte, sich kriminell zu betätigen, hätte ihr Gewissen sie sofort überführt. Wie hatten ihre Eltern, beides oberflächliche, kraftlose Stümper, nur so etwas hervorbringen können? Für dieses kitschige Erinnerungsstück in ihrer Hand war erheblich mehr Kunstfertigkeit aufgewandt worden. Sie lächelte grimmig, schlug den breiten Kragen ihres Lammfellmantels hoch und bog in die schmale Straße Richtung Meer ein. Ihr Gewissen erinnerte sie an einen mittelalterlichen Kelch, wie sie ihn einmal im Victoria and Albert Museum gesehen hatte. Eine reichverzierte und angeblich herrliche (Kate fand, vulgäre) liturgische Ikone mit Ziselierungen aus getriebenem Gold, über und über mit Edelsteinen besetzt. Ihr Gewissen, dachte sie wehmütig, war genauso unpraktisch und auffällig wie ihre Schwester Dolly.

Kate schob sich durch den engen Durchgang zwischen einem Ford Granada mit aufgeklappter Kühlerhaube und dem eintönigen Schaufenster einer Boutique. Der Schnee hatte sich inzwischen in Matsch verwandelt, und die Einkaufenden waren immer träger geworden. Keines der Gesichter, die ihr begegneten, schien an den zu erledigenden Gängen oder an der glitzernden Umgebung Freude zu finden. Es war sowieso nur ein alter Glanz, kein neuer. Der Royal Pavilion war von einem Gerüst umgeben, und eine riesige blaue Reklametafel verbarg während der Renovierung die Vorderseite. Wie viele Hunderte von Pfund flossen wohl in die Instandhaltung dieser unpraktischen und protzigen Minarette und Türmchen? Kate dachte wieder an Dolly.

Niemand hatte sie gezwungen, all die Jahre ihren Vater zu pflegen. Also sollte sie es ihrer Schwester auch nicht übelnehmen, daß sie so gut davongekommen war. Eine Wohnung in London, eine lange Liste von Liebhabern und ein beneidenswertes Aussehen waren die Belohnung für Dollys Maßlosigkeit – ganz zu schweigen vom Geld. Kate empfand keinerlei Bitterkeit, wenn sie an ihre Schwester dachte. Dolly hatte in keiner Weise versucht, den alten Mann zu überreden, ihr den Löwenanteil des Erbes zu hinterlassen. Schon seit langem war klar gewesen, daß er *das* Kind bevorzugen würde, das ihm – wenn es auch kein Sohn geworden war – am meisten ähnelte.

Kate hatte die fortschreitende Krankheit ihres Vaters über die Jahre verfolgt und bemerkt, wie sie sich langsam durch Gewebe und Knochen voranfraß. Dennoch war geselliges Beisammensein bis zuletzt seine eigentliche Begabung gewesen. Er trank Champagner zum Frühstück und Glenfiddich zum Tee. Krankheit und Ausschweifungen hatten einen hohlwangigen, abgezehrten Mann aus ihm gemacht, der zwanzig Jahre älter aussah, als er war, und dessen Verstand sich am Ende trübte. Er habe «Visionen», sagte er. Die Visionen waren gewöhnlich wenig schmeichelhaft für seine ältere Tochter, und zweifellos wurden sie durch den Glenfiddich gefördert.

Was Kate überrascht hatte und was sie jetzt überwältigte, war die Gewißheit, daß alles sinnlos gewesen war. Und wenn sie die Jahre ihrer Knechtschaft als eine Art Opfer gesehen hatte, so mußte sie jetzt der Tatsache ins Auge blicken, daß es nie irgendwelche zu besänftigenden Götter gegeben hatte. Der Strand von Brighton in der Winterdämmerung und die harte, dunkle Meeresoberfläche waren nicht der Ort, der ihre entsetzliche Enttäuschung über das sich nicht einstellende Gefühl der Freiheit mildern konnte. Damit hatte sie nämlich fest gerechnet, mit diesem Gefühl der Freiheit und Ungebundenheit. Jetzt konnte sie doch überall hingehen und leben, wie es ihr gefiel. Vor dem Tod ihres Vaters hatte sie sich alle möglichen Pläne zurechtgelegt, die sie in die Tat umsetzen wollte, sobald er gestorben war. Und jetzt sah sie den Plänen und Träumen zu, wie diese unschlüssig am Rande des Meeres verweilten, als versuchten sie, auf dem Kies Halt und Sinn zu finden, wie sie sich brachen und wieder zurückwichen und sich wieder brachen. Die romantischen Phantasien wiederholten sich wie die endlos sich brechenden Wellen und waren ebenso gleichgültig und kalt. Ein dichter Nebelschleier überzog den Palace Pier und verbarg die abblätternde weiße Farbe und den Rost. Mit den Jahren war er immer düsterer und staubiger geworden, genau wie der Pavillon. Den abseits gelegenen West Pier hatte man für Besucher gesperrt. Er mußte dringend renoviert werden. In der Ferne, wie ein Schemen auf dem Wasser schwebend, wirkte er so zart und zerbrechlich, als sei er aus Streichhölzern.

Kate stieg die Stufen zur langen Strandpromenade hinunter, vorbei an den Arkaden unterhalb der King's Road, wo die meisten Amüsierbetriebe inzwischen geschlossen hatten. Sie nickte einem jungen Mann zu, der die Fassade des Penny Palace anstrich und leuchtendmarineblaue Säulen auf seine Vorderfront pinselte. Mit seinen alten Spielautomaten, die so viele Erinnerungen ans viktorianische Brighton wachriefen, gehörte er zu Kates Lieblingsplätzen. Als ihre Schwester noch klein war, war sie gern mit ihrem Vater am Meer entlangspaziert, vorbei an den Arkaden, und hatte ein Eis oder eine Stange Brighton Rock gelutscht. Doch weshalb ihre Schwester, die nur noch selten nach Brighton kam, jetzt hier auftauchte, war Kate ein Rätsel. Einfach spontan, hatte Dolly gesagt.

Kate ging weiter bis zur nächsten Treppe, die wieder nach oben führte, ließ die Einkaufstasche mit den Koteletts und dem verpackten Döschen am Handgelenk baumeln und vergrub die Hände tief in den Manteltaschen. Sie spürte eine ausgefranste Naht. Immer wenn Dolly aus London kam, fielen Kate solche Dinge wie etwa ihr sieben Jahre alter Mantel oder ein unmodernes Kleid erst so richtig auf. Dolly brachte zwar keine richtigen Koffer mit, aber die vielen Taschen, die sie bei ihren Kurzbesuchen dabei hatte, waren prall gefüllt mit Kleidern, die dann nur im Schrank rumhingen, weil es für türkise Seide oder einen Fuchskragen keinen entsprechend festlichen Anlaß gab. Kate fragte sich manchmal, ob Dolly einfach in jener Zeit, als sie sich noch verkleideten oder Blindekuh spielten, stehengeblieben war.

Warum war Dolly nur gekommen? Steckte ein Mann dahinter? Dolly hatte trotz ihrer Schönheit nie Glück mit Männern gehabt. Das heißt, vielleicht gerade deswegen.

Vielleicht war sie zu schön. Vielleicht lag es am Altersunterschied, daß sie beide sich nie sehr nahe gekommen waren, und Kate vermutete, daß sie das kleine Schwesterchen, das Dolly ja einmal gewesen war, wohl beneidet hatte. Beneidet haben mußte. Doch Kate konnte sich nicht so recht erinnern, obwohl sie bei Dollys Geburt doch schon zwölf war. Eine sehr unbeholfene Zwölfjährige, die an die Stelle einer linkischen Achtjährigen, einer unsicheren Fünfjährigen mit eckigem Kinn getreten war. Auf den Fotos empfand Kate sich immer als unschlüssig wie eine, die bei den Ereignissen, die zu diesen Fotos geführt hatten, außen vor geblieben war und sich zufällig in den vor dem schwarzen Vorhang posierenden Familienkreis verirrt hatte. Dolly aber stand stets im Mittelpunkt und trug immer etwas Weiches mit Biesen aus Organdy und Unmengen von Bändern.

Dolly verbrachte ihre Besuche ständig damit, ganze Aussteuern von Negligés und Samtmorgenröcken durch die dunklen, hohen Räume des Hauses am Madeira Drive zu schleifen, und blieb manchmal auch lang genug in einem Sessel sitzen, um eine Zeitschrift durchzublättern. Nie jedoch ohne Zigarette und eine Tasse Tee. Dolly ähnelte ihrer Mutter so stark, daß Kate ein- oder zweimal Panik in sich aufkommen fühlte, als sie ihr im düsteren Flur oder im dunklen Treppenhaus begegnete. Kein Wunder, daß ihr Vater sie so abgöttisch liebte, sich überzogene Vorstellungen von Dollys Karriere machte und Phantasien von ihrem Leben nachhing, die im großen und ganzen denen ähnelten, die er selbst einmal gehegt hatte. Und diese Phantasien nährte Dolly schon deshalb, weil allein die Erzählungen ihrem Ego Auftrieb gaben.

Aus beruflichen Gründen habe sie ihren Namen in

«Sands» geändert, erzählte sie. Er sei leichter zu merken und wirke einfach umkomplizierter, wenn er nach den Nachrichten über den Bildschirm flimmere. Dolly hatte es zu etwas gebracht, sogar sehr weit. Sie hatte eine ziemlich langweilige Sache populär gemacht.

Kate nahm die Einkaufstasche in die andere Hand und empfand sie als unangenehm schwer. Der Speck und die Koteletts waren von erstklassiger Qualität und wahrscheinlich wieder nur halb so teuer wie der Preis, den sie für das Zimmer bekommen würde. Dolly hatte sich fürchterlich aufgeregt, als sie erfuhr, daß Kate das alte und düstere, aber immer noch elegante Haus in eine Pension verwandeln wollte. Sie brauchten das Geld nicht, hatte sie geschimpft, und Untermieter aufzunehmen sei doch furchtbar kleinbürgerlich.

Ruhe und Zurückgezogenheit. Kate hatte ihre Schwester früher immer nur über zuviel Zurückgezogenheit klagen hören – nicht einmal ein Hausmädchen hatten sie, um Dolly morgens die erste Tasse Tee ans Bett zu bringen. Da Dolly nie vor neun Uhr aufstand, hätte Kate gar nicht gewußt, was sie sonst den ganzen Morgen hätte machen sollen.

Kate ging zum Zeitungskiosk auf der Promenade, bei dem sie Stammkundin war, und kaufte sich eine *Times* und einmal Brighton Rock. Sie hatte diese Süßigkeit schon als Kind geliebt, noch ehe sie überhaupt hierherzogen und hier (wie ihr Vater es gerne ausdrückte) die Sommersaison verbrachten – als wäre es zur Zeit König Edwards mit Sonnenschirmen und Tee im Royal Pavilion gewesen.

Sie ging Richtung Madeira Drive. Unaufhörlich schob sie den Bonbon im Mund herum, und seine klebrige Süße war wie ein Nachgeschmack der Kindheit.

Dolly saß am Küchentisch, rauchte, trank Tee und las ab und an eine Kostprobe aus der Besprechung eines neuen amerikanischen Films, während Kate Kartoffeln und Steckrüben in Stücke schnitt. Einem Außenstehenden wären sie vielleicht als der Inbegriff von behaglicher Geselligkeit, ja Vertrautheit erschienen. Kate wußte, daß weder das eine noch das andere zutraf. Und um ein Haar hätte sie das auch verraten, als sie Dolly fragte, warum sie sich denn jetzt, wo der Vater tot sei, noch herbemühe. Die Antwort klang ziemlich abgedroschen. Sie habe Kate während der Feiertage nicht «allein lassen» wollen. Lauter nichtssagende Dialoge aus einer von Dollys Sendungen.

Das Kinn in den Handteller geschmiegt, sagte Dolly: «Ich weiß nicht, wie du das aushältst, Kate. Du solltest einfach alles verkaufen und nach London ziehen und dir dort eine Wohnung anschaffen.»

«Und was soll ich da?» Ratschläge von Leuten, die keine Ahnung hatten, ärgerten Kate. Dolly war immer so, tat gerade so, als hätte eine Veränderung des Lebensstils keine schwerwiegenderen Folgen als das Überreichen eines Formulars am Schalter des Fundbüros.

«Oh, du würdest schon was finden», sagte Dolly vage und ließ den Blick wieder über das Vermischte wandern. «Du bist gebildet und siehst echt gut aus, wenn du dich ein bißchen zurechtmachst.»

Kate drehte die Flamme des Herds hoch und setzte den Topf mit dem Einsatz darauf. Sie lachte kurz auf. «Danke für die Blumen. Aber wenn jemand sagt: ‹Mach dich ein bißchen zurecht›, meint er damit im allgemeinen eine Generalüberholung, so eine Art Frühjahrsputz. Das Gesicht muß natürlich ganz weg. Und die Spuren meiner schulischen Glanztaten müssen entstaubt und entfaltet werden…» Sie wurde langsam wütend. Dollys absolute, durch ein falsches Interesse maskierte Gleichgültigkeit ihr gegenüber machte die Sachlage nur noch deutlicher. «Du hast leider nicht genügend darüber nachgedacht. Es ist schon etwas fies, meine zweifelhaften Begabungen für so etwas völlig Hypothetisches hervorzukehren.» Die Einsamkeit überflutete sie wie eine Welle. Sie hatte das Gefühl, als blicke sie wieder aufs Meer hinaus und sei nicht hier drinnen in der warmen Küche.

Dollys Schweigen angesichts dieses kleinen Ausbruchs veranlaßte Kate, sich nach ihr umzudrehen. Dolly sah genauso angespannt zum Fenster hinaus, wie Kate aufs Meer geblickt hatte.

«Dolly?»

Ihre Schwester drehte sich um. Auf ihrer reinen Haut sah Kate schwach eingeritzte Linien, beunruhigende, feine Linien.

«Was ist denn?»

«Gar nichts.» Dolly schüttelte sich und wandte sich wieder der Zeitung zu. Dann sagte sie: «Die Vorstellung, das Haus zu einer Pension zu machen, gefällt mir einfach nicht. Es ist so…»

«Kleinbürgerlich?» Kate spürte, wie ihr Ärger verflog. Sie drehte sich wieder zum Herd um. «Ich hab dadurch was um die Ohren.»

«Und was weißt du von den Leuten, die du da bei dir aufnimmst?»

«Nicht viel. Aber ich nehme ja nicht viele, weißt du.»

Ihre Schwester drapierte das lindgrüne Nachthemd über die hübschen Beine, und die veränderte Körperhaltung betonte das Spiel des Lichts auf ihren Brüsten. Es geschah unbewußt, dessen war Kate sich sicher. Auch wie sie jetzt das Streichholz an die Spitze der neuen Zigarette führte, wie sie die Wimpern senkte, sich mit der Hand über das blaßgoldene Haar strich. Dann stand sie auf, streckte sich und sagte, sie ginge jetzt nach oben, um zu baden und sich die Haare zu waschen.

Als die Pantoffeln den Korridor entlangschlappten, setzte Kate sich mit ihrem Kaffee hin, griff sich die Zeitung und warf einen Blick hinein. Fortdauer der Rezession, schockierender Anstieg der Vergewaltigungen, ein Fall von Kindesmißbrauch, ein Minister, der eine Kabinettssitzung auffliegen ließ, ein Mord in Mayfair. Immer das gleiche.

9

WIE ES SO KNARRTE und klapperte und bedenklich über der Straße schaukelte, die den Dorfanger umrundete, ließ das Schild des Gasthauses Mortal Man die Dämmerung als etwas Gräßliches erscheinen. Der auf dem zitternden Schild abgebildete Gentleman war durchaus angemessen dargestellt, auch wenn seine leeren Augenhöhlen nicht so sehr die eigene Vergänglichkeit als die des Schildes widerzuspiegeln schienen. Es war eines der alten galgenartigen Schilder, die man schon vor mehr als hundert Jahren wegen der Verkehrsgefährdung verboten hatte. Wahrscheinlich gefährdete jedoch keinerlei Verkehr das schmale Gäßchen, das der Balken mit dem daran schaukelnden Schild überspannte.

Von außen betrachtet sah das Mortal Man mit seinem schwarzweißen Tudor-Fachwerk und dem Reetdach einem englischen Landgasthof recht ähnlich. Drinnen war ein spindeldürrer, auf einer Leiter stehender junger Mann gerade im Begriff, einen dieser Balken zu Kleinholz zu verarbeiten. Als Melrose seinen Blick nach links in die Gaststube und nach rechts zum Ausschank wandern ließ, dachte er, der Gasthof würde entweder gerade abgerissen oder wiederaufgebaut. Teile der Wandverkleidung lehnten an der Theke, ein goldgerahmter Spiegel mit munteren Cupidos benötigte dringend eine neue Versilberung, und ein Buntglasfenster schien erst kürzlich mit Brettern vernagelt worden zu sein.

Auf dem Flur war es entsprechend finster, und der türkische Teppich verlief wie ein Ariadnefaden zur düsteren Treppe hin. Ein Porzellanleopard bewachte wohl den Speiseraum zu seiner Linken. Zu seiner Rechten stand ein halbmondförmiger Tisch mit einem stämmigen Mann dahinter, der sich mit einem unsichtbaren Gegner stritt, und durch den Bogengang zu Melroses Linken kam und ging das Personal des Gasthauses – ein Zimmermädchen mit kessen Locken, das vom Gentleman hinter dem Schalter seinen Lohn verlangte, was dieser mit wüster Rhetorik zurückwies; eine Frau mit Kochtopf; ein Junge mit einem Notizbuch, gefolgt von einer schlammverkrusteten Promenadenmischung; ein dürres Mädchen mit Mop und lässig-schlapper Miene und ebensolchem Gewand.

Der Hund begrüßte den neuen Gast, indem er nach seinem Hosenaufschlag schnappte und sich ums Verrecken nicht abschütteln ließ, bis der Besitzer ihn mit einem Tritt verscheuchte. Nathan Warboys (so hatte er sich vorgestellt) breitete über dem Schalter und unter einem Schild mit der Aufschrift *Rezeption* die Arme aus und wollte Melrose einen herzlichen Empfang bereiten, indem er ihn gleich in ein paar Familiengeheimnisse einweihte.

«Und meine Sally. Ist zum Totlachen, wirklich, wie sie Nacht für Nacht anrückt, aufgetakelt bis zum Gehtnichtmehr. Hab gedacht, die bleibt mir sitzen, ehrlich, aber denkste, macht denselben Blödsinn wie die andere. Momang, Momang. Müssen hier unterschreiben, alles nach Vorschrift, mein Freund.» Worauf er ihm ein Formular zum Ausfüllen vor die Nase klatschte und derart heftig die Glocke betätigte, daß sie von der Theke sprang. Damit rief er den jungen Burschen mitsamt dem Terrier herbei, der in Erwartung seines zweiten Anschlags auf den Knöchel förmlich bebte. Während sie die enge Treppe hinaufstapften, deren Knarren und Ächzen wie ein Echo des Wirtshausschildes draußen klang, stellte sich der Junge als William Warboys vor. Der Hund hieß Osmond. Mitten während dieser quälenden Ersteigung einer bloß für eine Person geeigneten Treppe hatte Osmond sein stählernes Gebiß in die Spitze von Melroses Schuh geschlagen, und kein Schütteln konnte ihn dazu bewegen, ihn wieder loszulassen. Hob man den Schuh, hob man auch Osmond, der sich so hartnäckig daran festklammerte wie ein ohne Netz arbeitender Hochseilartist. Als William mit der Tasche nach dem Hund schlug, glitt sie ihm aus den Händen und klatschte Melrose bei ihrem Sturz in die dunkle Tiefe der Treppe gegen das Schienbein.

Als Melrose unter dem tropfenden Strohdach des Mortal Man zum Fenster hinausblickte, rieb er sich noch immer das Schienbein und fragte sich, ob der Knochen wohl noch ganz sei. Aus seinem Kniegelenk kam wie das Echo des Wirtshausschildes ein unbekanntes, schnarrendes Geräusch.

Er sah, daß weder der monotone Regen aufgehört noch der Nebel sich verzogen hatte. Die Bürgersteige waren verödet, die Dorfwiese auf der anderen Straßenseite leer bis auf ein paar Gänse und Schwäne, die über den Teich glitten und deren weiße Federkleider wie Totenhemden durch den Nebel zogen. Die normannische Kirche in der Mitte des Platzes wirkte verschlossen und abweisend. Er erkannte die schwach beleuchteten Fenster eines Cafés und ein paar Häuschen, die wie das Gasthaus reetgedeckt waren und so nahe beieinander standen, daß es aussah, als habe sie jemand zusammengenäht.

Lucinda St. Clair hatte gesagt, man würde ihn um sieben zu einem Drink abholen. Er war froh, daß es eine Einladung zu einem Drink und nicht zu einer Tasse Tee war, denn die hatte er gerade gehabt. Er hatte zwar keinen Tee bestellt, aber die formlose Sally Warboys brachte ihn trotzdem. Das Steingut hüpfte auf dem in ihren unsicheren Händen schwankenden Tablett, der Tee schwappte aus der Kanne, und die Serviette wurde naß. Auch nachdem Sally das Tablett abgesetzt hatte, tropfte noch Tee aus der Kanne und klirrte noch immer das Porzellan, als zittere es vor Angst, sie könne es wieder hochheben. Melrose hatte das Gefühl, die Warboys würden ihre Energie, die sie in keine Richtung lenken, geschweige denn beherrschen konnten, einfach in die Luft entweichen lassen, wo sie dann von Stühlen, Tischen, Glas und Bestecken aufgesogen wurde. Und jetzt gaben all diese Gegenstände sie in nervösen, kleinen bockigen Sätzen und Zuckungen wieder ab. Wahrscheinlich, dachte er, würde das alles irgendwann zu einem poeschen *dénouement* führen, wo das Mortal Man dann wie das Haus Usher zerbarst und zusammenkrachte und zu Staub zerfiel. Jeder Hammerschlag im Stockwerk unter ihm, jedes Warboyssche Brüllen bestätigte ihm, daß seine Befürchtung etwas für sich hatte.

Sally hart auf den Fersen, näherte sich Mrs. Warboys, eine untersetzte Frau, die sich ruckend und zuckend wie ein Schneebesen bewegte, während sie das Holzscheit in dem kleinen Kamin hin- und herstieß und dabei ein glühendes Aschestück, das sofort aufflammte, auf den verschlissenen Teppich beförderte. Mit vereinten Kräften gelang es ihnen, das Feuer auszustampfen, doch Mrs. Warboys ließ in ihrer Aufregung den Schürhaken auf Melroses Fuß fallen. Sie entschuldigte sich und machte sich sodann mit heftigen Bewegungen daran, eine Toilettengarnitur zurechtzurücken, wobei die beiden Flakons herunterfielen und zu Bruch gingen. Während sie ihm versicherte, daß Bobby das wieder aufräumen würde, zog sie ruckend die Musselinvorhänge zu und riß dabei das Ende der Vorhangstange aus der Verankerung, so daß das Ganze entsetzlich schief hing. Nach getaner Arbeit würde sie Bobby heraufschicken, um alles wieder herzurichten.

Schon näherte sich Bobby mit dem Hammer in der Hand und Entschlossenheit im Blick. Selbstverständlich würde er diese Vorhangstange wieder festhämmern, meinte er, bis Melrose ihn überzeugte, daß er Migräne habe und es ihm sowieso egal sei, wer in sein Fenster gucke. Nachdem Bobby derart an einem hingebungsvollen Hämmern gehindert worden war, schleuderte er Melrose einen finsteren Blick zu und verschwand.

Bobbys Stelle wurde jedoch sofort von William eingenommen, der wie ein Klempner mit Notizblock und Bleistift anrückte, um die Schäden an der Toilette einzuschätzen. Aus dem Badezimmer ertönte etwas, das nach einem Reißen klang, danach ein dumpfer Schlag: William war im Wasser der übergelaufenen Toilette ausgerutscht und in die Badewanne gefallen. Dabei hatte er bei dem Versuch, das Gleichgewicht zu halten, den Duschvorhang mit heruntergerissen.

Melrose fragte sich allmählich, ob ein Aufenthalt im Mortal Man möglicherweise von so kurzer Dauer sei, daß jedes Familienmitglied den Gast zumindest einmal sehen wollte, ehe der das Zeitliche segnete.

Als die Tür hinter William ins Schloß krachte, meinte Melrose, das müßten ja nun schon alle gewesen sein, bis er das Kratzen an der Tür hörte.

Offensichtlich hing sein Wohlbefinden wirklich davon ab, daß er sich verdrückte.

In der Dunkelheit vor dem Fenster der Schankstube war zwar wenig zu sehen, doch Melrose empfand diesen Standort zumindest als sicher; denn wenn er plötzlich umkippte, würde ihn vielleicht ein Passant finden und Hilfe herbeirufen. Der Nebel trieb in Schwaden an den Straßenlaternen vorbei. Er lag wie ein Baldachin über dem Bürgersteig und ließ die hindurchwatende Gestalt, einen hochgewachsenen Mann in Schal und Jagdmütze, seltsam verstümmelt erscheinen. Das Gesicht des Mannes war lang und kummervoll, und die Tränensäcke unter seinen Augen erinnerten Melrose an Osmond. Er schüttelte Melrose die Hand und stellte sich traurig als St. John St. Clair, Lucindas Vater, vor. Vielleicht war es die unvermeidliche Tatsache, immer wieder über diesen Namen stolpern zu müssen, die St. John St. Clair so bedrückt und ernst aussehen ließ.

Sie gingen über die Straße zu dem großen alten Wagen, und sobald sie saßen, begann St. John St. Clair, als sei keine Zeit zu verlieren, Melroses Wissenslücken hinsichtlich Essiggurken zu schließen. Offensichtlich war er ein Essiggurken-Baron und erwies sich als recht bissig in seinen Bemerkungen über die hoffnungslose Existenz einer solchen Hoheit. Kein gutes Jahr für Gewürzgurken, schien der Sinn seiner Rede zu sein. Er erzählte das alles, während er das Getriebe seines Uralt-Morris würgte.

St. Clair wuchtete mit dem Handballen den Gang hinein, der Wagen machte einen Satz nach vorn, und sie schossen auf die Fahrbahn. Eine vereiste Stelle brachte sie ins Schleudern, und Melrose klatschte gegen das Armaturenbrett. St. Clair strangulierte nun beinahe das Lenkrad, um den Morris wieder auf Kurs zu bringen, und alles, ohne bei seinen Gurkengeschichten je aus dem Konzept zu geraten.

Melrose seufzte, murmelte etwas und rieb sich die Schulter. Er fragte sich zwar, ob er Somers Abbas jemals lebend verlassen würde, versuchte jedoch gleichzeitig, Verständnis aufzubringen. Drei unverheiratete Töchter zu haben (wie St. Clair ihm ernst mitgeteilt hatte), die alle unterm gleichen Dach lebten, und überdies seine Zeit und sein Talent den Essiggurken gewidmet zu haben, waren vielleicht nicht gerade die tröstlichsten Gedanken in einer Winternacht.

10

ALS DER MORRIS SCHLITTERND vor dem Steeples zum Stehen kam, hätte Melrose, falls er irgendwelche Anteile an Shrewsbury Pickles and Fine Relishes besessen hätte, sofort seinen Börsenmakler angerufen, so grimmig waren St. John St. Clairs Prognosen für sein Unternehmen ausgefallen. Vielleicht verleiteten ihn die nun bevorstehenden düsteren Monate (der Gastgeber hatte sie so geschildert) zum ständigen Liebäugeln mit der Gefahr im Straßenverkehr.

Dem Zusammenstoß mit einem Lieferwagen, einer auf die Fahrbahn hängenden Weide und einer Steinmauer waren sie nur knapp entronnen. Und eben gerade hatte der Wagen den Schnee von einer Ligusterhecke geschüttelt und beinahe eine Vase mit gefrorenen Stengeln, die am Rand der breiten Freitreppe stand, umgestoßen. Wirklich eine Warboyssche Fahrt, dachte er, als er sich ein Stückchen Buchsbaumholz vom Mantel und einen Zweig von den Schuhen schnippte und St. John St. Clair die große und lebensgefährlich vereiste Treppe hinauf folgte.

Sybil St. Clair erhob sich mit ausgestreckten Armen und – wenn man sich ihr Kleid so betrachtete – mit fliegenden Fahnen, um ihn zu begrüßen. Das Kleid schien zum Großteil aus losen Enden und Tüchern zu bestehen, die aussahen, als würden sie gleich durch das lange Wohnzimmer davonflattern. Melrose sah, daß es ein sehr schöner Raum mit Rosenholzvertäfelung und einer Adam-Decke war. Vielmehr «gewesen war», denn Sybil, die sich etwas auf ihre innenarchitektonischen Fähigkeiten zugute hielt, hatte es völlig im Art-déco-Stil umgestaltet. Es gab einfach viel zuviel blaues Glas und grünen Marmor. Jetzt erinnerte er sich auch, daß sie eine recht umfangreiche Klientel hatte, die ganz versessen darauf war, daß Sybil für sie arbeitete. Er konnte sich allerdings kaum vorstellen, daß jemand, der auch nur ein Fünkchen Geschmack besaß, ihr Kunde würde. Sie brachte es fertig, Räume derart zu verschandeln, daß sie einen an alte Kinosäle erinnerten. Mit ihrem Flatterkleid und der fliegenden Haartracht, die überhaupt nicht zu ihrem rundlichen Gesicht paßte, erinnerte sogar sie selber an einen Filmstar von gestern.

Es blieb ihm nichts anderes übrig, als ihre beringten Hände zu ergreifen und sich den warmen Händedruck gefallen zu lassen, als sei er ein alter und lieber Freund. Mit ihrer flüsternden Art zu sprechen verstand es Sybil St. Clair, auch aus der kürzesten Bekanntschaft eine enge Beziehung zu machen.

Glücklicherweise teilten die St. Clair-Töchter den Hang ihrer Mutter zu Gefühlsergüssen nicht. Lucinda war einfach zu wohlerzogen und schüchtern, und die anderen waren abwechselnd zu hochnäsig oder erhaben. Die mittlere Tochter hieß Divinity und saß blaß und aufrecht auf einem harten Stuhl am Kamin. Die jüngste hieß Pearl und stellte sich auf einem vergoldeten Fauteuil zur Schau. Melrose fragte sich, ob die Mutter wohl einen Preis auf den Kopf der einen und einen Schleier auf den der anderen hatte setzen wollen. Pearl spielte mit einer sehr langen und kostspieligen Haarsträhne, und Divinity bot ihm eine schlaffe Hand und schenkte ihm ein schiefes Lächeln, das wahrscheinlich besagen sollte, daß sich diese kleine Zusammenkunft weit unter der Würde ihres himmlischen Auftrags befand.

Ein Jammer, daß die freundliche und aufrichtige Lucinda das lange Gesicht und die traurigen Augen ihres Vaters geerbt hatte. Und das Kleid schmeichelte ihr auch nicht gerade, möglicherweise aber dem Geschäft ihres Vaters, denn es hatte einen häßlichen Gewürzgurkenton, der durch das Kaminfeuer auf ihr Gesicht zurückgeworfen wurde und seine fahle Blässe noch verstärkte.

Sybil wandte sich an Melrose: «Wir wollten eigentlich unbedingt, daß auch unsere Nachbarn, die Winslows, kommen. Aber sie haben es nicht geschafft. Wir versuchen wirklich alles, um ihnen zu helfen.» Sybil seufzte und nahm sich ein raffiniert dekoriertes Canapé von einem Art-nouveau-Tablett.

Ehe Melrose noch fragen konnte, warum ihre Nachbarin denn Hilfe brauchte, sagte St. John St. Clair: «Es wäre schön, wenn sie etwas näher wohnen würde.» Er überflog mit kritischem Blick die Canapés und wählte schließlich zwei, die er auf seinen kleinen Teller legte. «Oder wenn wir überhaupt Nachbarn in der Nähe hätten. Ich weiß nicht, wozu wir dieses ganze Land eigentlich brauchen.» Er seufzte.

«Mein Gott, Sinjin, du wolltest dich doch hier einkaufen. Du hast doch immer gesagt, daß du Land willst.»

«*Gutes* Land, ja», sagte St. Clair.

«Wie meinst du das? Das Land ist doch völlig in Ordnung.» Sybil schenkte Melrose ein unangenehmes kleines Lachen, als wolle sie ihm versichern, daß ihr Land nicht schlechter als jedes andere sei.

«Wir können im Grunde doch überhaupt nichts anbauen. Peters sagt mir ständig, daß auf diesem Boden nichts wächst.»

«Mach dich nicht lächerlich. Unser Garten ist doch wirklich wunderschön. Marion hat es erst vorgestern gesagt.»

«Der Garten der Winslows ist wunderschön, meine Liebe. Nicht unserer. Und natürlich sagt die arme Marion das, sie ist die Liebenswürdigkeit in Person. Mit ihren Buschrosen könnte sie Preise gewinnen. Bei uns gedeihen doch nur Kletterpflanzen, weil sie dem Mehltau und den Pilzkrankheiten offensichtlich am ehesten widerstehen, die wiederum großartig bei uns gedeihen.» Er sagte dies mit einer Resignation, die langjährige Vertrautheit mit den Wechselfällen von Trockenfäule und Pilzerkrankungen verriet. Dann biß er in sein Gurkensandwich, betrachtete es stirnrunzelnd und legte es kopfschüttelnd wieder auf den Teller zurück.

«Mein Gott! Ihr seid mir zwei», sagte Pearl und rückte sich das kleine Kissen im Kreuz zurecht. «Ich bezweifle, daß Mr. Plant sich für unseren Garten und unser Land interessiert!» Was vernünftiger klang, als er es von Pearl erwartet hätte. Bis sie dann hinzufügte: «Ich bin mir allerdings sicher, daß Mr. Plant auch einen Garten hat.»

«Ich bin auch davon überzeugt, daß er einen hat, einen schöneren», sagte St. John etwas traurig. «Darf ich Ihnen nachschenken, Mr. Plant...?»

«Bitte.»

«...wenn ich auch sehr bezweifle, daß Sie noch mehr Gin mögen. Er ist wirklich nicht gut. Vielleicht ist der Whisky besser. Ein kleines bißchen?» Er hob die Whiskykaraffe.

«Der Gin scheint mir ganz in Ordnung, danke.» St. Clair hob verwundert die Augenbrauen. «Tatsächlich? Na denn...» Ein wenig zweifelnd machte er sich ans Nachschenken, während er weiter über die Gärten hier und anderswo sprach. «Natürlich sind Ihre Gärten in Northants erheblich besser als unsere...»

Melrose lachte. «Also da täuschen Sie sich sehr, Mr. St. Clair. Sussex ist *die* Gartengegend. Immer gewesen.»

Während er Melrose das Glas reichte und sich wieder hinsetzte, sagte er: «Oh, ja, in der Tat. Bestimmte Gegenden von Sussex. Aber hier in Somers Abbas läßt die Nässe alles absaufen, was ihr in den Weg kommt.» Er probierte seinen frischen Drink und runzelte die Stirn.

«Das ist einfach lächerlich, Sinjin. Hören wir doch endlich mit diesem dummen Gartengeschwätz auf...»

«Du lieber Himmel», sagte Divinity, als sei der Ausdruck von dort oben herabgeschwebt.

«Wir wollten wirklich, daß die Winslows heute abend

kommen...» Eine Malzwhiskyflasche musternd, sagte St. John: «Ich verstehe schon, warum die arme Marion nicht unter Leute gehen wollte...»

«Arme Marion?» sagte Lucinda. «Ich finde, daß man eher vom armen David sprechen sollte.»

Sybil beugte sich nach vorn und fragte Melrose nachdrücklich: «Haben Sie gehört, was passiert ist?»

«Also wirklich, Mutter», sagte Divinity. «Wir sollten uns nicht mit diesem dummen Klatsch abgeben.»

Stirnrunzelnd stellte St. John die Flasche wieder an ihren Platz zurück und sagte: «Ich habe gar nichts gegen Klatsch oder Gerüchte, solange an ihnen nichts dran ist und durch das Weitererzählen deshalb auch kein Ruf ramponiert werden kann.» Er seufzte. «Aber dieser Fall macht einen allerdings schon stutzig. David Marr hat ja schon immer Pech gehabt – na ja, haben sie das nicht alle? Die unglücklichste Familie, die ich kenne, glaub ich, sogar unglücklicher als meine eigene. Edward war schließlich unglücklich verheiratet, stimmt's, meine Liebe? Hieß sie nicht Rose? Und hat sie ihn nicht mir nichts, dir nichts sitzenlassen? Doch, ich glaub, so war's. Und dann war da noch das kleine Mädchen, die arme kleine Phoebe, die bei diesem Unfall ums Leben kam. Und nicht zu vergessen Hugh. Hugh ist Marions Mann. Aber wir sehen ihn selten. Hugh lebt ganz allein in diesem Haus in Knightsbridge und kommt eigentlich nie.» St. John saß da, wurde noch ein bißchen trübsinniger und hielt schließlich inne wie einer, der in einer Höhle ein Streichholz nach dem anderen anreißt, nur um dann zusehen zu müssen, wie eins nach dem anderen und schließlich das letzte erlischt.

«Hugh lebt ja nicht direkt alleine», sagte Sybil. «Ich glaube auch nicht, daß Marion ihn wiederhaben will...»

«Ach, dazu sollten wir wirklich nichts sagen, meine Liebe. Wir wissen gar nicht genau, ob Hugh andere Frauen hat. Bestimmt nicht mehr als eine. Und dann gibt es noch den armen David, dem man die Verlobte ermordet hat.»

«Er war nicht mit ihr verlobt, Daddy», sagte Lucinda.

«Woher weißt du das denn?» fragte ihre Mutter.

«Marion hat es mir erzählt. Sie hat sie auf einer Cocktailparty kennengelernt. Im Londoner Haus. David und ein paar andere Leute waren da.»

«Dann war das Mädchen also schon im Haus?»

«Und was ist daran so komisch?» fragte Lucinda zornig. «Er hat sie eben mitgebracht.»

St. John warf einen prüfenden Blick auf den Teller mit den Canapés. «Es ist wirklich schade um die Jungs. Die beiden sollten sich endlich irgendwo häuslich niederlassen. Ich mag diese Fischpaste nicht. Ist jedenfalls nicht die Marke, die wir sonst immer nehmen.»

Pearl hatte ihren Platz verlassen, um sich vor das Feuer zu setzen, wo sie etwas von dem überschüssigen Licht, das von Divinitys Gestalt ausstrahlte, abbekommen konnte. «Edward wollte eigentlich heute abend vorbeikommen. Er wollte mir sein neues Buch bringen.»

«Aber ich habe es doch schon, meine Liebe», sagte ihr Vater. «Ich glaube, es ist im Auto.»

Sie verzog das Gesicht. Wenn schon nicht Edward Winslow das Buch brachte, wollte sie es offensichtlich gar nicht haben. Jetzt hatte sie keinen Vorwand mehr, um zum Haus der Winslows zu laufen und es selber abzuholen. «Ist Mr. Winslow Schriftsteller?»

«Dichter», sagte St. John. «Aber leider verkauft sich Lyrik ja nicht.»

Sybil lachte. «Das ist auch nicht nötig bei all ihrem Geld.

Nun, Mr. Plant, ich bin mir sicher, Sie überlegen es sich noch mal und wohnen hier bei uns.»

Es kam so überraschend, daß Melrose keine Zeit fand, ihr in die Parade zu fahren, ehe sie weitersprach.

«Es gibt einfach keinen Grund, warum Sie im Mortal Man wohnen sollten, wo wir doch ein halbes *Dutzend* wirklich schöner Zimmer haben.»

«Er möchte aber dort wohnen, Mutter», sagte Lucinda. Sie blickte unglücklich zu Melrose hinüber, als ihre Mutter, völlig taub gegenüber jedem Versuch, ihren Plan zu vereiteln, schon fortfuhr: «Ach, Lucinda, mach dich nicht lächerlich. Sie glauben, daß Sie uns Umstände machen. Aber das tun Sie doch gar nicht, und ich weiß wirklich nicht, warum Lucinda nicht darauf bestanden hat, daß Sie hier bei uns wohnen.»

«Mutter, er will nicht.»

«Lucinda, bitte. Ich habe ein Zimmer mit einem wirklich herrlichen Kamin herrichten lassen...»

«Er qualmt», sagte St. Clair und stellte seinen Whisky beiseite.

Melrose wurde schon langsam unruhig, als er sah, daß Sybil St. Clair nach dem Diener läutete. «Der Gasthof ist vorzüglich, Mrs. St. Clair, bitte machen Sie sich...»

«Er qualmt keineswegs, Sinjin. Parkins hat erst diesen Sommer nach ihm gesehen.»

«Parkins ist ein alter Pfuscher, meine Liebe.»

«Mutter...»

«Das Mortal Man ist ein architektonisches Juwel», sagte Melrose rasch, als der Diener Peters durch die Flügeltür trat. «Und wie ich Lucinda schon erzählt habe...»

«Wir können Peters hinschicken, damit er Ihre Sachen abholt. Er kann den Wagen nehmen.»

«Ich habe Lucinda erzählt» – Melrose strangulierte sein Whiskyglas geradezu –, «daß ich ein persönliches Interesse an Gasthöfen habe, und der Mortal Man ist ein bemerkenswertes Beispiel alter Postwirtshäuser…»

«Das glaube ich nicht», sagte St. Clair, der zur Decke hochstarrte. «Ich glaube nicht, daß der Mortal Man ein besonderes Exemplar von irgend etwas sein kann.»

«Es macht uns wirklich überhaupt keine Umstände, Mr. Plant. Und es dauert nur einen Augenblick. Peter…»

Melroses Lobrede auf das englische Wirtshaus würde (so hoffte er) Peters' Abfahrt doch noch vereiteln. «Sehen Sie, ich übernachte immer, wenn ich die Gelegenheit dazu habe, in Gasthöfen. Um die Wahrheit zu sagen, ich arbeite an so einer Art Studie über englische Wirtshäuser. Schließlich hat nur die Kirche eine reichere Geschichte…»

«Oho!» sagte St. Clair und kräuselte die Lippen zu einem kleinen Lächeln. «Nicht unsere St. Mary, das versichere ich Ihnen…»

«…vor dem offenen Feuer zu sitzen und zu sehen, wie das Kupfergeschirr aufleuchtet, durch den Torbogen in den kopfsteingepflasterten Hof zu fahren und sich die herumspazierenden Spielleute der elisabethanischen Zeit vorzustellen…»

«Nicht beim Mortal Man. Das glaube ich nicht. Der Milchwagen hat schon einen Kotflügel verloren, und die Trittbretter sind ihm abgerissen. Und was die herumspazierenden Spielleute angeht, tja… es sei denn, man sieht die Warboys als solche an. Man hat mir wirklich schon berichtet, daß er singt…»

Nur das nicht auch noch, hoffte Melrose. «Die Fachwerkfassade, die Erker, die Keller, die Holzschnitzereien, die Dachsparren und Balken…»

«Fäule und aufsteigende Feuchtigkeit», sagte St. Clair liebenswürdig.

In die sich überlappende Konversation mischte sich aus der Tiefe des Hauses das Läuten eines Telefons, und Peters, dessen Pflicht ihn rief, nickte und bat, das Gespräch entgegennehmen zu dürfen.

Melrose lehnte sich zurück und war so außer Atem, als sei er eine Meile gelaufen. Zwischen den Warboys und den St. Clairs fühlte er sich wie ein Objekt, das man mit Sack und Pack hin- und herschob, stehenließ und wieder aufhob, wegwarf und knuffte und gewöhnlich für ein Linsengericht verkaufte.

11

DAS FRÜHSTÜCK WAR EINE mit den üblichen Gefahren verbundene Angelegenheit. Er hätte wissen müssen, daß der Saft überlaufen, der Porridge umkippen und die Makrele vom Teller rutschen würde und er sich vorsichtshalber ein Lätzchen hätte umbinden sollen.

Während Melrose die von seinem Schoß gerettete Makrele verzehrte, lauschte er dem durchdringenden Geräusch, das aus der Küche erklang. Jedesmal wenn Sally Warboys die Tür aufstieß, um ihm ein weiteres Gericht zu bringen, schwoll es an und dann wieder ab. Vielleicht kratzte jemand in einem Topf, den man auf dem Herd vergessen hatte, vielleicht war es aber auch das jüngste Warboyskind (sie hatten auch noch ein Baby), das eigensinnig nach etwas verlangte. Vorher war schon das Scheppern zerbrechenden Steinguts und, während die Warboys ihre Gefechtsstellungen einnahmen, das übliche Durcheinander wütender Stimmen aus der Küche gedrungen.

Sally Warboys kam in einem Waschbrettgrau aus der Küche getrabt, um Melroses Teekanne abzustellen, die sie dabei gegen die Tischkante stieß, so daß das heiße Wasser über die ganze Tischdecke spritzte und seine Hand nur um wenige Zentimeter verfehlte. Die Warboys unfallträchtig zu nennen, hieße, ihnen Unrecht zu tun, fand er. Sie hatten etwas an sich, das nach tiefverwurzeltem Stammesverhalten roch.

Als er einen Fettfleck von seiner Manschette tupfte, bemerkte er, daß der Bursche, der ihm Portiersdienste geleistet hatte und seine Reisetasche hatte fallen lassen, in den Speiseraum gekommen war. Der Raum wurde nun einer Warboysschen Umwandlung unterzogen, und Bobby schwang oben auf der Leiter seinen Hammer.

William setzte sich an den Tisch am anderen Ende. Bei einem anderen wäre dies vielleicht ein «respektvoller Abstand» gewesen, doch bei einem Warboys wirkte es wie die erste Bewegung in einem Feldzug, aus dem als Sieger hervorzugehen Melrose bezweifelte. Der Junge saß steif da und starrte ihn mit einem so eindringlichen Blick an, daß er Melrose damit die Augen wie mit einem Brecheisen aufstemmte. In dieser wachsamen Haltung wurde er noch von Osmond unterstützt, der mit dem Kopf auf den Pfoten und unverwandten Blickes auf dem Fußboden lag. Melrose nahm an, daß dem Hund aus rein taktischen Gründen nichts anderes übrigblieb, da sich auch Truppen vor einem Überraschungsangriff erst einmal zurückziehen müssen. Er fragte sich, ob überhaupt schon jemals Gäste im Mortal Man abgestiegen waren, ehe er zufällig hier vorbeikam;

denn keiner von den Warboys schien zu wissen, was man mit einem Gast überhaupt anfangen sollte – ob man ihn nun am besten als Geisel nehmen oder doch lieber gleich umbringen sollte.

«Guten Morgen», sagte Melrose vergnügt. «Du bist doch sicherlich William?»

Der Junge reagierte sofort und kam zu ihm an den Tisch. Er setzte sich und legte ein kleines Notizheft und einen Bleistift beziehungsweise Bleistiftstummel neben den Teller mit Hörnchen und Butter, die Melrose gar nicht bestellt hatte. Als Melrose ihm anbot, sich eines zu nehmen, zog er den Teller und den Marmeladentopf mit einem Eifer zu sich heran, daß man den Eindruck bekam, er habe bis jetzt von Gefängnisrationen gelebt.

Melrose deutete auf das Heft. «Schreibst du etwas?»

Den Mund voll Marmeladenhörnchen nickte William heftig. Die Warboys hatten es sich offenbar antrainiert, keine Zeit auf überflüssige Gesten zu verschwenden.

«Was denn?»

«Eine Geschichte.» Er häufte Johannisbeergelee auf ein weiteres Hörnchen. «Ich hab schon mal eine geschrieben und damit einen Preis gewonnen.»

«Tatsächlich?»

«Zehn Pfund. Mum hat sich ein neues Kleid gekauft.»

«Das war sehr großzügig von dir, ihr dein Preisgeld zu überlassen.»

«Hab ich gar nicht. Sie hat's genommen.»

Da er keinerlei Groll aus dieser Bemerkung heraushören konnte, nahm Melrose an, daß dies bei den Warboys üblich war. «Wovon handelt die neue Geschichte denn?»

«Chillington hat einen Wettbewerb ausgeschrieben, und das Preisgeld sind fünfzig Pfund...»

Melrose runzelte die Stirn. «Der einzige Chillington, den ich kenne, ist eine Brauerei.»

William nickte. «Das sind die, die diese Pubs mit den Eichhörnchen drinnen haben...»

Während William schwieg, um einen weiteren Marmeladenbatzen auf seinem Hörnchen zu plazieren, versuchte Melrose sich ein Pub voller Eichhörnchen vorzustellen.

Der Junge fuhr fort: «Das Squirrel and Pickle, das Squirrel and Mouse, Sie wissen schon... in jedem ist ein Eichhörnchen. Deswegen wollen sie eine Geschichte über ein Eichhörnchen, damit sie jeden Monat ein kurzes Stück daraus auf ihre Bierdeckel drucken können. Hier...»

Er griff in seine Hosentasche und brachte ein schon etwas verschmutztes Pappdeckelquadrat zum Vorschein. Man sah darauf die Abbildung eines Eichhörnchens, das, in ein kariertes Badetuch gewickelt, behaglich in seiner Baumhöhle saß, und darunter stand: «Fünfzig Pfund Preisgeld. Mum will eine Heizung in der Toilette haben. Ich kann es nicht ausstehen, wenn ich noch verschlafen bin und auf die Toilette runter muß. Heute morgen war die Kette vereist.»

«Klingt ja ziemlich seltsam.»

«Kann ich einen Tee haben?»

«Was? Oh, ja. Ich glaube, er ist noch heiß.» Vorsichtshalber übernahm Melrose das Einschenken. «Wie weit bist du denn bis jetzt?» Er wies auf Williams Notizheft.

William hörte auf, den Tee zu schlürfen, und öffnete das Heft. «‹Sidney fiel nach hinten. An seinem Anorak klebte Blut. Die seltsame Gestalt verschwand im Gebüsch.› Sidney ist das Eichhörnchen.»

«Eine spannende Geschichte. Und woher kommt das Blut?»

«Ich weiß nicht.»

«Ist er tot? Oder stirbt er gerade?»

«Ich weiß nicht.»

Melrose überlegte, ob Polly Praed vielleicht auf diese Weise ihre Krimis schrieb.

«Sein Freund Weldon ist vielleicht tot», sagte William und leckte die Marmelade vom Messer.

«Wer ist Weldon?»

«Ein Wiesel.»

Allmählich klang das nach einer nicht ganz jugendfreien Version von *Der Wind in den Weiden*. «Ist Weldon umgebracht worden?»

«Wer weiß. Vielleicht mit einem Messer», sagte er und benutzte sein eigenes zu Demonstrationszwecken.

Melrose rückte seinen Stuhl ein wenig zurück. «Was soll denn die Leiche im Gebüsch?»

«Ich weiß nicht.»

War schon besser, wenn ein Warboys seinen angeborenen Zerstörungswahn so abreagierte, auch wenn die Geschichte noch einige Lücken aufwies. «Ich finde, du hast da noch keine rechte Ausgangsbasis. Vielleicht wirst du trotzdem eines Tages noch mal reich, wenn du beim Geschichtenschreiben bleibst.»

William meinte, er mache sich nichts aus Reichtum. Er hätte bloß gern eine Heizung auf dem Klo.

«Das klingt vernünftig. Mir wär's lieber, du würdest aufhören, mit diesem Messer rumzuspielen.»

«Ich hatte mal ein Wiesel. Jetzt ist es wieder da draußen. Bei den anderen.»

«‹Den anderen›?» Melrose fragte sich allmählich, ob dies vielleicht doch kein Wirtshaus, sondern ein hitchcocksches Motel war.

«Genau. Auf dem Friedhof. Sie sterben, und ich begrab

sie.» William wischte sich den Tod und die Krümel von den Händen und rüttelte Osmond wach. «Eine Dame und ein Herr wollen Sie übrigens sprechen.» Er wies mit dem Kopf nach hinten. «Draußen im Gang.»

«Heißt das, sie warten schon die ganze Zeit?»

«Sagten, ich soll Ihnen was ausrichten.» William war aufgestanden. Offensichtlich langweilte er sich und blinzelte schon nach der Küche, die viel interessanter zu sein schien.

Melrose sprang auf. «Was denn?»

William studierte seine Notizen. «Kann mich nicht mehr erinnern. Aber Sie können sie ja selber fragen.» Und schon war er weg, gefolgt von Osmond, der noch einmal nach Melroses Knöchel schnappte, bevor er tapptapp davontrottete.

Der Mann war Edward Winslow, und Melrose hörte gerade noch den Schluß seiner Unterhaltung mit Nathan Warboys, der jetzt mal nachsehen wollte, was das Dröhnen und Hämmern in der Schankstube zu bedeuten habe.

Sie seien hergekommen, sagte Lucinda, um Melrose zum Morgenkaffee abzuholen. David sei aus London eingetroffen.

Der Gesichtsausdruck, mit dem sie von David sprach, bestätigte erneut Melroses Überzeugung, daß Liebe mit Sicherheit blind macht. Er mußte David Marr gar nicht mehr kennenlernen, um sich darüber zu wundern, wie eine junge Frau diesem Edward Winslow noch einen anderen Mann vorziehen konnte.

Er war äußerst attraktiv: Haare in der Farbe von hellem

Portwein, Augen wie feuriger Brandy. Vielleicht war es die Nähe des Tresens und Nathans Fixierung auf seinen schönen Vorrat von Bieren und Spirituosen, die Melrose diese hochgeistigen Metaphern eingab. Dennoch waren das die Farben Winslows. Und der Rest von ihm war dieser Pracht durchaus ebenbürtig. Er war der Typ, der jedem Mann einen Spiegel vorhielt: Man konnte ihn nicht ansehen, ohne daß man das Gefühl bekam, seinen Schlips zurechtrücken und seinen Schneider verfluchen zu müssen. Winslow hatte überhaupt nichts Modisches an sich und erst recht nichts Trendmäßiges. Mit seiner goldockerfarbenen Kaschmirjacke und der unibraunen Seidenkrawatte war er ein Muster lässiger Eleganz. Er würde bestimmt, ohne sich etwas dabei zu denken, einen Trenchcoat über einem Abendanzug tragen.

Und daß der Mann in einem Warboys-Monolog potentielle Anknüpfungspunkte für ein Gespräch entdeckte, war ein Zeichen außerordentlicher Phantasie, sogar für einen Dichter, der schon etwas publiziert hatte.

Als Edward ihn anlächelte und ihm die Hand schüttelte, verstand Melrose, warum sich Pearl fast mit ihrer Halskette stranguliert hatte, weil Edward nicht persönlich sein Buch gebracht hatte.

Wenn der Gedanke an Strangulation auch nicht gerade von gutem Geschmack zeugte, ging Melrose durch den Kopf, als sie in die Kälte und Nässe hinaus zu Edwards Wagen gingen – einem schwarzen BMW selbstverständlich, dem Savile Row unter den Automobilen. Nicht protzig, lediglich solide gebaut und unverwüstlich. Melrose glitt auf den Rücksitz, und die Türen klonkten ein. Er dachte an seinen Flying Spur, seinen Silver Ghost. Vielleicht konnten sie sich ja über Gedichte unterhalten.

12

DAVID MARR WAR IN DER BIBLIOTHEK und bereits um zehn Uhr morgens dabei, sich zu betrinken. Er stand neben einer Kommode aus Lack und Goldbronze, die aussah, als sollte sie eigentlich eher in einem Museum stehen, statt als Bartisch zu dienen.

Tatsächlich sah die ganze Winslow-Bibliothek danach aus, als hätte Marshall Trueblood hier selig seinen Geist aushauchen können. Wenn das Haus von außen auch bedrückend öde gewirkt hatte – unbehauener Granit überragte mit all seiner mittelalterlichen Schwere dichtes und verknäultes Gehölz –, so fand sich in der Bibliothek nichts mehr von dieser Schlichtheit. Ein italienischer Marmorkamin wurde von Wandverkleidungen in Basreliefs flankiert, die Polstermöbel waren mit italienischem Brokatsamt bezogen, die Tapeten und Vorhänge von William Morris entworfen. An den Wänden hingen Familienporträts, Ölgemälde, Aquarelle, belgische Wandteppiche. Melrose hätte gern mehrere Stunden mit diesen prächtigen Bänden in den Bogennischen verbracht und noch ein paar Stunden, um die Gemälde und Porträts zu studieren. Neben einer belgischen Tapisserie hing etwas, das nach einem Pissaro aussah und daneben ein Millet, die freundliche und friedliche Darstellung eines reetgedeckten Wirtshauses, recht ansprechend, dachte er, trotz seiner momentanen Zweifel, ob reetgedeckte Gasthäuser überhaupt etwas zum allgemeinen Glück auf der Welt beitrugen.

David Marr hielt eine Flasche Wodka hoch. «Haben Sie Lust auf ein Salzwasser?» sagte er, sobald man sie einander vorgestellt hatte.

Melrose lächelte. «Nie davon gehört.»

«Zwei Teile Wodka, genausoviel Ginger Ale und einen Schuß Grenadine.»

Er goß die doppelte Menge Wodka in sein Glas. «Hat was Romantisches an sich, erinnert mich ans Meer. Natürlich» – er stellte die Flasche wieder ab – «lasse ich die Grenadine weg. Eigentlich laß ich auch das Ginger Ale weg. Wollen Sie wirklich keinen? Ned? Lucinda?»

«Nein, danke», sagte Edward Winslow. «Wie ich sehe, trinkst du keinen Brandy mehr.»

David Marr sank auf eins von zwei Queen-Anne-Sofas und glitt auf dem Rücken lehneabwärts. Er war ein attraktiver Mann und sah seinem Neffen ähnlich, obwohl er von den Farben her ein anderer Typ war. Edward war blond, er dunkel, seine Augen glitzerten schwarz und intensiv, Splitter vom Nachthimmel. Zu intensiv, um das betrunkene Playboy-Gehabe glaubhaft zu machen, und das Herumlümmeln auf dem Sofa zeugte nicht gerade von Selbstbewußtsein.

Während er sich mit äußerster Konzentration einen Drink abmaß, meinte er: «Lucinda hat erzählt, Sie wohnen im Mortal Man. Und nun sind Sie hier und immer noch am Leben und können uns darüber berichten.» Er stellte die Flasche ab, wandte sich um und lächelte Melrose an.

«Ich lebe tatsächlich noch. Werden die Warboys eigentlich nicht laufend beschimpft oder verklagt oder sonst was? Bis jetzt bin ich dreimal knapp einer Katastrophe entgangen – mein Teppich hätte fast Feuer gefangen, mein Koffer ist auf mich gestürzt, und das Frühstück ist auf meinem Schoß gelandet. Dieses Haus ist ein Minenfeld. Aber die Warboys bewältigen das alles spielend und machen unerschrocken weiter.»

«Bis jetzt hat sie meines Wissens niemand verklagt», sagte Lucinda. «Aber ich glaube nicht, daß sie viele Übernachtungen haben. Wie wär's denn jetzt mit einem Kaffee?»

«Ja, gern. Was die Gäste angeht: Sie haben sie ja vielleicht reingehen sehen. Aber haben Sie sie auch wieder rauskommen sehen?»

David lachte und fragte dann Edward: «Wo zum Teufel bleiben die Dienstboten?»

«Bunbury besuchen», sagte Ned Winslow lächelnd.

«Wen bitte?»

«Wer ist Bunbury?» fragte Lucinda.

«Bunbury war Swinburnes legendärer alter Freund. Erinnert ihr euch nicht? Jedesmal, wenn er aus London weg wollte, sagte er, der alte Bunbury sei krank. Ich sollte mich aber wohl nicht beklagen, ich mache es ja genauso. Hauptsache weg aus London. Vermutlich hat Lucinda Ihnen erzählt, was passiert ist.» Er sah Melrose an, stand wieder auf und steuerte auf den Wodka zu. «Ich bin der Polizei gern bei ihren Nachforschungen behilflich» – er lächelte –, «aber es wird allmählich lästig. Wenn nicht sogar gefährlich.»

«Es gibt keinerlei Beweise, David», sagte Lucinda. «Bis jetzt haben sie nichts gefunden.»

Davids Hand mit der Brandykaraffe verharrte mitten in der Bewegung: «Dieses ‹bis jetzt› klingt ja ganz nett. Aber der Gedanke, daß sie morgen vielleicht in ganz Hays Mews meine Fingerabdrücke finden, ist nicht gerade beruhigend.»

«Das passiert ja auch nicht», sagte Ned kurz und ging zum Kamin, um das Feuer zu schüren. Er wandte sich um, legte den Arm auf den grünen Marmor und nahm eine ähnliche Haltung ein wie auf dem darüberhängenden Porträt. Es war ein Porträt von allen drei – die Frau darauf ähnelte David Marr so stark, daß sie seine Zwillingsschwester hätte sein können. Melrose konnte nicht mit Bestimmtheit sagen, was das Gemälde so überzeugend machte: Vielleicht das, was es über das Verhältnis der drei zueinander aussagte. Melrose fragte sich, wo der Ehemann abgeblieben war. Vielleicht hatte St. Clair recht. «Das passiert schon deshalb nicht, weil du nichts damit zu tun hast», sagte Ned.

«Wenn die Polizei das auch nur so sehen würde.»

«Wird sie schon.»

David rollte seinen Kopf an der Sofalehne abwechselnd nach links und rechts und seufzte. «Na ja, kein Grund zur Sorge. Es ist nur verdammt lästig, wenn sie dir verbieten, das Land zu verlassen. Warum will man auch immer dann gerade raus, wenn es verboten ist? Warum hat man gerade dann immer den Drang, nach Monte Carlo oder in den Himalaja zu reisen, wenn jemand darauf besteht, daß man zu Hause bleibt? Warum bloß?»

«Der Himalaja könnte dir ja vielleicht ganz guttun. Aber als du das letzte Mal in Monte Carlo warst, mußte Mutter dir Geld schicken.»

Ned Winslows Stimme klang äußerst gutmütig. Melrose hatte den Eindruck, als sähe jeder dem anderen sämtliche Schwächen nach.

David zuckte die Achseln. «Vielleicht sollte ich auch mal Bunbury besuchen. Übrigens hat Marion sich hingelegt. Sie fühlt sich nicht wohl. Hoffentlich nicht meinetwegen. Wo bleibt der Kaffee, Lucinda?»

Lucinda ging und tat, worum man sie gebeten hatte. Edward ging hinter ihr her, um ihr zu helfen. Melrose wunderte sich, wie sie sich einbilden konnte, bei diesem Mann, der ihren Rücken jetzt ohne ein Fünkchen von Interesse betrachtete, eine Chance zu haben. Es war wirklich ein Jammer. Edward und Lucinda schienen durchaus zusammenzupassen, wenn er sich auch fragte, was «Passen» damit zu tun hatte. Die Liebe war schließlich kein gutgeschnittener Anzug.

«Lucinda hat mir erzählt, Sie seien eine ziemliche Kapazität auf dem Gebiet der französischen Romantik.» Er lächelte. «Von der ich keine blasse Ahnung habe. Aber wußten Sie, daß Edward ein Dichter ist.» David erhob sich mit seinem Glas. Diesmal jedoch steuerte er die Bücherregale und nicht die Kommode an. Er zog einen Band heraus, den Melrose als ein Werk Edward Winslows wiedererkannte. «Sie sollten es lesen.»

«Hab ich schon. Lucinda hat mir das Exemplar gegeben, das, wie ich fürchte, für Pearl St. Clair gedacht war.»

David lachte. «Ich bin überzeugt, Pearl hatte nichts dagegen. Da muß sie wenigstens mal nicht so tun, als ob sie lesen könne.» Er blätterte im Buch und sagte: «Sie sind so einfach, diese Gedichte von Ned. Wahrscheinlich bedeutet das, daß sie altmodisch sind oder so was. «‹Wohin bist du gegangen, Elizabeth Vere...›» David klappte das Buch zu, stellte es wieder zurück ins Regal und ging zur Lackkommode. «Ned ist nicht besonders glücklich. Er sollte wieder heiraten.»

«Ich bin etwas überrascht, daß Sie das als eine Art Mittel zum Glücklichsein betrachten.» Melrose lächelte. «Wenn die St. Clairs auch nicht tratschen wollten, so haben sie mich doch beiläufig wissen lassen, daß Ihr Neffe einmal verheiratet war... mit einer Frau, die...»

«Nicht besonders verläßlich war. Nein, auf Rose war

überhaupt kein Verlaß.» Sein Lächeln war jetzt entschieden frostig, ein Riß im Eis. «Ned ist ein tiefes Wasser. Ganz anders als ich. Ich bin ungefähr nur so tief.» Er hielt die Flasche mit dem verbliebenen Schluck Wodka hoch.

«Oh, ich würde sagen, Sie haben ziemlich viel Ähnlichkeit miteinander.» Melrose blickte hinauf zum Porträt über dem Kaminsims. «Der Künstler, der das gemalt hat, scheint das auch so empfunden zu haben.»

«Paul Swann. Er kennt uns schon ziemlich lange, aber eigentlich sehe ich das nicht auf diesem Bild.»

«Ist er ein Freund von Ihnen?»

«Ja. Er wohnt in Shepherd Market in meiner Nähe. Paul war in dieser Nacht im Running Footman. Bloß war er, glaub ich, schon weg. Wenn meine Erinnerung nur nicht so getrübt wäre von dem da» – er hielt sein Glas hoch –, «dann wäre alles leichter. Glücklicherweise ist da noch dieses Telefongespräch mit meiner Schwester.»

Glücklicherweise, dachte sich Melrose.

Nach dem Kaffee standen sie in der Eingangshalle, inmitten von riesigen, mit Walnußholz vertäfelten Wandflächen und vor einer weitausschwingenden Treppe. Ned Winslow sollte Melrose zum Mortal Man zurückbringen. Lucinda sollte bleiben und David Gesellschaft leisten. Die einzige Gesellschaft, auf die David jedoch Wert zu legen schien, war die neue Wodkaflasche, die er entdeckt hatte.

Die Treppe herunter kam die Frau aus dem Porträt. Sie war groß und dunkel wie ihr Bruder und trug ihr mahagonifarbenes Haar lose zu einem Knoten verschlungen. Ihr Morgenmantel war aus tiefdunkelbraunem Samt.

Wenn das die arme Marion war, sprach ihre Erscheinung vor allem für die adelnde Wirkung des Unglücks.

Sie deutete eine Verneigung in Melroses Richtung an und entschuldigte sich dafür, daß sie nicht früher heruntergekommen sei. «Ich hatte fürchterliche Kopfschmerzen, Mr. Plant. Ich hoffe, Sie verzeihen mir.» Die Art, wie sie auf der Treppe stehenblieb, bestätigte ihre Absicht, so schnell wie möglich wieder hinaufzugehen. Dennoch erschien sie Melrose eher reserviert und zurückhaltend als kalt. Und sehr gut erzogen. Schließlich hätte sie ja überhaupt nicht herunterzukommen brauchen. Es hätte gereicht, wenn sie nur ihr Bedauern oder auch gar nichts hätte verlauten lassen. Er glaubte, daß sie Lucinda einen frostigen Blick zugeworfen hatte, wahrscheinlich weil sie ihren Sohn überhaupt erst dazu gebracht hatte, diesen Fremden einzuladen.

Melrose wünschte sich, sie bliebe länger. Er hätte sich gerne einen genaueren Eindruck von ihr verschafft, was vermutlich auch genau der Grund war, warum sie bald wieder verschwand. Unter den gegebenen Umständen dachte sie wohl, je kürzer die Bekanntschaft, um so besser.

«Meine Güte, Marion», sagte David, «warum gibst du den beiden Faulenzern frei, wenn dir nicht gut ist?»

Sie lächelte, doch auch das Lächeln konnte nicht bewirken, daß sich ihre hohe, kalte Stirn erwärmte. «Schon zu müde, David, um dir selber nachzuschenken?» In ihrem Ton lag kein echter Tadel. «Mach dir keine Sorgen, sie haben gesagt, sie wären heute oder morgen wieder zurück.»

«Ich finde ja nur, du solltest nicht hier allein sein und dich selber versorgen, das ist alles.»

«Na ja, jetzt bist du ja da und kümmerst dich um mich.» In ihren belustigten Ton mischte sich Besorgnis.

Als David jetzt die Treppe hinaufsah, lag ein seltsamer Ausdruck in seinem Gesicht. Ein angestrengter, fast entrückter Ausdruck, als sehe er zwar alles, höre aber nichts.

Melrose fand, daß in diesem Augenblick der Stille und höchsten Konzentration es wahrhaftig so war, als hätte man sie gerade gruppiert, um für das Porträt in der Bibliothek Modell zu stehen.

In der Ferne läutete ein Telefon, und Edward ging zu der Tür auf der gegenüberliegenden Seite der großen Halle.

«Oh, verdammt», sagte David. «Das ist die Polizei. Darauf wette ich meinen letzten Drink.» Als Edward durch die Tür verschwand, rief David ihm nach: «Nimm nicht ab, Ned, laß den verdammten Anrufbeantworter laufen. Dazu ist er...»

Er merkte wohl erst in dem Moment, als die Worte heraus waren, was er gesagt hatte; denn er verstummte abrupt und kippte den Rest seines Wodkas hinunter.

Da geht's zum Teufel, sein Alibi, dachte sich Melrose.

«Ist das der Garten, den Mr. St. Clair für den glücklichsten in ganz Sussex hält?» fragte Melrose. Sie waren ans Ende eines Pfades gelangt, der von Buchen umsäumt zu einem verwilderten Park führte. Der Park war auf einer Seite von einer langen, sich windenden, moosüberwachsenen und glyzinienbedeckten Mauer begrenzt, über der ein Baldachin aus Goldregen hing, von dessen Zweigen der Regen tropfte.

Edward Winslow lachte. «Ja, das ist er. Vielleicht ist er ja größer als seiner, aber besonders beeindruckend ist er sicher nicht. Aber versuchen sie das mal Sinjin zu erzählen. Sobald ihm etwas gehört, wird es furchtbar. Eine geradezu blindwütige Bescheidenheit. Aber er ist ein netter Mann. Eigentlich bin ich selber überrascht, daß John es schafft, alles so gut in Schuß zu halten.» Ned deutete mit der Hand auf den Gärtner in der Ferne, der unermüdlich an einer Araukarie herumzuhacken schien. «Der alte Griesgram hält sich zwar für Gertrude Jekyll, aber er macht gute Arbeit. Sehen Sie die Gartenmauer da drüben?» Ned wies mit einem Kopfnicken zum Goldregenhain. «Das ist unser Privatfriedhof. Mehrere Großtanten und meine Großeltern sind dort begraben. Und Phoebe.»

«Das muß ja ganz furchtbar gewesen sein.»

Ned schwieg einen Moment und starrte auf den kleinen Friedhof. «Wir hatten Phoebe alle so gern.»

«Das glaube ich Ihnen. Obwohl ich selber keine Kinder habe.»

«Ich auch nicht. Meine Frau wollte keine. Rose machte sich nicht viel aus dem Leben hier auf dem Land. Eigentlich machte sie sich wohl auch nicht viel aus mir und der Anwesenheit meiner Mutter. Mutter kann manchmal, wie Sie sich vielleicht denken können, etwas Furchteinflößendes an sich haben. Aber sie hat sich nie eingemischt, nie. Es ist allein ihre Gegenwart. Wir sind Wachs in ihren Händen, wissen Sie.»

Sein Ton verriet keinerlei Ressentiment. Melrose konnte sich sehr gut vorstellen, wie sie in Marion Winslows Händen zu Wachs wurden.

«Eines Tages wachte ich auf», fuhr Ned fort, «und sie war verschwunden. Ich weiß nicht, wohin. Sie hatte mal von den Vereinigten Staaten und Kanada gesprochen. Aber sie machte sich nicht die Mühe, mir eine Nachricht zu hinterlassen. Ich habe also keine Ahnung, wo sie ist.»

«*Wohin bist du gegangen...?*» Melrose mußte unwillkürlich an das Gedicht denken.

Ned löste seinen Blick von den Gräbern und blickte zur

Mauer und zum Himmel hinauf. «Sie hatte einen anderen, da bin ich mir sicher. Ich wußte nicht einmal, daß sie ihn trifft. Kannte ihn nicht einmal. So blind kann ein Dichter sein.»

«Oder eine Ehefrau.» Ned Winslow vermittelte ihm den Eindruck eines Mannes, der die Vergangenheit akzeptiert hatte, wie man einen verpaßten Zug auf einer überflüssigen Reise akzeptiert. Immer würde er auf einem Bahnsteig stehen oder mit leeren Koffern durchs Leben reisen.

Melrose hatte den schmalen Gedichtband mit sich herumgetragen und zog ihn jetzt aus der Tasche. Er blätterte rasch darin herum, bis er auf das von David erwähnte Gedicht stieß.

«Es ist sehr altmodisch, wie David ja immer sagt. Hat Reim, Metrum, Quartette.»

«Es läßt sich durchaus manches sagen zu dem, was Sie da als ‹altmodisch› bezeichnen. Hören Sie.» Melrose las:

«Wohin bist du gegangen, Elizabeth Vere,
So fern von Garten und Blüte und Baum?
Im Regen glänzt unser Bach...»

Melrose blickte auf einen kleinen, teilweise vereisten Bach, der in der Nähe der Parkmauer dahinmäanderte. «Das klingt, als wäre dieser Garten damit gemeint. War es für eine bestimmte Person gedacht?» Er steckte das Buch wieder ein.

Ned stand da und blickte stirnrunzelnd zum Buchenhain hinüber. «Ein Schriftsteller weiß doch nie genau, was er meint, oder? Vielleicht ist das ja die wirkliche Blindheit – etwas nicht zu wissen.» Er wechselte das Thema. «Wenn Sie David kennen würden, wüßten Sie, daß er dieses Mädchen nicht erdrosselt haben kann. Es gibt sowieso keinen

Grund und kein Motiv. Ivy muß von einem Dieb oder dergleichen umgebracht worden sein. Halten Sie das nicht auch für das Naheliegendste?»

Ned Winslow sah Melrose an, als sei er ein Zauberer, der schon das richtige Kaninchen aus dem Hut ziehen würde. «Wenn das stimmt, hat der Mörder wirklich nicht viel gesucht. Anscheinend fehlt da jedes Motiv.»

«Aber bei David fehlt es doch auch. Er hatte kein Motiv.»

Melrose dachte an das, was Jury ihm von den Frauen Sheila Broome und Ivy Childess erzählt hatte. «‹Da glitt herein Porphyria›...»

Ned streckte die Hand aus, um Unkraut aus einer Mauerfuge zu zupfen. «Eine seltsame Anspielung, falls Sie David für den Typ ‹Porphyrias Liebhaber› halten...» Ned lachte. «Glauben Sie mir, seine Beziehung zu Ivy Childess hatte nichts mit Leidenschaft zu tun.» Er wandte Melrose diese feuchten, umbrafarbenen Augen zu. «Und wie steht's mit Porphyria?»

«Porphyria? Sie erschien mir immer ziemlich bemitleidenswert.»

«Und mir kam es immer so vor, als hätte sie ein bißchen was von einem Flittchen», sagte Ned mit einem Lächeln.

13

«Was ist denn bloss los mit dir, Dolly? Du bist eingeschnappt, na ja, vielleicht nicht eingeschnappt, aber zumindest gereizt, seit du hier bist.» Und während Kate die Teetasse und einen aufgebackenen Teekuchen vor ihre

Schwester hinstellte, fragte sie sich zum wiederholtenmal, warum Dolly überhaupt gekommen war. Bisher war sie immer im Frühling oder Sommer gekommen, vor allem im Sommer, wenn das milde Wetter und das ruhigere Meer es ihr erlaubten, ihre fast perfekte Figur zur Schau zu stellen. «Hat's mit deinem Job zu tun? Oder einem Mann? Was ist es denn?»

Dolly blickte zu ihrer Schwester auf. «Nichts dergleichen. Ich bin nur nicht so ganz in Form, das ist alles.» Sie war dabei, ihren Teekuchen aufzuschneiden.

«Daß du jetzt hier bist... du weißt ja, du bist immer willkommen... aber warum gerade jetzt?»

Dolly seufzte. «Das ist doch wohl klar. Schließlich ist Weihnachtszeit?»

Kate beobachtete, wie sie sich langsam wie eine Katze die Butter von den Fingern leckte. Dolly bewegte sich mit einer Schläfrigkeit, die etwas Katzenhaftes hatte und überhaupt nicht zu ihrem Temperament paßte. Die Gereiztheit, von der Kate eben gesprochen hatte, war zwar durchaus nichts Ungewöhnliches, in dieser Intensität allerdings schon.

«Es ist doch ein Mann, oder?» Das war es meistens bei Dolly.

«Nein.» Weiter sagte sie nichts mehr, während sie ihre hochhackigen, weichen Wildlederstiefel hochzog. Sie stülpte sich eine herrliche Kosakenmütze aus weißem Pelz auf den Kopf und stopfte die Haare darunter. Sie erinnerte Kate an ein Foto vom russischen Frühling: kaltes Licht, das auf Eis und Schnee herabscheint.

«Wo willst du hin?» Kate räumte das Teegeschirr ab.

«Bloß zu Pia.»

Das war wieder so ein Punkt, dachte Kate. Dolly wartete ständig darauf, daß das Schicksal in ihr Leben eingriff, rechnete immer damit, daß sich die Sterne zu ihren Gunsten neigten. Vor zwei Jahren war es das Medium gewesen und nach dessen Sündenfall kamen die Astrologin und die Kartenlegerin an die Reihe. Pia, der Dolly momentan ihre Zukunft anvertraute, war eine Hellseherin, die in Brighton für ihre Ehrlichkeit berühmt war. Von der Astrologin hatte keine Gefahr gedroht. Bei all den Türen, die das Horoskop offenläßt und durch die das Schicksal entfleuchen kann, ist Astrologie im allgemeinen harmlos. Leider war Pia Negra das nicht. Sie erzählte ihren Klienten stets, was sie wußte, ob nun gut oder schlecht. Und in Dollys Fall, vermutete Kate, mußte es ziemlich schlimm sein; denn oft kam sie nervöser und ängstlicher zurück, als sie gegangen war.

Es muß einfach ein Mann sein, dachte Kate zum wiederholtenmal. Der falsche, selbstverständlich. Woran lag es bloß, daß Dolly, die wahrscheinlich jeden Mann, den sie wollte, haben konnte, sich immer den falschen aussuchte? Manchmal war er verheiratet, manchmal zu alt und manchmal beides zusammen. Wann immer sie Kate von einem erzählte, der sich (zumindest in Kates Ohren) ungeheuer passend anhörte, klang Dolly gelangweilt.

Und da wurde es Kate auf einmal klar, daß Dolly, und nicht sie, die Verliererin, das unglückliche Objekt der besessenen Liebe ihres Vaters gewesen war. Er hatte ihr das Erbe seiner zwei gescheiterten Ehen, seiner katastrophalen Liebesaffären und Enttäuschungen hinterlassen. Und dann hatte er ihr auch noch die Mittel hinterlassen, sich das alles selber anzulachen. Dolly mußte nur dasitzen und sich bewundern lassen wie ihre Mutter, schön und jetzt auch noch reich. Vielleicht war das der wahre Grund dafür, warum Kate nicht bedauerte, daß er mit Ausnahme des Hauses alles Dolly vererbt hatte. Kate hatte sich immer als die Gefangene dieses Hauses gesehen. Aber war Dolly nicht eine Gefangene der weiten Welt? Hatte sie sich ihre Freiheit nicht mit großen Einschränkungen erkauft?

Zumindest hatte Dolly ihre Fernseharbeit, die ihr Halt gab, wenn sie ihr vielleicht auch mehr Ruhm einbrachte, als gut für sie war.

Mit ihrer kleinen Rolle war Dolly wahrscheinlich in die Tagträume der meisten Londoner Männer eingegangen.

Dritter Teil

Gartenmauer

14

Vom Wohnzimmer in Stella Broomes Reihenhaus sah man auf die gegenüberliegende Straßenseite, auf einen Waschsalon und ein chinesisches Restaurant mit Straßenverkauf namens Mr. Wong and Son.

Jury saß in einem der zwei Sessel auf einem Schonbezug mit verblichenem Chrysanthemenmuster. Der Vorleger war in der Mitte und an den Ecken mit Rosengirlanden verziert. Die Tapete bestand aus einer endlosen Wiederholung von Pagoden, römischen Säulen und hängenden Gärten, über deren Mauern sich Rosen und Glyzinien rankten. Stella Broomes Schürze war mit Kamelien bedruckt, und der Aschenbecher in ihrem Schoß roch nach Holz. Aus der Art, wie sie beim Inhalieren trocken hüstelte, schloß er auf ein beginnendes Emphysem. Er war froh, daß Wiggins jetzt nicht dabei war und sah, wie sie sich die nächste Zigarette am Stummel der gerade gerauchten anzündete. Sie war zwischen fünfzig und sechzig, übergewichtig, und ihr Aussehen war ihr gleichgültig. Ihr Gesicht war rund, die Haut straff und ein wenig fettig, so daß sich das Kamelienmuster der Schürze darin spiegelte.

Es war schon deprimierend – dieser tote Garten von einem Zimmer, und wie um zu betonen, daß nichts atmete oder sich rührte, stand hier und dort, auf Tischen und Kaminsims, eine Vase mit Plastik-, Papier- oder Trockenblumen.

Stella Broome sprach über den Tod ihrer Tochter: «Ich hab's ihr ja immer wieder gesagt. Hab ihr gesagt, daß sie noch mal Ärger kriegt durch dieses Per-Anhalter-Fahren. Aber sie wollte ja nicht auf mich hören, die doch nicht.» Sie schüttelte den Kopf und griff wieder nach ihrem Sherryglas.

Daß sie über den Tod sprach, als habe die Tochter damit gegen ein elterliches Verbot verstoßen, erschien Jury wie der Versuch, die Tatsache zu verdrängen und die Tochter wieder zurückzuholen – etwas spät vielleicht, vielleicht auch besoffen, aber immerhin.

«Nein, ich kann Ihnen nicht helfen. Ich weiß nur, daß Sheila am Morgen zur Arbeit gegangen ist und gesagt hat, daß sie 'ne Mitfahrgelegenheit nach Bristol hat.»

«Nach unseren Ermittlungen sieht es nicht so aus, als hätte sie dort jemanden gekannt», sagte Jury.

«Oh, das hätte Sheila nicht gestört. Sie wollte einfach nur weg. Sie wollte schon immer weg.» Stella Broome goß sich ein weiteres Glas ein und zog ein Papiertuch aus der Schachtel, die neben einem silbergerahmten Foto von Sheila stand.

«Was wissen Sie über ihre Freunde, Mrs. Broome? Über den Burschen, mit dem sie ging, zum Beispiel.»

«Ich hab der Polizei das alles schon mal erzählt. Dieser Commander oder wie immer er sich auch nennt...»

«Divisional Commander.» Jury mußte lächeln. So wie sie redete, klang es, als hätte Macalvie einen Dienstgrad nach dem anderen aus dem Hut gezaubert.

«Wie auch immer. Belästigung nenn ich so was.» Sie zündete sich wieder eine Zigarette an.

«Divisional Commander Macalvie ist sehr gründlich. Und manchmal sieht das vielleicht nach Belästigung aus...» Und manchmal ist es das auch, dachte er. «...aber bekanntlich vergessen Zeugen manchmal Details, die ihnen möglicherweise wieder einfallen, wenn man ihnen die Fragen noch einmal stellt.» Vor allem, wenn sie beim erstenmal gelogen haben. Wenn Jury auch nicht unbedingt glaubte, daß die Mutter log.

«Vielleicht», sagte sie. Es klang zweifelnd. «Da wäre der Gerald, Gerald Fox. Das war sozusagen ihr Freund.» Sie schniefte. «Obwohl ich sagen muß, er war ihretwegen fix und fertig...» Stella Broome preßte sich das zerknüllte Papiertuch an den Mund, um einen Tränenerguß zuvorzukommen.

Vielleicht lag es an dem vielen Sherry, dachte er, aber vielleicht trug der auch nur dazu bei, aufgestaute Gefühle freizusetzen. Er fragte sich, ob sie durch die vielen Blumen in der Wohnung nicht unbewußt Gefühle ausdrücken wollte, die sie ansonsten unterdrückte. Stella Broome hielt sich wahrscheinlich etwas auf ihre Härte zugute. Bestimmt war sie ihr Leben lang einsam gewesen. Vielleicht benötigte sie all ihre Kräfte, um sich gegen diesen neuen Anschlag zu verteidigen. Deshalb auch ihre bissige Kritik.

«Ob ich wohl ein bißchen von dem Sherry haben könnte?» fragte Jury. Auf diese Weise konnte er ihr ein wenig Gesellschaft leisten. Er schenkte ihr ein und ging in die Küche, um sich ein zweites Glas zu holen. So blieben ihr ein paar Minuten zum Heulen, ohne von Scotland Yard angestarrt zu werden.

«Danke.» Sie schneuzte sich die Nase. «Weiß gar nicht, was über mich gekommen ist.»

«Tun Sie sich keinen Zwang an, Mrs. Broome.» Innerlich mußte er lächeln. Er redete schon wie Wiggins. Er fragte noch einmal nach Gerald Fox und spürte, daß er sich nur wiederholte. Macalvie hätte sie viel gründlicher bearbeitet.

«Ja, nun ja, er war Sheila völlig ergeben, und sie hat ihn behandelt, als wär er Luft. Tat mir manchmal leid, wirklich. Nur deswegen ist sie immer nach London gefahren – um ihn eifersüchtig zu machen. Oh, ich weiß, daß das wahrscheinlich alles gelogen war, die Männer, mit denen sie angeblich ausgegangen ist. Ein alter Kerl mit 'nem Haufen Geld, den sie immer ihren Sugar Daddy nannte – das war der eine. Sie sagte, er würde in seinem Superschlitten hier vorbeikommen und sie abholen. Wer's glaubt. Dann war da noch ein Tänzer aus irgendeinem West End-Musical, sicherlich schwul und...»

Jury unterbrach sie. «Hat sie je einen Namen erwähnt?»

«Guy Soundso. Das war der Tänzer. Er hatte ein tolles Auto, irgendeine ausländische Marke. Alle von denen hatten tolle Autos, von denen Sheila ganz hin war. Tolle Autos und tolle Männer, das war ihr Stil. Na schön, sie hatte keinen Führerschein. Das heißt, sie haben ihn ihr wegen Trunkenheit am Steuer weggenommen. Wenn Sie mich fragen: Die hatten schon recht. Wird sowieso zuviel getrunken heutzutage.» Traurig blickte sie auf ihr Glas. Vielleicht dachte sie, daß sie selber nicht das beste Vorbild gewesen war, daß sie Sheila vielleicht selber vom geraden und schmalen Pfad der Tugend abgebracht hatte. «Hätt ich wieder geheiratet, wär sie vielleicht nicht so wild geworden. Es braucht schon einen Mann, um so einem Mädchen den Kopf zurechtzusetzen. Alle diese Männer hätten sie umworben, sagte sie...»

Stella Broome drückte sich die Fingerspitzen an die Stirn, als bekäme sie von den Erinnerungen Kopfschmerzen. Schließlich schüttelte sie den Kopf. «Ich weiß nur, daß Sheila ständig von diesen Kerlen geredet hat, wahrscheinlich auch vor Gerald, um ihn eifersüchtig zu machen. Ich weiß nicht mal, ob sie die Wahrheit gesagt hat. Warum sollte denn irgend so ein reicher Mann um Sheila rumscharwenzeln?»

Jury sah auf das Foto, das neben der Sherryflasche stand. «Sie war sehr hübsch.» Auf eine nuttige Art, fand er. Zuviel Make-up, gebleichtes Haar. Wie hatte Macalvie gesagt – «wasserstoffblond»? Jury runzelte die Stirn. «Sie haben von einem älteren Mann gesprochen. Was hat sie von ihm erzählt?»

«Von ihm? Ich weiß nicht mehr genau. Wenn sie damit anfing, hab ich manchmal einfach abgeschaltet. All diese Männer, die sie angeblich am Gängelband hatte.» Ihre Stirn furchte sich vor lauter Anstrengung, und sie hörte abrupt auf zu schaukeln. «Dieser Lkw-Fahrer, der sie mitgenommen hat. Den haben sie gehen lassen.» Stella Broome drückte das Taschentuch wieder unter die Nase und zitterte.

«Eine Kellnerin vom Little Chef hat sie aus dem Führerhaus aussteigen und den Sattelschlepper wegfahren sehen. Divisional Commander Macalvie war froh, daß der nichts damit zu tun hatte.»

«Nun ja, es ist vorbei. Ich weiß nicht, warum die Polizei das jetzt alles wieder aufrührt. Irgendein Wahnsinniger hat sie mitgenommen. Irgend so ein Wahnsinniger.»

«Ja, das ist durchaus möglich. Aber ich will Ihnen sagen, warum wir nicht lockerlassen, Mrs. Broome. In London wurde eine Frau getötet, und zwar auf die gleiche Weise wie Ihre Tochter, mit ihrem eigenen Schal.»

Abrupt hörte sie auf zu schaukeln. «Meine Güte, das ist ja schrecklich. Glauben Sie, daß es der gleiche war?»

«Wegen der Methode wäre das schon denkbar.»

«Aber dann muß es ja so sein, wie ich gesagt habe. Ein Verrückter.»

«Hat Ihre Tochter je einen gewissen David erwähnt?»

«Nicht daß ich wüßte.» Sie hatte noch ein- oder zweimal zu tief in die Sherryflasche geguckt. Inzwischen war sie bei ihrem vierten oder fünften. Die Worte klangen undeutlich, als sie sagte: «Glaube nicht, daß sie den Namen jemals erwähnt hat.» Stella schien die Tapete über Jurys Schulter zu studieren, machte vielleicht gerade einen imaginären Spaziergang durch ihren botanischen Garten.

Er wartete einen Augenblick, um zu sehen, ob ihr noch etwas einfiel. Doch sie schien sich trinkend in den Schlaf zu schaukeln. Ihr Kopf nickte wie eine Blume auf dem Stengel. Er stand auf und sagte: «Ich werde jetzt wohl besser gehen, Mrs. Broome. Wenn Sie sich noch an was erinnern sollten, was es auch ist, melden Sie sich bitte.»

Ihr Kopf fuhr in die Höhe, und sie schüttelte sich. «Ja.» Sie stand mit großer Mühe auf und hielt sich an der Sofalehne fest. «Aber diesen Commander oder wie er auch heißt, den ruf ich nicht an.» Auf dem Weg zur Tür riß sie die Trockenblumen vom Tisch und wischte mit den Fingern darüber, um sie abzustauben. «Wo kann ich Sie erreichen?»

Jury reichte ihr seine Karte. «New Scotland Yard. Rufen Sie einfach diese Nummer an, Mrs. Broome.»

Sie schien ihn jetzt mit dem gleichen Widerwillen gehen zu lassen, mit dem sie ihn empfangen hatte. Immer wieder starrte sie auf seine Karte, als wäre sie möglicherweise ein Glücksbringer.

Er ließ sie nicht gerne allein, aber er konnte schließlich nicht den ganzen Tag hierbleiben. Und dann gäbe es ja auch immer noch einen nächsten Tag, dem man ins Auge blicken mußte. Jury sah sich im Zimmer um, sah die getrockneten Sträuße, die ummauerten Gärten. Bruchstücke aus einem Gedicht fielen ihm ein... *Schweig still, die hängenden Gärten sind ein Traum... weht über persischen Rosen, weht und küßt...* Auf was hätte «küßt» sich gereimt? Er konnte sich nicht erinnern, aus welchem Gedicht die Zeilen stammten oder wem dieser Kuß galt. Einer Königin, dachte er. Die Sheila Broome gerne gewesen wäre, vielleicht.

«Ihre Tapete gefällt mir. Sie ist sehr... hübsch», fügte er lahm hinzu, weil ihm einfach kein besseres Wort einfiel. «Auf Wiedersehen, Mrs. Broome. Und vergessen Sie nicht anzurufen. Sie haben mir sehr geholfen.»

Auf dem Bürgersteig blickte er zurück. Immer noch stand sie da und umklammerte ihren unechten Strauß. Ob die junge Stella damals ihren Brautstrauß wohl so umklammert hatte? Wahrscheinlich hatte sie das Glück eines solchen Tages vergessen. Und Sheila würde dieses Glück nie mehr erleben.

SERGEANT WIGGINS SASS IN Macalvies Büro und trank eine Tasse Tee, als Jury hereinkam.

«Wo ist er?» Jury wies mit einem Kopfnicken auf den Schreibtisch, der groß wie ein See war und auf dem Stöße von Papier, Schreibzeug und Akten schwammen.

«Im gerichtsmedizinischen Labor», sagte Wiggins. «Um sich mit einer Person namens Thwaite zu unterhalten.» Er schniefte und zerrte ein Bettlaken von einem Taschentuch hervor. «Bin nur froh, daß ich nicht Thwaite heiße.»

«Da sind wir schon zu zweit.» Jury lächelte und nickte in Richtung Tür. «Kommen Sie, sehen wir mal nach ihm.»

Ein uniformierter Polizist führte sie zum Labor, das am Ende eines Korridorlabyrinths lag.

Sobald sie durch die Schwingtüren des letzten Korridors getreten waren, wurde die Führung überflüssig. Jury folgte einfach einer Stimme, die sich beim Näherkommen allmählich in eine wüste Schimpfkanonade hineinsteigerte.

Thwaite war gar kein *er*, erkannte Jury, als er durch das verglaste Viereck in der Tür blickte. Die Frau reichte Macalvie kaum bis zu den Schultern, aber offensichtlich zielte sie nach seiner Schläfengegend, so wie sie ihm das Mikroskop hinhielt.

Obwohl er nicht besonders groß war, gelang es Macalvie, fünfzehn Zentimeter an Höhe und Umfang zuzulegen, als er sich wie ein Felsblock vor dem Objekt seiner Mißbilligung – vermutlich Sergeant Thwaite – aufbaute. Bei der Spannung, die im Zimmer herrschte, wäre die Tür beim Anklopfen wahrscheinlich aus den Angeln gesprungen, also machte Jury sie einfach auf und hörte, wie sich der Divisional Commander über irgendeinen Ex ausließ.

Oder vielmehr Exe, wie Jury jetzt begriff.

«...sich hier hinstellen und es mir den ganzen Tag wiederholen, Gilly. Wir haben ihn aus dem Exe gezogen, aber er lag nicht in dem Scheiß-Exe, als er starb...» Macalvie drehte sich ein wenig zur Seite, entdeckte Jury, nickte ihm gleichgültig zu und setzte den Streit wieder fort.

«Könnte ich das wohl jetzt wieder zurückhaben», sagte Gilly Thwaite und griff nach dem Mikroskop, das Macalvie ihr entrissen hatte. «Glauben Sie, der steht noch mal auf und salutiert?»

«Sie gehören nicht zur Spurensicherung, Gilly.»

«Sie ebensowenig», schnauzte sie.

Jury verlieh Thwaite einen goldenen Orden für ihre Courage. Sie hatte braune Korkenzieherlocken und rauchgraue Augen, wobei der Rauch zweifellos von dem Feuer in ihrem Innern stammte. Einen Arm hatte sie auf den schwarzen Marmor des Labortisches gelegt und die Hand zur Faust geballt, als könne sie es kaum erwarten, ihm einen Schlag zu versetzen. Als sie den Mund öffnete, starrte Macalvie darauf wie ein Zahnarzt, der seinen Bohrer ansetzen will.

Er wandte sich an Jury. «Verschwinden wir von hier. Ich brauche einen Drink», sagte er und zog Wiggins mit sich fort, nicht so sehr mit der Hand, die er ihm auf die Schulter gelegt hatte, als durch die Luft, die in das Vakuum nachströmte, das der Divisional Commander hinter sich zurückließ. Er drehte sich noch einmal zu Sergeant Thwaite um. «Würden Sie vielleicht Waliman einfach seinen Job machen lassen? Wie er es immer getan hat», fügte Macalvie *sotto voce* hinzu.

Gilly Thwaite, die sich wieder über ihr Mikroskop gebeugt hatte, blickte auf. «Dann müssen Sie eben ohne mich auskommen.»

«Was für eine Klappe! Wenn sie ihre Zunge mal irgendwo parken würde, dann garantiert im Halteverbot», sagte Macalvie.

Das Pub befand sich in der Altstadt von Exeter in einem der Tudor-Gebäude, die den Rasen und die Kathedrale umgeben. Die kurze Fahrt im Polizei-Cortina verkürzte ihnen Macalvie – während er von Bordkante zu Bordkante prallend das alte Exeter umrundete – mit diversen Klagen und Verwünschungen. Seit zwei Tagen habe er nichts mehr gegessen (Jury glaubte es ihm). Er würde kündigen und nach Amerika auswandern (das nahm er ihm nicht ab) und sich eine Detektivlizenz besorgen (dito). «Sie haben zu oft den ‹Malteser Falken› gesehen, Macalvie», sagte Jury, als sie die Tür zum Black Swan aufstießen.

Macalvie spähte durchs Glas der Vitrine mit den warmen Mahlzeiten und bat das Mädchen, ihm einen Teller mit Kartoffelauflauf, Würstchen, Erbsen und Brot zu geben. Er inspizierte den Teller, um zu sehen, ob noch etwas mehr draufpaßte, und sagte dann: «Wollt ihr auch was? Die kochen hier ganz gut.»

Jury schüttelte den Kopf. Wiggins bestellte einen Käsetoast. Als er danach auf Macalvies gehäuften Teller sah, schüttelte er den Kopf. «Sie brauchen Ballaststoffe. Grünen Salat. Wahrscheinlich sind Sie auch so wie er.» Wiggins nickte zu Jury hinüber. «Tagelang nichts Gescheites im Magen und dann alles auf einmal wieder gutmachen wollen und sich mit den falschen Sachen vollstopfen.»

«Nennen Sie einen Käsetoast was Gescheites?» Dennoch blickte er zweifelnd auf seinen Teller und reichte ihn noch einmal zurück, um sich etwas Salat geben zu lassen. Jury ging ans andere Ende der Theke, um Getränke zu holen, und dachte sich, daß sie einen gemeinsamen Vorfahren haben mußten. Macalvie, der von niemandem außer dem Erzengel Gabriel einen Rat akzeptierte, nahm Wiggins' Gesundheitsappelle in der Regel nur mit großem Vorbehalt hin.

Als Jury sich an den Tisch setzte, stritten sie gerade über Salz. «Bluthochdruck, pfeife ich drauf.» Macalvie schneite seinen Kartoffelauflauf mit einem halben Dutzend heftiger Schüttelbewegungen ein. «Also, was hat Stella Broome gesagt?» Er grub eine kleine Vertiefung in seinen Auflauf.

«Nichts, was Sie nicht schon wissen, nehm ich an. Sie erzählte von Sheilas Freunden, einem gewissen Gerald Fox, Guy Soundso und weiteren anonymen Typen. Leider setzte es bei Stella öfter aus, wenn sie erzählte. Was ist mit diesem älteren Mann, den Sheila ihren Sugar Daddy nannte?»

«Fehlanzeige, Jury. Offenbar gab's da einen älteren Blonden – alt heißt doppelt so alt wie sie selber. Ich habe Vera, das ist die, die sie immer besucht hat, darauf angesprochen. Leider hat Vera sich nicht viel aus Sheila gemacht, meinte, sie wäre eine Schnorrerin und sie habe Sheila auch nicht immer zugehört, wenn die was erzählt habe. Aber sie hat ihn mal neben seinem Wagen stehen sehen. Eins von diesen Jaguar XJ6-Modellen. Sie wissen, die mit den vierzehn austauschbaren Dächern, die sie uns Polypen anbieten. Aber wir konnten den Burschen nicht ausfindig machen.»

Macalvie schüttelte den Kopf und schüttete noch mehr Salz auf sein Essen. «Steht alles in den Akten. Wir haben uns mit zwei-, dreihundert Leuten unterhalten. Verwandten, Verwandten von Verwandten. Freunden, Freunden von Freunden. Nichts.»

Wiggins träufelte zwei, drei Tropfen einer neongelben Flüssigkeit in sein Bier. «Könnte dieser Lkw-Fahrer, dieser Riley, sie später nicht doch noch mitgenommen haben...?»

Macalvie beobachtete fasziniert die herunterfallenden Tropfen und sagte: «Der Fahrer war es nicht. Es gab keinerlei Anzeichen, daß in diesem Gehölz ein Lkw gestanden hat... Wiggins, was ist das eigentlich für ein Zeug?»

Das Bier hatte eine seltsame Farbe angenommen. «Ich hab es auf der Brust.» Er hustete und schlug sich mit der geballten Faust auf die Brust.

«Wahrscheinlich ein Marsmännchen», sagte Macalvie und wandte sich wieder seinen Würstchen zu. «Die Kellnerin sagte, daß er Sheila, gleich nachdem sie aus dem Little Chef kamen, am Straßenrand abgesetzt hat. Diese Higgins hat bestimmt nicht gelogen und ist offensichtlich sehr aufmerksam. Auch wenn sie das Foto von David Marr, das wir ihr gezeigt haben, nicht identifizieren konnte. Jedenfalls nicht mit letzter Sicherheit ja oder nein sagen konnte. Bloß, daß er ihr ‹irgendwie bekannt› vorkam. Das ist schon mal ein Ausgangspunkt. Nur, daß ihr dann der Constable, den ich zum Kaffeeholen reinschickte – er ist ebenfalls groß und dunkel wie Marr – auch ‹irgendwie bekannt› vorkam. Ich glaube, sie war zu sehr darauf erpicht, uns zu helfen.»

Wiggins ließ den gelben Tropfen rosa Kristalle folgen, die er vorsichtig aus einer kleinen, weißen Tüte ins Bier klopfte. «Offensichtlich sind Sie überzeugt, daß es jemand war, der Sheila gekannt hat. Dieses Schweigen im Café könnte bedeuten, daß sie sich gestritten hatten und der Streit in dem Moment, als sie ins Führerhaus stieg, wiederaufgeflammt ist.» Er trank sein Bier, das einen kitschigen, ins Gelbliche spielenden Rosaton angenommen hatte.

«Was haben Sie eigentlich, Wiggins, die Pest? Ja, sie haben sich gekannt. Ich behaupte weiterhin, daß sie sich gekannt haben.»

«Der Schal sieht mir nicht nach einem vorbedachten Plan aus, Macalvie. Es klingt eher nach spontaner Eingebung.»

Macalvie zuckte die Achseln. «Nicht, wenn er wußte, daß sie immer einen trägt. Das tun ja die meisten Frauen. Aber egal, glauben Sie, daß er vielleicht noch was anderes dabei hatte? Ein Messer oder eine Schußwaffe?»

Jury schüttelte den Kopf. «Wie ich schon sagte, es könnte sein, daß Sheila einfach zur falschen Zeit am falschen Ort war.»

«Das klingt so, als sei es eben Schicksal, Jury. Ich glaube nicht daran, daß unser Schicksal in den Sternen steht.»

«Soll aber vorkommen.»

«Nicht in Devon.» Macalvie lächelte.

15

DAS HAUS SELBER HATTE keinen Namen. Durch die Dämmerung und den fallenden Schnee erfaßten Jurys Scheinwerfer nur eine kleine Bronzetafel, die als Aufschrift lediglich das Wort Winslow trug und in eine Steinsäule am Ende der gewundenen Auffahrt eingelassen war. Einige Augenblicke blieb er noch im Wagen sitzen, rauchte und blickte zu dem kleinen Wald hinüber, wo heruntergefallene Äste und verfaulende Stämme verrieten, daß der Parkwächter – falls es einen gab – sich um alles kümmerte, nur nicht um den Park. Er schlug die Tür seines Ford zu und löste dadurch eine kleine Lawine aus, die von der Kühlerhaube zu Boden fiel.

Jury zog an der Glocke und sah an der glatten grauen Hausfront hoch. Er hätte das Haus sicher nicht als Zufluchtsstätte erwählt, wenn es auch bestimmt sehr ruhig war. Oder vielmehr trostlos, dachte er. Aber vielleicht steigerte gerade das noch seine baroneske Pracht.

Ein bäuerlich wirkender Mann, dessen Gesicht von den winzigen Äderchen des starken Trinkers durchzogen war, öffnete die Tür und steckte den Kopf durch den Spalt. Er musterte Jury mit einem Mißtrauen, das noch zunahm, als Jury ihm seinen Dienstausweis zeigte und sagte, er wolle Mrs. Winslow sprechen.

Der Mann öffnete die Tür etwas weiter und winkte ihn heran, als wolle er einen Zaudernden über die Schwelle locken. «Kommen Se rein. Ich sach Bescheid.» Sicher war er kein richtiger Butler, wahrscheinlich der Parkwächter oder Gärtner.

Die Eingangshalle war riesig und kalt und verstärkte mit den Rüstungen an der einen Wand und den Nischen mit Gipsbüsten von Heiligen oder Göttern an der anderen den Eindruck aristokratischer Pracht. Eine auf Hochglanz gewienerte Mahagonitreppe führte in der Mitte des Raumes hinauf zur Galerie im ersten Stock. Er ging zum Endpfosten des Geländers und blickte hinauf. Das Gemälde, das Plant am Telefon erwähnt hatte, zeigte eine blonde junge Frau und ein kleines Mädchen von vielleicht sieben oder acht Jahren.

Zu beiden Seiten des Eingangs gestattete ein Bogenfenster spärliche Aussicht auf den Wald. Langsam schwebte der Schnee herab und legte einen Schleier vor die schwarzen Buchen und Eiben, so daß sie eher wie Baumgespenster wirkten. Es erinnerte ihn wieder an die Straße nach Bristol und das Gehölz, in dem man Sheila Broome gefunden hatte. Er runzelte ein wenig die Stirn; irgend etwas irritierte ihn, etwas, das er über Sheila Broome gehört hatte, ein winziger Abdruck in seinem Gedächtnis wie eine dunkle, zarte Vogelspur. Eine Misteldrossel landete schaukelnd auf einem dünnen Zweig der nächststehenden Buche; kleine Schneeklumpen rieselten herunter.

«Entschuldigen Sie, Superintendent, daß ich Sie habe warten lassen.»

Es war David Marr. Jury hatte ihn nicht kommen hören und war, nachdem er die ganze Zeit auf die hypnotisierende Szenerie hinausgestarrt hatte, einen Moment lang verwirrt.

Marr lächelte schwach. «Wir sind uns schon begegnet.»

«Ich weiß.» Jury lächelte ebenfalls. «Ihr Wald hat mich wohl ein wenig verzaubert. Ich liebe Schnee.»

Marr hob mit gespieltem Erstaunen die Augenbrauen. «Sie gehen wohl auch im Schnee spazieren, wie?»

«Gelegentlich. Ich habe mich ein wenig verspätet wegen der Straßenverhältnisse.»

Sie gingen durch eine Flügeltür auf der rechten Seite der Halle. «Sie müssen sich nicht entschuldigen. Wir haben *Sie* warten lassen. John ist eigentlich kein richtiger Butler. Eigentlich auch kein richtiger Verwalter, wenn man's genau nimmt. Wir sind hier im Salon, bereit für Ihre Fragen.»

Die Winslows wirkten tatsächlich wie gestellt. Meisterhaft gestellt, gewissermaßen. Sie standen beziehungsweise saßen herum wie Schauspieler, die man gerade unterbrochen hatte und die sich jetzt mit ihren Drehbüchern beschäftigten. Marion Winslow, die ein Hauskleid aus schwarzem Samt trug, saß in einem Mahagonisessel mit hoher Lehne, der mehrere Meter von einem gewaltigen Marmorkamin entfernt stand. Ein Weihnachtsbaum, der bis auf die nicht brennenden elektrischen Kerzen und einen winzigen Engel aus Glasgespinst auf der Spitze nicht geschmückt war, stand ziemlich düster rechts neben dem Kaminsims. Edward Winslow stand rauchend vor dem Kamin. David Marr steuerte den lässigen Touch bei; genau den passenden Touch, um alles so überzeugend und improvisiert wirken zu lassen. Er schenkte für sich und Jury einen Whisky Soda ein. In der Haltung Marion Winslows und ihres Sohnes konnte man fast eine Nachahmung der Posen auf dem Porträt über dem Sims entdecken. Allerdings schienen sie sich dessen überhaupt nicht bewußt zu sein. Nachdem er Jury seinen Drink gereicht hatte, setzte sich David auf ein schönes Queen-Anne-Sofa und streckte die Beine von sich.

Jury hatte vor, sich jeden einzeln vorzunehmen, aber noch nicht jetzt. Er wollte die Familienversammlung nicht sprengen; sie interessierte ihn.

Einige Augenblicke lang unterhielten sie sich höflich über den Zustand der Straßen und die unerwarteten Schneefälle. Jury zündete sich eine Zigarette an und ließ den Blick über den runden, klauenfüßigen Tisch neben sich wandern, auf dem eine ganze Sammlung von Fotografien stand: kleine, große, schlicht oder aufwendig gerahmte. Als das Gespräch verebbte wie der langsamer herabschwebende Schnee, griff Jury nach einem kleinen, in getriebenem Silber gerahmten Bild des Kindes aus dem Gemälde über dem Treppenabsatz. Es war sehr hübsch, hatte große, feuchtglänzende Augen und hellblondes Haar. Edward Winslows kleine Schwester sah aus, wie Edward selber wohl in diesem Alter ausgesehen haben mochte, dachte Jury.

Jury bemerkte, daß Marion Winslow ihn beobachtete und die Bewegung des Rahmens vom Tisch zum Stuhl und wieder zurück genau verfolgte. «Das war meine Tochter, Phoebe.» Ihre Stimme klang angenehm tief, aber so flach und ruhig und kalt wie die Winterlandschaft, durch die er heute gefahren war.

«Ich habe von dem Unfall gehört. Es tut mir sehr leid.»

Sie nickte flüchtig. Ihr Bruder war aufgestanden, um sein Glas wieder zu füllen. Er stand jetzt mit der Hand in der Jackentasche da und starrte abwesend ins Feuer. Dann drehte er sich um, als wolle er etwas sagen, doch Edward kam ihm zuvor: «Ich hatte Phoebe sehr gern.» Er seufzte. «Tja, wir alle.» Er trat noch näher an den Sessel seiner Mutter heran und legte ihr die Hand auf die Schulter. Sie schien ins Leere zu starren.

Jury machte sich Gedanken über das schwarze Kleid. Das Mädchen war vor über zwei Jahren verunglückt, sicherlich nicht lange her. Wie gestern, was die Trauer anging, aber ein bißchen zu lange, um immer noch Trauerkleidung zu tragen. Auch wenn Jury bezweifelte, daß Marion Winslow mit diesem einfachen, elegant geschnittenen schwarzen Gewand daran gedacht hatte.

«Das Familienalbum ist faszinierend, finden Sie nicht?» sagte David und nahm seinen Platz auf dem Sofa wieder ein. «Haben Sie denn etwas gefunden, das mich entlastet?»

Trotz der unpassenden Bemerkung über das Familienalbum tat Marr Jury ziemlich leid. Ließ man die zufälligen Umstände einmal beiseite, gab es keinerlei Beweis für die Hypothese, daß er Ivy Childess getötet hatte. Aber es gab diese Umstände nun einmal. «Ich fürchte, nichts Bestimmtes, Mr. Marr.»

«Zum Teufel, dann geben Sie sich doch mit was Unbestimmtem zufrieden.»

Jury lächelte, schüttelte aber den Kopf. Er war froh, daß das Thema von einem von ihnen angesprochen worden war. «Es wäre gut, wenn ich alleine mit Ihnen sprechen könnte, Mr. Marr. In der Tat...»

Marr unterbrach ihn: «Sie haben mich schon alleine gesprochen, Superintendent.»

«Ich wollte eben sagen, daß ich mich eigentlich mit jedem von Ihnen alleine unterhalten möchte. Falls Ihnen das keine zu großen Unannehmlichkeiten bereitet.»

Als Marion Winslow lachte, war er ein wenig überrascht. «Irgendwie denke ich, daß wir die Zeit dafür schon erübrigen können, Mr. Jury.» Sie erhob sich aus ihrem Sessel und verließ zusammen mit Edward den Raum.

«Das wird der Höhepunkt des heutigen Tages», sagte David und goß sich wieder einen Whisky ein, hielt die Karaffe in die Höhe und blickte Jury an.

Jury schüttelte den Kopf. «Ich bin froh, daß wir Sie nicht langweilen.»

«Ganz und gar nicht. Wie viele Möglichkeiten gibt es eigentlich, Erkundigungen über einen Telefonanruf einzuholen? Zumindest können Sie jetzt meine Schwester persönlich fragen.»

«Ich frage mich, Mr. Marr, ob Sie wohl je in Exeter waren.»

David Marr blickte überrascht von seinem Glas auf. «Nanu! Ein neuer Versuch.» Er lehnte seinen Kopf an die Sofalehne zurück. «Exeter, Exeter, Exeter. Ja, das ist schon lange her. Hab eine Tour zur Kathedrale gemacht. Und dann durch die Pubs.»

«Wie lange ist das her?»

David zuckte die Achseln. «Zehn Jahre vielleicht.» Er sah Jury an. «Ich sehe schon, daß sich da ganz neue Fragen eröffnen. Was ist denn in Exeter passiert?»

«Sheila Broome. Sie kannten sie nicht zufäl...?»

«Nie von ihr gehört.» Seine Antwort kam schnell und überschnitt sich mit dem Ende von Jurys Frage. «Dieses ‹kannten Sie nicht› heißt doch wohl, daß ihr was zugestoßen ist.» Er starrte wieder zur Decke hinauf. «Großer Gott.» Er seufzte. «Ich hoffe wirklich, Ihre nächste Frage lautet nicht: ‹Wo waren Sie in der Nacht zum...?›»

Jury lächelte. «29. Februar.»

Marr drehte sich rasch zu ihm um und sah ihn an. «Das ist *zehn Monate* her, Superintendent.»

«Ich weiß.»

«Wenn sich mir die Daten meiner aufregenden Affären mit jungen Damen auch ins Hirn gebrannt haben, so kann ich mich wahrhaftig nicht an diese spezielle erinnern. Sheila, sagen Sie?»

«Broome. Wirklich schade. Versuchen Sie's bitte, wenn Sie ein bißchen Zeit haben.»

David stöhnte. «Wollen Sie mir etwa erzählen, Superintendent, das *noch* eine Frau um die Ecke gebracht worden ist? Und zwar von mir, wie Sie offenbar glauben?» Er ließ sich noch ein Stückchen tiefer ins Sofa sinken und rollte das kühle Glas über seine Stirn.

«Nein, das wollte ich damit nicht sagen.» Jury rutschte auf die Sesselkante. «David, meinen Sie nicht, daß Sie sich für jemand in Ihrer Lage ein bißchen lässig geben?»

«Danke für den Rat. Aber es ist nun mal so, daß ich mit dem Tod von Ivy oder einer anderen nicht das geringste zu tun habe.» Er trank seinen Whisky aus und starrte mürrisch ins Feuer.

«Okay. Ich würde mich jetzt gern mit Edward unterhalten.»

David drehte sich überrascht um. «Sie meinen, das ist schon alles, Superintendent? Ich war überzeugt, Sie würden mich ausquetschen wie 'ne Zitrone. Ich könnte ja jetzt ganz entzückt sein, aber es hat sicher nichts Gutes zu bedeuten. Sie haben ja noch nicht einmal ein interessanteres Objekt als mich gefunden. Aber ich bezweifle, daß ich noch sehr ergiebig für Sie sein werde.»

«Ich werde mir Mühe geben.»

Kein Gemälde oder Foto konnte Edward Winslow wirklich gerecht werden. Der Schnappschuß, den Jury gerade David Marr zurückgegeben hatte, vermittelte nur eine Ahnung von der Attraktivität seines Neffen, wahrscheinlich, weil die Kamera die Anmut, mit der er sich bewegte, nicht festhalten konnte. Und doch, dachte Jury, hatte der Porträtist die aristokratische Statur und Haltung zu ernst genommen; denn wenn Edward auch schön und elegant war, so war er dennoch auch nachlässig, als stamme sein

Verhalten anders als seine Kleidung von der Stange. Ein Modedesigner hätte ihn sicher am liebsten mit breiter Krawatte und sportlichem Doppelreiher gesehen. Edward aber bevorzugte Pullover und offene Hemdkragen.

Er betrat das Zimmer irgendwie schlurfend und unsicher lächelnd. Dann setzte er sich in die Sofaecke, die David gerade geräumt hatte, und stützte den Kopf in die Hand. «Wenn es Sie nicht stört, daß ich das sage, aber es ist alles ziemlich merkwürdig – zum Beispiel, daß Scotland Yard nach Somers Abbas kommt. Oh, tut mir leid...» Edward errötete ein wenig, als hielte er es für ungehörig, die weiteren Nachforschungen von Scotland Yard in Frage zu stellen.

Hielten die das alle für ein Spiel, fragte sich Jury. Cricket oder so was? «Sie leben doch abwechselnd in Somers Abbas und London, nicht wahr?» Als Edward nickte, fuhr Jury fort: «Gibt es einen besonderen Grund, warum Sie sich hier lieber aufhalten als in London?»

Edward lachte. «Sie klingen wie meine Mutter. Mutter sagt, sie will nicht, daß ich hier rumhänge, um sie aufzumuntern.»

«Ihre Mutter sieht mir gar nicht danach aus, als müßte sie aufgemuntert werden, Mr. Winslow.»

Edward stand auf, wie David es getan hatte, und schenkte sich einen allerdings sehr kleinen Whisky ein. «Doch.» Er leerte das Glas auf einen Zug. «Obwohl sie das ziemlich gut überspielt, muß man schon sagen. Seit dem Tod meiner Schwester hat Mutter sich ziemlich zurückgezogen. Sie – Phoebe – wurde von einem Auto erfaßt. Sie rannte direkt in den Wagen hinein. Er sah sie erst, als er sie schon fast überfahren hatte. Hat er zumindest behauptet. Es war eigentlich auch keine Fahrerflucht; denn offenbar hielt der Bursche drei Straßen weiter an einer Telefonzelle und rief die Polizei an.» Er sah Jury traurig an. «Ich habe Phoebe gefunden. Hugh war im Haus.» Er machte eine Pause. «Er kam später rausgerannt.»

Jury nickte, sagte jedoch nichts. Er beobachtete nur den herumspazierenden Ned Winslow, der jetzt vor der Fichte stehenblieb, um den Engel aus Glasgespinst zurechtzurücken, worauf dieser, als Ned ihn wieder auf dem obersten Zweig befestigt hatte, im Licht aufglänzte. Da Ned Winslow ja dabeigewesen war – *Wie sah sie aus? Was hatte sie an? Hat sie noch etwas gesagt?* –, war er vielleicht dazu verdammt, die Last zu tragen, als sei er das Gedächtnis seiner Sippe.

«Es tut mir leid», sagte Jury. «Ihr Onkel sagte, Sie seien Dichter, und ein veröffentlichter noch dazu. Sie müssen sehr gut sein.»

Er lachte. «Na ja, da haben Sie wohl recht – ich meine, daß Veröffentlichung und Wert etwas miteinander zu tun haben. Und Gedichte schreiben klingt ja bestimmt nicht nach einer ordentlichen Arbeit, vor allem nicht für jemanden, der stempeln geht.»

«Ich habe mich gefragt», sagte Jury, «warum Sie sich eine eigene Wohnung in Belgravia leisten, wo Sie doch das Haus in Knightsbridge haben.»

«Das ist ganz einfach. Mein Vater lebt dort.» Er sah Jury an. «Ich versteh mich nicht besonders mit ihm.» Ned beugte sich nach vorn, um im Feuer zu stochern. Ein großes Scheit brach auseinander und zerfiel, und eine sägeblattähnliche bläuliche Flamme schoß hoch und warf ein Schattengewebe auf sein Gesicht. Als er Jury ansah, veränderte sich die Farbe seiner Augen wie bei einem Karneol von Braun zu Gold.

«Als Ihr Onkel am Montag abend anrief, waren Sie da zu Hause?» Jury beobachtete Ned Winslow, der nicht sofort antwortete.

«Nein.»

«Aber Ihre Mutter hat Ihnen von dem Anruf erzählt.»

«Oh, natürlich. Schließlich ist das doch wohl das einzige, das David vor der Anklagebank bewahren kann, oder?»

MARION WINSLOW WANDTE KEIN AUGE von Jury, als sie zu dem Sessel mit der hohen Lehne hinüberging.

Auch Jury rührte sich nicht. Er blieb auf dem Sessel neben dem mittleren Tisch sitzen, fast zehn mit einem Kermanteppich ausgelegte Meter von ihr entfernt.

Ihre Hände ruhten auf den Enden der Mahagonilehnen. Sie hatte die Beine übereinandergeschlagen, so daß sich über ihren Schuhspitzen eine Welle schwarzen Samtes bildete. Sie trug keinen Schmuck und wenig oder gar kein Make-up. Von irgendwelchem Aufputz schien sie nicht viel zu halten.

«Ich kann Ihnen wirklich nicht mehr sagen, als ich Ihnen schon erzählt habe, Superintendent. Auch wenn es mir durchaus nichts ausmacht, es Ihnen noch einmal zu erzählen.» Sie lächelte kühl. «Der Anruf interessiert Sie vermutlich am meisten?»

«Unter anderem, ja.»

«David rief mich, ich würde sagen so um elf herum, am Montag abend an.»

«Und Sie können die Zeit nicht genauer eingrenzen?»

«Nein. Tut mir leid. Manchmal nimmt der Anrufbeantworter meines Mannes Gespräche entgegen und fragt nach der genauen Zeit. Wenn ich außer Hörweite bin und die Dienstboten nicht da sind, stelle ich auf den Anrufbeantworter um. Aber an diesem Abend war ich zum Lesen in der Bibliothek.» Sie dachte einen Augenblick nach. «Ich würde sagen, zwischen Viertel vor und ein paar Minuten nach elf.»

«Ein bißchen spät für einen Anruf.»

Sie lachte. «Nicht für David. Nicht bei uns.»

«Was wollte er von Ihnen?»

Mit einem kleinen Lächeln sagte sie: «Geld. Und eine Brust, an der er sich ausweinen konnte, nehme ich an. Wie ich Ihnen schon erzählte: Er hatte Ivy Childess gerade sitzenlassen. Er hatte ihr ständiges Drängen, sie zu heiraten, allmählich satt.»

«Hatte er denn nie die Absicht, sie zu heiraten?»

«Das bezweifle ich sehr.»

«Ihr Bruder scheint ja allgemein von der Ehe nicht viel zu halten?»

Sie schüttelte den Kopf. «Nein, nur im besonderen. Und ganz speziell hatte er etwas gegen eine Ehe mit Ivy Childess.»

«Sie kannten sie?»

Ihre Augenbrauen wölbten sich in gelindem Erstaunen. «Nein. Ich bin ihr wohl begegnet. Aber das ist ja etwas anderes. Es war in unserem Haus in London. Wir hatten ein paar Freunde auf einen Drink eingeladen. Mein Sohn und mein Bruder waren da. Und David brachte Ivy mit.» Sie zuckte die Achseln und fügte hinzu: «Und Lucinda St. Clair, wie ich mich noch erinnere.»

«St. Clair.»

«Ja. Sie wohnen am Nordrand von Somers Abbas. Ein

ziemlich barockes Haus, das sie The Steeples nennen. Lucinda ist die älteste Tochter, und wir kennen sie schon lange.» Marion legte den Kopf an die hohe Rückenlehne des Sessels und sah zur Decke hinauf. «Eigentlich glaube ich, daß Sie sich mal mit Lucinda unterhalten sollten. Sie hat David sehr gern.» Sie streckte die Hand aus, griff nach einem kleinen Notizbuch und einem goldenen Stift und schrieb rasch etwas auf. «Verstehen Sie mich bitte richtig, ich will damit nicht gerade sagen, daß Lucinda Ihnen einen unbefangeneren Bericht liefern wird. Hier ist ihre Telefonnummer und Adresse. Obwohl Ihnen jeder im Dorf sagen kann, wo die St. Clairs wohnen.» Sie riß eine Seite heraus und legte sie auf den Tisch. Sie saßen zu weit auseinander, als daß sie sie ihm hätte reichen können.

Marion Winslow war eine praktische Frau, dachte Jury. Verschwendete keine überflüssigen Worte, beschönigte nichts. Eigentlich hatte sie Ähnlichkeit mit einem Fischer. Alles wurde eingeschätzt und gewogen, bevor sie vom Gedanken zur Tat schritt. Behutsam holte sie die Angelschnur ein und wickelte sie auf. «Meinen Sie mit ‹sehr gern haben›, daß sie in ihn verliebt ist?»

Sie nickte. «Ja, und das ist wirklich ein Jammer. David erwidert ihre Gefühle nicht.» Sie starrte wieder auf die Feuerschatten an der Decke und fügte – doch so, als habe das weiter keine Bedeutung – hinzu: «Ich mag Lucinda.»

«Sie sind dann also gewissermaßen die Vertraute Ihres Bruders?»

Wieder nickte sie. «Deswegen war ich ja auch gar nicht überrascht, als er am Montag noch so spät anrief.»

«Sie erwähnten, Sie hätten etwa zwanzig Minuten miteinander gesprochen. Können Sie das noch genauer sagen?»

«Nein. Zwanzig Minuten bis eine halbe Stunde.»

Es würde bedeuten, daß Marr von etwa zweiundzwanzig Uhr fünfzig bis dreiundzwanzig Uhr zehn oder zwanzig in seiner Wohnung war, falls er das Pub genau um Viertel vor elf verlassen hatte und nach Wiggins' Schätzung in etwa zehn Minuten nach Shepherds Market gegangen war. Wobei ja die meiste Zeit für Ivy Childess' Ermordung draufging. Kein hieb- und stichfestes Alibi, aber besser als nichts. Natürlich hätte er innerhalb der zwanzig Minuten zwischen der Schließung des Pubs und dem Vorbeikommen der Frau mit dem Hund zum Running Footman zurücklaufen, sie erdrosseln und dann wieder nach Shepherd Market laufen können. Obwohl, zwanzig Minuten, ziemlich schwierig. Bei dreißig wäre es überhaupt kein Problem. Diese zusätzlichen zehn Minuten könnten entscheidend sein. Doch dann bliebe noch die Frage, warum Ivy zwanzig Minuten lang in Hay's Mews hätte herumhängen sollen.

«Ihr Mann lebt meistens in London?» fragte Jury behutsam.

Marion zuckte zusammen. «Ja, das ist richtig.»

«Aber Sie fahren nicht oft nach London?»

«Nein.»

«Mr. Winslow hat eine Art Büro hier?»

«Ja. Er ist Anlageberater. Ich nehme an, er muß mit den Kunden Kontakt halten.»

Jury fand, daß dieses «ich nehme an» ganz gut die Beziehung der Winslows charakterisierte. Marion und Hugh waren mit Sicherheit nicht die oder der Vertraute des anderen. Dennoch fragte er: «Mochte Ihr Mann Ivy Childess denn auch nicht?»

«Ich kann mich nicht erinnern, daß er sich jemals über

sie geäußert hätte, wie auch immer.» Sie zuckte die Achseln.

«Ihr Mann verbringt also die meiste Zeit in London, nicht wahr?»

«Ja.»

«Auch wenn er selten kommt, kommt er – sagen wir, regelmäßig?»

«Nein. Unregelmäßig.»

«Und Sie, übernachten Sie manchmal dort in Ihrem Haus?»

Sie schien nachzudenken. «Selten. Häufiger im Claridge. Ich fahre einzig und allein nach London, um David und Ned zu besuchen. Ich will nicht, daß sie sich immer verpflichtet fühlen, hierherzukommen.»

Jury lächelte. «Falls es zwei Männer gibt, die nicht so aussehen, als erfüllten sie damit eine unangenehme Pflicht, dann sind das David und Ned, würde ich sagen.»

«Danke. Das klingt ja fast wie ein Kompliment.» Sie schien in die Betrachtung ihrer Hände vertieft. «Sehen Sie – ich bin sicher, Sie verstehen das –, ich habe eine tiefe Abneigung gegen das Haus in Knightsbridge.» Sie sah auf. «Phoebe ist dort gestorben.» Ihr Blick löste sich von Jury und wanderte zum Tisch neben ihm und zu den gerahmten Fotos.

«Das kann ich durchaus verstehen.» Er folgte ihrem Blick, der zum mittleren Tisch schweifte. In einem altmodischen Walnußrahmen stand da das Foto eines kleinen lächelnden Mädchens, dem der Wind die hellblonden Strähnen ins Gesicht blies. Jury betrachtete es eingehend. «Mir ist da ein Gemälde aufgefallen, ein Porträt über dem Treppenabsatz oben. Ist es von ihr?»

«Ja. Phoebe und Rose.» Sie sah weg. «Rose war Edwards Frau. Sie ist weggelaufen. Ich wünschte, er würde wieder heiraten. Vielleicht hätte er dann mehr Glück. Wie eine Frau Ned wegen seines Geldes heiraten kann, übersteigt meine Phantasie. Aber sie hat es getan. Sie brachte es fertig, das Konto abzuräumen, ehe sie ohne ein Wort verschwand. Und doch haßt vor allem David das Porträt und nicht Ned. Er sagt mir ständig, ich soll es abhängen. Aber es ist das einzige, das wir von Phoebe haben, und man geht ja nicht her und schneidet irgendwelche Leute aus einem Porträt heraus.»

Aber man enterbt sie, dachte er. «Sie sagten, Ihr Bruder wollte Geld. War es viel?»

Sie lachte. «Das tut er ständig. David ist entsetzlich verschwenderisch. Wie er all das Geld ausgeben konnte, das er in den letzten Jahren gekriegt hat, ist mir schleierhaft.»

«Wie steht es denn mit dem Familienvermögen? Wer erbt was?»

«Es wurde gleichmäßig auf uns drei verteilt. Es sind so um die fünf Millionen, nehm ich an.» Sie zuckte mit den Achseln, als handle es sich um fünf Pfund. «Allerdings gibt es da einen Zusatz zum Testament: David erbt erst, wenn er heiratet. Unser Vater dachte, er bringt seinen Anteil in einem Jahr durch, wenn er keine Frau hat, die ihm ein bißchen Vernunft beibringt.» Ihre Augen blitzten auf. «Also hätte er doch allen Grund gehabt, Ivy Childess am Leben zu halten, finden Sie nicht?»

Ihr Blick verweilte auf einem weiteren Foto, das wie eine Vergrößerung des Schnappschusses aussah, den er sich aus Marrs Wohnung ausgeliehen hatte. David und Edward, lauthals lachend. Sie trugen Tennispullover, und Neds Hand umklammerte den Griff eines Schlägers, der hinter seiner Schulter verschwand. Aus der Haltung der beiden erriet Jury, daß sie sich vorher den Arm auf die Schulter gelegt hatten. Einer hatte gewonnen, einer verloren, beide waren zufrieden.

«Edward mag David sehr, nicht wahr?»

«O ja. Und, ob Sie's glauben oder nicht, das beruht auf Gegenseitigkeit.»

Jury stellte das Foto wieder zurück. «Warum ‹ob Sie's glauben oder nicht›?»

«Nur, weil David sich so gerne als Zyniker ausgibt. Nehmen Sie ihm das bloß nicht ab.»

«Tu ich ja gar nicht.»

«Weil er leidenschaftlich genug ist, einen Mord zu begehen?»

«Das habe ich damit nicht sagen wollen.»

Jury hatte die Fotografie wieder hingestellt. Sie griff nach dem Zettel aus dem Notizbuch. Schweigen. Er fühlte sich irgendwie verlegen, wie er so dasaß und die letzten Tropfen seines Whiskys trank – er kam sich wie ein Dummkopf vor, wußte aber nicht warum. Er blickte von seinem Glas auf die seidige Oberfläche eines belgischen Wandteppichs, der sich im Licht, das durch die hohen Fenster drang, wie die Schaumkronen herannahender Wellen zu kräuseln schien. Durch die Scheiben erkannte er im Dämmerlicht, daß es nicht mehr schneite. Die Buchen standen in einer dunklen Kolonne, doch waren sie jetzt aschbraun. Durch den Schleier des fallenden Schnees hatten sie schwarz gewirkt. So konnte einen die Oberfläche der Erscheinungen täuschen.

«Mr. Jury?»

Jury sah auf. Sie war zum Fenster gegangen, um es fest zu verschließen und die schweren Vorhänge zuzuziehen, fast so, als solle er nicht die Metamorphose der Dämmerung mitbekommen. Sie hielt den Kopf ein wenig schräg, als ob sie seine Augen sehen wolle. «Entschuldigen Sie. Ich habe wohl ein bißchen geträumt.»

Sie lächelte. «Sie müssen sich nicht entschuldigen. Ich tue das ständig.»

Ihr Versuch, sich zwanglos zu geben, wirkte auf ihn sehr gewollt.

«Ich versuche nicht, Ihnen auszuweichen. Ich dachte mir nur, Sie hätten vielleicht keine Fragen mehr.»

«Stimmt genau.» Wie sie so vor dem Fenster stand, die Hände locker ineinander geschlungen, mit ihrem dunklen Haar und der blassen Haut, vermittelte Marion Winslow den Eindruck eines Menschen, den großes Unglück sehr still, aber auch sehr sicher gemacht hatte. Und vielleicht zu allem fähig. Lügen, um jemanden zu schützen, fiele ihr leicht, weil die alten Regeln nicht mehr galten, der Wind moralische Bedenken wie Sand verweht hatte. Auch er war nun aufgestanden: «Vielen Dank, Mrs. Winslow. Ich würde mich gern noch ein wenig umsehen, falls es Sie nicht stört.»

Sie nickte. «Ich schicke Ihnen Ned, er wird Ihnen alles zeigen, was Sie sehen wollen.»

Er nickte ebenfalls. Wie sie so in ihrem Trauergewand aufrecht zur Tür schritt, erschien ihm Marion Winslow wie eine Frau, die sich von der Gesellschaft nicht mehr beeindrucken läßt. Sie hatte die Fenster verriegelt, die Vorhänge zugezogen, die Tür geschlossen.

16

Das Wirtshausschild des Mortal Man knarrte gespenstisch in Wind und Schnee, beleuchtet allein von einer trüben Metallampe, die dem fahlgesichtigen Sensenmann auf dem Schild ihre Lichtsichel lieh. Das Licht, das sich aus den Fenstern der Schankstube des Gasthofes ergoß, war um keinen Deut heller oder freundlicher. Und es entwich durch den Rahmen und die Ritzen eines vernagelten Fensters, dessen Läden genauso mürrisch klapperten wie das Schild. Mochte der Mortal Man tagsüber auch durchaus zu dem hübschen Bild beitragen, den Dorfanger, Ententeich und die Reihe reetgedeckter Häuser dahinter abgaben, in der Dunkelheit und der Kälte wirkte er ausgestorben, vergänglich, bar jeglichen Lebens und jeder vergnügten Wirtshausstimmung.

Im Innern wurde dieser Eindruck jedoch rasch zerstreut. Da gab es mit Sicherheit genug Leben für mehrere Dorfanger mit allem, was dazugehört. Eine Kakophonie plärrender Stimmen schlug ihm entgegen beziehungsweise zog in Person einer Frau, eines jungen Mädchens und eines noch jüngeren Burschen mit Hund schmetternd an ihm vorüber. Der Hund stoppte bei Jurys Anblick so verdattert, als wäre er gegen eine Wand gerannt, umkreiste dann wie verrückt dreimal Jurys Beine und japste schließlich wieder dem Jungen hinterher.

Nach einer weiteren Minute raste das glückliche Quartett aus der anderen Richtung zurück, hatte also sein logistisches Problem, falls es darum ging, nicht gelöst. Der Hund dachte daran – als handle es sich um eine Beschwörungsformel –, erneut um Jurys Beine zu rennen, ehe er den anderen nachwetzte.

«Die übliche Begrüßung im Mortal Man», sagte Melrose Plant, der breit lächelnd und eine seiner kleinen Zigarren rauchend im Eingang der Schankstube erschien. «Sie kommen wieder. Diesmal sind Sie ja noch glimpflich davongekommen, aber verlassen Sie sich lieber nicht darauf.» Plant winkte ihn herein. «Die St. Clairs ersparen Ihnen möglicherweise eine Fahrt zu den Steeples. Betrachten Sie es als doppeltes Glück.»

Hinter der Bar stand der stämmige Besitzer und verglich offensichtlich Notizen mit einem hochgewachsenen Mann, der mit drei Gläsern vor sich an einem danebenstehenden Tisch saß. Er wurde Jury als St. John St. Clair vorgestellt und die junge Frau neben ihm als seine Tochter Lucinda. Der Gentleman hinter der Bar, der offensichtlich auf Fliegenjagd mit seinem Handtuch herumfuchtelte, klatschte es so hart gegen den Spiegel, daß ein Stückchen des vergoldeten Rahmens herunterfiel.

Jurys Angebot, die Drinks zu spendieren, wurde von St. Clair mit einem traurigen Kopfschütteln quittiert. Er habe, sagte er und musterte dabei die drei Gläser vor sich, schon alle irischen Whiskeysorten des Warboysschen Bestandes ausprobiert. Alle seien mangelhaft. Selbstverständlich sage dies nichts über Mr. Warboys aus, sondern nur etwas über die allgemeine Instabilität jenes Landes. Der Hauptunterschied zwischen dem Gastwirt und seinem unglücklichen Gast war, daß der eine ein rundes, rotes und der andere ein trauriges, langes Gesicht hatte. Beiden erschien das Weltende nicht mehr fern.

Nathan Warboys verlor keine Zeit, Jury davon zu überzeugen, daß er, falls er irgendwelche Heiratspläne habe, sie sofort aufgeben solle. «Nehmen Sie nur meine Sally. Also, glauben Sie nich, daß ich nich weiß, auf was die aus is. Geht jede Nacht aus und takelt sich auf wie 'ne Fregatte. Is ja schon bekannt wie ein bunter Hund.»

Offensichtlich hatte der Hund dies als einen Ruf an die Front aufgefaßt, denn er raste jetzt durch den Raum und riß sich mit einem mächtigen Knurren St. Clairs Spazierstock zwischen die Zähne. Während er so zerrte und knurrte, verhakte sich der Griff am dünnen Stuhlbein und ließ Tisch und Gläser umstürzen. Nathan Warboys nahm ein Scheit von dem Holz, das aufgestapelt an der Theke lehnte, und ließ es durch die Luft sausen, wobei er Melroses Kopf nur knapp verfehlte. Dann sagte er, es käme gleich jemand, um die Sauerei aufzuwischen.

Bloß nicht, hoffte Melrose. St. Clair nahm es recht philosophisch, tupfte an seinem Hemd herum und nahm das Gespräch an dem Punkt wieder auf, wo Nathan es abgebrochen hatte. «Natürlich haben Sie recht, Mr. Warboys. Die Ehe kann eine ungemein traurige Angelegenheit sein, wenn ich Ihnen auch nicht zustimmen kann, daß es allein die Schuld der Frau ist. Nein, Schuld haben stets beide. Sicher gibt es Ehefrauen – nicht Ihre, nicht meine, zumindest bisher nicht –, die entsetzlichen Ärger machen. Sehen Sie sich doch nur mal die arme Marion an...»

«Marion hat nie Ärger gemacht, Daddy.»

«Sie nicht, nein. Wir wissen von keinerlei Ärger, den sie verursacht hat. Die Tatsache, daß Hugh wegbleibt, muß einen anderen Grund haben, aber darüber sollten wir lieber nicht reden. Der Stoff ist auch nicht mehr, was er mal war. Ich bezweifle, daß dieser Fleck rausgeht.» Er tupfte sich die Krawatte mit dem Handtuch ab. «Ich spreche von dieser Person, deren Ermordung man dem armen David zur Last legt. Was für eine entsetzliche Geschichte.»

«Haben Sie sie gekannt, Mr. St. Clair?» fragte Jury.

Nathan Warboys schenkte sich wieder nach: «Von so einer hält man sich besser fern, was.»

«Nein, ich habe sie nicht gekannt. Gott sei Dank. Aber Lucinda, glaube ich.»

Als Jury sich an Lucinda wandte, sagte sie: «Ich bin Ivy Childess nur einmal begegnet. Ich kannte sie kaum. Es war auf einer kleinen Party in Knightsbridge.» Eifrig beugte sie sich zu Jury vor und sagte: «David *kann* das gar nicht getan haben. Es ist einfach nicht seine Art, etwas so – Schreckliches zu tun.»

Kein Zweifel, daß Plant in bezug auf Lucindas Gefühle für David Marr recht gehabt hatte. Jury fragte sich, wie weit diese Gefühle sie treiben würden. «Dann sind Sie also oft im Winslow-Haus zu Besuch? Kommen Sie manchmal nach London, Miss St. Clair?»

«Ganz selten», sagte Lucinda.

«Am besten gar nicht, mein Liebes», sagte ihr Vater. «Und vergiß nicht Edwards Unglück», fuhr St. Clair fort, wobei sich seine sonore Stimme mit dem hohlen Klang der Glocke in der Dorfkirche vermischte, die gerade schlug.

Warboys, der einen Zahnstocher in seinem Mund herumhüpfen ließ, sagte: «Sie meinen wohl, die Frau von ihm war so 'n richtiges Überraschungsei? Einfach auf und davon, sagt nicht auf Wiedersehn und läßt nie wieder was von sich hörn. Na ja, is lang her. Trotzdem ist das schon ein Ding, wenn eine Frau so reagiert, einfach abhaut ohne ein einziges Wort.» Nathan schien gerade die Vorzüge eines solchen nichtgattinnenhaften Betragens zu überdenken, als seine Frau auftauchte, um lautstark zu verkünden, daß jetzt die Bestellungen fürs Abendessen fällig seien.

Die St. Clairs verabschiedeten sich. Plant und Jury gingen durch die Diele ins Speisezimmer, während aus dem oberen Stock mehrfach ein leichtes Rumoren zu hören war.

«Das ist nur eine Warboys, die Ihr Zimmer herrichtet», sagte Melrose.

«Willkommen zu einem Abend mit den Warboys in voller Aktion.» Melrose ordnete sein Besteck und steckte sich die verschlissene Serviette in den Kragen.

Jury kniff die Augen zusammen. «Noch nie im Leben habe ich Sie mit einer Serviette unterm Kinn essen sehen.»

«Weil Sie mich noch nie bei den Warboys haben essen sehen.» Er hob sein Brötchen, merkte, daß es steinhart war und schlug mit dem Griff seines Messers drauf. «Da!» Das Brötchen zersprang und zerbröselte auf dem Teller. «Die Warboys haben gewalttätige Neigungen bei mir freigesetzt.»

«Dann essen sie also mit uns?» fragte Jury, der unter den Tisch gefaßt hatte, um Osmond hinter den Ohren zu kraulen.

«Wahrscheinlich.» Melrose hob den Rand des Tischtuchs, um nach dem Jagdhund zu sehen, der glücklich zu Jurys Füßen ein Nickerchen machte. «Der Hund muß tot sein.»

Das Speisezimmer wirkte festlicher als sonst, und sie waren nicht die einzigen Gäste. In der gegenüberliegenden Ecke saßen ein Mann und eine Frau, die zweifellos durch den Anschlag draußen, daß sie hier ein «Traditionelles englisches Abendessen mit allen Beilagen» erwarte, hereingelockt worden waren. Die Warboyssche Vorstellung von «traditionell» hatte wahrscheinlich mehr mit Sainsbury-Sandkuchen als mit selbstgemachtem Yorkshire-Pudding zu tun, dachte sich Melrose. Er stellte fest, daß seine und Jurys Leidensgenossen recht schweigsam waren und zu den schwarzen Fensterscheiben blickten, in denen sie nichts als ihre eigenen Spiegelbilder erkennen konnten. Verheiratet, vermutete er und hoffte, daß er dem Paar nicht nur seine Klischeevorstellung überstülpte. Er fragte sich jedoch, warum verheiratete Leute immer so unbehaglich wirkten, wenn sie in der Öffentlichkeit dinierten, als hätten sie Angst, jemand könnte denken, sie kämen gerade von einem heißen Rendezvous, wenn sie sich mal ansähen.

Eine Kette weißer Lichter beschrieb einen Bogen am oberen Fensterrand. An die Kamineinfassung waren die Strümpfe der Warboys genagelt. Melrose hatte zugesehen, wie sich Bobby Warboys energisch ans Werk machte und dabei fortwährend meckerte und plapperte, als ob er die ganze Weihnachtszeit an einen Baum nagle. Ein kleiner Weihnachtsbaum mit winzigen blinkenden Lichtern stand zwischen irgendwelchen Andenken auf einem Regal darüber – zwischen einer grünen Flasche mit Blumen und der Aufschrift *Ein Geschenk aus Wells-Next-the-Sea*, mehreren kleinen Fotos mit Gestalten, die nach abwesenden Warboys aussahen, einer noch lebenden und einer sich in der Agonie befindlichen Pflanze, einem ausgestopften Rotfuchs, der ein Auge auf Melrose richtete (das andere hatte Nathan ihm wohl rausgeschossen), einer Schale mit Plastikobst, dessen Trauben, wie Melrose meinte, diesem Wein wohl seine spezielle Würze verliehen. Neben der Speisezimmertür saß ein schielender, lamettageschmückter Porzellanleopard. So wie es aussah, lauter bei einem Ramschverkauf aussortierte Reststücke.

«Wo bleibt unsere Suppe?» sagte Melrose und drehte sich um, um zur Küche zu starren.

Wie auf ein Stichwort kam Mrs. Warboys mit zwei Tellern Suppe herausgestürmt. Klein, dick, blaß, hatte die Küchenkatastrophe sie in eine zitternde, aschgraue Masse verwandelt. Sie erinnerte Melrose an einen verrückten Mandelpudding. Die Suppe schwappte an den Schalenwänden hoch, als sie sie vor ihnen absetzte und die Auswahl an Hauptgerichten verkündete: «Kalbskotelett, Wiener im Schlafrock und Bombay-Ente.» Sie ließ den Blick nach rechts und links schießen, um zu sehen, wie sie es aufnahmen.

Melrose sah Jury an, der sagte: «Oh, zuerst Sie.»

«Ich versuche mal die Bombay-Ente, wenn das auch kaum meiner Vorstellung von einem *traditionellen* Weihnachtsessen entspricht. Ich hatte eher an so was wie ein schönes, nicht durchgebratenes Roastbeef gedacht.» Er lächelte so angestrengt, daß er schon befürchtete, Grübchen davon zu bekommen.

«Ganz recht. Leider aus.»

«Aus? Schon?»

Mrs. Warboys nickte über die Schulter in Richtung des Paares am Fenster. «Die beiden hatten das letzte Stück.»

«Aber sie sind doch die einzigen außer uns.»

Jury, der alle die ganze Zeit über im Auge behielt, lächelte und nippte an seinem Wein. Melrose hatte die Flasche Nathans Vorrat abgerungen. Die Warboys betrachteten alles, was sie besaßen, als ganz persönlichen Schatz, vom Fuchs mit dem blinden Auge bis zu dem mittelmäßigen Wein. «Für mich Wiener im Schlafrock, Mrs. Warboys», sagte Jury.

«Ja, Sir.» Sie glättete ihre Schürze und ihre Stirn und machte beinahe einen Knicks. Dann preßte sie das Tablett an ihren Busen und stapfte, nachdem sie etwas Dampf abgelassen hatte, davon.

«Ein Wiener im Schlafrock? Das wird Ihnen noch leid tun. Wahrscheinlich ist das wörtlich zu verstehen.»

«Ich habe das seit meinen Tagen in Good Hope nicht mehr gegessen.»

«Ist dieser Name nicht ein Euphemismus für diese frostige Anstalt, in der Sie Ihre Kindheit verbracht haben? Für mich klang das immer nach sibirischem Winter.»

«Das war es auch.»

Da die Küchentür nach beiden Seiten aufschwang, ermöglichte Mrs. Warboys' Abgang gleichzeitig Williams Auftritt. Er raste am Tisch vorbei. «Ham Sie Sally gesehen?» fragte er sie, obwohl er Jury bis zu diesem Augenblick noch nie gesehen hatte. Nein, hatten sie nicht. «Sie ist weg und hat die Kartoffeln fürs Abendessen vergessen.» Er trollte sich davon.

«Wer ist Sally?»

«Eine weitere Warboys, die gibt's hier in rauhen Mengen.» Melrose fuhr fort, seine Suppe zu löffeln.

Jury trank seinen Wein. «Was hatten Sie für einen Eindruck von der Familie Winslow?»

«Ehrlich gesagt, glaube ich nicht, daß David Marr ein gutes Alibi hat.»

«Es gab einen Anruf. Wir haben es überprüft.»

«Ja, aber sie haben auch einen Anrufbeantworter. Nicht

einmal Telecom, das beim Ermitteln rückständiger Zahlungen so unglaublich effizient ist, könnte Ihnen sagen, wer oder was den Anruf entgegengenommen hat. Nur, daß eine Verbindung hergestellt wurde.»

Jury schwieg einen Moment. «Und Sie glauben, daß Marion Winslow lügt.»

Melrose zuckte die Achseln. «Marion, David, Edward – jeder von denen würde für den anderen lügen.»

«Aber wenn das Telefon geklingelt hat, muß es doch jemand gehört haben.»

«Nein. Die Dienstboten waren außer Haus. Wissen Sie, ich denke mir...», er leerte seinen Teller und legte den Löffel beiseite, «...daß Alibis ja immer zwei Leute entlasten.»

In diesem Augenblick jagte Sally Warboys durch das Speisezimmer wie eine graue, vor dem Sturm hertreibende Wolke und schleppte eine braune Tasche mit (wie Melrose vermutete) den Kartoffeln fürs Abendessen. «Vor dem Sturm» traf die Sache, denn ihr Vater war ihr hart auf den Fersen, fuchtelte wild mit den Armen und achtete nicht auf seine Kundschaft. Sally knallte in die Küche, und Nathan dachte offensichtlich, daß er den Tumult (das Donnern herabstürzender Töpfe, den Regen von Gabeln und Messern) nicht noch vergrößern müsse, denn er kam sofort wieder heraus. Einer staubfarbenen Katze gelang es fast noch, durchzuschlüpfen und Nathans Fuß auszuweichen, ehe sie von der einen Türhälfte gequetscht und von der anderen gestoßen wurde. Melrose beobachtete, wie sie blitzschnell durch den Raum sauste und beim Türbogen schlitternd zum Stehen kam, wo sie dann den Porzellanleoparden anfauchte, den sie anscheinend nie als Cousin akzeptiert hatte.

«Da kommt er. Tun wir so, als seien wir noch mit der Suppe beschäftigt», flüsterte Melrose Jury zu.

Nathan Warboys hätte sich sowieso nicht darum gekümmert, da er nicht eben ein sparsamer Redner war und nicht verlangte, daß ihm ein anderer seine Bemerkungen mit gleicher Münze zurückzahlte. Mit der üblich finsteren Miene sagte er: «Also, also, sieh dir das an. Wieviel Leute sitzen da drin, sach ich zu ihr. Issen richtches Fest, nich, und sie, jed'n Amd haut sie...»

Melrose schaltete ab. Aber Jury war ganz Ohr. Melrose fragte sich, unter welchem Schlackenhaufen von Nathans Konversation Jury den Goldklumpen zu finden hoffte. Bei Jury wurde noch eine eingefrorene Quelle zu einem Wasserfall, und Warboys schickte sich an, wie die Niagarafälle loszulegen. Glücklicherweise rief das schrille Brr-Brr des Telefons Warboys zu seinen Pflichten zurück.

An seine Stelle trat nun Sally, die wie eine Kartenspielerin die Teller austeilte und dabei die Hälfte der Bestecke vom Tisch schubste, ehe sie zu weiterem Unheil davonschlurfte.

«Sie haben von Marrs Anruf gesprochen. Erzählen Sie weiter.» Jury gabelte sich ein paar Kartoffeln.

«Der Anruf verschafft auch Marion Winslow ein Alibi. Ich habe nur einen flüchtigen Eindruck von ihr bekommen. Doch auch der hinterließ bei mir das Gefühl, als sei sie eine resolute Frau. Und Edward findet das offensichtlich auch, loyal wie er ist. Loyal, wie sie ja alle sind. Natürlich habe ich sie nur einen Augenblick auf der Treppe gesehen.» Melrose stellte sein Weinglas ab, inspizierte seine Bombay-Ente und stocherte so hier und dort mit seiner Gabel. Einen Augenblick später sagte er: «Ist Ihnen das Porträt von Edwards Frau aufgefallen?»

Jury nickte. «Mrs. Winslow sagte, sie behält es wegen Phoebe. Sie und die Ex-Frau hatten offensichtlich nichts füreinander übrig.» Jury zog eine halbe Wurst aus dem Teigmantel.

Melrose beugte sich hinüber, um auf Jurys Teller zu sehen: «Ich verstehe nicht, warum Mrs. Warboys den Yorkshire-Pudding an den Wiener im Schlafrock verschwenden mußte.»

«Es scheint Sie ja richtig mitzunehmen. Wie ist Ihre Bombay-Ente?»

«Ist von Bombay zu Fuß gekommen. Wissen Sie, Roses Verschwinden ist sicherlich nichts, für das man sich begeistern könnte. Aber für diese Ente hier auch nicht.» Er hielt ein Stückchen in die Höhe.

«Zurück zum Anruf. Wann hat sie die Dienstboten weggeschickt?»

«Ich hab mir ausgerechnet, daß es am Mordtag gewesen sein muß.»

«Aber sie konnte ja nicht wissen, daß ihr Bruder anrufen würde. Wegen eines nicht vorhersehbaren Anrufs hätte sie die Dienstboten kaum weggeschickt.»

«Vielleicht hatte sie die Absicht, nach London zu fahren, ohne daß es jemand erfuhr. Natürlich hätte sie dann den Anrufbeantworter eingeschaltet. Mit Sicherheit wollte sie in dieser Nacht keinen Anruf verpassen. Natürlich nur, wenn sie nach London geflitzt ist. Und da sie das Gerät auch häufig benutzt, wenn sie sich in einem anderen Teil des Hauses aufhält oder ein Nickerchen macht, würde sich niemand wundern, wenn sie nicht rangegangen. Klar?»

«Da haben wir wieder das alte Problem, die Frage nach dem Motiv. Warum sollte sie Ivy Childess denn umbringen?»

«Vielleicht, um einen der beiden zu schützen – David oder Edward. Das wäre vielleicht das einzige, das sie dazu bringen könnte, jemanden zu töten.»

«Aber vor was denn beschützen?»

Melrose seufzte. «Mit Ihnen macht es wirklich keinen Spaß.»

«Aber das hier ist einer. Wie die Münze im Weihnachtskuchen.» Er spießte die zweite Hälfte der Wurst auf und hielt sie auf den Gabelzinken hoch. «Ihre Theorie gefällt mir ziemlich gut, bis auf eine Sache, die ziemlich offensichtlich ist.»

«Ich hoffe, Sie sind nicht so tollkühn, derlei bei Divisional Commander Macalvie vorzubringen. ‹Offensichtlich›, was Sie nicht sagen!»

«Nehmen Sie zum Beispiel die Beedles da drüben...»

«Wen?» Melrose folgte Jurys Blick. Der Herr am Tisch auf der anderen Seite bezahlte gerade seine Rechnung. «Woher kennen Sie denn ihren Namen?»

«Von Nathan Warboys. Haben Sie ihm denn nicht zugehört? Ich habe sie beobachtet und gesehen, wie lange sie schweigen. Eine Ehe kann sehr entspannend sein, denke ich. Schließlich verlangt niemand von einem, daß man bei Tisch kluge Konversation macht...»

«Warum heiraten Sie denn nicht?» Melrose holte sein Zigarettenetui hervor, nahm eine dünne, handgerollte Zigarre heraus und ließ das Etui wieder zuschnappen.

«Ich spreche davon, wie es von außen betrachtet erscheint. Der Anschein kann oft stimmen. Man muß ihr Schweigen nicht als Ärger deuten oder sonst was außer dem Wunsch, sich nicht unterhalten zu müssen. Sheila Broome und der Lkw-Fahrer beispielsweise. Warum nicht annehmen, daß Sheila und der Fahrer sich ganz natürlich verhielten? Daß sie die typische Anhalterin war, die keine Lust hat, sich mit der Person, die sie mitnimmt, zu unterhalten? Und dann der Anruf, der tatsächlich gemacht wurde, von David, und entgegengenommen von Marion? Und die Dienstboten sind weg, um einen Krankenbesuch zu machen, weil an diesem Wochenende wirklich jemand krank geworden ist? Der Mörder könnte eine Frau gewesen sein, ja, natürlich, und es könnte auch Marion Winslow gewesen sein. Aber wie ich schon sagte, wir haben noch kein Motiv.»

Melrose zog Edward Winslows Gedichte aus der Tasche und reichte sie Jury. «Er ist ziemlich gut. Sie meinen ja, daß diese zwei Morde eins gemeinsam haben: nämlich die Methode. Die Opfer wurden mit ihren eigenen Schals, die sie sich um den Hals geschlungen hatten, erdrosselt. Es erinnert mich an Porphyria.»

«Porphyria?»

«Brownings Porphyria: ‹... Da glitt herein Porphyria.› Ihr Liebhaber erdrosselte sie mit ihren Haaren.»

«Das ist ja interessant. Die Porphyria-Morde. Das würde Macalvie gefallen. Für Wiederholungsdelikte ist er Experte.» Jury sah auf die Uhr. «Ich werde in Kürze bei den Winslows erwartet und fahre dann nach London zurück. Warum kommen Sie nicht mit?»

Melrose schüttelte den Kopf. «Nein, ich glaube nicht.» Er hielt eines der beiden kleinen auf dem Tisch liegenden Fotos in die Höhe, legte es wieder hin und hielt das andere hoch. Er hielt es auf Armeslänge von sich entfernt, zog es wieder heran und streckte erneut den Arm aus. Er kratzte sich am Kopf und schnitt eine Grimasse. «Diese Kellnerin im Little Chef. Was genau hat sie noch gesagt, als Sie ihr den Zeitungsausschnitt mit dem Foto von Marr zeigten?»

«Macalvie hat ihn ihr gezeigt. Mary Higgins sagte, er – das heißt David – sehe irgendwie bekannt aus. Also schickte Macalvie einen gutaussehenden, dunkelhaarigen Polizisten zum Kaffeeholen rein, einen Mann von Marrs Größe und Statur, und sie meinte, er käme ihr auch irgendwie bekannt vor. Macalvie glaubt, daß sie einfach zu bemüht war.»

Melrose griff wieder nach dem Foto der Winslows. «Trotzdem ist die Sache irgendwie komisch.»

«Komisch, warum?»

«Na ja, es ist doch unwahrscheinlich, daß die Person, die Sheila Broome umbrachte, ins Café gegangen ist. Aber angenommen, er hat es gemacht. Diese Kellnerin, haben Sie gesagt oder vielmehr Macalvie, war sehr aufmerksam. Sah den Lkw, den Fahrer, das Mädchen im Regen.» Er zuckte die Achseln. «Es kommt mir nur merkwürdig vor, daß sie, was die Identifizierung des Bildes angeht, dann so vage geblieben ist, immer vorausgesetzt natürlich, daß es da etwas zu identifizieren gab. Vielleicht ist das für sie alles ein bißchen schleierhaft ... Ich wollte morgen nach Northants zurückfahren. Aber ich könnte ja vielleicht auch nach Exeter fahren, wenn Ihnen das recht ist.»

«Natürlich ist es mir recht. Aber wozu?»

Melrose schüttelte den Kopf. «Ich weiß nicht. Nur so ein Gedanke. Meinen Sie, ich könnte ein paar Abzüge davon mitnehmen?» Er hielt die Fotos in die Höhe.

«Klar. Ich lasse sie machen, wenn ich heute abend wieder im Yard bin, und kümmere mich drum, daß Sie morgen die Abzüge haben.» Jury wandte sich um. «Oh, hallo, William.»

William Warboys stand neben Jurys Ellbogen und guckte angespannt. Als sei das plötzliche Auftauchen seines Herrn das Signal zu einem Überfall, stürzte sich Osmond mit einem Hechtsprung auf Melroses Fuß.

Melrose zuckte zusammen. «Gütiger Gott, kann man diesen Hund nicht an die Leine nehmen?» Er machte mit dem Fuß einen Schlenker, um Osmond abzuschütteln.

William ignorierte es und sagte: «Ich habe rausgekriegt, wer Weldon getötet hat.»

«Weldon? Wer Osmond getötet hat, wäre ein befriedigenderer Krimi.»

«Sidney war's.»

«Sidney? Sidney? Ich dachte, Sidney ist Weldons bester Freund.»

«Muß ja nicht sein, sonst hätte er ihn ja nicht umgebracht», sagte William sehr vernünftig. Dann wandte er sich an Jury. «Haben Sie Lust, hinten rauszugehen?»

«Und was ist da zu sehen?» fragte Jury.

«Gräber. So eine Art Friedhof. Wenn hier bei uns was stirbt, begrab ich es immer.» William sah auf sein Notizheft. «Da finde ich meine Anregungen.»

Melrose entgegnete: «Da findet ihr ja alle eure Anregungen.»

17

Macalvie hatte die Füsse auf Jurys Schreibtisch gelegt und die Arme vor der Brust verschränkt. Sein Blick wanderte zwischen Wiggins, der seinen Tee impfte, und dem Bildschirm eines kleinen tragbaren Fernsehers, auf dem ein Asiate die Freuden der Akupunktur vorführte, hin und her. Wiggins bewahrte den Fernseher in einem Aktenschrank auf und holte ihn jeden Mittag zum Akupunktur-Kursus heraus.

«Eigentlich müßte ja irgend jemand was gesehen oder gehört haben», sagte Wiggins, warf nun zwei Alka Seltzer in seine Tasse und sah zu, wie sich auf der bräunlichroten Oberfläche Blasen bildeten.

«Mit Sicherheit.» Macalvie zog die Stirn in Falten. «Was zum Teufel ist das, Wiggins? Klingt ja wie eine Eruption.» Er streckte die Hand nach dem Ordner aus, den Jury soeben auf seinen Schreibtisch geschmissen hatte.

«Diese Kopfschmerzen sind brutal. Wenn ich nicht aufpasse, hab ich bald eine Migräne am Hals.» Wiggins nippte an seinem Tee.

Macalvie brummte: «Bei Ihnen klingt das, als handele es sich um einen tollwütigen Hund. In Hay's Mews gibt es zwei Dutzend Häuser. Irgend jemand verschweigt was.»

«Haben Sie Andrew Starr erreicht, Wiggins?»

«Ja, Sir. Ich habe gesagt, wir kämen am Spätnachmittag bei ihm vorbei.»

Macalvie hatte den Hut ins Gesicht geschoben, aber seine blauen Augen blitzten unter der Krempe hervor. «Sie würden sich's zweimal überlegen, bevor Sie mich nach Covent Garden schicken, nehme ich an.»

Jury warf ihm ein strahlendes Lächeln zu. «Nicht zweimal, einmal. Sie können sich jederzeit mit ihm unterhalten, sobald ich mit ihm fertig bin.»

«Danke. Was ist mit diesem Freund von Marr? Paul Swann.»

«Hab noch nicht mit ihm gesprochen. Er ist in Brighton.»

Wiggins bekam das kalte Grausen. «Um diese Jahreszeit.» Er schüttelte langsam den Kopf.

«Sie können Ihren Mantel ruhig ausziehen, Macalvie. Die hiesige Polizei wird Sie nicht anstecken.»

Macalvie öffnete zwei Knöpfe. Sein Blick wanderte wieder zum Fernseher zurück, wo das eichhörnchenartige Geschwätz des Asiaten von den Zwölfuhrzwanzignachrichten abgelöst worden war. Weiterer Terroranschlag am römischen Flughafen. Kind im Dart ertrunken. Alter Mann überfallen. «Vielleicht gibt es ja noch Schlimmeres als Mord», sagte er.

«Vielleicht, aber ich bezweifle es.»

«Bei Dante heißt es...»

Jury sah verblüfft auf. «Dante? Sie lesen Dante?» Jury öffnete einen weiteren Ordner aus seinem Stoß. «Ich hätte nie gedacht, daß Sie Zeit haben, sich hinzusetzen und ein Buch zu lesen.»

«Ich habe nicht gesessen. So ein alter Knabe wurde in seiner Bibliothek zusammengeschlagen. Ich habe mir die Bücher angesehen. Er – Dante, meine ich – hält es noch für schlimmer als Mord: den ‹Verrat an Freunden und Wohltätern› nämlich. Schlimmer als Mord, Jury.» Macalvie nahm die Füße vom Schreibtisch und streckte die Hand nach einem Fisherman's Friend aus.

Wiggins riß eine Packung auf. «Kriegen Sie eine Erkältung, Sir?»

«Nein. Ich habe mit dem Rauchen aufgehört.»

«Gut. Wie lange schon?»

Macalvie sah auf die Uhr. «Vor 'ner halben Stunde.» Er nahm einen der abgelegten Ordner. «Was ist mit dem hier? Sagt, er war zwischen halb zwölf und Mitternacht an seiner Haustür am Ende der Charles Street.»

«Das Pub hat um elf zugemacht.»

«Ja, aber das heißt nicht, daß sie um elf getötet wurde.»

«Sie hätte aber sicher nicht noch eine Stunde in Hay's Mews rumgehangen.»

Macalvie zuckte die Achseln und warf den Ordner wieder auf den Schreibtisch. «So genau kann niemand die Todeszeit bestimmen. Wenn Ihre Pathologin das auch gar nicht zu schätzen wußte, als ich ihr das sagte...»

Jury fuhr sich mit den Fingern durch die Haare, so daß sie in Büscheln hochstanden. Er seufzte. «Macalvie, hören Sie bitte auf, durch die Korridore zu schleichen. Lassen Sie bloß die Leute von der Gerichtsmedizin in Ruhe.»

Macalvie wechselte das Thema. «Dieser Bursche David Marr, der hat doch überhaupt kein Alibi. Die Dienstboten waren weg, und der Anrufbeantworter kann das Gespräch entgegengenommen haben. Die Schwester lügt.»

«Gelegentlich sagt auch jemand die Wahrheit, Macalvie.»

Macalvie wirkte nicht überzeugt. Er fuhr mit dem Daumen am Ordnerstapel entlang. «Irgend jemand weiß etwas.» Er schlang die Arme wieder um die Brust.

«Was ist mit Sheila Broome? Weiß jemand was über sie?»

«Natürlich.»

Jury sah ihn an. «In zehn Monaten haben wir nichts zutage gefördert.»

«Werden wir aber noch.»

Jury griff nach dem Hörer. «Jury.» Der Anruf kam von Constable Whicker, der am Empfang Dienst tat.

«Ich hab einen Jungen hier unten, er heißt Colin Rees, sagt, er weiß vielleicht was über den angeblichen Mord in Hay's Mews, Sir.»

Jury hätte Whicker auch an der Art seiner Schilderung erkannt. Was Constable Whicker anging, war «Tatsache» ein relativer Begriff, und er gab Informationen stets mit Warnschildern versehen weiter, so als ob Fleet Street eventuell mithören könnte.

«Schicken Sie jemanden mit ihm rauf, Constable.»

Constable Whicker ließ den Hörer sinken, und man hörte leises Gemurmel. «Anscheinend will er nicht, Sir.»

«Okay. Ich komme runter.» Er legte auf und sagte zu Macalvie: «Drunten im Foyer ist ein Knabe wegen des Hay's-Mews-Mords.»

Macalvie schob den Hut zurück und lächelte.

Zwei Jungen. Der ältere von ihnen, Colin Rees, elf oder zwölf Jahre alt, mit ausgeblichenem blondem Haar in der Farbe von Malzmilch und kleinen, grauen Kieselsteinaugen. Er hielt eine Mütze in den Händen, die ihm offensichtlich mehrere Nummern zu groß war und die er zusammenquetschte und auseinanderzog, als sei sie ein Akkordeon. Er hatte das magere, angespannte Aussehen eines Kindes, das es gewohnt ist, auf dem Spielplatz gehänselt zu werden.

«Du bist Colin Rees?»

«Colly, ja, Sir.» Der Junge schüttelte Jurys ausgestreckte Hand. Er war mager, hatte spindeldürre Beine und Finger wie trockene Zweige.

«Ich bin Superintendent Jury. Das ist Divisional Commander Macalvie.» Der Junge nickte Macalvie mit der Feierlichkeit eines Meßdieners zu. «Das hier ist mein Bruder Jimmy. Sag Guten Tag, Jimmy.»

Daß Jimmy, der eine untersetztere Ausgabe von Colly war, nicht «Guten Tag» sagen würde, sah man ihm an, denn er hielt den Kopf gesenkt, als wolle er mit den Augen ein Loch durch die Schuhe des Divisional Commander bohren.

Colly Rees zuckte die Achseln. «Jimmy hat schon nicht viel geredet, bevor Onkel Bub ihn sich wegen dieser Dame vorgeknöpft hat, und jetzt sagt er gar nichts mehr. Onkel Bub hat gesagt, er soll sich da raushalten. Er ist eigentlich kein richtiger Onkel, aber...»

«Setzen wir uns doch, Colly. Jimmy?»

Jimmy stand da wie ein Baumstumpf und fixierte weiter Macalvies Schuhe.

Colly, der auf der äußersten Kante einer Lederbank saß, wie sie an den Foyerwänden entlang standen, holte tief Luft für die nächste Runde und sagte zu Jury: «Es war so, Jimmy und ich waren im Pub...»

«Was hattet ihr denn da drinnen zu suchen?» fragte Wiggins und wirkte ein wenig verärgert beim Gedanken an einen möglichen Verstoß gegen das Jugendschutzgesetz.

«Ach, wir haben nur in der Küche gewartet. Auf Onkel Bub. Er ist so 'ne Art Hausmeister da, er schließt dort ab. Ich und Jimmy sind vom Kino in der Curzon Street gekommen.»

Jury blickte zu Macalvie auf, der jetzt zwar schwieg, Colly Rees aber mit seinem Blick an die Wand hätte nageln können. «Erzähl nur weiter», sagte er zu Colly.

«Jimmy hat sie gesehen. Er hat auf einer Bank gestanden und durchs Fenster in den Regen rausgeguckt.»

«Und wen hat er gesehen?»

«Diese Lady, Sir. Sagt er jedenfalls. Also ich, ich war in der Nähe vom Seiteneingang, der noch offen war. Und ich hab jemand weglaufen hören. Das muß dieselbe Lady gewesen sein, Sir.» Vor lauter Ernsthaftigkeit drückte er die Mütze zu einer Kugel zusammen.

«Du hast sie gehört. Aber du hast sie nicht gesehen?»

Colly Rees schüttelte ungeduldig den Kopf und verdrehte seine Mütze. «Gesehen hat Jimmy sie. Keiner von uns hat sich was dabei gedacht, nur weil jemand im Regen weggelaufen ist. Erst als wir dann ferngesehen haben und die Nachrichten über diese Lady gehört haben, die...» Colly zog ruckartig an seinem Schal. Wiggins zuckte zusammen.

«Okay. Erzähl weiter, Colly.»

«Sonst war nichts mehr, nur daß es eben eine Lady war.»

«Jimmy?» sagte Jury im Rücken des Kleinen. Jimmy Rees hatte sich, seit er sich neben Macalvies Schuhen aufpflanzte, keinen Zentimeter von der Stelle gerührt. Und Macalvie hatte das größtmögliche Opfer gebracht, dachte Jury: Er hatte ihm weder Handschellen noch Schläge verpaßt und ihn nicht einmal angebrüllt.

Colly sagte: «Oh, aus Jimmy kriegen Sie nichts raus, Sir. Der ist stocktaub, wenn er will.»

«Hat er die Frau nicht beschrieben?»

«Nein. Er nennt sie die ‹Regendame›.» Er sah seinen Bruder an, dessen Kopf sich ein wenig hob wie ein Apfel am Ast, was vielleicht Zustimmung bedeuten sollte.

Jury sah zu Macalvie und dann wieder zu Colly hinüber. «Es hat geregnet. Will er das damit sagen?»

«Weiß ich doch auch nicht, Sir. Immer wenn ich ihn frage, sagt er nur: ‹Die Regendame war's.›» Stirnrunzelnd fixierte er Jimmys Rücken, als solle der mit seiner rätselhaften Botschaft lieber nicht in den Mauern von Scotland Yard rausplatzen. «Und Tante Nettie hat ihm ein paar schlimme Sachen gesagt von wegen Lügen verbreiten und ihm was hinter die Ohren gegeben und Onkel Bub auch, weil er uns im Pub hat warten lassen. Hat gesagt, sie walkt uns kräftig durch, wenn wir was über diese Nacht erzählen.»

«Wegen Tante Nettie würd ich mir keine Sorgen machen, Colly...»

«Sie natürlich nicht. Sie ist ja auch nicht Ihre Tante, oder? Aber sie sagt, sie läßt uns nicht mehr fernsehen, und wir kriegen keine Süßigkeiten mehr. Jimmy ist ganz verrückt nach Fernsehen, deswegen redet er auch nicht viel. Sollen doch die anderen reden, soviel sie wollen. Ich hab ihn gefragt und gefragt. Aber er sagt bloß: ‹Die Regendame war's.›»

Macalvie riß seinen Blick von Jimmy Rees' gesenktem Kopf los und wandte sich strahlend an dessen älteren Bruder. «Du sagst, du hast jemand wegrennen hören. Woher weißt du, daß es eine Frau war?»

«Muß wohl eine gewesen sein, wenn Jimmy doch 'ne Lady gesehen hat», sagte er einsichtig.

«Das habe ich nicht gefragt: Ich habe dich gefragt, was du *gehört* hast.»

«Sie ist gerannt, Sir. Ich meine, ‹die Person›», fügte er rasch berichtigend hinzu. «Die Person ist gerannt, Sir.»

Macalvie schenkte Colly ein Lächeln wie Sägespäne. «Hör mal, woran hast du gemerkt, daß sie oder er gerannt ist?»

Er machte mit der Zunge ein schnalzendes Geräusch am Gaumen. «Wegen der Stöckelschuhe. Ich hab noch nie von einem Mann gehört, der welche trägt.»

«Und sie ist gerannt?»

«Ja, Sir.»

«Vielleicht nur schnell gegangen.»

«Gerannt.»

«Gegangen.»

Wiggins blickte von Macalvie zuerst zu dem einen und dann zu dem anderen Jungen. «Sir, macht das einen großen Unterschied?»

Macalvie funkelte ihn an. «Als erstes stellt man fest, ob es die Wahrheit ist. Als zweites, ob es einen Unterschied macht.» Er wandte sich wieder an Colly. «Nehmen wir an, es war eine Frau», räumte er gnädig ein. «Dann hättest du das Klappern der Absätze nicht gehört. Wenn sie gerannt wäre, hätten die Absätze nicht den Boden berührt. Also ist sie schnell gegangen.»

«Wie auch immer, sie könnte etwas gesehen haben, Macalvie.»

Jury wandte sich an Colly. «Okay, Colly, das war wirklich sehr mutig von euch, hierherzukommen. Von euch beiden, auch von Jimmy.»

Jimmy reagierte nicht auf die Verkündung seines Heldentums. Er hielt den Blick weiter auf die Schuhe gesenkt.

«Sergeant Wiggins kann euch jetzt nach Hause bringen. Wo wohnt ihr denn?»

«Bei den Wapping Old Stairs, Sir.»

Macalvie riß eine weitere Kaugummipackung auf. «Ich kann das schon machen», sagte er.

«Sie?»

«Sicher. Vielleicht kaufen wir unterwegs noch ein paar Süßigkeiten und Eis. Was meint ihr, Jungs?»

Colly meinte, Jimmy äße gern Borkenschokolade. Jimmy sagte dazu nichts.

Jury lächelte und schüttelte den Kopf. Es gab Augenblicke, in denen Kinder einfach nicht auftauten – später vielleicht, jetzt aber nicht, trotz Kaugummi und Borkenschokolade.

«Nett von Ihnen, Macalvie.»

«Keine Ursache. Vielleicht können wir uns ja ein bißchen über diese Lady unterhalten.»

So, als komme seine Stimme aus dem Boden und würde durch die Schuhe des Divisional Commander übermittelt, sagte Jimmy plötzlich: «Die Regendame war's.»

VIERTER TEIL

STARDUST MELODY

18

Das Haus in Knightsbridge lag gegenüber einem jener kleinen grünen Parks, die von schmiedeeisernen Zäunen umgeben sind und deren Tore sich nur mit einem Schlüssel öffnen lassen. Straßauf, straßab weder Menschen noch Verkehr. Jury wunderte sich oft über die Ruhe in diesen Wohngegenden; sogar der Verkehr hielt Abstand. Mehrere Straßen weiter schoben sich Autos und Busse durch die Sloane Street. Jury sah sich die Wagen an, die vor dem Haus geparkt waren: ein weißer Lotus Elan, der zwischen dem langen schwarzen Jaguar und dem dunkelbraunen Mercedes wirklich aussah wie eine heruntergefallene Blüte. Während er wartete, öffnete eine ältere Frau mit zwei Labradorhunden das Parktor und ging hinein.

Er ließ den Blick über die Tür nach oben wandern, über das Buntglas und den Ziergiebel, in den ein inzwischen verblichenes Wappen eingeschnitzt war. Die Frau, die die Tür öffnete, wahrscheinlich die Haushälterin, war klein und barsch. Falls sie der Anblick von Jurys Dienstausweis überraschte, verbarg sie es gut.

Hugh Winslow war ein hochgewachsener, hagerer Mann von Mitte sechzig, der sich wahrscheinlich durch regelmäßige sportliche Betätigung auf Tennis- und Squashplätzen in Form hielt. Die Augen in seinem höhensonnengebräunten Gesicht wirkten sehr blau, die Haut spannte sich straff über die Wangenknochen und wirkte wie Pergament. Als er sich in dem tiefen Sessel niederließ, wo er offenbar vorher gelesen hatte, entspannte sich sein Körper. Er hatte das Gebaren eines Mannes, der all seine Probleme schon seit geraumer Zeit gelöst hat, und er sah Jury an, als ob das, was die Polizei zu ihm geführt habe, entweder geringfügig oder von vornherein ein Irrtum sein müsse.

«Was kann ich für Sie tun, Superintendent? Möchten Sie vielleicht etwas trinken?» Er wollte aufstehen.

«Nein, danke. Ich wollte Ihnen nur ein paar Fragen stellen, Mr. Winslow, und zwar im Zusammenhang mit einer jungen Dame, die vor vier Tagen in der Nähe eines Pubs mit dem Namen I Am the Only Running Footman ermordet wurde. Kennen Sie es?»

«Nein, ich glaube nicht.»

«Ihr Schwager war Stammgast dort.»

«Ich habe David einige Male in Shepherd Market besucht, aber ich war nie in diesem Pub...» Mitten im Satz brach er ab.

«Ich habe nichts von Shepherd Market gesagt.»

Nervös suchte Winslow nach Zigaretten und Worten. «Ich habe nur angenommen...»

«Ich verstehe. Vielleicht haben Sie mit Ihrer Frau oder Ihrem Schwager gesprochen?»

«Ja, genau.»

Das hätte dir früher einfallen müssen als mir, dachte Jury. «David Marr war, soweit bekannt, der letzte, der Ivy Childess lebend gesehen hat. Er steckt in der Klemme. Ich frage mich, ob Sie mir wohl etwas über ihn erzählen könnten.»

«Wir sehen uns kaum, Superintendent. David kommt selten hierher, gewöhnlich nur, wenn Ned da ist.»

«Ihr Sohn.»

«Ja.»

«Und Sie haben ein gutes Verhältnis zu ihm?»

Hugh Winslow antwortete indirekt. «Er wohnte hier, als er nach London kam. Jetzt hat er sich eine Wohnung in Belgravia genommen.»

«Aber wie kommen Sie miteinander aus?»

«Nicht besonders. Dafür hat er ein überaus inniges Verhältnis zu seiner Mutter. Beide, Ned und David.» Sein Lächeln wirkte angestrengt.

«Was meinen Sie mit ‹überaus›?»

Hugh Winslow drückte seine Zigarette aus und goß sich einen Whisky ein. «Ich meinte nur ‹ein sehr inniges›, mehr nicht. Es ist nichts Unnatürliches, vor allem nicht im Hinblick auf Marion. Sie ist eine Frau, die in Männern starke Gefühle weckt.»

«Auch in Ihnen, Mr. Winslow?»

Er betrachtete Jury über den Rand seines Glases. «Ich verstehe nicht, was das mit – Miss Childess zu tun hat.»

Jury lächelte. «Tun Sie mir den Gefallen.»

Winslow seufzte. «Marion und ich haben uns irgendwie entfremdet. Seit dem Tod unserer Tochter.»

«Das mit Ihrer Tochter tut mir leid, Mr. Winslow.»

«Ja.» Er stand auf und begann ziellos im Zimmer herumzuwandern, im Feuer zu stochern und sich dem hohen Fenster zu nähern. Er erinnerte Jury an Marion Winslow. «Es ist direkt da draußen passiert», sagte er und nickte zur Straße hinaus. «Der Fahrer wurde nicht bestraft – es war wohl auch nicht seine Schuld. Er schien tatsächlich ein anständiger Bursche zu sein. Wells oder so ähnlich hieß er.»

«Miles Wells. Ich habe im Unfallbericht nachgesehen. Zehn Uhr abends, nicht wahr?»

Hugh nickte abwesend und setzte seinen Gedankengang fort. «Ich glaube, ja. Es ist schwer, wenn man für perfekt gehalten wird, wissen Sie. Denn dafür hielten sie Phoebe offensichtlich. Das hat ihr wohl nur sehr wenig Luft zum Atmen gelassen. Sie hatte durchaus Temperament, wie andere Kinder auch. Sie war nur ein kleines Mädchen, keine heilige Ikone. Aber seitdem scheint sich alles verändert zu haben.»

«Bis zu ihrem Tod waren Sie und Ihre Frau also recht glücklich, nicht wahr?»

«Würde ich schon sagen, ja.»

«Dennoch gab es andere Frauen, Mr. Winslow.»

Hugh Winslow war zu seinem Sessel am Kamin zurückgekehrt. Ein dunkler, lederner Ohrensessel, und wieder mußte Jury an die Unterhaltung mit seiner Frau denken. Ein seltsames Gefühl, wie bei einem Déjà-vu-Erlebnis.

Hughs Lächeln war ein wenig frostig. «Tja, das stimmt. Sie verstehen das vielleicht nicht, aber Marion ist so ziemlich die vollkommenste Frau, die ich je kennengelernt habe...»

«Und es war schwierig für Sie, mit der Vollkommenheit zu leben.»

Er nickte. «Aber wenn Sie etwas über David erfahren wollen, wäre es besser, Marion zu fragen.» Er schenkte sich einen weiteren Drink ein.

Hugh Winslow wirkte so allein wie die privilegierten Spaziergänger im Park gegenüber. Ohne Schlüssel würde man nicht in sein Inneres dringen.

«Ich habe mich schon mit ihr unterhalten. Ich wollte mich bei Ihnen eigentlich auch nicht speziell nach David Marr erkundigen. Sondern nach Ivy Childess.»

Die Karaffe hing in der Luft. Dann setzte er sie ab, stöpselte sie wieder zu und sagte: «Ich weiß wirklich nicht, was Sie meinen.» Es war ein schwacher Versuch, seine Gelassenheit zurückzugewinnen. Der Schlüssel hatte sich gedreht, das Tor stand offen.

«Es soll heißen, daß Sie Ivy Childess kannten.»

«Ich bin ihr einmal begegnet. Hier, auf einer kleinen Cocktail-Party.»

«Und seitdem trafen Sie sie immer wieder, nicht wahr? Im Running Footman.»

Er warf einen Blick auf das ausgehende Feuer. Dann wandte er den Kopf: «Ja.»

«Aber warum haben Sie sie in dem Pub getroffen, in das Ihr Schwager doch häufig kam?» Jury glaubte, die Antwort darauf zu wissen.

Und er erhielt die Bestätigung, als Winslow sagte, es sei Ivys Idee gewesen. Ihr habe es dort gefallen. «Aber sie wußten nichts über Ivy und mich. Marion ganz sicher nicht.»

«Sind Sie sicher, daß sie keinen Verdacht hatte?»

«Ja. Hätte sie...»

«Dann hätte sie sich scheiden lassen. Ist es nicht so?»

«Ivy hat ihre Beziehung zu David nur deshalb aufrechterhalten, damit niemand Verdacht schöpfte.»

Vielleicht glaubte er das ja tatsächlich. «Hat sie auf Heirat bestanden? Drohte sie Ihnen damit, eine Szene zu machen?» Aus Hugh Winslows unglücklichem Blick konnte Jury ersehen, daß er recht hatte. «Und diesen Preis wollten Sie nicht bezahlen. Ihre Frau ist ja sehr vermögend.»

«Ich nage auch nicht gerade am Hungertuch, Superintendent. Ach ja, Sie haben in gewisser Hinsicht ja recht. Ich war nicht bereit, den Preis zu bezahlen. Ich liebe Marion. Ich hatte nie die Absicht, Ivy zu heiraten.»

Jury schwieg einen Augenblick. Seine Gedanken waren zu dem Gespräch mit Stella Broome zurückgewandert. *Tolle Schlitten und tolle Männer.* Im Grunde das gleiche wie bei Ivy Childess. «Mr. Winslow, vor etwa zehn Monaten wurde eine junge Frau in einem Gehölz am Straßenrand zwischen Exeter und Bristol ermordet. Sie hieß Sheila Broome. Sagt Ihnen der Name etwas?»

Hugh Winslow schien erleichtert, daß sie das Thema Ivy Childess verließen. «Nein, nein, ich habe den Namen nie gehört.»

«Ende Februar. Am neunundzwanzigsten, um es genau zu sagen.»

Er versuchte zu lachen, doch es blieb ihm im Halse stecken. «Offensichtlich fragen Sie mich, wo ich da war.»

Jury lächelte. «Ganz richtig.»

Winslows Stimme wurde frostig. «Ich glaube, ich war im Ausland. Ich habe ein Büro in Paris. Aber ich kann das selbstverständlich in meinem Terminkalender nachprüfen, wenn ich auch bezweifle, daß dieses spezielle Treffen darin notiert ist, wenn ich nach Devon gefahren wäre.»

«Überprüfen Sie es trotzdem, Mr. Winslow. Ist das Ihr Jaguar da draußen?»

Er schien verwirrt. «Nein. Der Mercedes gehört mir. Warum?»

«Haben Sie mal einen Jaguar besessen?»

«Natürlich.» Er zuckte die Achseln.

Hat das nicht jeder? Jury lächelte. «Wann war das?»

«Oh, vor zwei oder drei Jahren, glaub ich. Aber ich verstehe nicht, warum...?»

«Sie haben gesagt, Sie hatten nie die Absicht, Ivy zu heiraten. Das klingt ganz ähnlich wie das, was auch Ihr Schwager sagte.»

Winslow rutschte unbehaglich in seinem Sessel hin und her. «Ivy war – na ja, sie war entsetzlich opportunistisch. Und ich habe nie jemanden gekannt, der so geschickt war, Sachen aus einem herauszukitzeln. Die Art Frau, der man sich anvertraut und es anschließend bereut...»

Er schwieg. Jury dachte einen Augenblick lang nach. «Ist es denkbar, daß Ihr Schwager ihr etwas anvertraut hat?»

«David? Wahrscheinlich. Er ist viel weicher, als man gemeinhin annimmt. Aber ich wüßte nicht, was er ihr anzuvertrauen gehabt hätte. David ist ein sehr offener Mensch.»

Angesichts der Tatsache, daß man Hugh aus dem Familienkreis ausgeschlossen hatte, fand Jury ihn ziemlich nachsichtig. «Mr. Marr scheint ziemlich viel Geld durchgebracht zu haben, wie Ihre Frau sagte. Und er scheint gerne an Orte wie Cannes oder Monte Carlo zu reisen...» Jury kam David Marrs erfreulich schlampige Pinnwand in den Sinn. «War er eigentlich mal in Amerika?»

Hugh Winslow runzelte die Stirn. «Nicht daß ich wüßte. Keiner von uns war jemals dort. Rose – das war Edwards Frau – redete immer davon, hinzufliegen. Ich wollte auch immer...»

«Ja, ich auch. David Marr scheint eigentlich keine teuren Vorlieben zu haben, auch wenn er gern vom Spielen, von Casinos und vom flotten Leben redet. Deshalb wundere ich mich über all das durchgebrachte Geld.»

«Ich kann mir nicht vorstellen, daß David Ivy Schweigegeld gezahlt hat. David ist viel eher der Solls-doch-jeder-wissen-und-denken-was-er-will-Typ.»

«Hängt wohl davon ab, was es da zu verbreiten gibt. Und wie steht es mit Ihnen, Mr. Winslow? Sind Sie der gleiche Typ?»

Erschrocken wandte sich Winslow ab. «Ich habe Ivy wohl ein bißchen was geliehen.»

«Geliehen. Und was heißt ‹ein bißchen was›?»

«Ein paar tausend.» Hastig, als würde dies das Darlehen rechtfertigen, fügte er hinzu: «Sie wollte sich in den Laden einkaufen, in dem sie als Verkäuferin arbeitete. In Covent Garden...»

«Vielleicht entspricht ein paar tausend ja Ihrer Vorstellung von ‹ein bißchen was›, meiner nicht. Natürlich würde es ein Erpresser so nennen.»

Winslow war aschfahl.

«Dieser Unfall Ihrer kleinen Tochter passierte gegen zehn Uhr...»

«Was hat denn *das* damit zu tun?»

«Vielleicht eine ganze Menge. Um zehn Uhr abends rannte Phoebe auf die Straße hinaus. Sie sagen, sie hatte manchmal Temperamentsausbrüche. Soll das die Erklärung dafür sein, warum eine Achtjährige spätabends auf eine dunkle Straße hinausrennt? Oder gab es da noch einen anderen Grund? Obwohl Edward, wie Sie sagen, hier war, blieb er nicht über Nacht. Das heißt, sie waren zusammen mit Phoebe hier. Und möglicherweise mit noch jemand anderem.»

«Ivy war da», sagte er und stützte den Kopf in die Hand, als sei er ein zerbrochener Gegenstand. «Phoebe hat uns gesehen.» Er blickte nach oben, als riefe er sich eine Szene im ersten Stock in Erinnerung. «Es war entsetzlich.» Wieder ließ er den Kopf auf die Hand sinken. «Aber sie hat mich nicht erpreßt, Superintendent.»

«Vielleicht nicht so richtig. Aber lief es nicht im Grunde auf das gleiche hinaus? ‹Ein paar Tausender, und ich erzähle Marion nicht, was in dieser Nacht passiert ist›?»

Winslow schwieg.

Jury erhob sich: «Wir werden uns später noch mal unterhalten müssen.»

Hugh Winslow brachte ihn zur Tür, wo er, als spräche er noch immer über sie, meinte: «Der Preis wäre Marion gewesen. Ich bin ja wohl jetzt schon ein Paria. Sie melden sich kaum noch bei mir.» Er wirkte sehr erschöpft.

«Ja», war Jurys einzige Antwort. Ein Paria. Wie er da in der Halle stand, hatte Jury Mitleid mit ihm und dachte daran, wie einsam er doch war. Sie hatten ihn in die Verbannung geschickt.

Vom Bürgersteig blickte er zurück und sah den Mann noch immer im Türrahmen stehen und über ihm den Ziergiebel mit dem verblichenen Wappen, dessen Ursprünge wohl längst in Vergessenheit geraten waren. In dem kleinen Park auf der anderen Straßenseite gingen ein paar Leute spazieren und genossen die privilegierte Abgeschiedenheit.

19

Es war einmal ein Marktplatz, doch er war ersetzt worden durch das unerbittlich kommerzielle, einstöckige Einkaufszentrum mit den üblichen Boutiquen und widerwärtigen Naturkostrestaurants, Süßigkeitenläden, Kartenläden, Krimskramsläden, die wegen der Adresse überteuerte Preise nahmen. Jury waren Gemüsestände und Fischhändler tausendmal lieber. Und Wiggins ging es offensichtlich ebenso.

«Früher hat es mir hier besser gefallen. Als sie noch frisches Gemüse verkauften und so was. Hätte sich der Stadtrat da bloß rausgehalten. Wen hat es schon gestört, daß alles ein bißchen schmuddelig war und gestunken hat. Das war wenigstens noch London.»

«Sie haben recht, Wiggins. Das war noch London.»

Eine blaue, ins Silberne changierende Neonschrift buchstabierte stotternd den Namen des Ladens: Starrdust. Vor dem schwarzen Hintergrund verloren sich die drei letzten silberbestäubten Buchstaben in eine andere Dimension.

Der Laden befand sich gegenüber vom neuen Markt von Covent Garden – zumindest würde ihn Jury immer als neu empfinden. Während er mit Wiggins davorstand und ins Schaufenster blickte, dachte er sich, daß das Starrdust vielleicht sogar eine Art Oase in all dem Getöse war, dem Brausen der Rockmusik, die in Wellen aus den Läden brandete, dem endlosen Verkauf von Schallplatten und Jeans und Croissant-Sandwiches.

Zuerst dachte Jury, es sei ein Laden mit Zauberartikeln. Vor einem Hintergrund aus schwarzem Samt (der ebenfalls mit Silberstaub besprenkelt war) waren schwarze Spitzhüte mit goldenen Viertelmonden zu sehen, mit falschen Edelsteinsternen besetzte Ebenholzstäbe, ausgestanzte silberne Planeten, die an unsichtbaren Fäden hingen. Auf einer Seite stand ein kleines Waldhaus, aus dem auf dem Gleis einer elektrischen Eisenbahn ein mechanischer Merlin in schwarzem Sternenumhang und Hut gefahren kam und einen winzigen Stab umklammerte, den er einmal wie segnend hob, ehe er wieder in sein Heim rollte.

«Haben Sie das gesehen, Sir?» fragte Wiggins, der die drei Kinder, die sich gerade erst zu der Zauberervorstellung eingefunden hatten, offensichtlich gar nicht bemerkt hatte.

Jury studierte die Pappsternbilder, wo die Namen – Pluto, Skorpion, alle Tierkreiszeichen waren vertreten – an Silberfäden baumelten. Auch eine Sonne, die ein bleiches, winterliches Licht abgab und die Aufmerksamkeit auf ein großes geöffnetes Buch mit Leuchtschrift lenkte. Und weiter unten stand auf einem kleinen goldenen Schild «Horoskope und seltene Bücher.» Der Laden belieferte keine Zauberer, sondern Schicksalsgläubige.

Als Jury schützend die Hände über die Augen legte und durch die Glastür (mit einem Schild «Verkäuferin gesucht») blickte, dachte er, der Laden sei über Mittag geschlossen, weil er so dunkel war. Aber Wiggins hatte angerufen und sie angemeldet. Er drehte den Knauf, und die Tür öffnete sich. Wiggins riß sich von Merlin und den drei Kindern los und folgte ihm.

Wie im Kino, an dessen Dunkel man sich ebenfalls erst gewöhnen muß, war es auch im Starrdust düster wie in einer Höhle. Jury blinzelte. Der Raum war ziemlich lang und schmal, und die hintersten Ecken konnte er überhaupt nicht erkennen. Wer für die Einrichtung des Ladens verantwortlich war, hatte sehr viel Phantasie an den Tag gelegt. Falls es Andrew Starr war, hatte er wohl das Glück gehabt, nie so richtig erwachsen geworden zu sein. Es gab auch eine Beleuchtung, strahlende Lichtpünktchen, die Jury ans Lesen unter der Bettdecke mit einer Taschenlampe erinnerten. Allmählich wurde es etwas heller. In einer Ecke befand sich ein Haus in Kindergröße, das im gleichen Neonblau wie das Schild bemalt und mit astrologischen Symbolen bedeckt war und über dessen Tür ein Schild mit der Aufschrift *Horror-Raum* leuchtete. Die Kinder, die nicht danach aussahen, als hätten sie alle drei zusammen auch nur einen Penny, waren mit Jury und

Wiggins hineingeschwärmt und steuerten auf das Spielhaus zu. Offensichtlich waren sie mit den Wundern des Starrdust wohlvertraut. An den langen Wänden standen in regelmäßigen Abständen mehrere große Regale. Dazwischen hingen silbergerahmte Fotos von Filmstars aus längst vergangenen Zeiten, wie Judy Garland und Ronald Colman. Sie alle blickten durch das Geglitzer der Sterne und Monde aus der Vergangenheit herüber. Jury warf einen Blick auf die Bücher und sah, daß sie wirklich antiquarisch und wie eine Mondbibliothek inmitten der Monde und Sterne aufgestapelt waren.

Die *pièce de résistance* aber hatte Wiggins entdeckt, der zur gewölbten Decke hinaufstarrte, die der Eigentümer äußerst vorteilhaft genutzt und in eine Art Pseudoplanetarium verwandelt hatte. «Sehen Sie sich nur das an», sagte Wiggins schon zum zweitenmal. «Das ist ja wie bei Madame Tussaud.»

«Nicht ganz», sagte Jury und betätigte sich selber als Sterngucker. «Sehen Sie, da verschwindet Venus...» Ein Licht verlosch allmählich hinter dem Planeten. «...und da kommt Mars.» Stumm knipste sich ein Licht an. Die Sternenanlage ließ ihre kleinen Lichter aufleuchten und verlöschen und vermittelte einem das unheimliche Gefühl, als bewege sich der Himmel.

«Mir kommt es vor, als würde ich schweben», sagte Wiggins.

Aus dem Horror-Haus drang ein fast schläfriges Gelächter. Von irgendwoher aus dem Hintergrund tönte scheppernd Hoagy Carmichaels Schlager «Stardust». Aber nicht besonders laut, nicht in Stereo. Überraschenderweise spielte man die sehr zerkratzt klingende Schallplatte auf einem simplen Plattenspieler ab. Die Zeit schien sich zu dehnen wie der Raum. Jury sah sogar auf seine Uhr, obwohl er wußte, daß er erst eine Minute, wenn nicht noch kürzer hier war.

Aus der Tiefe des Raums näherten sich zwei Mädchen von vermutlich neunzehn oder zwanzig Jahren. Sie trugen graue Cordhosen und schwarze Bauernblusen, die mit einer Art Silberfaden durchwirkt waren, der im Licht der Planetariumdecke schimmerte. Beide hatten hellblondes Haar, das sie mit sternenbesetzten Kämmen zurückhielten, helle, fast opalisierende Haut, blau und silber umschattete Augen und perlmuttrosa Lippen, so daß das Licht, das über sie hinwegflutete, sich in einen zerfließenden Regenbogen verwandelte. Man hätte sie für Zwillinge halten können, obwohl sie das nicht waren, ja vielleicht nicht einmal Schwestern. Eine fragte, ob sie ihnen behilflich sein könnten. Die andere kicherte ein wenig. Worauf ihr die erste einen warnenden Blick zuwarf. Aber sie strahlten so viel gute Laune aus, daß Jury selber ein wenig schmunzeln mußte, wie sie so kerzengerade dastanden und sich um die Taillen faßten wie Schlittschuhläuferinnen auf einem Teich.

Auf Jurys Reaktion hin strahlten ihre heiteren Gesichter, falls das überhaupt noch möglich war, gleich noch mehr, fast so, als seien hinter ihren Augen die Sternenlichter angeknipst worden. Er zeigte ihnen seinen Dienstausweis.

«Oje!» sagte eine von den Starrdust-Zwillingen. «Da wollen Sie sicher mit Andrew sprechen. Wissen Sie, er hat uns gesagt, wir sollen nach zwei Polypen –» Sie hustete, errötete und sagte: «Entschuldigung, aber Sie sehen beide gar nicht wie Polizisten aus...»

Jury lächelte, als sie verstummte. Wiggins sah wahrscheinlich nach nichts aus außer nach einem Sterngucker.

Er war immer noch dabei. «Meinen Sie Andrew Starr? Mein Sergeant hat schon mit ihm gesprochen.»

«Richtig, mit Andrew. Wir holen ihn rasch.» Die Starrdust-Zwillinge taten offensichtlich alles zu zweit. Erneut hörte man ein Kichern, doch diesmal kam es nicht von den Mädchen. «Das sind wieder die Kinder, Meg», sagte die eine. «Oh, Andy hat nichts dagegen», erwiderte die andere. Ob oder nicht, sie scheuchten jedenfalls die Kinder aus dem angemalten Haus. Die drückten sich noch ein wenig herum, sahen sich um, faßten aber nichts an, kamen schließlich heran und blickten mit offenen Mündern und Zahnlücken zu Jury auf, der nicht so recht wußte, für wen sie ihn hielten. Um jedoch kein Risiko einzugehen, blechte er ein Zehnpencestück auf den Ladentisch und nahm drei Gummibärchen aus der Glasschüssel.

Sie sahen sich an, lächelten scheu und zogen dann ab. Schön war's wieder im Starrdust.

Andrew Starr sah gerade noch ihre Rockschöße, als er hereinkam. Er blickte ihnen nach, wie sie draußen vor der Scheibe auf den Spielzeug-Merlin starrten. Er schüttelte den Kopf. «Sie kommen mehrere Male in der Woche», sagte er, ohne sich vorzustellen. «Stammkunden. Das Starrdust hat wie ein Pub seine Stammgäste.»

Jury blickte auf Wiggins, den immer noch die Sterne in Bann schlugen, und dachte sich, daß Starr wohl einen weiteren auf seine Liste setzen konnte.

Andrew Starr war ein gutaussehender junger Mann, schmächtig, aber gut gebaut und gut gekleidet, jemand, bei dem seine nicht gerade außergewöhnliche Kleidung – tadellos sitzendes Baumwollhemd und Jeans – aussah, als stamme sie von einem Maßschneider. Haar und Augen waren dunkel, der Knochenbau zierlich. Er trug einen schweren Anhänger, wahrscheinlich sein Sternzeichen, und ein goldenes Armkettchen, das er gewohnheitsmäßig ums Handgelenk kreisen ließ.

«Es geht natürlich um Ivy.» Starr setzte sich hinter seinen Ladentisch und fischte eine Zigarette aus einem Porzellanbecher. Er zündete sie an und bot auch Jury eine an. Wiggins war inzwischen wieder mit beiden Beinen auf der Erde gelandet und holte sein Notizbuch hervor. Die Starrdust-Zwillinge ordneten Bücher aus einer Kiste in die Regale.

«Ivy Childess, stimmt. Wie lange hat sie eigentlich hier gearbeitet?»

«Knappes Jahr vielleicht. Hatte einen Job hinterm Ladentisch bei Boots, bevor sie zu uns kam. Ivy war viel zu ehrgeizig, um ihre Tage damit zu verbringen, älteren Damen Lidschatten auf die Augen zu stäuben.»

«Ehrgeizig?»

«O ja, und wie. Ivy konnte man mit drei Worten beschreiben. Ehrgeiz, Ehrgeiz und noch mal Ehrgeiz. Natürlich war sie sehr gut hier...»

«Was genau hat sie denn gemacht?»

«Sie war Verkäuferin. Wie Sie sehen, suche ich eine neue. Tut mir leid, klingt ein bißchen makaber. Na ja, ich kann mich einfach nicht so furchtbar aufregen wegen Ivy. Ehrlich gesagt, mochte ich sie nicht so besonders, aber, wie ich schon sagte, sie war verdammt gut. Außerdem» – Starr griff unter den Tisch – «war sie eine ziemlich gute Madame Zostra.»

Er hatte einen mit Flitter besetzten Wickelkopfputz, so eine Art Turban, und ein großes Kartenspiel, Tarotkarten, hervorgezogen. Jury lächelte. «Ivy hat wahrgesagt?»

Andrew Starr lächelte breit. «Zum Spaß, zur Unterhaltung. Nicht um die Kundschaft auszunehmen. So gern sie das auch getan hätte», fügte er trocken hinzu.

Jury breitete die Karten aus. «Dann glauben Sie also nicht an all das?»

Starr wirkte ein wenig verletzt. «Natürlich tu ich das. Das heißt, an Astrologie. Und die meisten meiner Kunden kommen schon seit einer Ewigkeit.» Er warf einen Blick auf die Fotos zwischen den Bücherregalen. «Theater- und Filmstars. Na ja, nicht die großen. Die sind ja wohl alle tot. Marilyn Monroe hab ich nie zu Gesicht bekommen, leider.»

Jury lächelte. «Sie wären viel zu jung gewesen, um sie so richtig zu würdigen.»

«Nicht für Marilyn Monroe.»

«Hat Ivy an Tarot, Astrologie und diese Dinge geglaubt?»

«Um Himmels willen, nein. Deswegen war sie wahrscheinlich so gut im Verkauf. Sie konnte einem Schwein einen Silbertrog andrehen. Nein, aber sie wußte, was gut war – und Starrdust *ist* gut, das kann ich Ihnen sagen.»

«Ich glaube es Ihnen, Mr. Starr.»

«Andrew. Nennen Sie mich Andrew. Ivy hatte ein bißchen Geld, und ständig hat sie mich damit genervt, daß sie hier einsteigen will. Wollte meine Partnerin werden, wirklich wahr. Ich habe gar nicht richtig hingehört, weil ich dachte, daß sie nicht mehr als ein paar hundert Pfund hat – das heißt, ich hab mir nicht mal die Mühe gemacht, ihr zu sagen, daß ich keinen Partner will. Sie muß das als Ermutigung aufgefaßt haben. Eines Tages kam sie doch tatsächlich mit einem Scheck über zweitausend Pfund an. Da habe ich die Sache dann klargestellt. Daß ich keinen Partner brauche.

Aber das verdammte Weib – tut mir leid – war so zäh wie ihr Name, Efeu. Wenn sie etwas wollte, bekam sie es auch. Macht wollte sie, und Geld bedeutet Macht. Denken Sie nur an diesen Typen, David, mit dem sie ausging...»

«David Marr.»

«Armer Teufel. Kam ein paarmal vor Ladenschluß hier vorbei, hing rum, wartete auf sie. Ich persönlich fand ihn nett. Es ist schon komisch, wie manche Leute, egal wie einfach sie sich kleiden und reden, förmlich nach Geld stinken. Marr war so einer. Also hängte sie sich an ihn ran. Pardon.» Er griff hinter sich und legte eine neue Schallplatte auf. Sie war genauso verkratzt wie die erste. Dinah Shore sang «Stars Fell on Alabama».

«Glauben Sie, daß Ivy ihn heiraten wollte?»

Andrew johlte. «Mein Gott, und ob. Der Mann hatte Geld wie Heu. Das heißt, hätte es bekommen. Sie redete oft davon, was er noch alles erben würde. Als ob sie Miterbin wäre, natürlich. Allerdings schien er nicht besonders erpicht darauf. Am wenigsten auf eine Heirat. Aber Ivy dachte wohl, sie könnte seinen Widerstand allmählich brechen. Sie saß ständig da und blätterte die Karten durch und sagte, sie hätte noch einen ‹Trumpf› in der Hand.»

«Was, glauben Sie, hat sie damit gemeint?»

Er zuckte die Achseln. «Keinen Dunst.» Andrew drehte das Goldkettchen wieder und wieder um sein Handgelenk und runzelte die Stirn. «Ich denke mal, dieser Marr dachte zu Anfang, er kriegt da mit Ivy ein süßes kleines Ladenmädchen, und merkte dann später, daß sie ein gieriges und herzloses kleines Biest ist. Entschuldigung.»

«Sie müssen sich nicht entschuldigen, Andrew. Die Toten sind nicht liebenswerter, weil sie tot sind.»

Andrew Starr entspannte sich und zündete sich noch

eine Zigarette an. «Wenn Sie *meine* Meinung hören möchten, glaube ich, daß ihr Freund sich tatsächlich irgendwo niederlassen wollte. Wahrscheinlich in einem kleinen Landhaus in Kent oder so...»

Jury lächelte. «Diesen Eindruck macht David Marr nun nicht gerade auf mich.»

«Ich habe eine ungeheure Intuition, Superintendent. Ehrlich.» Er sah sich im Laden um. «Diese Dinge haben mich schon immer fasziniert – wann ist Marr geboren, wissen Sie es?»

Jury rechnete nach. «Neunzehnhundertsechsundvierzig. Monat und Tag müßte ich nachsehen.»

«Und die Stunde. Kriegen Sie das für mich raus, und ich kann Ihnen genau sagen, was für ein Mensch er ist.»

Jury hatte zwar von Hellsehern gehört, die beim Lösen von Kriminalfällen eingesetzt wurden, nicht aber von Astrologen. «Danke. Wir können jede Hilfe gebrauchen. Aber glauben Sie, daß er zu einem Mord fähig wäre?»

Zu Jurys Überraschung sagte Andrew Starr nicht sofort nein. Statt dessen starrte er zu seinem falschen Planetarium hinauf und sagte schließlich. «O ja, er wirkt zwar sehr gelassen, aber er gehört zu den Leuten, die zu allem – sogar Mord – fähig sind, wenn sie schlimme Enttäuschungen erleben.»

Wiggins sah von seinem Notizheft auf. «Diesen ‹Trumpf›, den sie noch in der Hand hatte, Sir. Würden Sie sagen, sie könnte etwas über David Marr gewußt haben?»

«Kann schon sein. Irgendwie hat sie sicher daran geglaubt, mit ihrem Trumpf bei Marr noch einen Stich machen zu können. Nein, nein, nein, Kinder...»

Das war an die Starrdust-Zwillinge gerichtet, die gerade den Spiegel aufhängen wollten, der an den Bücherregalen gelehnt hatte. Eine von ihnen stand auf einer kurzen Leiter, die andere hielt den Spiegel von unten.

«... ein kleines bißchen höher. So ist's richtig.»

Ein seltsamer Spiegel, eine Mischung aus Spiegel und Kaleidoskop. Ausgehend von seiner angebrochenen Mitte drehten sich Farbplättchen und warfen glitzernde Pailletten auf die Gesichter der Zwillinge. «Wo haben Sie den denn her?» fragte Jury.

«Von einem Antiquitätenhändler in Brighton. Ich dachte, der paßt gut hierher. Der Kaleidoskopeffekt ist eine optische Täuschung.» – «Brighton?»

Andrew nickte. «Ich hab mal in Hove gelebt. Hab in Brighton mit Horoskopen ein ziemlich gutes Geschäft gemacht. Die Stadt ist bekanntlich ziemlich berühmt für ihre Wahrsagerei – wenn man das so sagen kann. Astrologen, Hellseher und so weiter haben dort Tradition. Natürlich, es ist ein Badeort, da ist das vielleicht zu erwarten. Die meisten sind ehrlich, würde ich sagen. Ein oder zwei sogar brillant. Ich gehörte nie zu diesen ein oder zwei», sagte er wehmütig. «Aber ich bin ehrlich.»

Wiggins betrachtete äußerst fasziniert das Spiegelereignis. «Meinen Sie nicht, ich sollte den jungen Damen ein wenig zur Hand gehen, Sir?» Ohne auf Jurys Zustimmung zu warten, legte er sein Notizbuch auf den Tisch und stand auf.

«Interessant. Wir müssen uns mal mit jemand aus Brighton unterhalten.» Da Jury dies Wiggins zu überlassen gedachte, war er froh, daß der sich außer Hörweite befand. Wiggins hatte nicht viel für Badeorte übrig, weder im Sommer noch im Winter. Vor allem im Winter bedeuteten sie den sicheren Tod. «Wissen Sie, ob Ivy Childess schon mal dort war?»

«Meines Wissens nicht. Wie schon gesagt, Ivy Childess glaubte in erster Linie an kaltes, hartes Bares. Ihr Sergeant scheint sich hier wohl zu fühlen...» Er nickte zum Spiegel hinüber. «Glauben Sie, er würde gern hier arbeiten, wenn er die Polizei mal satt hat?»

Jury lächelte. «Meinen Sie etwa das Schild im Fenster? Wo wir gerade davon reden, hat sich schon jemand gemeldet?»

«Oh, ja. Einige. Aber irgendwie passen sie nicht so recht hierher.» Andrew zuckte die Achseln. «Entweder sind sie arrogant oder ungehobelt.» Er sah zu den Planeten hinauf. «Anscheinend glauben sie, das ist alles nur ein Witz oder gerissene Geschäftemacherei oder ihrer beträchtlichen Talente nicht würdig.»

«Ich frage, weil ich eine Freundin habe, die Ihnen vielleicht zusagen würde. Na ja, wenn Sie jemanden mögen, der ein bißchen verrückt ist. Aber fleißig und verläßlich und sehr, sehr hübsch.»

«Klingt phantastisch. Was ihre Verrücktheit angeht, wunderbar. Genau unser Stil. Und wenn sie auch noch hübsch ist, um so besser. Die Kunden mögen das und ich auch. Ein hübsches Gesicht hebt die Laune, Superintendent, meinen Sie nicht auch?»

«Auf jeden Fall.» Er blickte zu den Starrdust-Zwillingen hinüber, die den Spiegel mit Wiggins' Hilfe am Neonhimmel aufgehängt hatten. Alle drei standen jetzt darunter, sahen zu ihm hinauf und schnitten regenbogenbunt gesprenkelte Clownsgesichter. «Sind sie eigentlich Schwestern?»

«Meg und Joy? Oh, nein. Viele Leute glauben sogar, sie seien Zwillinge. Ich lasse sie immer das gleiche anziehen, und ich denke, das ist wieder so eine Illusion. Die meisten

Leute sehen, was sie sehen wollen oder zumindest, was ihren Erwartungen entspricht. Nein, Meg und Joy kamen eines Tages hier vorbei, als ich eine Verkäuferin suchte. Sie standen bloß da und strahlten und machten schließlich lange Gesichter, als ich ihnen sagte, daß ich nur eine brauche. Sie sahen so unglücklich aus, daß ich sie schließlich beide anstellte. Ich konnte sie einfach nicht trennen, der Gedanke, das Team auseinanderzureißen, war mir unerträglich.» Er lächelte. «Und ich habe es nicht bereut. Sie müssen wissen, sie sind jetzt schon fast zwei Jahre hier, und in der ganzen Zeit hab ich nicht *ein* böses Wort zwischen den beiden gehört. Aber 'ne Menge böse Worte von Ivy Childess. Und sie konnte Meg und Joy nicht ausstehen. Was mir eine Menge über Ivy Childess verrät. Ich wollte sie nicht nur nicht zu meiner Partnerin machen, ich wollte sie sogar rausschmeißen.»

«War sie denn so schlimm?»

«Allerdings. Ehrlich gesagt, ich bin erstaunt, daß es nicht andersherum war, daß *sie* umgebracht wurde. Ich hätte eher gedacht, daß *sie* Marr umbringt, weil er sie nicht heiraten wollte. Armer Kerl.»

«Hat sie je von anderen Männern gesprochen, Andrew? Hätte das vielleicht ihr Trumpf in der Hand sein können?»

Andrew Starr dachte einen Augenblick nach. «Ich kann mich wirklich nicht erinnern, ob je von einem anderen Mann die Rede war. Er hätte schon reich sein müssen.»

«Oder vielleicht jemand, der David Marr hätte eifersüchtig machen können.»

«Ihn eifersüchtig? Oh, nein, das glaub ich nicht. Ich glaube sogar, daß Marr und ich den gleichen Gedanken hatten, nämlich sie loszuwerden.»

«Sie hätte darauf nicht besonders freundlich reagiert.»

Jury steckte Wiggins' Notizbuch ein und stand auf. «Andrew, ich bin Ihnen sehr dankbar für Ihre Hilfe.»

«Gern geschehen. Und sagen Sie Ihrer Freundin, sie soll anrufen und einen Termin ausmachen. Aber sie kann auch einfach vorbeikommen, obwohl in der Regel ziemlich viel Betrieb ist.» Andrew schrieb etwas auf die Rückseite einer Starrdust-Karte und reichte sie Jury. «Wir haben hier noch eine andere Nummer. Eine Geheimnummer. Das Geschäftstelefon ist an manchen Tagen andauernd besetzt. Eigentlich haben wir heute geschlossen. Wir haben die Tür nur für Sie und Ihren Sergeant offen gelassen.»

«Fein, ich sammle jetzt nur noch meinen Sergeant ein und verschwinde.» Er rief Wiggins, der sich unglücklich vom Spiegel losriß und vom Gekicher der Mädchen begleitet zum Ladentisch zurückkehrte. Die Starrdust-Zwillinge fingen an, den Spiegel zu putzen.

«Ihr Laden gefällt mir, Mr. Starr. Für die Kinder muß das ein wahres Paradies sein mit all den Lichtern und Sternen und dem kleinen Haus da hinten.» Wiggins nickte in Richtung *Horror-Raum*.

«Ja, das stimmt. Waren Sie noch nicht drinnen, Sergeant?» Andrew warf Jury ein kleines Lächeln zu, als Wiggins zögernd zum Haus hinübersah.

«Führen Sie ihn nicht in Versuchung. Und nochmals vielen Dank.»

«Keine Ursache. Ich habe gar nicht das Gefühl, verhört worden zu sein.» Er lächelte.

«Vielleicht kommt noch mal jemand vorbei, um ein paar Fragen zu stellen. Die Polizei von Devon hat Interesse an diesem Fall. Möglicherweise» – Jury lächelte – «haben Sie dann ja das Gefühl, von der Polizei verhört worden zu sein.»

«Da bin ich aber gespannt. Wiedersehen, Superintendent, Sergeant.» Sie schüttelten sich die Hände, und die Starrdust-Zwillinge sahen ihnen dabei zu. Eine winkte von der Leiter herab mit dem Staubtuch.

Auf dem Bürgersteig blinzelte Jury. «Netter Kerl, netter Laden.»

«Wissen Sie, Sir, dieses ganze Gehampel mit dem Spiegel – hoffentlich denken Sie jetzt nicht, ich wollte nur rumalbern.»

«Nein, natürlich nicht. Und wenn schon, wir brauchen alle hin und wieder mal ein bißchen Spaß.»

Sie steuerten die U-Bahnstation Covent Garden an.

«In Wirklichkeit habe ich den Mädchen ein paar diskrete Fragen gestellt.»

«Oh? Und haben Sie etwas herausgefunden?» Jury blickte beiseite und lächelte.

Wiggins marschierte tief in Gedanken versunken neben ihm her. Um sich auf die Sprünge zu helfen, zog er sein Röhrchen mit Pastillen hervor. «Eigentlich wußten sie nichts Besonderes, Sir. Aber sie haben mich zum Tee und auf einen Schwatz bei sich nach Hause eingeladen. Hier, brauchen Sie ihre Adresse?»

«Heben Sie sie auf, Wiggins. Man weiß ja nie. Die U-Bahnstation.» Sie blickten hinauf zu dem blauroten Schild. «Es wird sicherlich hübsch, wenn es endlich mal fertig ist.» Er nickte zu den Gerüsten hoch. «Wird mit so einem Gartenmotiv verziert. Na ja, ist ja schließlich Covent Garden.»

«Stimmt. In den nächsten fünf Tagen werden wir nicht mehr allzu viele Gärten zu sehen bekommen. Ich möchte mich mit Marrs Freund Paul Swann unterhalten. Deshalb denke ich gerade, wir fahren morgen früh einfach nach Brighton.»

Für einen Londoner Markt mochten es die Pillen vielleicht tun. Als er jedoch Brighton hörte, direkt an der Küste gelegen, mußte Wiggins sein Taschentuch zücken. «Brighton, Sir.» Er schneuzte sich die Nase, und obwohl er noch keinen Blick auf die kalte See werfen und die Nase nicht in die kalte Seeluft stecken mußte, sah er aus, als brüte er einen See-Virus aus. «Das ist ja direkt am Meer, Sir.»

«Ich weiß.» Jury fiel plötzlich auf, daß Wiggins im Starrdust kein einziges Mal Nasentropfen, Taschentuch oder Pastillen gebraucht hatte. Jury starrte in den Himmel, der hart wie Beton war. «Schlimm, wenn man wieder auf dem Boden der Wirklichkeit landet, was?»

20

Kate blickte hinauf zur hohen, riesigen Kuppel, zum Drachen mit den silbernen Flügeln, dem Stern aus Spiegelglas, den Blumenornamenten und den Edelsteinschnüren, an denen der großartige Kronleuchter hing, und fragte sich, wie es wohl gewesen sein mußte, wenn der Saal festlich erleuchtet war. Ein durch den Glanz von Diamanten hervorgezauberter künstlicher Tag.

Kate, die hinter der roten Samtkordel stand, war inzwischen die einzige Besucherin. Von dem halben Dutzend anderen, die vorher noch herumgewandert waren, war nichts mehr zu sehen. Der Wärter am Ende der Festtafel wirkte gelangweilt, wollte wahrscheinlich nur noch nach Hause. Die vergoldeten Schlangen und silbernen Drachen und Edelsteine konnten ihn schon lange nicht mehr beeindrucken. Vielleicht betrachtete er das alles als eine Art Witz, einen Schabernack, wie er Königlichen Hoheiten eben so einfiel. Er gähnte und verschränkte die Hände im Rücken.

Ihre eigenen Gedanken, dachte Kate, waren ja nicht minder prosaisch, nicht minder aufs Häusliche gerichtet. Inmitten all dieser Pracht – welche exotischen Gerichte mußten an dieser Tafel serviert worden sein! – dachte sie ans Essen, das sie kochen mußte, an Karotten und Kohl, die sie vergessen hatte. Karotten und Kohl.

Kate steckte die Hände in die Manteltaschen, ließ die Tasche am Handgelenk baumeln und fragte sich, was Dolly wohl machte und wo sie jetzt war. Sie hatten sich wieder über Kates Pensionspläne, die Vermietung eines Zimmers an einen Fremden, gestritten. Entschuldige, Dolly, aber es sind nun mal im allgemeinen Fremde, die Zimmer mieten. Wer er denn sei? Was sie über ihn wisse? Ob sie denn nicht begriff, wie gefährlich das sein könne?

Er hatte gar nicht gefährlich ausgesehen. Er sah sogar recht attraktiv, recht interessant aus. Hatte sie Dolly eigentlich erzählt, daß sie ihn im Spotted Dog kennengelernt hatte – oje, da wäre sie vielleicht völlig durchgedreht. Kate seufzte. Jemand in einem Pub kennenzulernen und ihm ein Zimmer anzubieten, wo man doch gar nichts über ihn wußte...

Ein Wärter stand neben ihr und sagte ruhig, daß es gleich fünf sei und sie schließen würden. Wie lange hatte sie hier schon gestanden? Als sie in den langen Korridor hinaustrat, beschäftigte sie immer noch die Frage: Was wußte sie eigentlich über ihn, außer daß er charmant war? Nichts. Er kam aus London, aber was hatte das schon zu bedeuten?

Vielleicht hatte Dolly diesmal doch recht. Aber Dolly litt schließlich auch nicht unter ihrer, Kates, Einsamkeit.

Unter einer durch zartes Gitterwerk unterteilten Decke marschierte Kate durch rote und blaue Fahnen, Bambus und Porzellan und fragte sich, was für ein Mensch, was für ein König das wohl gewesen war, der sich eine solche Phantasiewelt erbauen ließ. Welche Leben hatte er damit ruiniert, welche Leiden damit angerichtet?

Kate überquerte den Castle Square. Eine feine Regengischt hob und blähte sich wie ein zarter Vorhang, und nur, weil außer ihr so wenige Menschen auf dem Platz waren, fiel ihr der Mann am äußersten Ende auf. Er war zu weit weg, als daß sie sich absolut sicher sein konnte, aber sie glaubte, daß er dem Mann ähnelte, den sie im Spotted Dog kennengelernt hatte. Er bewegte sich nicht. Er schien zu ihr herzusehen.

Obwohl sie wußte, daß es lächerlich war, machte es sie dennoch nervös. Er betrachtete natürlich den Royal Pavilion, nicht Kate. Sie hielt inne, drehte sich um und blickte zurück. Die erlesene Architektur der Pavillonfassade wurde durch das hohe Gerüst brutal entstellt. Die meisten Arbeiter waren schon gegangen, aber zwei saßen noch immer da oben, rauchten und tranken aus Styroporbechern. Ein Palast voller Silberdrachen und Diamanten und Trokkenfäule. Sie stopfte ihr Haar unter die Strickmütze und dachte, daß das Gerüst die Wirklichkeit sei und nicht das Silber und das Blattgold. Die Arbeiter schnipsten ihre Zigaretten übers Geländer, packten ihre Sachen zusammen und gingen, sie waren sich gar nicht bewußt, daß sie ein Phantasiegebilde zusammenflickten. Paläste zerfallen, und das bedeutet Arbeitsplätze.

Als Kate sich wieder umdrehte, war der Mann fort.

21

OBEN IM ZWEITEN STOCK HOLTE Carole-anne Palutski die Slips ein, die sie auf einer zwischen Fensterbrett und einem nahen Ast aufgespannten Leine aufgehängt hatte. Die Reihe bunter Bikinihöschen blähte sich im Wind wie Fähnchen auf einer Yacht. Sie lebten nur zu dritt in diesem Haus in Islington – Mrs. Wasserman im Tiefparterre, Jury im Erdgeschoß und Carole-anne zwei Stockwerke höher, wo die Miete billiger war. Die Wohnung dazwischen stand leer, und Carole-anne hatte den Hauseigentümer dazu überredet, daß sie sie Interessenten zeigen durfte. Sie machte das nicht nur wegen des Mietnachlasses, den er ihr dafür einräumte, sondern auch, um sicherzugehen, daß niemand einzog, der ihre traute Dreisamkeit gefährdete.

«Hi, Super!» rief sie und winkte aufgeregt mit der freien Hand, als sähe sie ihn nicht jeden Tag. Die Unterhöschen schossen in die Fensteröffnung, der Kopf verschwand.

Jury stieg die Stufen zu seiner Islingtoner Wohnung hinauf und sah als erstes nach, ob Mrs. Wasserman zu Hause war. Jetzt, wo Carole-anne hier wohnte, hatte Mrs. Wasserman nicht mehr soviel Angst auf den Londoner Straßen, ging wieder öfter in die Läden und zum Schlachter und zum Gemüsehändler.

Während Jury die Treppe hochstieg, kam Carol-anne heruntergerannt, ließ ihre Espadrilles, schlapp schlapp, über die Stufen schlappen und hielt ein Fläschchen korallenroten Nagellack in der Hand. Fünf Finger und einen Fuß hatte sie schon fertiglackiert. Sie konnte gerade noch einen Zusammenstoß vor seiner Tür verhindern, was Jury nicht überraschte. Draußen auf der Straße hatte sie schon öfter

Zusammenstöße verursacht. Carole-anne war der einzige Mensch, den er kannte, der nonstop über den Piccadilly Circus schlendern konnte. Heute trug sie Shorts und Oberteil in grellem Pink, was zusammen mit ihrem rotgoldenen Haar eine erstaunliche Kombination ergab. Bloß daß ein Teil des Haars, seit er sie vor fünf Tagen zum letztenmal gesehen hatte, noch intensiver rot getönt war. Warmes Korallenrot, verwegenes Rosa, metallisches Orange, feurig züngelndes Haar.

«Hallo, Carole-anne. Sie sehen ja aus wie ein mexikanischer Sonnenuntergang.» Als sie in seine Wohnung traten, fragte er sie, was sie denn mit ihren Haaren gemacht habe.

«Jetzt geht das wieder los», sagte sie ärgerlich, plumpste auf sein gefedertes Sofa und trug den Nagellack auf die restlichen Zehen auf. Dann meinte sie nachlässig «Oh», entknäulte ihre Gliedmaßen und zog einen Zettel aus dem Bund ihrer Shorts. «Hier. Von SB-Strich-H.»

Carole-anne weigerte sich, Susan Bredon-Hunt bei ihrem Namen zu nennen, gerade so als könne die Genannte durch eine solche magische Beschwörung aus einer Feuer- und-Rauch-Wolke vor ihnen auftauchen. Jury blickte auf den Zettel und die knappe Botschaft: *acht Uhr.*

Nun denn, Jury wußte nur zu gut, daß Susan Bredon-Hunt keine Frau weniger Worte war. Er wedelte mit dem Zettel. «Ist das alles? Kein blumiger Tribut an New Scotland Yard und seine Lakaien, deren erster ich bin? Keine Schnörkel und Umschreibungen? Nicht mal ‹herzliche Grüße, Susan›?» Er setzte sich hin, zog seine Zigaretten aus der Tasche und fragte sich, ob er noch Bier da hatte.

«Sie brauchen sich gar nicht so aufzuregen», sagte Carole-anne, ja, stieß es geradezu heraus. Sie lag jetzt schon fast auf dem Sofa, streckte die Beine in die Luft und hatte die Hände ins Kreuz gestützt. «Ich bin doch bloß der Scheiß-Anrufbeantworter hier, aber echt.»

Jury lächelte. Es stimmte schon. Carole-anne kam gerne herunter, um seine Anrufe entgegenzunehmen und ihre Platten auf seinem alten Plattenspieler zu spielen. Manchmal kam er nach Hause und hörte das klagende Wimmern von Tiny Rudy, ihrem Lieblingssänger, oder die Küchenchaos-Klänge (zerscheppenderndes Glas und Porzellan) von Ticket to Hell, ihrer Lieblingsrockgruppe. Nachdem sie einmal Zutritt zu seiner Wohnung besaß, hatte Carole-anne vor drei Monaten beschlossen, daß ihr Lieblingspolizist sich neu einrichten sollte, und (selbstverständlich ohne sein Wissen) bei Decors, einem der protzigsten Einrichtungshäuser Londons, angerufen, damit sie mit ihren Musterbüchern vorbeikämen.

Ihren großzügigen Umgang mit imaginären finanziellen Mitteln hatte sie inzwischen schon längst wieder vergessen, aber die Musterbücher waren trotzdem aufgetaucht, und zwar in den Händen von Susan Bredon-Hunt – groß, Mannequinfigur, hochmodisches Outfit und Messerschnitt...

Es klang allmählich richtig hart. Alles Carole-anne zu verdanken mit ihren zahlreichen Beschreibungen Susans. Ihre Kleider seien flach wie Backbleche. Aber wenn man da oben schon nichts hatte (die Beschreibung wurde allmählich anschaulich), mußte man ja auch nicht noch extra darauf hinweisen. Und dann diese Backenknochen. Sie sieht aus wie ein Kinderdrachen, besteht nur aus Flügeln – die Hüften, das Gesicht... Eines schönen Tages gucken Sie noch mal hoch zu meinen Höschen und sehen sie vorbeifliegen.

«Sie brauchen jemanden mit ein bißchen mehr

Schwung», sagte sie und hielt die Beine wieder in die Höhe.

«Sie sind mir gerade schwungvoll genug. Kommen wir doch bitte noch mal auf den Job in diesem Schmuddelladen zurück. Sie können diesen Job einfach nicht...»

«Warum sind Sie bloß so ein alter Stockfisch, Super. Ist doch ein Aufstieg, oder?» Langsam ließ sie die Beine sinken.

«Aufstieg, daß ich nicht lache. Vom King Arthur's nach Soho, das ist wie vom Regen in die Traufe.»

Sie keuchte jetzt vor Anstrengung, als sie die Füße über dem Kopf langsam wieder senkte. «Der Q. T. Club will nur, daß die Hostessen drauf achten, daß die Kunden immer was zu trinken und Chips haben. Sie wissen schon, zum Spielen.»

«Oh, und ob ich das weiß. Die ganze Sitte weiß es. Sie sehen aus wie eine Brezel.»

Sie wandte ihm den Kopf zu und streckte die Zunge heraus.

«An der verrenkten Takelage könnten Sie glatt noch ein Großsegel hissen.» Carole-anne seufzte und setzte sich auf. «Sie sollten erst mal das Kleid sehen, das ich anhabe...»

«Nein, danke.»

Sie hatte die Hände in die Hüften gestützt. «Mein Gott, Sie sind ja schlimmer als 'ne alte Mutti.» Sie warf den Kopf zurück. Ein erfolgloser Versuch, sich mit dem ganzen Schwall rotgoldener Locken über ihrem Gesicht hochmütig zu geben.

Jury seufzte. Er hatte größtes Verständnis für die alten Muttis dieser Welt, die ihre Kinder davon zu überzeugen versuchten, daß sie nicht tun sollten, was sie sowieso nicht tun wollten. Aber er nahm an, daß die Kinder eben auf irgend jemanden eindreschen mußten, weil sie eine solche Wut auf sich selber hatten und nicht den Nerv, etwas zu unternehmen, das gewöhnlich mit Schmerzen und Gefahr verbunden war.

«Um in diesem Lokal zu arbeiten, müssen Sie einundzwanzig sein. Und Sie sind unter.»

Es war schlimmer, als ihr zu sagen, sie sei häßlich. «Bin nicht unter, sogar schon drüber. Zweiundzwanzig.»

«Ach, tatsächlich? Letzte Woche, als Sie sich um diesen Steno-Job bemüht haben, waren Sie fünfundzwanzig. Weil fünfundzwanzig das gewünschte Alter war. So schwindet das Alter von Deinem göttlichen Antlitz.»

Sie wechselte das Thema. «Wie lange werden Sie denn weg sein?»

«Fünf Minuten. Lang genug, um den Q.T. Club zu schließen.»

«Mein Gott! Hören Sie doch endlich damit auf!» Sie packte ein Kissen.

Jury fühlte einen weichen Schlag an seiner Stirn. «Und was ist mit dem Theater? Sie können ja schlecht nachts arbeiten und Ihren Job dort ebenfalls behalten.»

Sie warf sich wieder auf die Couch. «Ist ja nicht mal West End. Sondern Camden Scheiß-Town! Und das nennen Sie *Theater*?»

«Rufen Sie einfach im Club an und erzählen ihnen, es täte Ihnen leid, aber sie müßten verreisen. Ihre alte Mutti liege im Sterben.»

Sie lag jetzt auf der Seite und machte mit den Beinen schnelle Scherenbewegungen. «Dann kommt SB-Strich-H also vorbei?»

«Sie heißt Susan. Ja, auf einen Sprung.»

Carole-anne setzte sich wieder auf und warf ihm aus ihren ägäisblauen Augen einen vernichtenden Blick zu. Zumindest bildete Jury sich ein, daß die Ägäis so blau sein mußte, von einem dunklen, schimmernden Blau, das in einen purpunen Horizont überging. «Heute abend wollten wir in den Angel gehen.» Sie ließ sich zurückplumpsen wie eine Tote.

«Tut mir wirklich leid, Carole-anne. Ich hätte Susan eigentlich gestern abend treffen sollen und hab's versäumt.»

Es waren Pluspunkte für ihn, daß er Susan versetzt hatte. Carole-anne ließ sich ein wenig erweichen, spielte die Gelangweilte und ließ eine Espadrille von ihren Zehen baumeln. «Wenn Sie mit 'nem Eis am Stiel ins Bett gehen wollen, von mir aus.»

Jury schloß die Augen, nicht so sehr vor Carole-annes Gemecker, als vielmehr, um das Bild von Susan, das sie gerade heraufbeschworen hatte, ein wenig aufzutauen. «Mit wem ich ins Bett gehe, ist doch wohl meine Sache, meinen Sie nicht auch?»

Nein, meinte sie nicht. Sie begann, den neuen Lack von ihrem Daumennagel zu schälen, und sagte: «Sie sollten lieber aufpassen und nicht mit jeder X-Beliebigen ins Bett hüpfen...»

«Carole-*anne*.» Es klang gefährlich.

Und irritierte Carole-anne nicht mehr als die Sandale, in die ihr weißes Füßchen gerade probehalber und sozusagen aschenputtelmäßig schlüpfte. «Wie spät ist es eigentlich?»

Jury war mißtrauisch. Carole-anne kümmerte sich nie um die Uhrzeit, wenn sie sich, aus welchem Grund auch immer, in seiner Wohnung aufhielt. Ihm war es so, als hätte er nur einen Teilzeitmietvertrag abgeschlossen. «Halb fünf. Warum?»

Sie stand auf und streckte sich, eine echte Augenweide,

das sah selbst ein Blinder. «Oh, ich hab bloß gedacht, ich geh ein bißchen spazieren.» Sie drehte sich mit gestreckten Armen in der Taille. «Wann kommt SB-Strich-H denn?» Rechts herum, links herum...

Als ob sie das nicht wüßte. «Um acht. Warum?»

Sie setzte ihre Freiübungen fort. Jetzt waren tiefe Kniebeugen dran. Gleichzeitig zuckte sie mit den Achseln. «Nur so.» Sie beendete das Ganze mit einem Spagat.

«Sie können den Haus-Cheerleader spielen. Könnten Sie sich nicht ein bißchen um Mrs. Wasserman kümmern, während ich weg bin? Gehen Sie doch zum Beispiel mal mit ihr zum Bingo in der Upper Street oder so was.»

Carole-anne hielt auf halbem Wege zum Fußboden inne. «*Bingo?*» In einem Ton, als hätte er sie gebeten, ein Kloster zu besuchen.

«Natürlich. Sie hat Busenfreundinnen, die jede Woche hingehen.»

«Na schön...»

«Als Belohnung hab ich auch eine Überraschung für Sie.»

Carole-anne liebte Überraschungen. «Klar, ich geh mit ihr zum Bingo. Seh ich denn nicht sowieso ständig nach Mrs. W.?»

Das tat sie wirklich. Jury sagte. «Ich habe einen Job für Sie gefunden.»

Noch immer mißtrauisch, nahm sie die Karte, die er ihr hinhielt. «Ist *das* die Überraschung? Was ist das denn?» Sie blickte auf die Karte.

«Sie werden begeistert sein. Sie dürfen ein Kostüm tragen, Carole-anne.»

Damit hatte er ihre Aufmerksamkeit geweckt. Carole-anne würde im Untertagebau arbeiten, wäre es mit einem Kostüm verbunden. Es war einer der Gründe, warum sie eine begeisterte und gute Schauspielerin war.

«Was für ein Kostüm?» Ihre Augen leuchteten, als sie sich vom Boden hochrappelte.

«Oh, so eine Art Satin-Turban gehört dazu. Mit lauter Sternen drauf. Sie dürfen wahrsagen.» Er mußte lächeln, als er ihr breites Lächeln sah. Carole-anne hatte schon eine Menge Spaß daran, Jurys Zukunft vorherzusagen. Und dann erst die Vorstellung, sie auf völlig fremde Menschen loszulassen, von deren tatsächlichem Leben sie nicht die Bohne wußte. Sie würde die Planeten herumschieben, wie es ihr gerade paßte. Auf dem Weg zum Angel hatte sie ihn einmal davon zu überzeugen versucht, daß das funkelnde Licht auf dem Postamt der Halleysche Komet sei.

«Ist das so eine Art Kirmes? Hab ich einen Stand?»

«Eigentlich ist es ein Laden. Was den Stand angeht, bin ich mir nicht so sicher.» Er reichte ihr die kleine Karte. «Der Besitzer möchte, daß Sie sofort vorbeikommen. Madame Zostra sollen Sie da heißen», fügte er hinzu. *«Madame Zostra, berühmte Hellseherin...»* Wo hatte er das nur gelesen?

«‹Starrdust›, na so was», sagte sie und studierte die Karte. «Was verkaufen die denn da?»

Jury lächelte. «Oh, Verschiedenes. Träume vielleicht.»

Carole-anne seufzte und steckte die Karte in den Bund ihrer Shorts. «Wenn SB-Strich-H kommt, haben Sie auch so einen Traum nötig, Super.»

Ihre Espadrilles schlappten in den Flur und die Treppe hinauf.

Susan Bredon-Hunt, die barfuss und im Seidenteddy im Zimmer herumspazierte, sprach über eine Zukunft, von der sie offensichtlich glaubte, daß sie sie gemeinsam verbringen würden. Sie redete in der Tat eine Menge. Sobald sie in seine Wohnung kam, zog sie sich stets aus, aber nicht, wie er merkte, um sofort mit ihm ins Bett zu gehen oder gar, um auf sympathische Weise wollüstig zu wirken. Anscheinend mußte sie ausgezogen sein, um nachdenken zu können. Hin und her tänzelnd (irgend etwas Pferdehaftes hatte Susan, die an Fuchsjagden teilnahm, schon an sich) zog sie an ihrer Zigarette und trank ihren Wein. Das ballonförmige Glas hielt sie in beiden Händen wie eine kleine Kristallkugel, aus der sie ihre gemeinsame Zukunft las.

«...und es wird Zeit, daß du Daddy mal kennenlernst, Richard. Ich hab erst heute mit ihm im Claridge's zu Mittag gegessen, und er möchte, daß du mal auf einen Drink vorbeikommst...»

Und so weiter. Eigentlich deprimierte es ihn, nur daran zu denken. Das Herrenhaus irgendwo in Suffolk. Eine mit Orden gespickte Familie, die aus allen möglichen Variationen von höchsten Ordensträgern des Britischen Empire bestand. Hier ein Befehlshaber, dort ein paar Offiziere, aber selbstverständlich keine gewöhnlichen Ordensmitglieder. Daddy, erinnerte er sich, war Knight of the Thistle. Jury vermutete, daß er selber irgendeine verwegene Seite in Susan ansprach, den Wunsch, etwas Schockierendes zu tun, wie etwa einen Beamten, einen Polizisten, zu heiraten.

Er wünschte, sie würde mit ihrem Auf- und Abmarschieren, dem Pläneschmieden und all dem Gerede über eine Zukunft aufhören, die sie mit Sicherheit nie gemeinsam verbringen würden. Sogar ein Streit wegen seines plötzlichen Verschwindens an einem der letzten Abende wäre befreiend gewesen und hätte sie ihm nähergebracht. Doch als er darauf zu sprechen kam, wischte sie die Sache einfach nur beiseite und redete weiter über die Zukunft, ihre gemeinsame Zukunft, als dekoriere sie ein Schaufenster mit irgendwelchen großartig harmonierenden Sekretären und türkischen Teppichen.

Als sie an seinem Sessel vorbeikam, griff er nach ihr und zog sie auf seinen Schoß, wobei er ein wenig Wein über die pfirsichfarbene Seide verschüttete, die ihre kleinen Brüste bedeckte. Er ließ die Hände über ihre Seiten wandern, von den eckigen Schultern bis zu den knochigen Hüften, während sie am Weinflecken rubbelte.

«Der war nagelneu, Richard», sagte sie und zog ein Gesicht.

«Ich kauf dir einen neuen.» Er vergrub das Gesicht an ihrem Hals...

Es klopfte an der Wohnungstür.

Er wußte, wer es war.

«Oh, hoffentlich störe ich nicht...», sagte die Mieterin aus dem zweiten Stock. Carole-anne Nouveau trug ein feuerwehrrotes Kleid, über dessen Vorderseite jeder Mann mit Vergnügen ein Faß Wein verschüttet hätte. Am Hals war es rautenförmig ausgeschnitten, und der chinesisch wirkende Stehkragen wurde von irgendeinem glitzernden Modeschmuck zusammengehalten. Die Hautenge des Kleides machte echte Diamanten auch überflüssig. Er konnte es kaum fassen, aber sie trug tatsächlich eine Kasserolle in den Händen, die herrliche Düfte verbreitete. «Dein Lieblingsgericht.» Sie lächelte lieb.

Er hatte zwar keine Ahnung, was sein Lieblingsgericht war, aber plötzlich verspürte er einen Wahnsinnshunger. Auf Alkohol, Essen, Sex. «Danke», sagte er mit unbewegtem Gesicht.

«Und hier ist dieser Song...» Süßes Lächeln. Sie tänzelte zum Plattenspieler hinüber, stellte die Kasserolle ab und zog die Platte aus der Hülle. Sie drückte auf den Knopf, wandte sich an Jury und blinzelte ihm zu, falls man eine so schläfrige Bewegung der Wimper blinzeln nennen darf. «Kannst du dich erinnern... ach ja...»

Mit einem langgezogenen Seufzer lauschte sie ein paar Takten. *«Of all the girls I LOVED before...»* Verträumt fixierte sie Jury so lange, daß es für den Countdown auf einer Raketenabschußrampe gereicht hätte. «Das ist Julio. Erinnerst du dich noch an Spanien?»

Das einzige Spanien, das er je mit Carole-anne erlebt hatte, hatte zwanzig Minuten gedauert und war das Foyer des Regency Hotel gewesen. Er funkelte sie an, während Julio sich all der Mädchen erinnerte, die durch seine Tür gekommen und wieder gegangen waren.

Carole-anne tat, als bemerkte sie Jurys finsteren Blick nicht, als sie Susan die Kasserolle an den aprikosenfarbenen Busen drückte und (mit völlig anderer Stimme) sagte: «Zehn Minuten auf dem Herd, meine Liebe. Tja.»

Der Dampf, der aus der Kasserolle stieg, war nichts im Vergleich zu dem, den Susan Bredon-Hunt abließ.

AM NÄCHSTEN MORGEN VERSTAUTE Jury seine Sachen im Wagen und stieg die Stufen zur Wohnung im Tiefparterre hinab. Er war erstaunt, als er sah, daß die Tür einen Spaltbreit offen stand und die schweren Vorhänge zurückgezogen waren. Mrs. Wasserman besaß genügend Schlösser, um die Auslage eines Schlossers zu bestücken, und normalerweise brauchte sie fünf Minuten, um die Tür zu öffnen. Heute allerdings nicht. Seit Carole-anne vor einem Jahr die Wohnung im obersten Stock übernommen hatte, hatte Mrs. Wasserman die Zugbrücke ihrer Festung herunter- und auch ein wenig Licht hereingelassen.

«Ich wollte nur kurz fragen, ob Sie gerne was aus Brighton hätten», sagte Jury, als sie aus der Küche kam. Sie trug eine Schürze über dem marineblauen Kleid. Das Haar hatte sie straff nach hinten gekämmt und zu einer Spirale verdreht, die einer gespannten Uhrfeder glich.

«Ah! Mr. Jury, schön, daß Sie mal ein bißchen Urlaub machen. Warten Sie, ich hab was für Sie.»

«Kein Urlaub, Mrs. Wasserman», rief er ihr nach. «Schön wär's.»

Während er wartete, sah er sich in der Wohnung um. Jetzt, wo die Sonne die Fensterscheiben wärmte und Lichtpunkte auf den kräftig gemusterten, noch aus Polen stammenden Teppich warf, sah es hier schon ganz anders aus als in dem finsteren Raum von damals mit vorgezogenen Gardinen und der Panzertür. Aber Jury verstand ihre Ängste. Mrs. Wasserman hatte ihr jetziges Alter von gut sechzig über diverse Fluchtrouten erreicht – Seitengassen, Tunnels, gesperrte Straßen, Stacheldrahtzäune. Das war in ihrer Jugend gewesen, in einer Zeit, die sie immer als den großen Krieg bezeichnete. Es war etwas, das sie trotz ihres Altersunterschieds gemeinsam hatten – den Verlust ihrer Familien.

Sie kam herein und trug ein kleines, mit Bindfaden verschnürtes Paket. «Ich hab das für Ihre Reise gemacht. Sandwiches. Feinste Putenbrust und eines mit Käse und Essiggurken.»

Er dankte ihr und nahm das Paket. «Passen Sie bitte ein bißchen auf Carole-anne auf. Vielleicht könnten Sie sie ja mal zum Tee einladen. Vielleicht könnten Sie sie auch zu Ihrem Bingo-Abend mitnehmen. Sie läßt sich's ja nicht anmerken, aber ich glaube, sie fühlt sich manchmal einsam.»

«So ein süßes Kind, Mr. Jury.» Sie stiegen die drei Stufen zu ebener Erde hinauf. «Ist es nicht schön, daß sie jetzt diese neue Stelle hat.»

Jury war mißtrauisch. Er glaubte nicht, daß Carole-anne Mrs. Wasserman schon vom Starrdust erzählt haben konnte. Und sie würde doch weiß Gott nie über den Job reden, den sie im Q. T. Club annehmen wollte. «Eine neue Stelle?»

«Sie wissen doch, in dem Tag-und-Nacht-Waschsalon. Carole-anne sagt, sie muß Spätschicht arbeiten und kommt erst in den frühen Morgenstunden nach Haus. Ich hab ihr schon gesagt, sie soll aufpassen und ein Taxi nehmen.»

«Der Waschsalon. Ja, das hatte ich ganz vergessen.»

«Ist ja soviel besser als ihre alte Arbeit.»

Die alte Arbeit war Oben-ohne-Tanzen im King Arthur gewesen. «Ja, viel besser.»

«In der Bibliothek.»

Jury betrachtete eingehend den Boden zu seinen Füßen und blickte erst wieder auf, als die Haustür aufsprang und die Bibliothekarin in ihren hautengen Jeans und der unechten Pelzjacke heraustrat. «So verrückt sie auch nach Büchern ist, wurde wohl einfach zu schlecht bezahlt.»

«Ah ja, es ist verdammt schwer, heutzutage Arbeit zu finden. Und im Waschsalon kann sie auch noch gratis ihre Sachen waschen.»

«Hi, Mrs. W.!» rief Carole-anne fröhlich.

«Hallo, meine Gute», sagte Mrs. Wasserman. «Wie hübsch Sie wieder aussehen!»

«Danke, Mrs. W. Bin unterwegs zu einem Vorstellungstermin.» Sie blickte überallhin, bloß nicht in Jurys Richtung: straßauf, straßab, zum Himmel hinauf, um zu sehen, ob es schneite, regnete oder die Sonne schien – alles interessierte sie, nur nicht Jurys Gesichtsausdruck.

«Hallo, meine Gute», sagte Jury in einem gespielt-freundlichen Ton, den er selten an sich hatte. «Wenn Sie mit dem Turban und den Sternen fertig sind, können Sie gerne meine Wäsche waschen.»

Carole-anne sah ihn schief und frech an, als sei ihr dieser ungewaschene Fremde an der Türschwelle nicht ganz geheuer. Ihre weiße Stirn runzelte sich; die Tropfenohrringe zitterten. «Hä? Ich muß los. Bis dann.» Sie hauchte ein Küßchen in die Luft und schwang sich die Tasche über die Schulter.

Sie sahen, wie sie die Straße hinunterging. Erst wandte sich einer, dann noch einer der ihr entgegenkommenden männlichen Anwohner um. Auf der anderen Straßenseite verriegelte ein kleiner Mann mit Melone sein Gartentor, machte einen Quickstepschritt und schloß sich den beiden anderen an. Auch der Postbote ging gleich munterer an die Arbeit und stopfte die Briefe kreuz und quer durch die Türschlitze entlang Carole-annes Route.

«Tja, Mrs. Wasserman, jetzt sehen Sie sich bloß mal unsere Nachbarschaft an», sagte Jury mit einem Lächeln.

Fünfter Teil

Der Old Penny Palace

22

«Brighton ist für seine wunderbar klare Luft bekannt», sagte Jury und blickte über das bleifarbene Wasser zum Horizont, der sich im Nebel verlor.

Mit zusammengekniffenen, wegen der Gischt fast geschlossenen Augen warf Wiggins seinen langen Schal noch einmal um den Hals und blickte drein, als hätte er nicht das geringste dafür übrig.

Jury schnippte seine Zigarette weg und atmete tief durch.

«Es ist nicht gesund, Sir.»

«Das Atmen?»

«Die Seeluft», sagte Wiggins und fügte belehrend hinzu: «Egal was die Leute meinen, jeder Arzt wird Ihnen sagen, daß sie nicht gesund ist.» Dann zog er seine Fisherman's Friends heraus, einen Standardartikel seiner tragbaren Apotheke seit jenen feuchtkalten Tagen in Dorset. Er hielt Jury die Tüte hin. «Die helfen, wenn man einen schlimmen Hals hat.»

«Hab ich aber nicht, Wiggins.»

«Kriegen Sie aber», sagte der Sergeant fast fröhlich. Er schob Jury eine Pastille in die Hand.

Wiggins hätte auch eine Schockbehandlung in Kauf genommen, dachte sich Jury, um einer Erkältung vorzubeugen. Die Floskel «Der Sieg des Geistes über die Materie» kam in Wiggins' Wortschatz nicht vor. «Da drüben ist

Paul Swann, das heißt, ich nehme es zumindest an.» Jury deutete über das Geländer zum Kiesstrand hinunter. «Da unten beim Palace Pier.»

Die Putzfrau hatte Jury erzählt, daß Mr. Swann nicht zu Hause sei; er sei zum Strand hinuntergegangen, zum Palace Pier. Gestern sei er am Royal Pavilion gewesen. «Hat den östlichen Säulengang gemacht. Letzte Woche hat er schon den Haupteingang gemacht. Er macht alles, wissen Sie, auch innen», fügte sie hinzu, als verlege Swann Fußböden.

Paul Swann saß auf einem Klappstuhl und sah den Strand hinab Richtung West Pier. Skizzenbuch und Farben lagen zu seinen Füßen, ein Aquarell stand vor ihm auf der Staffelei. Er war ein Mann undefinierbaren Alters mit hagerem Gesicht und wasserblauen Augen. Nachdem Jury sich vorgestellt hatte, schlug Swann vor, sich auf eine nahe Bank zu setzen, von der aus er sein Bild im Auge behalten könne. Ein Gespräch an der frischen Luft, so klar sie auch sein mochte, brachte Wiggins nur zum Husten.

Paul Swann sagte mitfühlend: «Sie sind doch nicht krank, Mr. Wiggins?»

«Noch nicht, danke der Nachfrage.» Wiggins verkroch sich in seinen Mantel.

Nachdem sie sich auf die Bank gesetzt hatten, erwiderte Swann auf Jurys Frage nach David Marr: «Ich sehe David eigentlich nicht sehr oft und befürchte daher, daß ich Ihnen nicht viel helfen kann, Superintendent. Obwohl er ein sehr netter Kerl ist», fügte er eilig und nachdrücklich hinzu, als sei er besorgt, seine mangelnde Vertrautheit mit Marr könne so ausgelegt werden, als wolle er ihn der Polizei ausliefern.

«Mr. Swann, Sie waren doch am besagten Abend im Running Footman?»

«Stimmt. Ich habe auch schon darüber nachgedacht und versucht, mich genau zu erinnern, wann er gegangen ist, was Ivy gemacht hat und an andere Einzelheiten.» Er schüttelte den Kopf. «Aber ich war nicht mehr ganz nüchtern und habe nicht besonders darauf geachtet. Ich glaube, sie hat ihren Mantel geholt und ist gegangen, als sie dazu aufgefordert wurde.»

«Hat sie nichts zu Ihnen gesagt?»

«Nein, nichts.»

Wiggins war gerade lange genug aus seinem zitternden Kokon aufgetaucht, um zu fragen: «Wie gut kannten Sie diese Ivy Childess, Mr. Swann?» Wie eine Schildkröte zog er den Hals wieder zurück in den Schal, um der Antwort zu lauschen.

«Im Haus in Knightsbridge fand mal eine Cocktailparty statt. Ich ging mit David hin, der die Childess im Schlepptau hatte.» Er hielt inne und blickte zum Himmel hinauf. «Entschuldigen Sie mich bitte einen Augenblick.» Swann lief über den Kiesstrand, um seine Staffelei und die Palette zu holen. «Hoffentlich stört es Sie nicht. Ich muß nur noch ein paar Striche machen, ehe das Licht weg ist.» Er sprach weiter und sagte ihnen, was er von Ivy Childess hielt. «Was David in diesem kleinen Fratz sah, ist mir völlig schleierhaft. Ich weiß, daß er weder dumm noch sexbesessen ist – oh, sie war natürlich recht drall und nicht ohne –, und mit all den wilden Saufereien und so weiter hat er den anderen doch nur Sand in die Augen gestreut.» Als wolle er ein wenig von diesem Sand wegschnipsen, wischte er rasch mit dem in blassestes Gelb getunkten Pinsel über das Bild vom West Pier.

«Warum sollte er das denn tun, Mr. Swann?»

«Weiß nicht. Wir alle haben etwas zu verbergen, Superintendent. Unter anderem die Person, die wir in Wirklichkeit sind.»

Jury lächelte. «Vor Ihnen läßt sich das allerdings schwer verbergen. Ich habe Ihr Porträt der Winslows gesehen.»

Swann blickte von seinem Bild auf und lächelte. «Das ist ein großes Kompliment, würde ich sagen. Na ja, ich bin eben ein sehr guter Porträtist, male allerdings auch nur bestimmte Leute. Wenn ich jeden Auftrag annehmen würde, wäre ich ein reicher Mann. Aber die meisten Angebote lehne ich ab. Ich empfinde die meisten Menschen als viel zu oberflächlich und affektiert und narzißtisch, als daß ich mich mit ihnen abgeben will.»

«Die Winslows aber nicht?»

Er lächelte. «Nein, die Winslows ganz bestimmt nicht.» Er hatte die Arme vor der Brust verschränkt und blickte so gespannt auf sein Aquarell, als erwarte er, daß sich das Pier in Bewegung setzen und sich der Nebel verziehen würde. «Es war das einzige Mal, daß ich Hugh Winslow begegnet bin, auf dieser Party in Knightsbridge. Er fällt doch irgendwie aus der Reihe, nicht wahr?»

Jury sah ihn an. «Aus der Reihe?»

«Trägt nicht diesen Winslow-Stempel. Ich wollte Hugh auf dem Porträt haben. Dachte, er würde es abrunden. Aber als ich ihn dann kennenlernte oder vielmehr beobachtete, wie er mit den anderen umging – vor allem mit Marion und Edward –, merkte ich, daß es einfach nicht geht. Diese interessante Beziehung, die zwischen ihnen besteht, Mr. Jury. Vielleicht ist sie Ihnen aufgefallen...?»

«Absolut.»

Swann beugte sich – fast so, als überarbeite er das Winslow-Porträt noch einmal – nach vorn und trug eine dünne, blaßgelbe Lasurschicht auf. «Das wär's, denke ich. Wenn die drei allein zusammen sind jedenfalls, sind sie mehr als die Summe ihrer Teile. Sie sind ein *Gemälde*, Mr. Jury. Das reine Gemälde. Es tut mir leid, daß ich Ihnen nicht auf praktischere Art behilflich sein kann – wann David in den Running Footman kam, wann er wieder ging et cetera, aber ich weiß es einfach nicht. Was Ivy Childess betrifft, so habe ich sie nur an diesem einen Abend gesehen und auch da nicht lange. Ich blieb nur ungefähr eine halbe Stunde. Ich hasse Cocktailparties. Nehme lieber einen Schluck im Shepherd Tavern. Ich hoffe, es wird nicht zu schlimm für David. Ich kann mir ehrlich gesagt nicht vorstellen, daß er das Mädchen umgebracht hat.» Er zuckte die Achseln und wirkte wirklich bekümmert, weil er weder Jury noch David Marr helfen konnte.

«Es gibt da noch ein Gemälde, Mr. Swann, ein Porträt, das doch wahrscheinlich auch Sie gemalt haben.»

«Ja, Rose und Phoebe. Rose Winslow hat Edward sitzenlassen. Stellen Sie sich das mal vor», fügte er hinzu und schüttelte den Kopf.

Das klang, als ob ein solches Benehmen von einem von ihnen bei den anderen zum völligen Abbruch der Beziehungen führen würde. Jury dachte an Hugh Winslow. «Haben Sie mal was von einem anderen Mann gehört, der Rose Winslow vielleicht verführt haben könnte?»

Paul Swann starrte ihn an, dann lachte er. «Rose verführen? Du lieber Gott, eher nähme ich an, daß es sich andersherum verhalten würde. Armer Ned.»

«Hat David Marr sie je erwähnt?»

«Ja. Er mochte sie nicht. Schließlich war sie auch nicht besonders liebenswürdig, wissen Sie.»

Mit etwas gedämpfter Stimme sagte Wiggins: «Schon komisch, daß sie unter diesen Umständen ihr Bild nicht abhängen.»

«Das ist wegen Phoebe», sagte Swann. «Es ist wirklich alles, was ihnen von Phoebe geblieben ist.»

Jury blickte auf das Aquarell, das seltsam milchige Licht des Nebels, das den Pier umgab und das er festgehalten hatte. «Hat Marr vor Ihnen je eine Frau namens Sheila Broome erwähnt?»

«Broome? Nein, nie.»

«War auch nur eine vage Vermutung, Mr. Swann. Vielen Dank.»

Wiggins hatte das Aquarell eingehend betrachtet: «Wissen Sie, das ist richtig gut. Dieses Gelb, das Sie gerade aufgetragen haben. Verändert die Sache tatsächlich völlig. Macht alles irgendwie schwebend.»

«Ah, ganz genau, Mr. Wiggins. Danke. Sie haben ein hervorragendes Auge. Greifen Sie auch selber zu Pinsel und Farbe?»

«Ein wenig», sagte Wiggins, ohne zu zögern. «Als Sonntagsmaler, gewissermaßen.»

Jury blickte hinaus aufs Meer. Wann immer Wiggins mit Kunst, Literatur oder Musik konfrontiert wurde, tauchte eine ganz neue Person aus dem Nebel auf und nahm vor Jurys Augen Gestalt an. Zumindest begann Wiggins jetzt, wo Swann sich wie ein Kollege mit ihm unterhielt, sich den labyrinthischen Schal vom Hals zu wickeln.

Und Paul Swann in die Elitetruppe jener aufzunehmen, die Wiggins gern vor dem sicheren Tod errettet hätte. «Möchten Sie eine, Mr. Swann?»

Paul Swann dankte und hielt die bernsteinfarbene, rautenförmige Pastille in das nachlassende Licht. «Wahrhaftig eine bemerkenswerte Farbe.»

«Das habe ich auch immer gefunden, Mr. Swann», sagte er unschuldig und hielt ebenfalls eine Pastille hoch.

Jurry scharrte in den zerbrochenen Muschelschalen zu seinen Füßen und bedauerte, daß sein unkünstlerisches Auge nichts als beigen Strand und graues Wasser wahrnahm. Die Unterhaltung hatte sich inzwischen auf die Literatur verlagert.

«Manchmal frage ich mich, ob Coleridges Traum von Kublai Khan wohl durch Georg IV. und seine Pläne für den Pavillon inspiriert waren. Die Renovierungsarbeiten waren ja bereits ein Jahrzehnt im Gange, als er den ‹Kublai Khan› schrieb.» Paul Swann lächelte. «‹Wie blitzt sein Aug! Wie fließt sein Haar!› Können Sie sich ein besseres Vorbild für ihn vorstellen als den Prinzregenten, der ‹Honigtau gespeist› und ‹Milch vom Paradies› getrunken hat?»

«So habe ich das eigentlich noch nie betrachtet», sagte Wiggins.

Jury schüttelte den Kopf. Falls er das überhaupt schon jemals betrachtet hatte, war Jury das neu.

«Und Mrs. Fitzherbert, die einzige Frau, die Georg nach eigenem Bekunden je geliebt hat, wäre doch auch das ideale Vorbild für die arme Frau, die ‹wehklagend ihres Geisterfreunds gedenkt›.» Paul Swann seufzte und räumte seine Farben, Skizzen und Pinsel zusammen. «Die Liebe, die Liebe, hmmm. Wahrscheinlich habe ich gar nicht die Voraussetzungen zu einem richtigen Künstler, da ich ja den Sturm einer herzzerreißenden Leidenschaft nie kennengelernt habe. Aber als ich, ehrlich gesagt, all das Elend sah, das sie so mit sich bringt, dachte ich mir einfach: Laß lieber die Finger davon.» Er grinste. «Ich vermute, ‹Verbrechen aus Leidenschaft› bewahren Sie vor der Arbeitslosigkeit. Glauben Sie, daß es sich hier um eines handelt, bei diesem Fall?»

Jury sagte traurig. «An Leidenschaft fehlt es hier sicher nicht, Mr. Swann.»

SWANN VERLIESS SIE, und sie spazierten die Promenade hinunter, kamen am Pub und etwas, das nach Umkleidekabinen aussah, vorbei sowie an einer Spielhalle, vor der man für Leute, die Kaffee oder Säfte trinken wollten, Stühle und Tische aufgestellt hatte.

Nebenan klatschte ein Bursche Farbe auf die Fassade eines kleinen Museums mit alten Automaten, das sich Old Penny Palace nannte. Er legte seinen Pinsel beiseite und ging hinein. Wiggins studierte die Plakate, auf denen einige der ausgestellten Spielgeräte beschrieben wurden, und sagte: «Sehen Sie sich das mal an.» Er deutete auf ein Gerät, mit dem man seine Kraft messen konnte. «So was hab ich seit meiner Kindheit nicht mehr gesehen. Gut für den Kreislauf.» Er hob den Arm und versuchte, die Muskeln anzuspannen. «Und da drüben, da kann man sich wahrsagen lassen. Eine von diesen Kabinen, wo man den Hörer abnimmt und eine Stimme einem die Zukunft vorhersagt.»

«Eine Stimme aus dem Jenseits, Wiggins?»

«Ich weiß, es ist nur ein Tonband, das immer wieder abläuft. Trotzdem würde ich's gerne mal ausprobieren. Haben wir nicht einen Augenblick Zeit, was meinen Sie?»

Während Wiggins sich mit dem jungen Burschen hinter der Theke unterhielt, wartete Jury neben dem Lachenden Matrosen. Er trug eine marineblaue Uniform, und über seinen traurigen gemalten Augen saß eine weiße Mütze.

«Er sagt, sie haben noch nicht offen, er richtet es noch für die Eröffnung her», sagte Wiggins.

«Und wo haben Sie die her?» Jury hielt einen Chip in die Höhe.

Wiggins zählte seine Chips und runzelte die Stirn. «Na ja, ich hab ihm eben meinen Dienstausweis gezeigt –»

«Wiggins!»

«Nichts für ungut, Sir. Probieren Sie doch mal ein paar von den Automaten. Das lenkt Sie ein bißchen ab.»

«Ich gehe nach nebenan, Kaffee trinken.» Er sah sich das Poster neben der Tür an, das einige der Ausstellungsstücke des Museums auflistete. «Ich frage mich allerdings, was der Butler gesehen hat.»

Er saß mit seinem Styroporbecher und einer Tüte Erdnüsse am Tisch. Mit den Erdnüssen legte er einen Kreis und ordnete den Speichen des Rades die verschiedenen Sternzeichen zu – Widder, Zwilling, Schütze. Jury blickte auf die Erdnußplaneten und fragte sich wehmütig, ob er vielleicht einiger vager Auskünfte wegen auf Andrew Starrs Angebot, Marrs Horoskop zu stellen, zurückkommen sollte.

Über sich selber verärgert warf er die Erdnüsse in den Aschenbecher. Mord stand nicht in den Sternen. Er fand auf der Erde statt, hier in seiner Umgebung. Und er hätte es durchaus begrüßt, wenn einer von jenen, mit denen er sich bisher unterhalten hatte, seiner Vorstellung von einem richtigen Bösewicht entsprochen hätte. In das dünne und schlichte Gewebe, das David Marr und Ivy Childess bisher umhüllte, hatten sich jetzt ein paar exotischere Fäden gemischt, die das Muster des Teppichs aber wohl eher schlechter als deutlicher erkennen ließen. Und dann war da noch die beunruhigende Gewißheit, daß Macalvie recht hatte und die Aufdeckung des Mordes an Ivy Childess von der Lösung des Mordfalls Sheila Broome abhing.

Er starrte hinaus in die Dunkelheit, die sich über dem Atlantik zusammenzog, und machte sich Gedanken über Sheila Broome. Vielleicht führte ihn ja die Geographie in die Irre –, daß er sie mit Exeter in Zusammenhang brachte, obwohl sie schließlich einen Gutteil ihrer Zeit in London verbracht hatte. Sie sah gut aus, war genau der Typ, auf den Hugh Winslow stand. Und wenn sie wie Ivy Childess gedroht hatte, es Marion Winslow zu erzählen...

Jury stützte den Kopf in die Hände. Ivy Childess, hatte Hugh Winslow gesagt, kam jedem auf die Schliche. Jury dachte an die Pinnwand in Davids Wohnzimmer. Und wenn sie etwas über David Marr in Erfahrung gebracht hatte? Was hatte Macalvie gesagt, was noch schlimmer sei als Mord? *Verrat von Freunden und Wohltätern.*

Er hatte ein Gefühl, als fehle ihm etwas, zum Beispiel eine Hintergrundmusik, um einen Teil seines Verstands zu beruhigen, damit ein anderer Teil funktionieren konnte. Jury trank, ohne etwas zu schmecken, seinen kalten Kaffee aus und machte sich auf den Rückweg zum Old Penny Palace.

Durch die zunehmende Dämmerung sah er hinunter zum Strand und zum West Pier, das im Nebel zu schweben schien.

Da glitt herein Porphyria...

23

Als Dolly an diesem Morgen gesagt hatte, sie überlege sich, wieder nach Brighton zu ziehen, war Kate verblüfft gewesen. Sie sagte bloß, sie habe London satt, als sei das Grund genug, von dort wegzuziehen, obwohl es doch bedeutete, die Designerwohnung und die berufliche Position aufzugeben, die sie sich so mühsam erkämpft hatte. Kate sagte ihr, sie könne nicht verstehen, wie Dolly all das, das sie sich so hart erarbeitet habe, aufgeben könne.

Vielleicht willst du mich ja nicht hier haben.

Kate lenkte nicht gleich ein, nicht weil sie Dolly nicht bei sich haben wollte, sondern weil sie einfach zu überrascht war, daß ihre Schwester, die Brighton jahrelang als provinziell und langweilig bezeichnet hatte, jetzt sogar erwog, hier zu leben.

Als sie schon zum zweitenmal sagte, daß Kate sie wohl nicht im Haus haben wolle, klang ihre Stimme so traurig, daß Kate ihrer Schwester die Hand auf den Arm legen und sie ein wenig schütteln mußte. Das stimme doch gar nicht, natürlich würde sie sich freuen, erwiderte sie Dolly.

Dolly sagte, sie würden jede Menge Geld haben, mehr als genug, auch ohne ihren hochbezahlten Job, und daß Kate das alles jetzt aufgeben könne. Mit «das alles» meinte sie den Pensionsbetrieb. Dolly machte eine anmutige Geste mit dem Arm (und war nicht jede ihrer Bewegungen anmutig?), die den langen Salon mit einschloß, wo sie gerade ein Lunch-Sandwich verzehrt hatten.

Sie habe sich aber an den Gedanken gewöhnt, sagte Kate. Sie wolle ihr kleines Gewerbe eigentlich nicht aufgeben.

Dolly hatte immer wieder den Kopf geschüttelt. Nein, es sei erniedrigend, eine Pension zu führen.

Für Kate war es das aber nicht…

Dolly wäre fast explodiert. Dann ist es eben *gefährlich*. Dollys Hand zitterte, und mit einem dumpfen Laut stellte sie die Silberkanne auf den Tisch.

Gefährlich? Dolly konnte doch unmöglich ihren zukünftigen Mieter meinen. Kate versuchte zu lachen, doch das Lachen blieb ihr im Halse stecken.

Dolly hatte ihr keine Antwort mehr gegeben. Sie war schon in Kosakenmütze und Stiefeln und eilig zur Tür gegangen, wo sie ihren Mantel nahm und die Tür hinter sich zuschlug.

Kate blieb nichts anderes zu tun, als die Bestecke aufs Tablett zu räumen. Darüber, daß sie vielleicht im Begriff war, einen Ausbrecher, einen Kriminellen bei sich aufzunehmen, hätte sie am liebsten laut gelacht. Aber Dollys Verhalten während dieses Besuchs war so seltsam, sah ihr so gar nicht ähnlich, etwa wie sie von den Dingen, die sie als Kinder gemacht hatten, redete, als lebe sie völlig in der Vergangenheit. Dolly blieb jetzt stundenlang weg, während sie vorher den größten Teil des Tages rauchend und im Morgenrock am Frühstückstisch verbracht hatte. Neuerdings kam sie mit Berichten über alles mögliche zurück – das Museum, den Pavillon –, über all die Orte, zu denen der Vater sie in einem dieser pastellenen Musselinkleidchen, die mit winzigen Blümchen verziert waren, mitgenommen hatte… Vielleicht hatte es ja mit seinem Tod zu tun. Griff er aus dem Grab heraus nach ihr, um sich zu vergewissern, daß sie noch immer sein kleines Mädchen war?

Kate hatte noch immer vor Augen, wie Dolly in der

Nacht, als der Vater starb, vor dem Fenster stand, wie sie in die Dunkelheit und in den windgepeitschten Regen, die großen, langen Regenvorhänge hinausstarrte, die in Wellen gegen die Fenster schlugen.

24

Wiggins versuchte sein Glück beim Liebestest. Die Glühlämpchen-Anzeige schien ihn nicht zufriedenzustellen. Die Birne neben dem Wort «Verliebt» wollte einfach nicht aufleuchten. Jury ließ den Kraftmesser und das Gerät *Was der Butler sah* links liegen und blieb vor einem Automaten mit der Bezeichnung *Geisterstunde auf dem Kirchhof* stehen.

Er steckte seinen Chip hinein und sah zu, wie winzige weiße Figuren in die Höhe schossen. Ein Skelett glitt aus einem sich öffnenden Grab, ein weißer Flecken – ein Gespenst – erhob sich hinter einem Grabstein, ein weiteres Gespenst lugte aus einem Loch heraus. Eine Gestalt in weitem Umhang flatterte in der Miniaturkolonie der Toten herum, bis sie schließlich im Wald verschwand. Jurys Gedanken schweiften ab, während die Erde ihre Skelette, die Steine und Bäume ihre Geister zurückverlangten. *Tolle Schlitten und tolle Männer... und alle liebten Phoebe sehr... Alles brach auseinander...* «Wohin bist du gegangen, Elizabeth Vere?»

«Einen Augenblick bitte, Sir», sagte Wiggins und starrte wie gebannt auf den Bildschirm von *Was der Butler sah*.

Jury klatschte mit der Hand auf den Bildschirm. «Sie werden auf die unanständigen Szenen leider verzichten müssen, Wiggins.» Er schrieb etwas in sein Notizbuch, riß die Seite heraus und reichte sie Wiggins.

«Überprüfen Sie, ob Plant wegen des Fotos, das er nach Exeter mitnahm, im Hauptquartier angerufen hat...»

«Aber wir haben doch schon...»

«Ich weiß, ich weiß. Und suchen Sie Miles Wells.»

Wiggins runzelte die Stirn. «Der Kerl, der Phoebe Winslow angefahren hat? Und was genau soll ich ihn fragen?»

«Ob die Frau im Wagen Sheila Broome war. Und warum er mehrere Straßen weiterfuhr und dann wieder zurückkam.»

«Niemand hat je erwähnt, daß eine Frau im Wagen saß, Sir.»

«Aber ich habe es eben getan, Wiggins.»

«Sheila Broome?» sagte Macalvie und nahm die Füße vom Schreibtisch des Brightoner Polizeireviers. «Wieso zum Teufel? Selbst wenn es Rache war, was ist mit dem Fahrer?»

«Das ist es ja. Ich glaube, *sie* war der Fahrer. Sie ist mal wegen Trunkenheit am Steuer festgenommen worden, Macalvie. Hätte er es nicht auf seine Kappe genommen, wäre sie ins Gefängnis gewandert. Um das jedoch zu bewerkstelligen, mußten sie die Sitze tauschen. Anhalten und die Plätze wechseln. Ich glaube nicht, daß es bei ihm nur darum ging, sich als Gentleman zu erweisen. Er rechnete wohl damit, daß es auch ihm an den Kragen ginge. Besser, wegen eines unvermeidlichen Unfalls vorbestraft sein, als dafür, daß man seine betrunkene Begleiterin ohne Führerschein fahren und dann noch jemanden überfahren läßt. Die Frage, die sich mir dabei aufdrängte, war: Warum rannte die kleine Phoebe auf die Straße hinaus?»

«Und wie haben Sie sich die beantwortet?»

«Hugh Winslow hat sie mir beantwortet. Sie war wütend und verstört; und verstört hat sie der Anblick ihres Daddy, der mit einer Frau im Bett lag, die mit Gewißheit nicht ihre Mami war – Ivy Childess.»

Macalvie fixierte lange und eindringlich die Spitzen seiner schiefgelaufenen Schuhe, die er soeben wieder auf die Tischplatte plaziert hatte. Dann sagte er: «Also hätte jeder in dieser Familie nicht nur Hugh, sondern auch Ivy dafür verantwortlich gemacht. Und jeder von ihnen hätte das Mädchen umbringen können, nicht wahr? Genau wie Sheila Broome.»

«Natürlich. Es ist gewissermaßen so eine Art Querschläger: Ihn bringen sie nicht um – schließlich gehört er zur Familie –, sie töten das Mädchen.»

«Vielleicht hat Hugh es sogar selber getan.»

«Richtig.»

«Sie wollen damit aber nicht andeuten, daß es Mord im Brighton-Expreß oder so was war? Daß sie alle beteiligt waren?»

«Nein. Nur einer von ihnen. Und ich glaube auch nicht, daß das schon das ganze Motiv ist.» Jury betrachtete das Foto der Queen, das an der mattockerfarbenen Wand hing. «Ich glaube, das Motiv könnte ziemlich verwirrend sein. Hat wohl nicht nur mit Phoebes Tod, sondern auch mit Rose Winslow zu tun. ‹Verrat an Freunden und Wohltätern›, so haben Sie doch gesagt.»

Macalvie seufzte. «Ich wünschte, ich wüßte, was ich damit gemeint habe.»

Jury lehnte sich zurück und steckte die Hände in die Taschen. «Sie haben die Winslows nicht kennengelernt. Sie haben nicht gesehen, was für eine Familie das ist. Sie sind miteinander verschweißt wie die Figuren auf einem Porträt. Ich glaube nicht, daß ihnen selber das bewußt ist. Bezweifle, daß sich die Winslows darüber im klaren sind, wie ihre Strafaktion sich auswirkte. Hugh wurde ja schließlich nicht rausgeschmissen. Sie haben einfach den Kontakt abgebrochen. Haben ihn nicht kaltgemacht, sondern kaltgestellt. Und einen von ihnen verraten, heißt alle verraten. David Marr hat das mit Sicherheit gewußt.»

«Marr?»

«Ich bin überzeugt, daß er eine Affäre mit Rose Winslow hatte. Rose kommt mir vor wie eine etwas gehobenere Ausgabe von Ivy Childess: egoistisch, unzuverlässig, habgierig. Hatte aber genug Feuer und Flamme, um die Motten anzulocken und mehr als ein Flügelpaar zu versengen. Unter anderem das von David Marr. Er hat eine ganze Kollektion von Zeugs in seinem Zimmer – Fotos, Karten. Eine davon aus Las Vegas. Er selber war nie in den Staaten, und nach Aussage mehrerer Leute wollte Rose da immer hin. Keiner von den Winslows, nicht ein einziger, hat je wieder was von ihr gehört. Warum also hätte David Marr von ihr hören sollen, und warum hält er es geheim?»

«Weil es bei der Familie nicht so gut angekommen wäre. Und Ivy Childess hat es herausgekriegt. Ja, und jetzt hat Marr kein Alibi und ein großartiges Motiv», sagte Macalvie.

«Ein Hauch von Erpressung – oh, aber nicht wegen dieser Vorauszahlung. Ivy wollte die Zeit, in der sie im Starrdust die Sterne abstaubte, ja nicht unnötig verlängern. Sie wollte die Ehe. Und zwar mit *irgendeinem* aus der Familie Winslow-Marr. Sie hätte David fallenlassen und Hugh genommen, Hugh fallenlassen, um David zu nehmen. Mit Sicherheit hat sie es auch bei Ned probiert.»

«Sprechen Sie jetzt von Eifersucht?»

Jury hob die Augenbrauen. «Bei *denen*? Oh, nein. Wenn David Neds Mädchen oder Hugh Davids Mädchen in einem fairen Kampf für sich gewonnen hätte – dann hätte sich der andere immer als Gentleman gezeigt und sich zurückgezogen. Es geht nicht um Eifersucht, sondern um Verrat. Verrat ist wahrscheinlich die Todsünde schlechthin bei den Winslows.» Jury steckte seine Zigaretten ein: «Plant ist nach Exeter gefahren. Er wollte die Kellnerin aus dem Little Chef einen Blick auf ein Foto werfen lassen.»

«Sie hat es schon gesehen. Gibt's da was Neues?»

Macalvie schien gar nicht überrascht zu sein. Wenn das Rad stillstand, mußte er es eben wieder in Bewegung setzen.

Jury lächelte. «Sie hatten recht hinsichtlich des Zusammenhangs zwischen den Morden, Macalvie.»

«Da bin ich aber erleichtert. Eine Zeitlang ist mir schon die Lust vergangen.»

«Warum zum Teufel hätte der Mörder so lange warten sollen? Phoebe Winslow starb fast ein Jahr vor Sheila Broome.»

«Damit es nicht aussieht, als gäbe es da einen Zusammenhang. Aber das ist bloß die Meinung eines geplagten Durchschnittskriminalbeamten.»

«Wenn es etwas gibt, was Sie nicht sind, dann ‹Durchschnitt›.» Und dann fiel Jury ein, daß er gar nicht gewußt hatte, daß Macalvie sich in Brighton aufgehalten hatte. Aber es überraschte ihn auch nicht gerade. Der geplagte Durchschnittskriminalbeamte würde auch eine Flutwelle verfolgen, wenn sie etwas Verdächtiges ins Meer hinaustrug. «Weswegen sind Sie eigentlich hier, Macalvie?»

Ein Constable steckte den Kopf durch die Tür, um Jury auszurichten, daß vor einer Stunde jemand angerufen und eine Nachricht hinterlassen habe, die er Jury jetzt überreichte. «Er nannte sich Plant, Sir. Mr. Melrose Plant. Er würde jetzt aus Exeter wegfahren, sich aber später noch mal melden. Ich hab es mir extra aufgeschrieben, Sir, weil es ein bißchen merkwürdig klang.» Der Wachtmeister runzelte die Stirn über die allzu merkwürdige Botschaft und verzog sich wieder.

«*Waren sie nicht alle Porphyria?*» las Jury die Notiz vor, und Macalvie seufzte: «Muß er seine Botschaft denn unbedingt verschlüsseln?»

«Offensichtlich meint er, daß sie alle große Ähnlichkeit miteinander hatten – hatten sie ja auch: dieses lange blonde Haar. Der Egoismus, die Gier.» Jury runzelte die Stirn, als er sich an die Fotos im Salon des Winslowschen Hauses erinnerte. «Und was das Haar angeht... ähnelte ihnen auch Phoebe Winslow.»

Macalvie zog einen Zeitungsausschnitt aus seiner Brieftasche. «Meine kleine Neuigkeit kommt geradewegs aus dem Borkenschokoladenland.» Er faltete einen Papierstreifen auseinander und reichte ihn Jury. «Wir sollten das wohl besser verbreiten lassen. In Brighton wandert eine Person herum, die sich in beträchtlicher Gefahr befindet.»

«Wer denn?»

Macalvie drehte den Zeitungsausschnitt zu Jury hin. Er stammte aus dem Unterhaltungsteil. «Die Regendame.»

Jury musterte das hübsche Mädchen auf dem Bild, das herzförmige Gesicht und die langen blonden Haare. «Sie haben sie also gefunden. Hat Jimmy Rees es Ihnen noch erzählt?»

«Nein, verdammt noch mal. Der ist noch genauso verstockt wie früher, und die Borkenschokolade kommt ihm schon aus den Ohren. Die Glotze hat mich drauf gebracht, Jury. Ich war in Ihrem Büro und habe Wiggins' Apparat eingeschaltet, um die Nachrichten zu sehen. Ich dachte, vielleicht kann mir irgend so ein Fleet-Street-Reporter erzählen, wer Sheila und Ivy umgebracht hat. Die Zehn-Uhr-zwanzig-Nachrichten hätten normalerweise mit dieser hübschen Dame geendet, die in einem weißen Regenmantel und Regenschirm herumläuft. Um zehn Uhr zwanzig regnet's bekanntlich immer. Sie ist die Wetterfrau. Sie heißt Dolly Sandys und hat das Wetter sozusagen gleich mitgenommen. Ganz plötzlich bekam sie nämlich das Gefühl, sie brauche Urlaub. Dolly Sandys lebt hier in Brighton.» Macalvie zuckte die Achseln unter seinem Mantel. «Und ich denke, wir sollten sie besser finden, ehe sie für immer auf Urlaub geht.»

25

DIE FRAU, DIE ZUR TÜR KAM, war groß und attraktiv und hatte toffeefarbenes langes Haar, das von der Kopfmitte aus glatt herabfiel. Früher mochte es so hell wie das des Mädchens auf dem Zeitungsausschnitt gewesen sein. Ihre Bluse war senffarben, die Seide von guter Qualität, aber weder der Farbton noch der Schnitt standen ihr. Sie besaß die schüchterne Ausstrahlung einer Frau, die nicht weiß, wie gut sie aussieht, oder es nicht oft genug gesagt bekam. Den größten Teil ihres Lebens hatte sie zweifellos im Schatten ihrer schönen Schwester gestanden.

«Kate Sandys?» fragte Jury und zeigte ihr seinen Dienstausweis. Als sei sie sich nicht sicher, ob sie sich zu ihrem Namen bekennen solle, blickte sie schweigend von Jury zu Macalvie und dann wieder auf den Dienstausweis. «Wir müssen mit Ihrer Schwester sprechen, Miss Sandys. Ist sie da?»

«Dolly? Nein. Nein, sie ist nicht da. Worum geht's denn?» Sie blickte über die Schulter in den hinter ihr liegenden Flur. Sie machte den Eindruck, als gehöre das Haus jemand anderem.

Macalvie stand links neben Jury und lehnte sich gegen den Türpfosten. «Erst mal hereinkommen.» Er legte seine Hand flach gegen die Tür und stieß sie auf.

Sie riß die Augen auf. «Warum? Was ist passiert? Ist Dolly etwas passiert?»

«Das wissen wir noch nicht.»

Mit einer nervösen Geste forderte die Frau sie auf hereinzukommen. Sie schob den einen Ärmel ihrer Seidenbluse hoch, fuhr sich mit der Hand über das hellbraune Haar, das ebenso seidig schimmerte wie die Bluse. Macalvie schob sich an ihr vorbei, pflanzte sich in der Diele auf und sah sich, die Hände in den Taschen vergraben, um, als betrachte er den Schauplatz eines Verbrechens.

Kate Sandys führte sie in einen großen, kalten Salon. Jury registrierte ein Fotoalbum, das aufgeschlagen auf einem Tisch lag, einen Mantel und einen Schal, die über einer Sofalehne hingen, und einen Brief auf dem Sims über dem nichtbeheizten Kamin. Über die Jahre hatte Jury ein immer feineres Gespür dafür entwickelt, wie manche Häuser, manche Räume von etwas zu Ende Gegangenem zeugten – einem Tod, einem überhasteten Aufbruch. Vielleicht war es die Nähe des Meeres, die den Eindruck hier noch verstärkte. Das Meer, die Fotos von Alt-Brighton an der Wand, das Aquarell vom Deck eines Ozeandampfers, verschwommene Figuren, die an der Reling winkten und, umgeben von flatternden bunten Wimpeln, fröhlich und unbeschwert zu wirken versuchten. Er blickte sich um und erwartete fast, daß die Möbel unter Schonbezügen steckten, der Überseekoffer gepackt bereitstand und vor der Haustür das Taxi im Nebel wartete.

Auf eine Frage Macalvies entgegnete Kate: «Sie ist ausgegangen.»

«Wohin?»

«Weiß ich nicht.»

«Denken Sie nach.»

Sie antwortete nicht. Statt dessen wandte sie kein Auge von Jurys Gesicht, als ob es das einladendere von beiden wäre. «Sie haben mir immer noch nicht gesagt, warum Sie sie sprechen wollen und was passiert ist.»

«Ihre Schwester Dolly befindet sich möglicherweise in großen Schwierigkeiten und in erheblicher Gefahr», sagte Macalvie.

«Was für einer Gefahr denn?» Ihre Hand fuhr zum Hals, die Finger spielten nervös mit der dünnen Goldkette auf ihrer Brust.

Jury erzählte ihr vom Hay's-Mews-Mord. «Wir glauben, Ihre Schwester könnte etwas gesehen haben, vielleicht sogar den Mörder...»

Kate setzte sich plötzlich hin. «Sie meinen, er ist hierher gekommen, nach Brighton? Aber wie soll er denn wissen, wer...?»

«Ganz einfach», sagte Macalvie. «Dolly Sandys kommt jeden Abend in sein Wohnzimmer spaziert. Vor drei Tagen meldet sie sich krank, packt ihren Koffer und kommt hierher. Für den Notfall hatten sie aber im Studio Ihren Namen und Ihre Adresse. Und wir waren nicht die einzigen, die sich nach ihr erkundigt haben. Also denken Sie besser mal scharf nach.»

«Deswegen war sie also so niedergeschlagen. Seit ihrer Ankunft hab ich mich gefragt, warum sie eigentlich gekommen ist und was mit ihr los ist.»

«Haben Sie jemanden in der Gegend herumlungern sehen, Miss Sandys? Irgendwelche Fremden?»

Sie blickte besorgt auf. «Nein. Hmm, eigentlich doch. Da war ein Mann im Spotted Dog, das ist ein Pub hier in der Nähe. Wir sind ins Plaudern gekommen. Er sagte, daß er ein Zimmer sucht...» Sie spreizte die Finger. «Ich habe ihm von unserem Haus erzählt.» Sie klang angespannt. «Später, als ich darüber nachdachte, fragte ich mich, ob er der Mann war, den ich schon einige Stunden früher gesehen hatte, als ich zum Pavillon ging. Als ich herauskam und den Castle Square überqueren wollte, sah ich ihn am Ende stehen. Es war schon etwas enervierend. Er schien mich zu beobachten. So als ob er mir folgen würde.»

«Und was hat Ihre Schwester gesagt, als Sie ihr davon erzählten?»

«Ich habe es ihr ja nicht erzählt, wissen Sie. Dolly hat das Haus am frühen Nachmittag verlassen, um zu Pia Negra zu gehen. Das ist eine Wahrsagerin, eine Hellseherin mit einem Büro in den Lanes. Ich weiß, daß sie zurückgekommen sein muß, denn sie hat den Mantel gewechselt – hat den Pelz dagelassen und statt dessen den Regenmantel genommen. Aber ich habe sie nicht gesehen.»

«Sie sagen, sie ist zu dieser Wahrsagerin gegangen. Wo genau in den Lanes?»

«Black Horse Lane.»

Macalvie notierte es sich. «Okay, wohin hätte sie noch gehen können? Lieblingspub? Laden? Restaurant?»

Kate schüttelte den Kopf.

«Sie sollten sich lieber was einfallen lassen, Miss Sandys. Ihre Schwester ist mit einem Killer da draußen.»

Sie zuckte zusammen, als hätte er sie geschlagen. «Ich bemühe mich ja.» Sie rollte die goldene Halskette zwischen den Handflächen. «Ich dachte, es wäre ein Mann, daß sie wegen einem Mann Probleme hat.»

«Die hat sie auch. Sogar ganz gewaltige.»

26

ER BEOBACHTETE SIE, als sie in dem schwachen Lichtstrahl stand, der aus dem Eingang des Old Penny Palace drang. Sie stand da, zog sich den Kragen des glänzenden weißen Regenmantels fester um den Hals und überlegte. Durch den Schleier des Nieselregens, der vor ein paar Minuten eingesetzt hatte, wirkte das Gesicht blaß und verschwommen. Vielleicht wollte sie sich unterstellen. Sie ging hinein.

Außer dem Pub weiter hinten war in den Vergnügungsarkaden unter den Bögen der King's Road zwischen den beiden Piers schon alles geschlossen. Kein Mensch war zu sehen. Vom West Pier her hörte man einen Hund bellen, den vielleicht die Nähe des Wassers erregte. Aber er sah niemanden und nichts. Ein wenig Helligkeit spendeten nur die Natriumdampflampen an der King's Road und das matte gelbe Licht, das aus dem Penny Palace drang.

Wenn man von ihr einmal absah, wirkte das Museum wie ausgestorben. Jemand mußte es neu hergerichtet haben, denn auf dem Tresen stand ein Eimer mit marineblauer Farbe und einem quer darüberliegenden Pinsel. Der Besitzer, oder wer auch immer hier gestrichen hatte, war verschwunden, vielleicht auf einen Drink ins Pub unter den Bögen. Niemand war da außer ihnen beiden, nichts außer der hölzernen Figur, die man den Lachenden Matrosen nannte und die in ihrem Käfig aus Holz und Glas dastand und neben dem Eingang die Kunden begrüßte, falls sie einen Penny hatten, um ihn zum Lachen zu bringen.

Als sie das Haus am Madeira Drive verließ, folgte er ihr, wie schon zweimal zuvor. Damals war es allerdings hell am Tag gewesen, und sie hatte ihn in die andere Richtung geführt, fort vom Hafendamm und aufs Stadtzentrum und die ziegelgepflasterten Gassen der Lanes zu, einem Labyrinth enger Straßen, das einem Spinnennetz glich.

Es war schwierig gewesen, ihr Haus zu beobachten. Es gab keinen Zeitungskiosk, keine Läden oder Restaurants, in die er rasch hätte schlüpfen können wie in Exeter. Also hatte er sie aus mehreren günstigen Blickwinkeln von der King's Road und der Kaimauer aus beobachtet, hatte sich gegen das Geländer gelehnt und so getan, als läse er eine Zeitung oder blicke aufs Meer hinaus. Und das Observieren – zu dem er sich überhaupt nicht geeignet fühlte – mußte immer wieder unterbrochen werden, um zum Essen oder auf die Toilette zu gehen, ein ständiges Kommen und Gehen.

Er hatte schon erwogen, zum Haus hinauf zu gehen, wenn die andere ausgegangen war. Die Schwester. Sie sahen sich ähnlich genug, um Schwestern zu sein. Älter, ein bißchen größer, aber ohne diese unwiderstehliche Ausstrahlung, die die jüngere so populär machte. Merkwürdig genug, daß ausgerechnet er eine aus dem Fernsehen bekannte Persönlichkeit wiedererkannt hatte. Diese Nachrichtensendung mit ihrem aufgemotzten kleinen Wetterbericht war das einzige, was er sich ansah. Sonst hätte er sie nie gefunden. Aber ob es nun ihr Gesicht oder der weiße Regenmantel war, den sie immer trug, wußte er nicht. Als er ihr folgte, sah er, wie sich die Männer beim Vorbeigehen nach ihr umdrehten; sich umdrehten und ihr hinterherstarrten.

Er ging näher heran. Es gab einen Wechselschalter, wo man die großen Pennies bekam, die man für die Automaten benötigte. Er beobachtete, wie sie sich durch das Dikkicht der Automaten schlängelte und dann stehenblieb, um sich den Kranich in seinem verzierten Glasgehäuse anzusehen. Sie mußte ein paar Pennies von einem früheren Besuch dabeigehabt haben, oder sie hatte vielleicht ein paar vom Tresen geklaut, denn sie griff in ihre Tasche, und einen Augenblick später sah er, wie sich der Kranich bewegte. Nach einer Weile ging sie weiter, umrundete noch ein paar Automaten, wobei sie manchmal die Hände seitlich ans Gesicht preßte und durch die Glasscheibe spähte. An der gegenüberliegenden Wand stand ein mechanisches Klavier. Sie betrachtete es eine Weile eingehend, steckte dann eine Münze hinein, und bald erfüllten die blechernen, brüchigen Töne der Musik die Nacht.

Er trat rasch in den Schatten der Markise des Nachbargebäudes, das eine Spielhalle und eine Kaffeebar beherbergte, als er jemanden die Promenade entlangkommen und jetzt sogar laufen sah. Wahrscheinlich der Besitzer oder wer auch immer die Automaten unbeaufsichtigt gelassen hatte. Er hörte Stimmen, kurzes Gelächter. Sicher konnte man ihr nur schwer böse sein. Sie war einfach zu hübsch. Und wahrscheinlich litt der da drinnen sowieso an Langeweile oder Einsamkeit.

Er lauschte den ratternden, brüchig klingenden Tönen des Pianos und erinnerte sich an den Text. «*... trade it for a basket of sunshine and flowers.*»

«Pennies from Heaven» hieß das Lied. Wohin waren der Sonnenschein und die Blumen verschwunden? Er blickte hinauf in den lackschwarzen, sternenübersäten Nachthimmel und dachte, wie sehr diese Nacht doch jener anderen vor langer Zeit ähnelte. Dunkelheit, Sterne, Musik...

Er hörte, wie sie sich verabschiedete. Auf dem Weg nach draußen mußte sie – oder vielleicht der Maler – eine Münze in den hölzernen Matrosen geworfen haben. Ein kurzes, gutturales, eselhaftes Lachen ertönte, das gleichzeitig mit der Musik jäh verstummte.

Und wenige Augenblicke später trat sie heraus. Stand da und blickte zum schwarzen Himmel auf, als überlege sie sich, wie lange es noch dauern würde, bis es sich richtig einregnete, schlug den Kragen ihres weißen Regenmantels hoch und spazierte in die Dunkelheit in Richtung der Stufen, die zur King's Road hinaufführten.

Er ging am Lachenden Matrosen vorbei, dessen hölzerner Kiefer eingerastet und dessen Mund zu einem Dauergrinsen hochgeklappt war.

Kate Sandys weinte. Jury wußte, sie konnte nichts dafür, sie versuchte sich verzweifelt zu besinnen, wo Dolly am ehesten hingegangen sein könnte. Macalvie hatte sie davon überzeugt, daß sie vielleicht keine Zeit mehr haben würden, an zwei Plätzen nachzusehen.

Sie trocknete sich die Augen und blickte hinab auf das kleine Foto von David Marr. Es war entsetzlich. Sie hatte ihm tatsächlich ein Zimmer vermieten wollen.

«Es wird schon wieder gut, Kate.» Er beugte sich vor und nahm ihre Hand. «Versuchen Sie, sich zu entspannen.»

«Ich habe sie... immer beneidet, hab immer gesagt, daß sie zu verwöhnt ist. Jetzt bin ich mir nicht mehr sicher. Aber ich hätte sie ernster nehmen sollen.»

«Toll», sagte Macalvie, der immer noch stand. «Das ist toll, aber so finden wir sie nicht.» Er ließ das Fotoalbum, das er sich angesehen hatte, zuklappen. «Die Brightoner Polizei ist inzwischen an allen Stellen, die Sie bisher genannt haben – aber das heißt nicht, daß sie an einem dieser Orte wirklich ist.» Er hielt das Album in die Höhe und runzelte die Stirn. «Haben *Sie* das hier liegenlassen?»

Kate trocknete sich die Augen und blickte auf. «Nein. Das muß Dolly gewesen sein.»

«Sie hat sich offensichtlich ihre Kinderbilder angesehen, die meisten stammen vom Pier und den Süßigkeitsständen und so weiter an der Strandpromenade. Geht sie da immer noch hin?»

«Die King's Road-Arkaden. Dolly liebt die Arkaden über alles.»

«Kommen Sie, Jury.» Macalvie steuerte zur Tür.

Jury legte das Album in Kate Sandys' Schoß und fragte sich, warum er glaubte, daß das ein Trost für sie sei. Doch

sie umklammerte das Album und starrte vor sich hin, als
seien diese Erinnerungen etwas völlig Reales.

Dann griff er nach dem Bild von David Marr und steckte
es ein. Er schüttelte den Kopf. David war nicht hier gewesen, er hatte es nicht gesehen. Und er dachte daran, wie
recht Plant damit gehabt hatte, daß sie im Kopf des Mörders alle zur treulosen Porphyria verschwommen waren.
Wieder betrachtete er das Foto von David Marr in seiner
Hand. Aber es war wohl nicht das erste Mal, daß er sich
getäuscht hatte. Und es würde weiß Gott nicht das letzte
Mal sein.

SCHLIESSLICH STIEG SIE DOCH nicht die Treppe zur
King's Road hinauf. Statt dessen verließ sie den gepflasterten Gehweg und betrat den Kiesstrand. Sie hielt einen
Augenblick inne und blickte aufs Meer hinaus. Dabei hielt
sie schützend die Hand über die Augen, als sei es hellichter
Tag und als könnte man da draußen wirklich etwas sehen;
als hielte sie nach dem glänzenden, ruckenden Kopf eines
Badenden Ausschau. Sie hob einen Kieselstein auf, schleuderte ihn fort und wanderte weiter den Strand entlang. Der
weiße Regenmantel leuchtete in der Nacht, ein langer gelber Schal wehte flatternd hinter ihr her.

Er hatte schon früher immer eine Schußwaffe dabeigehabt
und trug sie auch jetzt. Zu dieser Jahreszeit konnte man bei
einer Frau jedoch sicher sein, daß sie einen Schal trug, und
sie hatte ihren an wie die anderen vor ihr und ließ die Enden über den Rücken baumeln.

Sie ging so langsam, daß es ihr offensichtlich ganz normal erschien, als er sie einholte. Denn als er sie ansprach, wandte sie bloß den Kopf, sah ihn an und strich sich das Haar zurück.

Er sagte, es tue ihm leid, falls es so ausgesehen habe, als ob er ihr folge, und daß sie einer Frau, die er einmal gekannt habe, sehr ähnlich sähe.

Und er fragte sich, ob er ihr wohl auch bekannt vorkäme. Er konnte nicht glauben, daß sich sein Gesicht nicht in ihr Gedächtnis gegraben, ja eingebrannt hatte, so wie angeblich jedes Opfer die Handschrift seines Mörders zeigt.

Und doch sah sie ihn mehrere Augenblicke lang fast blind an. Ein seltsamer Ausdruck lag in ihren blauen Augen, etwas Zustimmendes – vielleicht hätte er sogar sagen können, Verschwörerisches. Sie hatte den Schal gelöst und abgenommen. Er war ebenfalls weiß und hing jetzt aus ihrer Manteltasche heraus. Es war also kein gelber Schal hinter ihr hergeflattert, sondern ihr Haar. Wie konnte er das bloß verwechseln?

Sie sagte, daß viele Leute sie verwechselten. Sie habe Ähnlichkeit mit der Frau im Fernsehen, die den Wetterbericht moderiere.

Nichts in ihrem Verhalten verriet, daß sie ihn wiedererkannte. Ihre Stimme klang flach und ausdruckslos.

Ob sie denn in Brighton lebe? Und ob es ihr hier gefalle?

Schon ihr ganzes Leben lang, sagte sie. In letzter Zeit habe sie zwar in London gewohnt, doch sie werde wohl wieder nach Brighton zurückgehen. Dann blickte sie aufs Meer hinaus und sagte, sie erinnere sich ans Meer, wie es in ihrer Jugend gewesen sei.

In ihrer Jugend. Selbstverständlich mußte sie gemeint haben, in ihrer Kindheit, aber trotzdem war es komisch, daß sie so etwas sagte, als habe sie ihre Jugend verloren, als habe sich die Jugend verflüchtigt wie die faltigen Wellen, die von der Küste zurückrollten.

Sie blickte zu ihm auf: *Dolly Sandys*. An die erinnere sie die Leute.

Rose, sagte er. An *die* erinnern Sie mich. Sie schien es nicht besonders merkwürdig zu finden, daß er *Rose* gesagt hatte.

Dann schwieg er. Irgendwie lief das falsch. Phoebe, an Phoebe dachte er doch jetzt, etwa nicht? Phoebe mit ihrem Flachshaar, das auf der Straße ausgebreitet lag.

Seine Hand faßte nach ihrem Haar. Sie wich zurück. Als er den Kopf zur Seite wandte, sah er die Scheinwerfer, die Blaulichter, die die King's Road herangeschwirrt kamen. Eine vom Wind verzerrte Stimme rief nach ihm.

Jemand schrie. Und dann riß sie sich aus seinen Armen los und begann zu laufen. Gebrüll, brennende Taschenlampen kreisten wie kleine Monde, Leute drängten sich die Treppe herunter.

Ehe er die Waffe hob, hatte er noch Zeit, an die Ironie der Situation zu denken. Daß er ihr doch gar nichts hatte tun wollen. Sie hatte ja nicht einmal gewußt, wer er war.

Wieder ertönte die Stimme, die ihn gerufen hatte: «*Ned!*»

Er fühlte die Waffe schwer in seiner Hand. Komisch, daß er David nicht böse gewesen war. Aber er hätte ihm nicht sagen sollen, daß er hierher fuhr. Er hätte wissen müssen, daß David ihm folgen würde.

Ned hörte die Explosion, fühlte nichts, sah nur ein schreckliches weißes Leuchten – Sterne, die wie Meteore niederprasselten, einen Mond, der wie ein Spiegel zerbrach, einen Regenmantel, der den Strand hinunterflog.

Das nächste, bitte!

Im Januar 98. 3-499-26029-8 Im März 98. 3-499-26015-8 Im April 98. 3-499-26034-4

Jeden Monat neu als Wunderlich Taschenbuch.
 Klassiker der Unterhaltung zu attraktiven Preisen.

Wir wünschen gute Unterhaltung!